U0092494

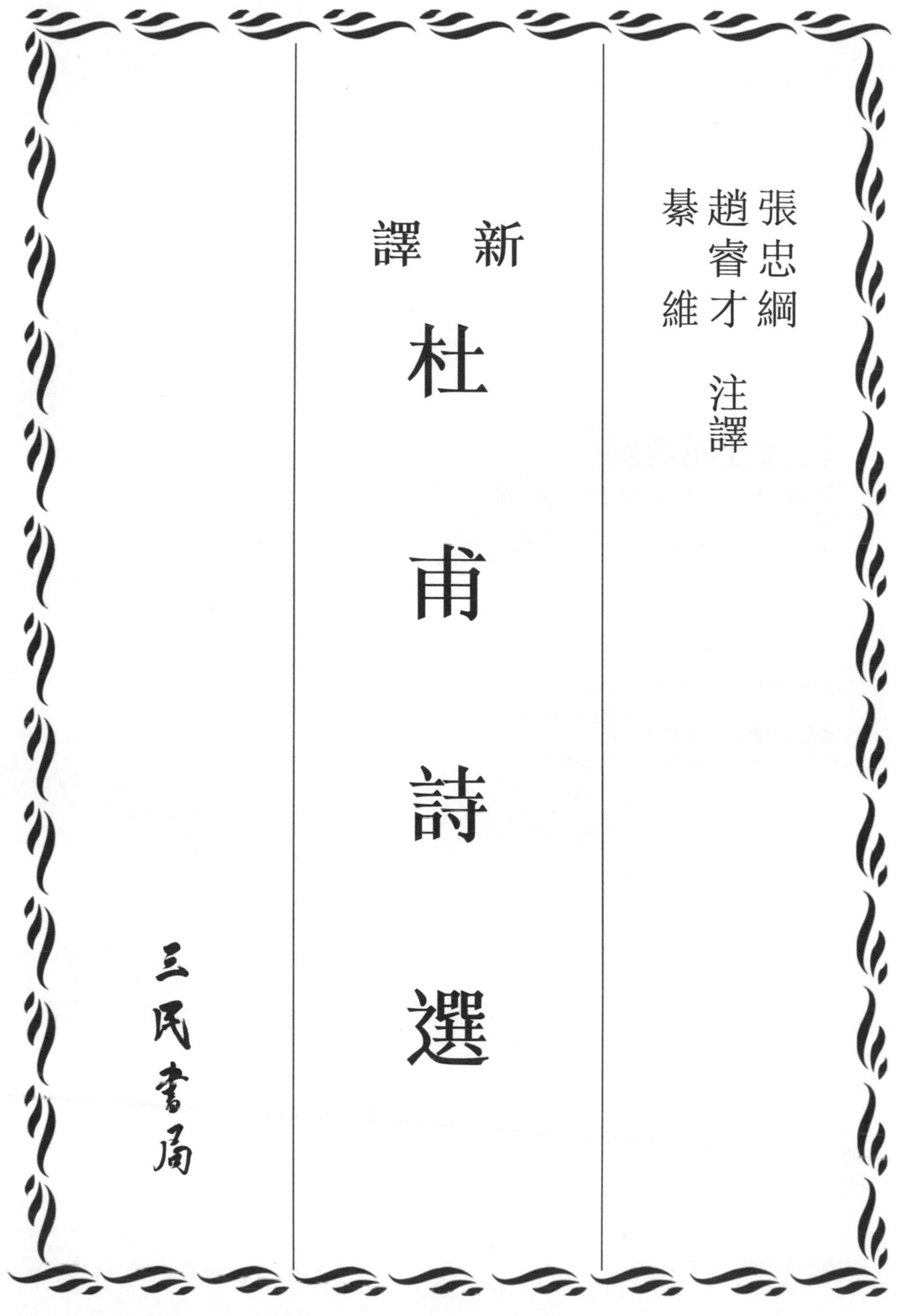

張忠綱
趙睿才
綦維　注譯

新譯杜甫詩選

三民書局

國家圖書館出版品預行編目資料

新譯杜甫詩選／張忠綱,趙睿才,綦維注譯.——初版五刷.——臺北市：三民，2022
面；　公分.——(古籍今注新譯叢書)

ISBN 978-957-14-5028-5（平裝）

851.4415　　97017682

古籍今注新譯叢書
新譯杜甫詩選

注譯者｜張忠綱　趙睿才　綦　維
發行人｜劉振強
出版者｜三民書局股份有限公司
地　址｜臺北市復興北路386號(復北門市)
臺北市重慶南路一段61號(重南門市)
電　話｜(02)25006600
網　址｜三民網路書店 https://www.sanmin.com.tw

出版日期｜初版一刷 2009年2月
初版五刷 2022年4月
書籍編號｜S032230
ISBN｜978-957-14-5028-5

杜甫像

杜甫草堂南大門（陳達鎮攝）

杜甫草堂內的「少陵草堂」碑亭

刊印古籍今注新譯叢書緣起

劉振強

人類歷史發展，每至偏執一端，往而不返的關頭，總有一股新興的反本運動繼起，要求回顧過往的源頭，從中汲取新生的創造力量。孔子所謂的述而不作，溫故知新，以及西方文藝復興所強調的再生精神，都體現了創造源頭這股日新不竭的力量。古典之所以重要，古籍之所以不可不讀，正在這層尋本與啟示的意義上。處於現代世界而倡言讀古書，並不是迷信傳統，更不是故步自封；而是當我們愈懂得聆聽來自根源的聲音，我們就愈懂得如何向歷史追問，也就愈能夠清醒正對當世的苦厄。要擴大心量，冥契古今心靈，會通宇宙精神，不能不由學會讀古書這一層根本的工夫做起。

基於這樣的想法，本局自草創以來，即懷著注譯傳統重要典籍的理想，由第一部的四書做起，希望藉由文字障礙的掃除，幫助有心的讀者，打開禁錮於古老話語中的豐沛寶藏。我們工作的原則是「兼取諸家，直注明解」。一方面熔鑄眾說，擇善而從；一方面也力求明白可喻，達到學術普及化的要求。叢書自陸續出刊以來，頗受各界的喜愛，使我們得到很大的鼓勵，也有信心繼續推廣這項工作。隨著海峽兩岸的交流，我們注譯的成員，也由臺灣各大學的教授，擴及大陸各有專長的學者。陣容的充實，使我們有更多的資源，整理更多樣化的古籍。兼採經、史、子、集四部的要典，重拾對通才器識的重視，將是我們進一步工作的目標。

古籍的注譯，固然是一件繁難的工作，但其實也只是整個工作的開端而已，最後的完成與意義的賦予，全賴讀者的閱讀與自得自證。我們期望這項工作能有助於為世界文化的未來匯流，注入一股源頭活水；也希望各界博雅君子不吝指正，讓我們的步伐能夠更堅穩地走下去。

新譯杜甫詩選 目次

附　錄

導讀

一、杜甫家世與生平

杜甫（西元七一二—七七〇年），字子美，自稱杜陵布衣、杜陵野老、杜陵野客，世稱「杜少陵」。郡望杜陵（今陝西西安東南），祖籍襄陽（今湖北襄樊），生於鞏縣（今河南鞏義）瑤灣村。十三世祖杜預，是晉代名將、著名學者，人號「杜武庫」，自稱有「《左傳》癖」，著有《春秋左氏經傳集解》等，封為當陽縣侯。曾祖杜依藝，為鞏縣令，遂遷居鞏縣。祖父杜審言，是初唐著名詩人，「文章四友」之一，官至膳部員外郎。父親杜閑，曾任兗州（今屬山東）司馬、奉天（今陝西乾縣）縣令。杜甫外祖父的母親，是唐高祖李淵第十八子舒王李元名的女兒。外祖母的父親李琮，是唐太宗李世民的嫡孫，即太宗第十子紀王李慎的次子，被封為義陽王。杜甫的母親崔氏是清河東武城（今屬山東）人，她在杜甫的幼年就去世了。父親杜閑續娶了盧氏，為杜甫的繼母。但是杜甫並沒有從盧氏身上得到多少母愛，反倒是他二姑承擔了母親的角色，把小杜甫撫育成人。杜甫的夫人楊氏，弘農（今河南靈寶）人，為司農少卿楊怡女。有子二人：宗文、宗武。

杜甫早慧，七歲即能作詩，九歲能書大字，他說：「七齡思即壯，開口詠鳳凰。九齡書大字，有作成一囊」（〈壯遊〉），可見杜甫是個早熟的孩子。杜甫幼年很是頑皮，他在晚年回憶自己孩提時說：「憶年十五心尚孩，健如黃犢走復來。庭前八月梨棗熟，一日上樹能千迴。」（〈百憂集行〉）這個早熟孩子超強的記憶力和出眾的文學才能，給人們留下深刻的印象。十四、五歲時，杜甫即與文壇名士交往，受到他們的稱許。〈壯遊〉詩云：「往者十四五，出遊翰墨場。斯文崔魏徒，以我似班揚。」崔，即時任鄭州刺史的崔尚；魏，即豫州刺史魏啟心。在〈奉贈韋左丞丈二十二韻〉中他又說：「賦料揚雄敵，詩看子建親。李邕求識面，王翰願卜鄰。」李邕是當時的名士、大書法家，王翰是著名的詩人。大曆五年（西元七七〇年）春，流寓潭州（今湖南長沙）的杜甫寫下了〈江南逢李龜年〉：「岐王宅裏尋常見，崔九堂前幾度聞。正是江南好風景，落花時節又逢君。」詩中提到的岐王和崔九，即唐玄宗之弟李範和玄宗寵臣、殿中監崔滌，二人都卒於開元十四年（西元七二六年），而當時杜甫才十五歲，這個充滿自信的少年已經出入王侯第宅與宴酬唱、嶄露頭角了。可見詩人的確是個早熟的天才。

杜甫在青年時代曾數次漫遊。十九歲時，他出遊郇瑕（今山西臨猗）。二十歲時，漫遊吳越，歷時數年。開元二十三年，回故鄉參加「鄉貢」。二十四年在洛陽參加進士考試，結果落第。其父杜閑時任兗州司馬，杜甫遂赴兗州省親，開始齊趙之遊。開元二十九年，他返回洛陽，築室首陽山下。約在此時，與楊氏結婚。天寶三載（西元七四四年）四月，杜甫在洛陽與被唐玄宗賜金放還的李白相遇，兩人相約為梁宋之遊。之後，杜甫又到齊州（今山東濟南）。四載秋，轉赴兗州與李白相會，二人一同尋仙訪道，談詩論文，結下了「醉眠秋共被，攜手日同行」（〈與李十二白同尋范十隱居〉）的深厚友誼。秋末，二人握手相別，杜甫結束了「放蕩齊趙間，裘馬頗清狂」，「快意八九年，西歸到咸陽」（〈壯遊〉）的齊趙之遊。

天寶六載，玄宗詔天下通一藝者到長安應試，杜甫也參加了考試。由於權相李林甫作梗，玩弄了一場「野無遺賢」的鬧劇，使得參加考試的士子全部落選。科舉之路既不通，杜甫為實現自己的政治理想，不得不奔走權貴之門，投贈干謁，但都無結果。天寶十載正月，玄宗舉行祭祀太清宮、太廟和天地的三大盛典，杜甫乃於九載冬預獻「三大禮賦」，得到玄宗的賞識，命待制集賢院，等候分配，然僅得「參列選序」資格，未實授官。直到十四載，才得授一個河西尉的小官，但杜甫不願意任此「淒涼折腰」的官職，旋改右衛率府兵曹參軍。十一月，杜甫往奉先省家，就長安十年的感受和沿途見聞，寫成著名的〈自京赴奉先縣詠懷五百字〉。就在這個月，「安史之亂」爆發。次年六月，潼關失守，玄宗倉皇逃往成都。七月，太子李亨即位於靈武，是為肅宗。這時，杜甫已將家搬到鄜州（今陝西富縣）羌村避難，聞肅宗即位，即於八月隻身北上，投奔靈武，途中不幸為叛軍俘虜，押至長安。詩人目睹國家的殘破以及叛軍的殘暴，感時傷事，寫下了〈春望〉、〈哀江頭〉、〈哀王孫〉等不朽詩篇。至德二載（西元七五七年）四月，杜甫冒險逃出長安奔赴鳳翔行在。五月十六日，被肅宗授為左拾遺，故世稱「杜拾遺」。不料杜甫很快因疏救房琯，觸怒肅宗，詔三司推問，幸賴宰相張鎬救免，但從此受到肅宗的疏遠。閏八月，墨制敕放鄜州省家，乾元元年（西元七五八年）六月，被貶華州司功參軍，從此永遠離開朝廷。

乾元元年冬，杜甫由華州赴洛陽，二年春，返回華州，正值唐軍九節度使鄴城戰役潰敗，大肆抓丁以補充軍力，杜甫就沿途所見所感，寫成著名的組詩「三吏」、「三別」。七月，杜甫棄官去秦州（今甘肅天水），開始了「漂泊西南天地間」的人生苦旅。在漂泊的旅途中杜甫全家備嘗艱辛，一度瀕臨絕境。十月，缺衣少食的杜甫攜家離開秦州，南赴同谷（今甘肅成縣），想解決衣食之憂。不料到同谷後，生活狀況不僅沒有改善，反而完全陷入飢寒交迫的絕境之中。杜甫在〈乾元中寓居同谷縣作歌七首〉中，用字字血淚記錄下這段最為艱苦的歲月。十二月初，杜甫於無奈之下再次逃難，攜家離開同谷入蜀，於年底抵達成都。因為這一年之內奔波流離，不斷逃難，杜甫稱之為「一歲四行役」（〈發同谷縣〉）。上元元年（西元七六〇年）春，杜甫一家在親友們的幫助下，卜居於西郊草堂。二年歲末，杜甫的好友嚴武任成都尹兼劍南節度使，給予杜甫一家不少照顧。代宗寶應元年（西元七六二年）七月，嚴武奉召入朝，杜甫送至綿州（今四川綿陽）。因劍南兵馬使徐知道叛亂，被迫流寓梓州（今四川三臺）、閬州（今四川閬中）一帶。廣德元年（西元七六三年），召補京兆功曹，不赴。二年正月，嚴武再鎮成都，幾次寫信希望杜甫回來。杜甫於是放棄原來打算出峽東遊的計畫，又攜家回到成都。六月，嚴武表薦杜甫為節度參謀、檢校工部員外郎，故世又稱「杜工部」。永泰元年（西元七六五年）正月，杜甫退出幕府。四月，嚴武病逝。杜甫失去依靠，於五月離開成都乘舟南下，經嘉州（今四川樂山）、戎州（今四川宜賓）、渝州（今重慶）、忠州（今重慶忠縣）至雲安（今重慶雲陽），次年暮春遷居夔州（今重慶奉節）。杜甫居夔州近兩年，寫詩四百餘首。大曆三年（西元七六八年）正月，杜甫攜家出三峽，經江陵、公安，暮冬抵岳陽。之後，詩人漂泊湖南，貧病交加，瀕臨絕境。大曆五年（西元七七〇年）冬，杜甫病死在湘江舟中，時年五十九歲。直到元和八年（西元八一三年），杜甫的孫子杜嗣業才「收拾乞丐，焦勞晝夜」，將暫厝在岳陽的杜甫靈柩運回偃師，葬在首陽山下，緊靠著遠祖杜預、祖父杜審言之墓。就這樣，詩人的遺骨漂泊了四十三年後才又回到生前魂牽夢繞的家鄉。在遷移祖父靈柩路過荊州的時候，杜嗣業遇見大詩人元稹，便請求他給祖父寫一篇墓誌銘，元稹於是寫了〈唐檢校工部員外郎杜君墓係銘并序〉，盛稱「詩人以來，未有如子美者」。

二、杜甫的思想

杜甫出身於一個「奉儒守官」的家庭，受的是儒家正統教育，他的政治理想就是「致君堯舜上，再使風俗淳」。「安史之亂」後，他過著顛沛流離的困苦生活，親身經歷了國家深重的苦難，接近了廣大勞苦群眾，他的積極入世的儒家思想至死不衰。杜甫是原始儒家思想即孔孟思想的繼承者和實踐者。他的闡釋和恢復原始儒家道統的思想，遠在韓愈之前。他繼承和發揚了孟子的「大丈夫」精神，以天下為己任，憂國憂民，愛國愛民。杜甫忠君，但並非愚忠，他身歷玄、肅、代三朝，對三代皇帝都有所諷諭和批評。他的疏救房琯，就充分表明杜甫是直臣，而不是愚忠。杜甫崇高而深摯的愛國主義精神，深沉的憂國憂民的憂患意識，像一條紅線一樣貫穿於他坎坷的一生及其全部創作中。而他最可寶貴的，就是身處逆境，卻情繫國家，心想人民，一顆愛國愛民、憂國憂民的赤子之心，從沒有停止跳動。「窮年憂黎元，歎息腸內熱」。他始終是把個人的命運與國家和人民的命運緊緊聯繫在一起的。杜甫有著一顆仁慈的心，一副博大的胸襟。杜甫的偉大之處正在於他經常能夠從個人的痛苦之中擺脫出來，將關切的目光落到廣大人民群眾身上。在〈自京赴奉先縣詠懷五百字〉中，杜甫回家見到自己的「幼子餓已卒」，在極度悲痛中，他還是把目光投向廣大的窮苦人民和遠戍的戰士：「默思失業徒，因念遠戍卒」；當草堂的茅屋在風雨飄搖之中「牀頭屋露無乾處」時，他還能想到在寒風中瑟瑟發抖的窮人們，大聲疾呼：「安得廣廈千萬間，大庇天下寒士俱歡顏，風雨不動安如山。嗚呼！何時眼前突兀見此屋，吾廬獨破受凍死亦足。」

杜甫是實踐孟子「惻隱之心為仁」的典型。他在〈過津口〉詩中明確地指出：「物微限通塞，惻隱仁者心。」艱難困苦、顛沛流離的坎坷生活經歷，加之深厚的傳統文化素養，使杜甫深深懂得「邦以民為本」的道理。因此，他對飽嘗戰亂之苦，處於水深火熱之中的廣大人民抱著深切的同情。對人民的苦難，他可謂是無事不憂，無時不憂。征夫戍卒，田婦野老，寡妻弱子，漁民樵夫，這些普通老百姓的命運，無不牽動著詩人的心。在杜甫看來，造成廣大人民苦難的，除了戰亂的原因之外，就是統治者對人民的橫徵暴斂，強取豪奪。而對人民的殘酷壓榨和剝削，完全是為了滿足他們窮奢極欲的生活：「朱門酒肉臭，路有凍死骨」，「富家廚肉臭，戰地骸骨白」，「高馬達官厭酒肉，此輩杼柚茅茨空」。面對如此不合理的現實，杜甫挺身而出為民請命：「願聞哀痛詔，端拱問瘡痍」，「誰能叩君門，下令減征賦」。杜甫認為，人民的沉重負擔來自統治者的奢侈靡費，因此他要求統治者「行儉德」，節欲戒奢，輕徭薄賦，減輕對人民的盤剝，以取得人民的信任和擁護：「君臣節儉足，朝野歡呼同」，「文王日儉德，俊乂始盈庭」，「借問懸車守，何如儉德臨？」「不過行儉德，盜賊本王臣」。崇儉戒奢，是杜甫人生觀的一個重要組成部分，也是我們中華民族的傳統美德。統治者只有真正做到崇儉戒奢，才能真正減輕人民的負擔，才能有效地遏制腐敗現象，免蹈「朝野歡娛後，乾坤震蕩中」的覆轍。所以詩人總是懷著滿腔的義憤，無情地鞭撻統治者的奢侈腐化。對那些「庶官務割剝，不暇憂反側」的「豪奪吏」恨之入骨：「必若救瘡痍，先應去蝥賊。」大聲疾呼「安得務農息戰鬥，普天無吏橫索錢？」而對廣大窮苦群眾他卻始終充滿同情和尊重。他所交往的，不盡是達官貴人，更多的是小人物，他是以平等的態度和這些小人物來往的，從不擺大詩人的架子。詩人熱愛他們，他們也從來沒有討厭過詩人。他們之間總是友好的。貧苦的勞動婦女在舊社會是地位最低的，被人瞧不起，但杜甫卻對她們寄予深厚的同情。對自己家中的奴僕，杜甫也能以平等的態度對待他們，關懷他們。他總是盡其所能，樂於助人：「藥許鄰人劚」，「棗熟從人打」，「拾穗許村童」，「減米散同舟，路難思共濟」。就是對那些小生物，他也充滿惻隱之心：「築場憐穴蟻」，「盤飧老夫食，分減及溪魚」，「願分竹實及螻蟻，盡使鴟梟相怒號」。杜甫這種己飢己溺的仁者胸懷和博愛精神，在他的詩中都有生動的體現。但杜甫不是無原則的和事佬，而是「嫉惡懷剛腸」，他的愛憎是非常鮮明的：「新松恨不高千尺，惡竹應須斬萬竿」。可以說，杜甫對孔、孟所倡導的憂患意識、忠恕之道、仁愛精神、惻隱之心等等，都有深刻的理解，並身體力行之，他的儒家思想帶有鮮明的實踐性品格。所以後人多認為杜甫是儒者典範，甚至說「老杜似孟子」，往往把杜詩比作儒家經典。

清人吳喬說：「詩出於人。有子美之人，而後有子美之詩。子美於君親、兄弟、朋友、黎民，無刻不關其念，置之聖門，必在閔損、有若間，出由、求之上。生於唐代，故以詩發其胸臆。有德者必有言，非如太白但欲於詩道中復古者也。余嘗置杜詩於六經中，朝夕焚香致敬，不敢輕學。非子美之人，但學其詩，學得宛然，不過優孟衣冠而已。」甚至主張：「竊謂朝廷當特設一科，問以杜詩意義，於孔、孟之道有益。」（《圍爐詩話》卷四）

當然，在唐代以儒為主、佛道兼容的思想統治格局中，在顛沛流離的艱難歲月裡，杜甫也受到佛道思想的一些影響，但那是次要的。前人說「少陵不學仙，而自有仙氣」，「少陵不佞佛，抑又深通佛理」（劉鳳誥《杜工部詩話》卷一），大致是不錯的。

三、杜甫的文學成就

杜甫作品流傳下來的，有詩一千四百五十多首，文、賦二十八篇。杜甫是中國古典詩歌的集大成者。他生當李唐王朝由盛轉衰的歷史轉折時期，而這一歷史轉折的界標，就是天寶十四載十一月爆發的「安史之亂」，他當時四十四歲。這就是說，杜甫一生，有四分之三時間是生活在所謂「開天盛世」，而四分之一時間，即最後十五年，是在戰亂漂泊中度過的。盛世的熏陶和戰亂的體驗形成強烈的反差。而這巨大的反差卻造就了偉大的詩人。杜甫正是用如椽之筆，廣泛而深刻地反映了「安史之亂」前後唐王朝廣闊社會生活的巨大變化，內容極其廣泛，涉及社會生活的各個方面，大到軍國大事，帝王將相，小到個人瑣事，生活情趣；也反映了唐代文化的各個方面，如繪畫、舞蹈、書法、音樂等。一部杜詩，是他自己的一部自傳，也是他生活的那個時代的忠實記錄，故被譽為「詩史」。他以詩寫時事，如〈洗兵馬〉、〈三絕句〉等；以詩發議論，如〈戲為六絕句〉、〈偶題〉等；以詩寫人物傳記，如〈八哀詩〉等；以詩寫傳奇，如〈義鶻行〉等；以詩寫奏議，如〈塞蘆子〉等；以詩寫贈序，如〈奉贈韋左丞丈二十二韻〉等；以詩寫書劄，如〈蕭八明府實處覓桃栽〉等；以詩寫自傳，如〈壯遊〉、〈遣懷〉等；以詩寫遊記，如〈陪鄭廣文遊何將軍山林十首〉、〈渼陂行〉等。至於詠物抒懷之作，更是比比皆是。在杜甫手中，詩差不多成了萬能的工具，把詩的表現功能發揮到了極致。

由於杜甫具有深厚的文化修養、深刻的社會體驗和廣闊的觀察視野，「不薄今人愛古人」，「轉益多師是汝師」，對中國傳統文化採取廣收博取的開明態度，加之「詩是吾家事」的家學傳統，使他對詩有著一種超人的執著精神，「為人性僻耽佳句，語不驚人死不休」，他簡直是視詩為生命的。正因如此，杜甫不僅使詩的題材和體裁範圍空前擴大，達到了無事不可言、無意不可入的程度；而且使詩歌藝術達到了出神入化、登峰造極的境地。故被尊為「詩聖」。杜甫對中國詩歌的貢獻，不僅僅是「集大成」而已，更重要的，是對詩歌的創新，是在繼承基礎上的創新，是從內容到形式的全面創新。詩到杜甫為一大變。杜甫詩歌不僅表明中國詩歌史從浪漫轉向寫實的重大變化，而且以更加內在的社會政治與文化的轉型以及士人社會地位的調整為背景，反映士人文化心理與時代文化精神的重大變化，以及隨之而來審美範型的重大轉變。清人陳廷焯說得好：「詩至杜陵而聖，亦詩至杜陵而變。……昔人謂杜陵為詩中之秦始皇，亦是快論。」（《白雨齋詞話》卷七）「與古為化，化而能新」，可以概括杜甫對中國古典詩歌的貢獻。宋初王禹偁〈日長簡仲咸〉詩云：「子美集開詩世界。」這是對杜甫詩歌價值判斷的一次昇華，在杜詩學史上具有劃時代的意義。就詩歌演進的歷程而言，杜甫的所謂「開詩世界」，就是肇示了詩歌由「唐韻」向「宋調」的轉變。所以說，杜甫又是處在中國歷史轉折時期的一位繼往開來的偉大詩人。清人葉燮說：「杜甫之詩，包源流，綜正變，自甫以前，如漢、魏之渾樸古雅，六朝之藻麗穠纖、澹遠韶秀，甫詩無一不備；然出於甫，皆甫之詩，無一字句為前人之詩也。自甫以後，在唐如韓愈、李賀之奇奡，劉禹錫、杜牧之雄傑，劉長卿之流利，溫庭筠、李商隱之輕豔；以至宋、金、元、明之詩家，稱巨擘者無慮數十百人，各自炫奇翻異，而甫無一不為之開先。」（《原詩・內篇上》）應該特別提到的，是在文學批評史上，杜甫首開以詩的形式論述詩歌創作的先河。他在〈戲為六絕句〉中提出若干詩歌創作的主張，如主張對前代詩歌藝術兼收並蓄，博採眾長，對六朝詩歌一分為二，拒絕全盤否定，從而糾正了王勃、楊炯以及陳子昂、李白等人在矯枉中出現的偏頗。杜甫又提倡「凌雲健筆」、「碧海掣鯨」的詩風，同時，他還強調學習前人的「清詞麗句」，這對於建構唐代詩學都是十分重要的。除了〈戲為六絕句〉，他還有〈偶題〉、〈解悶十二首〉、〈遣悶戲呈路十九曹長〉等，也談到了詩歌創作的主張。這種以詩論詩的新形式，對後人影響很大，金代元好問〈論詩絕句三十首〉就是繼承的這種形式，後代人用這種形式論詩的，更是代不乏人。

杜詩眾體皆有，諸體兼擅，諸法俱備，為後世開無數法門。據浦起龍《讀杜心解》統計，杜詩共一千四百五十八首，其中五古二百六十三首，如〈望嶽〉、〈自京赴奉先縣詠懷五百字〉、〈北征〉、〈贈衛八處士〉、「三吏」、「三別」、〈佳人〉、〈夢李白二首〉、〈遭田父泥飲美嚴中丞〉等；七古一百四十一首，如〈兵車行〉、〈麗人行〉、〈丹青引〉、〈古柏行〉、〈觀公孫大娘弟子舞劍器行〉等；五律六百三十首，如〈房兵曹胡馬〉、〈畫鷹〉、〈夜宴左氏莊〉、〈春望〉、〈月夜〉、〈月夜憶舍弟〉、〈天末懷李白〉、〈春夜喜雨〉、〈旅夜書懷〉、〈登岳陽樓〉等；七律一百五十一首，如〈蜀相〉、〈聞官軍收河南河北〉、〈登樓〉、〈閣夜〉、〈宿府〉、〈又呈吳郎〉、〈登高〉等；五排一百二十七首，如〈冬日洛城北謁玄元皇帝廟〉、〈寄李十二白二十韻〉、〈秋日夔府詠懷奉寄鄭監李賓客一百韻〉、〈風疾舟中，伏枕書懷三十六韻，奉呈湖南親友〉等；七排八首，如〈清明二首〉、〈岳麓山道林二寺行〉等；五絕三十一首，如〈八陣圖〉等；七絕一百零七首，如〈贈李白〉、〈贈花卿〉、〈江畔獨步尋花七絕句〉等。杜詩不僅名篇眾多，而且富於創造，成為流傳千古的藝術瑰寶。如〈自京赴奉先縣詠懷五百字〉、〈北征〉，向被譽為「古今絕唱」。而「即事名篇，無復依傍」的新題樂府，更是杜甫開創的一種新的詩歌體式，為中唐以後的新樂府樹立了榜樣。清王士禛認為「七言古詩，諸公一調。唯杜甫橫絕古今，同時大匠，無敢抗行。」（《居易錄》卷二一）把杜甫的七言古詩奉為「千古標準」。律詩，特別是七律，更是成熟於杜甫。清錢良擇《唐音審體・律詩七言四韻論》云：「七言律詩始於初唐咸亨、上元間，至開、寶而作者日出。少陵崛起，集漢、魏、六朝之大成，而融為今體，實千古律詩之極則。同時諸家所作，既不甚多，或對偶不能整齊，或平仄不相黏綴，上下百餘年，止少陵一人獨步而已。」明胡應麟就把他的〈登高〉奉為「古今七言律第一」。杜甫又是拗體七律的創始者，如〈白帝城最高樓〉、〈白帝〉等。他到夔州後寫的一些長篇排律和聯章詩，如〈秋日夔府詠懷一百韻〉、〈諸將五首〉、〈詠懷古跡五首〉、〈秋興八首〉等，以它獨特的風貌，標誌著他對這些詩體的創造、運用已達到全新境界。可以說，夔州時期，杜甫的詩藝已達到爐火純青、出神入化的境地。杜詩，特別是律詩，可以說是從容於法度之中，而又變化於法度之外。他於法度中求變化，縱橫變化中自有法度，使二者達到完美的統一。杜詩內容和形式的完美結合所呈現出的主體風格是「沉鬱頓挫」。所謂「沉鬱頓挫」，是指杜詩內容上的博大精深，憂憤鬱勃；形式上的波瀾老成，頓挫變化；語言上的精煉準確，含蓄蘊藉。從而形成了千彙萬狀、地負海涵、博大宏遠、真氣淋漓的美學風貌。

杜甫的偉大之處，還在於他的詩歌創作藝術的超前性、現代性和世界性。正如美國著名漢學家宇文所安（斯蒂芬・歐文）說的那樣：「杜甫是最偉大的中國詩人。他的偉大基於一千多年來讀者的一致公認，以及中國和西方文學標準的罕見巧合。在中國詩歌傳統中，杜甫幾乎超越了評判，因為正像莎士比亞在我們自己的傳統中，他的文學成就本身已成為文學標準的歷史構成的一個重要部分。杜甫的偉大特質在於超出了文學史的有限範圍。」（《盛唐詩》第十一章〈杜甫〉）

四、杜甫的影響和歷代研究情況

作為世界文化名人的杜甫，對中國文學產生了廣泛而深遠的影響。可以說，杜甫之後的一千多年，中國詩壇上的傑出詩人，幾乎沒有一個不是受他影響的。唐代元稹、白居易、張籍、王建、劉禹錫、韓愈、孟郊、賈島、李賀、李商隱、杜牧、皮日休、陸龜蒙、韓偓、韋莊等；宋代王禹偁、王安石、蘇軾、黃庭堅、陳師道、陳與義、陸游、辛棄疾、文天祥等；金代元好問等；明代袁凱、李夢陽、鄭善夫、陳子龍等；清代錢謙益等，無不推尊杜甫，學習杜甫。杜甫是我國優秀傳統文化的典型代表。他的詩歌，堪稱中國古典詩歌的範本；他的人格，堪稱中華民族文人品格的楷模；他的思想，堪稱中華民族傳統思想的精華。詩聖杜甫那種憂國憂民無已時，君聖民安死方休的崇高精神，在其後一千多年的歷史中，特別是在中華民族國難深重、危亡在即的關鍵時刻，不知影響和鼓舞了多少仁人志士，為民族的振興、國家的強盛、人民的幸福而英勇獻身！宋末文天祥被囚元人獄中，至死不屈，集杜句成詩二百首。他在《集杜詩・自序》中說：「凡吾意所欲言者，子美先為代言之。日玩之不置，但覺為吾詩，忘其為子美詩也。乃知子美非能自為詩。詩句自是人情性中語，煩子美道耳。子美於吾隔數百年，而其言語為吾用，非情性同哉！」抗日戰爭勝利後，錢來蘇在〈關於杜甫〉一文中說：「他是我們中華民族歷史上最有骨頭的一個人。他在顛沛流亡艱難困苦的環境中，甚至要窮死餓死的時候，還總是念念不忘國家。他的詩總是喚起朝野的人們趕快的把胡寇逐出中國去。他的詩集裡表現民族氣節，民族意識的作品，是很多的。」聞一多更稱譽杜甫是我國「四千年文化中最莊嚴、最瑰麗、最永久的一道光彩。」（《唐詩雜論・杜甫》）繼承和發揚杜甫留給我們的這份寶貴遺產，對傳承文明、弘揚中華民族的優秀傳統，提高民族自信心和凝聚力，繁榮新時代的文化事業和文藝創作，仍然具有重大的現實意義。

杜甫不僅是中國的，而且是世界的，他對世界文明作出的貢獻是不可低估的，他被戴上「世界文化名人」的桂冠是當之無愧的。杜詩在唐代就傳入日本，給日本文學以深遠影響。日本著名漢學家鈴木修次（西元一九二三—一九八九年）《杜甫》即云：「杜甫，雖然是古人，但他的作品，已超越時間，不斷地給讀者以新的刺激和感動。杜詩修辭藝術技巧，不僅給現在的中國詩人，也包括日本詩人以很大影響。杜甫苦心經營語言、觀察事物之精細，令人吃驚。杜甫是超越時間、具有永恆價值的詩人。以『詩聖』名杜甫，不限於中國風土與歷史，即使從全世界角度看，也同樣如此。」杜詩很早也傳入朝鮮半島。高麗時期著名學者、詩人李仁老（西元一一五二—一二二〇年）在《破賢集》卷中說：「自雅缺風亡，詩人皆推杜子美為獨步，豈唯立語精硬，刮盡天地菁華而已。雖在一飯，未嘗忘君，毅然忠義之節，根於中而發於外，句句無非稷契口中流出，讀之足以使懦夫有立志，玲瓏其聲，其質玉乎？蓋是也。」韓國當代著名杜甫研究專家李丙疇說：「目前大約有十二個國家用不同的語言對杜詩進行過翻譯。參加過注釋的就有千人。朝鮮在一四八一年刊印的《杜詩諺解》恐怕是世界上最早的一部譯作。世宗二十五年（西元一四四三年），對當時最高級的學者進行了總動員，從開始翻譯，前後苦幹了四十年。比日譯本早三百年。」又說：「朝鮮實行科舉制度的時候，有百分之四十的題目出自杜詩。故不讀杜詩者休想入科舉之門。申紫霞曾有語云『家家尸祝』，就是說家家戶戶都把杜詩當作祭文來念。」（高光植〈杜詩研究三十載——南朝鮮杜詩研究者李丙疇一席談〉，《國外社會科學》一九八八年第五期）杜甫及其詩歌在歐美地區亦影響頗大。美國當代著名詩人、唐詩研究專家肯尼斯·魯克斯羅斯（漢名王紅公）是杜甫的忠實信徒和崇拜者，他曾說：「杜詩對我影響之巨，無人能比。我認為，杜甫是有史以來最偉大的詩人。在某些方面，杜甫可超越莎士比亞或荷馬，其詩作更為自然，更為新切。」研究杜甫，對促進國際文化交流，傳布中華文明，拯救當前人類面臨的精神危機和道德危機，提高中華民族的國際影響力，增強民族自豪感，都有不可低估的作用。

《舊唐書·杜甫傳》和《新唐書·藝文志》都記載《杜甫集》六十卷，唐代宗大曆年間，樊晃編有《杜工部小集》六卷，惜都不存。據不完全統計，自唐迄於清末，見於著錄的各類杜集，約有八百種，流傳至今的約三百種（不包括同一書的不同版本）。唐以後，有兩次注杜高潮。一為兩宋時期，號稱「千家注杜」。今傳杜集最早者為北宋王洙、王琪編定、裴煜補遺的《杜工部集》二十卷。此後杜集補遺、增校、注釋、批點、集注、編年、分體、分類、分韻之作，皆祖此本。南宋最著者，有郭知達輯《新刊校定集注杜詩》（又稱《九家集注杜詩》）、蔡夢弼會箋《杜工部草堂詩箋》、黃希、黃鶴補注《黃氏補千家集注杜工部詩史》，而最有價值的是趙次公撰《新定杜工部古詩近體詩先後并解》，此本僅存明鈔殘本二十六卷，全本則有今人林繼中輯校《杜詩趙次公先後解輯校》。二為明末清初時期。主要評注本有王嗣奭撰《杜臆》、錢謙益撰《錢注杜詩》、朱鶴齡撰《杜工部詩集輯注》、仇兆鰲撰《杜詩詳注》、浦起龍撰《讀杜心解》、楊倫撰《杜詩鏡銓》等。

辛亥革命以後，在新的時代背景下，雖歷經曲折，但杜甫仍受到人們的青睞。許多學者開始用新的方法研究杜甫，取得了可喜的成就。馮至的《杜甫傳》、洪業的《杜甫：中國最偉大的詩人》、傅庚生的《杜甫詩論》、蕭滌非的《杜甫研究》等，可謂代表作。研究資料則有中華書局出版的《杜甫研究論文集》與《古典文學研究資料彙編・杜甫卷》上編（唐宋之部）、葉嘉瑩的《杜甫秋興八首集說》等。年譜有聞一多編《少陵先生年譜會箋》、四川省文史研究館編《杜甫年譜》等。

二十世紀七十年代末以來，中國又蓬勃興起一股杜甫研究熱。據不完全統計，迄今為止，已出版有關杜甫的各類著作近三百部（包括臺灣、香港地區），發表論文約五千篇，數量之多，穩居唐代詩人之冠，可見研究之深廣與熱烈。朱東潤的《杜甫敘論》、陳貽焮的《杜甫評傳》、程千帆等的《被開拓的詩世界》、莫礪鋒的《杜甫評傳》、簡錦松的《杜甫夔州詩現地研究》等，頗多創獲。研究資料則有鄭慶篤等的《杜集書目提要》、周采泉的《杜集書錄》、陳文華的《杜甫傳記唐宋資料考辨》、張忠綱等的《杜集敘錄》等。我所主編的集大成式的《杜甫大辭典》，包括作品提要（包括詩文）、名句解析、語詞成語、家世交遊、地名名勝、版本著作、研究學者等七大類，計收詞目七千六百八十餘條，二百五十萬字，全面總結了自唐迄今海內外杜甫研究的情況，特別注意吸收最新研究成果，為廣大讀者和杜詩愛好者提供了一份重要參考資料。

本書共選杜詩二百二十一題二百七〇首，杜詩原文以中華書局一九七九年出版的仇兆鰲《杜詩詳注》為底本，因此本最通行，但問題很多，故又參校宋刻諸本，擇善而從，一般不出校記。篇目以編年為序。「題解」對該詩的寫作時地及相關背景材料作簡要介紹。「注釋」力求簡明精當，不作過多的繁瑣考證。但在一些容易產生歧義之處，仍不避其繁，以便使讀者能夠更好地理解詩意。「語譯」力求準確生動，或直譯，或意譯，或韻或散，不拘一格。「研析」主要對詩的寫作主旨、藝術特色、篇章結構、相關評論及影響等作出簡明扼要的介紹，力求雅俗共賞。本書吸收了國內外學界同仁的許多最新研究成果，限於篇幅，不再一一注明，在此一併致以謝忱。對於書中的錯訛之處，敬祈讀者批評指正。

張忠綱

二〇〇八年十二月書於美國舊金山

望嶽

【題解】唐玄宗開元二十四年（西元七三六年），應試落第的杜甫開始了「放蕩齊趙間，裘馬頗清狂」的漫遊生活。此時，他的父親杜閑為兗州（今屬山東）司馬。省親漫遊，可謂一舉兩得。這首詩即是他這次漫遊時所作。詩人雖然應考進士落榜，此詩的字裡行間卻依然豪情萬丈，表現了希望登上事業頂峰的雄心壯志，以及萬里鵬程的樂觀與自信。

岱宗❶夫如何❷？齊魯❸青未了❹。造化鍾神秀❺，陰陽割昏曉❻。盪胸❼生曾雲❽，決眥❾入歸鳥。會當❿凌絕頂⓫，一覽眾山小⓬！

【注釋】❶岱宗　泰山別稱。岱，始也。宗，長也。泰山為五嶽之首，故稱岱宗。在今山東省中部，主峰玉皇頂在泰安北，海拔一五三二・七公尺。❷夫如何　彼竟如何？是設問為詞。金趙秉文撰〈題南麓書後〉云：「『夫如何』三字幾不成語，然非三字無以成下句，有數百里之氣象。」（《滏水集》卷二〇）❸齊魯　春秋時二諸侯國名。《史記・貨殖列傳》云：「泰山之陽則魯，其陰則齊，齊帶山海。」即云，齊國在泰山之北，魯國在泰山之南。❹青未了　謂泰山橫亙齊、魯兩個大邦，其青翠的山色綿延不絕。❺造化句　謂大自然將神奇靈秀之氣色集中於泰山。造化，謂天地，大自然。鍾，聚。神秀，神奇峻秀。❻割昏曉　泰山聳入雲霄，山前山後，昏曉從此判分。割，分。❼盪胸　心胸搖蕩。❽曾　同「層」。❾決眥　謂張目極視。眥，眼角。❿會當　定當，表示心所預期。⓫凌絕頂　謂攀登泰山的頂峰。凌，登臨。絕頂，最高峰，此指玉皇頂。⓬眾山小　化用《孟子・盡心上》：「孔子登東山而小魯，登泰山而小天下」意。

【語譯】泰山啊泰山，作為五嶽之首，你的高大究竟如何？一定是覆壓齊、魯兩個大國，其蔥鬱景色猶未能盡。大自然將神奇秀美凝集於此山，山峰的陰面則是黃昏之時，山峰的陽面則是清曉。更令人心曠神怡的，便是山間雲氣正在層層生成，仰望此景我的心胸激盪而又浩渺。這時我又極目遠望，追羨那歸來的山鳥。面對如此神祕而偉大的泰山，我禁不住發出這樣的宏願：待我登上玉皇頂，俯看群山多渺小！

【研 析】杜詩以「望嶽」為題者共三首，分別是東嶽泰山、西嶽華山、南嶽衡山。這首望的是泰山。杜甫之前詠泰山的名作並不多見，如謝靈運的〈泰山吟〉，用大量雙聲疊韻詞形容泰山的高峻奇險，又強調封禪的肅穆神聖，趨於板滯。李白寫了六首〈遊泰山〉，抒寫在泰山上與仙人同遊的自由與快樂，從本質上說屬於遊仙詩。杜甫這首「望嶽」詩則著力突出一個「望」字，將泰山壯美的自然景觀與崇高的人文意義融為一個有機整體。句句是望，望嶽之色，望嶽之情，充溢於字裡行間。

仔細說來，詩有四層涵義：一二句為遠望之色，以散文句法自問自答。發端直接稱泰山為「岱宗」，接著從大處落筆，寫泰山的青青山色，以景色描寫烘托泰山的高大。三四句寫近望之勢，大自然把神奇和靈秀都集中於泰山，山南山北的明暗由高高的山峰分割，既讚美壯麗和雄奇的泰山景色，亦隱含著「岱宗」一詞的本義：萬物代謝、昏曉變化正是陰陽造化之功，此功既已集中於泰山，那此山當然不愧為五嶽之首了。這就是泰山的人文意義。五六句寫細望之景，詩人遙望山中雲層起伏，心胸頓時豁然開朗；目送飛鳥歸山，眼眶幾乎為之睜裂。這裡將「盪胸」與「生曾雲」倒置，彷彿層層雲氣是從詩人的胸中昇騰似的，強有力地表現出詩人仰望泰山時激盪飛揚的精神風貌，以及將大自然的浩然之氣納入自己胸懷的豪情。這樣，下句說目送歸鳥以致要「決眥」的誇張，才更顯出「望」的專注急切及目光的清澈深邃。七八句寫極望之情，順著歸鳥所飛方向極力望去，就是詩人相信終有一天會登上的玉皇頂了，於是用了孔子「登泰山而小天下」的典故，境界頓覺闊大。這樣，既自述懷抱，又回到了泰山豐富的人文內涵中。泰山的崇高偉大不僅是自然的，也是人文的，所以登上絕頂的理想本身，當然也具備了雙重意義。全詩寫得極有氣勢，真可與岱嶽爭雄，堪稱千古絕唱。所以清人浦起龍說：「公集當以是為首」，「杜子心胸氣魄，於斯可觀。取為壓卷，屹然作鎮」（《讀杜心解》卷一之一)。這是說得很對的。

登兗州城樓

【題　解】開元二十四年(西元七三六年)作。本年，杜甫第一次漫遊齊趙，這時其父杜閑任兗州(今屬山東)司馬。此詩寫登上兗州南城樓縱目時的所見所感，是杜甫詩集中第一首律詩。

東郡❶趨庭❷日，南樓❸縱目初❹。浮雲連海岱❺，平野入青徐❻。孤嶂❼秦碑❽
在，荒城❾魯殿❿餘⓫。從來⓬多古意⓭，臨眺⓮獨躊躇⓯。

【注　釋】❶東郡　指兗州。因在杜甫所居東都洛陽之東，故稱「東郡」，係泛指，非漢之東郡。舊注多誤。❷趨庭　此用孔子教育其子鯉的故事。《論語・季氏》云：「(孔子)嘗獨立，鯉趨而過庭，曰：『學《詩》乎？』對曰：『未也。』『不學《詩》，無以言。』鯉退而學《詩》。他日，又獨立，鯉趨而過庭，曰：『學《禮》乎？』對曰：『未也。』『不學《禮》，無以立。』鯉退而學《禮》。」後成了子受父訓的代稱。這裡指杜甫前來兗州探看父親。❸南樓　即兗州南城樓。遺址在今兗州市內，人稱「少陵臺」。❹縱目初　言今日始得登樓縱觀。❺海岱　指滄海、泰山。❻青徐　指青州、徐州。《尚書・禹貢》：「海岱惟青州」，又「海岱及淮惟徐州」。均與兗州鄰境。❼孤嶂　指嶧山，又稱鄒嶧山，在今山東鄒城東南。❽秦碑　指秦始皇登嶧山所刻石碑。《史記・秦始皇本紀》：「二十八年，始皇東行郡縣，上鄒嶧山，立石，與魯諸儒生議，刻石頌秦德。」❾荒城　指魯故城(又稱曲阜故城)。❿魯殿　指魯靈光殿，為漢景帝子魯恭王劉餘所建。遺址在今曲阜東北部。東漢王延壽作有著名的〈魯靈光殿賦〉。⓫餘　殘存。在漢末戰亂中，許多殿宇皆遭毀壞，惟靈光殿巋然獨存。⓬從來　猶自來，向來。⓭古意　即緬懷、追念古人之意。⓮臨眺　登高遠望。⓯躊躇　猶豫，含惆悵意。

【語　譯】我牢記孔夫子的誨訓，來到東郡兗州拜望慈祥的老父。初次登上兗州南城樓，縱目遠望，驚詫風景之特殊：滄海與泰山遙遙相連，遼闊的空中野雲飄浮；原野一眼望不盡，綿綿伸展到青州徐州。若將視野稍收縮，又見那孤高嶧山上，秦皇石碑仍高矗；在這荒涼曲阜城，靈光寶殿已殘蕪。登高縱觀這些古蹟景觀，不禁產生緬懷、追念之意，這就是憑高懷古發幽思，今古茫茫難忍去。

【研　析】此詩是杜甫來兗州看望父親時所作。登高遠眺，面對著這海岱的「浮雲」，遼闊的「平野」，殘存的「秦碑」，荒涼的「魯殿」，不禁又觸動他的情懷，勾引起滿懷的愁思。首聯點題，首句點明「兗州」，次句點明「城樓」。「縱目」是貫穿全詩的線索，乃一篇之關鍵。首聯對仗而起，不但交代了時間、地點和事因，而且氣勢矯健，包舉全篇。中間二聯緊扣詩題，寫「縱目」所見。頷聯寫遠眺之景，俯仰千里，乃就空間而言，從上視下，故曰「連」，由此及彼，故曰「入」。觀此遠景，雲野蒼茫，千里一瞬，已具弔古之意，貴在含蓄不露。詩人身在兗州，泰山、兗州之地應難以一眼望盡，至於數百里之外的徐州和滄海，是無法望到的。而詩所以這樣寫，正是通過這樣一種浮雲回合、蒼茫無際的境界，來展示詩人雄偉的氣魄、開闊的眼界和廣闊的胸懷。頸聯寫近觀之景，上下千年，是就時間而言，秦碑尚可摩識，故曰「在」，魯殿只存虛壤，故曰「餘」。不僅抒發了古今滄桑之感，而且為尾聯直接抒情埋下伏筆。尾聯以「臨眺」作結，與開頭「縱目」遙相呼應，由自然景色的描述轉到對歷史的深沉思索。兩句正是說自己平時就有安邦濟民的政治理想，現在登高臨眺，更觸動內心深處的無窮感慨。整篇開合動盪而又一氣貫通，意境蒼涼，結構謹嚴，格律工穩，頗具章法，前人以為「五律正鋒」。

房兵曹胡馬

【題　解】這首詩大約作於開元二十八、九年間（西元七四〇—七四一年），杜甫近三十歲時。兵曹是兵曹參軍事的省稱。唐代諸州府置兵曹參軍事（下州不置），掌武官選舉、兵器甲仗、門衛、烽候、驛傳等事。諸衛諸軍、東宮諸率府及諸王府亦置此官。房兵曹，名字不可考。胡馬，此指當時西域地區所產的馬。詩極讚房兵曹胡馬之奇，亦為自身寫照。

胡馬大宛名❶，鋒稜❷瘦骨成。竹批❸雙耳峻❹，風入四蹄輕❺。所向無空闊❻，
真堪託死生❼。驍騰❽有如此，萬里可橫行❾。

【注　釋】❶大宛名　產於大宛國的馬久已聞名。大宛，漢時西域國名，在今烏茲別克斯坦共和國，此國盛產良馬。《史記・大宛列傳》云：「(大宛)多善馬。馬汗血，其先天馬子也。」裴駰《集解》引《漢書音義》曰：「大宛國有高山，其上有馬，不可得，因取五色母馬置其下，與交，生駒汗血，因號曰『天馬子』。」❷鋒稜　言此馬的骨格稜角鮮明，瘦硬有神。❸竹批　猶竹削，竹筒。《齊民要術》卷六〈養牛馬驢騾〉云：「(馬)耳欲得小而促，狀如斬竹筒。耳方者千里，如斬筒七百里，如雞距者五百里。」❹峻　馬耳豎貌。❺風入句　謂此馬四蹄生風，極言其迅捷輕盈。《拾遺記》卷七記，曹洪乘馬名白鵠，「走時惟覺耳中風聲，足似不踐地」。❻無空闊　意謂無論怎樣廣袤遼闊的距離，在這樣的駿馬面前，都不成問題。無，視之若無，有蔑視之意。❼託死生　謂危難之時以生命相託。❽驍騰　驍勇飛騰。❾萬里句　《漢書・禮樂志二》載〈天馬歌〉：「太一況，天馬下，霑赤汗，沫流赭。……體容與，迣萬里，今安匹，龍為友。」詩句即用此意。

【語　譯】房兵曹的千里馬產於遙遠的大宛國，大宛國產名馬久已聞名。房兵曹的這匹駿馬骨骼突出如刀鋒，雙耳尖峭似竹筒；牠的四蹄輕快如勁風，生來就是天馬種。待到所向披靡疆場去，牠的蹄下無漫長之里程。當牠勇往直前不懼險，主人真可放心託之以生命；當牠驍勇又奔騰，馳騁萬里疆場上，必當是願為主人建奇功。

【研　析】這是一首詠物言志詩。詩人讚美房兵曹的胡馬，寄託了自己橫行萬里的雄心和豪氣。詩的前四句寫大宛名馬，以寫馬的形態，展示其清峻的特徵：瘦骨稜稜，好似刀鋒；耳根尖尖，猶如刀削。將骨相與耳根

特點綜合起來，突出此馬的精銳本性。如此駿馬，自然是四蹄輕快如風，隨時可以騰飛。「竹批」一聯倒裝成句，十字對仗，一氣呵成，即所謂「走馬對」；以此對言其善奔之勢。詩的後四句讚歎此馬的品德與才能：向空闊廣袤的疆場奔去，勇往直前，不畏艱險。這樣，主人就可以託付生命了。如此快捷矯健，自可日行萬里，橫絕天下，助主人建功立業。「有如此」三字，挽得極為有力。而第八句，寫馬亦寫房氏，期待他立功萬里之外，黃生所謂「結處必見主人，此唐賢一定之法」（《杜詩說》卷四）。其實亦是寫自己。此詩詠馬，但從馬的特性可以看出詩人自己的氣骨；胡馬可以橫行萬里，所謂「所向無空闊」，詩人當時勇往直前的銳氣亦表露無遺，正見詩人之「良工心苦」。這是杜甫早年的詠物詩，其凌厲的氣勢和胡馬非凡的特性相得益彰，可見其功力。明人張綖是這樣評論的：「前表其相之異，後狀其用之神。四十字間，其種其相，其才其德，無所不備，而形容痛快，凡筆望一字不可得。」（《杜工部詩通》卷一）

畫鷹

【題　解】這是一首題畫詩，大約作於開元末年。作者通過描摹畫鷹的威猛姿態和躍躍欲試的神情，因畫及真，抒發了詩人自負不凡、痛惡庸碌的壯志豪情。

素練❶風霜起❷，蒼鷹畫作殊❸。㩳❹身思狡兔❺，側目❻似愁胡❼。絛鏇❽光堪摘❾，軒楹❿勢可呼⓫。何當⓬擊凡鳥⓭，毛血灑平蕪⓮。

【注　釋】❶素練　畫鷹所用白絹。❷風霜起　形容畫鷹神態威猛如挾風霜。❸畫作殊　謂畫得特別出色。作，創作。殊，殊異。❹㩳　古「竦」字，即鷹聳翅欲飛狀。❺思狡兔　想要攫取狡兔。❻側目　側目而視，即斜視。❼似愁胡　形容鷹的眼睛色碧而銳利。因胡人（指西域人）碧眼，故以為喻。愁胡指發愁時的胡人。語本東漢王延壽〈魯靈光殿賦〉：「胡人遙集於上楹」，「狀若悲愁於危處」。晉孫楚〈鷹賦〉：「深目蛾眉，狀如愁胡。」❽絛鏇　絛，是繫鷹腳的絲繩。鏇，是金屬製成的轉軸，把絲繩繫在上面，可防鷹飛走。❾光堪摘　言絛鏇之色鮮明可愛。堪，可以。❿軒楹　廳堂前的廊柱。⓫勢可呼　樣子似乎可以呼之去打獵。勢，鷹在軒楹間飛動之狀。⓬何當　何時。⓭凡鳥　尋常一般的鳥。⓮毛血句　班固〈西都賦〉：「風毛雨血，灑野蔽天。」《幽明錄》云：楚文王獵於雲夢之澤，雲際鳥翱翔飄揚，鷹見之，「竦翮而昇，矗若飛電，須臾，羽墮如雪，血下如雨，有大鳥墮地，度其兩翅，廣數十里。」末句本此。平蕪，荒原。

【語　譯】一陣風霜起，起自白絹上；絹上有蒼鷹，如同真鷹樣。蒼鷹聳身立，似在搜狡兔；碧眼斜視時，胡人憂愁狀。絛鏇閃閃亮，似可摘其光；立於軒楹間，蓄勢待翱翔。乘風思奮起，欲將凡鳥擊；何時騁宏願，毛血灑荒原。

【研　析】這是一首題畫詩。題畫詩與詠物詩一樣，多半借來抒寫自己的情懷。首聯入手擒題，寫出了畫鷹給予人心理上的一種具體感受。此詩本寫畫鷹，忽下「素練風霜」一語，遂使鷹之精神畢露，是取其神。因此，「風霜起」，三字化靜為動，傳神逼真。風霜撲面而起，是觀畫鷹者一種嚴肅的心理感受。然後輕輕接一語「畫作殊」，此上呼下法。頷聯即承上而來，正面寫畫鷹的雄姿與神態，是虛寫。由畫鷹而聯想到真鷹，由竦身欲飛的神態而聯想到它將去追擊狡兔，設想奇妙，筆法生動。頸聯描寫畫鷹的逼真形象。畫鷹張掛在那裡，宛如活鷹一樣，使人覺得真可隨時呼之前往搏擊獵物。尾聯明明是寫畫鷹，卻忽然以真鷹來想像牠如何翱翔碧空，搏擊凡鳥。這設想既匪夷所思，又那樣合乎情理。「何當」，緊承上二句「堪」、「可」字，期望牠能擊凡鳥。詩人由畫鷹的逼真，聯想到真鷹凌厲九霄搏擊凡鳥使之血灑平蕪的雄姿和氣概，不但渲染出畫鷹生動矯健的神態，而且寄寓了自己「致遠壯心，未甘伏櫪，嫉惡肝腸，尤思排擊」（《䂬溪詩話》卷二）的襟懷。此詩句句不離畫鷹，但又不為畫鷹所限，不僅讚美了畫家技藝的高超，而且通過對畫鷹卓犖不群的姿態神情的描述，寄寓了自己抱負不凡、嫉惡如仇的豪情壯志。清人邊連寶評曰：「筆力矯健，有龍跳虎臥之勢，其疾惡如仇、矶硉不平之氣，都從十指間拂拂出矣。」（《杜律啟蒙》五律卷一）

臨邑舍弟書至，苦雨，黃河泛溢，堤防之患，簿領所憂，因寄此詩，用寬其意

【題解】《舊唐書·五行志》記載，開元二十九年（西元七四一年），暴水，伊、洛皆溢，損廬舍，沒秋稼，壞東都天津橋及東西漕；河南北諸州，皆多漂溺。此詩當作於是年。時杜甫已由齊趙回到東都洛陽。臨邑，縣名，唐屬齊州濟南郡，即今山東臨邑。舍弟，自稱其弟的謙詞。甫弟有穎、觀、豐、占四人，此指杜穎。簿領，漢代諸縣皆置主簿，為縣佐吏，唐仍之。掌錢穀簿書等事，亦簡稱簿。時杜穎為臨邑主簿，兼領防川之職。這首詩記述了水患之烈與人民受災之苦，融想像與寫實為一體，充滿了戰勝災害的信心，風格豪宕雄健，是杜甫現存的第一首排律。

二儀❶積風雨❷，百谷漏❸波濤。聞道洪河坼❹，遙連滄海❺高。職司❻憂悄悄❼，郡國❽訴嗷嗷❾。舍弟卑棲邑❿，防川領簿曹⓫。尺書⓬前日至，版築⓭不時操⓮。難假黿鼉力，空瞻烏鵲毛⓯。燕南⓰吹畎畝⓱，濟上⓲沒蓬蒿。螺蚌滿近郭⓳，蛟螭⓴乘九皋㉑。徐關㉒深水府㉓，碣石㉔小秋毫。白屋㉕留孤樹，青天失萬艘㉖。吾衰㉗同泛梗㉘，利涉想蟠桃㉙。卻倚天涯釣，猶能掣巨鼇㉚。

【注釋】❶二儀　天和地。❷積風雨　久雨不停。❸漏　溢也。出自《後漢書·陳忠傳》：「青冀之域，淫雨漏河。」❹洪河坼　指黃河決口。坼，裂開。❺滄海　大海。《初學記》卷六：「東海之別有渤澥，故東海共稱渤海，又通謂之滄海。」❻職

司　謂職掌防河的官吏。❼悄悄　憂愁貌。《詩經．邶風．柏舟》：「憂心悄悄。」❽郡國　指受災諸郡縣。❾嗷嗷　狀聲詞。形容哀號聲。《詩經．小雅．鴻雁》：「鴻雁于飛，哀鳴嗷嗷。」❿棲邑　猶所居之邑，此指臨邑。⓫領簿曹　謂弟穎為臨邑主簿。簿曹，掌簿書的官吏。⓬尺書　指書信。古時寫信用一尺見方的絹，故稱。⓭版築　用版夾土築堤。⓮不時操　謂無時無刻不在修築河堤。不時，時時。操，指操版築。⓯難假二句　極寫面對洪水的無奈。黿，大鱉，俗稱癩頭黿。鼉，一名鼉龍，又名豬婆龍，今稱揚子鱷。《文選．恨賦》：「方架黿鼉以為梁。」李善注引《竹書紀年》下云：「周穆王三十七年，伐紂，大起九師，東至於九江，叱黿鼉以為梁。」烏鵲，《爾雅翼．釋鳥一》：「涉秋七日，(鵲)首無故皆髡，相傳以為是日河鼓與織女會於漢東，役烏鵲為梁以渡，故毛皆脫去。」即俗傳七月七日牛郎織女鵲橋相會。黿鼉、烏鵲，言不能借之以為橋梁，故曰「難假」、「空瞻」。假，假借。⓰燕南　今河北省南部。⓱吹畎畝　謂水漫田野，隨風流動。畎畝，謂田地。畎，田間水溝。⓲濟上　今濟南、兗州一帶。⓳螺蚌句　螺蚌爬滿了附近的城郭，謂積水深且久。⓴蛟螭　均傳說中水中動物，能興風作浪、引發洪水。㉑九皋　深澤。㉒徐關　地名，唐屬齊州濟南郡，在今山東淄博淄川區西。即春秋魯成公十七年（西元前五七四年）齊侯與國佐訂盟之處。㉓水府　水所聚集之處。㉔碣石　山名，在今河北昌黎北。山頂有巨石矗立，高數十丈，故稱碣石。㉕白屋　茅草屋。㉖失萬艘　謂很多船隻失事沉沒，極言洪水之兇猛。艘，船之總名。㉗吾衰　非衰老之謂，而謂運蹇不遇，猶漂泊湖南〈上水遣懷〉詩所云「我衰太平時」之意。㉘泛梗　杜甫自比。《戰國策．齊策三》：土偶謂桃梗曰：「子，東國之桃梗也，刻削子以為人，降雨下，淄水至，流子而去，則子漂漂者將何如耳。」㉙利涉句　謂渡過大水去摘取蟠桃。利涉，順利渡水。蟠桃，傳說中的仙桃。《藝文類聚》卷八六：「東海有山，名度索山，有大桃樹，屈盤三千里，曰蟠桃。」㉚卻倚二句　設想以蟠桃為釣餌，把造成黃河水災的巨鼇釣上來，以平水患。此應題中所謂「用寬其意」。《列子．湯問》：渤海之東有五山，天帝使巨鼇十五，舉首負戴。龍伯國有大人，舉足數步而至五山，「一釣而連六鼇」。後遂以釣鼇喻抱負遠大或舉止豪邁。掣，有制服意。臨邑近海，故用蟠桃、巨鼇事。

【語　譯】天地之間風雨飄搖，條條山谷奔洩著驚浪和駭濤。聽說黃河已然決口，洶湧的黃水向大海奔去，沿途捲起千堆水浪高。這時防水官吏憂心如焚，災區百姓呼天叫地哭號啕。我弟屈身臨邑縣，官為主簿小官僚，處在防治水患第一哨。前天收到弟來信，信言築堤不辭勞：難借黿鼉禦水力，徒仰烏鵲來搭橋。濟南兗州蓬蒿沒，燕南莊稼打水漂；螺蚌無數生城郭，蛟螭肆虐深澤中；徐關淪為深水府，碣石變成小秋毫；百姓茅屋隨水去，只留稀疏大樹梢；青天之下多慘事，無數船隻沉沒掉。對此大災，我身衰微如桃梗，猶想涉水摘蟠桃；摘取蟠桃當釣餌，倚在天邊釣巨鼇。根除水患終有時，勸弟切莫內心焦。

【研　析】此詩所述，重在黃河泛濫。開頭四句開門見山，提出「苦雨河泛」之事。「二儀」兩句言波濤溢河，淹沒百谷。「漏」字下得好，「積」字、「漏」字，有怨二儀的意思。可見自然災害非關人事，這裡已埋下「寬其意」伏筆。楊倫謂：「二句說盡千古河患之由。」（《杜詩鏡銓》卷一）「職司」以下八句，寫堤防之患，簿領所憂。「燕南」以下八句，言傍河州郡皆被泛溢。八句所寫當是「尺書」所說之內容，述水勢之大，泛濫之重，害稼害漕之甚。末四句寄詩寬解其弟。這裡忽將「憂」字擱起，又冠以「吾衰」二字，若為自誇其詞，殊不知愛弟深衷，正欲以釣鼇之事而激勵之，即所謂「用寬其意」。吳瞻泰評曰：「排律之法，在段落起伏，曲折變換……觀此起二句突兀，將黃河水勢領官憂患及寄詩寬慰，許多議論，均伏其中，全局已為之一振，且此詩因舍弟書至，而知『苦雨黃河泛溢』，乃偏於書未到時，先寫六句在傳聞中，設想便自高人幾等矣。」（《杜詩提要》卷一三）

夜宴左氏莊

【題　解】此詩當為天寶二、三年（西元七四三—七四四年）間作。左氏莊，不詳所在。詩寫夜宴莊園情景，寄興閒遠，狀景纖悉，寫情濃至，開闔參錯，用意精絕。

林風纖月❶落，衣露淨琴張❷。暗水❸流花徑，春星帶草堂❹。檢書燒燭短❺，

看劍引杯長❻。詩罷聞吳詠❼，扁舟意不忘❽。

【注　釋】❶纖月　初生之月。古詩有「兩頭纖纖月初生」之句。❷淨琴張　即彈琴。琴聲清而雅，所以說「淨琴」。❸暗水　月落後，但聞水聲潺潺而不見形影，故云。❹帶草堂　因月落而星光增輝，映帶草堂。帶，映帶。❺檢書句　因檢書入神而時間長，故「燒燭短」。檢書，檢閱左氏莊主人藏書。❻引杯長　即喝滿杯，所謂「引滿」。❼吳詠　用吳音吟詩。吳，春秋時吳國，轄今江浙一帶。❽扁舟句　扁舟，小船。杜甫早年曾壯遊吳越，今聞吳詠，遂憶舊遊，勾起放舟江湖之意，故曰「意不忘」。

【語　譯】林間微風陣陣，木葉窸窣作響，一鉤新月將沒西方。此時，淨雅的琴聲瑟瑟彈起，清瀅的露珠打濕我衣裳。潤水流過花間小徑，潺潺的妙音縈繞在耳旁；悠然間擡頭，見那春夜的星空亦泛著春意，繁星歷歷映帶草堂。此時不禁詩興盎然，急忙查檢參考用書，那種投入啊不用說，蠟燭燒短亦不知；擡頭看劍寄壯志，頻頻引滿豪情長。新詩寫罷聊自解，忽聞有人吳音唱；我心一時回吳越，飛落舊遊扁舟上。

【研　析】此詩前半首寫月落夜深的幽靜，通過纖微的景物動態和暗淡的視覺效果來表現，而雅淨的琴聲，夜空的星光，成為靜夜中的亮點，同時襯托出春夜的靜謐和溫馨。微風起於林間，纖纖初月已落。露水漸濃，才能霑濕人衣；夜靜無聲，始覺琴音清亮。水流花徑，水聲依稀可聞，妙在「暗」字；星光遙映，草堂猶如剪影，妙在「帶」字。「暗」、「帶」之妙，只可意會不可言傳，它無法用散文直譯，可見杜甫早年煉字之工。後半首寫夜宴之事。檢書和看劍兩事對舉，本是寫宴席間檢書以考證、看劍而吟哦的情景，也令人想見詩人書劍飄零的意氣。文能治國、武能安邦，是盛唐理想的人才模式，也是當時士人主要的兩條進身之路。「燒燭短」兩句實際上道出了人生苦短當及時建功的心事。結尾說座客中有人以吳音詠詩，勾起作者對吳越之遊的回憶，並不僅僅是寫他不忘駕扁舟遊吳越的往事，更是求取功名而終不忘歸隱江湖之意。一首五律，鋪敘許多景物和人事，而意境渾成。清人顧宸曰：「看此詩，鼓琴看劍，檢書賦詩，生平樂事無不具。風林初月，夜露春星，以及暗水花徑，草堂扁舟，天文地理，重疊鋪敘一首中，渾然不見痕跡，卻逐聯緊接，一氣說下，八句如一句，總說得『夜宴』二字。」（《辟彊園杜詩注解》五律卷一）

陪李北海宴歷下亭

【題解】天寶四載（西元七四五年）再遊齊魯時作。李北海，即李邕，時任北海郡（今山東青州）太守。歷下亭，濟南名勝，因在歷山（即今千佛山）之下，故稱。始建於北魏以前，酈道元《水經注》稱為「池上客亭」，故址在今濟南市五龍潭公園內。今大明湖中之歷下亭，為清初李興祖所建，非杜甫來遊時之歷下亭。舊注多誤。天寶四載夏，李邕由北海郡趕來與杜甫相會，宴於歷下亭，杜甫即席為賦此詩。

東藩❶駐皂蓋❷，北渚凌青荷❸。海右此亭古，濟南名士多❹。雲山已發興，
玉珮仍當歌❺。修竹不受暑，交流空湧波❻。蘊真❼愜❽所遇，落日將如何❾！貴
賤俱物役❿，從公⓫難重過⓬。

【注釋】❶東藩　指李邕。藩，屏障。古時封建諸侯以屏藩王室，故稱諸侯為藩國。後之州牧郡守，相當於古之方伯諸侯。邕為太守，故得稱藩。北海在京師之東，故稱「東藩」。❷皂蓋　黑色車蓋。漢時太守皆用皂蓋。❸北渚句　即言歷下亭所在的位置，高踞水中，四周青荷環繞，景致絕佳，於是才引起下文所說的幽興。渚，水中高地。凌，昇也；高也。為凌空、凌虛之凌。青荷，原作「清河」。校語云：「一作『青荷』。」今從一作。按：清河為古河名，戰國時介於齊趙兩國間。而流經濟南的濟水被稱為清河，則始自杜佑《通典・州郡二》。故清人閻若璩曰：「自漢至隋、唐，惟有濟水，杜佑始有清河之名。宋南渡後，始有大小清河之分。」（《潛丘箚記》）杜佑後於杜甫，《通典》書成之日，杜甫死已三十餘年，距杜甫寫此詩近六十年。故以「青荷」為是。❹海右二句　為歌詠濟南的名聯。方位以西為右，以東為左，齊地在海之西，故曰「海右」。此亭，即指歷下亭。歷下亭始建於北魏以前，距杜甫來遊已有二三百年，故云「古」。自漢代以來濟南名士輩出，又原注：「時邑人

蹇處士輩在座」，故曰「名士多」。❺雲山二句　寫宴會的情致。遠處雲山相接的美麗景色，足以引發起人們的豪興逸致，而歌妓們甜美的歌喉又給宴會增添了無窮的樂趣。興，興致。玉珮，古時衣帶上所佩之玉飾。此代指勸酒的歌妓。當歌，當筵而歌。❻修竹二句　此為流水對，描繪周圍環境之清幽。意謂亭子附近有修竹蔽蔭送爽，不必以流水消暑也。交流，指歷水與濼水在此合流，同入城北鵲山湖。空，有空自、空勞意。❼蘊真　蘊含真趣。語出謝靈運〈登江中孤嶼〉：「表靈物莫賞，蘊真誰為傳？」❽愜　遂心適意。❾落日句　謂留戀盛宴將散，慨歎暮色催人而無可奈何。❿貴賤句　貴，指李邕。賤，杜甫自謂。俱物役，是說無論貴賤，同為事物所役使，不得自由，別易會難，故有難重遊之歎。⓫公　指李邕。⓬重過　重遊。

【語　譯】李邕太守乘著黑蓋之車，從北海郡而來。看那美麗的歷下亭，它雄踞水中，四周青荷繞。海右之亭多又多，其中以歷下亭最悠古；這齊地古老的亭臺啊，與名士輩出的濟南相輝映。就在這亭臺上，眼見雲山磅礴，令人油然而生詩興，而美人歌舞勸酒，更逗人對酒當歌。岸邊修長的竹林清爽無比，暑氣遠而避之，那交流的河水則徒然湧波送涼。這周圍的景物都蘊含著真趣，令人心曠神怡；不覺夕陽西下，宴會將散，好不可惜！貴者如公、賤者如我，同為事物所役使，從今一別，今後與公恐怕難以重遊。

【研　析】此詩的基本結構是：首四句敘事，中四句寫宴，末四句惜別。首段，順次寫李邕從「東藩」來「北渚」、歷下亭、座中客等。從結構上說，一個「駐」字，直貫注下面的「落日」句。「海右」兩句，更創造出一種宏闊深遠的境界。一個「古」字，見歷下亭為名勝古蹟。名士多，一見此宴嘉賓滿座，二則縱觀濟南歷史，的確名士輩出。次段記宴亭景事。「發興」，指酒興已動。酒興既動，則「當歌」之，又說明酒興豪邁。而竹色波光，清涼交映，襟懷正復灑然。「修竹」兩句，屬十字句法。修竹既不受暑，交流空自湧波，均暗示一個「涼」字。末段，寫陪宴而惜別。其中「蘊真」二字，本寫亭含真趣。其實無所不包，跟亭有關的其人、其地、其景，均是蘊含真趣者。「落日將如何」句，又起末句「難重過」。「貴賤俱物役」句，王嗣奭認為「可作醒世名言」（《杜臆》卷一）。末句「從公難重過」，點出「陪」字。本詩雖是即席而作，但在遣詞造句上，頗見功力。詩的體裁為五古，但前四聯對仗工整，精妙自然。特別是開頭兩句，「東藩」對「北渚」，「駐」對「凌」，「皂蓋」對「青荷」，不僅平仄對、詞性對，而且方位對、顏色對，且全為眼前實景實事，無一空話，至為工巧。

與李十二白同尋范十隱居

【題解】天寶四載（西元七四五年）秋作，時杜甫在兗州。李十二白，因李白排行十二，故稱。范十隱居，隱士，事跡不詳。李白有〈尋魯城北范居士失道落蒼耳中見范置酒摘蒼耳作〉、〈送范山人歸泰山〉等詩。詩先敘述與李白的親密情誼，後又描繪范隱士居處之清幽，表達了遁跡滄海的志趣。

李侯❶有佳句，往往似陰鏗❷。余亦東蒙客❸，憐君如弟兄。醉眠秋共被，攜手日同行。更想幽期處，還尋北郭生❹。入門高興❺發，侍立小童清。落景聞寒杵，屯雲對古城❻。向來吟〈橘頌〉❼，誰與討蓴羹❽？不願論簪笏❾，悠悠滄海情❿。

【注釋】❶李侯　指李白。侯，尊稱。❷陰鏗　南朝陳代詩人，詩多寫景詠物，善於煉字造句。❸東蒙客　東蒙，山名，即蒙山，又名東山。在西者為龜蒙，中為雲蒙，東為東蒙，其實乃為一山，在今山東蒙陰、平邑、費縣、沂南交界處，綿延一二〇餘公里，主峰龜蒙頂海拔一一五六公尺，為山東第二高峰，素有「亞岱」之稱。雲蒙三峰作「山」字形排列，中峰最高，海拔一〇二六公尺。東蒙又名望海樓，海拔一〇〇一．二公尺。杜甫結束濟南之遊，在兗州與李白相會，二人曾同登東蒙山，尋訪董煉師和元逸人，故自稱「余亦東蒙客」。❹北郭生　《後漢書．方術傳》載：汝南人廖扶，因感念父親以法喪身，遂絕志世外，不應州郡公府辟召，時號北郭先生。此處指范十隱居。❺高興　高雅的興致。❻落景二句　謂落日餘暉中傳來秋杵的擣衣聲，屯集的白雲與古城遙遙相對。景，同「影」。指日光。杵，擣衣棒。❼橘頌　屈原所作，內容是託橘而寓堅貞之志。❽討蓴羹　討，尋求。蓴羹，用蓴菜做的羹湯。《晉書‧張翰傳》載：吳人張翰在洛陽，「見秋風起，乃思吳中菰菜、蓴羹、鱸魚膾」，遂命駕歸。❾簪笏　冠簪與手版。仕宦之所用，代指為官求仕。❿滄海情　指歸隱之志。

【語譯】李白詩中佳句連篇，每每像詩人陰鏗一樣造語精工。我也曾訪道蒙山中，愛他如同親弟兄。秋夜醉眠，我倆同蓋一條被子；白天遊歷，常常攜手而行。我倆忽然想起幽期之處，於是就去尋訪范十隱居。當走進他的房門，高高的興致油然而生，那侍立左右的小童可愛清秀。不覺天色已晚，落日的餘暉中傳來秋杵的音響，屯集的白雲與古城遙相對應。人們向來喜吟屈子的〈橘頌〉，有幾人能與張翰同步，歸隱故土以求蓴羹？且不去談論那些仕宦之事，獨獨懷著一腔隱居滄海的深情。

【研析】此詩圍繞「同尋」展開，在「同尋」上生情。開頭四句，是「同尋」前的描寫，讚揚李白的詩才與二人的志同道合。接下來四句，由「攜手日同行」過渡到尋范，轉入到「同尋」的正面描寫。在這裡插上一段兄弟情，而重點還是「同尋」。於是在談及探訪的起因時，詩人用了一個「更想」，加大了對這項計畫的熱衷程度。而「入門高興發」四句，重點寫范居的幽趣、隱趣——侍童清秀，寒杵聲聞，古城屯雲，面對此景，遂動出世之思。最後四句都是「同尋」後的情與景，即面對范氏而思物外之遊，萌生了無復簪笏之願，而欲寄情滄海之想。這展示的是杜甫的另一面，所謂「蕭灑送日月」的杜甫，也是真實的杜甫，他雖然沒有真正的歸隱。盧世漼曰：「在五言排可稱仙局神品，即在杜集內，亦屬絕頂合尖，潔淨精微，沖芳瀟灑，日日吟誦，齒頰俱馨。」（《杜詩胥鈔餘論‧論五七言排律》）

贈李白

【題解】天寶四載（西元七四五年）秋，杜甫與李白在魯郡（今山東兗州）相別，遂作此詩以贈。李白集中也有〈魯郡東石門送杜二甫〉詩。甫詩自歎失意浪遊，而惜白懷才不遇。此詩既是對李白的規戒，亦含自警之意。

秋來相顧❶尚飄蓬❷，未就❸丹砂❹愧葛洪❺。痛飲狂歌空度日❻，飛揚跋扈❼為誰雄？

【注釋】❶相顧　猶「見顧」，見得彼此一樣。❷飄蓬　隨風飄轉不定的蓬草，常喻人之流離飄泊。❸就　煉成。❹丹砂　即朱砂，煉丹所用藥。❺葛洪　東晉道教理論家、煉丹術家，自號抱朴子。曾在羅浮山煉丹，積年而卒。主要著述有《抱朴子》。❻空度日　虛度年華。❼飛揚跋扈　謂不守常規，狂放不羈。

【語譯】你我秋來相遇一樣情，彼此都如風飄蓬。君好煉丹未煉成，實實有愧老葛洪。君曾痛飲又狂歌，天天虛度好時光；飛揚跋扈笑王侯，到底為何逞英雄？

【研析】此詩表面上似是規勸李白要像葛洪那樣潛心於煉丹求仙，不要痛飲狂歌、虛度時光，不要飛揚跋扈，人前稱雄。實際上，杜甫話中有話，李白糞土王侯，拂袖而去。雖入道，而無心煉丹；雖盡日痛飲狂歌，終不為當權者賞識；雖心雄萬夫，而何以稱雄？雖有濟世之才，又焉能展施？同情、歎息、疾憤、牢騷並發，為李白，也為自己。

天寶四載秋，杜甫作此詩時，李白已被唐玄宗賜金放還，與杜甫浪跡齊趙，故有「尚飄蓬」之喻。此喻可與李白〈魯郡東石門送杜二甫〉詩「飛蓬各自遠，且盡手中杯」參看。次句是說李白雖喜好煉丹，卻沒煉成，實有愧於先師葛洪。時李白已正式成為道教徒。李白嗜酒且好「借酒澆愁」，故云「痛飲狂歌」；李白喜擊劍，好任俠，故云「飛揚跋扈」。李白才華橫溢，胸懷「使海縣清一，寰區大定」之志，卻未獲大用，故云「空度日」、「為誰雄」。「痛飲」兩句相對，句中自對，頗具流動之美。此詩圍繞一個「狂」字，表現一個「傲」字。李白的「狂傲」表現在行為上，必然是狂放不羈，倜儻不群，然而不是瘋狂。李白之狂，杜甫深知之。

杜甫的規勸是真摯的、發自肺腑的。蔣弱六評此詩曰：「是白一生小像。公贈白詩最多，此首最簡，而足以盡之。」（《杜詩鏡銓》卷一引）

春日憶李白

【題解】天寶四載（西元七四五年）秋，杜甫與李白相別於山東兗州。不久，李白去江東漫遊，杜甫赴長安求仕，此後二人再沒有會面。這首五律是天寶五載春，杜甫在長安懷念李白而作。

白也詩無敵，飄然思不群❶。清新庾開府，俊逸鮑參軍❷。渭北春天樹，江東日暮雲❸。何時一樽酒，重與細論文❹？

【注釋】❶白也二句　盛讚李白詩才。飄然，飄逸高超之意。思，指才思，詩思。不群，不同於一般人。❷清新二句　以庾、鮑之長盛讚李白之詩。清新，自然新鮮，力避陳腐。庾開府，即庾信，字子山。南朝梁代著名詩人，後入北周，官至驃騎大將軍、開府儀同三司，故稱「庾開府」。俊逸，飄逸灑脫，不同凡俗。鮑參軍，即鮑照，字明遠。南朝劉宋時著名詩人，曾為前軍參軍，掌書記之任，故稱「鮑參軍」。❸渭北二句　互文見意，寓情於景，寫二人天各一方，彼此都深相懷念之情。渭北，渭水之北，借指長安一帶，為杜甫所在地。江東，泛指長江以東地區，即今江蘇南部與浙江北部一帶，為李白當時所在地。❹何時二句　樽，酒器。論文，即論詩。六朝以來，有所謂文筆之分，而通謂詩為文。李杜同遊齊魯時，曾互相討論作詩的甘苦心得，今別後追思，倍加神往。一個「重」字，隱含以前已相與論過；一個「細」字，暗示別後另有所悟，亟思重與論之。杜甫喜歡論詩，尤喜「細論」，其〈敝廬遣興奉寄嚴公〉詩云：「把酒宜深酌，題詩好細論。」可發末二句之意。

【語　譯】李白真是謫仙人，詩才之高世無雙。他的詩思飄逸有如神助，又如天馬行空不蹈故常。詩風清新堪比庾子山，詩格俊逸抗衡鮑明遠。渭北春天已來臨，我在這裡寄思念於樹木；我想江東春來早，你在那兒託暮雲把我想。何時重與君相對，細酌美酒論文章？

【研　析】此詩前說李白，後說懷憶。前四句，盛讚李白詩才。首聯對起，謂李白才思超群，其詩歌無人匹敵。「白也」對「飄然」，白是人名，飄是風名，自可對偶。又連用也、然、無、不四個虛詞，搖曳生姿，遂使「詩仙」李白的形象活靈活現地呈現在讀者面前。首句讚美李白「詩無敵」，當是著眼於李白的思想情趣卓異不凡，超塵脫俗，所謂「謫仙人」。「思不群」，當是指詩思之獨特飄逸。唯其「思不群」，所以才「詩無敵」。接下來，「清新」二句，讚美李白的詩像庾信詩那樣清新，像鮑照詩一樣俊逸。既然兼有「清新」、「俊逸」，則「無敵」、「不群」可想。前四句因憶其人而憶及其詩，讚其詩即憶其人。後四句，抒發對李白的深切懷念。渭北、江東人各一方，但見春樹、暮雲，欲重與杯酒論文而不得，無限思念之情見於言外。詩人從讚美李白詩才，轉而寫離情思緒，詩意跳躍曲折，簡潔奇妙。黃生評曰：「五句寓言己憶彼，六句懸度彼憶己。」（《杜詩說》卷四）將彼此雙方無限的思情借景物巧妙結合起來。於是有了下聯：何時重與君樽酒相對而研討詩文作法。這就使眼前的思念變得更為悠長，所謂言有盡而意無窮。總之，全詩始終貫穿一個「憶」字，結構謹嚴，情深意摯。而對李白其人的懷念，又突出了一個「詩」字。由盛讚其詩始，以渴望「重與細論文」終，前後呼應，承接緊密，轉折自然，情景相生，達到了出神入化的境地。

送孔巢父謝病歸遊江東兼呈李白

【題　解】天寶五載（西元七四六年）春在長安作。孔巢父，字弱侯，孔子三十七世孫。曾與李白等六人隱居山東徂徠山，時號「竹溪六逸」。嘗遊長安，辭官歸隱。謝病，託病棄官，並非真病。臨行前，蔡侯為他餞行，杜甫在座，寫此詩為他送行。時李白正在浙東，詩末念及，故題用「兼呈」。

巢父掉頭不肯住，東將入海隨煙霧❶。詩卷❷長留天地間，釣竿欲拂珊瑚樹❸。
深山大澤龍蛇遠❹，春寒野陰風景暮。蓬萊織女回雲車❺，指點虛無❻是征路❼。
自是君❽身有仙骨，世人那得知其故❾。惜君只欲苦死留❿，富貴何如草頭露⓫。
蔡侯靜者⓬意有餘⓭，清夜置酒臨前除⓮。罷琴⓯惆悵月照席，幾歲寄我空中書⓰。
南尋禹穴⓱見李白，道甫問訊⓲今何如。

【注釋】❶巢父二句　掉頭，猶搖頭。不肯住，須與下文「苦死留」對看，方得確解。朋友苦留，巢父不肯，故而搖頭。一解作「轉過頭」，言轉頭不顧而去，亦可通。住，留下來。入海，因江東瀕海，故云。❷詩卷　巢父有詩文集《徂徠集》，今已不傳。❸珊瑚樹　珊瑚為熱帶海底腔腸動物，骨骼相連，形如樹枝，古人皆誤認為植物，故稱之曰「珊瑚樹」。巢父遊江東，志在遁世隱居，以魚釣為樂，故用釣竿拂珊瑚樹事。❹深山句　《左傳》襄公二十一年云：「深山大澤，實生龍蛇。」此以處於深山大澤的龍蛇，比懷才不遇、遁世高蹈的巢父。遠，遠去，指避世隱居。❺蓬萊句　蓬萊，傳說中海上三仙山之一。織女，星名，神話中天帝的孫女，泛指仙子。此星又為吳越之分野，故用之。雲車，仙女以雲為車。❻虛無　謂神仙之境。此是仙境，不是塵俗名利之藪，故曰虛無。❼征路　即所往之路。征，一作「歸」。❽君　指孔巢父。❾知其故　指巢父棄官訪道的原由。❿苦死留　拚命挽留。⓫草頭露　草頭上的露水，少而易乾。此喻富貴難以持久。⓬蔡侯靜者　謂蔡侯是恬澹的人，不熱衷富貴功名。蔡侯，生平不詳。侯，是尊稱。靜者，謂體悟老莊之旨而得其清靜之道者。杜詩凡四用之，除此之外，尚有〈貽阮隱居〉之「貧知靜者性」，〈寄張十二山人彪三十韻〉之「靜者心多妙」，〈蘇大侍御訪江浦賦八韻記異〉之「蘇大侍御渙靜者也」，皆指不交官府、不熱衷富貴者流。⓭意有餘　別人「苦死留」，而蔡侯卻置酒相送，其意深遠，故云。⓮前除　庭前臺階。⓯罷琴　指筵席散，琴聲住。⓰空中書　本指仙人寄來的書信，此囑咐孔巢父別後經常來信。⓱禹

穴　一般認為在浙江紹興東南會稽山麓。時李白寓居會稽。《史記・夏本紀》載：「或言禹會諸侯江南，計功而崩，因葬焉。」一說為禹藏書之所。⑱問訊　問好；問候。

【語　譯】巢父君扭頭從此而去，決計不肯滯留多事之地的長安；他即將東歸隱居滄海之濱，朝朝暮暮飄流隨逐霧與煙。這時的巢父已把詩卷留於世，自有美名傳播在人間；巢父多想趕赴東海去，在那珊瑚樹上拂釣竿。深山大澤本是龍蛇生活的地方，巢父君又想與牠們為伍遁世遠。此時春寒正料峭，環顧四野陰陰沉沉漸趨暮殘。彷彿看到蓬萊仙子駕雲來，為他指點說虛無就是那仙山。巢父君的身上自有仙骨在，那些俗人們哪裡知道其中的緣！朋友們只因愛惜才苦苦挽留，巢父心中這時已割斷塵念；在他眼裡富貴就如草尖上的露，太陽一出很快就曬乾！好客的蔡侯本是恬澹的人，他不羨慕功名與金錢；在這靜謐清涼的夜晚，臺階之上聊擺送別宴。彈上一首別離曲，飲罷曲終惆悵月闌珊。此時朋友再三相叮嚀，修仙勿忘寄書函；巢父君啊巢父君，當您南尋禹穴聖地時，如果遇到李白請代我問聲安。

【研　析】這是一首送別詩。開篇二句突兀而起，接下來以灑脫的筆墨預想巢父此後的行跡，縹緲恍惚，字裡行間流露出對巢父歸隱的讚歎。此詩起語奇，收語亦奇，雜雜遝遝，大有詞盡而意不窮之妙。全詩洋溢著詩友之間的濃濃深情。

首二句寫孔巢父無心功名富貴，決計東遊遁世。「掉頭」與「不肯住」連用，以近似大白話的語言，展現巢父厭世而去的決絕神態。接下二句寫巢父離絕人間之意、東入大海之志。今後唯有詩卷長留天地之間，而人卻消失在海霧之中，在珊瑚樹間垂釣了。字裡行間無不充溢著惆悵。「深山大澤」以下八句進一步拓展首四句的兩層意思。「深山」以下四句為一層，寫巢父此去一路風景。「深山」句是用《左傳》現成語，《左傳》意在表達龍蛇潛伏深山大澤之中，杜甫卻用一個「遠」字將巢父行跡推向廣袤的境界。此時，其季節是春寒再加暮色，境界亦復闊大開朗。在這種大背景下，織女乘著雲車來為巢父指點通往仙境的去路，是從遼闊的陸地引向浩茫的虛空。這一層是從「征路」的角度申述「東將入海」的意思。「自是」以下四句為一層，寫世人對巢父的惋惜。世人只因愛惜其才而苦死挽留，哪裡知道巢父把富貴視為草頭露。草頭露轉瞬即乾，而巢父求的是人生的永恆，自然不能為俗人所理解。「惜君」兩句與李白詩句「功名富貴若長在，漢水亦應西北流」同妙。「蔡侯」四句又回到眼前，主人蔡侯恬澹而意氣有餘，清夜置酒於庭前階除，琴聲已停，月照離席。惆悵的詩人只有盼望友人去後從神仙界中寄來書信。最後兩句以散文句式作結又宕開一意，照應題中「兼呈李白」，亦與「東入海」呼應。這不同於一般的問候套語，想當年，杜甫與李白「方期拾瑤草」，而詩中對孔巢父入海尋仙的設想，也應是對李白近況的擬想吧？

飲中八仙歌

【題解】賀知章、李璡、李適之、崔宗之、蘇晉、李白、張旭、焦遂等八人，均以豪飲著稱，故戲題為「飲中八仙」。據新、舊《唐書・李適之傳》及〈玄宗紀〉，適之罷相在玄宗天寶五載（西元七四六年）四月，又從詩裡引用李適之罷相後所賦詩句來看，則此詩最早亦應作於五載四月之後，至遲在適之七月貶宜春前，時杜甫初至長安。

知章❶騎馬似乘船❷，眼花❸落井水底眠。汝陽❹三斗始朝天❺，道逢麴車❻口
流涎❼，恨不移封❽向酒泉❾。左相❿日興費萬錢，飲如長鯨吸百川，銜杯樂聖稱
避賢⓫。宗之⓬瀟灑⓭美少年，舉觴⓮白眼⓯望青天，皎如玉樹臨風⓰前。蘇晉⓱長
齋⓲繡佛⓳前，醉中往往愛逃禪⓴。李白一斗詩百篇，長安市上酒家眠。天子呼來

不上船，自稱臣是酒中仙㉑。張旭三杯草聖傳㉒，脫帽露頂㉓王公前，揮毫落紙如雲煙。焦遂㉔五斗方卓然㉕，高談雄辯驚四筵㉖。

【注　釋】❶知章　即賀知章，字季真。越州永興（今浙江蕭山）人。嗜酒，性放達，自號「四明狂客」。❷似乘船　形容賀知章騎在馬上的醉態，搖搖晃晃。❸眼花　醉眼昏花。❹汝陽　即汝陽王李璡。唐玄宗的姪子。杜甫居長安時，做過他家的賓客。❺朝天　朝見天子。❻麴車　酒車。❼流涎　流口水。❽移封　改換封地。❾酒泉　郡名，即今甘肅酒泉，傳說城下有泉，其味如酒，故名。❿左相　即李適之，太宗長子承乾之孫。天寶元年（西元七四二年），代牛仙客為左丞相。天寶五載四月，為李林甫排斥而罷相，七月貶為宜春太守，到任後服毒而死。⓫銜杯句　李適之罷相後，曾賦詩云：「避賢初罷相，樂聖且銜杯。為問門前客，今朝幾個來？」（《舊唐書・李適之傳》）樂聖，嗜酒。古稱酒之清者為「聖人」，酒之濁者為「賢人」。⓬宗之　即崔宗之，宰相崔日用之子，襲封齊國公。官右司郎中。為人寬博有風檢。與李白詩酒唱和，曾與白同遊南陽，贈以孔子琴。⓭瀟灑　灑脫無拘束。⓮觴　酒杯。⓯白眼　《晉書・阮籍傳》：「籍又能為青白眼（黑白眼），見禮俗之士，以白眼對之。」這裡借用以寫崔宗之兀傲不羈的氣質。⓰玉樹臨風　形容醉後搖曳之態。宗之瀟灑，風姿秀美，故以玉樹為喻。《世說新語・言語》：謝安問其子姪：「子弟亦何預人事，而正欲使其佳？」謝玄曰：「譬如芝蘭玉樹，欲使其生於階庭耳。」又《世說新語・容止》：夏侯玄貌美，毛曾其貌不揚。「魏明帝使后弟毛曾與夏侯玄共坐，時人謂蒹葭倚玉樹」。⓱蘇晉　戶部尚書蘇珦之子。開元年間，任戶部、吏部侍郎，太子左庶子。開元二十二年（西元七三四年）卒。⓲長齋　長期齋戒。⓳繡佛　用彩色絲線繡成的佛像。⓴逃禪　有兩義，一有逃出禪戒之意，一有「逃避紅塵，參禪學佛」之意。此處指前者，謂蘇晉因貪杯而怠慢佛禪事。㉑李白四句　集中刻劃醉中李白形象：斗酒百篇，言其才思敏捷；眠於長安酒家，言其豪邁不拘於俗；天子呼不上船，言其醉甚，須扶之也；酒中仙，即酒仙，言其嗜酒如命——醉中的李白，既具「酒神」精神，又有傲岸風骨，是一個不可多得的形象。市上酒家眠，《新唐書・李白傳》載，李白初至長安，玄宗召見，「賜食，親為調羹。有詔供奉翰林，白猶與飲徒醉於市」。不上船，范傳正〈唐左拾遺翰林學士李公新墓碑〉記：玄宗泛舟白蓮池，召李白前來助興，時白酣醉於翰苑中，高力士扶以登舟。酒中仙，王仁裕《開元天寶遺事》卷下：「李白嗜酒，不拘小節，然沉酣中所撰文章，未嘗錯誤。而與不醉之人相對議事，皆不出太白所見，時人號為醉聖。」㉒張旭句　張旭，蘇州吳（今江蘇蘇州）人，有「草聖」之稱。《新唐書・張旭傳》：「嗜酒，每大醉，呼叫狂走，乃下筆，或以頭濡墨而書，既醒自視，以為神，不可復得也，世呼張顛。」其草書與李白歌詩、裴旻劍舞並稱「三絕」。㉓脫帽露頂　即是「以頭濡墨而書」，李頎〈贈張旭〉：「露頂據胡牀，長叫三五聲。興來灑素壁，揮筆如流星。」㉔焦遂　袁郊《甘澤謠》載：陶峴開元中家於崑山，自製三舟，「一舟自載，一舟致賓，一舟貯飲饌。客有前進士孟彥深、進士孟雲卿、布衣焦遂，各置僕妾共載」。㉕卓然　神采煥發貌。㉖驚四筵　使四座的人為之驚歎。筵席分四面而坐，故稱「四筵」。

【語　譯】賀知章酒醉騎馬搖搖晃晃，像是坐上了顛顛簸簸的船；醉眼昏花掉井中，索性睡在水裡面。汝陽王李璡喝了三斗才去見天子，可是路上遇到酒車，還是饞得口流涎，抱憾自己未能改換封地到酒泉。左丞相李適之，每天花費萬錢來盡酒興，俯首痛飲猶如長鯨吸百川，還作詩道：叼著酒杯，樂飲清酒，罷去相位，為賢人讓路！崔宗之是個瀟灑美少年，他學阮籍鄙棄塵俗、性情傲岸，每當舉杯，便翻出白眼望青天，他皎潔的身軀如玉樹，搖搖擺擺立風前。蘇晉長在佛祖繡像前持齋誦經，卻敵不住美酒的誘惑，酒醉之後常把佛家戒律丟一邊。李白一斗酒下肚，百首詩篇湧筆端，酒醉之後在長安市井酒館裡安眠，就連天子呼他上船賦詩，他也上不了船，還自稱是酒中的活神仙。張旭有著「三杯草聖」的美名，揮毫寫字時，常把帽子一脫，光頭露頂，哪管王公大人在眼前！他揮動大筆書狂草，自由揮灑，字跡如雲煙般舒卷。還有一個叫焦遂，喝上五斗酒，談話的興致才高漲起來，高談闊論讓滿座都驚歎。

【研　析】「飲中八仙」之稱，始於杜甫此詩。全詩借用漢代品評人物的謠諺形式來寫歌行，結構特別，句句押韻，一韻到底，且多押重韻，前後沒有起結；內容並列地分寫八個人，筆墨多寡不一，八人醉態各具特點，但都性格鮮明，如中國畫中的條幅。

賀知章是吳越人，習慣乘船，所以把他醉後騎馬搖搖晃晃的樣子比作乘船，眼花落井都能在水底照睡不誤，可見醉中自得，可以達到水陸不分、醒醉兩忘的程度。汝陽王喝了三斗酒才去上朝，路上見了載酒的車還饞得流口水，恨不能將自己的封地移到酒泉。這幾句只是極言其上朝之前貪酒的饞相，可見汝陽王為酒竟然可以不顧朝廷禮儀和規矩。而左相的特點是他愛好招待賓朋，所以不惜日費萬錢。李適之的詩本意是刺世態炎涼。杜甫把他的豪飲與這首小詩聯繫起來，其用意顯然是稱讚他在醉中可以無視宦海浮沉、人情冷暖。崔宗之以瀟灑年少為特徵，著重刻劃他把酒望天的傲岸神情，以及如玉樹臨風的搖曳姿態。又學阮籍舉杯而翻出白眼望青天。杜甫取此特點，不僅為了描寫宗之的形神，更藉其風姿表現了醉仙的高潔脫俗。蘇晉本是吃長齋的虔誠的佛教徒，可是醉中往往逃禪，可見酒能使他擺脫佛門清規戒律的約束。李白斗酒詩百篇，傳為人間佳話，而杜甫偏偏寫他喝醉以後熟眠酒家，不應天子之詔，把李白寫成了不受君命的酒中仙。張旭善草書，好酒，每醉後，號呼狂走，索筆揮灑，變化無窮，若有神助。杜甫對他的描寫似乎是寫實，但從「脫帽露頂王公前」一句就可看出，杜甫著意要強調的是他在王公貴族面前不拘禮儀的放達。焦遂是一介布衣，也是一個放浪形骸之輩，能在醉後高談雄辯，語驚四座。

杜甫寫飲中八仙，強調的是他們的高邁絕塵之氣。這種狂放、曠達和自由正是杜甫心目中理想的開元時代精神。用歌行寫人物，盛唐時較少見，更沒有這種集合八個人物，一人一節的寫法，王嗣奭說：「此創格，前無所因，後人不能學。」(《杜臆》卷一）從章法來看，八個人中除李白用四句歌詠以外，汝陽王、左相、宗之、張旭四人分別用三句，賀知章、蘇晉、焦遂三人分別用兩句，而各置於篇頭、篇中、篇尾。看來八人並非八章的拼合，而是錯落有致，條理井然。貫穿其中的主線是深蘊在這些人物狂態中的共同的精神內涵。而於八仙推尊李白又是詩人的用意所在。

今夕行

【題　解】 天寶五載（西元七四六年）除夕作。題下原注：「自齊趙西歸至咸陽作。」詩本為在咸陽客舍博塞之詩，而題卻曰「今夕行」者何意？「今夕，以明事之出於偶然，蓋極雅而極正者矣。」（陳式《問齋杜意》卷一）出於偶然者，是指旅行中的此時此地，藉之以遣興而已，於他時則無暇為此戲耳。言其雅正者，如末引劉毅輸錢所示，英雄得失，並不繫乎此戲。因此，詩於抑鬱失意中，寄寓磊落自慰、英雄自負之情。

今夕何夕歲云徂❶，更長燭明不可孤❷。咸陽❸客舍一事無，相與博塞❹為歡娛。馮陵大叫呼五白❺，袒跣不肯成梟盧❻。英雄有時亦如此，邂逅❼豈即非良圖。君莫笑劉毅❽從來布衣❾願，家無儋石❿輸百萬。

【注　釋】❶今夕句　今夕何夕，表示驚愕。語出《詩經・唐風・綢繆》：「今夕何夕，見此良人！」「今夕何夕，見此邂逅。」云，語助詞，無意義。徂，往。今夕為歲徂，即除夕，取漢韋孟〈諷諫詩〉「歲月其徂，年其逮耇」之意。❷不可孤　有不可負、不可棄之意。孤，辜負。❸咸陽　指長安。❹博塞　古代一種賭博遊戲。❺馮陵句　馮陵，意氣發揚貌。五白，古時博具名，即五木之戲，俗稱骰子。《楚辭・招魂》：「成梟而牟，呼五白些。」❻袒跣句　袒跣，露著胳膊赤著腳，神情興奮狀。梟盧，都是賭博中的好點數。在古代六博遊戲中，得梟者勝。在博塞中，博具共有五子，每子分上下兩面，一面塗黑畫犢，一面塗白畫雉，凡投子者五個皆現黑，名為盧，為最高之彩。《晉書・劉毅傳》載，劉毅在東府賭博，眾人都擲點不高，劉毅擲得雉，大喜，繞床喊叫，對別人說：「不是不能擲得盧，而是不用那樣就能贏。」劉裕最後擲，四子俱黑，一子旋轉未定，劉裕厲聲喝之，即成盧。不肯成，不能取勝。故下文以古人之輸者自比。❼邂逅　不期而遇。❽劉毅　東晉人。少有大志。曾與劉裕等起兵討伐桓玄。事平，為豫州刺史，官至開府儀同三司。好賭，一擲百萬。《南史・宋本紀上》載桓玄語曰：「劉毅家無儋石之儲，樗蒱一擲百萬。」❾布衣　平民之代稱。此以劉毅自喻。❿儋石　儋，容器名。儋能容一石，故稱「儋石」。

【語　譯】今夕是怎樣的夜晚啊，是一年即將過去的除夕；在這夜正長的除夕，點亮通明的蠟燭，切莫將此夜辜負。我在長安客館裡無所事事，與朋友一起賭博尋求歡娛。我們意氣風發地大呼「五白」，赤膊光腳來上陣，可就是中不了勝彩。這有什麼不如意，英雄有時也如此，偶然下一筆大賭注，誰說不是好主意！您可千萬別哂笑，當年劉毅只想當個老百姓，成為英雄前也是個窮光蛋；家中無有一石米，他下賭注竟用百萬錢。

【研　析】此詩以敘事為主，即敘長安守歲，相與博塞為樂之事。開頭兩句的意思是：今夕歲徂，正值除夜守歲之時，夜正長，燭正明，在咸陽客舍裡百無聊賴，又欲不負此良宵，可見少年意氣。古人評曰：「一首見旅館博戲豪放之快。」（《竹莊詩話》卷一四）此詩措意不苟，頗見功力。開頭即交待博戲時間，除夕當有以自樂、自遣之事，所謂「更長燭明不可孤」。於是引出「咸陽」二句，謂旅居客舍，除夕無聊，遂以賭博為樂。古人說：「蓋謂窮冬佳節，旅中永夕無事，方可為此自遣耳，他時不可也。」（宋陳巖肖撰《庚溪詩話》卷上引朱正民語）先交待了博戲的時間、地點、心情等背景情況，下文是具體的博戲場面，及由此引發的感想。「馮陵大叫」二句，具體描寫局戲之景。「英雄」兩句謂失意中偶然遭遇，便成良緣，豈可便以為非良圖呢？如劉裕、劉毅等人，皆一世英雄，如此蒲博，則今夕邂逅相遇，未必不是良圖。結尾兩句，意謂己雖貧賤，而志自豪壯，說不定會像劉毅那樣，他日未可限量。王嗣奭評曰：「此詩真有英雄氣。最妙在『邂逅』一句，『邂逅』謂偶然遇時也。窮人妄想，往往如此。又妙在結語，謂擲輸百萬，未嘗非英雄也。」（《杜臆》卷一）

高都護驄馬行

【題　解】高都護，即高仙芝，開元末曾為安西副都護。都護，官名。唐在邊疆地區置六大都護府。安西大都護府設置於唐太宗貞觀十四年（西元六四〇年）。天寶六載（西元七四七年），高仙芝破小勃律（唐時西域國名，其地在今帕米爾以南）。八載，奉詔入京，杜甫為作此詩。詩讚驄馬立功沙場，品格卓異，志向高遠。

安西都護❶胡青驄❷，聲價歘然❸來向東❹。此馬臨陣久無敵，與人一心❺成
大功❻。功成惠養❼隨所致❽，飄飄遠自流沙❾至。雄姿未受❿伏櫪⓫恩，猛氣猶思
戰場利。腕促蹄高⓬如踣鐵⓭，交河幾蹴曾冰裂⓮。五花⓯散作雲滿身⓰，萬里方

看汗流血⓱。長安壯兒不敢騎，走過掣電⓲傾城知。青絲絡頭⓳為君老，何由卻出⓴橫門㉑道？

【注釋】❶安西都護　指高仙芝。❷胡青驄　西域的青驄馬。馬青白色曰驄。《隋書・西域傳》：「吐谷渾嘗得波斯草馬，放入（青）海，因生驄駒，能日行千里，故時稱青海驄馬。」❸歘然　突然。❹來向東　謂胡青驄從西而來東。❺與人一心　意思是說驄馬隨主人心意而盡力奔馳。❻成大功　指高仙芝破小勃律，立功疆場。❼惠養　恩養。❽隨所致　隨都護之所致，調生死以之也。❾流沙　泛指我國西北沙漠地區。《漢書・禮樂志》載〈天馬歌〉：「天馬徠，從西極。涉流沙，九夷服。」❿未受　不願意接受。⓫伏櫪　伏槽櫪而秣之。櫪，馬槽。⓬腕促蹄高　這是良馬的特徵。《相馬經》：「馬腕欲促，促則健；蹄欲高，高耐險峻。」⓭踣鐵　謂馬蹄堅硬，踏地如鐵。踣，踏。⓮交河句　交河，古河名。在今新疆吐魯番境內。因河水流經此處為河中小島分開後又合流，故稱。《元和郡縣圖志・隴右道下・交河》：「交河，出（交河）縣北天山，水分流於城下，故稱。」蹴，踏。曾，同「層」。積也。⓯五花　謂馬毛色五花紋狀。李白詩中出現多次，當為名馬。⓰雲滿身　身如雲錦。⓱萬里句　汗流血，即汗血馬。漢代西域大宛國產汗血馬，因汗流如血，故稱。此汗血之姿，非萬里無以見之，故云「萬里方看」。⓲掣電　閃電，言馬行迅捷。⓳青絲絡頭　用青絲做的馬籠頭。⓴何由卻出　即如何方能出去作戰之意。㉑橫門　長安城北面西頭第一門，門外有橋曰橫橋，自橫橋渡渭水而西，即是通往西域的大道。

【語譯】安西都護高仙芝有一匹西域產的青驄馬，此馬東來聲價忽然大增。牠在兩軍陣前縱橫馳騁，從來未遇到過敵手，只想一心一意助主人成就大功！功成之後，更思回報主人之恩養，生死全由主人定，又從遙遠的西北沙漠飄颻一路來到長安城。牠雄姿猶在，似乎不甘接受伏槽靜養的恩惠；牠胸懷猛氣，仍然渴望去戰場立功。牠腕短蹄高，蹄堅如鐵，在交河的厚冰上踏了幾下，厚冰就被踏裂。牠那五花紋狀的毛色散佈全身，如絢麗的雲錦，奔馳萬里之後，方見流汗如血。長安城的壯士不敢騎，牠奔馳起來如風馳電掣，全城人都為之震驚！安能戴著青絲馬籠頭老死槽櫪間，怎麼才能走出城門，奔向那通達西域的大道。

【研　析】此詩十六句，分四層意思，每層四句。首四句敘青驄馬的來歷和功德。原來這馬在隨高都護由西而來入朝之前，早已屢建奇功，譽滿西方。特別是「此馬」兩句，讚驄馬馳騁疆場之英姿及助高仙芝成就大功的品德。「與人一心成大功」，即是〈房兵曹胡馬〉「真堪託死生」之意。「臨陣」二字描繪了青驄馬出類拔萃的忠烈性格。這裡，詠馬即詠人，馬這樣特出，其主人的英勇善戰、所向無敵，可想而知。「功成」四句寫驄馬的性格和志向。過去，驄馬立功西域。現在，隨主人入朝，受恩惠被養在廄裡。可是，牠仍不忘立功戰場。老驥伏櫪，尚有千里之志。「腕促」四句承「雄姿」而來，寫驄馬出群的骨相和精力。此五花馬是汗血馬，腕促蹄高，踏地如鐵，奔馳萬里，方才汗流如血。就是這匹汗血馬，連「長安壯兒不敢騎」，可見其雄俊絕倫。可是，高都護卻騎著牠屢立戰功，可見馬主人的非凡雄姿。因有末兩句的感喟。「為君老」三字有無限恨意。驄馬本欲「與人一心成大功，雖為君死不惜；若老則不甘心也」(《杜詩提要》卷五)。這裡，詩人代馬立意，代馬發言，倍感親切：青絲絡頭，享受優渥飼養；老死槽櫪，絕非我的心願。怎樣才能奔出橫門道，重新馳騁於西域疆場再建大功呢！用感慨的語調結束全篇，點醒詩的題旨。詩藉馬喻人，既頌揚高仙芝，又寄寓了自己抱負難展的感慨。妙在句句讚馬，卻句句讚英雄。吳瞻泰評曰：「以往日之戰場，今日之在廄，錯敘成篇，以安西、流沙、交河、長安、橫門為線，一東一西，遙遙相照，而中間正寫側寫，筆筆精悍。詠馬如人，空前軼後之作也。」(《杜詩提要》卷五)

冬日洛城北謁玄元皇帝廟

【題　解】此詩作於天寶八載(西元七四九年)冬，作者暫回東都洛陽時。李唐王朝尊老子李耳為始祖，乾封元年(西元六六六年)，高宗追封老子為太上玄元皇帝。開元二十九年(西元七四一年)，玄宗令兩京、諸州各置玄元皇帝廟。東都洛陽玄元皇帝廟在城北北邙山上。題下原注：「廟有吳道子畫〈五聖圖〉。」五聖即唐高祖、太宗、高宗、中宗、睿宗。據《舊唐書・禮儀志》載，天寶八載閏六月四日，玄宗朝太清宮，加聖祖玄元皇帝尊號為聖祖大道玄元皇帝，高祖、太宗、高宗、中宗、睿宗尊號並加「大聖」字。吳道子為畫〈五聖圖〉，詩所謂「五聖聯龍袞」也。這首詩追述了老子被尊為玄元皇帝的歷史，鋪陳廟宇的尊嚴，吳道子所繪〈五聖圖〉壁畫的精工，以及廟內外景物的壯麗，字裡行間略帶諷諭之意。

配極玄都閟❶，憑高禁籞長❷。守祧嚴具禮❸，掌節鎮非常❹。碧瓦初寒外❺，
金莖一氣旁❻。山河扶繡戶，日月近雕梁。仙李蟠根大❼，猗蘭奕葉光❽。世家遺
舊史❾，《道德》付今王❿。畫手看前輩，吳生⓫遠擅場⓬。森羅⓭移地軸⓮，妙絕
動宮牆。五聖⓯聯龍袞⓰，千官列雁行⓱。冕旒⓲俱秀發⓳，旌旆⓴盡飛揚。翠柏深
留景㉑，紅梨迥㉒得霜。風箏㉓吹玉柱，露井凍銀牀㉔。身退卑周室㉕，經傳拱漢
皇㉖。谷神如不死㉗，養拙㉘更何鄉？

【注釋】❶配極句　極，北極，代表帝王，老子配五帝而祀之，故曰「配極」。玄都，丹臺仙真之所，神仙所居，此指玄元皇帝廟。閟，幽深。❷憑高句　憑高，廟在北邙山上，故云。禁籞，禁苑周圍的藩籬。指禁苑。老子封玄元皇帝，故其廟址亦可稱禁苑。❸守祧句　守祧，看守祖廟的官員。祧，祭祀遠祖的廟。嚴具禮，具備嚴格的禮儀。唐老子廟置令、丞各一員。❹掌節句　掌節，掌管出入老子廟的符節。鎮非常，防範發生意外。❺碧瓦句　碧瓦，琉璃瓦。初寒外，指冬日，外有高迥意。❻金莖句　金莖，銅柱。漢武帝曾設承露盤，以銅柱支撐。這裡指廟裡的銅柱。一氣，指天地元氣。❼仙李句　仙李，《神仙傳》載，老子生而能言，指李樹曰：「以此為我姓。」蟠根大，根基壯大。唐太宗〈探得李〉詩：「盤根植瀛渚，交幹橫倚天；舒華光四海，卷葉蔭三川。」可作此句注腳。❽猗蘭句　猗蘭，指〈猗蘭操〉，傳為孔子所作，取「蘭為王者香」意。一說指猗蘭殿，漢武帝出生之處。奕葉，猶累世。❾世家句　《史記》有〈老子韓非列傳〉，未列入「世家」，故云「世家遺舊史」。❿道德句　道德，即老子《道德經》，亦稱《老子》。今王，指玄宗。開元二十一年，玄宗親注《道德經》，令學

子習之。天寶四載，又詔以《道德經》列諸經之首。⓫吳生　即吳道子，唐著名畫家，善畫人物、佛像等，冠絕一時。玄宗知其名，召入內供奉。⓬遠擅場　謂人皆不及。擅場，技藝高超出眾，壓倒全場。⓭森羅　森然羅列。⓮地軸　傳說中支持大地回轉的軸心，這裡指大地。⓯五聖　指吳道子所畫〈五聖圖〉。⓰龍袞　天子禮服。⓱千官句　謂眾官員相次排列，如雁飛之行列。⓲冕旒　皇冠。旒，冕冠前後垂懸的玉串。⓳秀發　形容有光彩。⓴旌旆　泛指旌旗，此謂儀仗。朱景玄《唐朝名畫錄》謂吳道子「畫玄元廟五聖、千官、宮殿、冠冕，勢傾雲龍，心歸造化。」㉑景　同「影」。㉒迥　深；遠。㉓風箏　簷鈴，風動則鳴，俗謂呼風馬兒。㉔銀牀　井欄。㉕身退句　身退，《老子》第九章：「功遂身退，天之道也。」卑，衰微。《列仙傳》載，老子曾作周朝的柱下史，又轉作守藏史，後因周朝德衰，乃乘青牛而去。㉖經傳句　經傳，指《道德經》。拱漢皇，漢文帝、景帝皆崇尚黃、老學說，而致「文景之治」。拱，謂用其術以致無為之治，故垂衣拱手也。㉗谷神句　《老子》第六章：「谷神不死，是謂玄牝。」谷神是老子形容「道」的稱謂。「谷」，象徵空虛；「神」有變化莫測之意。「谷神不死」是說「道」乃空虛無形而變化莫測、永恆不滅的東西，它像微妙的母體（玄牝）一樣，生殖萬物。此處的谷神即指老子。㉘養拙　猶守拙。

【語　譯】玄元皇帝與五帝同祀，廟宇清靜而幽深，高踞山頂，禁苑的藩籬漫長。守廟的官吏以嚴格的禮節掌守此廟，嚴查出入的信節，以防非常之事的發生。初冬時節，廟宇上的琉璃瓦閃著微微的寒意，廟門旁高大的銅柱貫通著天地之氣。雄偉的山河護持著壯麗的門戶，太陽和月亮都已迫近彩繪的屋梁。仙李盤根錯節甚壯大，至唐又如蘭之猗猗累世光昌。《史記》上雖沒有把他列入「世家」，當朝玄宗皇帝卻親自為《道德經》作了注解。吳道子的畫藝超過了前輩，他的畫技高超出眾，壓倒全場。把大地的萬象逼真地移植牆上，絕妙的〈五聖圖〉讓殿宇生光：五位聖帝龍袍聯屬，千官旁列有如雁行，頂頂皇冠秀美挺拔，儀仗的旌旗翻捲飛揚。廟內的翠柏經冬顏色依舊，梨樹的葉子遇霜而變得鮮紅。風吹玉柱間簷鈴發出動聽的音響，井欄上清冰凝結著耀眼的銀光。當年周室式微，老君身退歸隱著述，真經傳到漢代，受到漢皇的尊崇。如果至今老君未死，不知他隱居守拙在何方？

【研　析】李唐王朝奉老子為祖，專為設玄元皇帝廟，實不經之甚。此詩之妙在字字讚揚，似無一字諷刺，又字字諷刺。且廟中繪高祖、太宗、高宗、中宗、睿宗五聖於壁間，若老子儼為五聖所自出之帝，故極口讚揚。此詩的主旨歷來說法不一，或頌或諷，或先頌後諷。我們以為，錢謙益的評析較為深刻，較為公允（見《錢注杜詩》卷九），下面以其說為綱目做一評說。

錢謙益說：「『配極』四句，言玄元廟用宗廟之禮，為不經也。」開頭「配極玄都閟」五字包舉無限。今「極」而曰「配」，又曰「玄都閟」，則居然縹緲如神仙了。『碧瓦』四句，譏其宮殿踰制也。『世家遺舊史』，謂《史記》不列於世家。開元中敕升為列傳之首，然不升之於世家。蓋微詞也。『《道德》付今王』，謂玄宗親注《道德經》及置崇玄學，然未必知《道德》之意，亦微詞也。」在這裡，「山河」二句又形容廟宇的宏偉壯麗：山河拱戶，形其雄壯；日月近梁，狀其高華。兩層意思一齊生發出天子氣象、制度。到「仙李」句才露出題意，這就是李老君廟。「仙李」四句，即交待推崇尊奉之由。惟其盤根大，故奕葉光。即謂自老子盤根以來，至唐又如蘭之猗猗，為累世有光。此所謂源遠流長。「『畫手』以下，記吳生圖畫。冕旒旌旆，炫燿耳目，為近於兒戲也。《老子》五千言，其要在清靜無為，理國立身。是故身退則周衰，經傳則漢盛，即今不死，亦當藏名養拙，安肯憑人降形，為人為神，以博世主之崇奉也。」這八句主要是讚美吳道子的壁畫精妙絕倫。而移、動、聯、列、秀發、飛揚等動詞的運用，筆筆飛動，妙畫通神。讚畫到十分，規諷亦到十分，此反面旁擊之法。「翠柏」四句，因題中有冬日字，陪襯點染，藉周室漢皇陪映今主，蓋老子之學歸於谷神不死，原非名位可動其心者。「『身退』以下四句，一篇諷諭之意，總見於此。」「身退」句，言老子無意於榮位。「經傳」句，亦自漢皇尊之，無意於榮名，所謂自隱無名，老子一生本領如此。末二句又進一層，謂假令老子長生，亦養拙於無何有之鄉，豈其憑茲廟貌以博無端之奉乎？深見踰制之不經也。一篇主意，至尾煞出，而又不正說，只於吞吐間遇之，颯颯乎大而婉矣。

這是一首五言排律，十四韻二十八句，有以下特點：鋪敘得體，先後不亂；對仗嚴整，情景分明；過渡明白，不用沉思回顧；氣象寬大，從容不迫。胡應麟評論說：「杜〈謁玄元皇帝廟〉十四韻，雄麗奇偉，勢欲飛動，可與吳生畫手，並絕古今。」（《詩藪．內編》卷四）

樂遊園歌

【題解】天寶十載（西元七五一年）春參加遊筵之作。題下原注：「晦日賀蘭楊長史筵醉中作。」樂遊園，即樂遊苑，與曲江、芙蓉園相鄰，故址在今西安市南鐵路新村附近，唐時為遊賞勝地。晦日，陰曆每月最後一天。此指正月晦日，為唐時一個重要節日。詩寫在春日美景中遊筵情事及所生發出的感慨，杜甫此時困守長安多年，獻「三大禮賦」後，待制集賢院，僅得「參列選序」資格，未實授官，一生理想和抱負難以實現，故有「聖朝亦知賤士醜」之激憤語。從中可見杜甫生活和精神的一個側面。

樂遊古園崒森爽，煙綿碧草萋萋長❶。公子❷華筵❸勢最高❹，秦川❺對酒平如掌❻。長生木瓢示真率，更調鞍馬狂歡賞❼。青春波浪芙蓉園，白日雷霆夾城仗❽。閶闔晴開詄蕩蕩，曲江翠幕排銀牓❾。拂水低徊舞袖翻，緣雲清切歌聲上❿。卻憶年年人醉時，只今未醉已先悲⓫。數莖白髮那拋得⓬？百罰深杯亦不辭⓭。聖朝亦知賤士醜⓮，一物自荷皇天慈⓯。此身飲罷無歸處⓰，獨立蒼茫自詠詩⓱。

【注釋】❶樂遊二句　此為描繪樂遊園勝景之佳句。因樂遊園居京城之最高處，環望四周，煙霧綿邈，有同仙境。樂遊園為漢宣帝所建，故曰「古園」。此園唐時仍為皇家貴戚園林，又因此園高拔寬敞，故曰「崒森爽」。崒，高峻貌。森爽，森疏蕭爽。煙綿，連綿貌。萋萋，草盛貌。❷公子　指楊長史。❸華筵　盛美的筵席。❹勢最高　謂據園中最高處。❺秦川　長安正南有秦嶺，嶺下為八百里關中平原，稱秦川。❻平如掌　形容秦川之平坦。沈佺期〈長安道〉：「秦地平如掌。」❼長

生二句　寫筵席上飲酒行樂。長生木瓢，用長生木作的酒瓢。長生木，一種罕見或是傳說中的樹種。《藝文類聚》卷八九引《鄴中記》：「世人謂之西王母長生樹。」晉嵇含〈長生樹賦〉謂之「嘉木」、「奇木」，能「徵瑞」招祥。示真率，言主人不拘繁文縟節，表示真誠和坦率。更調鞍馬，調猜拳行令，互相調笑。更，變換。調，調笑。鞍馬，酒令名。白居易〈東南行一百韻〉：「鞍馬呼教住，骰盤喝遣輸。長驅波卷白，連擲彩成盧。」自注：「骰盤、卷白波、莫走、鞍馬，皆當時酒令。」據王昆吾考證，此種酒令「類似於現在的擊鼓傳花」（《唐代酒令藝術》）。❽青春二句　兩句中均無動詞，卻剛柔相濟，寫出芙蓉園的春光水色與皇帝儀仗的輝煌喧騰。陸時雍謂之「語意飽綻」（《唐詩鏡》卷二三）。青春，春天。芙蓉園，在曲江西南，樂遊園西。中有芙蓉池，故有波浪。白日雷霆，形容皇帝儀仗的烜赫聲勢。夾城，複道。唐玄宗先後於開元十四年和開元二十年兩次擴建興慶宮，自大明宮沿長安東郭城經通化、春明、延興三門，直至曲江、芙蓉園，修築複道，以潛行往來，是為夾城。程大昌《雍錄》卷二：「唐之夾城也，兩牆對起，所謂築垣牆如街巷者也。」仗，儀仗。❾閶闔二句　寫曲江春遊的盛大場面。閶闔，天門，這裡指宮門。詄蕩蕩，曠蕩貌。《漢書・禮樂志》載〈天門歌〉：「天門開，詄蕩蕩。」曲江，一名曲江池，唐時遊覽勝地。翠幕，遊宴者所設華麗帳幕。排銀牓，門端金碧輝煌的匾額排列著，名目繁多，以為標識。❿拂水二句　寫所見芙蓉園和曲江的歌舞狂歡情景。上句寫舞姿，下句寫歌聲。低徊，迴旋起伏。緣雲清切，形容歌聲嘹亮。⓫卻憶二句　感歎身世。歎流年易逝，老大無成，貧苦無著，故未醉先悲。年年，往年。只今，如今。⓬數莖句　與「苦遭白髮不相放」同意。數莖，數根。那拋得，擺脫不了。⓭百罰句　罰酒再多也不會推辭，暗含頹然自放之意。深杯，猶滿杯。⓮聖朝句　聖朝，指玄宗朝，有諷刺意味。賤士，杜甫自謂。醜，愧；恥。《論語・泰伯》：「邦有道，貧且賤焉，恥也。」此句即暗用其意。意謂當此聖朝，而久居貧賤，實深感愧恥。天寶九載冬，杜甫獻「三大禮賦」後，玄宗命待制集賢院，所以說「聖朝亦知賤士醜」。⓯一物句　一物，一草一木。荷，承受恩惠。皇天慈，大自然的恩慈。亦指皇恩。⓰無歸處　指為朝廷所棄，欲進無路，欲退不甘。⓱獨立句　謂於寂寞悵惘時只好藉吟詩以自慰、抒憤。蒼茫，荒寂悵惘貌。

【語　譯】古老的樂遊園地勢高拔寬敞，氣象森疏蕭爽，連綿的碧草茂盛地生長。楊公子的華筵設在園中最高處，品著美酒，正可俯瞰秦川平如手掌。主人真誠坦率地用長生木瓢舀酒勸客，行鞍馬酒令，猜拳調笑。初春的芙蓉園內碧波蕩漾，晴日當空雷霆驟響，原來是夾城裡走過的天子儀仗。曲江岸邊宮殿巍峨，門戶大開，何其壯闊曠蕩，遊宴的帳幕如同絢麗的煙霞，門端排列著金碧輝煌的匾額以為標識。美人舞袖低迴輕拂水面，歌女嘹亮的清音婉轉隨雲飄天上。回想往年此時我都喝得酣醉，如今卻未醉而心已先悲。流年易逝，老大無成，稀疏的白髮又怎肯放過我這潦倒之人？想到這些，即便罰我百杯滿酒也不推辭！我雖為聖朝所知，卻久居貧賤，深感愧恥。你看眼前一草一木，它們尚且蒙受皇天的恩慈。酒宴散後眾人去，只有我無處可歸，獨自站在蒼茫的暮色中吟出了這首詩。

【研　析】此詩是正月晦日參加賀蘭楊長史筵，醉中所作，抒發自己鬱積的無窮感慨。詩以「樂遊古園」發端，照應題目。前段十二句，敘寫遊筵盛況以及園內外景物。「青春」六句，寫玄宗遊幸芙蓉園、曲江的情況：仗過門開，翠幕銀牓，舞袖歌聲等等，均是園前所見聞者。自楊氏姊妹受寵，常常從幸遊覽，過著豪奢荒淫的生活，〈麗人行〉就是專門諷刺諸楊遊宴曲江的著名詩篇。本詩並沒有點明玄宗和諸楊，人們可以通過詩歌意象看出詩人的用意，如浦起龍所說：「是時諸楊專寵，宮禁蕩軼，輿馬填塞，幄幕雲布，讀此如目擊矣。」（《讀杜心解》卷二之一）本段從樂遊古園寫到曲江、芙蓉園，寫到時事，為下段抒寫感慨做了鋪墊。後段八句，藉酒遣懷，先歎年衰，再慨不遇，從身世之感寫到時世之悲，緊扣題中的「醉中作」。面對玄宗及貴族們歌舞歡宴、窮奢極欲的生活，詩人反觀自己生活的貧困，不禁唱出了「只今未醉已先悲」的悲歌。未醉而先悲，不如藉醉以排遣鬱悶，「百罰深杯亦不辭」，深刻地表現了這種心理狀態。下面進而悲歎懷才不遇的遺際。「聖朝」句，語含嘲諷和懷才未得重用的悲憤。「一物」句，意謂當此春和日暖，一草一木，皆荷皇天之慈。言外之意，我「賤士」既為「聖朝」所知，雖說皇恩浩蕩，但至今卻未授實職。篇終回應前段園筵。楊長史宴罷，詩人思緒翻騰，感慨萬千，立在園中，面對蒼茫的暮色，詠出了這首詩。詩人的藝術想像是循著「當筵有感」的思路發展、生發開去的，可是，由筵飲遊賞的生活瑣事，聯繫到貴戚專寵的國家大事，由個人身世之慨發展到時世之歎，就不是泛泛的遊宴之作了。

兵車行

【題解】天寶十載（西元七五一年）四月，劍南節度使鮮于仲通率兵六萬討南詔（今雲南一帶），全軍陷沒。楊國忠掩其敗狀，仍敘其戰功。又大募兩京及河南、河北兵以擊南詔。雲南多瘴癘，士卒未戰而死者十八九，莫肯應募。楊國忠遂遣御史分道捕人，連枷強徵入伍。於是行者愁怨，父母妻子送之，所在哭聲振野。又玄宗連年用兵吐蕃，死傷甚眾。此詩內容與上述諸事有關，但不可太拘泥。此詩用客觀敘述的表現手法，真實而深刻地揭露了窮兵黷武政策給人民帶來的深重苦難。《唐宋詩醇》卷九評之為「〈小雅〉遺音」、「天地商聲」，實不為過。

車轔轔❶，馬蕭蕭❷，行人❸弓箭各在腰。耶❹孃妻子走相送，塵埃不見咸陽橋❺。牽衣頓足攔道哭，哭聲直上干❻雲霄。道旁過者❼問行人，行人但云點行❽頻。或從十五北防河❾，便至四十西營田❿。去時里正⓫與裹頭⓬，歸來頭白還戍邊。邊庭⓭流血成海水，武皇⓮開邊意未已⓯。君不聞漢家山東⓰二百州⓱，千村萬落⓲生荊杞。縱有健婦把鋤犁，禾生隴畝無東西⓳。況復秦兵⓴耐苦戰㉑，被驅不異犬與雞。長者㉒雖有問，役夫敢伸恨㉓？且如今年冬，未休關西㉔卒。縣官㉕急索租，租稅從何出？信知生男惡，反是生女好㉖。生女猶得嫁比鄰㉗，生男埋沒隨百草。君不見青海頭㉘，古來白骨無人收㉙。新鬼煩冤舊鬼哭，天陰雨濕聲啾啾㉚。

【注釋】❶轔轔　眾車行走之聲。《詩經・秦風・車鄰》：「有車鄰鄰，有馬白顛。」鄰，通「轔」。❷蕭蕭　馬長嘶聲。《詩經・小雅・車攻》：「蕭蕭馬鳴，悠悠旆旌。」❸行人　出征之人，唐人詩中亦稱征人，即後所云「役夫」。❹耶　同「爺」。❺咸陽橋　舊址在今咸陽西南渭水上，漢時名便橋。❻干　衝犯。❼過者　過路人，實則杜甫自己。❽點行　即按丁籍強制徵調。❾防河　是時吐蕃侵擾河右，曾徵召隴右、河西、關中、朔方諸軍防秋，故云「防河」。❿營田　屯田。無事則耕，有事則戰，亦兵亦農。《新唐書・食貨志三》：「唐開軍府以扞要衝，因隙地置營田，天下屯總九百九十二。」⓫里正　即里長。唐以百戶為里，每里設正一人，負責里中事務。⓬裹頭　古時男子成丁要裹頭。所徵兵丁因未成年，里正故為之。按：唐之丁中制，人有黃、小、中、丁之分。開元二十六年，「詔民三歲以下為黃，十五以下為小，二十以下為中」。「天寶三載，更民十八以上為中男，二十三以上成丁」（見《新唐書・食貨志一》）。⓭邊庭　邊疆；邊境。⓮武皇　本指漢武帝。武帝喜開邊，唐玄宗亦好開邊，猶似武帝，當時不便直斥，故比之武帝。唐人多如此。⓯意未已　意猶未盡，指一味窮兵黷武。《新唐書・楊炎傳》云：「玄宗事夷狄，戍者多死。」⓰山東　指崤山或華山以東。亦稱關東，因在函谷關以東。⓱二百州　《錢注杜詩》卷一引《十道四蕃志》：「關以東七道，凡二百一十一州。」取其整數。⓲落　人聚居之地。⓳無東西　分不清田中阡陌，謂不善耕種。⓴秦兵　指關中之兵。㉑耐苦戰　能苦戰。㉒長者　行人對杜甫的尊稱。㉓敢伸恨　豈敢伸說怨恨，所謂敢怒不敢言。㉔關西　指函谷關以西。㉕縣官　指朝廷，亦專指皇帝。《史記・絳侯周勃世家》：「庸知其盜買縣官器。」司馬貞《索隱》：「縣官謂天子也。所以謂國家為縣官者，〈夏官〉王畿內縣即國都也。王者官天下，故曰縣官也。」㉖信知二句　信知，誠知。《水經注・河水》引楊泉《物理論》：「秦始皇使蒙恬築長城，死者相屬。民歌曰：生男慎勿舉，生女哺用餔。不見長城下，尸骸相支拄。」又褚少孫補《史記・外戚世家》所記民歌云：「生男無喜，生女無怒，獨不見衛子夫霸天下。」信知二句本此。㉗比鄰　猶近鄰。鄰為當時基層組織單位之一。《舊唐書・職官志二》：「四家為鄰，五鄰為保。」㉘青海頭　即青海邊。唐高宗龍朔三年（西元六六三年），青海為吐蕃所併。玄宗開元中，唐將多次破吐蕃，皆在青海西，死者甚眾。天寶間，哥舒翰攻吐蕃石堡城，拔之，唐士卒死者數萬。故下云「新鬼」、「舊鬼」。㉙白骨無人收　語出梁鼓角橫吹曲〈企喻歌〉：「尸喪狹谷中，白骨無人收。」㉚啾啾　狀聲詞，淒切尖細的嗚咽聲。此指鬼哭聲。

【語　譯】一排排的兵車吱呀響，一隊隊的戰馬在嘶鳴，征夫們的弓箭掛在腰。爹娘妻子個個心內焦，為來送行急匆匆奔跑；看那塵土飛揚滾滾去，霎時間遮斷了咸陽橋。這裡的場面感天動地：有的扯住親人衣，有的悲痛直跺腳；攔堵那條長安道，哭聲直衝上九霄。道旁有個過路人，目睹此狀便詢問。征夫一致回答說：「朝廷點派太頻繁。或從十五被徵調，防守河右直到今；而今已經四十歲，發往河西去屯田。去時年小未加冠，須由里長裹頭巾；歸來已是滿頭白，又被徵調去守邊。邊境戰士鮮血匯成海，吾皇貪得又無厭，開邊用兵到何時。哎呀您沒聽說吧，山東二百多州府，千村萬落已荒蕪，遍野枸杞與荊棘。男丁傾村打仗去，婦女只得來種地；即便健壯也無益，生來不會把鋤犁；看那田壟一片片，彎彎斜斜不成畦。何況我們關中兵，能征苦戰又如何，驅趕上陣如狗雞。感謝老人來關心，我們本是服役人；征夫多少心頭恨，吞向肚中哪敢申！就如今年冬已臨，關西士兵難回村。官家逼命催租稅，租稅又從哪兒出？我們親身感受到，生男不如生女好；生女還能嫁近鄰，生男戰死埋荒草。哎呀您沒看到嗎，自古以來青海邊，遍地白骨無人掩。哎呀您沒看到嗎，舊鬼時時在啼哭，新鬼不停在訴冤，每當天陰雨濕夜，鬼聲啾啾真淒慘！」

【研　析】此詩是杜甫新題樂府的代表作之一，集中反映了天寶年間李唐王朝窮兵黷武所帶來的一連串社會問題。此詩開頭便選取漫天黃塵籠罩下的咸陽橋展開敘述，這是西行必經的送別之地。在這個「典型環境」下，先寫兵車的滾動聲和戰馬的嘶鳴聲，次寫征人腰間的弓箭，然後寫家屬們奔走攔道、牽衣頓足而痛別的情景，車聲、馬嘶、人哭匯成一片紛亂雜遝的巨響，讓人震撼。接著，詩人又用漢樂府常用的對話形式，將數萬征夫的命運集中體現在一個士卒身上，把「武皇開邊」以來人民飽受的征戰之苦集中在一個老兵身上，設為「道旁過者」與他的問答之詞，借他自述生平的談論，概括了從關中到山東、從邊庭到內地、從士卒到農夫，廣大人民深受兵賦徭役之害的歷史和現實。「信知生男惡」四句活用秦代民謠，完整地嵌入自己的詩中，將生男生女的害處和好處加以比較，發揮了秦漢民謠的言外之意。讓人聯想到自秦到漢無休止的戰爭和徭役奪走了無數男子的生命，竟使向來重男輕女的傳統意識變成了重女輕男。而在號稱盛世的天寶年間，人們竟然又將求生的希望寄託於性別的選擇，就更為發人深省了。此詩有以下幾個特點：

一是以敘事帶抒情。表面看以敘事為主，實則情寓其間；此情是沉痛憂憤之情。這裡，詩人已不是一個旁觀的路人，而是和征人的情感融為一體了，這突出表現在「行人」的答詞上，「行人」的回答實際上就是詩人的議論。特別是結尾以青海邊幽淒的鬼哭與開頭的人哭相呼應，筆法尤妙。而以「古來無人收」的白骨為證，將眼前的生離死別與千百年來無數征人有去無回的事實聯繫起來，暗示了秦漢唐幾代統治者窮兵黷武的歷史延續性。這種極其強烈的抒情色彩和高度的歷史概括力，又與客觀敘事的漢樂府不同。二是使用對話形式。這是學習漢樂府古詩的結果，如「行人」十五去防河、四十又營田、戍邊的經歷，讓人想到漢古詩「十五從軍征」裡那個十五從軍、八十始歸的老兵。所謂淵源有自，而且問得更為有力。三是採用雜言歌行的形式。這種句式韻律隨感情的起伏而奔瀉，讀起來節奏分明，抑揚頓挫。除了三五七言的交替以外，還融合了民歌的修辭手法，如「或從十五北防河」四句。又如「道旁過者問行人，行人但云點行頻」，以頂針格蟬聯上下句造成語如貫珠的效果。「耶孃妻子走相送」，「被驅不異犬與雞」採用通俗口語入詩等等。凡此種種，均可見其對民歌表現手法兼收並蓄而又變化無跡的功力和杜甫新題樂府的藝術獨創性。

前出塞九首（選二）

【題解】這組詩作於天寶十載（西元七五一年）左右。〈出塞〉，為漢樂府橫吹曲名。杜甫用此舊題來寫時事，先後寫了兩組詩，因這組詩在前，故題曰「前出塞」。論者多認為是寫哥舒翰征吐蕃一事，但從涉及的範圍來看，幾乎涵蓋了盛唐邊塞詩的全部內容。詩用第一人稱寫法，通過一個戰士戍邊十年的親身感受，反映了被徵從軍的艱苦，抨擊了玄宗窮兵黷武的開邊政策，歌頌了戍邊戰士的愛國主義精神。整組詩前後連貫，渾然一體。這裡選一、六首。第一首寫戰士初別家鄉遠戍的情景。第六首則借戍卒之口，發表反對窮兵黷武和興兵濫殺的大道理。

其一

戚戚去故里❶，悠悠❷赴交河❸。公家有程期，亡命嬰禍羅❹。君已富土境，開邊一何多❺！棄絕父母恩❻，吞聲❼行負戈。

【注釋】❶戚戚句　戚戚，愁苦貌。去，離開。故里，故鄉。❷悠悠　遙遠貌。❸交河　地名，唐貞觀十四年（西元六四○年）設置安西都護府，治所即在交河城，在今新疆吐魯番西北。❹公家二句　謂官家規定了行軍期限，逃跑要招致法律的懲治。當時實行「府兵制」，士兵有戶籍，逃跑則會連累父母妻子。公家，猶官家。程期，行程期限。亡命，脫名籍而逃亡。嬰，觸犯。禍羅，法網。❺君已二句　與〈兵車行〉「武皇開邊意未已」意同。君，皇帝，此指玄宗。開邊，發動邊境戰爭。一何，何其；多麼。❻父母恩　指父母養育之恩。❼吞聲　聲將發而強止之，猶忍泣。

【語譯】我悲悲戚戚地離開了家鄉，踏上漫漫的征途，一直奔赴交河。官家限定了行軍期限，必須按時到達前線，如果逃亡了難逃法律懲治，終當招來災禍。我們君王的疆土已夠遼闊，他開邊的戰爭還是這麼繁多！我就只好棄絕父母的養育之恩，忍泣吞聲地背著武器前行跋涉。

【研析】第一首詩敘述戍卒初別父母被迫遠戍的情景，揭示了戍卒矛盾複雜的內心世界、憂愁悲憤的痛苦心情。「戚戚」二句，點明出發地（故里）、目的地（交河）。首句用五仄聲，次句用四平聲加一去聲，從音節上表現征人遠戍之哀，為全詩定下哀怨的基調。「公家」二句，交待其矛盾心理，欲亡命而又畏禍。「開邊」二字為組詩眼目，此詩中一切情境當然也由此生發而出，而且寓有諷諭本旨。「已富土境」，而仍「開邊」，這種置國家安危、民眾休戚於不顧的好大喜功之舉是愚蠢的，因而遭到激烈的斥責。這個士卒不願從軍而想到「亡命」，是可以理解的。更何況這種戰爭還是「一何多」，即連續不斷，這就給民眾帶來了更多的災禍，即所謂

「棄絕父母恩，吞聲行負戈」，何等淒慘！不願意棄絕養育自己的父母，又不得不因「開邊」而棄絕父母，其悲苦可想；可是，為了安慰前來送行的父母，自己又不得不強忍眼淚，吞聲飲泣，負戈上路，其悲苦更甚。「吞聲」句總結上文，刻劃出征人含憤而行的形態和內心活動。

其六

挽弓當挽強，用箭當用長。射人先射馬，擒賊先擒王❶。殺人亦有限，立國自有疆❷。苟能制侵陵，豈在多殺傷❸！

【注釋】❶挽弓四句　意思是說拉弓要拉強弓，用箭當用長箭。馬倒則人束手就擒，所以要先射馬；賊首就擒則賊眾自散，所以要先擒王。張綖曰：「此章敘其制敵之略。一篇大意，只在『擒賊先擒王』一句，上三句皆為此句起興。」（《杜工部詩通》卷二）挽弓，拉弓。強，指硬弓。❷殺人二句　謂殺傷應有個限度，應儘量避免濫殺無辜，尊重各國疆界，不要隨意開邊，挑起戰端。限，限度。疆，疆界。❸苟能二句　謂如果能夠制止侵略，又何必大肆殺戮呢？只要「擒賊先擒王」就行了！苟，假如；如果。制侵陵，制止侵略。

【語譯】拉弓應當拉強力的弓，用箭應當選擇長箭；射人要先射他騎的馬，擒賊要先擒群賊的首領。殺人也應該有個限度，立國自當有個疆界。只要能制止敵人的侵略，又何須過多地殺傷他們。

【研析】第六首純為議論，表達了杜甫對於戰爭目的和民族關係等根本問題的正確見解，見識遠高於當時所有的邊塞詩。仇兆鰲說：「六章，為當時黷武而歎也。」（《杜詩詳注》卷二）前四句，連用「挽弓」、「用箭」、「射人」、「擒王」，以明戰爭之要。此四句很像是當時軍中流行的作戰歌訣，頗富韻致，饒有理趣。所以黃生說它「語似謠似諺，最是樂府妙境」（《杜詩說》卷一）。兩個「當」，兩個「先」，妙語連珠，開人胸臆。詩人提出了作戰步驟的關鍵所在，強調部伍要強悍，士氣要高昂，對敵有方略，智勇須並用：四句以排句出之，如數家珍，宛若總結戰鬥經驗。然而從整篇看，它還不是作品的主旨所在，而只是下文的襯筆：後四句才道出赴邊作戰應有的終極目的。下四句述「擒王」之功效。既能擒其王，賊必不戰而潰；既可免於殺伐，又可安邊，此為全詩主旨。詩人之陳詞，可謂振聾發聵。他認為，擁強兵只為守邊，赴邊不為殺伐。不論是為制敵而「射馬」，不論是不得已而「殺傷」，不論是擁強兵而「擒王」，都應以「制侵陵」為限度，不能亂動干戈，更不應以黷武為能事。此詩「託諷實深」：「明皇不恤中國之民，而遠慕秦皇、漢武之事。」（《杜詩說》卷一）這種以戰去戰，以強兵制止侵略的思想，是恢宏正論，安邊良策，反映了國家的利益，人民的願望。

曲江三章章五句

【題解】曲江，即曲江池，在長安東南，為當時遊賞勝地。杜甫於天寶九載（西元七五〇年）冬預獻「三大禮賦」，得到玄宗賞識，命待制集賢院，但久不授職。因仕途失意，秋遊曲江，遂作此以遣悶。這組詩大約作於天寶十載或十一載秋。這是一種每首五句的七言詩體，都在第三句上作頓，是杜甫的創體。查慎行曰：「七言五句成章，自我作古，歷落可誦。」（《杜詩集評》卷五引）第一章藉曲江蕭條秋景，抒發孤獨不遇的悲哀。第二章長歌當哭，將人之富貴豪華與己之心灰意冷作強烈對比。語似曠達，實則鬱憤不平。第三章表示歸老隱居以度餘生，亦是憂憤之詞。

其一

曲江蕭條❶秋氣高，菱荷枯折隨風濤，遊子❷空嗟垂二毛❸。白石素沙❹亦相蕩❺，哀鴻❻獨叫求其曹❼。

【注釋】❶蕭條　寂寥冷落。❷遊子　杜甫自謂。❸垂二毛　年將老意。二毛，鬢髮斑白，有黑白二色，故云。❹白石素沙　即淨石白沙。❺相蕩　謂白石素沙在水中相蕩磨。❻鴻　大雁。❼曹　同類。

【語譯】深秋時節曲江一片淒清冷落，枯折的菱荷隨風在波濤中漂沒，面對此景，鬢髮斑白的遊子空自歎嗟。白沙淨石隨波濤相互盪磨，失群的孤雁悲哀地呼喚著牠的同夥。

【研析】這首詩首尾四句都是寫景，只有中間一句寫人。而這人，正是作者自己。作者又是一副鬢髮斑白的哀頹形象。首二句寫秋氣肅殺，風濤所至，菱荷枯折，隨波飄蕩，正是蕭條景象。末二句謂曲江秋景蕭條，不獨菱荷枯折，引人嗟歎，即此白石素沙，亦復感蕩人情。作者獨自一人孑立於曲江之畔，面對如此蕭條淒清的深秋景色，時聞孤鴻哀鳴，益增身世孤獨之感。古人常以雁行喻兄弟，末句「哀鴻獨叫求其曹」，正是作者與其兄弟離散而孤獨悲傷的形象寫照，又與第二首末句「弟姪何傷淚如雨」遙相呼應，遂引起第二首。

其二

即事❶非今亦非古❷，長歌❸激越❹捎❺林莽❻，比屋豪華❼固難數。吾人❽甘作心似灰❾，弟姪何傷❿淚如雨？

【注釋】❶即事　眼前事物。後因稱以當前事物為題材的詩為即事詩。❷非今亦非古　即事吟詩，隨物抒懷，體雜古今，其五句成章，有似古體，七言成句，又似今體，所以說「非今亦非古」。❸長歌　即指此詩，有連章疊唱、長歌當哭之意。❹激越　歌聲渾厚高亢。❺捎　動搖；摧折。一作「梢」。梢，同「捎」。署名宋玉〈風賦〉云：「蹶石伐木，梢殺林莽。」❻林莽　叢生的草木。❼比屋豪華　形容富貴豪宅之多。比，相接連。❽吾人　猶我輩，指杜甫自己。❾心似灰　語出《莊子・齊物論》：「形固可使如槁木，而心固可使如死灰乎？」❿何傷　為何傷心。

【語譯】觸景生情，隨物抒懷，遂作了這非今非古的即事詩。長歌當哭，悲憤激烈，聲震草木。曲江池畔，豪華宅第鱗次櫛比，難以計數。自己本不想富貴，故能甘心灰冷，弟姪輩又何必為我傷心落淚乎？

【研析】這首是說作此「非今亦非古」的即事詩以抒鬱憤。三四句將別人的富貴豪華與自己的心灰意冷作強烈對比，末二句「吾人甘作心似灰，弟姪何傷淚如雨？」表面曠達，實則悲憤不平，「甘作心似灰」，實則不甘也。張遠曰：「此章胸中無數傀儡，借長歌以發之，有斗筲斯世意。然末二句借傍人之感泣，增自己之悲涼，抑又傷矣。」（《杜詩會粹》卷二）

其三

自斷❶此生休問天❷，杜曲❸幸有❹桑麻田❺，故將移住南山邊❻。短衣❼匹馬隨李廣❽，看射猛虎❾終殘年❿。

【注釋】❶自斷　自己判斷。斷，認定；斷定。❷休問天　不必問天。❸杜曲　地名，亦稱下杜，在長安城南，樊川、御宿川流經其間。唐代大姓杜氏世代居住於此，故稱杜曲，是杜甫的祖籍。天寶五載（西元七四六年）以後，杜甫遊宦長安，曾住少陵原、杜曲間。〈壯遊〉：「杜曲晚耆舊，四郊多白楊。」〈秋日夔府詠懷奉寄鄭監李賓客一百韻〉：「弔影夔州僻，回腸杜曲煎。」也指此。元駱天驤《類編長安志．勝跡》：「杜曲，有南杜、北杜。……北杜今為杜曲。……杜甫常稱杜曲諸生、少陵野老，蓋少陵、杜曲相近故也。」明代在杜曲和韋曲之間建有杜甫祠，今仍存。❹幸有　尚有；還有。❺桑麻田　即唐之永業田。《新唐書．食貨志一》：「授田之制，丁及男年十八以上者，人一頃，其八十畝為口分，二十畝為永業。」「永業之田，樹以榆、棗、桑及所宜之木，皆有數。」規定植桑五十株，產麻地別給男夫麻四十畝，故稱「桑麻田」。永業田子孫世襲，皆免課役。甫之桑麻田，或即從其祖輩繼承而來。❻南山邊　指終南諸山。杜曲在終南山麓，所以稱「南山邊」。❼短衣　用甯戚〈飯牛歌〉「短布單衣適至骭，從昏飯牛薄夜半」之典，喻極貧寒，「而（齊）桓公任之以國」。見《史記．鄒陽列傳》。❽李廣　西漢抗擊匈奴的名將，人稱「飛將軍」。❾射猛虎　《史記．李將軍列傳》載：李廣貶為庶人，家居數歲，嘗於藍田南山中射獵，「廣出獵，見草中石，以為虎而射之，中石沒鏃，視之石也。」「廣所居郡聞有虎，嘗自射之。」❿殘年猶餘生。

【語　譯】自己就能斷定自己的一生，不必去問什麼老天。杜曲還有祖宗留下的桑麻田，我將遷移住到鄰近的終南山邊。當年李廣在那裡閒居曾經親射虎，老夫也短衣騎馬隨人後，看射猛虎安度餘年。

【研　析】這首詩開頭一句突兀悲壯。《楚辭‧天問序》云：「〈天問〉者，屈原之所作也。何不言問天？天尊不可問，故曰〈天問〉也。」杜甫則一曰「自斷」，再曰「休問天」，無限怨恨，自是極憤激兀傲之詞。接下雖意欲歸老南山，靠祖宗留下的「桑麻田」度過餘生，但終於心不甘。末二句即謂，我今雖困厄不堪以至將老，即所謂短衣匹馬，然終抱李廣射虎理想，大有「老驥伏櫪，志在千里」之猛志，又含壯志難酬之憤慨。杜甫本善騎射，當年遊齊趙、梁宋時曾「呼鷹」、「逐獸」，「射飛曾縱鞚，引臂落鶖鶬」，所以有此聯想。藍田與杜曲相距不遠，因杜曲，故及南山，因南山，故及李廣射虎。李廣尚能「自射」，而己只能「看射」，一時感慨之情，豪縱之氣，躍然紙上。

這組連章詩，在結構上前後呼應，意脈貫通，謹嚴有序。仇兆鰲曰：「首章自傷不遇，其情悲。」「次章放歌自遣，其語曠。」「三章志在歸隱，其辭激。」（《杜詩詳注》卷二）王嗣奭亦曰：「先言鴻求曹，以起次章弟姪之傷。次言心似灰，以起末章南山之隱。三章氣脈相屬。總以九迴之苦心，發清商之怨調，意沉鬱而氣憤張，慷慨悲淒，直與《楚辭》為匹，非唐人所能及也。」（《杜臆》卷二）

投簡咸華兩縣諸子

【題　解】天寶十載（西元七五一年）冬作。投簡，即投贈。咸，咸寧，即萬年縣，天寶七載改咸寧，乾元元年復為萬年縣。華，即華原縣。兩縣均屬京兆府。諸子，或即兩縣吏曹。時杜甫困居長安，又值苦寒，凍餓交逼，故舊禮絕，滿腔悲憤，一肚牢騷，遂成一篇不平之鳴。吳農祥謂：「以傲骨訴飢寒。」（《杜詩集評》

卷五引）

赤縣官曹擁才傑❶，軟裘快馬當冰雪❷。長安苦寒❸誰獨悲？杜陵野老❹骨欲折❺。南山豆苗早荒穢，青門瓜地新凍裂❻。鄉里兒童項領成，朝廷故舊禮數絕❼。自然棄擲與時異，況乃❽疏頑❾臨事拙❿。饑臥動即⓫向⓬一旬，敝衣⓭何啻⓮聯百結⓯。君不見⓰空牆⓱日色晚，此老⓲無聲淚垂血！

【注釋】❶赤縣句　稱美咸、華兩縣諸子。赤縣，京都所轄之縣。唐分縣為赤、畿、望、緊、上、中、下七等，京都所治為赤縣，京之旁邑為畿縣。咸寧為赤縣，華原為畿縣。官曹，官署。擁才傑，言人才濟濟。❷軟裘句　形容兩縣諸子之意氣風發。軟裘，即輕裘。當，通「擋」。❸苦寒　猶嚴寒；酷寒。❹杜陵野老　杜甫自稱。杜陵，在長安城南。杜甫曾居此，故有此稱。❺骨欲折　極言其冷。❻南山二句　化用典故以豆苗荒穢和瓜地凍裂形容自己的飢寒之狀。南山，此指終南山。楊惲〈報孫會宗書〉：「田彼南山，蕪穢不治，種一頃豆，落而為萁。」陶淵明〈歸園田居〉其三：「種豆南山下，草盛豆苗稀；晨興理荒穢，帶月荷鋤歸。」青門，長安城東出南頭第一門霸城門，其門色青，又名青城門，或稱青門。青門瓜，秦東陵侯召平，秦亡後為布衣，種瓜青門外，瓜美，時稱「東陵瓜」，又稱「青門瓜」（參見《史記・蕭相國世家》）。❼鄉里二句　從一片真氣中激出了對世態炎涼的感歎。鄉里兒童，指倚勢欺人的小官僚。陶淵明曾罵督郵為「鄉里小兒」。杜甫〈錦樹行〉亦云：「五陵豪貴反顛倒，鄉里小兒狐白裘。」項領，本指脖子肥大，語出《詩經・小雅・節南山》。以喻人臣驕恣，王不能使。此喻鄉里小兒倨傲無禮，與「禮數絕」相呼應。故舊，故交；親友。禮數絕，斷絕來往。❽況乃　更何況。❾疏頑　疏懶愚鈍。❿臨事拙　遇事不會圓滑奉承。⓫動即　動不動就。⓬向　近。⓭敝衣　破舊之衣。⓮何啻　何止；豈止。⓯百結　極力形容衣弊之狀。《北堂書鈔》卷一二九引王隱《晉書》：「董威輦（京）至洛陽，止宿白社中，於市得殘碎繒，輒結以為衣，號曰『百結衣』。」⓰君不見　呼兩縣諸子而告之。⓱空牆　猶言家徒四壁。⓲此老　杜甫自謂。

【語　譯】長安的官府裡人才濟濟，一個個穿輕裘騎快馬不畏嚴寒冰雪。長安城裡唯獨誰在為苦寒而悲？我這杜陵野老的骨頭將被凍折，老成落魄。南山下的豆苗早已荒蕪，青門外的瓜地剛被凍裂，我是多麼飢寒交迫。尤其可惱的是，鄉里的恃勢小官僚見了我脖子挺硬，傲慢無禮，朝廷中的故舊朋友也與我關係斷絕，我還有何指望，怎樣過活！我深知自己處世不合時宜，自然會被朝廷遺棄不用，更何況愚拙固執，遇事不擅心機！飢餓臥床、食不裹腹，動不動就是一旬，破爛的衣裳何止聯百結！兩縣諸子啊，你們可曾見到夕陽照在我的空牆上，室內空無一物，野老我是欲哭無聲，淚中帶血。

【研　析】詩人困守長安期間，一方面寫作一些典雅的排律向權貴請求援引，另一方面運用自然活潑的語言和歌行體裁，向忠實的友人訴說個人的病痛和飢寒，此詩就屬於後者。首四句為自慨身世之語，以他人「軟裘快馬」與自己苦寒潦倒形成鮮明對比，稱自己為「杜陵野老」，充滿垂老落魄之感：顧影自憐，滿腹牢騷，溢於言表。後十句敘述飢寒之狀和困頓的原因。杜甫在杜曲有桑麻田，可是，由於天災，豆苗荒穢，瓜地凍裂，收成不佳。這裡活用漢平通侯楊惲被黜回家耕桑與秦東陵侯召平青門種瓜兩典故，意在藉兩個歷史人物的不幸遭遇暗示自己的困厄處境。同時說明世風不古：「鄉里兒童項領成，朝廷故舊禮數絕。」自己困頓的第三個原因是出於本性：「自然棄擲與時異，況乃疏頑臨事拙。」二句是說自己處世不合時宜，故理應被棄擲，況疏懶愚拙不善應酬，因而貧病如此。用「異」、「拙」二字，好像是自責，其實是對朝政、世風的抨擊。於是，詩人又寫自己的窘困：「饑臥動即向一旬，敝衣何啻聯百結。」把自己寫得如此淒涼，其飢寒交迫的酸楚再清楚不過了。當然，中間亦含有不盡的自嘲與牢騷。最後詩人直呼兩縣諸子而告之：「君不見空牆日色晚，此老無聲淚垂血！」飢寒交迫，無可訴說，故只有無聲泣血而已。這正是老杜貧極的寫照。從結構上說，前四句寫受凍，末四句寫無衣無食，中間六句寫致貧原因，錯落有致。此詩傷己而又憂世，這也是杜詩的一個共同特點。

奉贈韋左丞丈二十二韻

【題解】 韋左丞，即韋濟。左丞，又稱尚書左丞。尚書省設左右丞各一人，掌管省內諸司糾駁。左丞總吏、戶、禮三部。據韋述〈大唐故正議大夫行儀王傅上柱國奉明縣開國子賜紫金魚袋京兆韋府君（濟）墓誌銘〉載：「（天寶）九載，遷尚書左丞，累加正議大夫，封奉明縣子。十一載，出為馮翊太守。」則此詩當作於天寶十一載（西元七五二年）春。杜甫此前已有〈奉寄河南韋尹丈人〉、〈贈韋左丞丈濟〉等詩，請求推薦。此時杜甫暫歸東都洛陽，與韋濟告別，遂寫了這首詩。詩直抒個人抱負，自負才學，而困守長安，故多壯志難酬之鬱憤。對韋濟之推獎，表示深切感激之意，而對自己終因不得志而欲去，又表現為去而不忍之矛盾心情。

紈袴不餓死，儒冠多誤身❶。丈人❷試❸靜聽，賤子❹請具陳❺。甫昔少年日，早充觀國賓❻。讀書破萬卷，下筆如有神❼。賦料揚雄敵，詩看子建親❽。李邕求識面❾，王翰願卜鄰❿。自謂⓫頗挺出⓬，立登要路津⓭。致君堯舜上，再使風俗淳⓮。此意⓯竟蕭條⓰，行歌非隱淪⓱。騎驢三十載，旅食京華春⓲。朝扣富兒門，暮隨肥馬塵。殘杯與冷炙，到處潛悲辛⓳。主上頃見徵，欻然欲求伸。青冥卻垂翅，蹭蹬無縱鱗⓴。甚愧丈人厚㉑，甚知丈人真。每於百僚上，猥㉒誦佳句新。竊效貢公喜㉓，難甘原憲㉔貧。焉能心怏怏㉕，祇是走踆踆㉖。今欲東入海，即將西去秦㉗。尚憐終南山，回首清渭濱㉘。常擬報一飯，況懷辭大臣㉙。白鷗沒浩蕩，萬里誰能馴㉚。

【注釋】❶紈袴二句　紈袴，本是細絹做成的褲子，泛指富貴子弟。袴，同「褲」。儒冠，古時讀書人戴的帽子，這裡指讀書人，杜甫自謂。此二句謂不學無術的富貴子弟養尊處優，而一般讀書人如杜甫者卻窮困潦倒。❷丈人　對年長者的尊稱，此指韋濟。❸試　與下句「請」為互文，皆有「聊且」之意。❹賤子　年少位卑者自謙之辭，這裡是杜甫自稱。❺具陳　細說。❻甫昔二句　開元二十四年（西元七三六年），杜甫以鄉貢的資格在洛陽參加進士考試。那時他才二十五歲，就已是「觀國之光」（參觀王都）的王賓了，所以說「少年」、「早充」。充，充當，就不及第而言。觀國賓，語出《易・觀卦》：「觀國之光，利用賓於王。」❼讀書二句　謂讀書既多且透，才能詩思噴湧，下筆自如。破，其意有三：一是讀書過萬卷，言其多；一是讀爛萬卷書，猶「韋編三絕」意；一是識破萬卷之理，透徹領會。宋范晞文評曰：「讀書而至破萬卷，則抑揚上下，何施不可；非謂以萬卷之書為詩也。」（《對牀夜語》卷二）如有神，形容才思敏捷，運筆自如，若有神助。❽賦料二句　謂自己作賦可與揚雄相匹敵，寫詩可與曹植相比肩。料，差不多，估量之意。揚雄，字子雲，西漢著名辭賦家。敵，匹敵。看，比；比擬。與「料」意相近。子建，曹植的字，三國時著名詩人。親，接近。❾李邕句　李邕，唐代文豪、著名書法家。杜甫少年在洛陽時，李邕奇其才，曾主動去結識他，所以說「求識面」。❿王翰句　王翰，盛唐著名詩人，豪健恃才，自比王侯，是〈涼州詞〉的作者。卜鄰，擇鄰居。相傳古代卜地而居。⓫自謂　自以為。⓬挺出　特出。⓭要路津　比喻顯要的地位。後人遂謂居要職者為要津。語出《古詩十九首・今日良宴會》：「何不策高足，先據要路津。」津，渡口。⓮致君二句　寫自己的理想抱負：我要輔佐君王，讓他成為堯、舜一樣的明君，再讓民風重歸淳樸。致，引而至也；使……至也。堯舜，中國古代傳說中的兩個聖明君主。上，超過。淳，淳樸；淳厚。⓯此意　指上述詩人的政治抱負。⓰蕭條　冷落。這裡有落空意。⓱行歌句　行歌，且行且歌。隱淪，隱逸之士。這句是說自己因窮困而行歌，並非隱淪之流。⓲騎驢二句　極言自己的窮困潦倒，流寓長安。驢，賤者所乘，與乘馬的達官貴人對比，正應「蕭條」之意。三十載，清初盧元昌《杜詩闡》改作「十三載」，後仇兆鰲、浦起龍等人皆從之。按：杜甫自敘云：「往者十四五，出遊翰墨場。」（〈壯遊〉）至寫此詩已二十七、八年，大概言之，亦可曰「三十載」；且諸宋本杜集皆作「三十載」，似不宜輕改。又，陶淵明〈歸園田居五首〉其一：「誤落塵網中，一去三十年。」杜詩正用其意。旅食，寄食。京華春，形容國都長安的繁華，正與自己的「蕭條」形成鮮明對比。

⑲朝扣四句　寫自己在長安干謁奔波的苦況、屈辱。富兒，對達官貴人的鄙稱。殘杯冷炙，指富兒殘剩的酒食。潛，隱藏。

⑳主上四句　暗寫史實，即天寶六載（西元七四七年），唐玄宗下詔徵求有一藝之長者赴京應試，杜甫也參加了這次制舉，宰相李林甫嫉賢妒能，使全部應試者都落選，還上表稱賀「野無遺賢」。這對當時急欲施展抱負的杜甫是一次沉重的打擊，使他「致君堯舜上」的理想化為泡影。主上，指玄宗。見徵，被徵召。欻然，忽然。欲求伸，意指希望表現自己的才能，實現致君堯舜的志願。青冥，青天；高空。垂翅，飛鳥折翅，不能高飛。蹭蹬，失意貌。無縱鱗，本指魚不能縱身遠游。這裡比喻理想不得實現。㉑厚　厚望；厚待。㉒猥　謙詞，猶「承蒙」。㉓竊效句　竊，私下。效，效法。貢公，指西漢人貢禹。他與王吉為友，聞吉貴顯，高興得彈冠相慶，以為自己也有出頭之日。這裡杜甫自比貢禹，以王吉比韋濟，希望他能薦拔自己。

㉔原憲　孔子的弟子，以貧窮出名，卻能安於貧困。㉕怏怏　氣憤不平貌。㉖踆踆　且進且退貌。㉗今欲二句　意謂即將離秦而東入海。「今欲」與「即將」意同。「今」猶「即」。東入海，指避世隱居。孔子曾說過「道不行，乘桴浮於海」（《論語·公冶長》）。去，離開。秦，指長安。㉘尚憐二句　謂不忍離開長安。憐，留戀。戀戀不捨。終南山，山名，在長安南。清渭，指渭水，流經長安北。離京東去，故曰「回首」。㉙常擬二句　二句謂：一飯之恩，尚不忘報，何況遠離對自己有知遇之恩的大臣，哪能不告而別呢？說明贈詩的原因。擬，打算；想要。報一飯，報答一飯之恩。《後漢書·李固傳》：「竊感古人一飯之報。」大臣，指韋濟。㉚白鷗二句　抒寫了杜甫桀驁不馴的性格。沒浩蕩，滅沒於浩蕩的煙波之間。承上「東入海」。浩蕩，廣遠貌，指無邊波濤。馴，馴服，引申為約束。

【語譯】紈袴子弟養尊處優自然不會餓死，而像我這樣的讀書人卻大多誤了自身。老前輩啊您聊且靜心細聽，我要把個人的經歷說個詳盡明白：我在年輕的時候，便充當觀國之賓，以鄉貢資格參加進士考試。熟讀詩書超過萬卷，下筆自如若有神助。我的辭賦可與漢賦大家揚雄匹敵，我的詩作水準接近建安詩人曹植。當代的文豪李邕希望與我相識，詩人王翰願意與我為鄰。我感覺自己才華出眾，很快就能登上要位。我願意輔佐當朝皇帝成為古代堯舜那樣的聖明君主，使政治清明，同時教化百姓，使民風民俗歸於淳樸。可是未曾想到，這美好的心願竟然落空；我因困頓而處處行歌，並非真像隱士那樣逍遙自在。三十年間騎的是小毛驢子，在寄居乞食中度過了繁華長安城的幾個春秋。早晨硬著頭皮去敲那些富貴人家的大門，傍晚追隨那達官肥馬的後塵，討了些富人家吃剩的酒菜，心中暗含著說不盡的酸辛。不久前皇上下詔選拔人才，我忽然間感到濟世安邦的理想可以實現；不料想有人暗中作梗，我就像飛入青雲的鳥兒摧折了翅膀，又像魚兒失鱗無法躍過龍門。我是多麼愧對您的厚愛，多麼理解您的真情啊！為了舉薦我，您常常在同僚面前美言，又吟誦我清新的詩句。有您在朝中，我的內心懷著貢公那樣的喜悅，希望能「彈冠相慶」，也不想如原憲那樣甘心受貧。我又怎能總是這樣鬱鬱寡歡，舉步維艱地走在人生征途上！現在，我想乘槎漂泊於東海之上，很快就要離開長安城。在這離別之際，望著城南的終南山而心懷戀念，望著清清的渭水而別意重重。我常常在想，應像古人那樣報答「一飯之恩」，何況是您這樣一位有恩於我的大臣！我就要走了，悄悄地，像一隻白鷗消失在浩渺的煙波上，一飛萬里，有誰能把我馴服拘禁？

【研　析】這是一首干謁詩，然而不曲意討好對方，有意貶低自己，而是不卑不亢，吐露一腔牢騷與悲憤。怎樣表現這種憤激不平？詩人主要用了對比和頓挫曲折的手法，將胸中鬱結的情思，抒寫得如泣如訴，真切動人，這就是「沉鬱頓挫」的風格。起四句，以議論總起，為第一段。開首二句，是拿自己與他人對比，即「儒冠」與「紈袴」對比，強烈指出這兩類人的不同命運。「儒冠多誤身」為一篇之主腦。「丈人」二句，向韋左丞陳情，要求引薦。點題「奉贈」，又開出全篇，領起下文。「甫昔少年日」以下十二句為第二段，皆陳述「儒冠」事業，表明自己的志向。先由「昔」字承上啟下，轉入過去的追憶。追憶自己早年勤學苦練的成長歷程，表達自己的政治理想。而詩人早年成名，得益於他的「讀書破萬卷，下筆如有神」。這樣他才自以為作賦為詩可以匹敵揚雄、曹植，並受當時文壇前輩李邕、王翰的賞識，願與己結鄰為友。這樣便一步步逼出了自己的政治抱負，即「自謂」四句。詩人從原始儒家「仁政」思想出發，一心嚮往聖君賢臣的「德治」，國家清明，民眾安居樂業，這就是「致君堯舜」的具體內容。詩人以之自勉並以勉人。

「此意竟蕭條」以下十二句為第三段，說儒冠誤身，抒發自己的失意不平，滿含悲酸。客居京華，飢寒交迫，忍辱負重，干謁奔波。經過「儒冠」與「紈袴」的強烈對比後，詩人再也按捺不住胸中的怒火，向韋濟大膽傾訴自己的憤慨不平。「甚愧丈人厚」至結束為第四段，乃贈韋本旨，即感懷韋濟，而致臨別繾綣之情。「甚愧」四句，引韋濟為知己，而兩個「甚」字句，流露感激之情。「寫出前輩愛才之心，令人感涕」（《杜詩鏡銓》卷一）。「怏怏」、「踆踆」兩句，以口心問答之詞，見進退徘徊之狀。「今欲東入海」之後，寫去住兩難心事，不忘君，不負恩，何等忠厚！而結尾「白鷗沒浩蕩，萬里誰能馴」更為有力，縱身雲表，有海闊天空之致。王嗣奭評曰：「此篇非排律，亦非古風，直抒胸臆，如寫尺牘；而縱橫轉折，感憤悲壯，繾綣躊躇，曲盡其妙。」（《杜臆》卷一）

同諸公登慈恩寺塔

【題解】作於天寶十一載（西元七五二年）秋。時杜甫與高適、岑參、儲光羲、薛據等同登長安慈恩寺塔，各賦詩一首，唯據詩失傳。題下原注：「時高適、薛據先有此作。」杜甫奉和在後，故曰「同諸公」。同，即「和」。慈恩寺，貞觀二十二年（西元六四八年），唐高宗李治為太子時，為其母文德皇后所建，故以「慈恩」為名。塔則為玄奘於高宗永徽三年（西元六五二年）所建，又名大雁塔，在今陝西西安南，共七層，高六十四公尺。詩以象徵手法，通過對登塔時所見景物的描寫，曲折反映出其時危機四伏之社會現實，抒發了憂國之深沉感慨。

高標跨蒼穹❶，烈風❷無時休。自非❸曠士❹懷，登茲❺翻❻百憂。方知象教力❼，足可追冥搜❽。仰穿龍蛇窟❾，始出枝撐幽❿。七星⓫在北戶，河漢⓬聲⓭西流。羲和⓮鞭白日，少昊⓯行清秋。秦山忽破碎⓰，涇渭⓱不可求⓲。俯視但⓳一氣⓴，焉能辨皇州㉑。迴首叫虞舜，蒼梧雲正愁㉒。惜哉瑤池飲㉓，日晏崑崙丘㉔。黃鵠㉕去不息，哀鳴何所投㉖。君看隨陽雁㉗，各有稻粱謀㉘。

【注釋】❶高標句 高標，指塔。跨蒼穹，極言其高。跨，凌跨。蒼穹，青天。天形穹窿，其色蒼蒼。❷烈風 勁疾之風。❸自非 倘若不是。❹曠士 曠達絕俗之士。❺茲 指塔。❻翻 反而。❼象教力 謂沒有佛教，就不會有此塔，所以說「象教力」。象教，亦作「像教」。即佛教。佛家有正、像、末三法之說：佛雖去世，法儀未改，謂正法時；佛去世久，道化訛替，真正之法儀不行，惟行像似之佛法，謂像法時；道化微末，謂末法時。至於三時之年限，各經所說不一。一般多採正法五百年，像法一千年，末法一萬年之說。佛教傳入中國，為佛滅五百年後之像法時，乃以釋迦牟尼木刻之形象教人，故稱佛教為像教或象教。❽冥搜 猶言探幽。釋作想像亦可。極言其建築之宏偉高聳、巧奪天工，已極人間想像之能事。❾龍蛇窟 謂塔內磴道屈曲而昇，猶如穿龍蛇之窟。窟，洞穴。❿始出句 始出，指登臨塔上。枝撐，指塔內斜柱。幽，幽暗。⓫七星 指北斗七星。⓬河漢 銀河，亦曰天河。⓭聲 此將抽象的時間流逝形象化，可謂妙筆。⓮羲和 傳說為日神的御者，故可用「鞭」。⓯少昊 司秋之神，亦稱白帝。⓰秦山句 秦山，謂終南諸山。憑高一望，大小錯雜，高低不等，有如破碎。⓱涇渭 二水名。渭水清，涇水濁。⓲不可求 謂清濁難辨。⓳但 只是。⓴一氣 一片迷濛不清。㉑皇州 天子之都曰「皇州」，此指長安。㉒迴首二句 蒼梧，即九嶷山，在今湖南寧遠東南。相傳舜南巡死於蒼梧之野。詩以虞舜蒼梧，暗比太宗昭陵。因唐太宗受內禪於唐高祖，高祖謚號神堯皇帝，故以受堯禪位的舜比喻受唐高祖禪位的唐太宗。雲正愁，正表示追想而不可及的憂思。㉓瑤池飲 瑤池，相傳為西王母所居之仙境。《列子・周穆王篇》：「昇崑崙之丘，以觀黃帝之宮，而封之，以詒後世。遂賓於西王母，觴於瑤池之上。」㉔崑崙丘 即崑崙山。唐玄宗和楊貴妃遊宴驪山，與周穆王到崑崙山與西王母在瑤池宴飲，事有相類，故以為比。㉕黃鵠 大鳥名，一名天鵝。此喻賢才。《韓詩外傳》卷二：「田饒事魯哀公而不見察，謂哀公曰：『臣將去君，黃鵠舉矣。』」《樂府詩集》卷四五載〈黃鵠曲〉：「黃鵠參天飛，半道還哀鳴。」㉖何所投 意謂無處可投。此含自傷意。㉗隨陽雁 雁為候鳥，秋由北而南，春由南而北，故曰「隨陽雁」。此喻小人，志在隨人，但為身謀，不為國計，深可憂也。㉘稻粱謀 為利祿謀算。

【語　譯】慈恩寺塔高跨天外，猛烈的風吹個不停。我沒有出世者的曠達襟懷，登上此塔反而百感交集，憂思翻騰。這才知道佛教的法力無邊，可以探幽尋勝，巧奪天工。向上穿過龍蛇窟穴般屈曲而昇的磴道，終於繞過塔內斜柱，到達頂層。此時仰視高空可見那壯觀景象：彷彿看到北斗七星在窗外閃爍，耳邊似乎傳來銀河西流的濤聲；又彷彿看到御者羲和用神鞭趕著太陽車迅速西進，秋神少昊正在布置著清秋之景。站在塔上，俯看秦嶺諸山忽然破成了碎塊，涇水和渭水也難以分辨濁清；眼下是一片沉沉的暮靄，朦朧之中，怎能辨得出哪裡是京城？回過頭呼喚一代英主太宗皇帝，太宗的陵墓上泛起一片愁雲。當年周穆王和西王母在崑崙瑤池飲酒作樂，竟然喝到紅日西沉！暮色裡胸懷大志的黃鵠哀鳴不息，無處棲身，而那追陽逐暖的群雁，為謀取稻粱各懷私心。

【研　析】詩人登高望遠，百憂交集。詩人從大雁塔的「高」處立意，開篇不直接言塔高，而說塔如高標，跨越蒼穹，高空烈風，無時休止，是全篇寫塔景的總領。接著，「自非」二句意謂倘若不是曠達絕俗的人，登塔不僅不能消愁解悶，反而生出許多憂愁，「憂」為詩的主腦。「方知象教力」四句，承上「登」字而來，先宕開一步，說有佛教而後有塔，有塔才使人得以登之而探幽。登攀之不易，更顯此塔之高。「七星」四句為登塔所見。登上塔頂，仰觀天宇，耳目豁然，有置身於天際之感：從塔的北窗不但可見北斗七星，甚至能聽見銀河帶著水聲向西流動。可看見羲和駕著日車鞭打著太陽行走，少昊帝迎來了清秋的季節。形容塔之高危，又寫登臨辰光、時令，構思瑰奇，仍不離一「憂」字。「秦山」四句，為俯視所見。「秦山破碎」、「不辨皇州」云云，既是長安暮色，又似有寄託，與「百憂」之情血脈溝通。「回首」以下八句寫登塔所感。觸景感事，憂慮彌深。詩人俯視帝京茫茫，深感唐王朝昇平景象下危機四伏，不禁追想起唐初勵精圖治的聖明之君。「回首」兩句，以虞舜比喻唐太宗，惋惜唐太宗勵精圖治的清明政治已難追尋。詩人素懷「致君堯舜上」之志，這裡用一「叫」字，正見其對清明政治繫念之切。「惜哉」兩句以周穆王、西王母宴飲事，暗諷玄宗與楊貴妃遊樂驪山，荒於政事。遙應上「秦山」、「皇州」，進一步傾吐所懷之「百憂」。詩人的「百憂」最後歸結到對包括自己在內的士人們的人生道路選擇：黃鵠飛個不停，哀叫著投奔何處？如今黃鵠無處可投，而那些隨陽雁卻各自懷著謀取稻粱的打算。結尾以兩種鳥的不同去向，寄託了在時勢將亂之時有識之士的清醒思考。此詩在藝術表現上有兩個突出的特點：一是按生活經驗想像銀河流動時真有水聲；二是在景物描寫中隱含朦朧的寓意。杜甫後期作品中常用，最終成為杜詩藝術的一大特色。

貧交行

【題解】作於天寶十一載（西元七五二年）困守長安時。詩傷世態炎涼，交道澆薄，人情反覆，所謂「人情不古」。

翻手作雲覆手雨❶，紛紛輕薄❷何須數❸。君不見管鮑❹貧時交，此道今人❺棄如土。

【注釋】❶翻手句　喻人反覆無常。後成語「翻雲覆雨」即出杜詩。蘇軾〈和三舍人省上〉詩：「紛紛榮瘁何能久，雲雨從來翻覆手。」亦本杜句。❷輕薄　輕佻浮薄；不敦厚。❸何須數　意謂數不勝數。數，計數。❹管鮑　指管仲和鮑叔。二人皆為春秋時齊國人。據《史記・管晏列傳》載，管仲和鮑叔曾一起經商，分紅時，管仲常欺鮑叔，自己多分些，鮑叔知道管仲家貧，不以其為貪。後齊桓公欲任鮑叔為相，鮑叔又推薦管仲。結果管仲相桓公，九合諸侯，成為春秋五霸之首。所以管仲說：「生我者父母，知我者鮑子也。」後遂以管鮑之交為交友的典範。❺今人　指輕薄輩。

【語譯】翻手為雲覆手為雨，如此反覆無常之人數不勝數。可曾見，當年管仲和鮑叔之交不因貧富而動搖，這種交道今已無，輕薄之輩棄之如糞土！

【研析】詩人困守京華，飽諳世態炎涼、人情反覆的滋味，憤而寫下此詩。詩何以用「貧交」命題？蓋取自這首古歌：「採葵莫傷根，傷根葵不生；結交莫羞貧，羞貧友不成。」謂貧賤方能見真交，而富貴時的交遊則未必可靠。詩的開篇就給人一種勢利之交「誠可畏也」的感覺。得意時便如雲之趨合，失意時便如雨之紛散，翻手覆手之間，忽雲忽雨，其變化迅速無常。浦起龍說：「只起一語，盡千古世態。」（《讀杜心解》卷二之一）雖然世風澆薄如此，但人們還紛紛恬然侈談交道，次句斥之為「紛紛輕薄」，謂之「何須數」。這冷酷的現實不免使人絕望，於是詩人想起一樁古人的交誼，即鮑叔和管仲的貧富不移的交道。古人以友情為重，相形之下，「今人」之「輕薄」益顯。「棄如土」三字極形象，古人的美德被「今人」像土塊一樣拋棄了，從而把世上真交絕少這個意思表達得更加充分。詩作「行」，卻只四句，一句一轉，轉皆不可測。唐元竑評曰：「祇四句，濃至悲慨已極，詩正不貴多。」（《杜詩攟》卷一）

麗人行

【題解】此為即事名篇的新題樂府。玄宗天寶十一載（西元七五二年）十一月，權相李林甫死，楊國忠為右相。詩云「三月三日天氣新」，「慎莫近前丞相嗔」，當是天寶十二載春作。

三月三日❶天氣新，長安水邊❷多麗人。態濃意遠淑且真❸，肌理細膩骨肉勻❹。繡羅衣裳照暮春，蹙金孔雀銀麒麟❺。頭上何所有？翠為㔩葉垂鬢脣❻。背後何所見？珠壓腰衱穩稱身❼。就中雲幕椒房親，賜名大國虢與秦❽。紫駝之峰出翠釜，水精之盤行素鱗❾。犀筯❿厭飫⓫久未下⓬，鸞刀縷切空紛綸⓭。黃門飛鞚不動塵，御廚絡繹送八珍⑭。簫鼓哀吟感鬼神⑮，賓從雜遝實要津⑯。後來鞍馬何逡巡，當軒下馬入錦茵⑰。楊花雪落覆白蘋⑱，青鳥飛去銜紅巾⑲。炙手可熱勢絕倫，慎莫近前丞相嗔⑳！

【注釋】❶三月三日　即上巳節。唐人非常重視這個節日，為「三令節」之一，長安士女多於這天遊賞曲江。❷水邊　指曲江池邊。曲江池，在長安城東南角。❸態濃句　狀寫麗人之丰神。態濃意遠，姿態濃豔，神情高遠。淑且真，賢淑純真，毫不做作。❹肌理句　狀寫麗人之體貌。肌理細膩，肌膚腠理，細嫩豐潤。骨肉勻，體態勻稱，胖瘦相宜。❺繡羅二句　謂麗人身著繡有孔雀和麒麟圖案的華麗衣服，與暮春旖旎的風光交映生輝。繡羅，刺繡的絲織品。蹙金，一種刺繡工藝，指用金銀絲線刺繡成皺紋狀的織物，又名撚金。孔雀、麒麟，為衣裳上所繡物色。❻翠為句　翠，翡翠。㔩葉，古代婦女髮髻上的花飾。鬢唇，鬢邊。❼珠壓句　謂裙帶上綴以珠飾，壓而下垂，十分合體。腰衱，裙帶。❽就中二句　寫楊氏姊妹之得寵。就中，其中。雲幕，謂帳幕之多猶如重重雲霧。漢代皇后所居之室，以椒末和泥塗壁，故稱「椒房」。後世遂稱后妃為椒房，稱后妃親屬為椒房親。此指楊貴妃姊妹。賜名，指玄宗天寶七載（西元七四八年）封賜楊貴妃三姊為國夫人事。《舊唐書・楊貴妃傳》：「有姊三人，皆有才貌，玄宗並封國夫人之號：長曰大姨，封韓國；三姨，封虢國；八姨，封秦國。並承恩澤，出入宮掖，勢傾天下。」❾紫駝二句　極力形容楊氏姊妹飲食之華貴精美。紫駝之峰，即駝峰，是駱駝脊背上隆起的肉。唐代貴族名食中有駝峰炙。翠釜，以翠玉為飾的鍋。水精，即水晶。行，按次序傳送。素鱗，指魚。❿犀筯　用犀牛角做的筷子。⓫厭飫　飽食生膩。⓬久未下　是說因為吃膩了，面對精美的食品，沒有胃口，反覺無以下筯。⓭鸞刀句　鸞刀，刀環繫有小鈴的刀。縷切，細切，謂切膾如絲縷之細。潘岳〈西征賦〉：「雍人縷切，鸞刀若飛。」空紛綸，是說因為貴婦們什麼都吃膩了，不動筷子，害得廚師們空忙亂一陣。紛綸，猶紛紜，繁亂之意。⓮黃門二句　是說皇帝命宦官送來許多珍貴食品。黃門，即宦官。以其服役黃門之內，故名。東漢黃門令、中黃門諸官，皆為宦官充任。飛鞚，即馳馬如飛。鞚，馬勒。不動塵，形容馳馬輕快，亦喻騎術高超，雖騎馬飛馳而塵土不揚。御廚，專供皇帝用的廚房。亦指為皇帝做膳食的人。絡繹，往來不絕。八珍，原指八種烹飪方法，後用以泛指珍貴的食品。據史載，天寶年間，玄宗曾以姚思藝為檢校進食使，並經常將水陸珍饈頒賜楊氏兄妹，派宦官分送各家，「五家如一，中使不絕」。可見以上二句寫楊氏恩寵，亦是寫實。⓯簫鼓句　簫鼓，兩種樂器名。哀吟，指音樂婉轉動人，故下云「感鬼神」，極力形容歌舞之盛，演奏之妙。⓰賓從句　賓從，賓客隨從。雜遝，雜亂眾多貌。實要津，語意雙關，實寫楊氏姊妹遊春隊伍塞滿了道路，暗喻楊氏兄妹佔據了各種重要職位。《古詩十九首》：「何不策高足，先據要路津。」⓱後來二句　後來鞍馬，指楊國忠。逡巡，徐行貌。軒，車的通稱。錦茵，錦製的地毯。仇兆鰲釋二句云：「秦、虢前行，國忠殿後，鞍馬逡巡，見擁護填街，按轡徐行之象。當軒下馬，見意氣洋洋，旁若無人之狀。」（《杜詩詳注》卷二）⓲楊花句　古人認為蘋為萍之大者，又有「楊花入水化為浮萍」之說。蘇軾〈再和曾仲錫荔支〉：「柳花著水萬浮萍。」自注云：「柳至易成，飛絮落水中，經宿即為浮萍。」楊花，即柳花，又諧應楊姓。據此，則楊花、萍、蘋雖為三物，實出一體，故以楊花覆蘋影射楊國忠與虢國夫人的曖昧關係。唐章碣〈曲江〉詩有「落絮卻籠他樹白」之句，可見當時曲江楊柳甚盛，故有「楊花雪落」之景。又北魏胡太后嘗逼楊白花私通，楊懼禍奔南朝梁，改名楊華，胡太后追思不已，遂作〈楊白花〉歌詞：「陽春二三月，楊柳齊作花。春風一夜入閨闥，楊花飄蕩落南家。……秋去春還雙燕子，願銜楊花入窠裡。」杜詩亦暗用此事。⓳青鳥句　青鳥，傳說為西王母使者。隋薛道衡〈豫章行〉：「願作王母三青鳥，飛來飛去傳消息。」紅巾，婦人所用紅手帕。比喻男女傳情之物。「銜」字用得微妙。「楊花」二句為隱語，妙在結合眼前景物以刺楊國忠與從妹虢國夫人的淫亂醜行。《新唐書・楊貴妃傳》：「虢國素與國忠亂，頗為人知，不恥也。每入謁，並驅道中，從監、侍姆百餘騎，炬蜜如晝，靚妝盈里，不施帷障，時人謂為『雄狐』。」可見杜詩亦是實錄。⓴炙手二句　諷刺楊氏勢傾天下，不知羞恥。炙手可熱意即手一靠近就覺得熱得燙人，比喻氣焰盛，權威大，因接「勢絕倫」，謂楊氏兄妹權勢無與倫比。此句用典出《三國志・魏書・諸夏侯曹傳》裴松之注引《魏略》：「曹爽之勢熱如湯，太傅父子冷如漿，李豐兄弟如游光。」即以「勢熱如湯」喻曹爽「專政」勢頭之猛。炙，烤。丞相，即指楊國忠。嗔，惱怒。

【語　譯】三月三日上巳節，今日天氣格外清新；長安城裡麗人如雲，大多集中在曲江池邊。這些麗人姿態濃豔，神情高遠，模樣端莊又天真，一個個肌膚細膩，骨肉勻稱，胖瘦相宜。她們身著繡羅衣裳，映照著暮春美景，上面有金線繡的孔雀銀線繡的麒麟。她們頭上戴著什麼？翡翠首飾垂雙鬢。身後又能見到什麼？綴滿珍珠的裙帶穩稱腰身。看那江邊雲霧似的帳幕，裡面是楊貴妃的姊姊們——她們被封為虢國、秦國夫人。她們在雲帳裡面大擺酒宴，用嵌飾翠玉的鍋子烹炸駝峰肉，用水晶盤子盛來清蒸魚，手捏犀牛角做的筷子，遲遲不想夾菜，面對這些山珍海味，她們早就吃膩了，沒有胃口反覺無以下筷；可是倒讓手拿鸞刀精切細作的廚師空忙了一大陣。這時太監們飛馬往返來傳信，不一會兒就有天子的廚師絡繹不絕地送來了「八珍」。宴席上樂工用簫鼓奏著清音，美妙的樂曲感動鬼神。賓從眾多來攀附，都是當朝的寵臣們。最後騎馬到來的是楊丞相，得意洋洋旁若無人，來到虢國夫人的車前才下馬，走進錦毯鋪地的帳篷去會虢國夫人。你看那曲江岸邊，飄落的楊花覆在白蘋上，楊花、白蘋可是同源同種一條根！你看那傳情的青鳥飛走了，牠叼走了虢國夫人的紅手巾。丞相權傾天下不敢惹，炙手可熱好燙人。遊人遊人請小心，那座帳篷千萬別靠近，惹怒了丞相可要命歸陰！

【研　析】楊貴妃為玄宗寵妃，楊國忠為貴妃從兄，即所謂「國舅」，貴妃三姊皆封國夫人，諸楊得寵，勢傾朝野。這幫無恥之徒過著驕奢淫佚的生活，時人為之側目。杜甫巧借三月三日上巳節曲江遊春這一特定事件，先用鋪張揚厲的手法描繪了長安麗人的丰神、體貌、服色之麗，然後「就中雲幕椒房親」筆鋒一轉，著力描寫楊氏姊妹的窮奢極欲，囂張氣焰，與前所寫「麗人」相比，她們特有的並不是外表的美麗，而是恃寵驕縱，貪婪地追求口腹之欲和聲色之娛，實際上不過是行尸走肉而已。「後來鞍馬」之後，又把鏡頭對準楊國忠一人，用比興含蓄的手法揭露他的醜行，更是禽獸不如。最後「慎莫近前丞相嗔」一句，直指丞相，「圖窮匕首見」，真有畫龍點睛之妙。通篇皆似鋪張作讚，但卻句句是貶，作者的諷刺藝術是很高明的，正如浦起龍所說：「無一刺譏語，描摹處，語語刺譏。無一慨歎聲，點逗處，聲聲慨歎。」（《讀杜心解》卷二之一）施補華也說：「〈麗人行〉，前半竭力形容楊氏姊妹之遊冶淫佚，後半敘國忠之氣焰逼人，絕不作一斷語，使人於意外得之，此詩之善諷也。」（《峴傭說詩》）

送高三十五書記十五韻

【題解】此詩作於天寶十二載（西元七五三年）夏。全詩三十二句，十六韻，題作「五」，當是「六」字之誤。高三十五，即高適，排行三十五。時高適充隴右、河西節度使哥舒翰幕掌書記，離京返河西、隴右，杜甫賦此詩送別。

崆峒小麥熟❶，且願休王師❷。請公❸問主將❹，焉用窮荒為❺。飢鷹未飽肉，側翅隨人飛❻。高生跨鞍馬❼，有似幽并兒❽。脫身簿尉❾中，始與捶楚辭❿。借問今何官，觸熱向武威。答云一書記，所愧國士知⓫。人實不易知，更須慎其儀⓬。十年出幕府，自可持旌麾⓭。此行既特達⓮，足以慰所思。男兒功名遂，亦在老大時⓯。常恨結歡淺⓰，各在天一涯。又如參與商⓱，慘慘⓲中腸悲。驚風⓳吹鴻鵠⓴，不得相追隨。黃塵翳㉑沙漠，念子㉒何當㉓歸。邊城㉔有餘力㉕，早寄從軍詩㉖。

【注釋】❶崆峒句　崆峒，山名，在今甘肅平涼西，唐屬隴右道。小麥熟，史載：吐蕃每至麥熟時，即率部眾至積石軍獲取之，邊人呼為「吐蕃麥莊」。前後無敢拒之者。至天寶六載，哥舒翰伏兵以待之，虜至，斷其後，夾擊之，無一人得返者，自是吐蕃不敢近青海。❷願休王師　希望唐王朝罷兵、休戰。❸公　指高適。❹主將　指哥舒翰。❺焉用句　言獲取窮荒之地有什麼用？窮荒，貧瘠邊遠之地。史載：天寶八載，隴右節度使哥舒翰帥六萬三千唐兵，攻取吐蕃石堡城，士卒死者數萬。翰又遣兵於赤嶺西開屯田，以謫卒二千戍守龍駒島，冬冰合，吐蕃大攻，戍者盡沒。❻飢鷹二句　形容高適因貧窮而依哥舒翰。飢鷹，喻高適。窮而依人，有似飢鷹，故曰「未飽肉」、「隨人飛」。❼跨鞍馬　指從戎。❽幽并兒　指幽州和并州健兒。幽，今河北之地。并，今山西一帶。幽、并之地民風剽悍，俗善騎射，多健兒。❾脫身簿尉　指高適辭去封丘縣尉事。❿始與句　捶楚，指杖刑。捶，通「箠」。杖也。楚，荊木。高適〈封丘作〉云：「拜迎官長心欲碎，鞭撻黎庶令人悲。」適不忍為此，今去官依翰為書記，不再鞭撻黎庶，故云「始與捶楚辭」。⑪借問四句　設為問答。觸熱，冒著炎熱。時當夏天，故云。武威，郡名，今屬甘肅。時為河西節度使治所。「答云」二句，為高適答詞。國士知，指哥舒翰以國士待他。國士，全國推仰之士。《舊唐書．高適傳》載：「客遊河右，河西節度哥舒翰見而異之，表為左驍衛兵曹，充翰府掌書記。從翰入朝，盛稱之於上前。」⑫人實二句　是規勸之詞。慎其儀，謂慎言慎行，敬謹從事。翰粗暴嗜殺，適豪放慷慨，故二句戒其敬謹事翰。⑬十年二句　為鼓勵之詞。言在幕府熬上十年，就可以作主將了。旌麾，帥旗。⑭特達　特出，喻前程遠大。⑮男兒二句　為寬慰之詞。功名遂，功成名就。老大時，高適時年五十三歲，故云。⑯結歡淺　指相會時間短。⑰參與商　參商二星，一出一沒，永不相見。此喻分別後難再見面。⑱慘慘　悲戚貌。⑲驚風　疾風。⑳鴻鵠　即天鵝，常喻志向遠大者，此指高適。㉑翳　遮蔽。㉒子　指高適。㉓何當　何時。㉔邊城　指武威。㉕餘力　猶餘暇。㉖從軍詩　曹操西征張魯，侍中王粲隨行，作五言〈從軍詩〉。高適隨哥舒翰西征，又能詩，故囑其學王粲作〈從軍詩〉見寄，以慰相思。

【語　譯】崆峒山一帶的小麥已經成熟，希望朝廷暫且休兵來保護收成。請您質詢一下主將哥舒翰：當此農忙季節，何必要到荒遠之地去用兵？我理解您因窮困而依哥舒翰，就像一隻沒吃飽肉的雄鷹，側著翅膀隨人飛騰。您身跨戰馬縱橫馳騁，像幽并之地的健兒一樣勇猛。您從縣尉的苦差中脫身而出，才告別了鞭撻百姓的營生。請問如今當了什麼官？為什麼冒著炎熱向武威開進？您回答說：「是軍中一名書記員，感愧被識才的將軍所重用。」人啊確實是不易看透的，希望您對主帥敬謹從事。在將軍府中好好幹上十年八載，自然可以拿到主將的旗旌。這次出任定然前途遠大，足以慰藉您的平生之志。男兒能夠成就功名，常常是在年大之時。我總是遺憾與您歡聚時短，海角天涯相隔遙遠，就像參商二星難以相見，我的心中有著無限傷感。眼看著狂風吹送遠征的鴻鵠，我卻不能隨您前往。沙漠邊地黃塵蔽日，不知您何時才能歸來；戍守邊城時如有餘暇，請把從軍詩篇儘快寄來。

【研　析】此詩為送高適入哥舒翰幕作。首段前四句，戒邊將窮兵，蓋哥舒翰征吐蕃即有窮荒黷武之虞。主將哥舒翰自不必說，就連高適這位書記，他也參謀軍事，故同時告之休兵息民。王嗣奭云：「起四句之『願休王師』、『焉用窮荒』才是正論。」（《杜臆》卷一）這種送幕客詩而帶及主將的作法，可謂入手得體。這與〈投贈哥舒開府翰二十韻〉，先從朝廷發端一樣是起局正大。「飢鷹」以下十八句主要是寫高書記。詩人與高適相知，送別詩悃款周悉，用情特至。故在這段中哀其志，敘其行，戒其慎周旋，祝其大建樹。末段十句為第三段，表現送別之情，思念之切。此詩從結構上說，轉變起伏無窮。從內容上說，肝膽披露無遺。從行文上說，語氣壯渾有餘。浦起龍曰：「通首看來，時事憂危之情，朋友規切之誼，臨岐頌禱、贈處執別之忱，藹然具見於此詩。」（《讀杜心解》卷一之一）而其藝術特色則如邵長蘅所云：「起境高，看他一氣轉下，何等雄暢，曲折頓挫無不竭情盡致。」（《杜詩集評》卷二引）

醉時歌

【題解】天寶十三載（西元七五四年）春作。題下原注：「贈廣文館博士鄭虔。」《唐會要・廣文館》：「天寶九載七月十三日置，領國子監進士業者。博士、助教各一人，品秩同太學。以鄭虔為博士，至今呼鄭虔為鄭廣文。」鄭虔為杜甫好友，詩、書、畫兼擅，玄宗譽為「鄭虔三絕」。虔雖德才學識過人，但遭遇坎坷，廣文館博士實屬清冷之閒官。時杜甫困居長安已達九年，窮愁潦倒，比之鄭虔遭遇更惡。二人同病相憐，過從甚密，痛飲狂歌，將一腔牢落不平之氣，聊寄於麴蘖，以求自遣，故名之曰〈醉時歌〉，悲慨豪宕，兼而有之。

諸公袞袞登臺省❶，廣文先生❷官獨冷❸。甲第❹紛紛厭粱肉❺，廣文先生飯
不足。先生有道出羲皇❻，先生有才過屈宋❼。德尊一代❽常坎軻❾，名垂萬古知
何用。杜陵野客❿人更嗤⓫，被褐短窄⓬鬢如絲。日糴太倉五升米⓭，時赴⓮鄭老
同襟期⓯。得錢即相覓，沽酒不復疑⓰。忘形到爾汝，痛飲真吾師⓱。清夜沉沉⓲

動春酌⑲，燈前細雨簷花⑳落。但覺高歌㉑有鬼神㉒，焉知㉓餓死填溝壑㉔。相如㉕
逸才親滌器㉖，子雲識字終投閣㉗。先生早賦〈歸去來〉㉘，石田㉙茅屋荒蒼苔。
儒術㉚於我何有㉛哉，孔丘盜跖俱塵埃㉜。不須聞此㉝意慘愴㉞，生前相遇且銜杯㉟。

【注釋】❶諸公句　諸公，謂當時幸進者。袞袞，相繼不絕貌。臺省，朝廷顯要之職。臺是御史臺。省指中書、尚書和門下三省。❷廣文先生　指鄭虔。❸冷　清冷，指職微祿薄。❹甲第　指豪門權貴之宅第。❺厭粱肉　厭，同「饜」。飽。粱肉，泛指美食。❻出羲皇　出，超出。羲皇，指伏羲氏。古以燧人、伏羲、神農為三皇。❼過屈宋　過，超過。屈宋，指屈原和宋玉，為楚辭代表作家。❽德尊一代　品德高尚，為世所尊。❾坎軻　同「坎坷」。本指車行失利貌，喻人失意，不得志。❿杜陵野客　杜甫自稱。⓫嗤　譏笑。⓬被褐短窄　極言貧賤寒苦。褐，粗布衣，貧者所服，入仕稱「解褐」，時杜甫尚為布衣，故曰「被褐」。⓭日糴句　因去秋淫雨傷稼，故朝廷出太倉米以救濟窮人。日糴，即天天糴，言無隔夜糧。糴，買入米穀。太倉，京師所設御倉。⓮時赴　不時赴；時時赴。⓯同襟期　指二人理想、抱負相同。且二人不獨為飲酒，亦道同、才同、德同、名同也。李白〈秋夜於安府送孟贊府兄還都序〉：「道合則襟期暗親，志乖而肝膽楚越。」可為注腳。襟期，猶懷抱；抱負。⓰得錢二句　謂得錢即買酒，不考慮別的。不復疑，不再遲疑。上「時赴」，謂甫過鄭；此「相覓」，是甫邀鄭，正見其「沽酒不復疑」。⓱忘形二句　上句是說彼此親昵，不拘行跡，不分你我。鄭虔大杜甫二十多歲，故曰「忘形爾汝」。下句是說只要能痛飲酒，我就拜你為師，不必定指鄭虔。⓲沉沉　夜深貌。⓳春酌　指酒。⑳簷花　有三解：一指簷前之花，一云簷前夜雨細如花，一云為簷雨之名。似以第二解為長。㉑高歌　猶放歌。㉒有鬼神　似有鬼神相助，指文思噴湧。㉓焉知　哪知。㉔填溝壑　死於貧困。左思〈詠史詩〉：「當其未遇時，憂在填溝壑。」㉕相如　指西漢司馬相如，著名辭賦家。㉖親滌器　《史記・司馬相如傳》載：相如落拓時，曾和妻子卓文君在臨邛開酒店，文君當壚，相如身著犢鼻褌，親自洗滌酒器。㉗子雲句　《漢書・揚雄傳》載：揚雄字子雲，博學多才，曾教弟子劉棻作奇字。王莽時，劉棻因獻符命得罪，雄受牽連。當使者來搜捕時，揚雄從天祿閣上「自投下，幾死」，「京師為之語曰：『惟寂寞，自投閣。』」㉘歸去來　指陶淵明辭彭澤令歸田園隱居作〈歸去來兮辭〉。此歎鄭將效陶淵明歸隱。㉙石田　沙石薄瘠之田。㉚儒術　儒家的學術。㉛何有　猶何用。㉜孔丘句　孔丘，即孔子，儒家學說的創始人，被奉為至聖先師。盜跖，相傳為春秋時之大盜，姓柳下，名跖。俱塵埃，孔、跖並舉，謂至聖大惡，同歸塵土而已。《列子・楊朱》：「生則堯舜，死則腐骨；生則桀紂，死則腐骨。腐骨一矣，孰知其異？」意與此同。㉝聞此　指上「俱塵埃」句。㉞慘愴　極悲傷意。㉟銜杯　即飲酒。

【語譯】那些精明幸進的大人們，一個個進了中央機關做大官，唯獨廣文先生鄭虔官職低微俸祿薄。那些豪門大戶美食都吃膩了，而我們的廣文先生卻連粗茶淡飯都吃不飽。先生的品德超過羲皇，先生的才能超過屈原宋玉，德尊一代卻常常遭遇坎坷；懷才不遇如此，名垂萬古又有何用！我這杜陵野客更是遭人嗤笑，穿著又短又窄的粗布衣，兩鬢蒼白如絲。為了活命，我每天要去太倉排隊買上五升米；閒著無聊，經常跑到先生這裡敘敘相同的心曲。偶爾弄到幾個小錢就尋覓先生前來聚首，買酒買菜絕不遲疑，這樣可以聊解心愁。酒酣之際得意忘形忘年，先生飲酒真是海量，真可做我的老師呢！冷冷清清的春夜夜色沉沉，我們湊到一起把盞飲酒。朦朦朧朧中看到，屋簷下的細雨在燈光中飄落，好像細碎的落花亂紛紛。我們一邊飲酒一邊高歌，興來之時妙語疊出似有鬼神相助；哪裡想過有朝一日會餓死，葬身無地只得填溝壑！司馬相如可是才華橫溢，卻不得不在酒店洗酒具。揚雄識盡古書奇字又怎麼樣，終究還是從天祿閣上跳下去。先生還是早點學學陶淵明，也來寫篇〈歸去來〉，免得故鄉的石田茅屋長青苔。儒家之術對我們來說有什麼用？孔丘和盜跖還不是一樣死去化塵埃！先生聽到此言不必太淒慘，我們趁著有生之年，暫且舉杯莫遲疑！

【研析】此詩從頭到尾都是牢騷語。開頭即為鄭虔抱不平，一連八句，將鄭虔的遭遇、潦倒一口氣傾瀉出來。先是以高官顯貴們與鄭虔作兩層對比：諸公袞袞都登上了臺省，只有廣文先生作著一個無權無勢的冷官；高門大戶裡的人紛紛吃膩了酒肉，廣文先生卻連飯都吃不飽。接著，詩人用「先生有道」、「先生有才」聲明廣文先生甘於淡泊的道德超出羲皇時代，能詩善畫的才華超過屈原、宋玉。這就又和他的落寞清貧再成一層對照。為什麼如此？道德高尚的人往往困頓坎坷，這已成為規律。所以詩人感歎：即使名垂萬古又有什麼用？中國知識分子從先秦時代就有了「三不朽」的人生理想，所謂立德、立功、立言。德尊一代是人生不朽的最高境界，但往往要付出一生枯槁的代價。杜甫在這裡又一次指出了「德尊一代」和「名垂萬古」的矛盾，為什麼德高者就一定該窮呢？「杜陵野客」四句，是詩人自寫，可見一個窮愁潦倒的野老形象。由於「同襟期」，二人還是到了忘形的程度。「清夜沉沉」四句，寫二人痛飲時忘情生死的精神境界，此時詩歌出現高潮。杯酒下肚，連餓死溝壑都不放在心上了。接下來，用「文章憎命達」的事實自我安慰。司馬相如、揚雄等古文人不遇者多，非獨你我二人。既表明自己的曠達胸懷，也勸慰鄭虔曠達處之。最後六句，進一步寬解鄭虔。然而現實是：這世間還有沒有是非，儒術還有沒有用處，一向尊崇儒術的詩人竟然大呼：「儒術於我何有哉，孔丘盜跖俱塵埃。」不但否定了自己奉儒的信念，而且視聖人大盜同歸泯滅，真是傷心憤激到極點了。此詩不能一概視為酒後狂言，王嗣奭評曰：「此篇總是不平之鳴，無可奈何之詞，非真謂垂名無用，非真薄儒術，非真齊孔、跖，亦非真以酒為樂也。杜詩『沉醉聊自遣，放歌破愁絕』，即此詩之解。」(《杜臆》卷一)

城西陂泛舟

【題解】作於天寶十三載(西元七五四年)春。城西陂，即渼陂，因在鄠縣(今陝西戶縣)城西五里，故云。此為遊覽勝地，適值開天盛世，故有泛舟遊覽、士女飲宴歌舞之盛況。

青蛾皓齒❶在樓船❷，橫笛短簫悲遠天❸。
春風自信❹牙檣❺動，遲日❻徐看錦纜❼牽。
魚吹細浪搖歌扇，燕蹴飛花落舞筵❽。
不有小舟能蕩槳❾，百壺❿那送酒如泉⓫。

【注釋】❶青蛾皓齒　指勸酒的歌妓。❷樓船　大而疊層的遊船。❸悲遠天　言其聲音嘹亮直徹雲霄。悲，謂笛、簫所發的清韻微妙之極。❹自信　自任、聽任之意，言不煩人力。❺牙檣　象牙為飾的帆柱。❻遲日　猶春日。《詩經・豳風・七月》：「春日遲遲。」指日長而暄。❼錦纜　錦彩為纜繩。❽魚吹二句　寫舟中歌舞之妙，直使鳥飛魚躍。《列子・湯問篇》：「瓠巴鼓琴，而鳥舞魚躍。」蹴，踏。❾能蕩槳　讚小舟迅捷。❿百壺　謂送酒頻繁。⓫酒如泉　言酒之多，飲之豪。

【語　譯】黛青的蛾眉，白淨的牙齒，這些侑酒的歌妓亭亭玉立於樓船。聽她們吹著橫笛短簫，聲音清亮美妙響徹雲端。春風徐徐，只見牙檣白帆自由地緩緩移動；春天日長漸暖，又見華麗的纜繩徐徐牽挽。俯視水中，魚兒吹起的細浪蕩漾著彩扇的倒影；仰望空中，燕子踏落飛花，正飄飄墜落在筵席上。要是沒有蕩槳的小舟來回奔波，哪裡來這百壺美酒湧如泉？

【研　析】這是一首遊賞詩，即詩人與友人泛舟城西陂，記其所見所感。或謂譏唐明皇，恐非。總起來說，詩寫泛陂而誌聲妓之盛，鋪張揚厲，用詞華麗，滿眼嬌憨蕩佚。其中「春風」二句，寫春天風恬日麗之景，優游閒適之樂：牙檣錦纜，狀舟之華美；春風遲日，若助以韶光。而動曰自信，牽曰徐看，正見風恬浪靜之景象。曰「自信」，則見樓船甚安，不見船動，但有風有檣，遂自任船兒蕩漾。曰「徐看」，見船大行緩。此聯是頂「樓船」來。兩句正見中流容與之景象。從時間或從遊賞的次序來看，「牙檣動」是往，「錦纜牽」是來。「魚吹」二句，頂「青蛾」而來，寫舟中歌舞之妙，直使燕飛魚躍。上句寫「魚吹細浪」，言畫舸移春，纖波不驚，正清歌按拍之時，妙在「吹」字：游魚吹浪，映扇影而微搖。青蛾以扇自障而歌，故謂之歌扇。而曰「搖」，則言浪之搖扇影。下句寫「燕蹴飛花」，言花因燕蹴而飛，適墮舞筵之前，妙在一「蹴」字：花影衣香，蕩成春色。兩句極寫熙春媚景、澄波綺席之趣。「不有」二句，極寫宴遊豪飲之興，並收足首聯之「遠」字意。言樓船載歌載舞，船上酒食，全仗小船輸送。言「不有」、「那送」，是指點之詞，謂只此供宴之需，費幾多小船如織，此與〈麗人行〉「御廚絡繹送八珍」可有一比。結句藉小舟反映樓船，補寫一段餘興。黃光昇評曰：「此詩形容泛舟興致，豔而不淫，麗而有則，自非他人遊賞詩可及也。」（《杜律注解》卷上）

渼陂行

【題解】天寶十三載（西元七五四年）未授官時作。渼陂，在今陝西戶縣。程大昌《雍錄》卷六：「渼陂，在鄠縣（即今陝西戶縣）西五里，源出終南山，有五味陂，陂魚甚美，因加水而以為名，其周一十四里，北流入澇水。」詩寫與岑參兄弟同遊渼陂所見所感，景色瑰麗，光怪陸離，奇詭變化，恍惚萬狀，詞采精拔，極力突出一個「奇」字，而人生哀樂亦寓其間。

岑參兄弟❶皆好奇❷，攜我遠來遊渼陂。天地黤慘❸忽異色❹，波濤萬頃堆琉
璃❺。琉璃汗漫❻泛舟入，事殊興極❼憂思集。鼉作鯨吞❽不復知❾，惡風白浪何
嗟及❿。主人⓫錦帆相為開，舟子⓬喜甚無氛埃⓭。鳧鷖⓮散亂棹謳⓯發，絲管⓰啁
啾⓱空翠來⓲。沉竿續蔓深莫測⓳，菱葉荷花靜如拭⓴。宛在中流㉑渤澥清㉒，下歸
無極終南黑㉓。半陂已南純浸山，動影裊窕㉔沖融㉕間。船舷暝戛雲際寺㉖，水面
月出藍田關㉗。此時驪龍㉘亦吐珠，馮夷㉙擊鼓群龍趨。湘妃㉚漢女㉛出歌舞，金
支翠旗㉜光有無。咫尺㉝但愁雷雨至，蒼茫㉞不曉神靈㉟意。少壯幾時奈老何，向
來哀樂何其多㊱。

【注釋】❶岑參兄弟　岑參，南陽（今屬河南）人，當時著名詩人，與杜甫交好，時在長安，往來頗密。官終嘉州刺史，

世稱「岑嘉州」。參排行二十七，有親兄弟五人，即謂、況、參、乘、垂。此處不能確指。❷好奇　好尋奇探勝。《唐才子傳》卷三：「(參)放情山水，故常懷逸念，奇造幽致。」❸黤慘　天色昏暗貌。黤，青黑色。❹忽異色　天色驟變。❺堆琉璃　謂波濤湧起。琉璃，喻水之清澈。❻汗漫　水勢浩瀚貌。❼事殊興極　天已異色而猶泛舟，所歷奇險，而興致極高，正見「好奇」處。❽鼉作鯨吞　極言風濤驚險。鼉，即鼉龍，又名豬婆龍，今稱揚子鱷。作，起。❾不復知　不可知。❿何嗟及　猶嗟何及。《詩經・王風・中谷有蓷》：「啜其泣矣，何嗟及矣。」朱熹《詩集傳》卷四：「何嗟及矣，言事已至此，末如之何，窮之甚也。」⓫主人　指岑參兄弟。⓬舟子　船夫。⓭氛埃　塵霧。⓮鳧鷖　皆為水鳥。鳧，野鴨。鷖，即鷗，一名水鴞。⓯棹謳　即棹歌，為船工行船時所唱之歌。⓰絲管　絲，指絃樂器，如琴、瑟、琵琶之類。管，指管樂器，如簫、笛、笙之類。⓱啁啾　細碎的聲音，此指各種樂器合奏聲。⓲空翠來　謂雲開而青天出。⓳沉竿句　既有菱葉荷花，則陂水不深可知。而謂「沉竿續蔓深莫測」，乃極言之，故有人解作「言戲測其深也」。或解作沉竿與水中之蔓相續，則太泥。⓴靜如拭　極寫菱荷之潔淨鮮豔。靜，潔。拭，淨。㉑宛在中流　《詩經・秦風・蒹葭》：「宛在水中央。」㉒渤澥清　極言陂水之空曠澄澈。渤澥，即渤海。又通謂之滄海。㉓下歸句　下歸無極，承上「深莫測」來，言水底但見終南山影之黑而已，故下句即接「純浸山」。無極，無盡；無底。終南，即終南山，在長安南，渼陂源於此。㉔裊窕　動搖不定貌。㉕沖融　陂水深廣貌。㉖船舷句　舷，船邊。暝，日晚。戛，摩擦之聲。雲際寺，指雲際山大定寺，在鄠縣東南六十里。㉗藍田關　即秦嶢關，在渼陂東南，藍田縣東南九十八里。㉘驪龍　古謂黑色之龍。《莊子・列禦寇》：「夫千金之珠，必在九重之淵，而驪龍頷下。」㉙馮夷　水神名，又名冰夷、無夷、馮遲。曹植〈洛神賦〉：「馮夷鳴鼓。」㉚湘妃　傳說中舜之二妃娥皇、女英。以舜南巡不返，死於蒼梧之野，遂沉湘水而死，故曰「湘妃」。㉛漢女　傳說中漢水之神女。《詩經・周南・漢廣》：「漢有遊女，不可求思。」曹植〈洛神賦〉：「從南湘之二妃，攜漢濱之遊女。」㉜金支句　金支，猶「金枝」。《漢書・禮樂志》載〈安世房中歌〉：「金支秀華，庶旄翠旌。」注引臣瓚曰：「樂上眾飾，有流溯羽葆，以黃金為支，其首敷散，若草木之秀華也。」翠旗，以翠羽所飾之旌旗。光有無，言光或隱或現。㉝咫尺　周尺八寸曰咫。此喻距離之近，亦喻時間短暫。㉞蒼茫　曠遠迷茫貌。㉟神靈　謂司雷雨之神。㊱少壯二句　用漢武帝〈秋風辭〉：「歡樂極兮哀情多，少壯幾時兮奈老何。」

【語譯】岑參兄弟們都喜歡尋幽探奇，這一天帶我來遠遊渼陂。忽然間陰雲密布天地黯淡，萬頃波濤翻滾，如同堆積的琉璃。面對著浩瀚無邊的驚濤駭浪，他們卻偏要放舟而入；天色驟變他們卻遊興正濃，倒叫我心驚膽戰、憂思凝集。說不定那惡風白浪會打翻遊船，被那鱷吃鯨吞，恐怕連悔恨都來不及。主人命令張開錦帆，船工十分欣喜新鮮空氣。棹歌聲起驚散了水鳥，絲管齊鳴喚來了晴天。可能是由於菱葉荷花纏繞，他們用竹竿不好測量湖的深淺，但見菱葉荷花著實潔淨鮮豔。船到湖心好像到了清曠的滄海，終南山的黑影倒映清澈無盡的水中讓人驚歎。仔細觀察，發現南半湖浸滿了終南山的倒影，山影輕輕搖動於澄澈的水波間。黃昏時分，船舷彷彿擦過倒影的雲際山大定寺，藍田關上月輪昇起光照水面。此時水上出現另一番景象：燈火遙映猶如驪龍吐珠，音樂傳來猶如水神馮夷擊鼓，遊船競渡猶如群龍趨逐；船上的美人如同湘妃漢女載歌載舞，金支和翠旗光芒閃爍時有時無。片刻之後又見雲氣迷茫，令人擔心雷雨將至，如此陰晴變幻反覆無常，真不知神靈是何心思。由此聯想到人的青春能有幾時，眼睜睜地看著年華老去；人生的哀樂交替向來如此，就像這反覆無常的鬼天氣。

【研　析】此為一首紀遊詩，以「好奇」為主旨，以哀樂為線索。首四句點「好奇」，是在未開舟時，遙望渼陂所見「異色」。遊陂非奇，奇在「黤慘」、「波濤」中，猶欲泛入。「黤慘」而曰「忽異色」，知初來時天尚未變，至此風浪起於猝然。「琉璃」以下四句，寫放舟入陂，陡遇風波阻險，所謂「鼉作鯨吞」、「惡風白浪」，是「好奇」表現。「主人」以下四句，寫泛舟佳景，也是「好奇」表現。此時已風平浪靜，「遊客」已心神稍定，主人開船，舟子色喜，易憂為喜，自是人之常情。棹謳齊發，鳧鷖驚飛，絲管方鳴，雲淨天空，亦晴霽佳景。既而天晴，頃刻間有如此之變換，生出一片奇情。可謂頓挫曲折。「沉竿」以下四句，寫從水邊泛入中央，描寫雲空水澄，景色又一變。亦是「好奇」表現。「半陂」以下四句，又寫從中流移向南岸，此時已近黃昏。亦是圍繞「好奇」展開。「半陂」兩句，以純浸山、梟窕、沖融，反覆言水之深，很有氣勢。「船舷」二句，皆指水中倒影而言，雲際之寺，遠影落波，船舷經過，如與相戛，月映水中，如出藍田關上。「此時」以下四句，極力描摹月出而樂作的奇麗景象，亦是「好奇」的表現。燈火遙映閃爍，猶如驪龍吐珠；遠聞音樂間作，恰似馮夷擊鼓；晚舟紛渡，宛若群龍爭趨；美人歌舞，依稀湘妃漢女，服飾鮮麗，彷彿金支翠旗。置身其間，恍若神遊異境。此段本是虛事，卻忽作實景描寫，寫得乍有乍無，仙境杳渺，筆端所至，奇之又奇。最後四句乃觸景生情，由「好奇」之遊而生哀樂無常之感。見雷雨變幻無常，因知自少至老，身世幻影，不堪把玩，亦應作如此觀，是為推開作結。夏力恕評曰：「兄弟好奇，便從奇字寫去，乃至天地波濤，花鳥山月皆奇，陰晴雷雨，百靈幻化無不奇。一日之遊，忽哀忽樂，百年之內，倏壯倏老，亦奇也。奇字是此詩筋脈，而哀樂兩字卻是中間眼目。」（《杜詩增注》卷二）

九日寄岑參

【題　解】天寶十三載（西元七五三年）九月九日重陽節作，時杜甫在長安。據《資治通鑑》載：天寶十三載秋，長安淫雨成災，關中大饑。玄宗憂雨傷稼，楊國忠取禾之善者獻之曰：「雨雖多，不害稼也。」扶風太守房琯言所部水災，國忠使御史推之。是歲，天下無敢言災者。高力士侍側，玄宗曰：「淫雨不已，卿可盡言。」對曰：「自陛下以權假宰相，賞罰無章，陰陽失度，臣何敢言！」詩中記述災情，表現出詩人心憂蒼生之情懷，同時也透露出國危將至的預感。

出門復入門，雨腳但如舊❶。所向❷泥活活❸，思君❹令人瘦。沉吟❺坐西軒，
飲食錯昏晝❻。寸步曲江頭，難為一相就❼。吁嗟乎❽蒼生❾，稼穡不可救❿。安
得誅雲師，疇能補天漏⓫。大明韜日月⓬，曠野號禽獸⓭。君子強逶迤⓮，小人困
馳驟。維⓯南有崇山⓰，恐與川浸溜⓱。是節東籬菊，紛披為誰秀⓲。岑生多新詩⓳，

性亦嗜醇酎⑳。采采㉑黃金花㉒，何由滿衣袖㉓。

【注　釋】❶出門二句　言霖雨不斷，不能出門。復，多次。因為雨所困，故方欲出門訪岑，又復入門。雨腳，雨線。亦稱雨足。❷所向　所到之處。❸活活　狀聲詞。謂雨多泥濘，行而有聲。❹君　指岑參。《古詩十九首》：「思君令人老。」❺沉吟　沉思憂鬱貌。❻錯昏晝　言思岑之深，不知昏晝。亦因陰雨晦暗而不辨昏晝，飲食錯亂。❼寸步二句　謂都住在曲江附近，但難得去拜訪。寸步，極言距離之近。相就，猶相訪。就，接近。按：時岑參有別業在杜陵（見岑詩〈宿蒲關東店憶杜陵別業〉、〈過酒泉憶杜陵別業〉），杜甫亦居杜陵附近，故二人時得往還。而今因陰雨泥濘，故難相就也。因杜陵去曲江不遠，故曰「曲江頭」。❽吁嗟乎　皆歎詞。❾蒼生　即老百姓。❿稼穡句　稼穡，種植和收穫穀物。此泛指一切莊稼。因久雨傷稼，故曰「不可救」。⓫安得二句　杜甫將霖雨給百姓造成的嚴重災難歸罪於雲師，故欲誅之。安得，怎能。雲師，雲神，名豐隆，一說名屏翳。雲不散則雨不止，故憤而「誅雲師」。疇，誰。補天漏，久雨不止，殆因天漏，故曰「補」。古時有女媧煉五色石以補天的神話傳說。⓬大明句　大明，即指日、月，此指日月光輝。韜，藏；隱匿。因晝夜常雨，故日月韜晦。⓭曠野句　謂禽獸因無處棲息，故號於曠野。⓮強逶迤　強，勉強。逶迤，徐行貌。⓯維　句首語助詞。⓰崇山　指長安城南的終南山。⓱川浸溜　川浸，水流而趨海者曰川，深積而成淵者曰浸。溜，水流漂急。⓲是節二句　是節，即重陽節。重陽佳節有採菊插菊、飲菊花酒的習俗，然而不能與岑參同採黃菊、共飲菊酒，故而籬菊再紛披、秀美亦是空設，其悵怏之意不僅是為辜負了良辰美景而發，更是表達對岑參的深切思念。東籬菊，化用陶淵明〈飲酒〉其五「採菊東籬下，悠然見南山」之意。紛披，盛開狀。⓳岑生句　岑生，岑參。多新詩，杜確〈岑嘉州詩集序〉：「每一篇絕筆，則人人傳寫，雖閭里士庶，戎夷蠻貊，莫不諷誦吟習焉。」⓴醇酎　重釀之醇酒。㉑采采　盛貌。㉒黃金花　即菊花，亦稱黃花。菊花秋開，其色不一，而專言黃者，因秋令在金，以黃為正，故云。㉓何由句　何由，怎能；為何。時值淫雨，不能與岑參一同賞菊、採菊，故有「何由滿衣袖」之歎。

【語　譯】值此重陽佳節，我本想去拜訪友人岑參。我三番五次地出門又進門，大雨一直下個不停。通向你家的道路滿是泥濘，想你想得神銷體瘦。坐在西軒下沉吟不止，因辨不清是昏是晝，連吃飯的時間也弄錯了。你的住處就在曲江頭，寸步之路卻難得聚首。可憐那些受災的蒼生，莊稼已是無法挽救！如何才能殺掉那作惡的雲師雨神？又有誰能補起天空的破漏？太陽和月亮都隱去了光亮，淒涼的曠野裡哀號著禽獸。上朝的官員們勉強乘車迂行，徒步的小人物難以急速奔走。城南的那座高山啊，真怕它也被大水沖走！今日這個重陽節，東籬的菊花你在為誰而吐秀？岑參君多有新奇詩作，生性也嗜好香醇的美酒，眼看著雨中眾多的黃菊花，卻無心將它採滿衣袖。

【研　析】此詩寄岑參非只寄懷，實寄憂也。這分明是一首苦雨詩，而首尾之憶岑，也是苦中之憶。而「誅雲師」一段，苦雨之外隱含諷諭一層深意。開頭八句記述在這淫雨連綿之時，深深思念摯友岑參，寢食難安，「思君令人瘦」。「『出門復入門』，只五字耳，描寫苦雨之境、懷友之情畢現。接下七句，反覆見意，俱藏此五字中，是之謂含蓄。」（吳瞻泰《杜詩提要》卷一）中間八句感慨淫雨之害，極發悲天憫人之情。詩人在這裡，呼蒼生，憂天漏，莊稼不可救，是發自肺腑的悲天憫人之詞。這種慘狀，讓詩人不得不發出這樣的吶喊：「安得誅雲師，疇能補天漏。」古人以為，自然災害是宰相調度失常引發的，因惡宰相失職。天漏，本指下大雨，暗譏人君闕德。杜甫對「關中大饑」這一天災人禍，「忽發蒼生之歎」（蕭滌非《杜甫詩選注》），這是詩人民胞物與思想的重要表現。有解者說，「雲師」暗指楊國忠輩，「天漏」暗指玄宗失德。而大臣蒙蔽，上掩聰明，將帥恣橫等等，皆寓於「安得誅雲師」數語中。這樣解釋也是可通的。下面進一步寫大雨之災。最後八句照應題目和開頭，進一步感傷九日時景，重抒思友深情。吳瞻泰評曰：「起結皆懷人情況。中一段陡發大議，憂國憂民，煞有關係，氣象極闊，波瀾極壯，『吁嗟乎』三字，尤下得突兀，使讀者精神頓聳。」（《杜詩提要》卷一）

奉先劉少府新畫山水障歌

【題　解】天寶十三載（西元七五四年），秋雨成災，長安米貴，杜甫攜家往奉先（今陝西蒲城）安置，詩即在奉先所作。《文苑英華》卷三三九載此詩，題作〈新畫山水障歌〉，題下注云：「奉先尉劉單宅作。」劉少府即劉單。少府是唐人對縣尉的尊稱。劉單為天寶二年狀元，天寶六載，任高仙芝安西幕判官。岑參有〈武威送劉單判官赴安西行營便呈高開府〉詩。後代宗朝官至禮部侍郎。山水障，即畫有山水的屏障。

堂上不合生楓樹，怪底江山起煙霧❶。聞君掃卻〈赤縣圖〉，乘興遣畫滄洲趣❷。畫師亦無數，好手不可遇。對此融心神❸，知君重毫素❹。豈但祁岳與鄭虔❺，筆跡遠過楊契丹❻。得非玄圃裂，無乃瀟湘翻❼。悄然坐我天姥下，耳邊已似聞清猿❽。反思❾前夜風雨急，乃是蒲城❿鬼神入。元氣淋漓障猶濕，真宰上訴天應泣⓫。野亭春還⓬雜花遠，漁翁暝⓭踏孤舟立。滄浪⓮水深青溟⓯闊，欹岸側島秋毫末⓰。不見⓱湘妃⓲鼓瑟時，至今斑竹⓳臨江活。劉侯天機精⓴，愛畫入骨髓㉑。自有兩兒郎，揮灑亦莫比㉒。大兒聰明到㉓，能添老樹巔崖裏。小兒心孔開㉔，貌㉕得山僧及童子。若耶溪㉖，雲門寺㉗，吾獨胡為在泥滓？青鞋布襪從此始㉘。

【注釋】❶堂上二句　以驚訝之語讚揚畫中景物的逼真，將畫作真，奇語驚人。不合，不該。底，什麼；為什麼。❷聞君二句　謂劉單剛畫完了描繪奉先縣的〈赤縣圖〉，又乘興畫出了這幅充滿隱逸情趣的山水障子。君，指劉單。掃卻，畫成。掃，有一揮而就的意思。赤縣，唐時京都所轄的縣稱赤縣，此指奉先縣。滄洲趣，隱逸的情趣。滄洲，濱水之地，古時常用以稱隱士居住的地方。❸對此句　此，指山水障。融心神，全副身心都用進畫裡，即嘔心瀝血作畫。❹知君句　君，指劉單。重毫素，重視繪畫；酷愛繪畫。毫素，毛筆和素絹，都是用來繪畫的。❺祁岳與鄭虔　祁岳，與杜甫同時的著名畫家。夏文彥

《圖繪寶鑑・補遺》說他「工山水」。鄭虔，杜甫好友，見前〈醉時歌〉題解。《圖繪寶鑑》卷二說他「善畫山水，山饒墨，樹枝老硬。」❻筆跡句　筆跡，指繪畫技法。楊契丹，隋朝名畫家，張彥遠《歷代名畫記》卷八說他官至上儀同，列為「上品中」。❼得非二句　「得非」與「無乃」互文，都有莫不是意。玄圃，一作「縣圃」。傳說為崑崙山巔名，乃仙人所居之處。瀟湘，指湖南的瀟水、湘江，瀟水在零陵入湘江，合稱「瀟湘」。❽悄然二句　是說看了畫中境界，不禁使自己彷彿回到早年遊過的天姥山，又聽到了猿猴淒清的叫聲。悄然，不知不覺貌。天姥，山名，在今浙江嵊州東、天台縣西北。杜甫早年遊吳越時曾到此，〈壯遊〉詩有「歸帆拂天姥」之句，可證。清猿，猿的叫聲淒清。李白〈夢遊天姥吟留別〉：「綠水蕩漾清猿啼。」❾反思　回想。❿蒲城　即奉先縣舊名。開元四年，以奉祀睿宗橋陵，改名奉先。⓫元氣二句　元氣，生成天地萬物的原始之氣。淋漓，沾濕貌；酣暢貌。真宰，造物主，古時假想的宇宙主宰者。因畫新成，墨跡未乾，故曰「濕」；因濕聯想到「元氣淋漓」；又聯想到女媧補天的神話傳說，故有「天應泣」之語。想像奇瑰，運筆之妙全在一個「新」字。王嗣奭評曰「最得畫家三昧」（《杜臆》卷一）。⓬春還　春氣回還。⓭暝　暮色蒼茫。⓮滄浪　水青蒼色。⓯青溟　大海。⓰欹岸句　欹，側，都有傾斜意。秋毫末，指所畫景物細微逼真。秋毫，鳥獸在秋天新生的細毛。《孟子・梁惠王上》：「明足以察秋毫之末。」比喻極細微之物。⓱不見　猶云豈不見。⓲湘妃　傳說中舜的兩個妃子娥皇、女英。舜南巡死於蒼梧之野，二妃思念他，投湘水而死，成為湘水女神，亦稱湘靈。《楚辭・遠遊》：「使湘靈鼓瑟兮。」⓳斑竹　一種有斑紋的竹子，又叫「湘妃竹」。傳說舜死，二妃痛哭，淚灑竹上而成斑，故名「斑竹」。⓴劉侯句　劉侯，指劉單。天機精，天才絕頂。㉑入骨髓　是說酷愛作畫。㉒揮灑句　揮灑，指揮灑筆墨作畫。亦莫比，也無人可比。㉓聰明到　猶言也很聰明。㉔心孔開　心竅機靈。㉕貌　描畫；描摹。㉖若耶溪　在今浙江紹興東南，發源若耶山，今名平水江。㉗雲門寺　在今紹興南雲門山上。杜甫青年遊吳越時曾到此。㉘吾獨二句　言自己為劉單所畫勝景吸引，不禁心馳神往，忽動出世之想。胡為，為什麼。泥滓，泥垢，比喻俗世。青鞋布襪，隱者所服。

【語　譯】廳堂之上不該長出楓樹吧，更可怪的是還出現了一片江山，其中縈繞著雲和霧。聽說您畫了一幅描繪奉先縣的〈赤縣圖〉，又乘興畫出了隱士們的好去處。畫師數不勝數，卻難遇到像您這樣的高手。您全副身心都融入這幅畫中，深深感到您重視繪畫藝術。豈止是高於祁岳和鄭虔，您的筆墨已遠遠超過了楊契丹。瞧這畫面上，這兒莫不是仙人所居之玄圃山開了裂？這兒莫不是湘妃所居之瀟湘水在翻捲？觀此佳景，我好像靜悄悄地坐在天姥山下，那清越的猿啼也已傳到耳邊。回想前天夜裡雨驟風急，莫不是您的畫驚動了鬼神來奉先。您的畫元氣淋漓至今仍濕潤，天神將此畫上訴給了天帝，天帝自然會感動得淚灑漫天雨。仔細看那畫面上，春天的綠色腳步回到野亭旁，叢雜的野花鋪向遠方；漁翁傲立孤舟上，周圍已是暮色蒼茫；清清的江水像碧海一樣浩渺，遠處曲曲折折的岸和島，像秋獸毫尖一樣細小；當年湘妃鼓瑟的情景不再見，可是那淚染的斑竹如今生長在江邊。劉侯您是絕頂的繪畫天才，愛畫愛到骨髓裡。您的兩個小兒郎，揮筆作畫也沒人能比。大兒聰明勁兒一來，能添棵老樹在巔崖裡；小兒心眼兒開了竅，能畫出山僧和童子。您的畫讓我聯想起清幽的若耶溪，想起遠離紅塵的雲門寺，我為啥還獨獨留戀在塵世間？從此我要穿上青鞋布襪去隱居。

【研　析】這是一首題畫詩。開頭兩句敘劉少府新畫的屏障山水，可見楓樹、江山、煙霧等一派蒼莽秀美的自然景色，讓人驚心動魄。廳堂之上怎麼會長出這樣蔥鬱的楓樹呢？怎麼可能出現這一片雲霧繚繞的江山呢？詩人幾乎不相信自己的眼睛。三、四兩句接著點題。「滄洲趣」，指這幅新畫中景物裡所流露的畫家隱居避世的情趣，三字統攝全篇。接下六句轉入平緩的敘述，通過與祁岳等畫家的比較，進一步凸出劉單畫技的高妙。六句委婉曲折，一層進一層地描寫劉單畫技的精妙。「得非」以下十四句轉筆到正面描寫畫面神奇的景物和幽美的意境，和上文「滄洲趣」一句遙相呼應。先用八句突出畫中山水的神奇，在寫法上重在虛擬，再用六句凸出畫面景物的幽美，在寫法上重在寫實。可謂層層緊扣詩題「山水」，筆筆綰合詩意「滄洲趣」，以畫法為詩法，以詩境寫畫境。「劉侯」以下八句，正面讚頌劉單以及參與作畫的二子。「劉侯」兩句和前「知君重毫素」呼應，收結上文，說明劉單畫技精湛是由於他功力深厚，天賦不凡。「自有」六句再分別寫大兒小兒，足見家學淵源。這八句不但補足了畫中的景物，而且寫出了這是一個畫家家庭，充滿著深厚的生活情趣。結尾四句寫自己由此畫而生的隱遁之志。詩人由畫面山水的幽美，聯想到自然界的真山真水，因而產生寄跡塵外遨遊山水的願望，從側面進一步烘托出這幅山水畫圖所給予人的美的享受，回應了前面的「滄洲趣」。方東樹認為，此詩「章法作用，奇怪神妙，此為第一，韓、蘇以下無之。」（《昭昧詹言》卷一二）

投贈哥舒開府翰二十韻

【題　解】作於天寶十三載（西元七五四年）冬。哥舒翰（？—西元七五七年），突厥族突騎施哥舒部人，以部族名為姓。翰於天寶十一載加開府儀同三司，故稱「開府」。時哥舒翰由隴右歸京，杜甫投贈此詩，盛稱哥舒功業與榮寵，冀其薦拔。

今代麒麟閣❶，何人第一功❷？君王自神武❸，駕馭❹必英雄❺。開府當朝傑❻，
論兵邁古風❼。先鋒百戰在，略地兩隅空❽。青海無傳箭，天山早掛弓❾。廉頗仍
走敵❿，魏絳已和戎⓫。每惜河湟棄，新兼節制通⓬。智謀垂睿想⓭，出入冠諸公⓮。
日月低秦樹，乾坤繞漢宮⓯。胡人⓰愁逐北⓱，宛馬⓲又從東。受命邊沙遠⓳，歸
來御席同⓴。軒墀曾寵鶴，畋獵舊非熊㉑。茅土加名數，山河誓始終㉒。策行遺戰
伐，契合動昭融㉓。勳業青冥上，交親氣概中㉔。未為珠履客，已見白頭翁㉕。壯
節初題柱，生涯獨轉蓬㉖。幾年春草歇，今日暮途窮㉗。軍事留孫楚，行間識呂
蒙㉘。防身一長劍，將欲倚崆峒㉙。

【注　釋】❶麒麟閣　漢閣名，在未央宮內。漢宣帝甘露三年，畫功臣霍光等十一人圖像於閣。亦省稱「麟閣」。❷第一功　《史記・蕭相國世家》載，漢高祖劉邦奪得天下後，論功行封，以蕭何為第一功。唐高宗總章元年（西元六六八年），以太原

原從西府功臣分為第一功、第二功等官。詩以第一功屬翰，欲其遠比開國功臣。❸君王句　君王，指玄宗。神武，神明而威武。另，玄宗此前兩加尊號中，都有「聖文神武」字樣。《書・大禹謨》：「帝德廣運，乃聖乃神，乃文乃武。」《漢書・刑法志》：「漢興，高祖躬神武之材，行寬仁之厚，總攬英雄，以誅秦、項。」此以神武歸美玄宗。❹駕馭　亦作「駕御」。驅使；控制。《三國志・吳書・張昭傳》：「夫為人君者，謂能駕御英雄，驅使群賢。」❺英雄　指哥舒翰。❻當朝傑　語本《晉書・庾袞傳》：「君若當朝，則社稷之臣歟！」❼論兵句　《新唐書・哥舒翰傳》：「翰能讀《左氏春秋》、《漢書》，通大義。疏財，多施予，故士歸心。」故有此說。論兵，討論用兵。邁，超過。❽先鋒二句　謂翰英勇善戰。《新唐書・哥舒翰傳》載：「吐蕃盜邊，與翰遇苦拔海。吐蕃枝其軍為三行，從山差池下，翰持半段槍迎擊，所嚮輒披靡，名蓋軍中。」《舊唐書・哥舒翰傳》亦記吐蕃掠麥隴右，哥舒翰大敗之一事。見前〈送高三十五書記十五韻〉注❶。兩隅，指河西、隴右而言。翰以隴右節度使兼河西節度使。❾青海二句　《舊唐書・哥舒翰傳》：天寶六載，哥舒翰代王忠嗣為隴右節度支度營田副大使，知節度事。「明年，築神威軍於青海上，吐蕃至，攻破之；又築城於青海中龍駒島，有白龍見，遂名為應龍城。吐蕃屏跡，不敢近青海。」故曰「無傳箭」。傳箭，箭即更籌，起兵以傳箭為號。無傳箭，謂無警。翰築城青海，吐蕃不敢近，故云。天山，在隴右道伊州北（今新疆哈密），一名白山，亦稱祁連山。《舊唐書・哥舒翰傳》：「吐蕃保石堡城，路遠而險，久不拔。（天寶）八載，以朔方、河東群牧十萬眾委翰總統攻石堡城。翰使麾下將高秀巖、張守瑜進攻，不旬日而拔之。」石堡城亦屬隴右道。掛弓，言休兵。❿廉頗句　廉頗，戰國趙良將，年老尚能大破燕軍，封信平君，假相國。翰年已老，故以廉頗比之。走敵，即破敵。⓫魏絳句　《左傳》襄公四年載：晉魏絳說悼公，和戎有五利，公悅，使絳盟諸戎，賜女樂、歌鐘。天寶十二載，賜翰音樂、田園，與魏絳賜樂事相類，故以為比。⓬每惜二句　河湟，指黃河、湟水兩流域地。亦統稱西戎地曰「河湟」。金城公主嫁吐蕃後，河西九曲之地遂為吐蕃所有，故曰「河湟棄」。天寶十二載，哥舒翰進封涼國公，加河西節度使，收復九曲之地。《資治通鑑》唐玄宗天寶十二載亦云：「是時中國盛強，自安遠門西盡唐境萬二千里，閭閻相望，桑麻翳野，天下稱富庶者無如隴右。」翰兼隴右、河西節度使，收復隴右故地，故曰「新兼節制通」。⓭垂睿想　謂其邀玄宗寵眷。睿，通達；明智。《書・洪範》：「思曰睿」，「睿作聖」。後常用為稱頌皇帝的套語。⓮出入句　謂其經略隴右、河西。吐蕃陷石堡城，天寶初令皇甫惟明、王忠嗣等為隴右、河西節度使，皆不能克。天寶八載，翰攻拔之，故曰「冠諸公」。⓯日月二句　盛讚哥舒收復之功。謂翰能布朝廷威德於四夷，使其歸順唐朝，其功甚偉。日月低秦樹，謂哥舒之功可比日月，低照秦樹。唐都關中，故曰「秦樹」。乾坤，猶言天下。漢宮，喻唐室。⓰胡人　指吐蕃等。⓱逐北　追擊敗走之敵。⓲宛馬　大宛所出千里馬。

《史記・樂書》：「後伐大宛得千里馬，馬名蒲梢，次作以為歌。歌詩曰：『天馬來兮從西極，經萬里兮歸有德。承靈威兮降外國，涉流沙兮四夷服。』」⑲邊沙遠　翰受命守隴右、河西，故曰「邊沙遠」。⑳御席同　天寶十一載冬，翰與安祿山、安思順同入朝，玄宗命高力士等於京城東駙馬崔惠童池亭賜宴，故曰「御席同」。㉑軒墀二句　以乘軒之鶴比二安，以姜太公比翰。寵鶴，《左傳》閔公二年：「衛懿公好鶴，鶴有乘軒者。」軒，大夫所乘之車。畋獵，打獵。非熊，用周文王遇呂尚（姜太公）事。《藝文類聚・產業部下・田獵》引《六韜》云：「文王卜：『田於渭陽，將大得。非熊非羆，天遺汝師。以之佐昌，施及三王。』大吉。王乃齋三日，乘田車，駕田馬，於渭之陽，見呂尚坐以漁，文王勞而問焉。」㉒茅土二句　謂翰封王食邑。茅土，《史記・三王世家》：「受茲青社。」裴駰《集解》引張晏曰：「王者以五色土為太社，封四方諸侯，各以其方色土與之，苴以白茅，歸以立社。」司馬貞《索隱》引蔡邕《獨斷》曰：「若封東方諸侯，則割青土，藉以白茅，授之以立社，謂之『茅土』。」名數，謂戶籍。山河誓，《史記・高祖功臣侯者年表》：「古者人臣功有五品，以德立宗廟定社稷曰勳……封爵之誓曰：『使河如帶，泰山若厲。國以永寧，爰及苗裔。』」裴駰《集解》引應劭曰：「封爵之誓，國家欲使功臣傳祚無窮。」故曰「山河誓始終」。據《舊唐書・哥舒翰傳》載：「（天寶）十二載，進封涼國公，食實封三百戶，加河西節度使，尋封西平郡王。」「十三載，拜太子太保，更加實封三百戶。」㉓策行二句　謂翰安邊策行而無事戰伐，君臣契合而動協天心。翰之得君，光明駿偉，非以詭道求進。策行，計策得行。遺，棄。言翰以計謀用兵，不假戰伐，故曰「遺」。契合，投合；融洽。昭融，光明；長遠。《詩經・大雅・既醉》：「昭明有融。」㉔勳業二句　勳業，功業。青冥，青天。《舊唐書・哥舒翰傳》云：「翰家富於財，倜儻任俠，好然諾，縱蒱酒。」「疏財重氣，士多歸之。」王忠嗣被劾，翰「仍極言救忠嗣，上起入禁中，翰叩頭隨之而前，言詞慷慨，聲淚俱下，帝感而寬之，貶忠嗣為漢陽太守，朝廷義而壯之。」此即為「交親氣概中」之注腳。㉕未為二句　自歎身老不遇，言己未為翰上客而已頭白矣。珠履客，《史記・春申君列傳》：「春申君客三千餘人，其上客皆躡珠履。」珠履，綴珠的鞋。㉖壯節二句　上句憶昔壯志，下句悲今淪落。題柱，常璩《華陽國志・蜀志・蜀郡州治》：「城北十里有昇仙橋，有送客觀，司馬相如初入長安，題市門曰：『不乘赤馬駟車，不過汝下也。』」《太平御覽》卷七三引作「題柱橋」。岑參〈昇仙橋〉詩：「長橋題柱去，猶是未達時。」轉蓬，飛蓬。㉗幾年二句　言光陰虛擲，遲暮無成。途窮，用阮籍「車跡所窮，輒慟哭而反」事（見《晉書・阮籍傳》）。窮，盡。㉘軍事二句　謂翰能識拔部下。《晉書・孫楚傳》：「年四十餘，始參鎮東軍事。」「復參石苞驃騎軍事。楚即負其材氣，頗侮易於苞，初至，長揖曰：『天子命我參卿軍事。』」按：翰曾奏嚴武為節度判官，呂諲為度支判官，高適、蕭昕為掌書記，皆委之軍事。行間，行伍之間。呂蒙，三國吳名將。

《三國志・吳書・呂蒙傳》：「(孫)策召見奇之，引置左右。」後遂成大功。又〈吳主傳〉：「納魯肅於凡品，是其聰也；拔呂蒙於行陣，是其明也。」據《冊府元龜・帝王部・明賞二》載：天寶十三載三月，翰為其部將王思禮、郭英乂、曲環等十幾人論功加封，所謂拔之「行間」也。㉙防身二句　言作者意欲參翰軍幕，冀其識拔。長劍，宋玉〈大言賦〉：「長劍耿耿倚天外。」王維〈送張判官赴河西〉：「慷慨倚長劍，高歌一送君。」崆峒，山名，屬隴右道，在今甘肅境內。

【語　譯】在當代的麒麟閣上，誰可列為第一等功臣？玄宗自是神明威武的聖主，所駕馭的個個是哥舒將軍一樣的英雄。哥舒將軍就是當朝的英傑，論兵韜略超過醇古之風。您曾作先鋒官，身經百戰不辭險，後為隴右兼河西節度使，蕩平河西、隴右兩邊地。此後青海一帶無戰事，天山地區早休兵。您像老廉頗仍能將剩勇追窮寇，又像魏絳善於親和西戎。您每為黃河、湟水兩流域陷落而惋惜，新兼節度使後便一舉收復。您的謀略甚得皇帝寵眷，功勳卓著名冠群公。太陽月亮因您而垂照秦川樹木，長空大地因您而環繞京城！胡人愁於您的無情追殺，大宛國良馬又東來進貢。您受王命遠征邊塞沙場，凱旋來京與祿山、思順共享皇上的賜宴。他倆猶如乘軒之鶴，您才是姜太公一樣的霸業輔臣。您屢立大功，您的封地又增加了戶籍，山川土地將永世留存。您的謀策施行以後再無戰事，君臣契合將使帝業光大發揚。您的功勳業績高入青天之上，交朋結友又頗義氣深重。我至今尚未遇到賞識自己的人，歲月匆匆已成了白頭老翁。我初入世事也曾壯志滿懷，如今卻像蓬草一樣獨自飄零。伴隨著幾年的草生草衰，今日已是日暮途窮。得知您把孫楚一類的人才留在幕府，又在行伍中提拔了呂蒙一類的將領。我也身佩一長劍，想投到您的帳前一展雄風。

【研　析】此詩是杜甫投贈詩中最為工緻者。全詩開合變化，極有氣勢，而格律嚴整，自中規矩。一起突然而來，一結悠然而逝。中間段落分明，結構錯落有致，而線脈隱伏其間，一絲不亂。起四句從朝廷任將說起，立言有體。「開府」以下八句，記哥舒翰隴右戰功。「每惜」以下八句，寫收復河西之事。「受命」以下十句，記其入朝封王事。最後十句，向哥舒翰陳情，結出投贈之意。詩所述哥舒翰事，皆有史據，並非虛譽溢美，最見杜詩所謂「詩史」本色。李因篤評此詩「英詞壯采，足勒鼎鐘。」(《杜詩集評》卷一二引) 胡應麟謂此作「闔闢馳驟，如飛龍行雲，鱗鬣爪甲，自中矩度。又如淮陰用兵，百萬掌握，變化無方。雖時有險樸，無害大家。」（《詩藪・內編》卷四）

戲簡鄭廣文虔兼呈蘇司業源明

【題解】天寶十三載（西元七五四年）冬作，時杜甫在長安。鄭虔，時任廣文館博士。詳見前〈醉時歌〉題解。蘇源明，時任國子司業。二人皆為杜甫至交。

廣文到官舍❶，繫❷馬堂階下。醉則騎馬歸，頗遭官長❸罵。才名三十年，坐客寒無氈❹。賴❺有蘇司業，時時乞❻酒錢。

【注釋】❶官舍　官署。❷繫　一作「置」。❸官長　指鄭虔的上司。❹氈　指坐氈。❺賴　一作「近」。❻乞　給與。

【語譯】廣文先生到官署去上班，隨手把馬繫在堂階下。酒醉之後便騎馬回歸寓所，總是遭到上司的臭罵。獨擅才名已有三十年，而家裡窮得沒有一塊待客的坐氈。仰賴有位朋友蘇司業，時時周濟些打酒的錢。

【研析】詩前六句戲贈廣文，極力描摹其桀驁不馴之狂態，窮愁潦倒之窘態。「才名」二句言鄭虔雖有高才，且久已聞名，可是家境一直清貧窘迫，以致客人來了，無坐氈可坐；這裡有一個極大的落差，即「才」與「財」極不相稱。杜甫此時困居長安已有九年，與鄭虔同樣窮困潦倒，不免有惺惺相惜之歎。末二句兼呈蘇司業，言廣文才高不達，幸有蘇司業仍視其為摯友，表現二人之間的深厚情誼，且讚頌蘇司業真誠對待朋友的高尚情操。詩作雖是戲語，卻是悲歌，有如含淚微笑，讀來讓人辛酸不已。全詩用語生動，人物形象鮮活，浦起龍評道：「兩人狂態俠態如生。」（《讀杜心解》卷一之一）

天育驃圖歌

【題　解】天寶十三載（西元七五四年）冬作。詩題一作〈天育驃騎歌〉。天育，馬廄名，養天子之馬。驃，黃色有白斑的駿馬。驃騎，猶飛騎。詩由真馬說到畫馬，又從畫馬說到真馬，最後從畫馬空存，翻出異材常有，惜無識材之人。實以馬自喻，抒發抱負不得施展的憤懣。

吾聞天子之馬❶走千里，今之畫圖無乃❷是。是何意態雄且傑❸，駿尾蕭梢朔風起❹。毛為綠縹❺兩耳黃❻，眼有紫焰❼雙瞳方❽。矯矯龍性合變化❾，卓立天骨❿森開張⓫。伊昔太僕張景順⓬，監牧攻駒⓭閱清峻⓮。遂令大奴⓯字⓰天育，別養驥子憐神駿⓱。當時四十萬匹馬，張公歎其材盡下⓲。故獨寫真傳世人，見之座右久更新⓳。年多物化空形影⓴，嗚呼健步無由騁㉑。如今豈無騕褭與驊騮㉒，時無王良伯樂㉓死即休。

【注　釋】❶天子之馬　《穆天子傳》卷一：「天子之馬走千里。」指周穆王八駿。❷無乃　豈非；莫非。係揣測之詞。此亦表驚異。❸是何句　是何，與「無乃」相呼應，意在證明自己的推測。是，指畫馬。意態，猶神態。雄則氣盛，傑則超群。❹駿尾句　駿尾，馬尾。駿，一作「騣」。蕭梢，搖尾貌。朔風起，謂馬尾搖動可引起朔風。朔風，寒風。❺縹　淡青色。❻兩耳黃　《穆天子傳》卷一「綠耳」郭璞注：「魏時鮮卑獻千里馬，白色而兩耳黃，名曰黃耳。」❼紫焰　紫光。《太平御覽・獸部八》引《相馬經》云：「眼欲得高巨，眼睛欲如懸鈴紫豔光明。」❽雙瞳方　雙瞳呈方形。❾矯矯句　矯矯，桀驁超群貌。龍性，古人認為天馬乃神龍之類，故多以龍擬良馬。變化，指多姿多態。❿天骨　天生就雄偉骨幹。⓫森開張　聳立開展貌。⓬伊昔句　伊昔，從前。伊，語助詞。太僕，官名，掌輿馬及牧畜之事。《新唐書．兵志》：「馬者，兵之用也。監牧，所以蕃馬也，其制起於近世……其官領以太僕。」張景順，開元年間任太僕少卿兼秦州都督監牧都副使，善養馬，元年牧馬二十四萬匹，至十三年增至四十三萬匹。開元十三年，玄宗曾予以嘉獎。⓭攻駒　馴養馬駒。⓮閱清峻　閱，檢閱。清峻，指馬之骨相清瘦峭峻。⓯大奴　奴之長大者。此指張景順的牧馬奴。⓰字　養育。⓱別養句　別養，單獨馴養。驥子，良馬。此指驃騎。憐神駿，愛其神駿。神駿，指馬神態駿逸。⓲當時二句　用對比手法極言驃騎之神駿出眾。張公，即張景順。材盡下，都是材質平庸的駑馬，以反襯驃騎之神駿。⓳故獨二句　點明獨畫驃騎，因為愛賞，故掛之座右，百看不厭，歷久彌新。寫真，畫像，即前言「畫圖」。⓴物化空形影　化為異物，謂真馬已死。驃騎已死，只畫圖空存，故曰「空形影」。㉑嗚呼句　謂馬畫得再好，也不能健步馳騁，故慨歎「無由騁」。㉒騕褭與驊騮　騕褭，傳說中神馬，日行萬里，明君有德則現。驊騮，赤色駿馬，亦名棗騮，為周穆王八駿之一。㉓王良伯樂　皆春秋時人。王良善御馬，伯樂善相馬。

【語　譯】我聽說天子之馬日行千里，如今這幅畫上畫的莫非就是牠？牠是何等的神態啊，盛氣淩人出類拔萃！馬尾一甩朔風便呼嘯而起。毛色淡青兩耳微黃，雙瞳稜帶角眼睛閃著紫光。生具龍性桀驁超群，神態異常千變萬化，天然生就雄偉骨幹，聳立展開卓爾不群。當年身任太僕的張景順，在監牧馴練時發現了這匹清峻的馬，就命令馬奴頭目牽入天育廄，專人飼養特殊馴練牠，尤愛良馬之神駿。當時國家養馬四十萬，張公歎息牠們都是下等馬。唯獨給驃騎來畫像，傳給世人以表彰；張掛在座右去欣賞，久賞更覺形象新。年深日久此馬死，空留圖像到如今。嗚呼！畫馬再好有何用？牠又不能健步馳騁追風雲！如今難道真的再無騕褭、驊騮這種千里馬？只因沒有王良、伯樂這類御馬相馬師；良馬既被埋沒無聞，死了也就死去啦！

【研　析】這是一首題畫詩，畫為驃騎而畫。此馬是從開元年間任太僕少卿兼秦州都督監牧都副使張景順所養四十萬匹中專門挑出的，可謂馬之佼佼者。起二句突兀勁健。從真馬起，接著點畫馬，緊扣詩題。昔者耳「聞」，「今」方目睹，雖為揣測之詞，亦是快事一樁。「是何意」以下六句，主要寫畫馬。詩人抓住馬的外表和精神特徵，以凝煉的筆觸描摹馬的神韻。而「伊昔」以下八句主要是追敘真馬及與馬有關的人。最後四句，詩人陡轉筆鋒，情感一下子又回到了現在。神駿的驃騎，獨具慧眼的張景順，開元盛世的繁華，俱往矣。於是，「年多物化」兩句束住畫馬，並繳真馬。最後兩句，即以真馬結，並聯繫現實大發感慨。開元盛世有驃騎神駿，天寶末年就沒有千里馬？只因世無王良、伯樂這種善於相馬、御馬之人罷了，自慨不遇。吳瞻泰評此詩說：「以真馬起，以真馬結，中間真馬、畫馬錯序，蓋以畫馬雖得其形影，而不如真馬之健步足騁千里為有用。『年多物化』二句，一篇關鍵。末更為真馬惜無知己，則畫馬雖工何益哉？其言外之寄慨者深矣。」（《杜詩提要》卷五）

自京赴奉先縣詠懷五百字

【題解】天寶十四載（西元七五五年）十一月間，安祿山已反，但消息尚未傳至長安。杜甫不就河西尉，改就右衛率府兵曹參軍後，由長安赴奉先縣（今陝西蒲城）探望家屬，沿途所見所聞所感，已預感到大亂將至，憂心忡忡，遂作此詩。這一千古名篇，既反映出「山雨欲來風滿樓」的社會實況，也表現出杜甫的內心矛盾和偉大人格，也是杜甫長安十年生活的總結。

杜陵有布衣❶，老大❷意轉拙❸。許身❹一何愚，竊比稷與契❺。居然❻成濩落❼，白首甘契闊❽。蓋棺事則已，此志常覬豁❾。窮年❿憂黎元⓫，歎息腸內熱。取笑同學翁，浩歌彌激烈⓬。非無江海志⓭，蕭灑⓮送日月⓯。生逢堯舜君⓰，不忍便永訣。當今廊廟具⓱，構廈⓲豈云缺？葵藿傾太陽，物性固難奪⓳。顧惟⓴螻螘輩[21]，但自求其穴。胡為慕大鯨，輒擬[22]偃[23]溟渤[24]。以茲誤生理，獨恥事干謁[25]。兀兀[26]遂至今，忍[27]為塵埃沒[28]。終愧巢與由，未能易其節[29]。沉飲聊自遣，放歌破愁絕[30]。

歲暮百草零[31]，疾風高岡裂。天衢[32]陰崢嶸[33]，客子[34]中夜[35]發[36]。霜嚴衣帶斷，指直[37]不能結。凌晨過驪山[38]，御榻在嵽嵲[39]。蚩尤[40]塞寒空，蹴[41]踏崖谷滑。瑤池[42]氣鬱律[43]，羽林[44]相摩戛[45]。君臣留歡娛，樂動殷[46]膠葛[47]。賜浴皆長纓[48]，與宴非短褐[49]。彤庭[50]所分帛，本自寒女出。鞭撻其夫家，聚斂[51]貢城闕[52]。聖人[53]筐篚[54]恩，實願[55]邦國[56]活。臣如忽[57]至理[58]，君豈棄此物？多士[59]盈朝廷，仁者[60]宜戰慄[61]。況聞內金盤[62]，盡在衛霍[63]室。中堂舞神仙，煙霧蒙玉質[64]。暖客貂鼠裘，悲管逐清瑟[65]。勸客[66]駝蹄羹[67]，霜橙[68]壓香橘。朱門[69]酒肉臭，路有凍死骨。榮[70]枯[71]咫尺[72]異，惆悵[73]難再述。

北轅[74]就[75]涇渭[76]，官渡[77]又改轍[78]。群冰[79]從西下，極目高崒兀[80]。疑是崆峒來，恐觸天柱折[81]。河梁[82]幸未折[83]，枝撐[84]聲窸窣[85]。行李[86]相攀援[87]，川廣不可越。老妻寄[88]異縣[89]，十口隔風雪。誰能久不顧？庶[90]往共饑渴。入門聞號咷[91]，幼子餓已卒[92]。吾寧捨一哀，里巷亦嗚咽[93]。所愧為人父，無食致夭折[94]。豈知秋禾登[95]，貧窶[96]有倉卒[97]。生常免租稅，名不隸[98]征伐[99]。撫跡[100]猶酸辛，平人[101]固[102]騷屑[103]。默思失業徒[104]，因念遠戍卒。憂端[105]齊終南[106]，澒洞[107]不可掇[108]。

【注　釋】❶杜陵句　作者自稱。杜陵，地名，在長安南。杜甫祖籍杜陵，困守長安時，亦曾居此。❷老大　這年杜甫四十四歲。❸拙　笨拙，此指不通世故。實際上是反話，意思是不同流俗。❹許身　期望自己。❺稷與契　都是傳說中堯舜時代的賢臣。稷，即后稷，曾教民稼穡。契，曾佐禹治水。❻居然　竟然。❼濩落　為疊韻連綿字。猶言落拓。❽契闊　勤苦；勞苦。《詩經．邶風．擊鼓》：「死生契闊，與子成說。」毛傳：「契闊，勤苦也。」❾蓋棺二句　言死而則已，只要活著就總是希望實現自己的抱負。蓋棺，指死亡。覬豁，希望達到目的。❿窮年　一年到頭。⓫黎元　老百姓。⓬取笑二句　意思是別人越譏笑，自己意志越堅決。「翁」字在這裡有嘲諷意味。浩歌，高歌。⓭江海志　隱遁江海的願望。⓮蕭灑　同「瀟灑」，無拘無束，自由自在的樣子。⓯送日月　猶度日月。⓰堯舜君　堯舜似的聖君。此代指唐玄宗。⓱廊廟具　朝廷中棟梁之臣。廊廟，代指朝廷。⓲構廈　比喻成就稷、契的事業。⓳葵藿二句　語本曹植〈求通親親表〉：「若葵藿之傾葉，太陽雖不為之迴光，然終向之者，誠也。」葵，葵菜。藿，豆葉。難，一作「莫」。⓴顧惟　自念。如杜甫〈寄題江外草堂〉：「顧惟魯鈍姿，豈識悔吝先。」㉑螻蟻輩　喻地位低下的小人物。此為憤慨性的自喻。㉒輒擬　總打算。㉓偃　伏臥；休息。㉔溟渤　指大海。㉕以茲二句　謂以此耽誤了自己的生計，卻仍不肯去奔走權門，營求富貴。干謁，鑽營請託。誤，一作「悟」。㉖兀兀　勞苦貌。又為窮困貌。㉗忍　豈忍。㉘塵埃沒　沒於塵埃，被埋沒。㉙終愧二句　是說自己終於無法改變自己的初志而效法巢、由的避世。巢，巢父。由，許由。傳說中堯時的兩個隱士。作者這裡是婉轉地說反話。㉚愁絕　愁極。㉛零　凋謝。㉜天衢　天空。天空廣闊，任意通行，如世之廣衢，故稱。㉝陰崢嶸　陰雲重疊如山。崢嶸，本山高貌，這裡形容雲盛貌。杜甫〈羌村〉：「崢嶸赤雲西，日腳下平地。」用法與此同。㉞客子　旅居在外的人。這裡是作者自指。㉟中夜　半夜。㊱發　出發。㊲指直　手指凍得僵直。㊳驪山　在今陝西臨潼東南，離長安六十里。驪山有溫泉，唐玄宗置溫泉宮，天寶六載（西元七四七年）改名華清宮，每年十月帶著楊貴妃及其姊妹到此避寒。㊴御榻句　指皇帝住在驪山。嵽嵲，本山高貌，此處指代驪山。㊵蚩尤　上古神話中人物，相傳蚩尤與黃帝作戰時，曾作大霧以迷惑對方。此借指霧。㊶蹴　踩；踏。㊷瑤池　古代傳說中崑崙山上的池名，西王母所居。此指驪山溫泉。㊸鬱律　煙霧蒸騰貌。㊹羽林　羽林軍，皇帝的禁衛軍。㊺摩戛猶摩擦。㊻殷　盛，引申為充塞。㊼膠葛　深遠廣大貌。此指天空。㊽長纓　長帽帶。指權貴。㊾短褐　粗布短衣。指平民。㊿彤庭　朝廷。漢代宮殿以朱漆塗飾，故稱。後亦泛指皇宮。51聚斂　橫徵暴斂。52城闕　本為城門上的建築物，此指京城、朝廷。53聖人　君主時代對帝王的尊稱。《禮記・大傳》：「聖人南面而治天下，必自人道始矣。」仇兆鰲注曰：「《通鑑》注：唐人稱天子皆曰聖人。」54筐篚　都是盛東西的竹器。古禮，皇帝宴會，以筐篚盛幣帛賞賜大臣。55願　一作「欲」。56邦國　國家。57忽　忽視；輕視。58至理　最正確的道理。59多士　群臣。60仁者　此指體恤民勞的官員。61戰慄　顫抖。引中有警惕的意思。62內金盤　內廷的金盤。內，大內，皇帝的宮禁。63衛霍　衛青、霍去病，都是漢武帝的外戚，這裡借指楊氏家族。64中堂二句　形容楊國忠兄妹之家，姬侍眾多，室中香煙繚繞，望之若神仙。神仙，唐代人常用以比喻美女、歌妓。煙霧，雲煙；霧氣。此指富貴人家室中熏香所生的煙。玉質，指肌膚潔膩的美女。65悲管句　指管瑟合奏。悲、清，都是形容樂器的音色。逐，伴隨。66勸客　敬客。67駝蹄羹　用駱駝蹄做成的肉湯，即八珍之一。68霜橙　極言果品之新鮮。69朱門　指貴族官僚之家。70榮　指朱門的榮華。71枯　指凍死骨。72咫尺　形容距離近。八寸為咫。73惆悵　傷感。74北轅　車轅向北，即車向北行。北，使動用法。75就　靠近。76涇渭　二水名，這裡指昭應縣（今陝西臨潼）涇渭合流的地方。77官渡　官家設的渡口。此指官府在昭應縣涇渭合流處設的渡口。78改轍　改道。79群冰　層層冰塊。冰，一作「水」。80崒兀　高而險貌。81恐觸句　形容水勢兇猛。天柱，神話傳說中支撐天的支柱。《淮南子・天文訓》：「昔者共工與顓頊爭為帝，怒而觸不周之山，天柱折，地維絕。」82河梁　橋。83拆　一作「坼」，裂開。84枝撐　指橋的支柱。85窸窣　狀聲詞，形容輕微細碎之聲。86行李　行人；使者。《左傳》僖公三十年：「行李之往來，共其乏困。」杜預注：「行李，使人。」又《左傳》襄公八年：「亦不使一介行李，告於寡君。」杜預注：「行李，行人也。」87相攀援　相互牽拉。88寄　寄居。89異縣　他縣。此指奉先縣。90庶　庶幾，表示希望和意願的副詞。91號咷　放聲大哭。92卒　死。93吾寧二句　謂我哪能忍住悲痛呢，連鄰居都嗚咽流淚。寧，豈能。捨，割捨。里巷，指里巷鄰人。94夭折　人幼年死亡。95登　莊稼成熟。96貧窶　貧窮，指貧苦人家。窶，貧。97倉卒　突然，此指發生突然事故。即幼子夭折。98隸　屬。99征伐　征討，此指被徵從軍。100撫跡　猶撫事，回憶發生的事。101平人　平民；一般老百姓。102固　本應。103騷屑　本是形容風吹的聲音，這裡形容人心驚慌不安。104失業徒　失去產業（土地）的人。105憂端　憂思的端緒。106齊終南　和終南山一樣高。終南，山名，在長安南，為秦嶺山脈的主峰。107澒洞　無邊無際貌。108掇　收拾。

【語 譯】我是住在杜陵的一般百姓，年紀越大心思越拙笨。我對自己的期許不知有多愚蠢，竟然暗自比做堯舜時代的稷、契二賢臣。果然是大而無當，落拓沒有成功，但我心甘情願艱難困苦地活到老。如果蓋棺論定了，那就萬事皆休了；倘若還存一口氣，我總是希望實現自己濟世愛民的理想。一年到頭為百姓的苦難而憂傷，深深的歎息之中，內心火辣辣地難過。自己的高遠志向常常被老同學們取笑，但理想之歌在嘲笑之中變得更為激昂高亢。我也有過隱逸江湖的志趣，拋開紅塵去過那種瀟灑的生活；可是因為生逢堯舜一樣聖明的君主，不忍心掉頭而去，永遠離開這大千世界。當今撐拄朝廷大廈的棟梁之材難道缺乏嗎？就像葵藿之葉始終朝向太陽，它的本性本來就是難以改變的。想一想，像我這樣的螻蟻之輩只要經營自己的安樂窩就行了，又何必去羨慕大鯨，總想伏臥大海之浪，實現凌雲之志。我因此耽誤了謀生之計，然而仍以屈身干謁權貴為恥辱。艱難困苦的生活就這樣延續到現在，但我絕不忍心被世俗的塵埃所埋沒；也許這樣執著終究愧對於巢父和許由這樣的高士，我實在不能改變積極入世的大節。那就只好沉飲聊以自我排遣，放聲歌唱以寬解愁懷。

歲末時節，百草凋零，猛烈的北風凍裂了高山巖石。天空陰雲密布重疊如山，寒氣陰森可怖。半夜時分，身為客子的我從長安啟程。嚴酷的霜雪凍斷了衣帶，凍僵的手指難以把它繫結。凌晨的時候路過驪山腳下，那皇上的臥榻就在驪山頂的行宮裡。大霧瀰天，崖谷路滑，每走一步都提心吊膽。而行宮裡的溫泉池卻蒸騰著暖氣，宮外的禁衛軍密密層層，兵器如林相互碰撞。又聽到驪山上的音樂聲震天動地，君臣們正在行宮裡通宵達旦地尋歡作樂。被皇帝賜浴溫泉的都是達官顯貴，賞賜與宴的沒有一個是平民百姓。想那朝廷裡分給臣子的素帛，本是貧寒的女子織成的；官吏們橫徵暴斂，鞭撻她們的丈夫，把這些素帛強取豪奪貢給宮廷。皇上把一筐一筐的素帛分賜給群臣，本意是想獎勵他們努力工作以使國家興盛太平。作臣子的如果忽視這一至高道理，那麼皇上豈不是把這些東西白白扔掉了？眾多的官員站滿了朝廷，有良心的見到這種單純追求賞賜而不為國家分憂的現象，是應該感到後果可怕的。何況聽說宮廷裡的珍寶器物，都被賞賜給皇親國戚。想那中堂之上，楊氏姊妹在翩躚起舞，透過輕煙一樣的舞衣，潔白的肌膚依約可見。給賓客穿輕暖的貂皮大衣，奏起激昂的管樂和清細的絃樂；勸賓客品味那名貴的駝蹄羹，飯後又端上一盤盤霜橙和香橘。高門大戶人家的酒肉堆積發了臭，而荒郊野外的道路上橫陳著凍死者的屍骨。咫尺之間就有如此的榮枯之異，我惆悵的心似被淚水漲滿，還能再說些什麼呢！

我向北行進來到涇渭二水的會合處，在官設的渡口改道前行。只見層層冰塊從西面漂流而下，放眼望去，上游的冰凌像山一樣高，彷彿是崆峒山順水漂來，真擔心會撞斷天柱啊！幸好橋梁沒有斷裂，但是支柱已然窸窣作響。旅行的人相互攙扶著走在上面，真擔心不能平安通過這麼寬的河面。老妻寄居在異地他鄉，嚴冬的風雪隔斷了一家十口。身為妻夫子父，誰能長期不顧及他們？我恨不得趕回家去與他們共受飢寒。剛一進門就聽到號啕大哭，原來我的小兒子已被活活餓死。我哪能忍住哀痛，街坊鄰居也為此而嗚咽流淚。感愧的是我作為孩子的父親，能生不能養，致使這小小生命竟因無食而夭折。哪裡料到眼下大秋剛過，莊稼成熟，我們貧苦人家仍然不免於意外的悲傷！我們這樣的人家是免交租稅的，也是不用去當兵的，然而思量自身的經歷還是這樣的辛酸，至於一般的平民百姓，他們的日子當然是更為動蕩不安。我於是默默地思慮那些失去產業的人，還有那些扔下一家老小遠戍邊塞的士兵。我的憂思與高聳入雲的終南山一樣齊，又像洶湧無邊的大海無法收斂。

【研 析】在杜甫的詩歌中，此詩可說是最集中地披露詩人一生心事的長篇。全詩分三大段，以還家探親的過程作為主線，雖然從結構上可以分為明志述懷、途經驪山和到家經過三部分，而以詠懷為一篇正意。而「窮年憂黎元」為全詩主腦。正因「窮年憂黎元」，才能從「朱門酒肉臭」想到「路有凍死骨」，才能在「幼子餓已卒」的悲慘情景中而「默思失業徒，因念遠戍卒」，故而「憂端齊終南，澒洞不可掇」，這正是孟子所謂「人飢己飢」、「人溺己溺」仁者心的寫照，真不愧一代詩聖。

第一段從開頭到「放歌破愁絕」，寫拯世濟民的抱負。詩人雖自稱杜陵布衣，卻自比稷和契兩個輔佐堯舜的賢臣。雖是自嘲越老越拙，可是飽含著半世窮愁潦倒的滿腹辛酸。但明知許身太愚，仍然矢志不渝，信念可謂執著。這段是圍繞著這一主旨反覆詠歎，表白自己堅持既定人生道路的決心：雖一事無成，而希望實現自己的志向；雖被同學取笑，而始終不改救世濟民的熱腸；「窮年憂黎元」就是杜甫的偉大所在，也是不為眾人理解的原因。因此又引出下一層轉折：自己並非沒有瀟灑山林的獨善之想，只是生逢堯舜之君，不甘退隱而已。這就又轉出一層反問：既逢治世明君，廊廟裡有的是棟梁之才，哪裡還缺自己這塊料？隨即自答：即便如此，其戀闕之心也依然不變，就如葵藿向太陽，天性難移而已；如此汲汲於進取，豈非太熱衷名利？正因如此執著於大道，又羞於干謁，才一直埋沒風塵；即使耽誤了生計，也始終不能歸隱，只能愧對巢父、許由，飲酒放歌以破愁悶了。詩人在回顧往事的萬般感慨中傾吐出不遇之悲和身世之感。這表現了以議論入詩又能保持詩歌情韻的藝術獨創性。

第二段從「歲暮百草零」到「惆悵難再述」，夾敘夾議，寫途經驪山的所見所聞所感。先用十句的篇幅鋪敘一路風高霜重、霧濃路滑的情景，與華清宮內的暖意形成對比。在懸想宮內賜浴歡宴的情景時，他單挑出分帛一事來議論。從章法立意來看，仍是扣住寒暖對照，通貫上下；從所選事例的典型性來看，揭示了唐代統治者最基本的剝削方法——租庸調的實質。杜甫強調這些進貢的絹帛是官府以鞭撻的手段強行從民間寒女家搜刮得來，一針見血地指出上層統治者的享樂生活正是建築在掠奪勞動人民的基礎之上。接著，筆鋒又轉向最驕奢淫逸的后妃外戚，對「中堂」酒宴的豪華奢侈極盡鋪陳之能事，這在當時有明顯的針對性。至此，詩人不覺大聲疾呼：「朱門酒肉臭，路有凍死骨。」這是詩情發展的必然，是從「窮年憂黎元」的一片熱腸中自然發出的浩歎，是醒世的吶喊。同時又在達到高潮時暗中結上啟下，不露痕跡地轉回到路上的情景。

第三段從「北轅就涇渭」到結尾，主要寫到家後之景況和感慨。「群冰」四句寫封凍之前河水夾帶著大量冰凌西下，竟至令人產生恐觸天柱折的驚悸之感。句句是實景，又流露出時勢將亂的隱憂。歷盡艱辛到家，一進門就聽到幼子餓死的噩耗。可貴的是杜甫能夠由自己的不幸看到此事的典型意義：一個下層官吏，家裡還有蠲免租稅的特權，尚且不免在秋禾成熟時餓死親子，更何況貧困失業之徒和遠征邊戍之兵？這不僅可見詩人推己及人的「仁者之心」，而且流露了一觸即發的社會危機。這就難怪詩人的憂憤高如終南，如大海般混茫無際了。如大潮般洶湧而來的詩情在此陡然煞住，使全詩產生了「篇終接混茫」的藝術力量。此詩根據自身經歷，按照還家的時間順序，以議論與敘事抒情相結合的形式，通過真切描寫沿途見聞和到家後的情景，集中表現了他「致君堯舜上」的抱負、對社會現實的洞察力，以及對國家命運和人民疾苦的深切關懷。杜甫此類五古長篇，發揮賦的鋪陳排比的手法，夾敘夾議，便於表達複雜的感情、錯綜的內容。五古前人多以質厚清遠勝，而杜甫則出之以沉鬱頓挫。

月夜

【題　解】至德元載（西元七五六年）八月陷賊時作。本年五月，杜甫攜家避難鄜州（今陝西富縣）。七月，肅宗即位於靈武（今屬寧夏）。八月，杜甫聞訊隻身奔赴行在，中途為叛軍所執，拘於長安。詩即被禁長安望月思家而作。詩寫離亂中兩地相思，構思新奇，情真意切，明白如話，深婉動人，真可謂天下第一等情詩。

今夜鄜州月，閨中❶只獨看。遙憐小兒女，未解❷憶長安。香霧❸雲鬟濕，清輝❹玉臂寒。何時倚虛幌❺，雙照❻淚痕乾。

【注　釋】❶閨中　指妻子。❷未解　不懂得。❸香霧　霧本無香，乃鬟香透入夜霧，故云。❹清輝　指月光。❺虛幌　細薄的窗簾。❻雙照　指妻子與自己雙方而言。

【語　譯】今夜鄜州上空的月亮，閨房中你在獨自仰望吧。可憐我那遠方的小兒女，還不懂得思念身陷長安的父親，更不懂得母親看月是在想念自己的父親。你膏脂染香的霧氣浸濕了你的雲鬟，清冷的月光該會使你玉臂生寒。何時才能相倚在細薄的窗簾前，讓月光照乾我們流淚的雙臉？

【研　析】至德元載八月，詩人身陷長安，安危難測。家人又阻隔異縣，亂離之中，親情最難釋懷，遂寫下這首思念妻兒的佳作。望月思鄉，是中國古詩裡常見的主題。杜詩的特點之一是：本來是自己思家，可是卻從家人著想，不說自己的思家之苦，而是懸想家人對此明月，也會像自己一樣徹夜難眠，寄情千里。於是，遙念妻子獨自看月，也是寫自己的孤獨；遙憐小兒女不懂思念父親，更是抒寫自己對小兒女的無限憐愛。這裡的雲鬟、玉臂、香霧、清輝、小兒女、重聚首的心願、虛幌雙依、淚痕雙照等美妙的事物，愈美妙愈增悲酸。而「未解憶」含兩層意：一是兒女尚小，不知道想念身陷長安的父親；二是小兒女天真無知，不懂得母親看月是在想念他們的父親。以小兒女的不解憶，反襯閨中只獨看、獨憶，突出首聯「獨」字，益見深情苦憶。第二是想像夜深妻子望月之久，「溼」字、「寒」字，便襯出閨中佇望之久；也就體味出雙方相思之深。這兩句勾勒出妻子籠罩在清光香霧之中的倩影，真切地描繪了一個似乎近在身旁卻又遠在天邊的幻象，詩人神思恍惚的情態也可以想見。由於處處為對方著想，而實際上又處處是寫自己的思家之情，所以最後「雙照淚痕乾」一句正好彼己雙收，結出雙方都盼望著早日團圓的願望。

悲陳陶

【題　解】至德元載（西元七五六年）陷於長安時作。陳陶斜，一名陳陶澤，一作陳濤斜，在今陝西咸陽東。此年十月，宰相房琯率軍同安史叛軍大戰於陳陶斜，此時賊勢方盛，而官軍以輕敵遂致大敗，死傷四萬餘人。杜甫聞之而作是詩，字裡行間充滿悲憤之情。

孟冬❶十郡❷良家子❸，血作陳陶澤中水。野曠天清無戰聲，四萬義軍同日死❹。群胡歸來血洗箭，仍唱胡歌飲都市❺。都人迴面向北啼，日夜更望官軍至❻。

【注　釋】❶孟冬　冬季第一個月，即陰曆十月。❷十郡　泛言士兵占籍之廣。❸良家子　清白人家的子弟。❹野曠二句　極言官軍傷亡慘重。據《新唐書・房琯傳》載：琯自請將兵討賊，十月辛丑，「遇賊陳濤斜，戰不利。琯欲持重有所伺，中人邢延恩促戰，故敗，士死麻葦。……初，琯用春秋時戰法，以車二千乘繚營，騎步夾之。既戰，賊乘風譟，牛悉髀栗。賊投芻而火之，人畜焚燒，殺卒四萬，血丹野，殘眾才數千，不能軍。」野無戰聲，指激戰過後，全軍覆沒，戰場一片死寂。義軍，謂官軍為國而戰，乃正義之師。❺群胡二句　憤安史叛軍之得志驕橫。群胡，指安史叛軍。血洗箭，兵器上沾滿了血。箭，指代兵器。都市，國都長安的街市。❻都人二句　寫長安士民亟盼光復。都人，京都士民。當時，肅宗遷至彭原（今甘肅西峰），地處長安西北，所以說「迴面向北啼」。《資治通鑑》卷二一八載：「民間相傳太子北收兵來取長安，長安民日夜望之，或時相驚曰：『太子大軍至矣！』則皆走，市里為空。賊望見北方塵起，輒驚欲走。」

【語　譯】就在這年的孟冬十月，陝西十郡的良家子弟，他們的鮮血染紅了陳陶澤。野曠天清殺聲已息，四萬正義之師同日戰死。叛軍戰罷歸來，兵器上沾滿了無數人的鮮血。他們唱著胡歌，在長安市上飲酒作樂。長安的百姓則是背過臉去向北啼哭，日日夜夜更加盼望官軍前來收復國都。

【研　析】官軍於陳陶斜慘敗，詩人沒有實錄大戰的經過，只寫了戰敗的後果，著意描繪了陳陶血流成澤、屍橫遍野的場面。開頭十四字已描寫盡情，然而似意猶未盡，接著寫：在死寂的蒼天之下，曠野之上，佈滿四萬義軍的屍體。而「四萬義軍」的巨大數字與「同日死」的短促時間合併在一句之中，與前句血化作水的形容聯繫在一起，便強調出無數生命毀於一旦的過於輕易之感。更令人義憤填膺的是，詩人目睹了叛軍戰勝回城後的驕傲縱恣行徑和飛揚跋扈之狀：他們用血洗箭，還能唱著胡歌狂歡痛飲。與都人掩面悲啼的情狀加以對比，更能揭示出兩京生靈在血泊中哀吟的慘象。

這首詩以實錄反映了唐軍慘敗、叛軍氣焰正盛的形勢，以典型的畫面凸顯了人類戰爭的殘酷。表現的不僅僅是詩人對時勢變化的關注，更主要的是無數生命的毀滅在詩人內心造成的強烈震撼，及由此而產生的深沉的憂患意識。杜甫的可貴就在他的心始終與人民一起滴血，並未因熟視喪亂而變得麻木，所以他的痛切悲苦之詞，才能使千載以下的讀者為他的博大仁愛而感奮流涕！為了更好地寫此悲歌，在藝術處理上做到了明寫與暗寫、實寫與虛寫的高度統一，即將陳陶會戰及其後果、詩人愛憎和民心所向統一了起來。

悲青阪

【題解】此詩與〈悲陳陶〉作於同時。青阪，離陳陶不遠，故址當在今陝西咸陽西南。陳陶斜慘敗後，肅宗遣中人催戰，房琯率殘軍復戰於此，又大敗。此詩既對官軍的慘敗深表痛惜，又勸朝廷不要輕舉妄動，重蹈覆轍。

我軍青阪在東門❶，天寒飲馬太白❷窟❸。黃頭奚兒❹日向西❺，數騎❻彎弓敢馳突❼。山雪河冰野蕭瑟，青是烽煙白人骨❽。焉得❾附書❿與我軍，忍待⓫明年莫倉卒⓬！

【注釋】❶我軍句　謂青阪東門就是唐軍駐地。❷太白　山名，在今陝西太白東南，為秦嶺主峰，關中第一高峰，因山頂終年積雪，故名。❸窟　指水塘。❹黃頭奚兒　唐有黃頭室韋，為當時室韋二十餘部之一，在今黑龍江齊齊哈爾一帶，兵強人眾，為當時強大部落之一。安史叛軍多由奚、契丹、室韋等少數部族組成，而奚、契丹、室韋都屬東胡系，故此「黃頭奚兒」是泛指安史叛軍的精銳部隊。❺日向西　天天向西進犯。❻數騎　少數精銳騎兵。❼馳突　橫衝直撞。❽山雪二句　極寫戰後原野淒冷陰森景象。蕭瑟，蕭條冷落。烽煙，烽火臺報警之煙。此指戰後原野瀰漫的煙塵。白人骨，即白是人骨，「是」字從上省略。❾焉得　怎麼能夠。❿附書　託人捎信。⓫忍待　耐心等待。⓬倉卒　即倉猝；倉促。史載，房琯與叛軍對壘，本欲持重以伺之，怎奈宦官邢延恩等督戰，倉皇失據，遂致慘敗。

【語譯】我軍駐紮在青阪的東門，此時天寒又地凍，無奈飲馬於太白山之水窟。叛軍每日向西推進不停蹄，即便是小股部隊也敢彎弓橫衝直突。山河覆蓋著冰雪，原野一片蕭瑟淒涼，那青色的是烽煙，白色的是人骨。我如何才能託人捎信給官軍？請他們耐心等待明年形勢好轉再戰，切不可再如此倉促！

【研　析】此詩主旨在深責中人督戰以致一敗塗地，同時欲附書我軍，戒之以慎重，但中有山河之隔、賊兵之阻，不得附也。於是，開門見山寫起在青阪的情況。首二句，寫我軍新敗之後重集餘眾倉促再戰的情況。房琯駐便橋，本欲持重伺機，中官邢延恩促戰甚急，只得以強收之眾再戰。「青阪」、「東門」交待我軍主力所在。「天寒」，點明時令。「飲馬太白窟」，化用古樂府「飲馬長城窟」句意，反映出當時敵對兩方戰鬥的實況：我新敗，元氣大傷，調集殘兵，又值寒冬。馬寒傷骨，人寒傷心，此種情境，使人如同身受。這暗示此時我軍急宜休整，不應速戰。三、四句，述胡兵囂張氣焰。直寫敵人的挑釁行為，出現新的敵強我弱形勢。又暗示以疲弱之軍迎戰強勁之敵，必敗。同時，亦含有驕兵必敗之意。五、六句，寫戰敗後慘狀。「山雪河冰」承上面「天寒」，加重「寒」的程度，亦深表敗軍倉促應戰的艱難。「野蕭瑟」，與〈悲陳陶〉之「野曠天清無戰聲」同一境界。「青是烽煙白人骨」，補足了「野蕭瑟」，展示「殺人盈野」的殘酷。詩人的高超之處，在於僅寫戰後的慘景，對交戰時的潰敗之狀不忍明言，因為此役與「血作陳陶澤中水」僅隔一日，又驅兵至死，民何以堪！國何以堪！末二句表現了詩人對國家命運的深切關懷和高度的愛國主義精神。同時也是告誡：必須休養生息，加強訓練，堅忍明年再戰。吳瞻泰說：「我軍既失於前，當謹於後。故曰『忍待明年』，又曰『莫倉卒』，一句中兩番諄囑，此杜公之詩法，亦即杜公之兵法也。」（《杜詩提要》卷五）

塞蘆子

【題　解】至德二載（西元七五七年）正月，叛軍史思明、高秀巖合兵攻太原，意欲西進，威脅唐肅宗駐地彭原、鳳翔一帶的安全。杜甫時身陷長安，聞之焦急萬分，遂作此詩，主張迅速塞斷蘆子關，阻止叛軍西進。

塞，有防守壅塞之意。蘆子關，又名蘆關，在今陝西志丹縣北與靖邊縣交界處，因所在土門山兩崖峙立如門，形如葫蘆而得名，是由太原向陝、甘西進所經之重要關口。唐時屬延州。詩不僅表現了杜甫心憂天下的愛國精神，而且顯示出詩人籌邊禦敵的軍事卓識。

五城❶何迢迢❷，迢迢隔河水。邊兵❸盡東征❹，城內空❺荊杞❻。思明❼割❽懷衛❾，秀巖❿西⓫未已⓬。迴略大荒來，崤函蓋虛爾⓭。延州秦北戶，關防猶可倚⓮。焉得一萬人，疾驅塞蘆子。岐⓯有薛大夫⓰，旁制山賊起⓱。近聞昆戎徒，為退三百里⓲。蘆關扼⓳兩寇⓴，深意實在此。誰能叫㉑帝閽㉒，胡行速如鬼。

【注　釋】❶五城　指唐代在河套地區設置的五座軍城，即定遠（今寧夏平羅）、豐安（今寧夏中衛）及中、西、東三個受降城（均在今內蒙古自治區），都在黃河以北，故下曰「隔河水」。❷迢迢　遙遠貌。❸邊兵　邊塞駐軍。❹盡東征　都調到東邊去抵禦叛軍。❺空　空虛。❻荊杞　因連年戰爭，兵亂地荒，遂盡生荊棘枸杞。❼思明　史思明，為寧夷州突厥雜胡，與安祿山同鄉里，俱以驍勇聞名。安祿山反，使其經略河北，封為范陽節度使。至德二載正月，史思明捨棄懷、衛二州而進兵太原。❽割　捨棄；離開。❾懷衛　懷州（今河南沁陽）與衛州（今河南衛輝），唐時俱屬河北道。❿秀巖　高秀巖，本為哥舒翰部將，後降安祿山，偽署河東節度使。此時也正率兵西進，與史思明合兵十餘萬攻太原。⓫西　向西挺進。⓬未已　不停止。⓭迴略二句　謂叛軍意圖突破蘆子關迂迴佔領西北邊遠地區，以包抄彭原、鳳翔等地，那樣像崤函的險要，也就形同虛設了。迴略，迂迴包抄。大荒，荒遠之地，指西北朔方、河、隴等地。崤函，崤山和函谷關的合稱，相當今陝西潼關以東至河南新安一帶，是從中原到西北必經的咽喉要地。⓮延州二句　是說延州為關中地區北方的門戶，而蘆子關又是防守延州的要衝。延州，治所在今陝西延安。秦，指關中地區。關防，駐兵防守的關隘，即指蘆子關。⓯岐　指鳳翔府扶風郡，本岐州，天寶元年改扶風郡，至德元載改鳳翔郡，二載陞為府。治雍縣（今陝西鳳翔）。⓰薛大夫　即薛景仙，或作薛景先。馬嵬事變時，任陳倉縣令，殺楊國忠妻裴柔、幼子楊晞、虢國夫人及其子裴徽。至德元載七月任扶風太守。乾元二年三月，以太子賓客為鳳翔尹、本府防禦使。⑰旁制句　《舊唐書・李抱玉傳》載：「廣德元年冬，吐蕃寇京師，乘輿幸陝，諸軍潰卒及村閭亡命相聚為盜，京城南面子午等五谷群盜頗害居人，朝廷遣薛景仙領兵為五谷使招討。」這是後來的事。想叛軍攻陷長安時，亦必有此類情況。山賊，當指此類潰卒亡命乘安史叛亂之機入山為盜而禍害百姓者。因其不是當時的主要敵人，故曰「旁制」。旁制山賊，是為了維持地方治安，以便更有力地打擊叛軍。⑱近聞二句　指至德元載七月叛軍派兵攻扶風，為薛景仙擊退一事。昆戎，古代西戎族名，這裡借指安史叛軍。或謂指吐蕃。⑲扼　扼制。⑳兩寇　指史思明和高秀巖。㉑叫扣。㉒帝閽　天門，此指朝廷。

【語　譯】定遠、豐安等河套地區五座軍城是多麼遙遠，它們遠遠地分散在黃河以北。守衛在那裡的駐軍都東調去抵禦叛軍了，連年戰爭兵亂地荒，城內盡生荊棘枸杞。史思明捨棄懷、衛二州，向北進兵太原；同時高秀巖也正率兵西進，與史思明合兵圍攻。他們迂迴包抄從大西北襲來，那麼崤山和函谷關之險就等同虛設。延州為關中北部的門戶，那裡的關防還是可以倚仗。如果能夠調遣一萬猛士火速去防守蘆子關，就能使敵人的陰謀瓦解。鳳翔城有薛景仙大夫把守，能夠從旁抑制山賊作亂而有力打擊叛軍。近來聽說叛軍進攻扶風，被薛景仙擊退了三百里。蘆子關可以扼制史思明和高秀巖西進，堵塞此關的深謀遠慮也正在此。誰能去把這個建議奏明天子呢？須知叛軍行動就像鬼一樣迅速。

【研　析】揣測此詩之意，詩人主張迅速塞斷蘆子關，阻止叛軍西進，再作恢復打算。前八句指陳邊防形勢，並寄以憂慮。當時的形勢是，唐軍黃河以北防務空虛，而史思明西竄，高秀巖自大同與史合兵，欲取太原，將長驅朔方、河隴。對此險惡形勢，詩人驚呼：「迴略大荒來，崤函蓋虛爾」。兩句即是說叛軍意圖突破蘆子關迂迴佔領西北邊遠地區，以包抄彭原、鳳翔等地，像崤函之固的險要之地，也就形同虛設了。可見杜甫對敵我雙方情勢瞭如指掌，且通古今之變。中八句籌劃延州防禦策略。前四句表示，塞蘆子是保衛延州的門戶，能牽制敵寇西進。下四句特別提出薛大夫，意在表示克敵制勝的重要因素：關險可守，重在得人。如能得一良將守關，與景仙相犄角，既可遏敵西突，又可配合大軍直搗長安。最後四句再次強調蘆子關扼賊的深意，並欲以上達帝閽。希望有人能去報知朝廷，說明叛軍行動詭祕迅速，若不趕快派兵扼守蘆子關，恐怕來不及了。若蘆關失守，將危及全局，這就是詩所說的「深意」。蘆關可扼兩大強敵，牽制十萬之師。這一制勝之策，未能引起運籌帷幄者的注意，深為痛惜。王嗣奭評曰：「此篇直作籌時條議，剴切敷陳，灼見情勢，真可運籌決勝。若徒以詩詞目之，則又文人之見也。」（《杜詩詳注》卷四引）

哀江頭

【題解】至德二載（西元七五七年）春，陷賊長安時作。江，指曲江，為唐時遊賞勝地，唐玄宗與楊貴妃常遊幸於此。今玄宗奔蜀，楊妃縊死，詩人身陷賊中，舊地重遊，撫今追昔，哀思有感，遂作此詩。詩寫作者春日潛行曲江而感玄宗與楊妃生離死別之事，著力突出一個「哀」字。

少陵野老❶吞聲哭❷，春日潛行❸曲江曲❹。江頭宮殿鎖千門❺，細柳新蒲為誰綠❻？憶昔霓旌❼下南苑❽，苑中萬物生顏色❾。昭陽殿裏第一人❿，同輦隨君侍君側⓫。輦前才人⓬帶弓箭，白馬嚼齧黃金勒⓭。翻身向天仰射雲⓮，一笑正墜雙飛翼⓯。明眸皓齒今何在？血污遊魂歸不得⓰。清渭東流劍閣深⓱，去住彼此無消息⓲。人生有情淚沾臆⓳，江水江花豈終極⓴！黃昏胡騎㉑塵滿城，欲往城南望城北㉒。

【注釋】❶少陵野老　少陵為漢宣帝許皇后陵墓，在宣帝杜陵東南，杜甫曾住家於此，故自稱「少陵野老」。❷吞聲哭　猶飲泣。吞聲，不敢出聲。❸潛行　祕密行走。❹曲江曲　指曲江深曲隱僻之地。❺江頭句　江頭宮殿，指曲江邊紫雲樓、芙蓉苑、杏園、慈恩寺等建築物。因無人居住，一片荒涼，故曰「鎖千門」。❻細柳句　細柳新蒲，據康駢《劇談錄》卷下載，曲江「花卉環周，煙水明媚」，「入夏則菰蒲蔥翠，柳陰四合，碧波紅蕖，湛然可愛」。時當春日，蒲新生，柳絲細，故曰「細柳新蒲」。國破無主，無人欣賞，故曰「為誰綠」。❼霓旌　雲霓般的彩色旗幟，指天子儀仗。❽南苑　指芙蓉苑，在曲江之南。❾生顏色　謂皇帝遊幸，萬物增輝。❿昭陽句　昭陽殿，漢代宮殿名。漢成帝皇后趙飛燕居昭陽殿，甚得寵幸，故曰「第一人」。此以趙飛燕比楊貴妃。⓫同輦句　同輦隨君，《漢書・外戚傳》載：「成帝遊於後庭，嘗欲與（班）婕妤同輦載，婕妤辭曰：『觀古圖畫，聖賢之君皆有名臣在側，三代末主乃有嬖女，今欲同輦，得無近似之乎？』上善其言而止。」輦，皇帝乘坐的車子。此暗用班婕妤事以諷玄宗和貴妃。⓬才人　宮中女官名。《新唐書・百官志二》：「（內官）才人七人，正四品。掌敘燕寢，理絲枲，以獻歲功。」⓭齧黃金勒　齧，咬。黃金勒，以黃金為飾的馬嚼口。《明皇雜錄》卷下：「上將幸華清宮，貴妃姊妹競車服」，「競購名馬，以黃金為銜勒，組繡為障泥」，「將同入禁中，炳炳照灼，觀者如堵。」⓮仰射雲　仰射空中飛鳥。⓯一笑句　一笑，指楊貴妃因才人射中飛鳥而為之一笑，是用如皋射雉事。《左傳》昭公二十八年：「賈大夫惡（指貌醜），娶妻而美，三年不言不笑，御以如皋，射雉獲之，其妻始笑而言。」正墜雙飛翼，已暗含玄宗、貴妃馬嵬死別事。⓰明眸二句　指楊貴妃在馬嵬坡被縊死事。明眸皓齒，指楊貴妃。歸不得，一是貴妃已死，二是長安淪陷，故云。昔之「明眸皓齒」與今之「血污遊魂」形成強烈而鮮明的對比。⓱清渭句　清渭東流，指貴妃槀葬渭濱。馬嵬南濱渭水，由西向東流向長安。劍閣，在今四川劍閣北，為玄宗西行入蜀所經之地。《北史・魏本紀》載：北魏孝武帝元修永熙三年（西元五三四年），帝為高歡所逼，去洛陽至關中，時當七月，「八月，宇文泰遣大都督趙貴、梁禦甲騎二千來赴，乃奉迎。帝過河謂禦曰：『此水東流而朕西上，若得重謁洛陽廟，是卿等功也。』帝及左右皆流涕。」清渭東流，玄宗西去，時亦相當，事亦相類，用典恰切。後〈秦州雜詩二十首〉其二「清渭無情極，愁時獨向東。」亦用此典。⓲去住句　去住彼此，指玄宗、貴妃。去指玄宗幸蜀西去，住指貴妃死葬渭濱。彼去此住，生死相隔，故曰「無消息」。此句即白居易〈長恨歌〉所云「一別音容兩渺茫」意。⓳臆　胸膛。⓴江水句　終極，猶窮盡。豈終極，是指水自流，花自開，無知無情，年年依舊，永無盡期。水，一作「草」。豈終極，與上句「人生有情」相對，又與前「為誰綠」相照應。㉑胡騎　指安史叛軍。㉒欲往句　欲往，猶將往。城南原注：「甫家居城南。」時已黃昏，應回住處，故欲往城南。望城北者，是望官軍之北來收復長安。時肅宗在靈武，地處長安西北。

【語　譯】我這個少陵野老不敢放聲大哭，春日裡偷偷行走在曲江的隱祕處。見那江邊的宮殿千門萬戶都上了鎖，細柳和新蒲在為誰而吐綠？回想當年繁盛時，天子的儀仗來到芙蓉苑，苑中的萬物都增添了不少光彩。那個住在昭陽殿裡最受寵的人，與君王同輦而坐，侍奉在君王身邊。輦車前射生的女官身佩弓箭，騎著飾以黃金嚼口的白馬，威風凜凜。只見那女官突然扭過身去，仰面向雲天射出一箭，博取貴妃娘娘嫣然一笑，原來是一雙大雁墜落在眼前。如今那明眸皓齒的美人在何處？那血污的遊魂再也不能歸還。清清的渭水向東流去，渭水河邊是她的墓地；劍閣深深，皇上西行已走得很遠。走的走了，埋的埋了，彼此間再無音訊可傳。人生有情，想到這些不禁淚灑胸襟；花隨水去終無情，不管人間悲苦自顧自地流個不停！此時天色已黃昏，胡人的騎兵揚起滿城埃塵。我想回到城南住處，卻仍頻頻回望城北是否來了官軍。

【研　析】此詩回憶玄宗與楊貴妃遊幸曲江的盛事，感傷貴妃之死和玄宗出逃，慨歎曲江的昔盛今衰，寫出胡騎鐵蹄下長安的荒涼景象，哀惋無窮。題曰「哀江頭」，實為朝廷、為貴妃而哀。開頭四句為第一層，是寫詩人潛行曲江，目睹亂後衰敗淒涼景象而引起的深哀隱痛。「少陵野老」兩句寫杜甫當時壓抑的心情、惶恐的情狀及陷賊後的痛苦。接著，用「江頭」兩句寫所見景象。江邊的宮殿千門盡鎖，雖有細柳新蒲，但已無人欣賞。「為誰綠」三字沉痛。「憶昔」以下八句為第二層，用追敘的手法極寫昔日遊苑之盛與楊妃的恃寵豪奢。寫昔日之「樂」，但「樂」中含哀，以樂襯哀，倍增其哀。而輦前才人射獵這一細節的用意是，使歡樂的氣氛達到高潮之後形成一個急劇的轉折，使前半首遊苑場面描寫和後半首相思相憶之情接合起來。「明眸皓齒今何在」以下六句，寫李、楊悲劇，已由回憶轉入眼前。樂極生悲，又從往昔跌回現實，悲楊妃之不幸，哀國家之多難，憤叛軍之猖獗。哀樂關乎國運，哀江頭，哀楊妃，哀玄宗，更哀國破之痛也。昔日在曲江遊樂的楊貴妃如今何在呢？她在馬嵬驛被血污的遊魂再也不會歸來了！清清的渭水經過馬嵬驛不停地向東流去，而入蜀道中的劍閣是那麼深遠，貴妃與玄宗一去一住，生者死者彼此永無消息。看著長流的江水和年年開放的江花，想到因遭遇劇變而更加短促的人生，教人怎能不傷情流淚呢？這裡灑淚的是詩人，但因語意和文勢緊接

「清渭劍閣」句順流而下，又似是寫玄宗的傷情。詩的結尾兩句，在滿城胡騎揚起的黃塵之中，突出了一個執著而又無奈的野老形象。全詩圍繞一個「哀」字謀篇布局，深化主題。此詩詞婉而雅，意深而微，諷而含情，極盡開闔變化之妙。

哀王孫

【題解】王孫，指李唐宗室子弟。據史載：天寶十五載（七月肅宗即位，改元至德）六月九日，潼關失守，京師大駭，玄宗將謀幸蜀。十二日凌晨，玄宗獨與楊貴妃姊妹、皇子、妃、公主、皇孫、楊國忠及親近宦官、宮人出延秋門，親王、妃、公主、皇孫之在外者，皆委之而去。長安淪陷。七月十五日，安祿山令孫孝哲殺霍國公主及王妃、駙馬等八十餘人，又害皇孫及郡、縣主二十餘人，王侯將相扈從入蜀者，子孫弟兄雖在嬰孩之中，皆不免於刑戮，挖心剔首析肢，流血滿街衢，手段極其殘忍。時杜甫身陷賊中，得見倖存王孫慘狀，有感而作。觀「昨夜東風吹血腥」句，詩當作於至德二載（西元七五七年）春。

長安城頭頭白烏❶，夜飛延秋門❷上呼。又向人家啄大屋❸，屋底❹達官走❺
避胡❻。金鞭斷折九馬死，骨肉不得同馳驅❼。腰下寶玦❽青珊瑚❾，可憐王孫泣
路隅❿。問之不肯道姓名，但道困苦乞為奴⓫。已經百日⓬竄荊棘，身上無有完肌
膚⓭。高帝⓮子孫盡隆準⓯，龍種⓰自與常人殊⓱。豺狼⓲在邑龍⓳在野，王孫善保⓴
千金軀㉑。不敢長語㉒臨交衢㉓，且為王孫立斯須㉔：昨夜東風吹血腥，東來橐駝㉕

滿舊都㉖。朔方健兒好身手，昔何勇銳今何愚㉗？竊聞天子已傳位㉘，聖德北服南單于㉙。花門㉚剺面㉛請雪恥，慎勿㉜出口他人狙㉝。哀哉王孫慎勿疏㉞，五陵㉟佳氣㊱無時無㊲。

【注　釋】❶頭白烏　即白頭烏，俗傳為不祥之鳥。南朝梁時，侯景叛亂篡位，令飾朱雀門，其日有白頭烏萬計，集於門樓。童謠曰：「白頭烏，拂朱雀，還與吳。」杜用其事，以侯景比祿山。❷延秋門　唐長安禁苑西面二門，南曰延秋門。玄宗幸蜀，自延秋門出，由便橋渡渭水，自咸陽經馬嵬而西。❸大屋　即下達官所居。《抱朴子・吳失篇》：「豐屋則群烏爰止。」豐屋即大屋。❹屋底　猶屋裡。❺走　逃跑。❻胡　指安史叛軍。❼金鞭二句　極寫玄宗急於出奔，丟棄王孫而去。金鞭，天子所用。九馬，天子御用之馬。骨肉，指未及隨玄宗幸蜀的宗室子孫。❽寶玦　環形有缺口的佩玉。❾青珊瑚　此指用珊瑚做成的裝飾品。❿路隅　路邊牆角；不易被人注意處。⓫乞為奴　乞求作人奴僕。干寶《晉紀總論》：「將相王侯連頭受戮，乞為奴僕而猶不獲。」⓬百日　猶言多日，不必實指。⓭身上句　猶言體無完膚。⓮高帝　指漢高祖劉邦。⓯隆準　即高鼻子。史稱劉邦隆準龍顏，帝王之相。此言王孫有著皇族的特徵。⓰龍種　皇帝後裔，即王孫。⓱與常人殊　與平常人不一樣。⓲豺狼　指安祿山。⓳龍　指玄宗。⓴善保　好好保重。㉑千金軀　猶言貴體。㉒長語　長時間交談。㉓交衢　四通八達的交通要道。㉔斯須　須臾，極言時間之短。與上「長語」相對。㉕東來橐駝　橐駝，即駱駝。安祿山陷兩京，常以駱駝運御府珍寶至范陽老巢。范陽在長安以東，故云「東來橐駝」。㉖舊都　指長安。㉗朔方二句　朔方健兒，指哥舒翰軍。祿山反，玄宗命哥舒翰為太子先鋒兵馬元帥，領河、隴、朔方、奴剌等十二部兵二十萬守潼關，一日為賊所敗，翰亦被執而降賊。昔翰率軍禦吐蕃號稱天下精兵，今卻一敗塗地，全軍覆沒，故曰「昔何勇銳今何愚。」㉘竊聞句　竊聞，私下聽說。因陷賊得不到確切消息，得之傳聞，故云。天子已傳位，指玄宗已傳位給肅宗。天寶十五載七月，太子李亨即位於靈武，群臣賀曰：「自逆賊憑陵，兩京失守，聖皇傳位陛下，再安區宇，臣稽首上千萬歲壽。」（《舊唐書・肅宗紀》）㉙聖德句　聖德，天子威德。南單于，本指漢時南匈奴，此指西北各少數民族。據《舊唐書・肅宗紀》載：馬嵬兵變，貴妃賜死後，玄宗留太子率眾討賊，收復長安，並諭示曰：「西戎北狄，吾嘗厚之，今國步艱難，必得其用。」八月，回紇、吐蕃遣使請和親，願助討賊。㉚花門　回紇的代稱。唐甘州張掖縣東北一百六十里有居延海，又北三百里有花門山堡，為回紇騎兵駐地，又東北千里至回紇牙帳。故唐人多以花門稱回紇，杜甫有〈留花門〉詩。㉛剺面　用刀割面。古代匈奴、回紇等民族的風俗，凡遇大憂大喪，則割面流血以示忠誠哀痛。安史叛唐，攻陷京都，為國之大恥，故回紇剺面以請雪恥。㉜慎勿　千萬不要。㉝狙　窺伺。錢謙益曰：「當時降逆之臣，必有為賊耳目，搜捕皇孫妃主以獻奉者。」（《錢注杜詩》卷一）故囑王孫說話小心，以防他人偷聽。下又囑其「慎勿疏」。㉞疏　疏忽大意。㉟五陵　指玄宗以前唐五代皇帝的陵墓，即高祖獻陵、太宗昭陵、高宗乾陵、中宗定陵、睿宗橋陵，皆在長安近畿。㊱佳氣　言有興隆之象。㊲無時無　猶時時有。句謂天不滅唐，有祖宗神靈保祐，隨時都有中興的希望。

【語　譯】長安城頭落著白頭烏鴉，夜間飛到延秋門上來呼叫：皇上帶著寵臣、子孫從此門逃走了！烏鴉又飛到高宅大戶剝啄屋頂，屋裡的達官貴人也倉皇逃走以躲避胡兵。逃亡的君臣為了逃命，打斷了馬鞭累死了眾多的馬匹，撇下了部分親生骨肉來不及一起逃生。有個王孫腰間掛著玉珮、青珊瑚，可憐巴巴地在長安街邊哭。問他的姓名他不敢說，只是說日子艱難請求收作奴僕。他已在荊棘叢中躲藏了上百天，身上沒有一塊完整的皮膚。高帝的子孫都生有高鼻梁，帝王的後代長相自然與平常人不一樣。如今豺狼佔據京都真龍退居荒野，王孫可要善於保護千金之體。我也不敢在交通路口與你長談，只能小立片刻寬慰幾句。昨夜東風吹來陣陣血腥，安史叛軍從東邊拉來滿城駱駝，要把京都洗劫一空。哥舒翰部下的朔方健兒都是好身手，只可惜當年的智勇如今不復存在。我私下聽說天子已經傳位，皇帝的聖德已使北方的南單于欽服。回紇人割面血誓要為大唐雪恥，這個好消息可不能亂講以防遭人暗算。你的處境實在可悲，切莫疏忽大意落入敵人之手。須知五陵的佳氣永遠不滅，國家的復興已為時不久！

【研　析】潼關失守以後，玄宗倉皇出逃，來不及帶走的子孫很多。這首詩所哀的落難王孫便是被拋棄的皇家子孫。詩的前半即寫王孫一路疑畏之慘狀，曲筆傳神。後半勸王孫善保身軀，以待有為。而篇中「王孫」字凡四見，須看其或隱或露，欲語欲不語，無限曲折頓挫。開頭用漢魏樂府常見的比興手法，藉不祥之白頭烏鴉在城牆上號呼、在大屋上剝啄的動態，虛寫長安大亂中明皇出逃、百官四散的場面。延秋門正是玄宗西出的宮門，高門大戶中逃跑的達官是為了避胡。「金鞭」以下八句，極言玄宗逃跑的慌張，有些親骨肉都沒帶上。這裡看似交代路遇王孫的原因，實際上深藏著對皇帝的辛辣諷刺，用筆奇曲。王孫哭泣、流竄等細節刻劃出王孫走投無路的狼狽相，反映出大亂之初正常的社會秩序被打亂而導致命運倒置和心理錯位的普遍現象。「高帝子孫」以下又提出高帝，擡高王孫，用筆頓挫。接著，以矜持慎重語寫當時逃亡情景。之後，揭露安祿山在長安殺戮搶劫、用駱駝馱財寶運往叛軍老巢的罪行；傳播了肅宗在靈武即位，西北回紇將要協助平叛的新聞。這既是詩人對王孫的勸慰，又是對哥舒翰潼關之敗的批判，對花門參與平叛後形勢的預測，最大程度地展現了時代背景。安史叛軍大肆殺戮李唐宗室，在那個特定的歷史時期，王孫們的悲慘遭遇是值得同情的。而對玄宗的倉促逃蜀，棄王孫於不顧，哥舒翰的軍敗降賊，則給予了委婉而辛辣的諷刺。王嗣奭曰：「忠義肝腸，抒以心血，至今未乾，必非取辦於筆舌者。……通篇哀痛顧惜，潦倒淋漓，似亂而整，斷而復續，無一懈語，無一死字，真下筆有神。」（《杜臆》卷二）

春望

【題解】至德二載（西元七五七年）三月，杜甫陷賊長安，傷春感時而作此詩。

國破❶山河在❷，城春草木深❸。感時❹花濺淚❺，恨別鳥驚心❻。烽火連三月，
家書抵萬金❼。白頭搔更短，渾欲不勝簪❽。

【注釋】❶國破　謂長安陷落。國，指國都。❷山河在　山河依舊。❸草木深　草木叢生，意謂人煙稀少。❹感時　感傷時局。❺花濺淚　見花開而濺淚。❻鳥驚心　聞鳥鳴而心驚。❼烽火二句　上句憂亂感時，下句思家恨別；下句因上句而生。

二句極寫戰亂之久，思家之切。烽火，戰火。連三月，是接連三個月不斷，謂整個春天都在打仗。一說連逢兩個三月，謂從去年到現在一直在打仗，亦通。家書，家信。抵萬金，極言家書之難得。抵，抵當。❽白頭二句　化用鮑照〈擬行路難十八首〉其十六：「年去年來自如削，白髮零落不勝冠。」自言髮白更短，乃憂亂思家所致，拳拳愛國之心，躍然紙上。白頭，指白髮。短，短少。渾欲，簡直；幾乎。不勝，猶不能。簪，用來束髮於冠的飾具。

【語　譯】國都已經淪陷，今惟山河依舊在眼；長安城已是暮春，草木荒深少人煙。感慨動亂的時局，我看到花開不禁濺出眼淚；怨恨與家人離別，聽到鳥鳴也感到陣陣心驚。戰爭的烽火燃燒了整整一個春季，一封家書真抵得上萬兩黃金。家愁國恨使我稀疏的白髮越搔越短了，簡直就要綰不住銀簪了。

【研　析】此詩將大自然的生機、時代的悲劇、家庭的不幸、憂國憂民之情，融為一體，千載之下，仍能引起「共鳴」。上四寫春望之景，睹物傷懷，妙在寓情於景，情景交融。司馬光評上四句云：「『山河在』，明無餘物矣；『草木深』，明無人矣。花鳥，平時可娛之物，見之而泣，聞之而悲，則時可知矣。」（《溫公續詩話》）下四抒春望之情，躍然紙上。頸聯極寫戰亂之久，思家之切。這時杜甫的妻子兒女都在鄜州，而長安已成淪陷區，音信難通，故有此聯。而對句也概括了一個共通的道理：詩人將個人的感受提煉成人之常情，戰亂之中親人的平安消息比什麼都珍貴。尾聯寫自己所擔荷的痛苦之深，可是沒有直說，而是通過髮白變疏來暗示這種痛苦。詩人這時才四十六歲，頭髮已經越搔越短，越搔越少，快插不住簪子了。這個細節描寫，是家國不幸、憂國憂時的結果。可謂至性至情，凝於筆端。此詩以自然意象描寫，表現悲劇性的情感，表現自己在悲劇命運中對大自然的深刻體驗，是概括家國之恨的典型作品。全詩語語沉痛，字字血淚凝成，國破家亡之深憂巨痛，讀來撼人心魄。方回許為「第一等好詩」（《瀛奎律髓》卷三二），誠不為過。

喜達行在所三首（選一）

【題解】題下原注：「自京竄至鳳翔。」至德元載（西元七五六年）八月，杜甫聞肅宗即位靈武，即從鄜州（今陝西富縣）家中隻身奔赴行在，途中為叛軍俘虜，押送長安。至德二載二月，肅宗將行在所遷至鳳翔（今屬陝西）。四月，杜甫冒險出長安金光門，間道逃歸鳳翔。五月十六日，被肅宗授為左拾遺。這三首詩就是杜甫授左拾遺後不久寫成的。趙汸曰：「題言『喜達行在所』，而詩多追說脫身歸順、間關跋涉之情狀，所謂痛定思痛，愈於在痛時也。」（《杜律五言注解》卷上）此選第三首，即寫授官立朝後對社稷中興的欣喜之情。

其三

死去憑誰報？歸來始自憐❶！猶瞻太白雪，喜遇武功天❷。影靜千官裏，心蘇七校前❸。今朝漢❹社稷❺，新數中興❻年。

【注釋】❶死去二句　意謂如果在逃歸途中死去，又有誰能報信呢？又有誰能明我心跡呢？現在回想起來，還不禁有些後怕。「始」字意深邃，謂死裡逃生，在路時猶不自覺，及至歸來方愈知憐惜。❷猶瞻二句　太白、武功，皆山名。太白山南連武功山，於諸山中最為秀傑。二山均在長安以西，離鳳翔不遠，故對舉而言。猶瞻，是就上「死去」言，死則不得瞻，今生還猶得瞻。當時叛軍所及，西不過武功。武功一帶有郭子儀所率唐軍駐守，故杜甫逃至武功，得瞻聖朝日月，猶如重見天日，故曰「喜遇」。❸影靜二句　寫授官列朝的欣喜之情。初歸朝廷，身列朝班，目睹威儀，整齊肅穆，驚喜莫名。影，身影。指自己。靜，嚴肅；安詳。千官，猶言百官。是指文臣。蘇，醒；復活。七校，指武將。漢武帝時，武官校尉有中壘、屯騎、步兵、越騎、長水、胡騎、射聲、虎賁，凡八校尉。胡騎不常設，故稱七校。一說中壘為北軍，非漢武初置，不在七校之列。❹漢　以漢喻唐。❺社稷　國家的代稱。社指土神，稷指穀神。❻中興　指國家由衰轉盛。

【語譯】如果是在逃亡的路上死了，有誰去給我的家人報信？如今我僥倖生還，才體會到生命的可憫可憐。能夠生還才得以瞻望到太白的雪峰，欣然重見武功的藍天。我那奔勞的身影如今靜立在朝班的群官中，絕望的心復蘇於皇上的侍衛前。從此以後的大唐社稷，可以用嶄新的筆來記錄中興之年。

【研析】組詩的前兩章依次寫未歸時景況、方歸時疑信情形，此章接前兩章而來，是抵達行在驚喜之言。通首都是歸來語，卻將「死去」特別點出，這是回想陷賊與逃亡的經歷後的強烈感受，在出逃的路上還覺不到，及至歸來後才有所自憐自慶。起語沉痛，正是喜極而悲的真實寫照。三、四句言去賊已遠，自喜復見天日。曰「猶瞻」，曰「喜遇」，一見太白雪、武功天，不勝仰聖瞻天之喜，便與第一首的「霧樹蓮峰」景狀迥別。「影靜」二句寫授官列朝的欣喜之情。日睹威儀，整齊肅穆，驚喜莫名。千官七校，文臣武將，濟濟一堂，正是「中興」氣象。故最後二句，寄希望於肅宗中興唐王朝，是頌美，也是祝願。這個「數」字，善頌善禱。浦起龍說：「七八結出本意，乃為『喜』字真命脈。」（《讀杜心解》卷三之一）

述懷

【題解】此題，諸本有作〈述懷一首〉者。至德二載（西元七五七年）夏，杜甫自賊中竄歸鳳翔行在，拜左拾遺，驚魂稍定，因思及在鄜州三川的妻兒而作此詩。

去年潼關破，妻子隔絕久❶。今夏❷草木長❸，脫身得西走❹。麻鞋見天子，
衣袖露兩肘❺。朝廷愍❻生還，親故❼傷老醜❽。涕淚受拾遺，流離主恩厚❾。柴
門雖得去，未忍即開口❿。寄書⓫問三川⓬，不知家在否？比聞⓭同罹禍⓮，殺戮
到雞狗。山中漏茅屋，誰復依戶牖⓯？摧頹蒼松根，地冷骨未朽⓰。幾人全性命，
盡室豈相偶⓱？嶔岑⓲猛虎場⓳，鬱結⓴迴我首㉑。自寄一封書，今已十月後㉒。反

畏消息來，寸心亦何有㉓？漢運㉔初中興㉕，生平老耽酒㉖。沉思歡會處，恐作窮獨叟㉗。

【注釋】❶去年二句　天寶十五載（西元七五六年）六月，安祿山破潼關，玄宗倉皇奔蜀。七月，太子李亨即位靈武，是為肅宗，改元至德。八月，杜甫隻身投奔靈武，途中被叛軍俘至長安，與家人隔絕，至此已近一年，故云「隔絕久」。❷今夏　指至德二載（西元七五七年）四月。❸草木長　比較容易隱蔽逃脫。陶淵明〈讀山海經〉：「孟夏草木長。」❹西走　鳳翔在長安西，故云「西走」。❺麻鞋二句　寫剛逃至鳳翔時衣履不整的狼狽窘迫之狀。❻愍　同「憫」。哀憐。❼親故　親友故舊。❽老醜　形容憔悴蒼老。❾涕淚二句　因感激皇帝授官而涕零，更因身處艱苦亂離中得官，才倍覺皇帝恩情之厚。至德二載五月十六日，肅宗任命杜甫為左拾遺。❿柴門二句　謂剛授拾遺，不便開口請假探親。柴門，指在鄜州的家。即，立即。⓫寄書　寄家信。⓬三川　縣名，治今陝西富縣三川驛，唐屬鄜州。杜甫家即在三川。⓭比聞　近來聽說。⓮罹禍　遭難。⓯山中二句　擔心在鄜州的家屬遭遇不測。茅屋、戶牖，都指自己的家。⓰摧頹二句　是作者所作最壞的推測，大概家人已死於叛軍之手，屍骨埋於蒼松之下，不知腐爛沒有？摧頹，摧殘；摧毀。⓱幾人二句　是說希冀全家團聚豈不是做夢？全，保全。盡室，全家。相偶，團聚。⓲嶔岑　山高峻貌。⓳猛虎場　指叛軍縱亂之地。猛虎，喻叛軍的殘暴。⓴鬱結　心中的疙瘩。㉑迴我首　思念顧望。㉒自寄二句　言久未得家中回信。十月，指經過了十個月。㉓反畏二句　將戰亂中因家人生死未卜而忐忑不安的微妙心情活現紙上，真切感人。畏，害怕。㉔漢運　以漢喻唐，謂唐朝國運。㉕初中興　這時兩京都還未收復，但形勢已經有了轉機，故云。㉖耽酒　嗜酒。㉗沉思二句　痛言自己幻想全家歡聚的奢望，恐怕會變成孤老一人的悲慘結局。窮獨叟，孤獨困苦的老人。

【語譯】去年安祿山攻破潼關以後，我便與妻兒隔絕，音信一直不通。今年夏天趁著草木茂盛，我才乘機從長安逃出來，西奔到達行在所鳳翔。我穿著麻鞋拜見天子，衣衫襤褸兩肘外露。朝廷對我的生還表示憐憫，親戚朋友為我的老醜而傷心。我流著熱淚拜受了左拾遺的官職，經歷了流離動蕩的生活，才倍感皇上恩德之重厚。如今雖說可以告假探望羌村的家小，但當此國事維艱之際卻不忍心立即開口。於是要向三川縣寄封信，又不知道家屬是否還在那裡。最近聽說那裡同樣遭了災禍，叛軍把那裡殺得雞犬不留。我那山溝裡的幾間透風漏雨的茅屋，不知此刻誰還在其間活著。如果是死了，骨頭埋在松樹根間也不會朽爛，因為那裡山地寒冷。這年頭能有幾個人保全得了性命？天下所有的人家豈能都夫妻雙全？鄜州一帶山高嶺峻，如今已變成猛虎橫行的場所，每每想到這些我就愁腸百結，搖頭歎息。自從去年寄回一封家書，到現在已經過了十個月仍不見回音。現在，我反倒害怕傳來消息，方寸之間真不知該如何是好。好在大唐的國運初現中興氣象，我平生所好還是飲酒。我在幻想著今後一家人歡聚的情境，可是轉念一想，心裡還是焦躁不安，恐怕會變成孤獨困苦的老頭。

【研析】詩題曰「述懷」，內容極為豐富，吳瞻泰曰：「世未平，心惟戀國。世難稍定，心又思家。此公隱隱傷懷，無可向人述者也。」（《杜詩提要》卷二）這首詩以念家為主，卻不同於太平年代的思鄉懷土。國家處在大亂中，個人的、家庭的遭際，無不與國家的命運聯繫在一起，即家愁與國恨聯繫在一起。

前十二句，概述思懷的來由，包括了動蕩中詩人及家庭的遭遇，引起全詩。詩從潼關失守發端，為全篇想家的主題定下基調。特別是「麻鞋見天子」以下六句，寫到鳳翔後的情景。「涕淚受拾遺，流離主恩厚」兩句，從結構上看，遙應開端的「妻子隔絕久」，同時開啟下文的思家之懷。「寄書問三川」以下十二句，都是作者的推想之詞，見安史之亂禍及面之大之廣之深之殘酷。特別是敵人塗炭生靈，雞犬不留的恐怖殺戮讓詩人陷入了一連串不祥的揣測之中，諸如山中那座不遮風雨的破茅屋，誰還在裡邊活動？眾多的死者屍骨未朽，至今尚無人收殮吧？一家人能有幾個保全性命，又豈能闔家安好？詩人一口氣說了多個推想，將焦灼不安的心境淋漓盡致地表現出來。「自寄一封書」以下八句，承上段的揣想進一步拓展詩境，深入抒懷。先從寄書杳無回音上生發開來。詩人說「反畏消息來」，怕什麼呢？怕帶來難以承受的噩耗；杜甫的了不起就在於他概括了人之常情、普遍的人性。接著，詩人懷揣著僅有的一點希望，加上一個苦澀的尾巴。這裡寄中興的希望於肅宗。可是，詩人平生好飲，展望未來，當天下光復之時，幻想全家歡聚的奢望，自己恐怕會變成孤老一人了，把思家的沉痛之情推向了極點。李因篤曰：「其忠愛之情，憂患之意，無一語不入微，真頰上三毫矣。」「其最妙處，有一唱三歎、朱絃疏越之音。」（《杜詩集評》卷一引）

月

【題解】作於至德二載（西元七五七年）七月。時長安未復，寇氛尚熾，故對月憂國，丹心益苦。

天上秋期近❶，人間月影清。入河蟾不沒，搗藥兔長生❷。
只益❸丹心❹苦，能添白髮明❺。干戈知滿地，休照國西營❻。

【注釋】❶天上句　秋期，傳說農曆每年七月七日夜牛郎織女渡銀河相會。時在七月，故云。杜甫〈一百五日夜對月〉亦云：「牛女漫愁思，秋期猶渡河。」❷入河二句　河，銀河。蟾，蟾蜍，即癩蝦蟆。傳說月中有蟾蜍和白兔。晉傅玄〈擬天問〉：「月中何有？白兔搗藥。」白兔搗藥的說法，是魏晉人的擬想。考之漢代石刻畫像，月中搗藥的乃是蟾蜍。❸益　增加。❹丹心　憂國之心。❺能添句　言月色增人愁。❻干戈二句　時安史叛軍尚佔據著長安，連年烽火不斷。當時唐軍正在扶風集結，至閏八月二十三日，唐肅宗始命郭子儀收復長安。國，指國都長安。因扶風在長安西，故稱「國西營」。月象徵團圓，今干戈滿地，長安淪陷，人不得團圓，國不得完整，恐唐軍將士看見美好的月色而思家，徒增人們的愁緒，故云「休照」。

【語譯】天上牛郎織女相會的七夕快要到了，人間夫妻分居者越感到月光冷清。仰望夜空，看月中蟾蜍漫渡銀河卻不沉沒，白兔搗藥祈求長生。它的清光普照，更加重了我心中的痛苦，又使我頭上的白髮增多。此時干戈遍地，月亮啊，請不要把清光照到國西營，這裡駐紮無數遠離家鄉的士兵。

【研析】此詩的主題是對月而傷時事。詠月，全從清皎上出意。前四句結合傳說寫月中之景。一二句是互文，即說天上、人間、天上的月影一片淒清。三四句承上聯「天上」，上句側重寫月外之銀河與月內之蟾蜍，下句側重寫月內之玉兔搗藥。詩人的意思是藉蟾的不沒、兔的長生不死，來加倍增添「我」的感受，即下四句所寫之感懷，表面上是責怪蟾、兔，實際上是恨「干戈滿地」。詩人曾說「斫卻月中桂，清光應更多」（〈一百五日夜對月〉），是恐月不明。而此作是恨其太明；太明則只能增益我的丹心之苦，只能添加我的白髮之明。實際上滿腔憂國，悲從中來。假使干戈不再見，國西營之戰士就不用望月憶家，自可與家人團圓。然而，現實正是干戈遍野，故而對月之時，心益苦、髮添白的就不僅僅是詩人，而是包括了國西營的將士在內的天下所有漂泊在外的不得與家人團圓的人們。因此結二句詩人詰責天上月說：「干戈知滿地，休照國西營。」叫月不要照彼。國西之營，干戈滿地，你難道不知道嗎？你遍照之，徒動將士征戍之感，真是可惡！許多轉折，都從「休照」中流出。吳瞻泰說：「結恐征夫見月而感，是作詩本懷，丹心苦白髮明為此。」（《杜詩提要》卷七）黃生評曰：「全首作對月嗔怪之詞，實與〈一百五日夜對月作〉同一奇恣。特此首精深渾雅，故人不覺其奇爾。月詩入蟾兔最俗，出公手則無不妙，以其別有命意，特借二物為點染爾。」（《杜詩說》卷四）

彭衙行

【題解】彭衙，地名，在今陝西白水東北六十里南、北彭衙村一帶。天寶十五載（西元七五六年）六月，安史叛軍攻陷潼關，杜甫攜家從白水逃往鄜州，路經同家窪（在彭衙北），受到友人孫宰的盛情接待，一直銘記不忘。第二年，即至德二載閏八月，杜甫由鳳翔回鄜州，途經彭衙，憶及往事，但不能繞道相訪，故作此詩以志感。

憶昔避賊初❶，北走經險艱。夜深彭衙道，月照白水山❷。盡室久徒步，逢人多厚顏❸。參差谷鳥吟，不見遊子還❹。癡女饑咬我，啼畏虎狼聞。懷中掩其口，反側聲愈嗔❺。小兒強解事，故索苦李餐❻。一旬半雷雨，泥濘相攀牽❼。既無禦雨備❽，徑滑衣又寒。有時經契闊，竟日數里間❾。野果充餱糧，卑枝成屋椽❿。早行石上水，暮宿天邊煙⓫。小留⓬同家窪，欲出蘆子關⓭。故人⓮有孫宰⓯，高義薄曾雲⓰。延⓱客已曛黑⓲，張燈啟重門⓳。暖湯⓴濯㉑我足，剪紙招我魂㉒。從此㉓出妻孥㉔，相視涕闌干㉕。眾雛爛熳睡，喚起霑盤飧㉖。誓將與夫子，永結為弟昆㉗。遂空所坐堂，安居奉我歡㉘。誰肯艱難際，豁達露心肝㉙。別來歲月周㉚，胡羯㉛仍構患㉜。何當㉝有翅翎㉞，飛去墮㉟爾㊱前？

【注釋】❶憶昔句　指去年六月避兵亂事。通篇都是追述往事，只末六句是作者的感慨，故用「憶昔」領起。❷白水山　白水縣的山。❸盡室二句　說全家人長途跋涉，非常狼狽，逢人難免厚顏求食，窘迫異常。盡室，全家。厚顏，感到慚愧。❹參差二句　寫谷鳥啼鳴，一路荒涼，少有人還。參差，雜亂；不整齊。遊子，指逃難外出的人。❺癡女四句　寫小女兒餓得直咬人，大人因怕哭聲被虎狼聽到，在懷裡捂住她的嘴不讓出聲，但小孩因感到不舒服，哭得更厲害了。反側，掙扎。嗔，怒哭聲。❻小兒二句　說小兒們稍微懂點事，故意要苦李吃，藉以轉移小妹妹的注意力，使她止哭。強解事，稍懂事。強，稍微。故，故意。苦李，一種野生李子。❼一旬二句　十天裡有一半是雷雨天，全家在泥濘裡相互牽扶著行走。❽禦雨備　指雨具。❾有時二句　謂有時候經過難走的地方，一整天只能走幾里路。經契闊，是說碰到特別難走處。竟日，整天。❿野果二句　謂以野果充飢，在樹下露宿。餱糧，乾糧。卑枝，低樹枝。椽，屋頂上的圓木。⓫早行二句　寫全家旅途苦況。因多雷雨天，故老在水裡走；因露宿山中，故多伴山間霧氣。⑫小留　短期逗留。⑬蘆子關　關隘名。見前〈塞蘆子〉。⑭故人　老朋友。⑮孫宰　生平不詳。⑯高義句　語襲《宋書・謝靈運傳論》：「高義薄雲天。」薄曾雲，形容義氣之高。薄，迫近。曾，同「層」。⑰延　邀請。⑱已曛黑　已經是日落昏黑。⑲啟重門　打開層層門戶。⑳暖湯　熱水。㉑濯　洗。㉒剪紙句　剪紙招魂是古代民俗，表示給途中備受驚險的詩人一家壓驚。㉓從此　接著。㉔出妻孥　又喚出家人。㉕涕闌干　涕淚縱橫的樣子。㉖眾雛二句　寫孩子們已經疲憊地睡著了，又把他們叫起來吃飯。爛熳睡，睡得十分香甜的樣子。霑盤飧，吃晚飯。飧，晚飯。㉗誓將二句　是孫宰對杜甫說的話，要永遠結為兄弟。夫子，對杜甫的尊稱。弟昆，兄弟。㉘遂空二句　寫孫宰把房間騰出來，安排作者一家安然住下。㉙誰肯二句　總結以上十四句，進一步表示自己的感激。豁達，待人寬厚。露心肝，推心置腹，極言坦誠相待。㉚歲月周　已滿一年。㉛胡羯　指安史叛軍。㉜構患　製造災禍。㉝何當　怎能。㉞翅翎　翅膀。㉟墮　落下。㊱爾　指孫宰。

【語譯】回想起去年為躲避叛軍而逃亡，攜家帶口向北逃去，途中經歷了許許多多艱難險阻。夜深之時我們仍走在去彭衙的道路上，淒涼的月色照著白水縣的群山。全家人長久不停地徒步跋涉，遇到人家難免厚著臉皮求食，窘迫異常，難以為情。聽到谷中之鳥一聲聲慘啼，不見有遊子返回家園。嬌癡的小女兒餓得直咬我，真擔心她的哭聲會招來虎狼。把她抱在懷中捂住她的嘴不讓出聲，她掙扎著，哭聲反倒更大了。小兒們為表現自己懂事，故意索取路邊的苦李子吃。一旬之中有一半是雷雨天氣，一家人相互拉著拽著在泥濘裡掙扎。既沒有遮雨的器具，道路又滑，衣服又不能禦寒。有時遇到特別難走的地方，走了一天也不過是幾里路。這種處境下，野果成了聊以充飢的乾糧，低矮的樹枝成了夜宿的房屋。一早起來還得踩著石頭蹚著水趕路，傍晚就住在煙霧瀰漫的山野間。好不容易到了同家窪，在那裡小住幾日，打算北出蘆子關。就在同家窪遇到了老朋友孫宰，他對我的情義可說是高如雲天。他把我們請進家裡，當時天已昏黑，舉起燈籠為我們打開一道道的門。燒了盆熱水讓我們洗腳，剪紙旐為我們壓驚招魂。之後又為我們引見了他的妻室兒女，兩家人對看著淚水橫流。孩子們東倒西歪地爛睡在炕上，我把他們叫醒，來吃這多日難得的晚餐。孫宰對我說：「老夫子啊，我發誓與你永遠結作好弟兄！」於是騰出他所住的房子，讓我們安心居住感到歡欣。在這樣艱難困苦的歲月裡，有誰肯如此待人寬厚、坦誠相助？從那次分別到現在算來已滿一年，叛軍仍在製造禍亂。怎樣才能長出一雙翅膀，一下飛落到你的面前，再敘兄弟之情？

【研　析】此詩是寄給孫宰表示感謝的。開口說「憶昔」，詩末言「別來歲月周」，首尾相呼應。詩分兩部分，前半部分（開頭至「暮宿天邊煙」），描寫自己一家人在彭衙道上艱難跋涉的情景。詩人用幾個細節來寫：首先寫夜路險惡。飢餓之時，逢人難免求食。第二寫小兒女所受之苦：癡女餓得直咬人，稍大一點的男孩到路邊去採苦李子來吃。第三寫道路泥濘之苦：陰雨連綿，又沒有抵擋風雨的準備，路滑難行，衣單身寒。以上從三方面說盡行路之苦以後，最後總敘一路以野果充飢、以樹枝代屋、朝行泥水之上，暮宿山間的慘狀。這一部分寫得越慘苦，後一部分越能顯示故人德義之高。後半寫孫宰留客周恤的深情厚誼。先寫迎進門來，體恤照料，天已昏黑，點起燈來打開重重大門，又是熱水洗腳，又是剪紙招魂，極盡安慰之事。次寫孩子們累得一進門就睡著了，又把他們叫起來吃飯。三寫把堂屋騰空了，安頓杜甫一家安居。三層敘述正好對應前面所說的行路之勞累、飢餓和無處住宿三層意思，敘述較前簡潔。結尾處寫詩人對孫宰的追念感激之情。艱難困苦中的孫宰如此坦誠相待，的確是「艱難愧深情」，自然會引起詩人的感激。「誰肯」二字既讚揚故人孫宰高尚情誼的難得與可貴，又呼應開篇「憶昔」，引出詩人對孫宰的憶念。此詩寫自己一家在喪亂中逃難的艱難苦況，答謝故人的熱切幫助。以一己之遭遇反映了時代的動蕩。張溍評曰：「寫人所不能寫處，真極樸極，亦趣極，惟杜老能之。此詩無一字襲漢魏，卻逼真漢魏，且有漢魏人不能到處。」（《讀書堂杜詩注解》卷三）

羌村三首（選一）

【題　解】羌村，在鄜州城北，即今陝西富縣西北茶坊鎮大申號村。至德二載（西元七五七年）五月，房琯罷相，杜甫因上疏營救，觸怒肅宗，詔三司推問，幸宰相張鎬說情，始得免。閏八月，墨敕放還，從鳳翔回鄜州的羌村探望家小。這組詩是初到家後所作。詩三首，第一首寫初到家時悲喜交集之狀，第二首寫回家後的複雜矛盾心情，第三首敘鄰人攜酒相問情景。此選第一首。詩寫得樸素精警，真摯動人。

其一

崢嶸❶赤雲❷西，日腳❸下平地。柴門鳥雀噪，歸客千里至。妻孥❹怪我在，驚定還拭淚。世亂遭飄蕩❺，生還偶然遂❻。鄰人滿牆頭，感歎亦歔欷❼。夜闌更秉燭，相對如夢寐❽。

【注釋】❶崢嶸　山高貌。此處形容雲峰。❷赤雲　雲為落日映紅，故云。❸日腳　雲間透出的陽光。❹妻孥　妻和子。❺飄蕩　顛沛流離。❻生還句　戰亂中僥倖不死，喜與家人團聚，故曰「偶然遂」。遂，如願。❼歔欷　哽咽；抽泣。❽夜闌二句　寫亂離中與親人久別乍逢情狀，逼真傳神。夜深不寐，秉燭相對，面面相覷，疑信參半，猶似在夢中。夜闌，夜深。

【語譯】紅雲翻浪，像群山一樣綿延在西天，日腳穿透雲層斜落到地面上。柴門上的鳥雀歡快地鳴叫，千里投歸的我終於到家了！妻兒們驚疑地望著我，沒料到我還活在人世間；直到驚魂已定，仍不住地擦著眼淚。生逢亂世我經受了飄泊流離的苦難，能夠活著回來實在偶然。鄰居們趴滿了牆頭，在聲聲感歎默默哭泣。夜深之際又把蠟燭點亮，一家人面面相對，覺得如同作夢一樣。

【研析】三詩按照還家後的生活邏輯，從三個生活側面展示了杜甫由悲喜交集到憂愧交併的感情發展過程。這裡選的是第一首。前四句敘寫在夕陽西下時分抵達羌村的情況：在落日餘輝照耀下，宿鳥驚喧，一位遠行客終於到家了。這裡的景物描寫採用的是先視覺、後聽覺的順序。先看到傍晚時分滿天崢嶸萬狀、重崖疊嶂似的赤雲，接著是聽到了家門口一群驚喧的宿鳥。這裡晚霞、歸鳥意象，與遊子歸來的心情是極相適應的，而且也能喚起「歸客」親切的記憶而為之激動。寫景中隱隱流露出一種悲涼之感。

後八句寫初見家人、鄰里時悲喜交集之狀。這裡沒有任何繁縟沉悶的敘述，而是簡潔地用了三個畫面來再現。一是與妻孥見面。乍見之時真叫妻孥不敢信，不敢認，乃至發愣，所謂「怪我在」，直到「驚定」而已。這反常的情態，曲折反映出那個非常時代的影子。二是鄰里的圍觀。詩人回來的消息不脛而走，引來偌多鄰人探視或憑牆相望。一個「滿」字，寫出看者之多。而鄰居的反應不是無動於衷的旁觀，而是人人都進入角色：「感歎亦歔欷」。在普通的日常生活場面中表達出亂世常人在同樣情景中都有的感受。這就是此詩的感人之處。三是一家人夜闌秉燭對坐情景。這個畫面可以說是第一畫面的延續。夜深了，最初的激動還沒過去，杜甫一家人還沉浸在興奮的餘波中。可是，這興奮中還是有一層淡淡的愁，古人所謂「其思黯然，千載若在目前也」（明馮時可撰《雨航雜錄》卷上）。吳瞻泰評云：「此是還鄜州初歸之詞」，「通首以『驚』字為線，始而鳥雀驚，繼而妻孥驚，繼而鄰人驚，最後併自己亦驚。總是亂後生還，真如夢寐，妙在以傍見側出取之。」（《杜詩提要》卷二）

北　征

【題解】至德二載（西元七五七年）秋作。題下原注：「歸至鳳翔，墨制放往鄜州作。」是時，杜甫因疏救房琯觸怒肅宗而放還鄜州（今陝西富縣）省家。這首詩就是歸家後寫的，因鄜州在肅宗行在所鳳翔東北，故稱〈北征〉。全詩一四〇句，七〇〇字，是杜集中最長的一首五言古詩。詩以歸途中與回家後的親身見聞為題材，以陳述時事為主，表達了詩人對政局的見解。作者把國家大事與個人遭遇相結合，廣泛而深刻地反映了當時的社會現實，表現了深沉的憂國憂民情懷。

皇帝二載[1]秋，閏八月初吉[2]。杜子[3]將北征，蒼茫問家室[4]。維時[5]遭艱虞[6]，朝野少暇日[7]。顧慚恩私被，詔許歸蓬蓽[8]。拜辭[9]詣[10]闕下[11]，怵惕[12]久未出[13]。雖乏[14]諫諍姿[15]，恐君[16]有遺失。君誠中興主[17]，經緯[18]固密勿[19]。東胡反未已，臣甫憤所切[20]。揮涕戀行在，道途猶恍惚[21]。乾坤含瘡痍，憂虞何時畢[22]？

靡靡踰阡陌，人煙眇蕭瑟[23]。所遇多被傷，呻吟更流血[24]。回首[25]鳳翔縣[26]，旌旗晚明滅[27]。前登寒山重，屢得飲馬窟[28]。邠[29]郊[30]入地底，涇水[31]中蕩潏[32]。猛虎立我前，蒼崖吼時裂[33]。菊垂今秋花，石戴古車轍[34]。青雲動高興，幽事亦可悅[35]。山果多瑣細[36]，羅生[37]雜橡栗[38]。或紅如丹砂，或黑如點漆[39]。雨露之所濡，甘苦齊結實[40]。緬思桃源內，益歎身世拙[41]。坡陀[42]望鄜時[43]，巖谷[44]互[45]出沒。我行已水濱，我僕猶木末[46]。鴟鳥[47]鳴黃桑，野鼠拱亂穴[48]。夜深經戰場，寒月照白骨[49]。潼關百萬師[50]，往者散何卒[51]！遂令半秦民，殘害為異物[52]。

況我墮胡塵[53]，及歸[54]盡華髮[55]。經年[56]至茅屋[57]，妻子衣百結[58]。慟哭松聲迴，悲泉共幽咽[59]。平生所嬌兒[60]，顏色白勝雪[61]。見耶[62]背面啼[63]，垢膩[64]腳不襪[65]。牀前兩小女，補綻[66]才過膝[67]。海圖坼波濤，舊繡移曲折。天吳及紫鳳，顛倒在裋褐[68]。老夫情懷惡[69]，嘔泄臥[70]數日。那無[71]囊中帛，救汝寒凜慄[72]。粉黛[73]亦解包[74]，衾裯[75]稍羅列。瘦妻面復光[76]，癡女頭自櫛[77]。學母無不為[78]，曉妝隨手抹[79]。移時[80]施朱鉛[81]，狼藉[82]畫眉闊。生還對童稚，似欲忘飢渴[83]。問事競挽鬚，誰能即嗔喝[84]。翻思在賊愁，甘受雜亂聒[85]。新歸且慰意，生理焉得說[86]。

至尊[87]尚蒙塵[88]，幾日[89]休練卒[90]。仰觀天色改，坐覺妖氛豁[91]。陰風西北來，慘澹隨回紇[92]。其王願助順[93]，其俗善馳突[94]。送兵五千人，驅馬一萬匹[95]。此輩[96]少為貴[97]，四方服勇決[98]。所用皆鷹騰，破敵過箭疾[99]。聖心頗虛佇，時議氣欲奪[100]。伊洛指掌收，西京不足拔[101]。官軍[102]請深入[103]，蓄銳[104]可俱發[105]。此舉開青徐，旋瞻略恒碣[106]。昊天積霜露[107]，正氣有肅殺。禍轉亡胡歲，勢成擒胡月[108]。胡命其[109]能久，皇綱[110]未宜絕[111]。

憶昨狼狽初，事與古先別[112]。姦臣竟菹醢，同惡隨蕩析[113]。不聞夏殷衰，中自誅褒妲[114]。周漢[115]獲再興，宣光[116]果明哲。桓桓[117]陳將軍[118]，仗鉞奮忠烈[119]。微爾人盡非，於今國猶活[120]。淒涼大同殿[121]，寂寞白獸闥[122]。都人望翠華，佳氣向金闕[123]。園陵[124]固有神[125]，掃灑[126]數[127]不缺。煌煌太宗業，樹立甚宏達[128]。

【注　釋】❶皇帝二載　即肅宗至德二載（西元七五七年）。❷初吉　朔日，即陰曆每月初一。一說自朔日至上弦（初七、八日）為初吉。❸杜子　杜甫自謂。❹蒼茫句　因時當世亂，家信難至，不知家中情形究竟如何，加之憂時傷亂，戀闕難捨，所以有蒼茫之感。蒼茫，悵惘貌。問，探望。❺維時　猶是時，當時。❻艱虞　指緊張困難的局勢。❼暇日　閒暇的日子。❽顧慚二句　是說自感慚愧，皇帝的恩澤加於我個人，詔許回家探望。其實是話中有話，為什麼在「朝野少暇日」這麼緊張的關頭，放杜甫回家探親呢？是因為疏救房琯惹惱了肅宗，才墨制放還，這是變相的放逐。蓬蓽，用草和樹枝搭成的簡陋房屋，指貧苦人家。❾拜辭　拜別。❿詣　到。⓫闕下　宮闕。指朝廷。⓬怵惕　惶恐不安貌。⓭久未出　言依戀而不忍去。⓮雖乏　是謙辭。⓯諫諍姿　諫官的品質和才幹。杜甫為左拾遺，諫諍是他的職責。諫諍，直言規勸。⓰君　指肅宗。⓱中興主　復興國家的君主。⓲經緯　指治理國家。⓳密勿　為雙聲，聲轉為黽勉。《詩經．小雅．十月之交》：「黽勉從事。」《漢書．劉向傳》引作「密勿從事」，顏師古注：「密勿，猶黽勉從事也。」⓴東胡二句　東胡安祿山本營州柳城（今遼寧朝陽）胡人，故稱。這年正月，其子安慶緒殺父自立，據洛陽稱帝，繼續作亂，故云「反未已」。對此，杜甫憤恨之極，故曰「憤所切」。㉑揮涕二句　謂戀闕難捨，揮淚而別，回家途中，依然精神恍惚。行在，行在所的簡稱，天子所居之地，指肅宗臨時所在地鳳翔。恍惚，心神不寧貌。㉒乾坤二句　說因安史之亂的破壞，遍地瘡痍，自己憂國憂民，何時能了？乾坤，天地；天下。瘡痍，創傷。憂虞，憂慮；憂愁。㉓靡靡二句　謂因戰亂破壞，沿途所見，人煙稀少，一片荒涼。靡靡，行步遲緩貌。《詩經．王風．黍離》：「行邁靡靡，中心搖搖。」踰，跨越。阡陌，田間小路。南北曰阡，東西曰陌。眇，少。蕭瑟，蕭條；荒涼。㉔所遇二句　謂沿途所見，多是受傷流血的人（包括兵與民）。㉕回首　因心在朝廷，故不時回望。㉖鳳翔縣　即行在所。㉗旌旗句　旌旗飄動，在落日餘暉中，或隱或現。㉘前登二句　言前行登上重重寒山，多次碰到飲馬的水池。重，重疊。飲馬窟，飲馬用的水池，正是戰爭遺留的痕跡。㉙邠　邠州，今陝西彬縣。㉚郊　郊原。邠州郊原是個盆地，從山上往下看，如在地底，故曰「入地底」。㉛涇水　即今涇河，從邠州北境流過。㉜蕩潏　水流動貌。㉝猛虎二句　承前寫山勢險峻難攀。蒼崖狀如猛虎，蹲踞於前，怪石嶙峋開裂，好像猛虎張口吼叫似的。㉞石戴句　說古老的山路上留有車轍的痕跡。戴，印上之意。㉟青雲二句　是說走在山上，頭頂青天，憑高望遠，激起極高的興致，連山中幽微的景物也令人喜悅。幽事，指山中景物。㊱瑣細　細小。㊲羅生　叢生。㊳橡栗　即櫟樹的果實，似栗而小，長圓形，又名橡子。㊴或紅二句　形容山果或紅或黑的色澤。丹砂，即朱砂。點漆，黑而發亮。㊵雨露二句　言草木只要受到雨露滋潤，無論其實或甘或苦，在秋天都會結果。這是大自然的恩賜。濡，滋潤。㊶緬思二句　詩人見山水清幽如桃花源，令人嚮往，更加感歎自己身處塵世的愚拙。緬思，遙想。桃源，即陶淵明〈桃花源記〉所寫的世外桃源。㊷坡陀　山崗起伏不平貌。㊸鄜畤　指鄜州。春秋時，秦文公在此築壇以祭神，稱為鄜畤。時，祭祀天地及古代帝王的壇場。杜甫家在鄜，望鄜畤實即望家。㊹巖谷　山巖和深谷。

(45)互　交互。(46)我行二句　說自己已經下山到達水濱，而僕人還走在山上，隱含急於到家與妻子相見的迫切心情。猶，尚。木末，樹梢，指山上。(47)鴟鳥　即鴟鷹。一作「鴟梟」，即貓頭鷹，專吃鼠、兔一類小動物。(48)野鼠句　拱亂穴，謂野鼠亂扒洞。拱，用力扒開；用力掀開。一說山陝田野中，有一種黃鼠，見人則交其前爪而立，如人拱手作揖，稱為拱鼠，又名禮鼠。(49)寒月句　描寫夜間所見戰場恐怖慘狀。(50)百萬師　非實指，極言其多。(51)往者句　天寶十四載十二月，安祿山陷洛陽，玄宗命哥舒翰率兵二十萬守潼關。因楊國忠促戰，被迫出關迎敵。十五載六月，大敗於靈寶，全軍潰散，死者數萬。卒，同「猝」。倉促。(52)遂令二句　接上言哥舒翰戰敗後，遂使眾多秦地百姓，為叛軍所殘殺。半秦民，極言其多。為異物，化為異物，指死亡。(53)墮胡塵　身陷賊中，指被俘至長安事。(54)及歸　指由長安逃至鳳翔。(55)盡華髮　頭髮都花白了。(56)經年　杜甫於去年八月離開鄜州，今年閏八月才回到家中，整整經過了一年。(57)茅屋　指在鄜州的家。(58)衣百結　形容衣服破爛不堪，打滿補丁。(59)慟哭二句　謂家人乍見慟哭之聲使松濤、泉流都為之共鳴。慟哭，痛哭；大哭。幽咽，低聲哽咽。(60)所嬌兒　所寵愛的孩子，指宗文、宗武等。(61)白勝雪　回想離家那時嬌兒的容顏是雪白可愛的，而如今呢，即是下二句所寫之慘狀。(62)耶　同「爺」。俗稱父曰爺。(63)背面啼　因怕生而背過臉去哭。(64)垢膩　骯髒。(65)不襪　光著腳。形容窮苦之極。(66)補綻　指縫補過的舊衣。(67)才過膝　剛到膝蓋，言衣裳短小。(68)海圖四句　用繡有海景波濤的舊衣料來縫補裋褐，所以天吳、紫鳳這些圖案，被「曲折」、「顛倒」得東倒西歪。坼，裂開。天吳，虎身人面，是八首八足八尾的水神。波濤、天吳、紫鳳，都是指「舊繡」的花紋和圖案。裋褐，粗布短衣。(69)情懷惡　心情不好。(70)嘔泄臥　上吐下瀉。臥，臥病。(71)那無　奈何沒有。那，猶「奈」。其實並不是沒有，而是說稍微有一些，與下文「衾裯稍羅列」互文見義。(72)凜慄　凍得發抖。(73)粉黛　古代婦女用的化妝品。粉，用以搽臉。黛，用以畫眉。(74)解包　打開包袱。(75)衾裯　被與帳。(76)面復光　臉上又見了光澤。(77)頭自櫛　自己梳頭。櫛，梳、篦一類梳髮用具。這裡名詞作動詞用。(78)無不為　事事照著作。(79)隨手抹　信手胡亂塗抹。(80)移時　過了一段時間。(81)朱鉛　指胭脂和鉛粉。(82)狼籍　散亂不整，言把眉毛畫得不成樣子。(83)生還二句　說在戰亂中生還，見到孩子們，高興得好像忘了飢渴。(84)問事二句　寫來家時間一長，孩子們就無拘無束地爭著扯著他的鬍鬚問這問那，可誰又忍心發怒喝止他們呢。問事，問這問那，諸如陷賊和逃歸等事。嗔喝，發怒呵斥。(85)翻思二句　說孩子們雖然吵鬧，但回想在長安陷賊時思歸不得的愁苦，卻感到是一種樂趣。翻思，回想。聒，聲音嘈雜；吵鬧。(86)新歸二句　意謂歷盡艱難，能活著歸來就已經很欣慰了，至於一家的生計又怎麼談得到呢？慰意，心情獲得慰藉。生理，生計。(87)至尊　皇帝。(88)蒙塵　君主流亡在外，蒙受風塵之苦。此指玄宗奔蜀，肅宗在鳳翔，都未回長安。(89)幾日　猶何時。(90)休練卒　指戰亂停止。(91)仰觀二句謂時局有好轉的跡象。天色改，氣運改變，中興有望。坐覺，頓覺。妖氛，指叛軍氣焰。豁，裂開；澄清。[92]陰風二句　寫至德二載九月，肅宗聽從郭子儀建議，借兵回紇平亂。回紇懷仁可汗派遣太子葉護及將軍帝德將兵四千餘人至鳳翔，表示願意幫助唐朝收復兩京。回紇，即今維吾爾族。一作「回鶻」，非。按：回紇，其先匈奴人，元魏時亦號高車部，或曰敕勒，訛為鐵勒，至隋大業中，自稱回紇。唐德宗貞元四年（西元七八八年），回紇第四代可汗與唐和親，特遣使至長安，表請改「回紇」為「回鶻」，始有「回鶻」之名，杜甫當時是不稱「回鶻」的。慘澹，黯淡無光貌。因杜甫反對向回紇借兵，認為後患無窮，故以陰風、慘澹來形容回紇兵的剽悍和殺氣騰騰。因回紇居住我國西北，故曰「西北來」。[93]其王句　其王，指回紇懷仁可汗。李唐是正統天子，安史叛亂為逆，助唐平叛，乃順天之意，故曰「助順」。[94]善馳突　善於騎馬作戰。[95]一萬匹　回紇兵善騎射，一人備兩馬，故云。[96]此輩　指回紇兵。[97]少為貴　人數少而戰鬥力強。一說杜甫認為應少借回紇兵以免難治。或謂回紇以少壯為貴。《漢書・匈奴傳》云：「壯者食肥美，老者飲食其餘。貴壯健，賤老弱。」均可參。[98]服勇決　都服其驍勇果決。[99]所用二句　言所來皆精兵。鷹騰，像鷹一樣飛騰搏擊。過箭疾，極言破敵之速，迅疾如箭。[100]聖心二句　寫肅宗一心想倚賴回紇平定安史之亂，當時朝中雖有不贊成借兵的，但懾於皇帝威嚴，也不敢堅持。史載，回紇軍至鳳翔後，肅宗接見葉護，「宴勞賜賚，惟其所欲」，並命廣平王李俶和葉護結為兄弟。聖心，皇帝之意。虛佇，虛心期待。時議，指當時持不同意見的議論。[101]伊洛二句　言收復東、西兩京（洛陽和長安），易如反掌。伊洛，二水名，均流經洛陽。指掌收，形容很快就能收復。不足拔，不堪一擊。[102]官軍　唐朝軍隊。[103]請深入　應該深入敵後。[104]蓄銳　養精蓄銳，指精兵。[105]可俱發　謂官軍與回紇一同進擊。《資治通鑑》卷二二〇載，回紇軍至後，「元帥廣平王（李）俶，將朔方等軍及回紇、西域之眾十五萬，號二十萬，發鳳翔。」[106]此舉二句　謂收復兩京後，要乘勝打開青、徐，然後北略恆、碣，直搗叛軍老巢。此舉，指上述唐軍與回紇聯合進攻。青徐，青州、徐州，今山東、蘇北一帶。旋瞻，轉眼之間。略，攻取。恒碣，恆山和碣石山，指山西、河北一帶。[107]昊天句　昊天，秋天。秋於五行屬金，有肅殺之氣。杜甫認為自然界時當肅殺的秋天，平叛局勢的發展應是與其相一致的，國家正宜於此時一舉肅清妖氛，平定叛亂。[108]禍轉二句　上句與下句互文見義，意謂叛軍滅亡被擒，當在今年秋季。禍轉，厄運已經轉到叛軍一邊。[109]其　意同「豈」。[110]皇綱　皇朝的綱紀，指唐王朝的正統地位。[111]絕　斷絕。[112]憶昨二句　追憶去年潼關失守、玄宗逃往成都的事。狼狽初，指玄宗倉皇出走。與古先別，與古代君王遭遇到類似情況時的處置有所不同，指下文姦臣被剷除事。[113]姦臣二句　指以下史實：至德元載六月，龍武大將軍陳玄禮領禁兵扈從玄宗逃難入蜀，至馬嵬驛，發動兵變，誅殺楊國忠，軍士「爭啖其肉且盡，梟首以徇」。韓國、虢國二夫人亦為亂兵所殺。國忠之妻裴柔與子暄、晞等，也都被殺。其餘黨羽或被殺，或坐誅。姦臣，指宰相楊國忠。竟，最終。菹醢，剁成肉醬。同惡，指楊國忠的親屬和黨羽。蕩析，掃蕩；消滅。114不聞二句　謂周幽王寵愛褒姒，殷紂王寵愛妲己，招致亡國之禍。這與玄宗之寵楊貴妃引起安史之亂情況雖相似，但玄宗能從國家大局出發，同意將楊貴妃縊死，是與歷史上的亡國之君不同的。此即上文所云「事與古先別」之意。夏殷，宋人馬永卿引作「商周」，胡仔認為當作「殷周」，以與下句「褒妲」對應，似通。然下文有「周漢」，似犯重複。仇兆鰲則以「夏殷」為是，為了對應，擅將「褒妲」改為「妹妲」，即妹喜（夏桀寵幸美女）、妲己。其實不必拘泥，顧炎武曰：「不言周，不言妹喜，此古人互文之妙。」（《日知錄》卷二七）言夏、殷，實亦包括周；言褒姒、妲己，實亦包括妹喜。115周漢　喻唐朝。116宣光　周宣王和東漢光武帝劉秀，兩人都是中興之主。這裡指肅宗。期望肅宗再復興唐室。117桓桓　勇武貌。118陳將軍　即陳玄禮。119仗鉞句　指陳玄禮率兵殺死楊國忠及其黨羽事。鉞，古代兵器，形似大斧。120微爾二句　謂假如沒有你，人們已非唐朝的臣民；由於有了你，到現在國家還存在。微，沒有。爾，指陳玄禮。121大同殿　在長安興慶宮勤政樓北，玄宗常在此朝見群臣。122白獸闥　即白獸門，長安宮中禁苑南門，在淩煙閣之北、太極殿西南。言舊宮殿之淒涼、寂寞，是表達人民期盼皇帝早日收復京城，即下文之「望翠華」。123都人二句　謂人民渴盼皇帝回來，光復長安。都人，京都長安的人民。翠華，以翠羽為飾的旗，為皇帝所用儀仗。佳氣，中興、祥瑞之氣。金闕，指朝廷。124園陵　唐歷代帝王的陵墓。125固有神　言有先帝的神靈護祐。126掃灑　祭掃。127數　禮數。128煌煌二句　謂唐太宗李世民所開創的唐朝基業宏偉昌盛，光照後世。這是詩人對唐朝開國之君的讚頌，也是對唐肅宗中興唐室的期望。唐太宗是唐王朝的實際締造者，又有「貞觀之治」的政治典範，故稱「太宗業」。煌煌，光明宏大貌。宏達，宏偉昌盛。

【語譯】當今皇帝至德二載之秋，這天是閏八月初一日。我即將向北遠行，懷著迷茫而又急切的心情去探望久別的家室。此時國家正處在艱難境地，朝野上下都少有閒暇的日子。想來也慚愧，我獨自蒙受了皇恩，皇帝下詔允許我回到蓬門華戶的家裡去探親。為了辭別天子我來到宮殿前，誠惶誠恐地在那裡站了很久，依戀而不忍去。我雖然不算是稱職的諫官，還是擔心君主有所遺漏。當今的君主的確是中興之主，治理國家大事費盡了心力。但是安史叛軍仍在作亂，這是臣子我切齒痛恨和放心不下的。我揮灑著眼淚依依不捨地離開宮殿，上了路以後心情依然恍恍惚惚。天地之間到處都是戰亂的創傷，憂國憂民之思何時能了？

我沒精打彩地在田間道路上走著，人煙稀少，蕭瑟淒涼異常。路上遇到的人大多帶著傷，有的呻吟不止，有的流血不停。這時再回過頭望望天子所駐的鳳翔，那裡的旌旗在落日餘暉中若隱若現。我便繼續前行，翻越崇山峻嶺，倍覺寒氣逼人，時時可以遇到軍人掘出的飲馬窟穴。進入邠州地區，郊野的地勢又低陷下去，涇河之水從中間流過。隨後又攀上山地，蒼崖怪石裂開大口，像吼叫的老虎蹲在我的面前。一年一度的野菊照例綻開了今秋的花瓣，坎坷的石路上印下了古時的車轍。登上高處望遠，頓時萌生出高雅的興致，這裡山間的幽景也可以悅人心懷。山上的果樹結出很多細小的果實，與叢生的櫟樹的果實相雜在一起，有的山果紅如顆顆朱砂，有的黑如點點烏漆，它們受到雨露的滋潤，不管甜的苦的都一齊結了果實。我在緬懷那和平安樂的桃源世界的同時，更加感歎現實世界難以生存。放眼遠望，前面山崗起伏、崖谷交錯的地方就是鄜州了，不禁加快了腳步。我已經走到了山坡下面的水邊，回頭望去，看到我後面的僕人還在山腰上走著，就像走在樹梢上。夜幕降臨，我看到的一切讓人毛骨悚然：貓頭鷹在枯黃的桑樹上悲鳴，野鼠在亂墳間向人拱手而立。時至深夜，我路過一片戰場，看到寒冷的月光照在白骨上，不禁想到當年守衛潼關的百萬唐軍，因戰略錯誤而迅速瓦解，致使秦地百姓半數被叛軍殺害慘死。

何況我也遭到叛軍的囚禁，逃脫歸來時已然頭髮盡白。經過一年的離別，今日回到家裡，只見妻子兒女都穿著襤褸的衣裳，親人相逢，抱頭痛哭，松濤聲回應著哭聲，悲涼的泉水也一同在嗚咽。一向嬌寵的小兒，我離家時還白胖可愛，可現在見到爹來就背過臉去啼哭，渾身泥垢，腳上連雙襪子都沒有。牀前站著兩個小女兒，穿著補丁疊補丁的衣裳，短得剛剛過膝蓋。那些補丁是從舊繡上剪下來的碎布，東一塊西一塊地錯亂了原有的圖案：海圖的波濤被拆碎了，天吳和紫鳳也是東倒西歪。我的心情不好，又吐又瀉，躺了幾天才爬起來。身為妻夫子父，怎麼能不取出行囊中的財帛，去拯救他們的飢寒？胭脂粉黛從包裹中拿了出來，被褥牀帳也稍微添置了一些。瘦弱的妻子重現了臉上的光彩，嬌癡的小女自己動手梳理頭髮。她們事事都學著母親去做，早晨梳妝時也跟著信手塗抹，好半天才打扮完了，兩道眉毛畫得又亂又粗。能夠活著回來面對天真的兒女，還有什麼比這更可樂的？我似乎把飢渴都完全忘了。孩子們向我問這問那，還爭著捋我的鬍子，誰還能立即拉下臉來喝斥他們？回想起被囚禁在長安時的愁苦寂寞的生活，則此時領受孩子們的吵鬧與糾纏倒覺得很甜。剛剛回到家裡，姑且過幾天舒心的日子，以後的生活問題哪裡顧得上去說！

天子還流亡在外蒙受風塵之苦，什麼時候才能停止戰爭？仰頭觀望天空，氣象已有改變，我頓時覺得妖氛已經散開，叛軍的兇焰即將熄滅了。可是，慘澹的陰風又從西北吹來，追隨著回紇的兵馬；回紇的首領願意幫助我們平定叛亂，那裡的民眾擅長騎射和衝鋒陷陣。回紇送來五千精兵，趕來一萬匹戰馬。這些回紇兵還是少用為好，他們的勇敢和果決能鎮服四方。派來的戰士都像鷹一樣地衝騰無畏，能以超過飛箭的速度擊破敵人。皇上正在虛心期待回紇的援助，那些不同意借兵的議論也不敢再堅持。東京洛陽可以輕易地收復，西京長安更不值得一攻。官軍請求深入敵陣，蓄足銳氣一同出動。他們一舉攻下青州和徐州，接著就可看到恆山和碣石山被收復。眼下秋天來臨，霜露漸重，天地正氣呈現肅殺之象。厄運已轉向叛軍，他們滅亡的日子來到了！捉拿、消滅叛軍的大勢已經形成，叛軍的小命豈能長久？大唐王朝的綱紀是不應斷絕的！

回憶當年玄宗皇帝狼狽出走時，他採取的應變措施就與古代帝王不同。果斷地把姦臣頭目楊國忠處死，隨後對楊國忠的家族和黨羽也予以清除。我們沒聽說過周幽王和殷紂王沒落衰微的時候，在宮中自己處死褒姒和妲己。周、漢再獲中興，周宣王、漢光武是聖明的君主；肅宗和他們一樣。勇武威猛的陳玄禮將軍，你手揮護駕的斧鉞，奮起忠烈的氣概，清除了楊氏姦臣。如果沒有你，人們已非李唐的臣民；由於有了你，國家至今還存在著。眼下長安還沒收復，大同殿、白獸門一片寂寞淒涼。京城的人們盼望皇上的翠華儀仗早日歸來，興旺之氣流向金碧輝煌的宮闕。陵園裡列祖列宗的神靈當然在護祐著我們，收復長安後要去灑掃、祭祀，不能缺了禮數。我堅信：光輝盛大的太宗基業，將會重振雄風，必定前途遠大。

【研　析】此詩記述了詩人墨制還家沿途見聞、家中苦況、與妻兒團聚的天倫之樂，並對當時的政治形勢發表了自己的看法。全詩可分五個部分。從開頭到「憂虞何時畢」為第一段，寫奉詔探家動身之前的複雜矛盾心情。詩人深知肅宗放自己還家是疏遠之意，而仍表明自己的忠心，唯恐皇帝有疏漏之心。畢竟安史之亂尚未平定，這正是作臣子的憂憤所在。這一方面表明戀闕之心，一方面暗中為自己因房琯得罪之事辯解。這一段是全篇綱領。把一腔忠君戀君之心發揮得淋漓盡致，處處流露對乾坤瘡痍的憂慮，這是全詩的基調。第二部分從「靡靡踰阡陌」到「殘害為異物」，寫歸家途中的所見所聞所感。按照白天到入夜的時間順序描寫一路上山川地貌、景色的變化，交織著隨時觸發的感想，刻劃出一個背著沉重的精神負擔，在寒山荒谷、戰場曠野上踽踽獨行的詩人形象；情緒也隨途中景色而不斷變化。如看到顏色不同的山果橡栗，詩人發出身世之歎：萬物同受雨露滋潤，結出的果實卻是有苦有甜，就像人各有命。再如夜深經過戰場，月光照著滿地白骨，詩人想起潼關慘敗的景象。這就與本段開頭白天所見的傷者形成呼應，分別以流血的呻吟和寒冷的白骨概括了從鳳翔到鄜州沿途滿目瘡痍的淒慘景象。

第三部分從「況我墮胡塵」到「生理焉得說」，寫歸家以後的悲喜情況。先從大亂之後衣衫襤褸的艱難境況著筆，寫得極其瑣細而又切合人之常情。尤其是繡著海濤和珍禽異獸的官服拆開了當補丁，縫在小兒女穿的粗布衣上，寫盡原來的官宦人家窘迫的苦處。妻女梳妝一節，以幽默風趣的筆致描摹女兒模仿母親描眉塗唇的情狀，極其傳神。接著從詩人縱容孩子的心理描寫全家的天倫之樂。詩人被孩子們拉扯著鬍鬚，在吵鬧叫嚷聲中怡然自得的神情也都生動如見。把這些生活小細節穿插在萬方多難的時代畫卷裡，讓讀者分享詩人一家在經歷九死一生的磨難後所得的一點重逢的歡樂。而這段的後四句，又自然將家庭瑣事轉到國家大事上來，引出了憂國憂民的議論，這就是真實的杜甫。第四部分從「至尊尚蒙塵」到「皇綱未宜絕」，寫對時政的意見，對借兵回紇表示憂慮。對於回紇助唐一事，杜甫僅用十二句詩就將形勢的變化、朝廷的態度和自己的看法講得清清楚楚，而且極其委婉得體。他肯定了回紇驍勇善戰、破敵迅猛的特點，也就含蓄地點出了此輩少用為好的道理。目前兩京指日可收，只要官軍養精蓄銳，伺機深入，連青州、徐州都可很快收復，不久即可直搗安祿山的老巢薊門、幽、燕。實際上表達了破賊應以官軍為主的主張。

最後一部分從「憶昨狼狽初」到結尾，是全詩的總結，憶太宗事業，望中興之主。以今比古，將馬嵬之變與商、周之亡相比較，讚美在馬嵬之變中奮起誅滅楊氏的陳玄禮將軍扭轉國運的功績，肯定了朝廷自己除去姦臣禍根的意義，分析唐運未衰的原因，表示了寄中興大業於肅宗的希望以及恢復貞觀之治的信念。同時指出朝廷要善於總結經驗教訓，及時糾正錯誤，取得人心，才是今後事業興旺發達的保障。詩人的思緒幾起幾落之後，在篇終達到高潮，以振興太宗宏業的遠大展望結束了全詩。〈北征〉的布局是兩頭議論、中間敘事，敘的是還家探親的私事，議的是對國家大事的深謀遠慮，而以家國之憂和身世之感直貫全篇，充分體現了杜詩博大精深、沉鬱頓挫的風格。葉夢得以其「窮極筆力，如太史公紀、傳」而譽為「古今絕唱」（《石林詩話》卷上）。

送鄭十八虔貶台州司戶，傷其臨老陷賊之故，闕為面別，情見於詩

【題解】作於至德二載（西元七五七年）十二月。鄭虔，排行十八。安史之亂，虔陷賊中，偽授水部郎中，稱疾未就，並潛以密章達靈武。長安收復，陷賊官吏分六等定罪，虔被貶為台州（今浙江臨海）司戶參軍。杜甫因故未能送行話別，遂賦此詩以寄意，對鄭虔遭遇深表同情。詩寫生離死別之悲，深摯感人。

鄭公樗散❶鬢成絲，酒後常稱❷老畫師。萬里❸傷心嚴譴❹日，百年❺垂死❻中興時❼。蒼惶已就長途往，邂逅無端出餞遲❽。便與先生應永訣，九重泉路盡交期❾！

【注釋】❶樗散　樗木為散材，比喻不為世用。樗，臭椿。《莊子・逍遙遊》：「吾有大樹，人謂之樗。其大本擁腫而不中繩墨，其小枝卷曲而不中規矩，立之途，匠者不顧。」又〈人間世〉：「匠石之齊，見櫟社樹，其大蔽牛，謂弟子曰：散木也，無所可用。」這裡比喻鄭虔之才不合世用。❷常稱　常自稱。鄭虔善畫山水，曾為唐玄宗賞識，稱其詩書畫為「鄭虔

三絕」。然當時畫家地位卑賤，故其酒後常稱自己是老畫師，就有發牢騷的意思。❸萬里　指台州之遠。❹嚴譴　嚴厲的處罰。杜甫認為給鄭虔定罪太過嚴厲了，因為鄭虔對安祿山強授的偽官稱疾不就，並向唐政府傳送情報，有立功表現，不應受此重罰。❺百年　指人的一生。❻垂死　言鄭虔年已衰老，再遭遠貶，更足以速其死。❼中興時　時兩京收復，國家有中興之望，死亡為可悲之事，死於國家復興之時，更其可悲。❽蒼惶二句　寫「闕為面別」之故。蒼惶，同「倉皇」。匆促。就，就道；啟程。邂逅無端，是說碰著意外的事故。邂逅，不期而遇。出餞遲，餞行來遲。❾便與二句　言生當不能相見，願死後在九泉之下仍盡交誼，出語極為沉痛。應永訣，當是永別。時鄭虔年事已高，又遠貶萬里，料再難見，故云。九重泉路，九泉之下，謂死後。

【語譯】鄭公被人看作樗木散材，從來未被重用，現在已鬢髮花白如絲，酒酣之後常稱自己不過是個老畫師。我為你遭到嚴譴、遠貶萬里而傷心不已，人生即使百年，你也快走到了生命的盡頭，卻又偏偏是在國家中興的時候。你已匆匆忙忙走上漫長的旅途前往貶所，此時我卻偶然有事為你餞行來遲。縱然此生你我生不能相見，勢成永別，然而在那九重黃泉路上我們還會長久交誼。

【研析】杜甫和鄭虔是「忘形到爾汝」的好友。鄭虔的為人，杜甫最瞭解。他陷賊的表現，杜甫也清楚。因此，他對鄭虔的受處分，就不能不有些看法。「嚴譴」，就是詩人的看法。而首聯是為這種看法提供依據。說「鄭公樗散」，說他「鬢成絲」，說他「酒後常稱老畫師」，都是有感而發，並不是單純刻劃鄭虔的聲容笑貌，而是通過寫鄭虔的為人，為鄭虔鳴冤。要不然，在第三句中，憑什麼突然冒出個「嚴譴」呢？頷聯緊承首聯，抒發對鄭虔的同情，表現對「嚴譴」的憤慨。對於鄭虔這樣一個無罪、無害的人，本來就不該「譴」。如今竟然把他貶到「萬里」之外的台州去，真使人傷心！鄭虔如果還年輕力壯，或許能經受那樣的「嚴譴」，可是他已經「鬢成絲」了，眼看是個「垂死」的人了，這不是明明要他早一點死嗎？如果不明不白地死在亂世，那沒啥好說；可是兩京已經收復了，大唐總算「中興」了，而鄭虔偏偏在這「中興」之時受到了「嚴譴」，更為不幸！由「嚴譴」和「垂死」激起的情感波濤洶湧奔騰，化成後四句。「蒼惶」一聯，緊承「嚴譴」而來。正因為「譴」得那麼「嚴」，百般陵逼，不准延緩；詩人沒來得及送行，鄭虔已經「蒼惶」踏上了漫長的道路；

「永訣」一聯，緊承「垂死」而來。鄭虔已近「垂死」之年，而「嚴譴」必然會加速他的死，不可能活著回來了，因而發出了「便與先生應永訣」的感慨。然而即使活著不能見面，仍然要「九重泉路盡交期」！盧世潅評曰：「既傷其臨老陷賊，又閔為面別，故篇中傍徨特至。……萬轉千回，清空一氣，純是淚點，都無墨痕。詩至此，直可使暑日雪飛，午時鬼泣，在七律中尤難。」（《杜詩胥鈔餘論・論七言律詩》）

春宿左省

【題　解】乾元元年（西元七五八年）春作。宿是宿直，即今所謂值夜班。左省，即門下省。據《唐六典》卷七載：東內大明宮宣政殿前有兩廊，各有門，其東曰日華，日華之東為門下省，故稱東省，亦稱左省，又稱左掖。杜甫時任左拾遺，屬門下省，故題曰「左省」。

花隱掖垣❶暮，啾啾❷棲鳥❸過。星臨❹萬戶動，月傍❺九霄多。不寢聽金鑰❻，因風想玉珂❼。明朝有封事❽，數❾問夜如何❿。

【注　釋】❶掖垣　本謂宮殿圍牆，唐代門下、中書兩省稱左右掖垣，此指左掖，即門下省。❷啾啾　狀聲詞，此指鳥鳴聲。❸棲鳥　歸巢之鳥。❹臨　照臨。❺傍　靠近。❻金鑰　即金鎖。此指開啟宮門鎖鑰的響動聲，故用「聽」字。❼玉珂　馬絡頭上的裝飾物，多為玉製，也有貝製的，振動有聲。❽封事　封泥之事，指密封的奏章。秦漢之時，為防洩密、失竊，用泥封緘文書，即在文書囊笥外加繩捆紮，在繩結處以膠泥加封，上蓋鈐印。或將文書盛於囊內，在囊外繫繩封泥。杜甫當時為左拾遺，是諫官，掌供奉諷諫，大事廷議，小事上封事。❾數　屢次。❿夜如何　問夜已到什麼時辰了。語出《詩經・小雅・庭燎》：「夜如何其？夜未央。庭燎之光。君子至止，鸞聲將將（即『鏘鏘』）。」後四句即化用〈庭燎〉詩意。

【語　譯】黃昏時分，花叢隱沒，左省籠照著暮色，投宿的鳥兒啾啾地鳴叫著飛過。繁星照臨宮中千門萬戶，深邃的宮殿高聳雲霄，殿頂上的月光特別多。這時我夜不能寐，等著聽宮鎖開啟聲，輕風吹動簷間的鐸鈴，疑是百官騎馬上朝鳴響的玉珂。因為明天早朝有封事上奏，才頻頻詢問夜時幾何。

【研　析】全詩寫任左拾遺的杜甫在左省值夜時的所見所聞所感，詩人那種小心翼翼、兢兢業業的情態，宛在目前。明唐元竑稱此詩為「五言近體中之精妙者」（《杜詩攟》卷一）。所謂「精妙」，即指全詩章法謹嚴，針線細密，情景交融，含蓄蘊藉，宛如一件耐人觀賞的精緻工藝品，極富藝術感染力。此詩就結構而言，上四寫宿省之景，下四寫宿省之情。首聯二句寫薄暮之景，字字點題。頷聯二句生動地寫出了帝居之夜的特異景象。上句寫月出之前景象，月未出則星倍明，星斗滿天，照臨宮中千門萬戶，金碧輝映，流光溢彩，「動」字傳神。少焉月出九霄之上，則入夜漸深。「九霄」，語意雙關：一謂天穹高遠，一喻帝居尊崇。君門深邃，宮殿高聳雲霄，與月為近，故得月獨多，「多」字奇警。葉燮論「月傍九霄多」句說：「從來言月者，只有言圓缺、言明暗、言升沉、言高下，未有言多少者。若俗儒，不曰『月傍九霄明』，則曰『月傍九霄高』，以為景象真而使字切矣。今曰『多』，不知月本來多乎？抑『傍九霄』而始『多』乎？不知月『多』乎？月所照之境『多』乎？有不可名言者。試想當時之情景，非言『明』、言『高』、言『升』可得，而惟此『多』字可以盡括此夜宮殿當前之景象。」（《原詩．內篇下》）頸聯出句「不寢」二字束上啟下。二句寫作者宿直左省，謹於職守，宮門金鑰響動，他疑心是朝門開啟；風吹簷間鐸鳴，他彷彿聽到了百官乘馬上朝的玉珂鳴響聲。末聯二句交代「不寢」的原因。後四句化用〈庭燎〉詩意，貼切自然，全不露斧鑿痕跡。而「數問」二字，更活現出詩人誠惶誠恐、戰戰兢兢的緊張心理狀態。故吳瞻泰評曰：「『不寢』二字，一篇關鍵。由日暮而星臨，而月出，宜寢矣；而聽鑰，而想珂，而問夜，則何嘗一息就寢！一片精誠愛國，坐而假寐之意，俱於層次中序出。後人早朝寓直詩，縱極典麗，不能及此深沉也。」（《杜詩提要》卷七）

曲江二首

【題解】乾元元年（西元七五八年）春作，時任左拾遺。詩因仕不得志，有感於暮春景色而作。二詩藉寫暮春遊曲江所見荒涼景象，抒發了內心的抑鬱苦悶，看似傷春，實感人事。

其一

一片花飛減卻❶春，風飄萬點❷正愁人。且看欲盡花❸經眼❹，莫厭傷多酒入脣❺。江上小堂巢翡翠，苑邊高塚臥麒麟❻。細推物理須行樂❼，何用浮名絆此身❽。

【注釋】❶減卻　減去。❷萬點　指落花。❸欲盡花　將盡之花。❹經眼　猶過眼。❺莫厭句　傷多酒，因悲傷而飲過多的酒。前加「莫厭」，意即痛飲，亦以酒澆愁之意。❻江上二句　江上，曲江池邊。翡翠，鳥名。苑，指芙蓉苑，在曲江池西南。塚，墳墓。麒麟，傳說中的瑞獸名。此指石麒麟。安史亂中，曲江建築多被毀，公卿多被殺。翡翠鳥在堂上構巢，表明堂中無人，石麒麟仆臥塚下，表明塚廢不修，一片荒涼景象。❼細推句　推，推究；推求。物理，事物盛衰變化之理。盛衰無常，故當及時行樂。❽何用句　浮名，虛名。絆，羈絆，比喻束縛。此指作一名小小的拾遺，並不能起到拾遺補闕的作用，不過是徒具虛名。與其讓此官纏身，反不如棄官而去，及時飲酒行樂。這也是牢騷話。

【語譯】一瓣花落就知春色頓減，何況眼前是風飄萬點，這真讓人惋惜愁悶。暫且觀賞一下眼前這即將飄盡的春花吧，不要厭煩過多的美酒入脣。曲江邊上的小堂裡翡翠鳥構築了窠巢，芙蓉苑邊的高墳前石雕的麒麟斜倒在一邊。仔細推想起來，盛衰變化乃是萬物的規律，人生一世應及時行樂，用不著讓浮名束縛自己的身心。

【研析】兩京收復，再見太平。然而詩人仍不得志，因傷春而感歎人生短促，宣洩內心鬱悶。前四句，先說花飛。一句初飛，二句亂飛，三句飛將盡。自初飛以至欲盡，無不經略了詩人的眼睛。首句構思新奇：春光似乎是萬點花片疊加而成，所以飄落一片就減掉一片春光，妙在用加減法把不可計數的春光實物化了。而那將要落盡的花都一一經過詩人之眼，為解春愁不怕傷酒照樣滴滴入脣，可以想見詩人幾乎是一片落花、一杯酒地在計算著還有多少春光殘留了。五六兩句轉寫人事，謂時序使人感傷，世事變化也讓人撫今追昔。五句謂江上小堂寂寞無主，翡翠築巢於其中。六句謂苑邊高塚無人祭掃，石麒麟臥於其旁。從字面來看是寫曲江亂後荒涼景象，感慨人事興廢。但翡翠鳥的美麗嬌小和石麒麟的龐大無情，又在形象上形成對照，昭示了青春的短暫可愛和死亡的冷酷永恆。這就是杜甫要推求的「物理」：萬物興廢本是自然之理，帝王宮苑也不免變成高塚荒墳，又哪來永久的功名富貴？因此不必為浮名所羈束，及時享受青春才不辜負有限的人生，因此以「此身」束住。吳瞻泰評曰：「此傷曲江也，而以春花起興。寫曲江，只空堂荒塚兩事，若注意在及時行樂上，並無一字道及朝事。往往極大關目，全不出意，而以傍見側出取之。蓋天寶亂後，有非臣子所宜言者，故說得婉曲深至如此。」（《杜詩提要》卷十一）

其二

朝回日日典春衣❶，每日江頭❷盡醉歸。酒債尋常❸行處❹有，人生七十古來稀❺。穿花蛺蝶深深見❻，點水蜻蜓款款飛❼。傳語❽風光共流轉❾，暫時相賞莫相違❿。

【注釋】❶朝回句　仇兆鰲曰：「朝回典衣，貧也。典現在春衣，貧甚矣，且日日典衣，貧益甚矣。」（《杜詩詳注》卷六）典春衣是為買醉歸。朝回，退朝回來。典，典當。❷江頭　指曲江。❸尋常　平常。❹行處　到處。可見欠債酒店不止一處。

❺人生句　本古諺語「人生百歲，七十者希」。藉以申明縱酒之由，含有人生幾何，須及時行樂之意。❻穿花句　蛺蝶，蝴蝶。蛺蝶戀花，回環來往，故曰「穿」。深深見，謂忽隱忽現。見，同「現」。❼點水句　款款飛，謂飛上飛下。款款，舒緩貌。蜻蜓蘸水，一觸即起，故曰「點」。❽傳語　寄語；轉告。❾共流轉　猶共盤桓。❿莫相違　謂春光不要拋人而去。仇兆鰲曰：「但恐現在風光瞥眼易過，故又作留春之詞。」

【語　譯】每天退朝回來都要去典當春衣，當來了小錢到曲江邊酒家痛飲，不醉不歸。酒債對我來說已是尋常之事，走到哪兒賒到哪兒，自古以來能有多少人活到七十歲。看那池邊的蝴蝶在花叢深處穿來穿去，時隱時現；蜻蜓點水，忽起忽落，舒緩地飛。春光啊春光請與我共同盤桓，讓我暫時欣賞你，這點心願請不要違背。

【研　析】此章承上章及時行樂而來，而且託意於酒，以賞春光。前四句一氣流注，針線細密。時當暮春，春衣才派用場；即使窮到要典當衣服的程度，也應該先典冬衣。如今竟然典起春衣來，可見冬衣已經典光；不是偶爾典，而是「日日典」。為什麼要這樣？為了「每日江頭盡醉歸」。為什麼要日日盡醉？原因是：「人生七十古來稀」。人生能活多久，既然不得行其志，那就「且盡生前有限杯」（〈絕句漫興九首〉其四）吧！這是憤激之言。「穿花」二句寫江頭春景，葉夢得說：「『深深』字若無『穿』字，『款款』字若無『點』字，皆無以見其精微如此。然讀之渾然，全似未嘗用力，此所以不礙其氣格超勝。」（《石林詩話》卷下）有天然妙趣。七十古來稀，人生短促如此，而大好春光又即將消逝，因而有了結語：「傳語風光共流轉，暫時相賞莫相違。」語氣有些淒涼，意境實是灑脫。王嗣奭評曰：「(二詩）以憂憤而託之行樂者也。二首一意聯貫，前言『萬點愁人』，後言『暫時相賞』，二語便堪痛哭，……雖有一官，而志不得展，直浮名耳，何必用以絆此身哉？不如典衣沽酒，日遊醉鄉，以送此有限之年而已。」（《杜臆》卷二）看似消極，實是憂傷家國，感事惜時。

曲江對酒

【題　解】乾元元年（西元七五八年）春作於長安，時杜甫在左拾遺任上。詩寫其懷才不遇、仕途失意之慨，故有歸隱山林之念。

苑❶外江頭坐不歸，水精宮殿❷轉霏微❸。桃花細逐楊花落，黃鳥時兼白鳥飛❹。縱飲久判人共棄，懶朝真與世相違❺。吏情❻更覺滄洲❼遠，老大徒傷未拂衣❽。

【注　釋】❶苑　指芙蓉苑，即南苑，因其在唐長安東南，又在曲江池南，故稱。唐康駢《劇談錄》卷下：「曲江池，本秦世隑洲。開元中疏鑿，遂為勝境。其南有紫雲樓、芙蓉苑。」❷水精宮殿　指曲江邊的華麗宮殿。❸霏微　春光掩映貌。❹桃花二句　寫曲江對酒時所見之景。細，輕盈貌。楊花，一作「梨花」。❺縱飲二句　寫出詩人仕途失意，懶於為官的心曲。判，甘願。❻更情　為官之情。❼滄洲　指隱士的居所。❽拂衣　振衣而去，指隱退。

【語　譯】我久久坐在芙蓉苑外的曲江池邊不願回去，傍晚時池邊壯麗的宮殿變得春光迷離。桃花輕盈地追逐著楊花而飄落，黃鳥時與白鳥聯翩而飛。我整日醉酒，早已不怕被眾人嫌棄；懶於上朝疏於為官，真可與世情相違。苦於微官縛身，我更覺得滄洲遙遠；年歲已經老大，徒然為不能歸隱而傷悲。

【研　析】此詩前四句以曲江起興，描繪眼前曲江迷離之景，也正是詩人酒醉所見。後四句則以「縱飲」開頭，照應題目中的「對酒」，表達出詩人困惑於仕進與退隱之間的躊躇心境，雖對景遣懷，借酒消愁，仍不得開解。

其中頷聯「桃花細逐楊花落，黃鳥時兼白鳥飛」為精巧的當句對，寫春遊曲江，久坐不歸，閒寂無聊中所見絢麗春色，形、神、聲、色、香俱於十四字中寫出，對仗工整，精煉而形象。汪灝曰：「『桃花』二語，開後世無限疊字句，然細玩之，真是難學。公蓋只用四樣飛舞空中物，上不粘天，下不粘地，所以不嫌重笨。」（《樹人堂讀杜詩》卷六）後半首借酒述懷，而「對酒」，唯有第五句一點。「懶朝」句，又頂「坐不歸」。七八句又推進一層，言不唯懶而已，兼之又老，益起拂衣滄海之興，「滄洲遠」一語又寫出詩人欲出世而不能的悲憤和無奈。結語「老大徒傷未拂衣」，尤為悲壯。

至德二載，甫自京金光門出，間道歸鳳翔。乾元初，從左拾遺移華州掾，與親故別，因出此門，有悲往事

【題解】至德二載（西元七五七年）二月，肅宗從彭原（今甘肅西峰）遷駐鳳翔（今屬陝西）。四月，杜甫從金光門逃出長安，間道奔赴鳳翔行在，謁見肅宗。五月十六日，被授為左拾遺。這就是他在〈述懷〉詩中所說的「今夏草木長，脫身得西走。麻鞋見天子，衣袖露兩肘。……涕淚受拾遺，流離主恩厚。」九月，長安收復。十月，肅宗從鳳翔還長安。乾元元年（西元七五八年）六月，杜甫因疏救房琯，直言獲罪，被貶華州（今陝西華縣）司功參軍，又出金光門赴任，有感而作此詩。金光門，長安外郭城西面有三門，中曰金光門。間道，偏僻小路。掾，屬官通稱。華州掾，即指華州司功參軍。移，實即貶降，不說貶，而說移，是門面話。往事，即指由長安竄歸鳳翔事。詩題撫今追昔，不勝感慨。詩寫得委婉曲折，纏綿悱惻，很是得體。

此道❶昔歸順❷，西郊胡❸正繁❹。至今猶破膽❺，應❻有未招魂。近侍❼歸京邑❽，移官❾豈至尊❿。無才日衰老，駐馬望千門⓫。

【注　釋】❶此道　指金光門。❷歸順　指逃脫叛軍回歸朝廷。❸胡　指安史叛軍。❹繁　多而亂。❺破膽　喪膽。❻應　料想之詞。❼近侍　指左拾遺。拾遺為皇帝侍從諫官，故云。❽京邑　指華州。因屬京城近畿，故曰「京邑」。❾移官　實即貶官。❿至尊　皇帝。對肅宗不便直言，故曰「豈至尊」，反問見諷。⓫駐馬句　寫戀闕難捨之情。千門，指宮殿，形容門戶之多。

【語　譯】去年我從金光門逃出長安投奔鳳翔，當時京都西郊布滿了胡兵。現在回想起來仍然心驚膽戰，那時被驚散的魂魄大概還有一部分未招還。如今我由近臣外放為華州小吏，這樣的「移官」難道是皇上的意見？我雖無才而且日益衰老，臨行之際不免勒馬回頭望長安。

【研　析】此詩上四句憶往時奔竄。開頭兩句回想昔日從賊中逃出而間道歸赴行在。三、四句謂現在回想往事，尚覺膽戰心驚，好像魂魄尚未招回似的，下便可直接「移官」。下四句傷今日左遷。四句一層轉折，緊緊圍繞自傷而展開。末則仍歸於不忍忘君，這就是杜甫之所以為杜甫的地方。「移官」一句，言遭謫而不敢歸怨於君，言移外官而不是天子之意，古人評為「溫厚」（《唐詩鏡》卷二五）。詩人以論房琯不宜廢免而遭謫貶。而在詩人看來，自己雖無大才，且已老衰，可是疏救大臣，這是一個拾遺應盡的責任。因此，當出京門時，不禁駐馬回望千門，彷徨不忍離去，而凝望於宮禁。此時，詩人卻以無才自解，則更見深厚，雖遭讒黜，終不忘君。這正是詩人事君交友生平出處之大節。吳瞻泰評曰：「一句一轉，風神欲絕，實公生平出處之大節。自覺孤臣去國，徘徊四顧，悽愴動人。」（《杜詩提要》卷七）

義鶻行

【題　解】這是一首寓言詩，作於乾元元年（西元七五八年）。鶻，一種兇猛的鳥。詩藉猛鶻向吞噬幼鷹的白蛇復仇的故事，熱情讚揚了愛憎分明、見義而動的俠義行為。藉物以寄懷，表現了詩人嫉惡如仇的精神。

陰崖二蒼鷹，養子黑柏顛。白蛇登其巢，吞噬恣朝餐❶。雄❷飛遠求食，雌❸者鳴辛酸。力強❹不可制❺，黃口❻無半存。其父❼從西歸，翻身入長煙❽。斯須❾領健鶻❿，痛憤寄所宣⓫。斗上⓬捩孤影⓭，嗷哮⓮來九天。修鱗⓯脫遠枝，巨顙⓰拆老拳⓱。高空得蹭蹬⓲，短草辭蜿蜒⓳。折尾能一掉，飽腸皆已穿⓴。生雖滅眾雛，死亦垂千年㉑。物情有報復，快意貴目前㉒。茲㉓實鷙鳥㉔最㉕，急難㉖心炯然㉗。功成失所往㉘，用舍㉙何其賢。近經潏水㉚湄㉛，此事㉜樵夫傳。飄蕭㉝覺素髮㉞，凜㉟欲衝儒冠㊱。人生許與分，只在顧盼間㊲。聊為〈義鶻行〉，用激壯士肝㊳。

【注釋】❶陰崖四句　寫白蛇吞噬蒼鷹幼子的暴戾恣睢，這是一種以強凌弱的暴行。子，鷹雛。顛，頂端。吞噬，吞食。恣，放縱；肆無忌憚。❷雄　指雄鷹，鷹雛之父。❸雌　指雌鷹，鷹雛之母。❹力強　指白蛇兇狠。❺制　制止；制服。❻黃口　指鷹雛。❼其父　指雄鷹。❽長煙　指空中雲霧。❾斯須　片刻；一霎。❿健鶻　雄健的鶻。⓫痛憤句　謂蒼鷹在對健鶻的宣訴中寄予了自己失子的悲痛和對白蛇的憤恨。宣，宣洩；宣訴。⓬斗上　陡然飛起。⓭捩孤影　指鶻張翅迴旋之勢。捩，扭轉。⓮嗷哮　厲聲長鳴。⓯修鱗　指白蛇。⓰巨顙　巨額；大腦門兒。指白蛇之頭。⓱拆老拳　受到鶻翼和利爪的打擊。拆，拆開；撕裂。⓲蹭蹬　遭到挫折，失勢貌。此指白蛇在高空拼力掙扎。⓳辭蜿蜒　指白蛇落地後便不能爬行了。辭，失去。蜿蜒，蛇爬行貌。⓴折尾二句　說從高空摔落的白蛇死前掙扎扭動，連吃飽的腸子都已摔穿。能一掉，指白蛇摔折的尾部尚能擺動一下。㉑生雖二句　言蛇雖逞一時之快，吞噬了眾雛，但難免要遭到報復，其死可以垂戒千年。㉒物情二句　要求報仇是物之常情，但最快意的是眼前即能實現。指白蛇立即遭到義鶻的擊殺。物情，事物之間的常情。報復，指報恩或報仇。㉓茲　指鶻。㉔鷙鳥　猛禽。㉕最　最傑出的。㉖急難　急人之難。㉗炯然　高潔光明貌。指心地坦蕩。㉘失所往　不知所往。㉙用舍　進退。㉚潏水　為關中八川之一，發源於西安以南秦嶺。唐時潏水在韋曲（今西安長安區韋曲鎮）東南，西北流經今下塔坡、丈八溝西、六村堡西，北入渭水，即今皂河。㉛湄　水邊。㉜此事　指義鶻為蒼鷹報仇事。㉝飄蕭　稀疏貌。㉞素髮　白髮。㉟凜　凜然。㊱衝儒冠　謂為鶻的俠義行為所感，以致於白髮衝冠而起。㊲人生二句　從無限俠義與友誼事中總結出的人生真諦與妙語，即許身於朋友或社稷，只在顧盼之間，來不得半點的猶豫與虛假。許與，應人請求而給予幫助。分，謂分誼。顧盼間，一瞬間。㊳聊為二句　說明作詩的用意，是想用這個故事來激勵人們見義勇為的俠義精神。聊，姑且。激，激勵。壯士，見義勇為之人。肝，指忠肝義膽。

【語　譯】背陰的崖壁上長著一棵黑柏樹，兩隻蒼鷹在柏樹頂端築巢養子。一天一條白蛇爬進巢裡，恣意吞食鷹雛，當作一頓早餐。這時雄鷹飛到遠處找食物去了，雌鷹無力抵抗只能辛酸地哀鳴，眼睜睜地看著黃口小雛全被吃光。鷹雛的父親從西方飛來，目睹慘狀翻身飛入空中雲霧裡。眨眼之間領來一隻矯健的大鶻，大鶻滿腔憤怒地來行俠復仇。只見牠陡然飛起鑽入雲天劃出一道黑影，接著發出一聲長鳴從九天俯衝而下。牠用凌厲而雄健的翼爪拆裂了長蛇的大腦門，長蛇從高高的樹枝上滑落下來，在空中還掙扎了幾下，落到草地上就不再能蜿蜒爬行了，折斷的尾巴還能蠕動，脹膨膨的腸子已經摔裂。白蛇活著的時候雖說滅了眾雛，死了也足以垂戒千秋。報復本是世間通行的情理，使人快意的是現世現報。這隻健鶻實在是鷙鳥中最傑出的義士，牠急人之難，心地高潔光明。功成之後悠然而去，不知所往，這就是牠的進退之賢。前些天我經過滻水河畔，是一個樵夫把這個動人故事講給我聽的。聽著講述，不覺對義鶻肅然起敬，雖然白髮稀疏飄散，卻要衝起儒冠。人生許身於朋友或社稷，只在顧盼之間。姑且寫下這首〈義鶻行〉，用以鼓勵壯士的忠肝義膽。

【研　析】唐代是一個崇尚俠義的時代，杜甫同時代的李白、高適等人，都有慷慨任俠的經歷。所以杜甫在詩中記錄了這樣一個「急難心炯然」的義鶻形象，正好反映了時代好尚。另外，杜甫對「功成失所往，用舍何其賢」、「人生許與分，只在顧盼間」這種俠義精神的激賞，不僅是時代風尚使然，而且還有著強烈的個人原因。杜甫的家世中本來就有著俠義的基因，如其先祖杜叔毗，因兄為曹策所害，白晝手刃仇人，然後從容面縛請就戮；叔父杜并十六歲就為父報仇身死，當時人稱「孝童」。而杜甫寫作這首詩時，正當因為仗義疏救房琯而剛剛被貶之際，則其對俠義的呼喚，正可以作為他自己俠義精神的寫照。楊倫曰：「記異之作，憤世之

篇，便是聶政、荊軻諸傳一樣筆墨，故足與太史公爭雄千古。得之韻言，尤為空前絕後。」（《杜詩鏡銓》卷四）

此詩開頭十二句，寫雛鷹被害，敘老鷹訴冤於鶻。雌鳴雄憤，寫兩鷹情狀如生。「其父」二句，謂雄鷹從西歸來，自量力不敵蛇，翻身飛向長空去搬救兵，遂引出下文義鶻俠行。「斗上捩孤影」以下八句，寫義鶻來為鷹報仇。義鶻一奮擊，蛇遂伏辜，死得很慘，白蛇的巨頭為健鶻的勁翼和利爪拆裂，折尾穿腸，從空而墮。此見鶻之義勇特絕。義鶻，其來有聲勢，其擊有精神。這就是義鶻勁猛特異的形象，楊倫說：「刻劃處十分痛快淋漓，如有殺氣英風閃動紙上。」（《杜詩鏡銓》卷四）「生雖滅眾雛」以下八句，讚歎義鶻替鷹報復後離去。毒蛇已死，為後世留下誡鑑。而義鶻有功不居，其義氣、俠膽尤出尋常矣。「茲實」以下四句，是詩人的感受，是寫完義鶻傳記後的讚語，足以讓人「快意」，讓人感懷不已。「功成」二句，盛讚義鶻之非凡俠義性格，有功不居，功成身退，杳然不知所往，是何等的高尚！義鶻的傳說深深打動了詩人，因而「聊為〈義鶻行〉，用激壯士肝」。此詩的用意，是想激勵人們見義勇為的俠義精神。

九日藍田崔氏莊

【題解】此詩當是乾元元年（西元七五八年）出為華州司功參軍時至藍田而作。九日，即九月九日重陽節。藍田縣，唐屬京兆府，故城在今陝西藍田西，去華州八十里。崔氏莊，為王維內兄崔季重的別業，又稱東山草堂，杜甫有〈崔氏東山草堂〉詩。或謂崔氏為王維內弟崔興宗。崔氏莊與王維的輞川莊東西相望。詩寫九日聚會，悲秋歎老，意頗頹唐，語則老健。

老去悲秋❶強自寬❷，興❸來今日盡君歡。羞將短髮還吹帽，笑倩旁人為正冠❹。藍水❺遠從千澗落，玉山高並兩峰寒❻。明年此會知誰健？醉把茱萸仔細看❼。

【注釋】❶悲秋　用宋玉〈九辯〉「悲哉秋之為氣也」之意。❷強自寬　勉強自我寬解。❸興　興致。❹羞將二句　翻用孟嘉落帽事。《晉書．孟嘉傳》：「(嘉)為征西桓溫參軍，溫甚重之。九月九日，溫燕龍山，僚佐畢集。使佐吏並著戎服，有風至，吹嘉帽墮落，嘉不之覺。溫使左右勿言，欲觀其舉止。嘉良久如廁，溫令取還之，命孫盛作文嘲嘉，著嘉坐處。嘉還見，即答之，其文甚美，四坐嗟歎。」老杜以不落為風流，不免含有老去悲秋之情。倩，請；懇求。❺藍水　亦稱藍溪，為灞水支流。源出陝西商州西北秦嶺，西北流入藍田縣界。❻玉山句　玉山，即藍田山，因產玉而得名，在今藍田縣東。玉山去華山近，故曰「高並兩峰」。「寒」字見秋景蕭瑟意。❼明年二句　照應首句「老去悲秋」。此會，指九日相會。把，把玩。把玩者茱萸，看者亦茱萸。只因異鄉逢此佳節，故而「知誰健」、「醉把」、「仔細看」云云，才如此慷慨纏綿。茱萸，植物名，有濃烈香氣。古時風俗，九月九日佩戴茱萸，以祛邪避災。《西京雜記》卷三：「九月九日，佩茱萸，食蓬餌，飲菊花酒，令人長壽。」《藝文類聚》卷四引周處《風土記》：「九月九日……折茱萸房以插頭，言辟除惡氣而禦初寒。」王維〈九月九日憶山東兄弟〉詩：「遙知兄弟登高處，遍插茱萸少一人。」

【語譯】人越老大，面對秋意越易生悲情，只能勉強自我寬解而已。今日重陽節興致忽來，要在藍田崔氏莊與諸君盡情歡樂。瞧我這短而稀疏的頭髮，要是像孟嘉那樣被風吹落了帽子而不覺，該是出醜難為情吧，所以還是笑請友人幫我正一正帽子。登高遠望，見藍水遠遠而來，伴隨著千澗奔瀉而下；藍田山與華山雙峰崢嶸，帶著寒意聳入天穹。明年此會還有幾人健在？我不禁以朦朧的醉眼仔細端詳手中的茱萸。

【研析】吳瞻泰曰：「篇中從不寬處寫到寬，又從寬處寫到不能寬，乃所謂強自寬也。低回宛轉，極力描寫。首一句蓋蓄意在未發端之前，而措詞在吞吐之外，故自耐人涵泳。」（《杜詩提要》卷一一）宋人楊萬里與林謙之談論唐詩，林氏論此詩云：「『老去悲秋強自寬，興來今日盡君歡。』不徒入句便字字對屬，又第一句頃刻變化，才說悲秋，忽又自寬，以『自』對『君』甚切，君者君也，自者我也。『羞將短髮還吹帽，笑倩旁人為正冠。』將一事翻騰作一聯，又孟嘉以落帽為風流，少陵以不落為風流，翻盡古人公案，最為妙法。『藍水遠從千澗落，玉山高並兩峰寒。』詩人至此，筆力多衰，今方且雄傑挺拔，喚起一篇精神，自非筆力拔山，不至於此。『明年此會知誰健，醉把茱萸仔細看。』則意味深長，悠然無窮矣。」（《誠齋詩話》）以上評論足矣，豈容筆者置喙也。

瘦馬行

【題　解】乾元元年（西元七五八年）冬貶官華州司功參軍時作。《文苑英華》卷三四四作〈老馬行〉。詩寫一匹被遺棄的官馬，寫實而兼抒情，實藉馬以寓身世之感。

東郊瘦馬使我傷，骨骼硉兀❶如堵牆。絆之欲動轉欹側，此豈有意仍騰驤❷？
細看六印帶官字❸，眾道❹三軍❺遺路旁。皮乾剝落雜泥滓，毛暗蕭條連雪霜❻。
去歲奔波逐餘寇❼，驊騮不慣不得將❽。士卒多騎內廄馬，惆悵恐是病乘黃❾。當
時歷塊誤一蹶，委棄非汝能周防❿。見人慘澹若哀訴，失主錯莫⓫無晶光⓬。天寒
遠放雁為伴，日暮不收烏啄瘡⓭。誰家且養願終惠，更試明年春草長⓮。

【注　釋】❶硉兀　形容馬骨瘦削如石。❷絆之二句　謂用馬韁絆動馬足，瘦馬看樣子想起來奔馳，可是因無力又歪倒在地。騰驤，奔騰。❸六印帶官字　唐代官馬的馬身不同部位烙有六個印記。印記中帶有官字，說明是官馬。❹眾道　眾人說。❺三軍　指唐軍。❻皮乾二句　形容瘦馬憔悴之狀。馬皮乾裂脫落，雜有泥滓；馬毛暗淡無光，霑滿霜雪。❼去歲句　指至德二

載，唐軍收復兩京之事。餘寇，指安史叛軍。❽驊騮句　言不是慣戰的良馬是不得參與「逐餘寇」的平叛戰爭的，可見此瘦馬是為國家平叛出過力的良馬。驊騮，古代良馬名。將，參與。❾士卒二句　內廄馬，指天子所騎的御廄馬。在收復兩京的戰鬥中，唐軍士卒騎的多是御馬，內廄多是良馬，所以詩人推測這匹參與平叛戰鬥的瘦馬有可能是內廄良馬。而御馬如今被棄於道側，瘦病無助，令人惆悵。乘黃，亦是古代良馬之名。❿當時二句　推測此馬受傷被棄原委，詩人認為馬奔跑時不小心失足跌倒，受傷被棄，並不是馬的什麼過錯。歷塊，形容奔馳之迅捷。王褒〈聖主得賢臣頌〉云：「過都越國，蹶如歷塊。」汝，指馬。周防，提防。⓫錯莫　落寞無助的神情。⓬無晶光　沒有光澤。⓭天寒二句　言瘦馬在如此寒冷季節裡被遺棄放逐，只能和大雁為伴。到了日暮再也沒有人來收留牠，只有烏鴉來啄其瘡口。⓮誰家二句　為此馬呼籲，希望有好心人能夠收養牠，調養到明年春天的時候，牠還能去為國家效力。

【語　譯】我在東郊碰到了一匹瘦馬，牠的慘狀讓我心傷。牠的骨骼突出，瘦削像一堵石牆。因馬轡絆動其足，欲起動又歪倒在地，哪裡還有奔騰的意向？細看牠身上烙有六個官印文字，人們說是官軍把牠棄置於路旁。牠皮膚乾裂脫落霑著汙泥，毛鬃暗淡稀疏綴著雪霜。去年官軍奔波掃蕩叛軍餘寇，若不是慣戰的良馬便不得參與征戰。士兵大多騎著御廄內的良馬，這匹棄馬恐怕也曾是良馬乘黃，如今瘦病無助，多麼令人惆悵！猜想牠當時急速奔馳失足跌倒，受傷被棄從此一蹶不振，遭到拋棄在馬也實難提防。牠見了人神情慘澹像在訴說悲哀，失去主人雙瞳無光。天寒野曠中只有大雁為伴，日暮無家可歸忍受烏鴉啄食瘡傷。誰家願意把牠收養？待到明年吃到春草，定會再奔疆場。

【研　析】此詩為貶官華州而自傷之作。起句點破「東郊瘦馬」，「使我傷」是詩之主腦。接下來分寫瘦馬憔悴之狀、悲楚之情，以寓自己的身世之感。開篇寫馬瘦如堵牆，如此瘦弱不堪，想起來奔馳而不能，掙扎又倒地，讓人心寒。這裡詩人不說可惜，偏說「此豈有意仍騰驤」於世，惋惜之意倍深。從印記中帶有官字看，這分明是官馬，而歎其昔用而今棄。正因為棄之於荒野而不用，此馬才有如此的憔悴之狀。「去歲」以下十二句，敘瘦馬悲楚之情。末以「遠放」二字自影被斥，「日暮」二字自影途窮，此正起句所謂「使我傷」意。詩人因為疏救房琯，一跌不起，故說「歷塊誤一蹶」、「非汝能周防」，是歎馬之不幸，也是自歎不幸。詩人落職之後，從此不復見君，故曰「見人若哀訴、失主無晶光。」身經廢棄，欲展後效而不可得，故曰「誰家願終惠、更試春草長。」寓意顯然。此詩以藹然仁者之言，由傷馬之瘦老而自傷，而傷及廣大的類我者，這就是杜甫的胸懷。劉辰翁評曰：「展轉沉著，忠厚惻怛，感動千古。」（《集千家注批點補遺杜工部詩集》卷三）

洗兵馬

【題　解】 詩題一作〈洗兵行〉，題下原注：「收京後作。」此詩作年約有二說：一說作於乾元二年（西元七五九年）春九節度兵潰相州（即鄴郡，今河南安陽）以前；一說作於乾元元年三月至五月。當以前說為近，時杜甫在洛陽。左思〈魏都賦〉云：「洗兵海島，刷馬江州。」詩題本此。全詩以喜勝利、頌中興、望太平為大旨，而喜中含憂，頌中寓諷，意味深長，但義正詞嚴，情深氣壯，最見詩人深穩超拔的政治氣度。

中興諸將❶收山東❷，捷書夜報清晝同。河廣傳聞一葦過❸，胡危命在破竹
中❹。祇殘❺鄴城不日得❻，獨任朔方無限功❼。京師皆騎汗血馬，回紇餧肉蒲萄
宮❽。已喜皇威清海岱❾，常思仙仗❿過崆峒⓫。三年笛裏關山月，萬國兵前草木
風⓬。

成王⓭功大⓮心轉小⓯，郭相謀深古來少⓰。司徒⓱清鑒⓲懸明鏡，尚書⓳氣與
秋天杳⓴。二三豪俊為時出，整頓乾坤濟時了㉑。東走無復憶鱸魚㉒，南飛覺有安
巢鳥㉓。青春復隨冠冕入，紫禁正耐煙花繞㉔。鶴駕通宵鳳輦備，雞鳴問寢龍樓

曉㉕。

攀龍附鳳勢莫當，天下盡化為侯王㉖。汝等豈知蒙帝力，時來不得誇身強㉗。關中既留蕭丞相㉘，幕下復用張子房㉙。張公一生江海客，身長九尺鬚眉蒼㉚。徵起㉛適遇風雲會㉜，扶顛㉝始知籌策良㉞。青袍白馬㉟更何有，後漢今周喜再昌㊱。寸地尺天皆入貢，奇祥異瑞爭來送㊲。不知何國致白環㊳，復道諸山得銀甕㊴。隱士休歌〈紫芝曲〉㊵，詞人解撰〈河清頌〉㊶。田家望望㊷惜雨乾，布穀㊸處處催春種。淇上㊹健兒㊺歸莫懶㊻，城南思婦㊼愁多夢。安得壯士挽天河，淨洗甲兵長不用㊽。

【注釋】❶中興諸將　指成王李俶、郭子儀、李光弼、王思禮等。❷山東　華山或崤山以東地區，一說太行山以東為山東。肅宗至德二載（西元七五七年）十月，洛陽收復後，安慶緒出走河北，退守鄴郡，惟據有七郡六十餘城。十一月，張鎬帥五節度兵攻下河南、河東諸郡縣。乾元元年（西元七五八年）九月，肅宗命郭子儀等九節度使合兵討安慶緒於相州。十月，郭子儀自杏園（今河南衛輝東南）渡黃河，破安太清，斬首四千級，遣使告捷，隨即克復衛州（今河南衛輝），前後斬首三萬級，捕虜千人。十一月，崔光遠克復魏州（今河北大名）。其餘各處皆有捷報，晝夜接連不斷，故下句說「捷書夜報清晝同」。杜甫乾元元年冬〈華州試進士策問五首〉所云「山東之諸將雲合，淇上之捷書日至」，正指此。❸河廣句　《詩經．衛風．河廣》：「誰謂河廣？一葦杭之。」河，指黃河。葦，草名，此喻小船。此句喻官軍渡河之易、之快。❹胡危句　形容九節度從渡河到合圍相州的勝利形勢，謂在官軍勢如破竹的進攻之下，安史叛軍的滅亡已在眼前。破竹，《晉書．杜預傳》：「今兵威已振，譬如破竹，數節之後，皆迎刃而解，無復著手處也。」至德二載十一月，肅宗下制曰：「力戰平兇，勢若摧枯，易同破竹。」

杜預為杜甫十三世祖，肅宗為當朝皇帝，此詩用之，當是有意為之。❺祇殘　只剩下。❻不日得　很快便可克復。《資治通鑑》肅宗乾元二年二月載：「郭子儀等九節度使圍鄴城。……自冬涉春，安慶緒堅守以待史思明。食盡，一鼠直錢四千，淘牆麩及馬矢以食馬。人皆以為克在朝夕。」說的就是這種情況。❼獨任句　朔方，指朔方節度使郭子儀。當時肅宗命九節度使合攻安慶緒，惟恐郭子儀功高震主，故不立元帥，而以宦官魚朝恩為觀軍容使，監督眾軍。致使王師雖眾，軍無統帥，進退無所承稟，貽誤戰機。這是造成後來九節度使兵潰鄴城的根本原因。杜甫可謂有先見之明，故以詩諫言肅宗獨任郭子儀，以成全功。❽京師二句　汗血馬，見前〈高都護驄馬行〉注⓱。兩京收復後，回紇王子葉護回國，曾留兵屯駐沙苑。乾元元年（西元七五八年）八月，回紇又派驍騎三千助討安慶緒，是以京師多回紇良馬。蒲萄宮，為西漢長安上林苑內離宮。哀帝元壽二年（西元前一年），匈奴烏珠留單于來朝，居蒲萄宮。此指至德二載十月，肅宗在大明宮宣政殿親宴回紇葉護事。餧肉，以肉飼虎。以喻回紇強暴為患。杜甫在〈留花門〉詩中對「飽肉氣勇決」的回紇軍隊殺掠、害稼等事曾表示過深切的憂慮。❾清海岱　謂今山東省一帶叛賊業已肅清。乾元元年二月，安慶緒偽署北海（今山東青州）節度使能元皓以其地請降。海岱，滄海及泰山，指今山東省一帶。❿仙仗　皇帝儀仗。⓫崆峒　山名，在今甘肅境內。肅宗在靈武、鳳翔時，往來常經過崆峒山。此句意謂時常回想當初肅宗即位靈武時之艱難，亦安不忘危之意。⓬三年二句　是說三年來人民和士兵飽受戰亂之苦。三年，自天寶十四載（西元七五五年）十一月安史之亂爆發，到寫詩時的乾元二年（西元七五九年）春，戰爭進行了三年多。〈關山月〉，漢樂府橫吹曲名，多述戍邊士兵傷別懷鄉之思。萬國，猶萬方、處處。草木風，風聲鶴唳，草木皆兵之意。⓭成王　即太子李豫。初名俶，封廣平郡王，至德二載十二月，進封楚王，乾元元年三月徙封成王，四月立為皇太子，更名豫，即後來的代宗。⓮功大　在收復兩京中，李俶任天下兵馬元帥，《舊唐書・肅宗紀》載：至德二載冬十月，「廣平王統郭子儀等進攻，與賊戰於陝西之新店，賊眾大敗，斬首十萬級，橫屍三十里。……壬戌（十九日），廣平王入東京（洛陽），陳兵天津橋南，士庶歡呼路側。」⓯心轉小　反而小心謹慎。北齊劉晝《劉子新論・誡盈》云：「楚莊王功立而心懼，晉文公戰勝而色憂，非憎榮而惡勝，乃功大而心小，居安而念危也。」此用其意。⓰郭相句　郭相，即郭子儀。子儀至德元載八月為兵部尚書、同中書門下平章事，乾元元年八月又為中書令，故云。肅宗於乾元元年三月三日下〈郭子儀東京畿山東河南諸道元帥制〉稱讚子儀「識度弘遠，謀略沖深，……故能掃清強寇，收復二京，建茲大勳，成我王業。……以今觀古，未足多之。」此句正襲用制文語意。⓱司徒　指李光弼。至德二載四月，光弼以功加檢校司徒。⓲清鑒　清明之鑒識能力。光弼曾逆料史思明詐降，「終當叛亂」，故杜甫有此譽。⓳尚書　指王思禮，時為兵部尚書。從廣平王李俶收復兩京，屢立戰功。⓴氣與秋天杳氣度和秋天一樣的開朗高遠。㉑二三二句　稱譽郭子儀等人乘時奮起，完成中興大業。二三豪俊，指上面提到的郭子儀、李光弼、王思禮等中興諸將。為時出，應運而生，乘時奮起，猶言時勢造英雄。整頓乾坤，再造國家。《舊唐書・郭子儀傳》載：至德二載十月，郭子儀收復東都洛陽。是時，河東、河西、河南賊所盜郡邑皆平。尋入朝，肅宗親勞之曰：「雖吾之家國，實由卿再造。」濟時，救濟時危。了，完成。㉒東走句　用晉張翰事。《世說新語・識鑒》載，張翰，吳人，遠宦洛陽。因見秋風起而思吳中蓴羹、鱸魚膾，乃歎曰：「人生貴得適意爾，何能羈宦數千里以要名爵！」於是辭官命駕而返。此句反用其意，謂離鄉之人民，皆得返鄉安居，不須久憶鱸魚膾也。㉓南飛句　意謂欲南歸者皆得南歸，而無何枝可依之怨也。安巢鳥，《古詩十九首》：「越鳥巢南枝。」又曹操〈短歌行〉：「月明星稀，烏鵲南飛。繞樹三匝，何枝可依？」㉔青春二句　謂百官上朝，皇宮之新氣象適與綠意盎然之明媚春光相輝映。青春，綠意盎然之春天。冠冕，指百官。紫禁，皇宮。耐，相稱；相配。煙花，春天豔麗之景色。㉕鶴駕二句　說肅宗父子每天按時去向太上皇（玄宗）問安，明修父子之禮。傳說周靈王太子晉乘白鶴仙去，故後世稱太子之座車為鶴駕。此指太子李豫車駕。鳳輦，皇帝車駕。此指肅宗車駕。雞鳴，五更時分。問寢，問候起居。龍樓，皇帝住處，此指玄宗所居興慶宮。至德二載十一月，肅宗在丹鳳樓所下制書曰：「今復宗廟於函洛，迎上皇於巴蜀；導鑾輿而反正，朝寢門而問安；寰宇載寧，朕願畢矣。」二句即化用制書之語。㉖攀龍二句　指攀附肅宗和張淑妃的宦官李輔國、魚朝恩之流，他們藉當初於靈武擁戴肅宗之功，回京後封官進爵，氣焰囂張，勢傾朝野。《漢書・敘傳》云：「攀龍附鳳，並乘天衢。」又云：「雲起龍驤，化為侯王。」此借諷肅宗封賞太濫。㉗汝等二句　痛斥攀龍附鳳者並非真有本事，只不過一時僥倖得到皇帝的偏愛罷了。汝等，即指上述李輔國之流。蒙帝力，受到皇帝的偏愛。時來，逢時走運。㉘關中句　蕭丞相，漢丞相蕭何，這裡借指房琯。劉邦為漢王時，以蕭何為丞相，劉邦東征，留其鎮撫關中，建立大功。房琯為玄宗奔蜀時任命的宰相，又奉冊靈武，留相肅宗，「素有重名」，故以蕭何作比。㉙張子房　漢朝張良，字子房，劉邦的重要謀臣。此借指張鎬。鎬隨玄宗幸蜀，後肅宗擢為諫議大夫，尋代房琯為相，深謀遠慮，故有此比。時鎬罷為荊州大都督府長史，仍居幕府，故曰「幕下復用」。㉚張公二句　謂張鎬半生未入仕，有如浪跡江海之客，身材魁梧，相貌不凡。鬚眉蒼，形容其貌古神異。《新唐書・張鎬傳》謂其「儀狀瑰偉，有大志」，「遊京師，未知名，率嗜酒鼓琴自娛。人或邀之，杖策往，醉即返，不及世務」。㉛徵起　指天寶十四載（西元七五五年），張鎬自布衣召拜左拾遺。㉜風雲會　風雲際會。《易・乾・文言》：「雲從龍，風從虎。」指在動亂時期賢臣明主的遇合。㉝扶顛　扶持國家之顛危。㉞籌策良　籌策，出謀劃策。玄宗幸蜀，鎬自山谷徒步扈從；肅宗即位，鎬至鳳翔，奏議多有弘益；睢陽危急，杖殺不肯援救張巡的閭丘曉；洞察史思明之偽降；預見許叔冀臨難必變；兩京收復，皆在張鎬拜相之時。扶顛持危，卓有功績，故曰「籌策良」。㉟青袍白馬　借喻安祿山、史思明叛亂。南朝梁侯景作亂，乘白馬，衣青袍，欲以應「青絲白馬壽陽來」謠讖。此以侯景比安、史叛軍首領。㊱後漢句　以周宣王、東漢光武帝中興之事比擬肅宗復興唐室。㊲寸地二句　謂天下各地競獻奇祥異瑞。寸地尺天，猶言普天之下。㊳白環　古傳虞舜時，西王母來朝，獻白環、玉玦。㊴銀甕　古傳神靈滋液有銀甕，不汲自滿。白環、銀甕都是指上文所云之祥瑞。㊵紫芝曲　秦末漢初隱士商山四皓作有〈紫芝歌〉，以表隱居之志。㊶河清頌　南朝宋文帝元嘉中，黃河濟水皆清，時人以為天下太平之吉兆，鮑照作〈河清頌〉。這裡指歌頌太平的文章。㊷望望　同「惘惘」。失意貌。《釋名》：「望，惘也。」㊸布穀　即布穀鳥，鳴聲如布穀（散布穀種；播種），為催耕之鳥。㊹淇上　淇水之濱，指鄴城一帶。淇水，即今河南淇河，原為黃河支流，南流至今衛輝市東北淇門鎮入河。㊺健兒　指圍攻鄴城之士兵。㊻歸莫懶　莫懶於早歸也。㊼思婦　出征士兵的妻子。㊽安得二句　謂哪裡去求得壯士力挽天河之水而淨洗甲兵永不再用，使天下永無征戰而長享太平呢！洗甲兵，語本《說苑・權謀》，武王伐紂，遇大風雨，散宜生諫曰：「此其妖歟？」武王曰：「非也，天灑（一作『洗』）兵也！」

【語　譯】成王李俶、郭子儀、李光弼、王思禮等中興諸將奮力收復華山以東地區，報捷的喜訊日夜頻傳。寬廣的黃河聽說已一舉渡過，官軍勢如破竹，安史叛軍的滅亡已在眼前。只剩下鄴城的敵人，克復即在眼前，朔方軍的將士功勳無限，應獨任其統帥郭子儀。兩京收復，京城裡的軍隊都騎著汗血馬，回紇的援軍也飽餐了肉飯，他們駐屯於「蒲萄宮」。已喜皇威肅清了海岱一帶地區，常常思及肅宗曾遠涉崆峒。三年來戰士們吃盡戰亂的苦辛，普天下的人常覺風聲鶴唳草木皆兵。

成王功大心思變得謹慎，郭相子儀的深謀遠慮古來少有。司徒李光弼洞察史思明詐降，如明鏡高懸；尚書王思禮氣度非凡，如同秋天一樣開朗高遠。二三豪傑應時而生，整頓了乾坤拯救了時難。離鄉的人們無須久憶鱸魚膾，欲南歸的百姓也都有家可歸。盎然的春光又隨百官進入了宮廷，天子的禁宮簇擁著豔麗的春天。肅宗父子的車駕通宵達旦去整備，等待雞鳴去向太上皇（玄宗）問安。

攀龍附鳳的群小們驕縱無比，其勢難當，他們紛紛得到了封爵，天下的侯王遍地皆是。這幫小人豈知僅僅是蒙受了皇帝的恩惠，時來運轉誇不得自身有多強！當年朝中既用房琯、張鎬為宰相，如今就該再用當代的蕭何、張子房。張公鎬平生情懷曠達疏放，有如浪跡江海之客，身高九尺，鬚眉蒼蒼；出山之時恰逢君臣風雲際會，他扶顛持危，運籌帷幄。安史叛賊何足一擊？周、漢中興重現於大唐。

普天之下都來納貢，奇祥異瑞爭來獻送：不知何方獻來白環，又說諸山都發現銀甕。隱士們不再吟唱〈紫芝曲〉，文人們知道如何寫好〈河清頌〉。田家眼巴巴盼望下場透雨，布穀鳥處處催人耕種。淇水上的健兒奮勇殺敵，儘快取勝歸來吧；故鄉的妻子正思夫多夢。能到哪裡去求得壯士力挽天河之水，去淨洗甲兵永不再用！

【研　析】此詩可當一篇中興頌來讀。全詩共分四段，每段一韻，每韻十二句，且平仄相間，筆力矯健，詞氣蒼老，洵稱傑作。王安石選杜詩，即以此為壓卷之作。

開頭十二句為第一段，以歌頌戰局神變發端，寫官軍圍鄴，勝利在望之局勢，望肅宗勿忘三年來君臣播遷、軍民苦戰之艱難。復興大業與善任將帥關係甚大，「獨任朔方無限功」，肯定與讚揚郭子儀在平叛戰爭中的地位和功績，重要的是希望朝廷信賴諸將，以奏光復無限之功。「京師」二句則描繪了兩個顯示勝利喜慶氣氛的畫面：長安街上出入的官員們都騎著汗血馬，春風得意；助戰有功的回紇兵則在「蒲萄宮」。以下意略轉折，「已喜皇威清海岱」一句束上，時河北尚未完全克復，言「清海岱」則語有分寸；「常思仙仗過崆峒」一句啟下，意在警告肅宗居安思危。緊接以「三年笛裏」二句，概括寫出戰爭帶來的創傷。安史之亂三年來，笛咽關山，兵驚草木，人民飽受亂離的痛苦。這裡撫今追昔，極抑揚頓挫之致，將作者激動而複雜的心情寫出。「成王功大」以下十二句為第二段，逆接篇首「中興諸將」四字，以鋪張排比句式，讚美李豫、郭子儀等人。成王收復兩京時為天下兵馬元帥，「功大心轉小」，讚頌其成大功後更加小心謹慎。接著盛讚郭子儀的謀略、李光弼的明察、王思禮的高遠氣度，讚語均切合各人身分。總束前意，說他們本來就為重整乾坤，應運而生的。「東走無復」以下六句承「整頓乾坤濟時了」而展開描寫，從普天下的喜慶到宮禁中的新氣象。百姓安居樂業。在長安，百官歸朝，上皇歸宮，氣象氤氳，秩序井然。這一段寫作者企盼的清平政治，是今後長洗甲兵的基本保證。

「攀龍附鳳」以下十二句為第三段，諷朝廷濫封爵賞，望肅宗重新起用房琯、張鎬等人，完成中興大業。先揭示一種政治弊端：朝廷賞爵太濫，許多投機者無功受祿，一時「天下盡化為侯王」。「汝等」二句申斥此輩，聲調一變而為憤激。繼而又將張鎬、房琯等作為上述勢力的對立面來歌頌，聲調又轉為輕快，一張一弛，極擒縱唱歎之致。「青袍白馬」句以南朝北來降將侯景比安、史，言其不堪一擊；「後漢今周」句則以周、漢的中興比喻時局，時房琯、張鎬俱已罷相，詩人希望朝廷再用他們，故特加表彰，與讚「中興諸將」相表裡。這一段表明杜甫的政治眼光。「寸地尺天」到篇終為第四段，喜勝利在望，祥瑞紛呈，祈盼亂定民康，天下太平。先說四方皆來入貢，海內遍呈祥瑞，舉國稱賀。接著說：隱士們也不必再避亂遁世，文人們都大寫歌頌詩文。至此，詩人是「頌其已然」，同時又未忘記民生憂患，又「禱其將然」：時值春耕逢旱，農夫盼雨；而「健兒」、「思婦」猶未得團圓，詩人勉勵圍鄴的「淇上健兒」以「歸莫懶」，寄託著欲速其成功的殷勤之意。最後歸結出美好理想：「淨洗甲兵長不用」。

這首詩的視點從戰場到宮禁，從朝廷到民間；人物從皇帝到諸將，從宰相到田家；慶功的歡快中見出極其清醒的頭腦，中興的展望中又包含著深沉的隱憂，錯綜的時事和複雜的感想交織在一起。從藝術形式看，採用了華麗嚴整、兼有古近體之長的「四傑體」，於熱情奔放中饒有頓挫之致，清詞麗句而兼蒼勁之氣，讀來跌宕生姿，大大增強了藝術感染力。魯一同評曰：「杜七古中第一篇。他篇尚可摹擬，此則高詞偉義，峻拔天表，後人更無從望其項背。」(《魯通甫讀書記》)

贈衛八處士

【題　解】衛八，生平不詳，八是排行。處士，居家不仕的人。乾元元年(西元七五八年)，杜甫被貶華州司功參軍，冬赴洛陽，二年春從洛陽回華州，途中遇老友衛八處士，久別重逢，撫今追昔，感慨萬千，遂賦此詩以贈，極言朋友會面之難，以見與衛八相會之樂。

人生不相見，動如❶參與商❷。今夕復何夕，共此燈燭光❸。少壯能幾時，鬢髮各已蒼。訪舊❹半為鬼❺，驚呼熱中腸❻。焉知二十載，重上君子❼堂。昔別君未婚，兒女忽成行❽。怡然❾敬父執❿，問我來何方。問答未及已⓫，驅兒羅酒漿⓬。夜雨剪春韭，新炊⓭間⓮黃粱⓯。主稱⓰會面難，一舉累⓱十觴⓲。十觴亦不醉，感子⓳故意⓴長㉑。明日隔山岳㉒，世事兩茫茫㉓。

【注釋】❶動如　動不動就像。❷參與商　二十八星宿中的二星名，參在西，商在東，此出彼沒，永不會同時出現。後常以比喻雙方會面之難。曹植〈與吳季重書〉：「面有逸景之速，別有參商之闊。」❸今夕二句　《詩經・唐風・綢繆》：「今夕何夕，見此良人！」「今夕何夕，見此邂逅。」表示驚喜。此是喜出望外，想不到得有今夕，共對此燈燭之光也。❹訪舊　打聽故舊的下落。❺半為鬼　大多亡故。❻熱中腸　為故舊的死亡而深感悲痛，五內俱焚。❼君子　指衛八。❽成行　眾多。❾怡然　和悅貌。❿父執　父親的友輩。《禮記・曲禮上》：「見父之執。」孔穎達疏：「謂摯友與父同志者也。」⓫未及已　還沒有說完。⓬羅酒漿　擺上酒菜。⓭新炊　剛煮熟的飯。⓮間　攙和。⓯黃粱　即黃小米。⓰主稱　主人說。⓱累　接連。⓲觴　酒杯。⓳子　指衛八。⓴故意　故舊情義。㉑長　深長；深厚。㉒明日句　說明天就要和你分別，好像華山把我們隔開一樣。山岳，指西岳華山。㉓世事句　世事，指時局發展和個人命運。別後世事如何，你我都茫然無知，不能預料，故曰「兩茫茫」。

【語譯】人生在世，老友不得相見，每每就像參商二星不會同時出現一樣。今天的夜晚又是怎樣的夜晚啊，真想不到我們竟能共守這燈燭之光！人的少壯年華能有多長？我們的鬢髮都已蒼蒼。打聽故舊的下落，才知道多半已經去世，禁不住一再惋惜驚呼，痛徹心腸。沒想到離別了二十年，現在又能重登您的廳堂！當初分手時您還沒有結婚，如今兒女已成群成行。他們高興地接待父親的朋友，恭敬地問我來自何方。問答交談還沒有結束，您就讓兒子把酒漿擺到桌上。您冒著夜雨割來春韭，為我剛蒸了一鍋黃米飯。您說人生難得重相見，一連對飲了十來杯。十來杯下肚也沒醉意，實在是感激老朋友的情深意長。明天我們又要被山岳隔斷，別後世事茫然難料。

【研　析】此詩敘與老友衛八處士相聚時的悲喜交集情景與滄桑變化。詩一開頭就將自己與故人長久不見，比作參星與商星，指出人生不相見的經常性，為全詩定下樸厚的基調。下面以半敘事半抒情方式，按故人見面的感情發展邏輯一步步推進。前四句是「總題」，下文分述會面的情景、主人的款待之情。「少壯」以下十句，就人生遽變發出無限感慨。其中「焉知」四句，抒發與老友久別重逢的無限歡悅之情。此時此刻，詩人心裡也許在慶幸老友的倖存，也許在慨歎自身的遭遇。接下來，自然轉到衛八處士的家庭情況和盛情款待的描寫。寫衛八家庭今昔的變化，與上文「二十載」相呼應。「夜雨」以下六句，寫主人竭誠款待的情景。雨中剪韭，新炊黃粱，體現友情的真摯。「主稱」二句寫衛八，「十觴」二句寫自己。人生南北，聚會無期，只有痛飲而已。又想到此刻一會，明天又得分手，於是，「十觴亦不醉，感子故意長」，以曠達之語來寫惜別沉痛之情。結尾還是歸結到人生聚散無常之悲，與開頭呼應。此詩的最大特色在一真字。所以，吳馮栻說：「通首妙在一真，情真，事真，景真，故舊相遇，當歌此以侑酒，讀之覺翕翕然一股熱氣，自泥丸直達頂門出也。」（《青城說杜》）

新安吏

【題　解】題下原注：「收京後作。雖收兩京，賊猶充斥。」乾元元年（西元七五八年）冬至乾元二年春，郭子儀、李光弼、王思禮等九節度使以六十萬大軍圍攻相州安史叛軍，因軍無統帥，久圍而不克。加之諸軍缺糧，史思明援軍又至，唐軍軍心浮動。三月，唐軍在相州河北擺開陣勢與史思明決戰，正勝負未分之際，大風忽起，吹沙拔木，天昏地暗，兩軍大驚，官軍向南潰退，叛軍向北潰退。郭子儀以朔方軍斷河陽橋保東都洛陽。諸節度各潰歸本鎮。洛陽一帶形勢緊張，朝廷為扭轉戰局，加強戰備，於是到處徵兵抓丁，新安（今屬河南）一帶尤為嚴重，雖老幼亦難免。這時作者由洛陽回華州，就沿途所見所聞，懷著矛盾的心情寫下〈新安吏〉、〈石壕吏〉、〈潼關吏〉、〈新婚別〉、〈垂老別〉、〈無家別〉這組傳誦千載的史詩，即所謂「三吏」、「三別」。表達了非常複雜的感情，既為人民所承受的苦難而感到痛心，又不得不站在國家民族的立場勸勉人民做出犧牲，同情中混合著安慰。

客❶行新安❷道，喧呼聞點兵❸。借問新安吏，縣小更無丁❹？府帖昨夜下，次選中男行❺。中男絕短小，何以守王城❻？肥男有母送，瘦男獨伶俜❼。白水暮東流，青山猶哭聲❽。莫自使眼枯❾，收汝淚縱橫。眼枯即見骨，天地終無情❿。我軍取相州，日夕望其平。豈意賊難料，歸軍星散營⓫。就糧近故壘，練卒依舊京。掘壕不到水，牧馬役亦輕⓬。況乃⓭王師順⓮，撫養⓯甚分明。送行勿泣血⓰，僕射⓱如父兄⓲。

【注釋】❶客　杜甫自謂。❷新安　即今河南新安，東臨洛陽。❸點兵　徵調丁壯。❹縣小句　為「客」的詢問。丁，成年男子。天寶三載規定「民十八以上為中男，二十三以上成丁。」「客」見被徵者年齡較小，故有「縣小吏無丁」之問。❺府帖二句　是新安吏回答「客」的話。府帖，按府兵制徵兵的文書。次選，因成丁已被徵盡，故次徵中男入伍。❻中男二句又是「客」的反問。絕，極。短小，指身材矮小，發育還不完全。王城，指洛陽。❼肥男二句　互文見義，即不管肥男瘦男，有母無母，有伴無伴，皆齊聲痛哭。伶俜，孤獨貌；孤單一人。❽白水二句　用青山、白水，藉景寫情，從而渲染了中男與家人生離死別的悲劇氣氛，讀來令人淚落。白水流，比被徵者猶如河水東流，一去不復返。青山哭，指送行者仍倚山而望行者悲泣。❾眼枯　哭瞎眼睛。❿眼枯二句　承上而言，意為即使把眼哭瞎了，也留不住自己的孩子。字面是埋怨天地無情，實則影射朝廷。⓫我軍四句　追溯相州戰役失敗的經過。乾元元年（西元七五八年）十月，郭子儀、李光弼等九節度使合兵六十萬包圍鄴城，因缺乏統一指揮，自冬至春，久圍不克，致使軍心渙散，再加上敵援軍至，終致潰敗。故云「賊難料」。日夕，猶早晚。平，平定；收復。星散營，是說潰敗的唐軍已不成建制，像星星一樣到處散亂屯營。⓬就糧四句　進一步對「中男」及其親人寬慰和鼓勵的話。仇兆鰲曰：「曰就糧，見有食也；曰練卒，非臨陣也；曰掘壕、牧馬，見役無險也。」（《杜詩詳注》卷七）就糧，移兵到糧多的地方以取得給養。故壘，指河陽的舊營壘。練卒，練兵（而不是去臨陣打仗）。舊京，指洛陽。掘壕不到水，是說戰壕挖得很淺，勞役不重。⓭況乃　何況。⓮王師順　唐朝政府的官軍順應天理民意平叛，師出有名。⓯撫養　指將官愛護士卒。⓰泣血　形容哭得極度悲傷。⓱僕射　官職名，在唐朝相當於宰相，這裡指郭子儀。子儀至德二載（西元七五七年）五月曾任左僕射。⓲如父兄　謂郭子儀體恤愛護士卒猶如父兄，大可以放心前往。語本《淮南子·兵略》：「上視下如子，則下視上如父。上視下如弟，則下視上如兄。」

【語　譯】我走在新安道上忽聽一片喧囂聲，原來是縣吏在徵點士兵。我問縣吏：「難道是縣小再也徵不到壯丁了？」縣吏答：「是的，昨夜下達了軍帖文書，現在輪到選調中男去當兵了。」我不禁感歎：「中男身材如此矮小，如何能夠守衛王城！」看那隊伍中稍胖的孩子還有母親來送行，瘦弱的則孤苦零丁。暮色中白茫茫的河水向東流去，連沉默的青山也放出悲聲！苦難的人們千萬別把眼睛哭瞎了，且把滿臉的淚水擦乾淨；即便哭瞎雙眼露出骨頭，蒼天大地終是無情（留不住你們的孩子）。我軍這次圍攻鄴城，本來可望迅速蕩平此城。哪裡想到敵情難測，撤退的軍隊星散回本營。這次所徵的士兵屯營到糧多的地方，操練士卒就在洛陽附近。挖掘戰壕較淺還見不到水，牧放戰馬的差事亦輕。更何況官軍順應天理民意，養護士兵的條例也很分明。送行的人們不要過於悲傷，郭僕射待士兵親如父兄。

【研　析】〈新安吏〉為「三吏」首篇，亦是組詩總領。全詩借為問答之辭，據實直書，從縣吏徵丁的角度反映鄴城戰敗之後的形勢。前八句總敘點兵之事。開頭兩句揭示出全篇「點兵」主旨。「點兵」二字，總領全文，下文所敘之事，皆由此而生。「借問」以下六句，通過作者和縣吏的問答，敘述了徵兵的情況。徵中男，說明兵源嚴重不足。昨夜軍帖剛下，清晨即點兵催行，從側面烘托出「王城」危在旦夕的形勢。「中男」二句寫詩人的心理活動，既有對人民痛苦的同情，又有對國家命運安危的憂慮。「肥男」以下八句，由對話而轉入描寫，緊緊圍繞一個「慰」字。前四句描寫離別的場面，重點渲染悲傷的環境氣氛；後四句寬慰送行者，重點抒發內心的悲憤。「肥男」二句點明送行。吳瞻泰評：「無限情事，只用十字序之，筆力如此。」（《杜詩提要》卷二）隊伍就要出發，白水嗚咽，青山肅默，為之悲哀。「莫自」四句轉向勸慰，表示同情。而「天地終無情」一句更是精警有力，沉痛無比！「我軍取相州」以下十二句寫對送行人及新兵的安慰和勉勵。「我軍」四句敘說戰場形勢。此時安慶緒危在旦夕，因有「日夕望其平」的描寫。可是，偶生變故，各節度使軍隊潰散回歸本鎮。「豈意」兩句即寫以上事實。由於「前軍潰散，後軍繼行，恐人心惶懼」（《杜詩詳注》卷七），所以「就糧」以下八句，就從練兵舊京、師出有名等幾方面繼續寬慰送行者。這十二句，照應前面的「點兵」，表現出詩人同情人民、關心國家命運的矛盾心情。此詩是新題樂府。第一人稱的運用尤為親切感人。藝術上善用白描手法，將內在感情寄託在情節和人物言行的客觀敘述中，詩人不作多餘的議論，而濃烈的感情溢於言外，沉哀入骨。楊倫曰：「先以惻隱動其君上，後以恩誼勉其丁男，仁至義盡。此山谷所云『論詩未覺〈國風〉遠』也。」（《杜詩鏡銓》卷五）

石壕吏

【題　解】乾元二年（西元七五九年）三月作。石壕村，處在洛陽、長安兩京交通要道上，在今河南陝縣東觀音堂鎮西北部山區，今名甘壕村。杜甫從新安去潼關路經石壕村，正遇官吏捉人從軍一幕慘劇。詩直書所見所聞，全用素描，不著作者一字評語，而其意自見，可謂絕作。

暮投❶石壕村，有吏夜捉人。老翁踰❷牆走，老婦出看門。吏呼一何❸怒，婦啼一何苦！聽婦前致詞❹：「三男❺鄴城戍。一男附書❻至，二男新戰死。存者且偷生，死者長已矣❼。室中更無人，惟有乳下孫❽。有孫母未去，出入無完裙❾。老嫗❿力雖衰，請從吏夜歸。急應河陽⓫役，猶得備晨炊⓬。」夜久語聲絕，如聞泣幽咽⓭。天明登前途⓮，獨與老翁別。

【注　釋】❶投　投宿。❷踰　翻越。❸一何　何其；多麼。❹致詞　述說。❺三男　三個兒子。❻附書　捎信。❼長已矣　永遠完了。❽乳下孫　正吃奶的小孫子。❾有孫二句　一作「孫母未便出，見吏無完裙。」母未去，指兒媳未改嫁。❿老嫗　猶言老婆子。老婦自稱。⓫河陽　今河南孟州。相州失敗後，河陽是前線重要防地。⓬備晨炊　置備早飯。指在軍中做飯。⓭幽咽　抽泣聲。⓮前途　前去的路。

【語　譯】傍晚時分我投宿於石壕村，夜裡聽到差吏來抓人。老翁聞聲翻牆逃走，老婦去應門。差吏狂呼暴跳多麼兇橫，老婦哭哭啼啼多麼淒苦。聽著老婦上前對差吏說道：「我的三個兒子都已當兵去打鄴城，一個兒子託人捎信來，另外兩個最近陣亡了。活著的這個不過是苟且偷生，死了的也就永遠完了。屋裡再無可去當兵的人，只有個吃奶的小孫子。孩兒的娘雖說沒改嫁，出門卻無一件完整的衣裙。老婦我雖然年老體衰，就讓我連夜跟你們去，急赴河陽之役，也許還誤不了給部隊做早飯。」夜深人靜語聲斷絕，依稀聽到低聲哽咽。天亮後我要趕路，只與老翁一人辭別。

【研　析】此詩以吏抓丁為題材。夜深人靜，官吏捉人，詩人只虛寫一筆，即掉轉筆鋒，去描寫詩中主人的動作：「老翁踰牆走，老婦出看門」。前六句可以想像官吏的兇狠，全村百姓的驚惶，老翁踰牆逃走的慌張，老婦開門出外的沉著。這就是抓人的場面。老婦應門，詩人只能躲在屋裡靜聽，聽到的對話自然成為主要敘述手段。「聽婦前致詞」以下十四句，由記事轉入記言，通過老婦的口述，反映出安史之亂中廣大人民深重的苦難。前六句敘述「三男」的遭遇，「室中更無人」以下四句，敘述家中的情況。這四句老婦訴說家中的情況，與開頭呼應，有意略去了踰牆而走的老翁。遭遇如此不幸，但仍不能得到差吏的諒解。老婦出於無奈，只得答應親自去應河陽之役。故事至此已發展到高潮。最後四句是尾聲。老婦終於被差吏捉走。夜深了，詩人躺在床上，心情久久不能平靜。這時，詩人似乎又聽到了抽泣聲，加濃了深夜的悲涼氣氛。天明踏上征途，詩人只能與老翁告別。〈石壕吏〉通過客觀地記述一個老婦同一個抓丁吏的對話，包涵了文字所沒有表述的許多內容和萬千感慨，是詩人善於實錄親身經歷的長處與特殊的生活機遇相結合而產生的一篇傑作。吳馮栻曰：「此一百二十字，即一百二十點血淚。舉一石壕，而唐家百二十州，何處非石壕！舉一石壕之吏，而民間十萬虎狼，又何一非此吏！即所見以例其餘，為當事痛哭而道也。」（《青城說杜》）

潼關吏

【題　解】 乾元二年（西元七五九年）三月作。潼關，故址在今陝西潼關東北港口鎮，稱老潼關。為洛陽通往長安的要衝，自古為軍事重地。詩中「桃林」，指桃林塞，在今河南靈寶以西至潼關一帶。天寶十五載（西元七五六年）六月，安祿山進攻潼關，守將哥舒翰本擬據險固守，但因楊國忠促戰，結果被迫出戰，大敗於桃林塞，全軍覆沒，哥舒翰降敵，潼關失守。這次杜甫路經潼關，正值九節度使鄴城兵敗，官軍加緊築城備戰，觸目興感，遂寫此詩，意在提醒守關將士，勿蹈三年前哥舒翰的覆轍。詩以敘述為議論，層層展開，步步深入，末以「請囑防關將，慎勿學哥舒」作結，畫龍點睛，謀全憂深，意在言外。

士卒何草草❶，築城潼關道。大城鐵不如，小城萬丈餘❷。借問潼關吏，修關還備胡❸？要❹我下馬行，為我指山隅❺。連雲列戰格❻，飛鳥不能踰❼。胡來但自守，豈復憂西都❽。丈人❾視要處❿，窄狹容單車。艱難奮長戟，萬古用一夫⓫。哀哉桃林戰，百萬化為魚⓬。請囑防關將，慎勿學哥舒⓭。

【注釋】❶草草　疲勞不堪貌。《詩經‧小雅‧巷伯》：「驕人好好，勞人草草。」❷大城二句　互文見義，是說大城小城均堅固勝鐵，高聳入雲。因城築山上，故云「萬丈餘」。鐵不如，比喻城之堅固勝過鐵。❸借問二句　為詩人的問詞。還，仍然。因為三年前哥舒翰曾於此抵禦過安史叛軍，故云。備胡，防禦叛軍入侵關中。❹要　邀請。❺山隅　山腳。這裡指潼關的地形。❻連雲句　此句至「萬古用一夫」皆為潼關吏的答話。連雲，極言其高。列，排列。戰格，禦敵的柵欄。❼飛鳥句　極言潼關之險。踰，越過。❽西都　長安。潼關為長安以東屏障，據險而守，故長安無憂。❾丈人　關吏對杜甫的尊稱。❿要處　險要的地方。⓫艱難二句　說如此險要的地方，在戰爭形勢危急之時，從來都是只用一個人把守就夠了。所謂一夫當關，萬夫莫開。這是極力形容潼關的地勢險要。奮，揮舞。長戟，古代的一種兵器。⓬哀哉二句　慨歎三年前哥舒翰在潼關附近的慘敗。桃林一戰，士卒墜黃河死者數萬人。百萬，極言其多。化為魚，指淹死河中，葬身魚腹。⓭請囑二句　是杜甫對關吏說的話，希望他轉告守關將帥接受哥舒翰失敗的教訓，慎勿蹈其覆轍。慎勿，千萬不要。哥舒翰，見前〈投贈哥舒開府翰二十韻〉題解。

【語譯】士兵們多麼忙碌疲勞，他們正在潼關道上建築城堡。大城小城堅固勝過鋼鐵，而且都有萬餘丈高。請問潼關的守吏：「修城堡是否還是為了防禦胡兵的進擊？」守吏請我下馬步行，為我指點那些險要的山勢地形：「看那山巔禦敵的柵欄，它們高高排列著，連高飛的鳥兒都飛不過。胡兵若來進犯，只須在此守關就行，無須再憂慮長安的安全。老人家請看那險要之處，僅有一條可行單車的窄路。想在那裡揮舞長戟都很艱難，自古以來就是一夫當關，萬夫莫開。」真是可悲啊，三年前那場桃林大戰，官軍墜黃河而死者竟達數萬。

請您叮囑守關的將領，務必小心謹慎，千萬別學那個失守潼關的哥舒翰！

【研　析】此詩通過問答和正面勸告來表現主題。全詩絕大部分篇幅都是記敘詩人和關吏的對話，寫出潼關修築的情景和關吏對守關禦敵的信心以及詩人對國事的關心。開頭四句點題，描寫士卒修建潼關城池的情況。「鐵不如」、「萬丈餘」，就是潼關城池的概況。浦起龍說：「起四句，虛籠築城之完固。」（《讀杜心解》卷一之二）為下文進一步敘述和議論作好鋪墊。「借問」以下十二句詳細敘述詩人與潼關吏問答及親眼看到的城池的情況。「借問」二句是詩人的問語，引出「修關」的目的：「還備胡」。此「還」字，從時序上說，是在潼關失守之後再行修關；從表情手法上說，寄寓複雜而含蘊的情感和詩人的國破家亡之痛；地理之險固然重要，關鍵是要有守禦之人。這時的潼關吏面對著深塹高壘，頗為得意，「為我指山隅」，殷勤異常。「連雲」以下八句詳細介紹「為我指點」的情況。先是較為誇張地描述了潼關防禦工事的險要和堅固，表現了守關將吏禦敵的決心。在地勢高峻、連接雲天的潼關之上，又修築起層層的「戰格」，飛鳥尚且插翅難入，還擔憂什麼敵人的進攻；敵人如來侵犯，只須據關固守，更不用擔心西都長安的安全了。詩人擔心的正是關吏自信與樂觀掩蓋下的虛驕和輕敵，是最須告誡的。最後四句，由敘述轉入議論，追述三年前桃林之戰失敗的歷史教訓，是詩人對關吏的告誡。詩人對潼關之敗深為痛惜，因此，以「請囑防關將，慎勿學哥舒」作結，希望主將戒驕戒躁，持重謹慎，務求萬全。仇兆鰲說：「末乃答吏之詞，見守關貴乎得人也。」（《杜詩詳注》卷七）

新婚別

【題　解】乾元二年（西元七五九年）三月作。詩寫一對新婚夫婦「暮婚晨告別」的慘劇，而這「別」，又是新婦送新郎應徵去前線，可謂生離死別。全詩都作新婦語氣，全是新婦的惜別勸勉之詞，悲怨而沉痛，塑造了一個善良堅貞而又識大體、顧大局的少婦形象，感人至深。

兔絲附蓬麻，引蔓故不長❶。嫁女與征夫❷，不如棄路旁。結髮為君妻，席不暖君牀。暮婚晨告別，無乃太匆忙❸！君行雖不遠，守邊赴河陽❹。妾身未分明，何以拜姑嫜❺？父母養我時，日夜令我藏❻。生女有所歸❼，雞狗亦得將❽。君今往死地，沉痛迫中腸❾。誓欲隨君去，形勢反蒼黃❿。勿為新婚念，努力事戎行⓫。婦人在軍中，兵氣恐不揚⓬。自嗟貧家女，久致羅襦裳⓭。羅襦不復施，對君洗紅妝⓮。仰視百鳥飛，大小必雙翔⓯。人事多錯迕⓰，與君永相望⓱。

【注 釋】❶兔絲二句　借用兔絲子依附蓬麻，來比喻嫁給征夫難以白頭偕老，自歎身世之苦。兔絲，即兔絲子，蔓生植物，依附於別的植物生長。蓬、麻均甚低矮，兔絲子依附之，則引蔓必不能長。❷征夫　指從軍出征的人。❸結髮四句　言新婚與離別間隔之短，晚上剛結為夫婦，早晨就被迫分別。無乃，難道不是。❹君行二句　是說征夫守邊竟守到離家不遠的河陽，言外有諷刺意味。河陽，見前〈石壕吏〉注⓫。❺妾身二句　古代婚俗是暮婚，次晨新婦拜公婆，第三日告廟上墳，整個婚禮才算完成，新娘的名分始定。而此新郎，「暮婚晨告別」，沒有完成婚禮，所以新婦身分未明；身分不明就不便拜公婆，故曰「何以」。姑嫜，丈夫的母親稱姑，丈夫的父親稱嫜。❻藏　深居閨中，不輕易見人，表示恪守婦道禮法。❼歸　指女子出嫁。❽雞狗句　即「嫁雞隨雞，嫁狗隨狗」之意。將，順從。❾君今二句　謂你如今將奔赴生死莫測的戰場，這讓我肝腸寸斷。中腸，內心。❿形勢句　承上句說，擔心反而把事情弄糟。蒼黃，變化，指引起麻煩。⓫勿為二句　鼓勵丈夫努力作戰，反映了新婦的愛國精神。事戎行，效力於軍旅。⓬婦人二句　是說恐怕婦人在軍中會影響士氣，中明「反蒼黃」之故。《漢書・李陵傳》載：李陵與單于戰，陵曰：「吾士氣稍衰而鼓不起者，何也？軍中豈有女子乎？」杜詩本此。⓭自嗟二句　是說辛苦多年才置辦了這身嫁衣裳。羅，一種絲織品。襦，短衣。裳，指裙子。⓮羅襦二句　是說不再梳洗打扮，表示堅貞等待丈夫歸來。施，穿。洗紅妝，洗掉紅妝，不再打扮。古有「女為悅己者容」的說法。⓯仰視二句　是以百鳥成雙之樂反襯夫妻離別之苦。⓰錯迕　錯雜交迕，這裡指生活中的不如意。⓱與君句　表示自己對丈夫的忠貞不渝。

【語　譯】兔絲附在蓬麻上，引蔓故而不會長；把女兒嫁給了出征打仗的人，還不如把她扔在路旁！自從結髮成了你的妻子，現在還沒坐暖你的牀。昨晚剛剛結婚，今晨你就告別，這豈不是過於匆忙？你此行雖說不算遙遠，可是奔赴河陽也是去守衛邊防。我為人媳的身分尚未明確，叫我怎樣去拜見公婆？回想起父母撫養我的時候，日夜都叫我深居閨房。如今女兒一旦嫁了出去，無論丈夫是雞是狗也得跟隨著。你如今前往生死莫測的戰場，怎不令人痛斷心腸！我真想隨你前去，又怕把事情弄糟。請你不要以新婚為念，努力去當兵打仗。我知道有女人在軍隊中，士氣怕是受到影響。可歎自己是貧家女兒，積攢多年才製成這身嫁衣裳。如今這漂亮的衣裳穿給誰看，從此洗掉紅妝不再打扮。我仰望天上飛著的百鳥，大大小小都成雙成對飛翔；人間事多不如意，但願我們的情愛地久天長。

【研　析】〈新婚別〉寫的是一個「暮婚晨告別」的新郎被徵上戰場前與新娘離別的情景，很有漢樂府古詩的風味。前十二句，以新人語，敘新婚惜別。詩以「兔絲附蓬麻」起興，歎息白頭偕老之難。為什麼新娘子會傷心到這地步呢？「結髮為君妻」以下八句說明原委。「結髮」儀式，這個新娘子很看重它，它關係到她一生的命運。而眼前我這媳婦的身分還沒有明確呢，怎麼去拜見公婆、侍候公婆？「妾身」兩句用筆婉轉曲折，表達這個女子的哀婉與悲憤。「父母養我時」以下八句，寫夫婦分別，愁緒萬端，流露真情。丈夫要「往死地」，臨陣戍守，真叫我柔腸寸斷。「生女」四句表現的就是這種千迴萬轉的痛苦心情。這八句詩，從昔日美好的回憶，寫到目前新婚的遭遇；從目前新婚的遭遇，再寫到對丈夫深摯的恩愛，一層一層揭示出這位新婚女子深沉的內心矛盾和痛苦。後十二句承上而來，既勉其夫，又且自勵，終望相聚。「勿為新婚念」兩句，寫她一變哀怨沉痛的訴說而為積極的鼓勵，勸勉丈夫要英勇殺敵，不要以新婚為念。同時表現了自己生死不渝的愛情。這愛情是通過「自嗟貧家女」四句來表現的。新娘說，你走了以後，我就沒心思梳妝打扮了。新娘子的表白，目的是鼓勵丈夫，讓他滿懷信心、滿懷希望去殺敵。最後四句是全詩的總結。其中有哀怨，有傷感，可是已不像最初那樣強烈，主要還是鼓勵丈夫，所以她忍不住說「人事多錯迕」，歎人不如鳥，可是立即又振作起來，說「與君永相望」，這樣含情無限，用生死不渝的愛情進一步堅定丈夫的鬥志。四句呼應開頭，又以比興手法收題。就全文來說，詩人把漢樂府的比興、質樸的語言和曲折的抒情結合起來，塑造了一個滿腔怨憤而又深明大義的新婦形象。新娘子的語氣由怨恨悲憤到沉痛決絕，使新婚之別的悲慘深入到封建社會女子的精神世界，委曲婉轉。

垂老別

【題解】乾元二年（西元七五九年）三月作。詩寫一個「子孫陣亡盡」的老翁投杖出門，憤然從軍的悲壯情景，全作老翁對老妻的告別之詞，刻劃了一對相依為命的老人互憐互勉、自慰自強的動人形象。老人的倔強性格和憤激心情，以及與老妻分別前的複雜心理，描摹得細緻、深切。

四郊未寧靜❶，垂老不得安。子孫陣亡盡，焉用❷身獨完❸。投杖❹出門去，同行❺為辛酸。幸有牙齒存，所悲骨髓乾❻。男兒既介冑，長揖別上官❼。老妻臥路啼，歲暮❽衣裳單。孰知❾是死別，且❿復傷其寒。此去必不歸，還聞勸加餐⓫。土門壁甚堅，杏園度亦難⓬。勢異鄴城下，縱死時猶寬⓭。人生有離合，豈擇衰盛端⓮。憶昔少壯日⓯，遲迴⓰竟⓱長歎。萬國⓲盡征戍，烽火⓳被⓴岡巒㉑。積屍草木腥，流血川原丹㉒。何鄉為樂土，安敢㉓尚盤桓㉔。棄絕蓬室㉕居，塌然㉖摧肺肝㉗。

【注　釋】❶四郊句　指京都周圍有戰亂。此指東都洛陽。❷焉用　何用；哪用。❸獨完　獨自活著。❹投杖　憤然扔掉拐杖。❺同行　同去參軍的人。❻骨髓乾　是說年老力衰。❼男兒二句　寫出此老征夫出門時慷慨前往之狀，突出其倔強意氣，陸時雍謂「此語猶有少年意氣」（《唐詩鏡》卷二一）。《漢書．周亞夫傳》載，漢文帝入細柳營，亞夫向文帝作揖，曰：「介冑之士不拜，請以軍禮見。」以既介冑，才行長揖軍禮，而不行跪拜禮。介冑，鎧甲和頭盔，謂軍服。❽歲暮　指年老。❾孰知　即熟知。是說分明知道這一別是死別，還是擔心其衣服單薄。❿且　尚且。⓫勸加餐　勉勵多保重身體。這是轉述老妻的囑咐，故云「還聞」。⓬土門二句　以下四句都是對老妻安慰的話。土門，關隘名，即土門口，古稱井陘口，為太行八陘之第五陘。其地在今河北鹿泉西五里處，現分東、西土門兩個行政村。壁，壁壘。杏園，杏園鎮，在今河南衛輝，有黃河渡口，稱杏園渡。乾元元年十月，郭子儀即從杏園渡河圍安慶緒於衛州。壁甚堅、度亦難，是說那裡的防守很堅固，故沒有什麼危險。⓭勢異二句　承前二句，是說現在的戰局與上次九節度使圍鄴城時不同了，即使死，也還有相當長的時間。⓮人生二句　是說人生難免有離合，哪管老年還是壯年！豈擇，哪能選擇，即身不由己。衰，老年。盛，青壯年。盛，一作「老」。⓯少壯日　年輕時期。⓰遲迴　徘徊。⓱竟　終於。⓲萬國　天下。⓳烽火　戰火。⓴被　覆蓋。㉑岡巒　山崗。㉒積屍二句　極言戰爭殺傷之多。川原丹，鮮血染紅了河流和原野。㉓安敢　怎敢。㉔盤桓　流連不去。㉕蓬室　簡陋的居室，指故居。㉖塌然　哀痛貌。㉗摧肺肝　五內俱碎，形容悲痛之極。

【語　譯】洛陽四郊還未得平靜，我已近老年，仍不能安寧。我的子孫們都已死在了戰場上，我又何必顧惜這條老命？憤然扔掉拐杖出門從軍去，同行的人們都為此感到無比辛酸。所幸的是牙齒還沒掉完，所悲的是骨髓開始枯乾。男兒既有鎧甲在身，就行揖禮辭別上官。送行的老伴趴在路上啼哭，年歲已老身上穿著單薄的衣裳。明明知道這是死別，仍為她的寒冷而心傷。她也知道我此去無回，還在勸我努力加餐飯。聽說土門關的壁壘很堅固，杏園渡的水急敵軍難過。目前的形勢不同於圍鄴城時，即便是戰死也要相當長的時間。人生難免有離合聚散，不管是老年與壯年！回想起年輕時的太平歲月，不禁徘徊流連仰天長歎。如今天底下都有征戰，烽火燃遍了每一座山巒。屍骨堆積污腥了草木，鮮血流淌染紅了河流和荒原。普天之下哪裡還有一方安樂的土地，怎敢再把故鄉留戀？永別了我的茅草屋，憂傷摧毀了我的肺肝！

【研　析】此詩開頭四句總寫老人家庭的遭遇和心情。這是一個「四郊未寧靜」的年代，老人坐臥不安，決定離家從戎。接下來六句描寫老人投杖參軍的情景。老人雖年老力衰，卻自以為骨髓雖乾而牙齒尚存，仍然可以上陣作戰，表現出倔強的性格。「老妻」以下十二句，轉筆寫老夫老妻分別的場面，詩進入高潮。出發之際，乍見老妻在寒風呼嘯中穿著單薄的衣服，匍匐在路旁悲啼送行，讓老翁的心一下子緊縮起來。兩人都深知這是生離死別，老妻還是一再叮囑老人保重身體，努力加餐。這裡，詩人把「傷其寒」、「勸加餐」這類極尋常的勸慰語，放在「是死別」、「必不歸」的極不尋常的背景下，正見真情至性。「土門」六句，用寬解語重新振作。老翁安慰老妻，也安慰自己：這次守河陽沒有大危險，人生在世，總不免有悲歡離合。這些故作寬解語，難掩老翁內心的矛盾，也道出了亂世中的真情。「憶昔」八句，老翁把話頭引向現實，發出悲憤而又慷慨的呼聲：現在天下處處都是征戰，哪裡還有樂土！我們怎能老在那裡流連徘徊？詩人向我們展示了廣闊的時代畫卷：山河破碎、民眾塗炭。就是在這種時代背景下，進一步塑造這位老者，他的正直、豁達、大度、愛國熱情等都是真實的。最後「棄絕蓬室居，塌然摧肺肝」二句，使全詩在這決絕聲中收結，無限悲壯、淒切。蔣弱六評曰：「通首心事，千迴百折，似竟去又似難去。至『土門』以下，一一想到，尤肖老人聲吻。」（《杜詩鏡銓》卷五引）

無家別

【題　解】作於乾元二年（西元七五九年）三月。詩題的意思是無家可別。通篇是一個再次被徵服役的單身漢的獨白，寫老兵亂後歸鄉，可是歸而無家，更慘的是，無家又別；既傷隻身莫依，又痛亡親不見，曲盡無家之慘。此詩為「三吏」、「三別」的最後一篇，可作六詩總結。

寂寞天寶後❶，園廬❷但蒿藜❸。我里❹百餘家，世亂各東西❺。存者無消息，死者為塵泥❻。賤子❼因陣敗❽，歸來尋舊蹊❾。久行見空巷，日瘦氣慘悽❿。但對狐與狸，豎毛怒我啼⓫。四鄰何所有？一二老寡妻。宿鳥戀本枝，安辭且窮棲⓬？方春獨荷鋤，日暮還灌畦⓭。縣吏知我至，召令習鼓鞞⓮。雖從本州役⓯，內顧無所攜⓰。近行止一身，遠去終轉迷⓱。家鄉既盪盡，遠近理亦齊⓲。永痛長病母，五年委溝谿⓳。生我不得力⓴，終身兩酸嘶㉑。人生無家別，何以為蒸黎㉒？

【注釋】❶寂寞句　指安史之亂後。因安史之亂起，中原農村遭到嚴重破壞，人口劇減，故云「寂寞」。❷園廬　田園房舍。❸但蒿藜　只剩下一片野草。❹里　坊里。唐制，百戶為一里。❺各東西　各自東西逃散。❻為塵泥　一作「委塵泥」。指屍骨朽爛。❼賤子　老兵自謂。❽陣敗　指鄴城之敗。❾舊蹊　舊路。此指故里。❿久行二句　寫征夫歸來，所見皆空巷，終是無家可入，因為「家鄉既盪盡，遠近理亦齊。」在這荒曠的家園中，惟餘暗淡慘淒的日光，可謂「寫盡滿目荒涼」（《杜詩鏡銓》卷五）。日瘦，指日色無光，氣象淒慘。王嗣奭曰：「日安有肥瘦？創云『日瘦』，而慘悽宛然在目。」（《杜臆》卷三）⓫怒我啼　向我憤怒啼叫。狐狸對人啼，可見人宅已成狐穴。⓬宿鳥二句　猶云人生戀故土，既然能回到家鄉，就是再困苦也要暫且活下去。⓭方春二句　寫老兵為了生活又獨自忙活起農事。灌畦，澆菜地。⓮習鼓鞞　練習敲打軍鼓，指又要他去打仗。⓯從本州役　在本州服兵役，言服役之近。⓰無所攜　是說家中沒有人可以告別的。攜，離。⓱近行二句　說白幸在本州服役，要是遠去他鄉就很難說了。終轉迷，不知會怎麼樣。⓲家鄉二句　又翻進一層，是說家園既然都已經盪然無存，那麼在本州與在外地服役反正都是一樣，沒有什麼區別。這是老兵自傷隻身無依之辭，揭露了他「無家」的內心痛苦。齊，都一樣。⓳永痛二句　是說母親去世已有五個年頭。安史之亂爆發至此時正好是五年，可見其母是死於戰亂的。委溝谿，指死去未得安葬。委，拋棄。⓴不得力　指不能救母於死，母死又不能葬。㉑兩酸嘶　言母子二人共同飲恨。一說指母病不能養，母死不能葬，沒有盡到做兒子的責任，感到痛心。亦通。酸嘶，失聲痛哭。㉒人生二句　謂到了這樣無家可別的悲慘境地，還讓人怎麼做老百姓呢？矛頭直指皇帝。蒸黎，百姓；民眾。

【語　譯】安史之亂爆發以後，田園村舍惟餘一片野草蒿藜。我的故鄉原有一百多戶人家，在亂世中都已各奔東西。現在活著的人都失去了消息，死了的都變成了塵泥。我趁著鄴城之敗逃回來，尋找我的故里。在村裡轉了很久都是空巷，連太陽都暗淡無光無限淒涼。面對的是一隻隻狐狸，豎起毛來向我怒啼。街坊四鄰哪裡還有？只剩下一兩個寡婦老妻。歸棲的鳥兒依戀住過的舊枝，我自然是窮家難棄。時當春季我獨自扛鋤下地，太陽落山了還在灌溉田畦。縣吏得知我回來，又徵調我去營中學敲鼓鼙。雖說是在本州服役，可是內顧家中無一人可以告別。只安排我一個在本州服役，如果像他人那樣遠戍又不知會怎樣。家園已是盪然無存，在本州與在外地服役是一樣的。令我永遠心痛的是長年患病的老母，她在五年前的戰亂中淒然離世，至今未得安葬。她生了我卻沒有得到我的救助，死後又不能安葬，我母子二人終生抱憾悲酸已極。一個人活在世上卻無家可別，這怎麼讓人做老百姓呢？

【研　析】詩裡的主人公是一位再次被徵去當兵的獨身漢。開頭八句，寫老兵亂後回鄉。以「寂寞」二字領起，描寫出安史之亂後廣大農村一幅荒涼寂寞的圖景。這是那個自稱是「賤子」的親眼所見，是追敘。「世亂」二字照應「天寶後」，點明了無家可別的根源。「賤子」十二句，言歸而無家，分寫故里荒涼之狀與暫歸旋役之苦。這個「因陣敗」而歸來的戰士，好不容易「尋」到了往日的「舊蹊」，所見是「空巷」，看到狐狸向他豎毛怒啼。找到了舊時的住處，四鄰也只剩下一兩個年老的寡婦，讓人感受到那個時代的災難和血淚。故鄉如此殘破，是不是遠走他鄉呢？他不會「辭窮棲」。春天來了，他耘草澆園，開始了新的生活。然而，他還是被召往本州服役。「縣吏」十二句，重點寫他再次被徵後一些矛盾而痛苦的心理活動：這次服役，現在家人盡死，連個送行的人也沒有，多麼傷心。但轉念又想：在本州服役，比到遠方戍守總要好一些。最後又想：家鄉既已盪然一空，我又一無所有，在本州服役或到遠方戍守還不都是一樣嗎？深入曲折地表現了主人公痛苦無比的心情。最後又追想起亡母的遭遇，為生不能養、死不能葬傷心。結尾兩句：「人生無家別，何以為蒸黎？」是主人公飽含血淚的控訴，也是詩人對當時現實的無情鞭撻。此詩為「三吏」、「三別」的最後一篇，可作六詩總結。王嗣奭曰：「上數章詩，非親見不能作，他人雖親見亦不能作。公往來東都，目擊成詩，若有神使之，遂下千年之淚。」「〈新安〉，憫中男也，其詞如慈母保赤。〈石壕〉作老婦語，〈新婚〉作新婦語，〈垂老〉、〈無家〉，其苦自知而不能自達，一一刻畫宛然，同工異曲，隨物賦形，真造化手也。」《杜詩詳注》卷七引）《唐宋詩醇》卷一〇亦云：「安史之亂，唐之不亡，幸耳。相州一潰，河陽危迫，驅民從役，勢不得已。然其困亦極矣。甫於行役所經，傷心慘目，上憫國難，下痛民窮，加以所遇不偶，懷抱抑鬱，程形賦音，幾於一字一淚，覺千古不可磨滅，使孔子刪詩，當在變雅之列。豈復區區字句之間，聲調之末，與他人較工拙哉！」

秦州雜詩二十首（選一）

【題解】這組五律是乾元二年（西元七五九年）秋，杜甫由華州棄官攜家流寓秦州（今甘肅天水），觸景感事，即興寫成。或吟詠秦州風物，或傷歎時局動亂，或憂念邊陲安危，或悲憫生事艱難，或感慨壯志難酬。所感非一事，其作非一時，故題曰「雜詩」。魏晉間詩人多用此題。劉克莊曰：「此二十篇，山川城郭之異，土地風氣所宜，開卷一覽，盡在是矣。網山〈送蘄帥〉云：『杜陵詩卷是圖經。』豈不信然！」（《後村先生大全集》卷一八二）此首為組詩的第一首，詩寫因生計艱難，故遠遊秦州。而關山險阻，又值烽火擾攘之秋，路途艱辛之況可見。

其一

滿目悲生事❶，因人❷作遠遊。遲迴❸度隴怯❹，浩蕩❺及關❻愁。水落魚龍❼

夜，山空鳥鼠❽秋。西征❾問烽火❿，心折⓫此⓬淹留⓭。

【注釋】❶生事 世事；生計。❷因人 依靠人。人，當指時在秦州的姪杜佐和友人贊公等。❸遲迴 徘徊不前。隴阪曲折難行，故云。❹隴怯 隴，指隴山，亦名隴阪、隴首、隴坻，為六盤山南段的別稱。綿延於今陝西寶雞、隴縣和甘肅清水、張家川諸縣市間，南北走向，為關中西部險要，山勢陡峻，崎嶇難行，故為之「怯」。《秦州記》說：「山東人行役，昇此而顧瞻者，莫不悲思。」❺浩蕩 曠遠貌。❻關 指隴關，亦名大震關，在今甘肅清水東北小隴山。❼魚龍 魚龍川，因川中出五色魚，俗以為龍，故名。即汧水，又名汧河，西元一九六四年改名千河，為渭河支流，源出甘肅東部六盤山麓，東南流經陝西隴縣、千陽，至寶雞入渭河。《水經注・渭水上》：「（汧）水有二源，一水出縣西山，世謂之小龍山。……其水東北流，歷澗注以成淵，潭漲不測，出五色魚，俗以為靈，而莫敢採捕，因謂是水為魚龍水，自下亦通謂之魚龍川。」❽鳥鼠 山名，在今甘肅渭源西南，以鳥鼠同穴得名，故又名鳥鼠同穴山，一名青雀山。為渭河發源地。《元和郡縣圖志・隴右道上・渭州》：「鳥鼠山，今名青雀山，在（渭源）縣西七十六里。渭水所出，凡有三源並下。」❾西征 秦州在長安西，故云。❿問烽火 恐前路不靜，故問有無戰事。烽火，指吐蕃侵擾。⓫心折 心驚；心傷。語本江淹〈別賦〉：「意奪神駭，心折骨驚。」⓬此 此處；這裡。指秦州。⓭淹留 長期逗留。言本不想在秦州久留，但又不得不暫時棲身，故而抑鬱悲傷。

【語譯】世事艱難滿目瘡痍令人悲傷，不得不依人為生飄泊遠方。隴阪綿延崎嶇不禁心怯徘徊，長途跋涉滿懷憂愁來到大震關隘。魚龍川水落石出夜寂寥，鳥鼠山荒涼空曠秋蕭條。西行秦州前途是否有戰火，久留此地使人心驚又膽怕。

【研析】此詩開頭兩句點明流寓秦州的原因：乾元二年，關輔大饑，又加之戰爭造成的民生凋敝，世事艱難，滿目悲涼，為謀生計，故因人而遠投秦州。「滿目悲生事」，則不僅是對個人生計的感傷，也是對戰亂中人民遭受苦難的親切感受。中間四句即寫赴秦州途中的艱難險阻與淒清悲涼。特別是「水落魚龍夜，山空鳥鼠秋」兩句，更是傳誦的名句。魚龍，本水名，即魚龍川，而「魚龍夜」又用《水經》「魚龍以秋日為夜」語及其意，因而秋夜聽其落水聲尤悲；鳥鼠，本山名，秋見其山空，亦悲。其妙處，一是「魚龍」、「鳥鼠」固屬地名，折而用之，都是山川中所有的動物，恰成妙對，又因以見時，造句之巧，妙不可言。二是「落」、「夜」、「空」、「秋」四字，既是寫秋夜淒清寂寥之景，亦見詩人旅寓淒涼之況。何焯云：「茫茫奔竄，如魚龍之失所；碌碌因人，等鳥鼠之同穴。……《尚書》『春言日，秋言夜』，夜亦秋也。變文屬對，見滿目無非兵象。」（《義門讀書記》卷五三《杜工部集》）故下接「西征問烽火」，吐蕃寇邊侵擾，詩人於是心傷秦州也不是久留之地了。正如《唐詩近體》卷一所云：「意極哀頓，氣則渾涵，自是諸篇緣起。蓋少陵棄官遊秦，情非得已，身世之感，一寓於詩。此首起法自見本意。」

佳人

【題解】乾元二年（西元七五九年）秋，杜甫由華州棄官攜家流寓秦州（今甘肅天水），此詩即在秦州作。詩藉棄婦命運，寄寓身世之感。詩中佳人的形象，典型而又獨特，可憐而又可敬。

絕代有佳人，幽居在空谷❶。自云良家子❷，零落❸依草木❹。關中❺昔喪亂❻，兄弟遭殺戮。官高何足論，不得收骨肉❼。世情❽惡❾衰歇❿，萬事隨轉燭⓫。夫壻輕薄兒⓬，新人⓭美如玉。合昏尚知時⓮，鴛鴦不獨宿⓯。但見新人笑，那聞舊人⓰哭！在山泉水清，出山泉水濁⓱。侍婢賣珠迴，牽蘿補茅屋⓲。摘花不插髮⓳，采柏動盈掬⓴。天寒翠袖㉑薄，日暮倚修竹㉒。

【注釋】❶絕代二句　上句言其色之美，下句喻其品之高。絕代，猶絕世，舉世無雙。《漢書·外戚傳上》載李延年歌：

「北方有佳人，絕世而獨立，一顧傾人城，再顧傾人國。寧不知傾城與傾國，佳人難再得！」唐人避太宗李世民諱，改「世」為「代」。幽居，隱居。《禮記・儒行》：「幽居而不淫。」空谷，幽深的山谷。亦含「空谷人如玉」意。《詩經・小雅・白駒》：「皎皎白駒，在彼空谷。生芻一束，其人如玉。」❷良家子　清白人家的女子。據後「高官」句，則佳人出於官宦人家。❸零落　猶飄零。❹依草木　應上「幽居空谷」。❺關中　今陝西中部一帶。此實指長安，天寶十五載六月，安史叛軍攻陷長安。❻喪亂　即指安史之亂。❼官高二句　謂連兄弟的屍骨都不能收殮，高官又有何用？❽世情　世態人情。❾惡　厭惡；嫌棄。❿衰歇　衰敗失勢。⓫轉燭　本謂風搖燭火，比喻世事變幻，富貴無常。亦喻時間變化迅速，轉瞬即逝。《佛說貧窮老公經》云：「晝夜七日七夕，水漿斷絕，小有氣息，命在轉燭。」⓬輕薄兒　謂夫婿喜新厭舊。⓭新人　指丈夫新娶的妻子。⓮合昏句　合昏，即夜合花，又名合歡花，朝開夜合，故曰「知時」。⓯鴛鴦句　鴛鴦，水鳥，雌雄永不分離。江總〈閨怨篇〉：「池上鴛鴦不獨宿。」⓰舊人　指棄婦，佳人自謂。⓱在山二句　徐增曰：「此二句，見誰則知我？泉水，佳人自喻；山，喻夫婿之家。婦人在夫家，為夫所愛，即是在山之泉水，世便謂是清的；婦人為夫所棄，不在夫家，即是出山之泉水，世便謂是濁的。」（《說唐詩》卷一）仇兆鰲則曰：「此謂守貞清而改節濁也。」（《杜詩詳注》卷七）亦通。⓲侍婢二句　極寫佳人生活之艱苦淒涼。侍婢賣珠，見其生活拮据；牽蘿補屋，見其所居破敗。蘿，即女蘿，一種蔓生植物。⓳摘花句　摘花本為插髮，而佳人卻摘而不插，說明無心修飾，亦「豈無膏沐，誰適為容」（《詩經・衛風・伯兮》）意。⓴采柏句　柏實味苦，自不能食，但卻常常採滿一把，有清苦自甘、其苦自知意。動，每每；常常。掬，兩手捧取。㉑翠袖　泛指佳人衣著。㉒修竹　長竹。竹有節而挺立，以喻佳人的堅貞操守。

【語　譯】有一位舉世無雙的佳人，幽居在空寂的山谷中。自己說是世宦人家的女兒，如今飄零淪落山野，與草木一道生活。當年安史叛軍攻陷長安時，兄弟們慘遭殺戮了。官高位顯又有什麼用？他們死後連屍骨都沒辦法去收殮。世態人情總是厭惡衰落，萬事都如風搖燭火飄忽不定。輕薄的夫婿喜新厭舊，新娶了一個美貌如玉的女人。夜合花尚且知道朝開夜合，鴛鴦鳥總是同飛同宿。夫婿只看見新歡的笑臉，哪裡聽得到我的哭聲！泉水在山間時是清的，出山以後就渾濁了。丫鬟替我變賣首飾回來了，同我一起牽引藤蘿修補茅屋。我摘了鮮花，卻沒有心思插在鬢髮上；我又常常採上滿把的柏實。天氣冷了，太陽落了，佳人穿著單薄的翠衣，倚著修長的竹子默立在蒼茫的暮色中。

【研　析】杜甫很少寫專詠美人的詩歌，〈佳人〉卻以其格調之高而成為詠美人的名篇。前八句為第一段，敘述安史之亂中佳人家庭的不幸遭遇，零落失依。開頭兩句點題，十個字總挈全篇。曰「絕代有佳人」，品題既高，而接「幽居在空谷」，則又遭逢不偶。三四兩句對上文作進一步說明。「零落」與「良家子」相對，「依草木」又與「在空谷」相應。前四句不但描寫了詩中女主人公的形象，點明了她的身分，而且暗示了她的遭遇，這就為下文鋪開了道路。「關中昔喪亂」四句反映的是安史之亂帶來的惡果。四句語言樸實，感情沉痛，可以想到女主人公內心的悲傷。「世情」以下八句為第二段，由家庭的不幸遭遇再寫到自己的被遺棄。「世情」四句是說自己被遺棄之由和夫婿的輕薄表現。「合昏」四句進一步寫自己內心的苦痛和夫婿的薄情，揭示佳人無限的悲憤。「在山」以下八句為第三段，是描寫佳人被夫婿遺棄之後幽居空谷的情形、佳人以貞節自守的崇高品質。「在山」二句，重點表現佳人情操的高尚。「侍婢」二句，由堅貞的品質再寫到清貧的生活。「摘花」二句，摘花不插，採柏而食，象徵佳人清貧守節，貞心不改的高尚品質。「天寒」二句是點睛之筆。竹品質堅拔，終年常綠，與「翠袖」相映，襯托出佳人之美，給人以堅貞挺立的感覺。此詩刻劃佳人，寄託自己的感慨和理想。夏力恕說：「〈佳人〉名篇，亦左徒（屈原）遲暮之意，蓋因所見而寫成，以自喻且自嘲耳。」（《杜詩增注》卷五）

夢李白二首

【題　解】乾元二年（西元七五九年）秋在秦州作。至德二載（西元七五七年），李白參加永王李璘幕府，後李璘因與其兄肅宗爭權，兵敗被殺，李白受牽連，坐繫潯陽（今江西九江）獄。乾元元年長流夜郎（在今貴州一帶），二年遇赦東還。但杜甫此時並不知李白遇赦消息，因其生死未卜，憂念成夢，遂作二詩，表達了他對李白命運的深切關懷和遭受迫害的不平之鳴，表現了李杜間生死不渝的兄弟般情誼。

其一

死別已吞聲，生別常惻惻❶。江南瘴癘地，逐客無消息❷。故人入我夢，明我長相憶❸。恐非平生魂❹，路遠不可測❺。魂來楓林青，魂返關塞黑❻。君今在羅網，何以有羽翼❼？落月滿屋梁，猶疑照顏色❽。水深波浪闊，無使蛟龍得❾。

【注釋】❶死別二句　謂生別比死別更為痛苦。已，止。吞聲，飲泣。惻惻，悲痛貌。❷江南二句　化用隋孫萬壽〈遠戍江南寄京邑親友〉詩：「江南瘴癘地，從來多逐臣。」瘴癘，南方山林濕熱地區流行的瘟疫。潯陽、夜郎都在江南，故云「瘴癘地」。逐客，被放逐的人。指李白。❸故人二句　謂故人入夢，正表明我對他思念之深。故人，指李白。明，表明。❹恐非平生魂　平生魂，生時之魂。當時杜甫疑心李白或許死了，故曰「恐非」。❺不可測　生死未明，不敢斷定。❻魂來二句　上句謂白魂自江南而來，下句謂白魂又自秦州而返。魂在夜間來去，故云「青」、「黑」。楓林，江南多楓，指白所在。《楚辭・招魂》：「湛湛江水兮上有楓，目極千里兮傷春心，魂兮歸來哀江南。」關塞，指杜甫所在的秦州。同時在秦州寫的〈西枝村尋置草堂地夜宿贊公土室二首〉其二亦云：「數奇謫關塞。」〈別贊上人〉又云：「天長關塞寒。」❼君今二句　謂你既陷囹圄，何能往來自由呢？進一步申明「恐非平生魂」句。羅網，法網。羽翼，翅膀。網可羅雀，上用羅網為比，故下用羽翼。❽落月二句　寫夢醒後迷離惝怳的感覺。顏色，指李白的容貌。宋玉〈神女賦〉：「其始來也，耀乎如白日初出照屋梁。其少進也，皎若明月舒其光。」❾水深二句　是夢醒臨別之際諄諄告誡李白的話，囑他多加小心。波浪闊，指歸途艱險，暗喻政治環境的險惡。蛟龍，傳說中的一種水生動物。此喻陷害忠良的惡人。《續齊諧記》載，漢建武中，長沙人歐回，見一人自稱三閭大夫（即屈原）曰：「吾嘗見祭甚盛，然為蛟龍所苦。」杜詩本此。杜甫〈天末懷李白〉云：「文章憎命達，魑魅喜人過。」又〈不見〉詩云：「世人皆欲殺，吾意獨憐才。」可見杜甫的擔心是有根據的。

【語譯】李白流放夜郎生死未卜，如果是死別，我還可以吞聲痛哭表達出來；如果是生別，則令人悲痛不已。江南是瘴癘泛濫的地方，放逐此地的李白至今沒有消息。今夜老朋友走進了我的夢中，對我講述相互思念之苦。真擔心這是你的鬼魂來到啊，因為路途遙遠生魂是不容易到來的。你的靈魂趕來的時候，彼處的楓林是一片青色；你的魂靈返回的時候，此處的關塞是一片昏黑。你現在身陷羅網之中，怎麼能生出羽翼飛到我的身邊？我夢醒之後西斜的月光灑在屋梁間，似乎還能見到你的容顏。辭別之時我要告誡你：江南水深浪闊，當心千萬別溺死於蛟龍興起的水浪中。

【研析】此詩開頭四句寫致夢之由。李白此番流放，杜甫不知是生別還是死別，開頭兩句實為全篇憂思的總領。吳瞻泰評曰：「起五字恨極，故為此反語。猶言索性死別則亦已矣。今使人不能忘者，生別也。下俱承生別言，而語語皆若死別，所以常惻惻也。」（《杜詩提要》卷二）三、四兩句緊承上文，具體說明「常惻惻」的原因，同時又為下文積思成夢作好鋪墊。中間八句寫夢中情景。明明是自己思念「故人」，卻偏說是「故人」知我「相憶」；明明是自己積思成夢，卻偏說是故人「入我夢」。「君今」兩句寫魂返之後，又由信轉疑。兩句與「恐非」一句遙相呼應，又一次由信轉疑。「恐非」二句寫自己夢中初見故人的心情。初見之後，詩人卻又疑慮起來，來者恐怕不是故人往日的生魂吧！這種半信半疑的心理狀態，正是詩人白天憂慮恐懼心理的曲折反應。「魂來」兩句接著寫魂來魂返的情景：上句寫來路之遙遠，下句寫歸途之艱難。後四句寫夢後心情。「落月」二句，寫詩人從夢中醒來，見即將西沉的月光正鋪灑在屋梁上，恍惚之中，好像覺得李白還在面前徘徊。於是詩人親切叮囑：「水深波浪闊，無使蛟龍得。」李白從潯陽到夜郎，必須經過洞庭、三峽，所以詩人以「水深波浪闊」為慮，囑咐故人一路小心。原來李白自潯陽入獄後，處境十分險惡，欲置之死地而後快的大有人在。這裡的「波浪」、「蛟龍」，是寫實，也把李白當時險惡的處境和像「蛟龍」一樣興風作浪、陰謀陷害李白的壞人統統包括進去了。浦起龍說：「夢中人杳然矣，偏說其神猶在，偏與叮嚀囑咐，此皆意外出奇。」（《讀杜心解》卷一之二）

其二

浮雲終日行，遊子久不至❶。三夜頻夢君，情親見君意❷。告歸❸常局促❹，苦道❺來不易。江湖多風波，舟楫恐失墜❻。出門搔白首，若負平生志❼。冠蓋滿京華，斯人獨憔悴❽。孰云網恢恢？將老身反累❾。千秋萬歲名，寂寞身後事❿！

【注釋】❶浮雲二句　化用《古詩十九首》：「浮雲蔽白日，遊子不顧返」意。李白也有「浮雲遊子意」（〈送友人〉）的話。遊子，指李白。不至，故入夢；久不至，故頻入夢。李杜於天寶四載（西元七四五年）在山東分手後一直未再見面。❷三夜二句　謂一連幾個晚上都夢見李白，足見李白對自己情親意厚。與上首「故人入我夢，明我長相憶」，是就彼此兩方面來說的，說明兩人互相思念。❸告歸　告別。❹局促　匆促不安貌。❺苦道　苦苦訴說。❻江湖二句　化用《漢書・賈誼傳》：「若夫經制不定，是猶度江河亡維楫，中流而遇風波，船必覆矣」意。舟楫，即指船。楫，船槳。失墜，船翻落水。❼出門二句　寫李白告歸時神態，好像辜負了平生壯志似的。搔首，以手撓頭，有所思貌。《詩經・邶風・靜女》：「愛而不見，搔首踟躕。」❽冠蓋二句　為李白鳴不平。冠蓋，冠冕和車蓋。借指達官貴人。京華，京城。斯人，這個人，指李白。憔悴，困頓失意貌。《楚辭・漁父》：「屈原既放，遊於江潭，行吟澤畔，顏色憔悴，形容枯槁。」❾孰云二句　指斥世道不公，為李白鳴冤，故用反詰語氣。孰云，誰說。網恢恢，語本《老子》第七十三章：「天網恢恢，疏而不漏。」恢恢，廣大貌。將老，李白時年五十九，故云。身累，指李白被繫獄流放。❿千秋二句　語本阮籍〈詠懷八十二首〉其十五：「千秋萬歲後，榮名安所之？」杜甫〈醉時歌〉亦云：「德尊一代常坎軻，名垂萬古知何用！」杜甫認為李白必定名垂萬古，但那是身後之事。言外之意，這與他生前遭遇不是太不相稱了嗎？寂寞，指死後無知無為的境界。身後，即死後。

【語譯】浮雲一天到晚地在空中悠蕩，遊子李白與我相別日久未再晤面。我接連幾個夜晚頻頻夢見你，你我的情意是多麼深厚！你辭行時常常匆促不安，苦苦地訴說趕來不易：「江湖之上常起風波，唯恐船隻遭險沉沒。」你走出門去還在搔弄著滿頭白髮，好像是惋惜辜負了平生壯志。那些達官顯貴擠滿了京都，只有你一個人失意憔悴。誰說天網恢恢，你身將老卻反遭繫獄流放。雖說是你的美名將萬古流芳，那只是你身後的事！

【研　析】第二首寫頻頻夢見李白之後的感慨。第一首是初夢，夢境寫得比較迷離恍惚；本篇是「頻夢」，夢境寫得很真切。由初夢而至頻夢，正表現了詩人對故人眷眷於懷的懇摯深情。詩的前四句總敘頻夢之由和頻夢之情。一、二句由空中的浮雲聯想到夜郎長放的李白，聯想真實自然。三、四句由思念而轉入寫夢。「告歸」六句具體寫夢中情景。每次分手之時，總是訴說來途的艱難：江湖浩渺，風波險惡，時常擔心舟覆船翻。在寫法上，上一首「水深波浪闊」是臨別時作者對李白的反覆叮囑，這一首「江湖多風波」，則是臨別時李白的自述，內容雖同而用筆變幻。「出門」兩句再由言語寫到行動。「搔白首」，寫李白出門時的神態動作，表現他壯志未酬的憤激。「平生志」，與「冠蓋滿京華」句形成對比，表達無限同情。「冠蓋」以下四句從夢中回到現實，直接抒發詩人悲憤不平的心情。「冠蓋」句寫當時小人得志，「斯人」句，寫李白流放夜郎，身心俱瘁。「網恢恢」二句斥世道不公，為李白鳴冤。最後兩句以感歎結尾，是對李白傑出才華和詩作必然名垂千古的肯定。張溍比較二首曰：「此首較前首俱深一層，前止言夢，此則言三夜，言頻。前止言明我，此則言見君。前止言魂返，此則言告歸局促。前止言避禍，此則以身後名惜之。甚有淺深。」（《杜詩提要》卷二引）

月夜憶舍弟

【題　解】乾元二年（西元七五九年）秋，杜甫棄官華州，攜家流寓秦州。他兄弟五人，四個弟弟穎、觀、豐、占，此時只有杜占隨行，其餘則散處河南、山東等地。時安史之亂未平，史思明叛軍在黃河南北很猖獗，西面吐蕃亦不時侵擾，秦州地處邊塞，形勢比較緊張。杜甫篤於兄弟情誼，干戈擾攘中，衰病中的詩人格外思念音信不通的諸弟，遂在淒清孤寂的秋夜，寫下了這首淒楚動人的憶弟詩。詩寫天涯憶弟之情，骨肉離散之苦，可謂字字憶弟，句句有情。

戍鼓❶斷人行❷，秋邊❸一雁❹聲。露從今夜白，月是故鄉明❺。有弟皆分散，無家問死生❻。寄書❼長不達，況乃未休兵❽。

【注釋】❶戍鼓 戍樓夜時所擊禁鼓。❷斷人行 謂宵禁戒嚴。❸秋邊 一作「邊秋」。❹一雁 即孤雁。不用孤字，是因平仄關係。古以雁行喻兄弟，說「一雁」，即暗喻自己孤獨。❺露從二句 謂今日適逢白露節，月無處不明，而因心念故鄉，故曰「月是故鄉明」。❻有弟二句 蕭滌非先生釋此二句云：「分散而有家，則誰死誰生，尚可從家中問知；現在是既分散而又無家，連死活都無從問處。語極悲切。」（《杜甫詩選注》）無家，時杜甫鞏縣老家毀於安史之亂，已無人，故云。❼書 家信。❽況乃句 況乃，何況是。時史思明叛軍復陷洛陽，又進攻河陽，故曰「未休兵」。

【語譯】戍樓上的禁鼓敲斷了行人的蹤影，宵禁戒嚴開始了，邊城的秋空上傳來孤雁的哀鳴。露水從今夜始變白，月亮總是故鄉的明。弟弟們在戰亂中離散了，家遭毀滅，無處、無人可打聽他們的死生。平時寄家信還常常寄不到，何況眼下戰亂未平。

【研析】杜甫在秦州，與弟穎、觀、豐分散。當此白露明月之夜，思念之情油然而生。詩的前半寫月夜，暗藏「憶」字；後半明寫憶弟，隱卻夜月。首聯點明時、地，已隱含憶弟之情。戍鼓鳴，行人斷，正是戰亂景象，也興起末句之「未休兵」。戍鼓聲猶在耳，不時傳來孤雁哀鳴，不禁牽動詩人思弟情縷。首聯提攝全篇，以下六句都與這二句呼應。頷聯緊承「秋」字，加倍寫「憶」。這兩句詩，將江淹〈別賦〉「明月白露」四字翻作十字，成妙絕古今之名句：露經秋必白，而曰「從今夜白」者，露漸白，則「憶」亦漸深；月無地不明，而曰「故鄉明」者，亂後故鄉無人，只孤懸一明月，月愈明，則憶故鄉愈切。換言之，此時家人皆不在側，獨月色與故鄉同耳。頸聯進一步申明頷聯，正寫「憶弟」。「無家問死生」，亂離流落故無家。尾聯緊承五、六句，照應開頭，將家愁國難作一收束，含蓄蘊藉，無限深情。吳瞻泰評曰：「『戍鼓』、『休兵』，起結呼應。未落筆以前，含蓄許多兵戈擾攘語在句先，故不覺提筆直書曰『戍鼓斷人行』。既歇筆之時，又蓄無限道途阻隔意在句後，故倒拖一句曰『況乃未休兵』。……此情至之詩，而起承轉結，八面玲瓏，則又法無不備，莫目為公率易之篇，未經錘煉也！」（《杜詩提要》卷七）

天末懷李白

【題　解】乾元二年（西元七五九年）秋在秦州作。時李白坐永王李璘事長流夜郎（在今貴州一帶），途中遇赦還至湖南。杜甫不知李白實況，因賦詩懷之。天末，猶天邊。二人天各一方，故云「天末」。詩寫對李白的深切懷念，同情其遭遇，哀憐其不幸，為其深鳴不平。

涼風❶起天末，君子❷意如何。鴻雁❸幾時到，江湖秋水多❹。文章憎命達，

魑魅喜人過❺。應共冤魂語，投詩贈汨羅❻。

【注　釋】❶涼風　時值秋天，故云。❷君子　指李白。❸鴻雁　代指書信。古有鴻雁傳書之說。❹江湖句　喻風波險阻。與〈夢李白二首〉其二「江湖多風波」同義。❺文章二句　朱鶴齡曰：「上句言文章窮而益工，反似憎命之達者。下句言小人爭害君子，猶魑魅喜得人而食之，即〈招魂〉『雄虺九首吞人以益其心』意也。」（《杜工部詩集輯注》卷六）文章，泛指詩文。命達，謂仕途通達。魑魅，山澤中精怪。此喻奸邪小人。過，經過。魑魅喜人過而食之。亦有過失意。小人伺君子過失而害之。❻應共二句　冤魂，指屈原。屈原忠君愛國，無罪被放，憂憤投汨羅江而死，故曰「冤魂」。投詩，謂李白投詩汨羅以弔屈原。黃生曰：「不曰『弔』而曰『贈』，說得冤魂活現。」（《杜詩說》卷一）李白遭遇與屈原相似，同是蒙冤被放，故曰「共」。

【語　譯】天邊吹起一陣陣涼風，太白啊你此時的心情如何？我問南飛的鴻雁，幾時才能把你的書信捎給我？

想你行經的江湖，此時秋水正多風波。人的命運好、仕途順，文章往往寫不好；那吃人的山澤鬼怪喜聞有人路過，好得而食之。我料想你經過汨羅江時，會投詩憑弔屈原，與那千古的冤魂共訴冤情。

【研　析】本詩前半問訊謫居之況，後半慰藉含冤之情。首聯以景物起興，點明時令是秋天，也點出詩人感物懷人的心情。時詩人身在秦州，李白正流落在湖南。一在西北，一處東南，天涯之感，莫此為甚！頷聯由思念寫到關懷。言江湖秋水已多，看到天空飛過的大雁，詩人想到自己已經長久沒有得到李白的書信了。為什麼會對友人這麼懸念呢？因為「江湖秋水多」，以風波險惡來比喻當時處境的險惡。頸聯敘述李白的不幸遭遇。無罪見斥，非關人事，從來就是「文章憎命達，魑魅喜人過」。兩句是對李白才高失意的憤語，是對迫害李白的惡勢力的揭露。李白是理想遠大才華橫溢的大詩人，但就政治理想和個人命運來說，他是一個失敗者，遭讒被冤，繫獄流放，最後在貧病交加中病死在安徽當塗。是否可以說，命運不「達」，是李白的不幸，又是他的大幸。不幸，是他沒有實現個人的抱負；大幸，是他走向了另一條道路，為我們留下了一筆寶貴的文學遺產。尾聯承上作結。屈原在國破家亡的情況下，自投汨羅江而死，以身殉國。現在李白流落在荊湘，與屈原的遭讒含冤是多麼相似，所以詩人說：「應共冤魂語，投詩贈汨羅。」全詩語淺情深，曲折含蓄。仇兆鰲曰：「說到流離生死，千里關情，真堪聲淚交下，此懷人之最慘怛者。」(《杜詩詳注》卷七)

擣　衣

【題　解】乾元二年(西元七五九年)秋作，時杜甫在秦州。是詩人聞擣衣之聲而代為戍婦言情之作。古時婦人為征夫作寒衣，先將衣料放在石砧上用杵擣平，使之柔軟便於縫紉。此詩雖為代言體，但虛擬思婦感慨纏綿的情感世界，極為深細精到。

亦知戍不返❶，秋至拭清砧❷。已近苦寒月，況經長別心❸！寧辭❹擣衣倦❺，
一寄塞垣❻深❼？用盡閨中力，君聽空外音❽。

【注　釋】❶亦知句　起句深痛。黃生云：「望歸而寄衣者，常情也；知不返而必寄衣者，至情也，亦苦情也。安此一句於首，便覺通篇字字是至情，字字是苦情。」（《杜詩說》卷六）❷砧　擣衣石。❸已近二句　言擣衣心情之苦。已經是接近寒冬的時令了，天寒侵骨，況且經過長久的離別，相思情苦。❹寧辭　怎辭。❺倦　疲勞。❻塞垣　丈夫征戍之地。❼深　遠。❽用盡二句　以砧聲傳達撫慰之意與思念之情，這是無奈而奇妙的傳情方式。用盡閨中之力擣砧，願夫能聽到空外之音，正是相思之苦的表達。空外音，響徹雲外之音。

【語　譯】我也知道你戍守邊關不會回來了，可是秋天來臨仍要擦清擣砧，為你洗補衣物。眼下已經接近酷寒季節，何況是經過了長久的離別！我怎能辭卻擣衣的勞倦，而不把寒衣寄向遙遠的邊關？用盡了我的柔弱之力去擣，但願你能聽到這來自天外的擣砧聲。

【研　析】古典詩歌中以「擣衣」為題來描寫閨怨的作品為數不少。此詩亦寫妻子對遠征在外的丈夫的深切懷念。一二句先從戍婦的複雜心情寫起。一次又一次盼望，一次又一次失望，終於得出「不返」的結論。從心情的矛盾之中，寫出對丈夫的摯愛。三四句進一步寫對丈夫的懷念與關懷。「月」以「苦寒」形容，突出了人的感受，渲染了艱苦、悲涼的環境氣氛，襯托出思念之情。「長別心」，指妻子在解釋自己為什麼思念丈夫，也是設想丈夫為什麼思念自己。五六句繼續描寫戍婦的心情。寒冬將近，我哪能因擣衣之倦而不提製寒衣給你寄去呢！進一層展示了她的內心活動，表現出對丈夫的深摯恩愛。七八句是縮字句。在深秋明月之夜，這斷斷續續的砧杵之聲通夜不止，響徹天外，遠在「塞垣」的丈夫你能聽到這淒婉的聲音嗎？吳瞻泰評曰：「題前蓄無限意，題後亦蓄無限意。八句詩，一句一轉，深情濃至，寫盡空閨口角，不得以其用虛調而病之也。」（《杜詩提要》卷七）

空囊

【題解】乾元二年（西元七五九年）秋作，時杜甫在秦州。空囊，即錢袋已空。此詩反映了詩人客居秦州時艱難的生活狀況。

翠柏苦猶食，明霞高可餐❶。世人共鹵莽，吾道屬艱難❷。不爨井晨凍，無衣牀夜寒❸。囊空恐羞澀，留得一錢看❹。

【注釋】❶翠柏二句　寫無食而忽發奇想。翠柏，指柏實。《列仙傳》：「赤松子好食柏實。」餐明霞，《楚辭・遠遊》：「漱正陽而餐朝霞。」❷世人二句　言世人都不分是非而苟得富貴，自己既不肯同流合污，自宜生計艱難。鹵莽，苟且；不鄭重。吾道，直道。❸不爨二句　上句說無食，下句說無衣。不爨，斷炊；不能舉火。牀夜寒，不僅無衣，且無被褥可禦寒。❹囊空二句　嗟盡其窮愁，而妙在以幽默的口吻寫自己的困窘。後偽蘇注據此二句杜撰出阮孚故事：「晉阮孚山野自放，嗜酒，日持一皂囊，遊會稽。客問囊中何物？『但一錢看囊，庶免其羞澀。』」（《分門集注杜工部詩》卷一三）宋末陰時夫《韻府群玉・陽韻》「一錢囊」條又誤引此事，後人轉相引述，致使「阮囊羞澀」成為一個成語流傳至今，許多辭書和杜詩注本也引用這一偽造典故，故特標出，以免以訛傳訛。囊，錢袋。羞澀，不好意思。看，看守。為不使錢袋難堪，特留一錢看守，以示囊不空也。

【語譯】翠柏之實雖苦還是可以吃的，明霞雖高同樣可以當飯充飢。世人不辨是非，貴乎苟得富貴；我信奉清廉自律，自然生計艱難。晨起，無米可炊，井水依然凍結；夜來，被褥缺乏，更覺床板之寒。錢袋空了恐怕不好意思，暫且留下一個銅子看守！

【研　析】杜甫寓居秦州時，生活極其艱難。這詩通過寫自己的空囊，以小見大，反映當時的社會和詩人自身的思想、遭遇。首聯的意思是說錢囊空空，無錢買食，只得餐霞食柏，權且充飢；在古人看來，明霞翠柏均非凡俗之物，是仙人所食。開篇即作戲謔之詞，含蓄表現出貧困無食的憤激。頷聯交代囊空的根本原因。通過「世人」與「吾道」的強烈對比，表現不平之鳴。所謂「世人共鹵莽」，猶「眾人貴苟得」。時當亂世，人多苟且偷安，而杜甫奔赴行在，中途陷於敵手，後又疏救房琯受貶落職，坎坷不堪，但他「葵藿傾太陽，物性固難奪」，及至貧寒如此，仍然持道守節。兩句凸顯了杜甫高尚不俗的品格。頸聯插入井凍床寒的生活細節，選取「晨」和「夜」兩個富於典型意義的生活片斷，從「寒」字來入筆，展示囊空清苦之狀。序屬嚴冬，卻晨炊無米，夜寒難禦，可見一貧如洗。尾聯屬自我解嘲，將題目「空囊」落實。此聯以貌似輕鬆詼諧的話，寫自己心裡沉重悲苦的情緒，一個偉大詩人的潦倒流落的無窮感慨，讀者自可在言外得之。這首五律用筆樸實，莊諧間出。李因篤評曰：「其阨甚矣，寫來卻自高致。」（《杜詩集評》卷七引）

寄岳州賈司馬六丈巴州嚴八使君兩閣老五十韻

【題　解】乾元二年（西元七五九年），身在秦州的杜甫念及被貶遠方的友人賈至、嚴武而作此詩。肅宗即位後，開始排擠玄宗舊臣，而房琯與賈至、嚴武等均在其列。肅宗首先藉故罷免了房琯的相位，降為太子少師，隨即於乾元元年春免去賈至中書舍人職務，出為汝州（今河南臨汝）刺史。同年六月，房琯、嚴武分別被貶為邠州、巴州刺史，杜甫也被貶為華州司功參軍。賈至又坐棄汝州事於乾元二年秋再貶為岳州司馬，杜甫也於同年秋棄官赴秦州。岳州賈司馬六丈，即指賈至。巴州嚴八使君，即指嚴武。閣老，唐代對中書舍人中年資深久或對中書、門下兩省屬官的敬稱。李肇《國史補》卷下云：「兩省相呼為閣老。」賈至曾任中書舍人，屬中書省；嚴武曾任給事中，屬門下省，故稱二人為閣老。六、八各是其排行。

衡岳啼猿裏，巴州鳥道邊❶。故人俱不利，謫宦兩悠然❷。開闢乾坤正，榮枯雨露偏❸。長沙才子❹遠，釣瀨客星❺懸。

憶昨趨行殿，殷憂捧御筵❻。討胡愁李廣，奉使待張騫❼。無復雲臺仗，虛修水戰船❽。蒼茫城七十，流落劍三千❾。畫角❿吹秦晉⓫，旄頭⓬俯澗瀍⓭。小儒輕董卓，有識笑苻堅⓮。浪作禽填海，那將血射天⓯。萬方⓰思助順，一鼓氣⓱無前。陰散陳倉北，晴曛太白巔⓲。亂麻屍積衛，破竹勢臨燕⓳。法駕⓴還雙闕㉑，王師㉒下八川㉓。此時霑奉引㉔，佳氣㉕拂周旋。貔虎開金甲，麒麟受玉鞭㉖。侍臣諳㉗入仗㉘，廄馬解登仙㉙。花動朱樓雪，城凝碧樹煙。衣冠心慘愴，故老淚潺湲㉚。哭廟㉛悲風急，朝正㉜霽景鮮㉝。月分梁漢米，春給水衡錢㉞。內蕊繁於纈，宮莎軟勝綿㉟。恩榮同拜手，出入最隨肩㊱。晚著華堂醉，寒重繡被眠㊲。轡齊兼秉燭，書枉滿懷牋㊳。

每覺昇元輔，深期列大賢㊴。秉鈞方咫尺，鎩翮再聯翩㊵。禁掖朋從改，微班性命全㊶。青蒲甘受戮，白髮竟誰憐㊷？弟子貧原憲，諸生老伏虔㊸。師資謙未達，鄉黨敬何先㊹？舊好腸堪斷，新愁眼欲穿。翠乾危棧竹㊺，紅膩㊻小湖蓮㊼。賈筆㊽論孤憤，嚴詩㊾賦幾篇？定知深意苦，莫使眾人傳㊿。貝錦無停織，朱絲有斷絃51。浦鷗52防碎首53，霜鶻不空拳54。地僻昏炎瘴55，山稠隘石泉56。且將棋度日，應用酒為年57。典郡58終微眇59，治中60實棄捐61。安排62求傲吏63，比興64展歸田65。去去才難得66，蒼蒼67理68又玄69。古人稱逝矣70，吾道卜終焉71。隴外72翻73投跡74，漁陽75復控弦76。笑為妻子累，甘與歲時遷77。親故行稀少，兵戈動78接連。他鄉饒夢寐，失侶79自迍邅80。多病加淹泊81，長吟阻靜便82。如公盡雄俊，志在必騰騫83。

【注釋】❶衡岳二句　慨歎兩位老朋友貶謫之遠。衡岳，此指岳州，今湖南岳陽，賈至所貶之地。巴州，今四川巴中，嚴武所貶之地。鳥道，指險峻狹窄的山路。❷故人二句　謂兩位故人皆不順利，同遭貶謫寄身遙遠。謫宦，貶官。悠然，遙遠貌。❸開闢二句　經過艱難開闢，乾坤方始歸正，兩位故人卻未能蒙霑皇帝的恩寵。雨露，指皇恩。❹長沙才子　指漢代賈誼。賈誼曾以大中大夫，謫長沙王太傅。此以賈誼比賈至。❺釣瀨客星　語見《後漢書・逸民傳》：「嚴光，耕富春山中，後人明其釣處為嚴陵瀨。……光武與嚴光共臥，太史奏客星犯帝座甚急。」此以嚴光比嚴武。❻憶昨二句　回想前年趨奔鳳翔行在，懷著憂心侍奉在御前。趨，奔走。行殿，天子行幸之所，此指肅宗臨時政府所在地鳳翔。殷，憂愁。❼討胡二句　討伐胡兵愁於沒有李廣那樣的良將，出使回紇急需張騫那樣的賢臣。胡，指安史叛軍。李廣，漢代名將，曾多次擊敗匈奴。張騫，漢代名使，曾出使西域。❽無復二句　隱喻長安失陷，玄宗倉皇出逃。雲臺仗，指天子的殿中宿衛。水戰船，指玄宗效法漢武帝，在昆明池操練水軍。因長安淪陷，故曰「無復」、「虛修」。❾蒼茫二句　《杜臆》卷三：「『城七十』，用燕破齊事；蓋祿山擁燕地，而所陷七十餘城，則海岱齊地也。不欲明比之，故云『蒼茫』。」流落劍三千，指唐玄宗奔蜀至三千里外之劍南事。❿畫角　古時軍中所用管樂器，因表面有彩繪，故稱。⓫秦晉　今陝西、山西一帶。⓬旄頭　星名，即昴宿。古時認為旄頭星亮，則有戰爭。⓭澗瀍　澗水和瀍水。澗水發源於河南新安南白石山，自洛陽西入洛陽城匯入洛河。瀍水源出洛陽西北，東南流經舊縣城東入洛河。東周以來的古都洛陽，瀍水直穿城中，澗水流經西郊，故多以二水連稱指代洛陽。⓮小

儒二句　小儒、有識，杜甫自謂，亦指一般有識之士。董卓、苻堅，以比安祿山、史思明輩。董卓，東漢末年的奸臣，後被王允、呂布所殺。苻堅，東晉十六國時前秦的皇帝，違眾伐晉，遂至敗亡。⑮浪作二句　言安史之徒的叛逆雖能逞兇一時，但終歸徒勞。禽填海，用精衛填海之典。血射天，史傳某些暴君用革囊盛血，懸而射之，以示威武，與天爭衡。《史記·宋微子世家》：「（宋王偃）東敗齊，取五城。南敗楚，取地三百里。西敗魏軍，乃與齊、魏為敵國。盛血以韋囊，縣（懸）而射之，命曰射天。淫於酒、婦人。群臣諫者輒射之。於是諸侯皆曰『桀宋』。」⑯萬方　指天下民眾。⑰一鼓氣　一鼓作氣。⑱陰散二句　言陳倉之北陰雲盡散，太白之巔陽光曛暖。陳倉，縣名，在肅宗臨時政府鳳翔附近。曛，曛暖。太白巔，太白山之巔。太白山，位於陝西眉縣南部，離縣城二十公里，兼跨太白縣、周至縣部分地區。為秦嶺山脈的西部主峰，海拔三七六七公尺，是關中最高山峰。⑲亂麻二句　指乾元元年十月郭子儀大破安慶緒於衛州，進而范陽可取。范陽屬燕，時為史思明所據。亂麻屍積，指安史叛軍的屍體堆積如麻。衛、燕，都是指安史叛軍盤踞之地。⑳法駕　指天子的車駕。㉑雙闕　宮殿前面兩邊的望樓，此指京城長安。㉒王師　官軍。㉓八川　古代關中地區八條河流（灞、滻、涇、渭、灃、滈、潦、潏）的總稱。此代指關中地區。㉔霑奉引　有幸為皇帝前導引車。此指以左拾遺扈從肅宗還京一事。後〈奉酬嚴公寄題野亭之作〉謂「奉引濫騎沙苑馬」可證。㉕佳氣　指國家興隆之象。〈哀王孫〉詩云：「五陵佳氣無時無」可證。㉖貔虎二句　形容肅宗還京時的盛大場面。貔虎，古代傳說中的猛獸，此指驍勇的武將。麒麟，古代傳說中的動物，是祥瑞的象徵。此指皇帝的坐騎。玉鞭，玄宗天寶中異國所獻軟玉鞭。李白〈玉壺吟〉：「朝天數換飛龍馬，敕賜珊瑚白玉鞭。」又〈永王東巡歌〉：「試借君王白玉鞭。」㉗諳　熟知。㉘入仗　進入儀仗隊。㉙廄馬句　錢謙益曰：「上皇教舞馬百匹，銜杯上壽。祿山克長安，皆運載詣洛陽。收京後，當復舊也。」（《錢注杜詩》卷一〇）解登仙，懂得為天子祝壽。㉚衣冠二句　寫京師官員和百姓重見天子時的悲喜交集之情。衣冠，指百官。慘愴，慘澹悲傷。故老，百姓父老。潺湲，眼淚縱橫貌。《舊唐書·肅宗紀》載：「（至德二載冬十月）丁卯，入長安。士庶涕泣拜忭曰：『不圖復見吾君！』上亦為之感惻。」㉛哭廟　《舊唐書·肅宗紀》載：「（至德二載冬十月）癸亥，上自鳳翔還京……九廟為賊所焚，上素服哭於廟三日，入居大明宮。」又《新唐書·禮樂志三》載：「安祿山之亂，宗廟為賊所焚，肅宗復京師，設次光順門外，嚮廟而哭，輟朝三日。」㉜朝正　古代諸侯和臣子在正月朝見天子，唐代通常在歲首元旦進行。㉝霽景鮮　陽光燦爛。霽，天晴。據《新唐書·肅宗紀》：「乾元元年正月戊寅，上皇天帝御宣政殿，授皇帝傳國、受命寶符，冊號曰光天文武大聖孝感皇帝。」㉞月分二句　言朝廷按月分給群臣粱漢米，當春之際還發給水衡錢。粱漢，即粱州，約轄今陝西城固以西的漢水流域，故稱。水衡錢，漢代皇帝私藏的錢，後泛指國庫所藏的金帛。盧元昌曰：「至德初，第五琦請以江淮租庸溯江漢，上至洋川。是白官月俸支給梁漢之租也。中興以來，百官無復賞賜，乾元元年始鑄大錢，沾齎有差。是百官春料，支給新鑄之錢也。」（《杜詩闡》卷九）㉟內蕊二句　形容宮禁景象。內蕊，宮禁大內的花蕊。纈，彩結。莎，莎草，多年生草本植物。塊莖稱香附子。㊱恩榮二句　言嚴武、賈至和自己共同拜謝皇帝的恩榮，出入宮廷，親如兄弟。拜手，跪拜禮的一種。跪後兩手相拱至地，俯首至手。隨肩，《禮記・曲禮》：「十年以長則兄事之，五年以長則肩隨之。」㊲晚著二句　言共同宿值。㊳書枉句　書信往來，寫滿了懷藏的彩箋。㊴每覺二句　言房琯為相，深期諸位必當重用。元輔，謂宰相，指房琯。大賢，指賈至、嚴武等。㊵秉鈞二句　言房琯罷相，同黨接連被貶。秉鈞，指任宰相。咫尺，本謂距離很近，此指時間短暫。鎩翮，剪除羽毛，喻遭貶謫。聯翩，接連地。㊶禁掖二句　言朝廷中的朋友從此改換，官職低微的我性命得以保全。禁掖，宮禁臺省。微班，低微的官職。㊷青蒲二句　寫自己冒死疏救房琯之事。青蒲，語見《漢書・史丹傳》：元帝欲易太子，「候上間獨寢時，丹直入臥內，頓首伏青蒲上（泣諫）。」甘受戮，甘願被處死。㊸弟子二句　自比原憲和服虔。原憲，孔子弟子，以安於貧困為人稱道。伏虔，即服虔，東漢著名經學家，著有《春秋左氏傳解》。諸注多謂「伏」字誤，以為當作「服」，不知伏、服二字古本通用。㊹師資二句　言他人之師我不敢妄居，鄉黨敬重我卻在他人之先，亦〈壯遊〉詩「坐深鄉黨敬」之意。鄉黨，同鄉；鄉親。㊺棧竹　指用竹竿搭成的盤山棧道，此為嚴武所貶之巴州的景色。㊻紅膩　紅潤鮮妍貌。㊼湖蓮　此為賈至所貶之岳州的景色。㊽賈筆　賈至擅長撰文，貶官前曾擔任中書舍人，而中書舍人之職即負責為帝王起草詔書。㊾嚴詩　嚴武擅長寫詩，曾與杜甫作詩唱和。杜甫〈奉贈嚴八閣老〉謂嚴武「新詩句句好，應任老夫傳」。㊿定知二句　言你們二人的詩文藏有深意，要多加小心不要讓眾人妄傳。(51)貝錦二句　承上言小人的讒言在不停地製造，堅韌的朱絲也會被撥斷。貝錦，指像貝殼的文采一樣美麗的織錦，此處用來比喻誣陷他人、羅織成罪的讒言。織，羅織。《詩經・小雅・巷伯》：「萋兮斐兮，成是貝錦。」鄭箋：「喻讒人集作己過以成於罪，猶女工之集采色以成錦文。」朱絲，用熟絲織成的琴弦。鮑照〈代白頭吟〉：「直如朱絲繩。」(52)浦鷗　喻賈至、嚴武二人。(53)防碎首　比喻提防小人陷害。(54)霜鶻句　比喻善於誣陷的小人。周甸曰：「鶻拳堅處，大如彈丸，鳩鴿中其拳，隨空中墮。」（楊倫《杜詩鏡銓》卷六引）(55)昏炎瘴　昏濕炎熱的瘴氣，此為賈至所貶之岳州的環境。(56)山稠句　此為嚴武所貶之巴州的景色。稠，稠密。隘，狹隘。(57)且將二句　言姑且以弈棋飲酒消磨時日。(58)典郡　掌管一郡的政事，即郡守，此指巴州刺史嚴武。(59)微眇　官職微小。(60)治中　杜佑《通典》卷三二：「治中，舊州職也。隋時州廢，遂為郡官。開皇三年，改治中為司馬。唐武德初，復為治中。高宗即位，改諸州治中並為司馬。」此指岳州司馬賈至。(61)棄捐　拋棄。(62)安排　安受命運之推排。63傲吏　傲視權位的官吏，用莊子之典。《史記・老子韓非列傳》載，莊子為漆園吏，曾拒絕楚王拜他為相的聘請。64比興　指賈至、嚴武詩中的比興寄託。65歸田　隱居。東漢張衡見閹宦用事，欲歸田里，作〈歸田賦〉。66才難得　指賈至、嚴武才能出眾。67蒼蒼　指天。68理　宇宙之理。69玄　玄妙。下句有天高難問意。70稱逝矣　本指穆生不受漢楚元王劉戊禮遇而離去。事見《漢書・楚元王傳》：「初元王敬禮申公等，穆生不耆酒，元王每置酒，常為穆生設醴。及王戊即位，常設，後忘設焉。穆生退曰：『可以逝矣！醴酒不設，王之意怠，不去，楚人將鉗我於市。』」此以喻自己棄官來秦州事。71卜終焉　本指王羲之不喜在京師為官而有退隱江湖之意。事見《晉書・王羲之傳》：「羲之雅好服食養性，不樂在京師。初渡浙江，便有終焉之志。」此喻自己離開京畿流寓秦州。卜，盤算。72隴外　指詩人寓居之秦州，唐時屬隴右郡。73翻　反而。74投跡　投身之處。75漁陽　即范陽，安史叛軍老巢。76復控弦　指史思明降唐復反。77笑為二句　自笑為妻子兒女們拖累才困居於此，甘心與時推移得過且過。78動　每每。79失侶　失去朋友，指賈至、嚴武等。80迍邅　處境艱難。81淹泊　滯留他鄉。82靜便　清淨、安適。83如公二句　謂賈、嚴二人不久當復重用。騰騫，禽鳥高飛貌。

【語　譯】岳州處在淒清的猿鳴聲裡，巴州位於險阻的群山旁邊。我的兩位老朋友都不順利，同遭貶謫寄身遙遠的岳州和巴州。君臣的艱難開闢使乾坤歸正，而令人榮華的皇恩雨露未能普遍蒙霑；就像漢代的才子賈誼遠貶長沙、賢人嚴光垂釣江邊。

回想起前年我趨奔鳳翔行殿，懷著憂愁侍奉在御前。當時討伐安史亂軍正愁沒有李廣那樣的良將，出使回紇急待張騫那樣的能臣。天子的雲臺儀仗不復存在，明皇的水戰船艦也等於虛練。河北一帶的七十餘城完全落入敵手，玄宗奔往三千里外之劍南。西部秦晉大地戰角頻傳，旄頭凶星俯照洛川。我是小儒卻蔑視董卓之流，堪笑苻堅之輩，料定安史叛軍就像他們一樣慘敗。安史逆賊不自量力妄效精衛填海，斗膽犯上竟敢以血濺天。天下民眾皆思助國討逆，一鼓作氣勇往直前。陳倉之北陰雲盡散，太白山顛晴陽曛暖。叛軍的屍體如同亂麻堆積在衛州城下，唐軍勢如破竹即將直取幽燕。現在，天子的車駕已經回到了京都，朝廷的軍隊奪取了京畿八川。此時我身為近侍扈從天子，京都佳氣鬱鬱周旋不散。貔虎般的武將們身披金甲，麒麟御馬配上玉鞭。侍臣們熟練地進入儀仗隊裡，懂得為天子祝壽的舞馬重又歸還。煙花的光焰消融了朱樓的殘雪，城中凝聚著碧樹的雲煙。官員們撫今追昔心情慘愴，長安父老熱淚縱橫難抑悲酸。天子祭廟痛哭悲風呼嘯，百官朝正慶賀維新晴陽！朝廷按月分給群臣粱漢米，當春之際還發給水衡錢。宮禁的花蕊繁於彩結，莎草之細軟超過絲綿。霑受恩榮，我和二公同向天子跪拜，出入宮廷我們最為形影不離。夜晚我們在華堂中醉飲，嚴冬蓋幾層繡被同眠。我們並轡而行秉燭而遊，書信往來寫滿了懷藏的彩箋。

我每每覺得房琯可昇相位，深深期望朝廷重用二公這樣的大賢。豈料正當相位近在咫尺時，二公卻如鳥剪羽翼接連被貶！禁掖中的友朋們從此改換，我由於官職低微性命才得以保全。我因冒死疏救房琯也遭冷落，白髮滿頭有誰來相憐？後生們嫌我貧窮衰老，把我看成原憲和服虔。他人之師我自不敢妄居，同鄉人卻敬我在他人之先。舊友這時都心腸寸斷，新愁復來又使我望眼欲穿。我遙想巴州的棧道竹排枯乾危險，岳州的湖蓮紅膩多妍。賈公的文章抒發自己的憤世嫉俗之情，嚴公的詩歌作了幾篇？定知二公的詩文深藏苦衷，多加小心不讓眾人鈔傳。如今讒言仍在不停地編造，堅韌的朱絲也會被撥斷。水邊的沙鷗要時刻提防頭顱被擊碎，須知秋天的兇鶻從不空拳。江南之地偏僻，炎瘴昏濕，群山密集泉石阻險。姑且以下棋消磨日月，還應以美酒來打發流年。刺史對嚴公來說終究是卑微的官職，賈公的這個司馬實際是被朝廷所棄捐。你們受命運的捉弄，追求作個傲視權位的官吏；詩多比興，舒展歸隱田園的心願。你們才能出眾卻遠去了；蒼天啊，你的理義又是多麼玄妙！古人也有不受器重而遠行的，算起來我的用世之道也到了終點。

隴外秦州竟成了我投身之處，范陽的史賊再次彎弓反叛。可笑自己被妻子兒女所累，甘心與時推移得過且過。我的親朋故舊日益稀少，而烽煙戰火每每相連。身居他鄉常做故人之夢，失去朋侶自然行路艱難。我的身體多病增加了滯留的時日，長篇吟詩也妨礙了生活的安恬。像二公如此英俊傑出，一定會飛黃騰達前程無限。

【研析】 此詩可分為四大段。首段自開頭至「釣瀨客星懸」，總括全篇大旨，即傷歎兩位同僚好友無罪被貶。「開闢乾坤正，榮枯雨露偏」兩句為一篇關鍵。次段自「憶昨趨行殿」至「書枉滿懷牋」，回顧安史之亂初起直至肅宗收復兩京期間，與賈至、嚴武同朝為官，朝夕與共的往事。三段自「每覺昇元輔」至「吾道卜終焉」，敘述因房琯罷相而同遭貶謫，流離異地的經歷，告誡賈、嚴要暫時隱忍，提防讒言誣陷，並對二人的遭遇唏噓歎惋，致以深切的同情。四段自「隴外翻投跡」至末尾，慨歎自己孤獨失友，以悲歎身世漂泊，祈祝老友復得重用作結。此詩為五言排律，全詩一韻到底，氣勢磅礴；且結構嚴謹，用典精切，是杜詩五排的代表性篇章。李因篤評論全詩曰：「序事整贍，用意深苦，有點綴，有分合，章法秩然。五十韻無一失所，如左、馬大篇文字，精神到底，卓絕百代矣。」（《杜詩集評》卷一二引）

寄李十二白二十韻

【題解】乾元二年（西元七五九年）居秦州時所作。李白坐永王李璘案，先於至德二載（西元七五七年）下潯陽獄，後獲釋。乾元元年，又判流放夜郎（在今貴州一帶），遇赦而回。杜甫與李白交誼甚厚，對李白遭此不白之冤，深感痛心。此詩追述了李白生平、詩才以及兩人的友情，對友人橫遭不幸深表同情與撫慰，亦為友人抱枉莫伸、流落江湖而鳴不平。

昔年有狂客❶，號爾謫仙人❷。筆落驚風雨，詩成泣鬼神❸。聲名從此大，汩沒一朝伸❹。文彩承殊渥❺，流傳必絕倫❻。龍舟移棹晚，獸錦奪袍新❼。白日來深殿，青雲滿後塵❽。乞歸優詔許❾，遇我❿夙心⓫親。未負幽棲志，兼全寵辱身⓬。劇談⓭憐野逸⓮，嗜酒見天真⓯。醉舞梁園夜，行歌泗水春⓰。才高心不展，道屈善無鄰⑰。處士禰衡俊，諸生原憲貧⑱。稻粱求未足，薏苡謗何頻⑲？五嶺炎蒸地，三危放逐臣⑳。幾年遭鵩鳥，獨泣向麒麟㉑。蘇武元還漢，黃公豈事秦㉒？楚筵辭醴日，梁獄上書辰㉓。已用當時法，誰將此議陳㉔？老吟秋月下，病起暮江濱㉕。莫怪恩波隔，乘槎與問津㉖。

【注釋】❶狂客　賀知章，號四明狂客。❷謫仙人　孟棨《本事詩‧高逸第三》載，李白自蜀至京師，賀監知章聞其名，首訪之，請所為文，白出〈蜀道難〉示之，稱歎數四，號為謫仙人。解金龜換酒，與傾盡醉，自是聲譽光赫。又李白〈憶賀監詩序〉云：「太子賓客賀公，於紫極宮一見，呼余為謫仙人。」❸筆落二句　讚揚李白詩歌強烈的感染力。孟棨《本事詩》載，賀知章見李白〈烏棲曲〉歎曰：「此詩可以泣鬼神矣。」❹聲名二句　謂自從賀知章揚譽之後，李白被埋沒的聲名開始變大。汩沒，埋沒。❺殊渥　指李白供奉翰林事。賀知章向玄宗推薦李白，召見金鑾殿，論當世事，奏頌一篇，帝賜食，親為調羹，有詔供奉翰林。❻絕倫　無與倫比。❼龍舟二句　龍舟句，寫李白所受玄宗的重視和恩遇。范傳正〈唐左拾遺翰林學士李公（白）新墓碑并序〉：「（玄宗）泛白蓮池，公不在宴，皇歡既洽，召公作序。時公已被酒於翰苑中，仍命高將軍扶以登舟。」獸錦句，《舊唐書‧宋之問傳》載，武后令從臣賦詩，東方虬先成，賜以錦袍。宋之問繼進詩，尤工，於是奪袍賜之。獸錦，印有獸形花紋的錦。❽白日二句　寫李白日間上朝，身後追隨仰慕者甚眾。青雲，喻李白地位顯赫，如在青雲之上。後塵，喻趨附之士追隨其後。❾乞歸句　《新唐書‧李白傳》載，李白為高力士所譖，自知不為玄宗親近所容，懇求還山，玄宗賜金放還。❿遇我　指天寶三載，李杜二人初次相逢於洛陽。⓫夙心　夙願；平素的心願。一作「宿心」，宿願。⓬未負二句　言李白被賜金放還，未嘗不是好事，一方面沒有辜負他幽棲隱居的志向，另一方面又全身而退，免作政治鬥爭的犧牲品。寵辱身，伴君如伴虎，恩寵和辱戮無常，故云。⓭劇談　即暢談。憶及當年與李白相會同遊，談詩論文，何等愜意。⓮憐野逸　二人相遇時，李白早已名動朝野，故云「憐野逸」。野逸，杜甫自謂。⓯嗜酒句　謂李白。白嗜酒，為酒中仙，其醉時，是「天子呼來不上船」的，正見其天真。⓰醉舞二句　回憶二人共同漫遊梁宋、齊魯的勝事。梁園，即梁苑，亦稱兔園。西漢梁孝王所建的東苑，故址在今河南商丘東。天寶三載（西元七四四年）秋冬之際，李杜二人曾同遊梁宋。行歌，且行且歌。泗水，水名，發源於山東泗水陪尾山，西流經曲阜、兗州，折南至濟寧東南魯橋鎮入南四湖。古泗水自魯橋以下，南流經江蘇注入淮河。天寶三、四載間，二人曾同遊齊魯。⑰才高二句　對李白才高遭嫉的遭遇表示感慨。道屈，指理想不得實現。善無鄰，《論語・里仁》：「德不孤，必有鄰。」此反用其意，有曲高和寡之意。⑱處士二句　以禰衡和原憲比李白。禰衡，東漢平原人，字正平。少年英俊，才氣不凡，受知於孔融，推薦給曹操，後又事劉表、黃祖，皆以文才受重視，終因恃才傲物為黃祖所殺。孔融〈薦禰衡表〉稱禰衡為處士。原憲，孔子弟子。為人以貧困守節而著稱。⑲薏苡句　薏苡謗，《後漢書・馬援傳》載：伏波將軍馬援在交趾時，常食薏苡果實。南方薏苡果實較大，馬援載回一車薏苡為種。在其死後被人誣為載回的是南方明珠、文犀。後比喻蒙冤被謗。這裡指李白因「從璘」為人所誣謗。薏苡，多年生草本植物，莖直立，葉披針形，果仁叫薏米。⑳五嶺二句　寫李白長流夜郎。夜郎在西南荒遠之地，故以五嶺、三危比之。五嶺，大庾嶺、始安嶺、臨賀嶺、桂陽嶺、揭陽嶺的總稱，在今江西、湖南、廣東、廣西交界處。炎蒸，酷熱。三危，山名，在今甘肅敦煌東南，因其三峰聳立，山勢欲墜，故稱。《尚書・堯典》：「竄三苗於三危。」後因以「三危」為詠流放之典。㉑幾年二句　遭鵩鳥，慮身危。鵩鳥，漢代賈誼為長沙王太傅，見鵩鳥入舍，作〈鵩鳥賦〉，後以之為遭受貶謫或自傷不幸之典。泣麒麟，歎道窮。據《公羊傳》載，魯哀公十四年，狩獵時捕獲麒麟，孔子認為麒麟為仁獸，王道大興時才出現，現在正值亂世，因此孔子哭泣著說：「胡為乎而來哉？吾道窮矣！」後因以「泣麟」為哀歎世道衰敗、志向難以施展之典。㉒蘇武二句　以蘇武和黃公比李白心本無他，乃因脅迫而從李璘。蘇武在匈奴十九年，堅貞不屈，後終還漢。黃公，即夏黃公，漢時鄞人，避秦而隱居商山中，四皓之一。㉓楚筵二句　言李白在獄中曾上書為自己辯誣。楚筵辭醴，典出《漢書・楚元王傳》，參見〈寄岳州賈司馬六丈巴州嚴八使君兩閣老五十韻〉注70。辭醴，謂不受偽官。梁獄上書，西漢鄒陽為梁孝王門客，有文才，與莊忌、枚乘交好，羊勝、公孫詭忌其才，誣陷鄒陽，梁王將他下獄，欲殺之，鄒陽作〈獄中上梁王書〉自辯，梁王閱書，赦之，列為上賓。上書，謂力辯己冤。㉔已用二句　言因無人為其昭雪冤屈，故當時已被判罪繫潯陽獄，後被流放夜郎。此議，指為李白辯誣洗冤。陳，陳奏。㉕老吟二句　想像李白被誣後的生活情狀。暮江濱，此時李白已遇赦還潯陽，故云。㉖莫怪二句　歎如李白之才而皇帝不予開恩，故欲乘槎以問天。其中亦有安慰之意。恩波隔，指沒有得到皇帝的恩澤。槎，木筏。古有乘槎上天的神話傳說。津，渡口。

【語　譯】當年有位「四明狂客」賀知章，曾把你稱為「謫仙人」。你大筆揮灑，如同風捲雨瀉驚動四方；詩篇寫成，鬼神也被感化泣動。你名聲從此大振，埋沒一朝得大伸。你憑藉非凡的文采榮承特別的恩遇，絕倫的詩文更是天下流傳。龍舟為你遲遲移棹，獸錦奪袍的佳話被你翻新。你像一輪白日進入深殿，身後的追隨崇拜者盛如塵埃隨青雲。宮中有些煩，你乞求歸山，榮獲皇上的恩准；與我相遇，以償平素的心願。你沒有辜負隱逸之志，同時保全了寵辱之身。我們傾心暢談，喜愛這純樸閒適的生活；我們都愛飲酒，酒中有我們的真趣。梁園夜美，我們共同醉舞；泗水春濃，我們漫步歌吟。你才能卓越，心志卻難以舒展；世道不公，善者總是無鄰。你有處士禰衡那樣的俊才，你像孔子弟子原憲那樣清貧。你像馬援一樣，稻粱尚且吃不飽，薏米反被誣為珠犀！五嶺可是炎氣蒸烤之地，三危山竟是你的流放之所。幾年間經受賈誼貶長沙般的困厄，獨自灑下如孔子哭麒麟被獲的淚。蘇武本來就一直心向漢室，黃公豈能去效忠暴秦？你上書力辯沒有真正接受李璘的偽職，卻落得身陷囹圄難辯冤情。朝廷依據當時的法律將你定罪，有誰肯把你的奇冤訴陳？如今你以垂老之身沉吟於秋月之下，久病初起徘徊於暮江之濱。且莫慨歎皇恩阻隔，我將乘槎前去為你打探詢問。

【研　析】杜甫獲悉李白赦還後，寫了這首詩寄給他。此詩為李白晚年不幸的遭遇辯誣申枉，並為他不平凡的一生從大處樹碑立傳。前十二句，重點評價李白的詩歌藝術成就，勾勒出一個風流倜儻、飄逸豪放的詩人李白。「乞歸優詔許」以下十二句，追敘李白被賜金放還後，南北漫遊、蹭蹬落魄的情景，並回顧自己在與李白相識交往過程中建立起來的親如兄弟的友誼。詩人認為，放還對李白來說，既沒有辜負隱居的素志，又能在不同境遇中善於保全自己。詩人憶及相識、同遊生活，既自喜「野逸」生活，也好李白的「大真」之趣。「稻粱求未足」以下十二句，寫李白長流夜郎事。詩人以為，李白受聘永王是因生活所迫，詩人有意沖淡李白入永王幕的政治色彩，旨在為其開脫。接著歷敘李白晚年悲慘的遭遇和淒楚的心境。「遭鵩鳥」、「泣麒麟」，是引賈誼、孔子事而傷其命乖道窮。接著為此事發議論，為李白申枉屈，鳴不平。如以蘇武終於歸漢和夏黃公不事暴秦的故事，說明李白不會真心附逆。又說李白曾像鄒陽那樣上書為自己辯護，等等。詩人的意思是，儘管「世人皆欲殺」，但我卻要給他申冤辯誣，給他樹碑立傳。最後四句是結束語。詩人告慰李白，請不要抱怨沒有霑皇帝的恩澤，我要乘槎問津，為你剖陳於朝廷。杜甫為李白寫此詩，雪誣、立傳，已盡到了朋友的一片真心，其言壯，其情殷，已足昭著千秋。王嗣奭評曰：「此詩分明為李白作傳，其生平履歷備矣。白才高而狂，人或疑其乏保身之哲，公故為之剖白。」（《杜詩詳注》卷八引）

發秦州

【題解】此詩原注：「乾元二年，自秦州赴同谷縣紀行十二首。」乾元二年（西元七五九年）秋，杜甫流寓秦州，居數月，十月，又為謀衣食而攜家離開秦州去同谷（今甘肅成縣），途中寫詩十二首以紀行。此為第一首，故曰發秦州。

我衰更懶拙，生事❶不自謀❷。無食問❸樂土❹，無衣思南州❺。漢源❻十月交，天氣如涼秋。草木未黃落，況聞山水幽。栗亭名更佳❼，下有良田疇❽。充腸❾多薯蕷❿，崖蜜⓫亦易求。密竹復冬筍，清池可方舟⓬。雖傷旅寓遠，庶遂平生遊⓭。此邦⓮俯要衝⓯，實恐人事稠⓰。應接⓱非本性，登臨未銷憂。谿谷無異石⓲，塞田⓳始微收⓴。豈復㉑慰老夫，惘然㉒難久留。日色隱孤戍㉓，烏啼滿城頭。中宵㉔驅車去，飲馬寒塘流。磊落㉕星月高，蒼茫㉖雲霧浮。大哉乾坤內，吾道長悠悠㉗。

【注釋】❶生事　生計之事。❷不自謀　不能自己解決，意味要依靠他人幫助。❸問　尋求。❹樂土　《詩經・魏風・碩鼠》：「逝將去女（汝），適彼樂土。樂土樂土，爰得我所。」時同谷未遭戰亂，故稱樂土。❺南州　南方的州縣，這裡指同谷，因為同谷在秦州之南。❻漢源　縣名，唐屬成州同谷郡，為同谷鄰縣，舊治在今甘肅西和縣漢源鎮。❼栗亭句　栗亭，在同谷縣東五十里，今屬徽縣，在縣城西四十里的栗川鄉。栗亭之「栗」乃可食充飢之物，故云「名更佳」。❽田疇　田畝。❾充腸　猶言填飽肚子。❿薯蕷　即山藥。⓫崖蜜　野蜂在山崖上釀的蜜，又稱石蜜。⓬清池句　謂清池水面寬廣，可以兩舟並行。方舟，並舟。⓭雖傷二句　承上言既然同谷是片「樂土」，那麼雖然旅寓遙遠，但是也正好可以順遂自己平生喜歡遊覽的興致。⓮此邦　指秦州。⓯俯要衝　地勢險要，為交通要道。⓰人事稠　人事應酬頻繁。⓱應接　指送往迎來的應酬。⓲無異石　言沒有景致可供觀賞。⓳塞田　山田。⓴微收　收成微薄。㉑豈復　哪裡；怎能。復，詞尾，無實意。㉒惘然　失意貌。㉓孤戍　孤立的哨所。㉔中宵　半夜。杜甫經常半夜動身啟程，大概是不願給親友造成麻煩。㉕磊落　錯落分明貌。㉖蒼茫　廣闊無邊貌。㉗悠悠　遙遠；長久。

【語　譯】我年老體衰又疏懶笨拙，生計之事都不能自己解決。為吃飯才去尋找棲息的樂土，因缺衣又想到更南的同谷。聽說十月的漢源縣，天氣仍然涼爽如秋，草木尚未枯黃凋落，又聽說山水也很清幽。栗亭這名字更加好聽誘人，那裡還有綠野良田，山藥可以填飽肚子，山崖上的蜂蜜容易弄到手。茂密的竹林復生冬筍，清澈的池塘可以並舟蕩漾。雖然流寓遠方令人感傷，但正好順遂了平生喜歡旅遊的願望。秦州地處交通要道，實在害怕頻繁應酬。送往迎來並不適合我的本性，登高望遠也不能消除憂愁。山谷溪澗沒有什麼奇石佳境，山田瘠薄很少有所收成。如此景況怎能慰藉老夫，令人失望實在難以久留。暮色隱沒了孤零零的哨所，啼叫的烏鴉飛滿城頭。深更半夜時駕車出發，在寒冷的池塘裡飲馬。高空的星月錯落分明，飄浮的雲霧遼闊無邊。哀哉乾坤是如此之大，而我征途漫漫何以為家！

【研　析】此詩開頭四句寫詩人離開秦州的原因。由於自己懶拙無以謀生，所以不得不離開秦州到同谷去。「無食問樂土，無衣思南州。」說明去同谷是為了解決溫飽問題。接下十二句即描寫對想像中豐衣足食的「樂土」同谷的嚮往，氣候溫暖，風景優美，物產豐富，可以解決衣食之憂。再下八句，又具體申述離開秦州的原因。在秦州，頻繁無聊的人事應酬違拗自己追求自然的本性，又沒有山水可以登臨銷憂，土地瘠薄，難有收成。

「豈復」二句總承以上種種不滿，說明秦州「難久留」的原因。最後八句寫從秦州出發的情景，抒發了天涯羈旅的寥落之感。「日色」二句，寫孤戍隨日暮而隱去，隨之而來的是烏啼城頭，非親臨邊塞，寫不出如此形神俱佳的詩句。兩句「似古樂府語」（楊倫《杜詩鏡銓》卷七），亦近亦遠，亦上亦下，空闊而遼遠，並於古樸中見豐腴。「磊落」二句，寫中宵出發時仰望天空所見景象：星月高懸，雲霧蒼茫，景物中寄寓了詩人的無限感慨。正如蕭滌非先生所說：「詩人之胸襟，正如星月之磊落，雲霧蒼茫，終不能掩。」（《杜甫詩選注》）最後兩句，結得空闊悲壯。二句慨歎天地遼闊，征途漫漫，以乾坤之大，竟無我容身之所。「吾道」為雙關語，面對悠悠長路，長此漂泊下去，未知何時方能休息，羈旅寥落之感極矣；同時「表現了詩人百折不撓的頑強意志」（蕭滌非《杜甫詩選注》）。胡夏客評之曰：「行役著此結語，何等氣象。」（仇兆鰲《杜詩詳注》卷八引）全詩刻劃精細，不襲陳言，自寫懷抱，心雄骨峭，寫氣範形，無不曲盡其妙。浦起龍評曰：「的是發端。玩此詩純從未發前落筆，明所以去此就彼之故。卻用逆局，使文格不平直。」（《讀杜心解》卷一之三）

石龕

【題解】石龕，地名，在今甘肅西和東南八十里石峽鄉。有兩處，一在石峽村西山上，今名八峰石龕、峰腰石龕。一在坦途關，今稱雙石寺石龕。《方輿勝覽・利州西路・同慶府》：「石龕，在成州近境。」一九四七年版《西和縣誌》：「石龕，在縣南八十里，八峰排列，松柏蒼翠，山腰有石龕一帶，杜工部有〈石龕〉詩。」據此，杜甫所經當為八峰石龕。這是乾元二年（西元七五九年）十月，杜甫自秦州赴同谷十二首紀行詩其九，時已仲冬，即陰曆十一月。詩中描寫經過石龕時的困境和所見的人民徭役之苦。

熊羆❶咆❷我東，虎豹號❸我西。我後鬼長嘯，我前狨❹又啼。天寒昏無日❺，山遠道路迷。驅車石龕下，仲冬見虹霓❻。伐竹者誰子❼？悲歌上雲梯❽。為官❾採美箭❿，五歲⓫供梁齊⓬。苦云⓭直簳⓮盡，無以應提攜⓯。奈何漁陽騎⓰，颯颯⓱驚蒸黎⓲。

【注　釋】❶羆　熊的一種。❷咆　咆哮；猛獸吼叫。❸號　大叫；吼叫。❹狨　猿的一種，尾作金色，俗稱金絲猴。❺昏無日　昏暗不見日光。❻虹霓　雨後天空中出現的彩色圓弧，常見的有主虹和副虹兩種，副虹又叫霓。❼誰子　誰；什麼人。❽上雲梯　指攀登直上高山的石級路。李白〈夢遊天姥吟留別〉云：「腳著謝公屐，身登青雲梯。」❾為官　替公家。❿箭　作箭竿的竹子。⓫五歲　五年。自天寶十四載（西元七五五年）十一月安史之亂爆發，到乾元二年（西元七五九年）十一月杜甫寫此詩，首尾五個年頭。⓬梁齊　梁即宋州（治今河南商丘），齊即齊州（治今山東濟南）。此泛指河南、山東地區，那裡是唐軍與安史叛軍作戰的主要戰場。⓭苦云　訴苦說。⓮簳　小竹，可作箭竿用。⓯無以應提攜　沒有辦法交差。⓰漁陽騎　指安史叛軍，安祿山所部皆漁陽突騎。參見〈承聞河北諸道節度入朝歡喜口號絕句十二首〉其十注❶「漁陽突騎」條。⓱颯颯　風聲。此指叛軍聲勢如風之急驟。⓲蒸黎　百姓。

【語　譯】熊羆在我東面咆哮，虎豹在我西面怒號。我後面似有鬼在長嘯，我前面又有金絲猴在啼叫。天氣寒冷昏暗無光，山路迢迢迷失方向。驅車趕到石龕之下，仲冬竟然看見虹霓出現在遠方。「砍伐竹子的是什麼人，為什麼在峻峭的山路上悲歌長號？」只聽伐竹者訴苦說：「為給官府採伐做箭竿的上等竹子，供應梁齊前線軍用足有五年。適合做箭竿的小竹子都砍光了，沒法向官府交差怎麼辦？」安史叛軍的漁陽突騎，像疾風驟雨驚擾百姓可奈何！

【研　析】此詩前八句極寫石龕淒慘陰森景象，感歎行路之艱，是傷己；後八句感歎徵求之苦，是憫人。而開頭連用四疊句描寫山路之險惡可怕，起勢奇崛，但有所本。《楚辭・招隱士》：「虎豹鬥兮熊羆咆。」《楚辭・九思》：「將升兮高山，上有兮猴猿。欲入兮深谷，下有兮虺蛇。左見兮鳴鵙，右睹兮呼梟。」曹操〈苦寒行〉：「熊羆對我蹲，虎豹夾路啼。」又劉琨〈扶風歌〉：「麋鹿遊我前，猿猴戲我側。」而這四句乃融會前人意旨句法而成新格，以見旅途之艱難兇險與杳無人煙。接下四句寫日晚天寒，山遠路迷，氣候異常。「仲冬見虹霓」，仲冬季節本不應見虹霓，這裡是記述山區氣候的怪異。而在這極端惡劣的自然條件下，詩人在艱難跋涉途中，忽然聽到了伐竹者的悲歌聲。於是詩分兩截，轉入下半八句的憫人情懷。「伐竹者」二句，是詩人的問辭。「為官」四句，是伐竹者的答話。「無以應提攜」，是說因戰爭需要量大，可以做箭竿的竹子都伐盡了，但官府乃誅求無已，老百姓沒有辦法交差。正因此，伐竹者才「悲歌上雲梯」。張綖曰：「山採箭幹，幾於罄竹無餘，民力之殫可知。」（《杜詩詳注》卷八引）最後兩句，歸罪於安史叛亂。這既是造成老百姓苦難的原因，也是詩人顛沛流離的根源。所以由前八句的傷己，到後八句的憫人，是很自然的。而推己及人，正是杜甫仁者之心的一貫表現。吳農祥說得好：「仁人之心，憂國之淚，一時並集。」（《杜詩集評》卷二引）吳瞻泰評此詩曰：「前段興，後段賦，兩兩相映，而勞民傷財之意具於言外。結五字如聞其聲，冉冉征途間，不忘蒸黎如此。此作詩之本懷也。」（《杜詩提要》卷三）

鳳凰臺

【題解】乾元二年（西元七五九年）十月，杜甫自秦州赴同谷（今甘肅成縣）。在這次行程中，杜甫按所經路線寫了十二首紀行詩，這是第十二首，時已十一月。鳳凰臺，在今成縣東南七里鳳凰山上，此處有兩塊一樣高的石頭，形狀像「闕」。傳說漢代有鳳凰棲息其上，故名。當時杜甫就寓居臺下鳳凰村。題下原注：「山峻，人不至高頂。」詩中藉地名而生發想像，純寫個人心願。作者願獻心血以養臺上孤鳳雛，以期由此實現國家中興。一片赤誠，可歌可泣。

亭亭❶鳳凰臺，北對西康州❷。西伯❸今寂寞❹，鳳聲亦悠悠❺。山峻路絕蹤，石林氣高浮❻。安得❼萬丈梯，為君❽上上頭。恐有無母雛❾，飢寒日啾啾❿。我能剖心血，飲啄慰孤愁⓫。心以當竹實，炯然無外求⓬。血以當醴泉，豈徒比清流⓭。所重王者瑞，敢辭微命休⓮。坐看⓯綵翮⓰長，舉意⓱八極⓲周⓳。自天銜瑞圖⓴，飛下十二樓㉑。圖以奉至尊㉒，鳳以垂鴻猷㉓。再光㉔中興業㉕，一洗蒼生㉖憂。深衷正為此，群盜何淹留㉗？

【注釋】❶亭亭　聳立貌。❷西康州　即同谷縣。唐武德初置西康州，貞觀初，州廢為同谷縣。❸西伯　即周文王。文王曾被封為西伯。❹寂寞　謂死去。傳說周文王時，有鳳鳴於岐山。鳳凰被視為國家祥瑞的象徵。❺悠悠　久遠貌。❻山峻二句　極寫山之高險。石林，怪石林立。❼安得　怎得。❽君　指下文的「無母雛」。❾無母雛　失去母親的雛鳳。❿啾啾　鳴聲。因飢寒而發出的悲鳴。⓫我能二句　託鳳凰寓意，願剖心瀝血，以慰無母雛之飢寒。飲啄，飲血啄心。孤，指無母雛。⓬心以二句　願以丹心為竹實供鳳雛所食，故不必尋求於外。傳說鳳凰非竹實不食。炯然，光明貌。謂心地光明坦蕩。李白〈感興八首〉其六：「高節不可奪，炯心如凝丹。」炯字意同。⓭血以二句　願以熱血為醴泉供鳳雛所飲，豈不勝過醴泉。傳說鳳凰非醴泉不飲。醴泉，甘泉。清流，即醴泉。⓮所重二句　申述為鳳雛剖心獻血之原由。因為鳳凰是王者之祥瑞，是鳥出而天下太平，故甘願捨棄生命。重，珍貴。敢辭，怎敢辭，意謂不辭。微命，猶小命，杜甫自謙。⓯坐看　行將看到。⓰綵翮　指鳳色彩絢麗的羽翼。⓱舉意　縱意；放眼。⓲八極　八方極遠之處。⓳周　遍。⓴瑞圖　傳說中的圖籙。《春秋元命苞》載，黃帝遊洛水，鳳凰銜圖置帝前，帝再拜受圖。㉑十二樓　傳說崑崙山上有金臺五所，玉樓十二所，為仙人所居。㉒奉至尊　奉獻給皇帝。㉓鴻猷　大業。劉敬叔《異苑》載：晉隆安中，鳳凰集劉穆之庭，韋藪謂曰：「子必協贊大猷。」鴻猷，即大猷。㉔光　發揚光大。㉕中興業　指唐王朝復興大業。㉖蒼生　老百姓。㉗深衷二句　意謂我之甘剖心血以飼鳳雛，深意全在中興大業。果能如此，安史餘孽何愁不滅？深衷，深意。此，即上「再光中興業，一洗蒼生憂」也。群盜，指安史餘孽。何，豈；哪能。淹留，久留。「群盜何淹留」，亦〈北征〉「胡命其能久」意也。

【語　譯】鳳凰臺亭亭聳立，面對著北面的西康州（即同谷縣）。西伯周文王已經死去，鳳凰鳴聲早已渺遠難求。鳳凰山上道路斷絕，石林間的雲氣已高高飄浮。我到哪兒才能找到萬丈雲梯，為那失去母親的雛鳳登到山頂。只怕那臺上有無母的鳳雛，飢寒交迫日夜啾啾呼救。我要剖開自己的心血，讓牠啄食以慰憂愁；用我的丹心當竹實，讓牠不必外求；用我的鮮血作醴泉，味道甜美過清流。我所看重的是王者的祥瑞，怎會捨不得這微賤的老命？我即將看到鳳雛綵羽豐滿，縱情把天下周遊，從天帝那裡銜來瑞圖，飛下崑崙十二仙樓，而把瑞圖獻給皇帝，讓鳳凰在偉業中長留，再次光大中興大業，一下子洗淨黎民之憂。我剖心救鳳雛的深意正在這裡，叛軍的餘孽何能久留！

【研　析】鳳凰是天下太平的象徵，也是杜甫政治理想的化身，他一生歌唱鳳凰，讚美鳳凰。〈鳳凰臺〉和晚年的〈朱鳳行〉都是詠鳳凰的佳作。鳳凰臺為當地名勝，但詩人沒有把這首詩寫成覽勝之作，而是將澄清海內、拯救蒼生的理想化成一個到鳳凰山頂尋找和餵養鳳雛的寓言故事，使自己成為寓言的主人公；同時將許多關於鳳凰的典故幻化成寓言中的情景，構思非常新奇。此詩的立意主要就在尋找鳳凰臺上可能存在的「無母」鳳雛。「西伯」二句，謂自文王死後，鳳聲再也沒有聽見了。浦起龍曰：「西伯二句，為一篇命脈。茲臺非岐山鳴處，公特因臺名想到鳳聲，因鳳聲想到西伯，先將注想太平之意，於此逗出。」（《讀杜心解》卷一之三）「安得」二句想像能得到萬丈高梯登上極頂去尋找待哺的鳳雛。「我能」二句託鳳凰寓意，願剖心瀝血，以慰無母雛之飢寒，老杜以之道盡了自己平生血性。張溍云：「此公欲捨命薦賢以致太平，因過鳳凰臺而有感也。」（《杜詩鏡銓》卷七引）此不僅是「捨命薦賢」，亦有自剖忠心，甘獻肝膽之意。以下四句分述之。「坐看」二句謂眼看著鳳雛羽翼豐滿，即將鵬程萬里，翱翔八方。「圖以」二句謂鳳銜瑞圖獻給皇帝，兆示中興大業可成，鳳亦名垂千古。「深衷」二句意謂我之甘剖心血以飼鳳雛，深意全在中興大業。若果能如此，安史餘孽何愁不滅？詩人想像當他的心血和生命注入鳳雛之後，鳳雛就會長出美麗豐滿的羽翼，能在四方八極任意高翔。將瑞圖獻給至尊，為中興大業呈祥。這個寓言故事的結尾，融會了古代種種關於鳳凰的傳說而繪成了一幅美麗的鳳凰展翅圖。詩人的「微命」雖然不復存在，但將在再生的鳳凰中獲得永恆。至此，詩人的個體生命與國家的命運已經完全融合成一體。詩人雖無力回天，他卻是飛翔在漫天烽煙中的真正的鳳凰，他的身上永遠閃耀著太平理想的光芒！

乾元中寓居同谷縣作歌七首

【題解】這組七言歌行，是乾元二年（西元七五九年）十一月所作。杜甫經過艱難跋涉，終於抵達同谷（今甘肅成縣）。在同谷寓居期間，沒有得到任何援助，這是他一生中生活最為困苦的時期。組詩淋漓盡致地敘寫了他極度窮困的生活狀況和對弟妹的刻骨思念，誠如蕭滌非先生所說：「真是到了『慘絕人寰』的境地。」（《杜甫詩選注》）杜甫採用七古這一體裁，亦有「長歌可以當哭」之意。七首合為一個整體，是取法於張衡〈四愁詩〉。七歌結構相同，首二句點明主題，中四句敘事，末二句感慨悲歌。

其一

有客❶有客字子美，白頭亂髮垂過耳。歲❷拾橡栗❸隨狙公❹，天寒日暮山谷裡。中原❺無書❻歸不得，手腳凍皴❼皮肉死❽。嗚呼❾一歌兮❿歌已哀，悲風為我從天來。

【注釋】❶客　杜甫自稱。❷歲　這裡指歲暮。時當十一月，故云。❸橡栗　見〈北征〉注㊳。味苦澀，荒年窮人常用來充飢。❹隨狙公　狙公，馴養猴子的老人。狙，一種猴子。橡栗也是猴子的食物，所以說「隨狙公」。❺中原　指故鄉。❻書書信。❼皴　皮膚因受凍而裂開。❽皮肉死　是指皮肉凍得已沒有了知覺。❾嗚呼　感歎詞。❿兮　助詞，跟現在的「啊」相似。

【語譯】有位遊子姓杜字子美，亂蓬蓬的白髮垂過耳。歲末追隨馴養猴子的老人去拾橡栗，在這天寒日暮的山谷裡。故鄉至今無音信，我是有家歸不得，手腳凍皴了皮肉已失去了知覺。唉，我這第一支歌就已如此悲哀，悲涼的風啊為我從天上刮下來！

【研析】第一歌寫自己寓居同谷的窘況，汪灝所謂「終年苦飢」（《樹人堂讀杜詩》卷八，下同）。此詩起處連呼「有客」，以鳴寄跡荒山之不平，似出於他人之口，奇突異常。以下滿腹悲憤，都藏此二字中。「白頭亂髮垂過耳」一句，乃詩人窮愁潦倒之自畫像，突出一個「老」字。中間四句實寫當時生活景況，突出老、貧之意：天寒，日暮，拾橡栗於山谷中，手腳凍裂，皮肉枯死。「隨狙公」，言己生活於深山中，已與猿猴為伴。而「中原」二句，不但是充實加深「客」的內容，而且因凍餓而想到戰亂中的故鄉，已暗伏下文「思弟妹」之意，何焯謂之「為下弟妹遠隔起本」（《義門讀書記》卷五一《杜工部集》）。以上四句敘事，可橫插「中原無書歸不得」一句，又恰與首句「有客」二字對針。這樣，四句敘事便覺錯落有致，化板為活了。末二句，寫出哀、悲之意，慷慨悲歌。七歌的結句都具有深意。七歌言「為我」者四，首歌言悲風自天，言天憐之也。一歌已哀，賡續可想，為下文蓄勢。從結構上說，「悲風為我從天來」，與末篇「仰視皇天白日速」首尾相應。仇兆鰲曰：「垂老之年，寒山寄跡，無食無衣，幾於身不自保，所以感而發歎也。悲風天來，若助旅人之愁矣。」（《杜詩詳注》卷八）

其二

長鑱❶長鑱白木柄，我生託子以為命❷。黃獨無苗山雪盛❸，短衣數挽不掩脛❹。此時與子空歸來，男呻女吟四壁靜❺。嗚呼二歌兮歌始放❻，鄰里❼為我色惆悵❽。

【注釋】❶鑱　鐵製尖頭掘土器，有長木柄，所以稱長鑱。❷我生句　謂我們就靠你這柄長鑱來活命了。命託長鑱，一語慘絕。子，是以親切的口吻稱呼長鑱。❸黃獨句　意謂漫山大雪，難以辨認，黃獨很難找到。黃獨，野生植物，根莖只一顆，肉白皮黃，故名黃獨。遇霜雪，枯無苗，可蒸食。也叫土芋。❹短衣句　是說無衣禦寒，把破爛的短衣扯了又扯，還是遮不住小腿。挽，扯；拉。脛，小腿。❺此時二句　意謂一無所獲，空手而歸，家徒四壁，什麼也沒有，老婆孩子餓得直呻吟。呻吟，因凍餓而發出痛苦的聲音。❻放　放聲悲歌。歌始放，亦「放歌破愁絕」意。❼鄰里　鄰居。❽色惆悵　悲憫愁苦的表情。

【語　譯】長鑱長鑱啊你白白的木柄，身上繫著我一家人的性命。大雪封山蓋住了黃獨苗，衣服短窄頻頻下拉還是遮不住小腿。此時與你空空歸來，飢餓的兒女正在呻吟，家徒四壁死一般沉寂。唉，我這第二支歌剛剛唱出口來，街坊鄰里們就已為我面帶憂愁。

【研　析】第二歌寫全家無衣無食、啼飢號寒的慘狀，汪灝所謂「雪中苦飢」。首句連呼「長鑱」，並託以為命，然而長鑱又豈是託命者，當是極為無依無靠的表現。艱難生計，慘絕人寰。中四句，寫覓食之難。承上首而來，樹上「橡栗」已空，又向地下挖取「黃獨」。黃獨是什麼，即土芋，肉白皮黃，歲饑掘以充食。無奈此時已是大雪封山，無苗可尋，其飢況可想。正當此時，寒風吹衣，難以掩脛，其寒況可知。百般無奈，只得攜託命之長鑱，空手而歸。「此時」句著一「空」字，以爾命無所託。而「男呻女吟四壁靜」，則是空歸後的慘象：家徒四壁，除呻吟、啼飢號寒之聲外別無所有，此以無聲（四壁靜）襯托有聲（男呻女吟）。末二句，自己正欲「放歌破愁絕」，鄰里已為我惆悵；鄰里惆悵，言人憐之也。而鄰里，又遙對三歌、四歌之弟妹。上章結尾處，言「已哀」，猶欲強為忍住，時天為我助哀；此章結尾處，曰「始放」，則時人為我悲憫。逐步收到現實上來。

其三

有弟❶有弟在遠方，三人各瘦❷何人強❸？生別展轉不相見，胡塵暗天道路長❹。東飛駕鵝後鶖鶬，安得送我置汝旁❺。嗚呼三歌兮歌三發，汝歸何處收兄骨❻。

【注　釋】❶有弟　杜甫有四個弟弟：穎、觀、豐、占。除了幼弟杜占這時跟隨在身邊外，其餘三人都遠在山東、河南等地。❷各瘦　每個人都很瘦。❸何人強　沒有一個強健的。❹生別二句　申明離散的原因。展轉，即輾轉。到處流轉。胡塵暗天，指安史叛亂攪得天下不寧。❺東飛二句　見群鳥東飛，遂生欲乘之去會諸弟的奇想。駕鵝，一種野鵝。鶖鶬，兩種水鳥。鶖即禿鶖，鶬即鶬鴰。安得，怎能。❻嗚呼二句　說即使弟弟們能回到故鄉，而我又不知飄泊何處，你們又到哪裡去收哥哥我的遺骨呢！

【語　譯】我有四個弟弟，就有三個在遠方，身體都很瘦弱沒有一人強壯。兄弟一別，流離輾轉難得相見，戰亂的煙塵遮暗了天空，道路漫漫何其長！東飛的駕鵝，後繼的鶖鶬，你們如何才能把我送到弟弟的身旁？唉，我這第三支歌啊歌聲三發，你們即便回鄉又去何處為我收骨埋葬？

【研　析】第三歌悲歎兄弟離散，汪灝所謂「憶弟三人，亦恐多如己之絕食」。首句連呼「有弟」，天各一方，愛而不見，惻惻難安，「在遠方」三字下得冷。第二句「三人各瘦」是實寫，戰亂中顛沛流離的生活讓人「瘦」，思念過頭，也讓人瘦。兄弟天各一方，未得睹面，設想兄弟「瘦」了。「何人強」承「三人各瘦」而來，三字下得重，進一步申述兄弟皆瘦了。中間四句，乃傷別之甚。「生別」二句申明離散的原因，是「一篇之警策」。七歌每歌必有警語，往往逼緊一個大題目去，這就是國家板蕩，但往往又不著濃墨。直到第五首才正寫國家時事。「生別展轉」，乃敘自己由洛陽而長安，又由秦隴而同谷的轉徙過程。「不相見」，謂在這個流離轉徙過程中，兄弟怎得相見？接下來說明「不相見」的原因。「胡塵暗天」，就是致別之因。而「道路長」、「在遠方」，正是胡塵阻隔所致。前言生別，後曰收骨，二者原是一串語脈，可是橫插「東飛」兩句，乃是比興法。見群鳥東飛，遂生欲乘之去會諸弟的奇想。王嗣奭解釋說：「駕鵝雁屬，以比兄弟，而惡鳥在後，安得送我在汝旁乎？公今在西，則諸弟在東，故云『東飛』。」（《杜臆》卷三）結句亦由「展轉」來發歎。一輾轉而致生別，再輾轉將為死別，至於收骨無處，慘痛至極。吳瞻泰曰：「本是思弟不歸，結言汝即歸，而兄骨已無處收矣。又似代弟哭兄者，骨肉深情，纏綿鬱結。」（《杜詩提要》卷五）這裡將兄弟闊別之情與胡塵暗天之恨結合起來，正見其愛國情懷。

其四

有妹❶有妹在鍾離❷，良人❸早歿❹諸孤❺癡❻。長淮❼浪高蛟龍怒❽，十年不見來何時。扁舟欲往箭滿眼❾，杳杳❿南國⓫多旌旗。嗚呼四歌兮歌四奏，林猿為我啼清晝⓬。

【注　釋】❶有妹　杜甫有妹嫁韋氏，夫亡寡居。❷鍾離　即今安徽鳳陽。❸良人　丈夫。❹歿　死。❺孤　孤兒。❻癡　指年幼不懂事。❼長淮　即淮河，鍾離臨淮河，故欲從水路探望。❽浪高蛟龍怒　極力形容水行的兇險。❾箭滿眼　與下句「多旌旗」均指戰亂不寧。❿杳杳　遙遠貌。⓫南國　猶南方。⓬林猿句　猿多夜啼，今山林中猿卻為我感動而晝啼，可悲之極矣。清晝，淒清的白天。

【語　譯】我有個妹妹遠嫁到了鍾離這地方，丈夫很早就去世了，而兒女們年幼無知。淮河浪高蛟龍逞威，一別十年不得相見。我本想乘船前往探望，怎奈滿眼都是戰爭的冷箭，僻遠的南國也插滿了戰旗。唉，我第四支歌啊歌聲四奏，山林中的猿猴也在淒清的大白天裡為我悲啼。

【研析】第四歌思念遠方的寡妹，汪灝所謂「恐妹亦飢」。既歎妹之遠離，又傷其孤苦境況。首句連呼「有妹」，掛念之情急可見，可感。掛念什麼呢？妹遠在鍾離，丈夫早死，嫠婦獨居，諸孤幼小，何以為計？詩人對妹之遠隔，時時縈懷。他在陷賊時已有〈元日寄韋氏妹〉詩，當時「郎伯殊方鎮」，此時則失所依靠，念之尤切。中間四句，寫出來往艱難的原因：長淮浪高，路途險阻，故有十年不得見；箭滿眼，旌旗多，時方危難，故扁舟難往。路途與時局，都如此險惡，則妹之處境愈難，兄之思念益切。其間透出功力的地方還表現在：「『扁舟』二句中，插『杳杳』二字，便覺『箭』與『旌旗』，一望無盡，乃先插『長淮浪高』七字，以寫景帶比興，語氣尤渾，聲調更聳。」（吳瞻泰《杜詩提要》卷五）在這裡，第四句「十年不見來何時」與第五句「扁舟欲往箭滿眼」上下互補，第三句「長淮浪高蛟龍怒」與第六句「杳杳南國多旌旗」隔句互補。如雲霧變幻莫測，卻不覺其用力。末二句，四奏哀歌，引起清晝猿啼。猿多夜啼，感於哀歌，竟啼清晝，其哀可想。仇兆鰲曰：「猿啼清晝，不特天人感動，即物情亦若分憂矣。」（《杜詩詳注》卷八）是客子聽猿聲落淚？還是林猿聽我歌而晝啼？若是前者，是常理常情。若是後者，則加倍反襯其哀。

其五

四山多風溪水急，寒雨颯颯枯樹濕。黃蒿古城雲不開，白狐跳梁黃狐立❶。

我生何為❷在窮谷，中夜❸起坐萬感集。嗚呼五歌兮歌正長，魂招不來歸故鄉❹。

【注釋】❶四山四句　描繪同谷人煙稀少，野獸猖獗的荒涼環境。颯颯，形容風雨聲。黃蒿，一種野草，常藉以寫荒涼景象。跳梁，跳躍。因人少，故狐狸活躍。❷何為　為什麼。❸中夜　半夜。❹嗚呼二句　倍寫思鄉之切，是說魂早歸故鄉去了，故招之不來。古人招魂有兩種，一招死者的魂，一招活人的魂，此為後者。此句翻用《楚辭·招魂》「魂兮歸來，反故居些」之意，其用意更深，語尤奇警。

【語　譯】四面群山悲風多溪水急，颯颯寒雨打濕了枯樹。古城黃蒿遍地陰雲不開，白狐跳躍，黃狐如人站立。我怎麼流落到如此深僻的山谷？半夜裡起身獨坐百感交集。唉，我這第五支歌啊歌聲正長，魂歸故鄉我在他鄉，驚魂哪能招得來？

【研　析】第五歌由悲弟妹難見又回到自身，寫自己流寓荒涼的窮谷，百感交集。首二句，寫山中冬景。群山森峙，風狂水急，寒雨侵凌，枯樹狼藉，真觸目驚心，倍增愁思。這就是詩人現在生活的「窮谷」，高度概括了自己寓居同谷的艱難處境。中間四句，將視野拓開去，寫邊塞之怪現象：雲封古城，黃蒿滿目，野狐群嘯，哀囀空谷。這裡的「白狐」、「黃狐」，是實寫，也可能是喻未靖之餘孽。詩人滿懷經濟，流落窮荒，自必中夜不寐，百感畢至。餘孽未靖，正是我立功報國之時，為何我偏偏此時在此窮谷呢？這當是作歌的本意。末二句，長歌招魂，處孤危之境，集百感之夜，旅魂驚散，故而長歌以招之。所謂長歌當哭，至此方才點出。末句怎解？仇兆鰲說：「招魂句，有兩說。《杜臆》謂：魂離形體，不能招來，使之同歸故鄉。此順解也。胡夏客謂：身在他鄉而魂歸故鄉，反若招之不來者。此倒句也。依後說，翻古出新，語尤奇警。」（《杜詩詳注》卷八）從結構上說，末句呼應上「中夜起坐」：無眠則無夢，無夢怎可夢中歸鄉？此詩之妙，還在於由家及國，渾然不露圭角，特用比興以出之，可見杜詩章法之多變。

其六

南有龍兮在山湫❶，古木巃嵸❷枝相樛❸。木葉黃落龍正蟄❹，蝮蛇❺東來水上游。我行怪此安敢出，拔劍欲斬且復休❻。嗚呼六歌兮歌思遲，溪壑為我迴春姿❼。

【注釋】❶湫　深潭。此指同谷縣東南七里的萬丈潭，相傳有龍自潭中飛出。❷巃嵸　高峻貌。❸樛　樹枝盤曲下垂貌。❹蟄　動物冬眠，潛伏不動不食。❺蝮蛇　一種毒蛇。時當仲冬，蛇應蟄伏，但因同谷氣暖（即末句所寫「迴春姿」），故得出遊。❻我行二句　說我見蝮蛇竟敢冬天出遊，本「拔劍欲斬」，而終未斬之，卻是為何？因為蝮蛇出遊，兆示天氣變暖，而天氣變暖對無衣禦寒的杜甫一家來說，是天大的喜訊。正因為這喜訊是蝮蛇傳報的，故杜甫不忍斬之。這正反襯出生活的艱難。❼溪壑句　謂溪壑將為我這寒苦之人迴生春姿。見木葉黃落，冬日愁慘之象，故有渴盼春回大地之想。

【語譯】城南山上有個巨龍居住的深潭，周圍古木高峻錯雜，樹枝相互纏繞糾集在一起。時當仲冬樹葉黃落而蛟龍蟄伏水底，可是一條蝮蛇自東而來在水上浮游。我好生奇怪，這個東西怎敢寒冬出來，拔劍欲斬又收劍罷休。唉，我這第六支歌啊心思遲遲，環望溪壑啊快為我這寒苦之人喚回春天。

【研析】第六歌寫同谷龍湫，見蝮蛇反常出現，杜甫不忍斬殺之，迂曲表達了他對春訊的盼愛，也正好反映出他過冬的艱難。王道俊曰：「前後六章，皆自敘流離之慼，不應此章獨譏時事。此蓋詠同谷萬丈潭之龍也。」（《杜詩詳注》卷八引）「我行怪此」兩句，詩人見蝮蛇冬天出遊，本欲斬而終未斬之；詩人從這一異象推測天氣將變暖，這對無衣禦寒的杜甫一家來說，無疑是一個好兆頭。末二句，望春回窮谷，再現春姿，好像忽然充滿希望，寄慨良深。此章在七章中為緩調。吳見思評曰：「前五歌，聲意俱竭，此則不得不遲。遲則從容婉轉，溪壑迴春來。窮而必變，天之道也。」（《杜詩論文》卷一五）其實，緩調而情愈悲。

其七

男兒❶生不成名身已老❷，三年飢走荒山道❸。長安卿相多少年，富貴應須致身早❹。山中儒生舊相識❺，但話宿昔❻傷懷抱。嗚呼七歌兮悄終曲❼，仰視皇天白日速❽。

【注　釋】❶男兒　杜甫自稱。❷身已老　杜甫這年四十八歲，已變得很衰老了。❸三年句　杜甫從至德二載（西元七五七年）四月脫賊奔鳳翔行在，閏八月墨制放還鄜州，乾元元年（西元七五八年）六月貶華州，冬去洛陽，二年春回華州，七月棄官客秦州，直到此時流寓同谷，三年來奔走於荒山野道之間，吃盡苦頭。❹長安二句　謂朝廷中新貴多是少年後生，看來想要富貴就應及早鑽營。這是憤激之語。致身，致力於仕途。❺山中句　這位流落到同谷山中的舊友，當指李銜。杜甫於大曆五年（西元七七〇年）暮秋所作〈長沙送李十一銜〉詩云：「與子避地西康州，洞庭相逢十二秋。」西康州，即同谷。從乾元二年冬到大曆五年暮秋，正十二個年頭。❻宿昔　往日。❼悄終曲　悄然結束吟唱。悄，既是無聲，又有憂意。❽白日速　白駒過隙，時不我待。此句藉不能挽日暮之衰頹，而歎窮老流離之深悲。蓋化用潘岳〈悼亡〉詩「青春速天機，素秋馳白日」之意。仇兆鰲曰：「首尾兩章，俱結到天，蓋窮則呼天之意耳。」（《杜詩詳注》卷八）

【語　譯】我杜甫也是男子漢，可生不成名身已老，三年間飢腸轆轆奔波在荒山野道。想想長安卿相多是少年人，欲求富貴就應早早戴官帽。我在同谷山中遇見舊時讀書友，談起往昔宿願難免傷懷抱。唉，這第七支歌啊悄然終止，我既挽不住日暮，就仰看青天，任由太陽落去吧！

【研　析】此為最後一歌，以自歎年老無成，落魄荒山，與首章相應，為整組詩作結。此詩開頭使用了長句：「男兒生不成名身已老」。濃縮〈離騷〉「老冉冉其將至兮，恐修名之不立」意，抒發身世感慨。杜甫素有匡世報國之抱負，卻始終未得施展。如今年將半百，名未成，身已老，而且轉徙流離，幾乎「餓死填溝壑」，怎不叫他悲憤填膺！六年後飄泊蜀中的杜甫，曾再次發出這種歎窮嗟老的感慨：「男兒生無所成頭皓白，牙齒欲落真可惜。」（〈莫相疑行〉）其意是相似的。次句「三年飢走荒山道」，把「三年」二字綴於句端，進一步凸顯了詩人近幾年的苦難歷程。

中間四句，歎老嗟卑，有傷時事。山中話昔，補足次句，傷新知之不如舊識。三、四句，詩人追敘了困居長安時的感受，全詩陡然出現高潮，上句補充、佐證下句。十二年前，杜甫西入長安，然而進取無門，度過了慘澹的十年，他接觸過各種類型的達官貴人，發現「長安卿相多少年」。這不能不使詩人發出憤激之詞：「富貴應須致身早」。這和他早年所寫的「紈袴不餓死，儒冠多誤身」（〈奉贈韋左丞丈二十二韻〉），顯然同屬憤激之言。五、六句又回到現實，是詩人和「山中儒生」對話。詩人身處異常窘困的境地，憂國憂民的「懷抱」無法實現，自然引起無限傷感。末二句，承上「傷懷抱」，抒悄然之憂。詩人默默地收起筆，停止了他那悲憤激越的吟唱，然而思緒的巨潮如何一下子收住？擱筆望天，只見白日在飛速地奔跑。這時，一種遲暮之感，一種淒涼沉鬱、哀壯激烈之情在詩人心底湧起，不能自已。何焯曰：「第七首，言若我未亂之時得致卿相，則天下當不至此。此共話夙昔懷抱，增傷也。然天意亦當厭亂矣。『白日速』者，回春不久也。『嗚呼七歌兮悄終曲』，七者復之數也。今我悄然其悲，懸知有終期矣。」（《義門讀書記》卷五一《杜工部集》）

李因篤評曰：「〈七歌〉高古樸淡，洗盡鉛華，獨留本質。」「愈淡愈旨，愈真愈厚，愈樸愈古，千古絕調也。」（《杜詩集評》卷五引）宋末文天祥曾模仿〈七歌〉而作〈六歌〉，抒發其家破國亡的悲憤。

發同谷縣

【題解】題下原注：「乾元二年十二月一日，自隴右赴成都紀行。」標明此詩的寫作時間與地點。同谷，唐屬隴右道，即今甘肅成縣。杜甫在同谷住了一個多月，雖喜茲地僻靜，然終因衣食問題攜眷入蜀。在這次旅行中，又寫了十二首紀行詩，此為第一首。

賢有不黔突，聖有不暖席❶。況我飢愚人，焉能尚安宅❷？始來茲山❸中，休駕❹喜地僻。奈何迫物累，一歲四行役❺。忡忡❻去❼絕境❽，杳杳❾更遠適❿。停驂⓫龍潭⓬雲，迴首虎崖⓭石。臨岐⓮別數子⓯，握手淚再滴。交情無舊深，窮老多慘慼⓰。平生懶拙意，偶值棲遁跡⓱。去住⓲與願違，仰慚林間翮⓳。

【注　釋】❶賢有二句　語本《文子》：「墨子無黔突，孔子不暖席。」言聖賢都不能安居。不黔突，煙囪還未燻黑，意即遷居不定。黔，黑。突，煙囪。不暖席，席子還沒坐暖，也是不能安居的意思。❷況我二句　謂聖賢都不能安居，更何況我這樣一個愚笨飢餓的人，怎能在一個地方安居下來呢？安宅，安居。❸茲山　指同谷。❹休駕　停下車馬，指卜居同谷。❺奈何二句　言怎奈迫於衣食之累，一年之中要艱辛地轉徙四次呢！迫物累，為衣食之累所驅使。杜甫在乾元二年春天，由洛陽回華州，秋天從華州至秦州，十月由秦州至同谷，如今又從同谷出發赴成都，所以說「一歲四行役」。❻忡忡　憂愁的樣子。❼去　離開。❽絕境　指同谷這個僻靜之地。❾杳杳　形容目的地的遙遠。❿適　往。⓫停驂　停下車駕。⓬龍潭　又名萬丈潭、鳳凰潭，在今甘肅成縣東南七里。⓭虎崖　又名醉仙崖。在今甘肅成縣東南鳳凰山飛龍峽口。⓮臨岐　在分手之處。岐，通「歧」。⓯數子　指同谷送行的親朋好友。⓰窮老句　窮老，指自己。如此窮老之身礙於物累，被迫上路，讓人感到傷感，故云「慘感」。⓱平生二句　謂像我這樣生性懶拙的人，來同谷本來是想在此地隱居下來的。棲遁，隱居避世。⓲去住　去與留。⓳翮　鳥羽。指鳥。

【語　譯】古聖賢們常常忙得居無定所，如墨子的煙囪還未燻黑，孔子連炕席都沒坐暖。何況我這樣愚笨又飢餓的人，怎麼能有一個安居的地方？剛來同谷時還喜歡這裡的僻靜，停下車馬卜居本想住上一陣子。無奈迫於衣食之累，一年之中要艱辛地轉徙四次！於是懷著憂愁離開同谷這個僻靜之地，心情渺茫地走向更加遙遠的地方。在龍潭的雲靄中，我停車留連，回首把那虎崖勝蹟眺望。在岐路上與送行的新朋舊友告別，依依握手重灑淒楚的淚水。論交情我們雖非舊非深，窮老的我仍然讓人感到傷感。我這樣的人生性懶拙，來同谷本想在此隱居下來。現在卻有違心願不得不離去，仰視著林中的宿鳥內心十分慚愧。

【研　析】此詩前八句，歎行蹤無定。上四以古人自解。下四以勞生自慨。開頭四句「開口便懊惱，起得突兀。『飢愚』二字合用可憐。四句截住。」（《杜詩提要》卷三）「飢愚」，為關鍵字眼，是自笑、自憐，也隱有為人嘲諷之意。此以議論發端，並將「發同谷」之原因提在題前，自然奇幻。聖賢都不能安居，吾豈能安宅乎？「一歲四行役」，是具體所指，極言漂泊之艱辛。接八句，記臨發躊躇。龍潭虎崖，同谷之景不忍捨。交情慘感，同谷之人不忍別。「臨岐」二句寫分別時的依依不捨之情。「交情」二句，因在同谷居住時間不長，但仍有交情，朋友亦揮別淚，「足令人傷心動魄，太息流涕」（《杜詩攟》卷一）。後四句，歎奔走非其本願。偶逢棲遁，願本欲住，今又捨之而去，是去住願違，不能如林鳥之自適。「去住」二句，因為迫於生計，去與留都不能隨心所欲，仰頭看到林間自由展翅的飛鳥，深感自愧弗如。這裡「去住」二字收鎖以上內容，末句以比收，更趨超脫。浦起龍評曰：「此為後十二首之開端。亦如〈發秦州〉詩，都敘未發將發時情事。但彼則偷起所赴之區，逆探其景。此則只就別去之地，曲道其情。」（《讀杜心解》卷一之三）

卜居

【題解】乾元二年（西元七五九年）年底，杜甫一家由同谷到達成都，在草堂寺住了一段時間。第二年，即上元元年（西元七六〇年）春，依靠親友的幫助，杜甫在成都西郊的浣花溪畔籌畫建造草堂。詩即作於此時。卜居，擇地居住。

浣花溪❶水水西頭，主人❷為卜❸林塘幽❹。已知出郭少塵事，更有澄江銷客愁❺。
無數蜻蜓齊上下，一雙鸂鶒❻對沉浮。東行萬里堪乘興，須向山陰入小舟❼。

【注釋】❶浣花溪　在四川成都西郊，為錦江支流，杜甫結草堂於溪旁。❷主人　指劍南節度使裴冕。❸卜　卜居。❹林塘幽　指草堂周圍的環境幽雅。❺已知二句　承上申說草堂周圍環境之幽靜。出郭，在郊外。少塵事，沒有俗事打擾。澄江，指浣花溪。❻鸂鶒　水鳥名，像鴛鴦，又稱紫鴛鴦。❼東行二句　用王子猷典。《世說新語・任誕》載：「王子猷居山陰，夜大雪，眠覺，開室命酌酒，四望皎然。因起彷徨，詠左思〈招隱詩〉。忽憶戴安道。時戴在剡，即便夜乘小舟就之。經宿方至，造門不前而返，人問其故，王曰：『吾本乘興而行，興盡而返，何必見戴！』」山陰，即今浙江紹興。

【語　譯】在浣花溪水的水西頭，那裡林塘清幽，主人為我在此籌建茅屋。都知道出了城郭就少了塵俗事，更何況還有這浣花溪水為我銷憂愁。看那浣花溪上，無數蜻蜓上下齊飛，鸂鶒成雙成對時而沉潛水下，時而浮出水面。從這裡可以乘興東行萬里，欲遊山陰即可登上小舟成行。

【研　析】此詩是初得卜居浣花溪時所作，詩中表達避俗野居的樂趣。首二句點題，言卜居草堂，拈一「幽」字統攝全篇。中間四句集中描寫卜居之地的幽情幽趣，幽居自得，物各閒暇。「已知」一聯為流水對，其對法不工，正以此為妙，這是為了存真性情。「少塵事」、「銷客愁」云云，是其「幽」所致；唯其「幽」，所以能存養真性情。五六兩句，妙於工中見拙。看那浣花溪上，蜻蜓上下齊飛，鸂鶒成對沉浮，好一派幽居閒適美景，「『齊』字、『對』字寫出物情」（《杜詩鏡銓》卷七引張惕庵語）；「不但自適，亦且與物俱適」（《杜臆》卷四）。詩人入蜀，而東遊乃其素志，故尾聯特緣江寄興。「東行萬里堪乘興」為倒裝句，謂由此可以乘興而東行萬里。「須向山陰入小舟」，亦是倒裝句，意思是可以直上小舟而駛向山陰。二句寫草堂遠韻，溪通吳會，正可乘興而下。陳之壎評曰：「此全是少陵快活語，字字有興，語語飛揚。」（《杜工部七言律詩注》卷一）

堂成

【題　解】堂成，即指草堂落成。說是「堂成」，這時只是主要部分落成。後來杜甫在〈寄題江外草堂〉中說：「經營上元始，斷手寶應年。」草堂完全建成則在寶應元年（西元七六二年）。草堂遺址，今已建成杜甫草堂博物館。

背郭堂成蔭白茅❶，緣江路熟俯青郊❷。榿林礙日吟風葉，籠竹和煙滴露梢❸。

暫止飛烏將數子，頻來語燕定新巢❹。旁人錯比揚雄宅，懶惰無心作〈解嘲〉❺。

【注釋】❶背郭句　謂草堂背靠城郭。草堂在成都城西，故云。蔭，覆蓋。白茅，茅草的一種，又叫絲茅草，可用作蓋屋的材料。蔭白茅，指屋頂用白茅覆蓋。所以在〈茅屋為秋風所破歌〉中說：「八月秋高風怒號，卷我屋上三重茅。」❷緣江句　緣江，沿江。江，指浣花溪。俯青郊，俯視暮春青綠的郊野。說明草堂地勢較高。❸榿林二句　寫草堂周圍竹木繁茂。榿，一種落葉喬木。杜甫〈憑何十一少府邕覓榿木栽〉：「飽聞榿木三年大，與致溪邊十畝陰。」礙日，擋住陽光。吟風葉，風吹樹葉發出的聲響，猶如吟唱一般動聽。籠竹，指慈竹。煙，指竹林間瀰漫的霧靄。❹暫止二句　暫止，暫時棲止。將，攜帶。數子，幾隻雛鳥。語燕，燕子呢喃作語。定新巢，築新巢。❺旁人二句　揚雄，西漢蜀郡成都人，其宅在成都少城西南隅，因其曾在此閉門著《太玄經》，故又名「草玄堂」。當時人多攀附權貴，而揚雄卻淡泊自守，專心著述，別人嘲笑他，他便作〈解嘲〉予以回答。成都是揚雄的老家，而杜甫是流寓在此，並不想久居，所以旁人把草堂比作揚雄宅是「錯比」。旁人不瞭解杜甫只是暫住的心思，他也不想表白，所以也就懶得像揚雄那樣作〈解嘲〉了。

【語譯】覆蓋著白茅的草堂背靠著城郭，從沿江踩出來的小路上，可以俯視暮春青綠的郊野。榿林的葉子遮蔽陽光，風在其中低聲吟唱，籠竹間瀰漫著靄霧，竹梢上滴著露珠。烏鴉帶著幾隻小鴉飛到林間小憩，燕子語聲頻傳構建新巢。旁人錯把我這草堂比作揚雄的宅第，我生性懶惰，並無心像揚雄那樣來作〈解嘲〉。

【研析】草堂建成之後，詩人心情極為愉快，此詩正是寫這種心情的。詩寫草堂初成，句句是初成語，句句寫愉悅心情。首聯點題。草堂在西郭，堂前一望，見一片青青的春色。這裡風景幽勝，遠離塵囂的心情便油然而生。頷聯由草堂寫到周圍的景物，以竹、木襯出新堂之高，頂上聯之「俯」字。用「吟」字、「和」字，烘托詩人怡然自樂的心情。頸聯由竹木的描寫自然地過渡到「飛烏」、「語燕」的描寫。這裡有高大的榿樹和青翠的籠竹，飛烏也攜帶著小烏來棲息了。草堂新成後，燕子也頻來呢喃於梁柱之間，似乎在商量如何營築新巢，以禽鳥之適來暗示自己恬淡閒適的心情。羅大經說：「蓋因烏飛燕語，而喜己之攜雛卜居，其樂與之相似。此比也，亦興也。」（《鶴林玉露》卷一〇）這裡說「暫止」，透露出詩人暫時棲息不能久居的心情。尾聯正面點出自己寓此不過是暫時安身，並無久居之意，流露出羈旅的情思。因此，詩人認為，將其草堂比作揚雄「草玄堂」是「錯比」；揚雄在長安作〈解嘲〉，尚有嘲可解，而揚雄三世不徙官，今詩人得一官即遭外斥，怎敢同揚雄比呢！於是，無嘲可解，徒增傷感而已。

蜀相

【題解】蜀相，指諸葛亮。劉備在蜀稱帝，任命諸葛亮為丞相。此詩為上元元年（西元七六〇年）春杜甫到成都後初遊諸葛亮廟時作。諸葛亮於建興元年（西元二二三年）被後主劉禪封為武鄉侯，故其廟又稱武侯祠，在今成都南郊。詩藉詠丞相祠堂，歌頌諸葛亮的豐功偉績，而深寄緬懷之思。

丞相祠堂❶何處尋？錦官城❷外柏森森❸。映❹階碧草自春色，隔葉黃鸝空好音。三顧頻煩天下計❺，兩朝開濟❻老臣心❼。出師未捷身先死❽，長使英雄淚滿襟。

【注釋】❶丞相祠堂　即武侯祠。❷錦官城　在成都西南部，漢代主管織錦業的官員居此，故稱。後作為成都的別稱。❸森森　高大茂密貌。傳說武侯祠前有一柏為諸葛亮手植。❹映　遮掩。❺三顧句　三顧，指劉備三顧茅廬請諸葛亮出山。即諸葛亮〈出師表〉所云：「先帝（指劉備）不以臣卑鄙，猥自枉屈，三顧臣於草廬之中，諮臣以當世之事。」頻煩，意為多次煩勞，反覆諮詢。煩，一作「繁」。天下計，安天下之大計。指諸葛亮在〈隆中對〉中提出的東連孫權，北抗曹操，西取劉璋，三分天下的謀國方略。❻兩朝開濟　指諸葛亮輔佐先主劉備和後主劉禪成就帝業。開濟，經邦濟世。杜甫〈說旱〉云：「軍郡之政，罷弊之俗，已下手開濟矣。」此開濟亦治理之意。❼老臣心　即「鞠躬盡瘁，死而後已」之心。❽出師句　出師未捷，指「北定中原，興復漢室，還於舊都」(〈出師表〉) 的理想未得實現。《三國志・蜀書・諸葛亮傳》載，建興十二年(西元二三四年) 春，諸葛亮出師伐魏，據武功五丈原 (在今陝西岐山南)，與司馬懿對峙於渭南，相持百餘日。其年八月，亮病死軍中，時年五十四。

【語　譯】諸葛丞相的祠堂到何處找尋？就在錦官城外柏樹森森的地方。遮覆臺階的碧草徒自弄著春色，樹葉深處的黃鸝空自發出美好的聲音。當年先主劉備三顧茅廬頻頻請教安定天下的大計，您輔佐先主和後主獻出了一顆老臣的赤膽忠心。只可惜您出師未捷身已先死，永遠讓後世無數英雄涕淚滿襟。

【研　析】這是杜甫初到成都時拜謁武侯祠所作的一首七律。前四句寫丞相祠堂。一二句點題，交代祠堂所在，已飽含詩人對諸葛亮的無限追慕之情。首句點明要去的所在及心情。「何處尋」是明知故問，表達久已嚮往的傾慕心情。武侯祠前古柏參天聳立，勁節凌霄，使人容易聯想到諸葛亮的高風亮節；古柏的經冬歷寒、萬古長青，更使人想到諸葛亮的名垂千古。三四句寫祠景，景中寓情。自春色，自為春色。空好音，空作好音。碧草自綠，黃鸝自鳴，春色與己無關，好音與己無聞，「自」、「空」互文，是用反襯手法加倍寫出詩人對諸葛亮的傾慕之情與淒惻之感。後四句寫丞相本人。五六兩句，從大處著筆，括盡諸葛亮一生的功業和才德。上句嵌入三顧茅廬的典故，概括了諸葛亮一生為蜀主運籌帷幄、以圖統一天下的功績，說出了蜀相在三國鼎立時期建立蜀漢的歷史作用。下句稱讚他輔佐劉備父子的忠心耿耿，著重在「老臣心」三字，強調諸葛亮鞠躬盡瘁、死而後已的精神。末二句，對諸葛亮的大業未竟，齎志而歿，深表痛惜。諸葛亮一生為興復漢室、統一天下而耗盡心血，然而功業未竟，終因操勞過度而死於軍中。這正是千古英雄為之淚流滿襟的原因。吳瞻泰曰：「弔古詩須具真性情，乃能發真議論。三四是入祠堂低回歎息之神。唯五六二句，始就孔明發論，結仍歸自己。」(《杜詩提要》卷一一)

賓至

【題解】這首詩作於上元元年（西元七六〇年）草堂落成之後。詩題一作〈有客〉。

幽棲❶地僻經過少❷，老病人扶再拜難❸。豈有文章驚海內？漫勞❹車馬駐江干❺。竟日❻淹留❼佳客坐，百年粗糲❽腐儒❾餐。不嫌野外❿無供給⓫，乘興還來看藥欄⓬。

【注釋】❶幽棲　指草堂的清靜。❷經過少　來訪的人很少。❸老病句　是說因自己老病，不能行再拜之禮，請客人原諒。再拜，鄭重的禮節。❹漫勞　空勞；徒勞。❺江干　江邊，這裡指草堂。❻竟日　整日；終日。❼淹留　久留。❽粗糲　粗米。❾腐儒　杜甫謙稱。❿野外　指草堂。因在成都郊外，故云。⓫無供給　不能豐盛款待。⓬看藥欄　杜甫自己種了些藥材，故家有藥欄。這裡以「看藥欄」代指再來拜訪。

【語譯】我僻居草堂幽靜之地，來訪的客人很少。加之老病須人攙扶，難行再拜之禮。我哪裡有什麼震驚海內的文章，空勞您大駕光臨江邊草堂。尊貴的客人在這裡呆了一整天，我這半百老儒只能用粗茶淡飯來招待，感到實在抱歉。若是不嫌棄寒舍沒有好飯菜，您有興趣的話，請再來看我種的藥草長得好或壞。

【研析】來拜訪草堂的這位「佳客」，大概是個地位較高的官僚，他仰慕詩人之名，前來相訪，並非杜甫的文章知己，所以詩中的言辭較為客氣，感情亦平淡。不過仔細體味，我們會感到詩人貌似謙恭後面的一絲傲岸之情。頷聯「豈有文章驚海內？漫勞車馬駐江干」，語似自謙，實亦自任。此詩風格清健樸野，率爾獻酬，而鍛煉爐錘極其精密，寫法亦很獨特。仇兆鰲曰：「上四賓至，下四留賓。直敘情事而不及於景，此七律獨創之體，不拘唐人成格矣。」（《杜詩詳注》卷九）全詩謀篇頗有特色，深為後人稱道。朱瀚曰：「一主一賓，對仗成篇，而錯綜照應，極結構之法。起語鄭重，次聯謙謹，腹聯真率，結語殷勤。」（《杜詩詳注》卷九引）

狂夫

【題　解】上元元年（西元七六〇年）夏在成都草堂作。狂夫，疏狂之人，杜甫自謂。詩以樸素的語言，寫草堂環境清幽，景色秀麗，雖可堪自娛，然生活艱難，友人無援，只好狂放以遣愁。

萬里橋❶西一草堂，百花潭❷水即滄浪❸。風含翠篠娟娟淨，雨裛紅蕖冉冉香❹。厚祿故人書斷絕，恒飢稚子色淒涼❺。欲填溝壑惟疏放，自笑狂夫老更狂❻。

【注　釋】❶萬里橋　在成都南門外，橫跨錦江。❷百花潭　浣花溪的一段。❸滄浪　《孟子·離婁上》云：「滄浪之水清兮，可以濯吾纓。」將百花潭比作滄浪水，是說此地可以隱居。❹風含二句　翠篠，綠色細竹。娟娟，美好貌。雨裛，受雨濕潤。紅蕖，紅色的荷花。冉冉，猶徐徐，淡淡。黃維章曰：「凡淨從雨說，香從風說，此常景常意耳。必從風說淨，從雨說香，乃翻常景為新景，翻常意為新意。此老杜精於觀物處。」（《辟疆園杜詩注解》七律卷二引）❺厚祿二句　謂故人遠去，接濟斷絕，故全家餓飯。厚祿故人，俸祿優厚的故交。此指裴冕。冕已去長安，相隔遙遠，故曰「書斷絕」。書，音信。恒飢，常常挨餓。稚子，幼子，指宗文、宗武。色淒涼，面帶飢色。❻欲填二句　填溝壑，指死。疏放，疏狂放浪。雖處困極之境，仍疏狂蕭散，不改其故態，老杜之曠懷畢現。楊倫云：「讀末二句，見此老倔強猶昔。」（《杜詩鏡銓》卷七）

【語　譯】我在萬里橋西蓋起了一座草堂，百花潭水就是我隱居的好地方。那風中的翠竹多麼光潔美好，又可以聞到雨中的紅荷傳來陣陣淡淡的清香。享受厚祿的老朋友遠隔萬里與我斷絕了音信，經常挨餓的孩子面色如此淒涼。眼看著一家人將被餓死，我還是一味疏狂蕭散，我自己都感到可笑：這狂夫真是越老越顛狂！

【研　析】詩中以「狂夫」自指，主要抒發憤激不平的心情，表達身處亂世的憂生之嗟。前四句，描寫草堂周圍的幽美景色。首聯先寫草堂環境。上句點出草堂所在，下句暗示自己的心情：百花潭就是我的滄浪之水，我要自行其樂。這聯藉寫草堂風景的優美，反襯懷才不遇孤單寂寞的情緒，為尾聯兩句抒懷埋下伏筆。頷聯承接上聯對草堂景物再作進一層描寫。出句寫微風拂動中的翠竹，而著一「淨」字，可見是雨中之竹；對句寫雨中荷花之香，而以「冉冉」來形容，正見得是雨中有風。詩人捕捉住景物的典型特徵，用極精煉的語言，繪出了一幅極幽靜而又極優美的草堂畫圖。後四句寫生活無依，處境艱難和以狂放自處的心情。頸聯由草堂的景物寫到自己淒涼的生活。尾聯歎年歲既如此老大，生活既如此艱窘，人情既如此淡薄，前途既如此渺茫，還能有什麼大的作為呢？不如任性自然，縱情山水，狂放自處吧。長期以來政治失意的鬱悶，身世際遇的苦痛，憂國憂時的哀傷，都在這短短的貌似曠達的兩句詩中傾瀉出來了。吳景旭曰：「此詩以『狂夫』為題，前四句言疏狂之意，後四句言思家憶舊之情，狂中之窮愁也，身且欲填溝壑而反疏狂，蓋其自歎也。」（《歷代詩話》卷四〇）

江村

【題　解】上元元年（西元七六〇年）夏在成都草堂作。草堂在浣花溪畔，故稱江村。此詩以輕鬆的筆調，描寫了江村清幽的環境、燕飛鷗戲的夏日景物以及老妻稚子的樂趣，雖身體多病，但仍笑對生活，表現了詩人樂觀的生活態度。

清江❶一曲抱❷村流，長夏江村事事幽❸。自去自來梁上燕，相親相近水中鷗❹。老妻畫紙為棋局，稚子敲針作釣鉤❺。多病所須惟藥物，微軀此外更何求❻？

【注釋】❶清江　指浣花溪。❷抱　環繞。❸幽　幽靜安閒。「幽」為一詩之綱，下四句即分言之。❹自去二句　寫景物之「幽」。鷗，一種水鳥，主要捕食魚類。❺老妻二句　寫人事之「幽」。妻兒之樂，充滿天趣。棋局，即棋盤。❻多病二句　謂多病之軀只須藥物就行了，此外還能要求什麼呢？多病所須惟藥物，一作「但有故人供祿米」。微軀，微賤之軀，是自謙之詞。

【語譯】清清的浣花溪水環抱著草堂而流，夏天的草堂裡事事清幽。自去自來的是那梁上的燕子，相親相近的是水中的白鷗。我的老伴用紙畫了個棋盤，小兒子把針敲彎做成了釣鉤。多病之人所需要的只有藥物，此外這微賤之軀還求什麼呢？

【研析】這是杜甫在草堂定居之初的作品，表現美好的生活情趣。首句記地，「江村」二字分說。開頭頗有民歌情調，在讀者眼前展開了一幅明麗秀美的江村景物圖。這個「抱」字很有味，不僅形象寫出清江與村落的相互位置，同時也寫出客觀景物在詩人心中佔據的感情位置。次句記時，「江村」二字合說。同時流露了喜悅之情。這種遠離戰爭的騷擾、沒有世俗的紛爭、清靜幽僻的環境，在飽受離亂之苦的詩人眼裡，自有無窮的詩情畫意。兩句均不離「幽」境，「事事幽」開啟下面兩聯。頷聯上句承「村」說，寫「物色之幽」，謂自去自來，有梁上之燕；下句承「江」說，謂相親相近，有戲水之鷗，此物事之「幽」真可相對忘機。頸聯上句仍頂「村」說，寫「人事之幽」，謂欲著棋遣興，則老妻畫紙以為棋局，下句仍頂「江」說，謂欲釣魚適情，稚子能敲針作釣鉤，此人事之「幽」尤可優游卒歲，別無他求。詩人立足於這樣的「樂土」，面對這樣一派自由、親近、閒適、活潑的景象，自然會在心中產生一種欣慰之感，自然吟出尾聯：「多病所須惟藥物，微軀此外更何求？」推進一層作結：安貧樂道，無求於人。黃生說：「『事事幽』，言人與物各適其適也，三字領

一篇之意……公律不難於老健，而難於輕鬆，此詩可取處在此。」（《杜詩說》卷九）

野老

【題解】上元元年（西元七六〇年）初秋作，時居草堂。詩中表達思鄉與憂時之情。野老，鄉野老人，杜甫自謂。詩成，拈首二字為題，故曰「野老」。

野老籬邊❶江岸迴❷，柴門不正逐江開❸。漁人網集❹澄潭❺下❻，估客❼船隨
返照❽來。長路❾關心❿悲劍閣⓫，片雲⓬何意⓭傍琴臺⓮？王師未報收東郡⓯，城
闕⓰秋生畫角⓱哀。

【注釋】❶籬邊　一作「籬前」。❷江岸迴　江岸曲折。江，指浣花溪。❸柴門句　因江岸曲折，柴門隨著岸勢而開，故曰「不正」。❹網集　群集於潭中下網捕魚。❺澄潭　指草堂附近的百花潭。❻下　下網。❼估客　一作「賈客」，商人。❽返照　夕陽。黃生云：「日西落則倒景於東，船自西來，若隨之然。」（《杜詩說》卷八）杜甫〈絕句四首〉云：「門泊東吳萬里船。」可見草堂門前為商船停泊之處。❾長路　路途遙遠。既指自己由秦入蜀之路遙遠，又指自己身在成都，返鄉之路遙遠。❿關心　憂心。⓫悲劍閣　杜甫飄泊入蜀，對劍閣之險尤為印象深刻，又唯恐軍閥憑險作亂，故為之憂心忡忡。劍閣，即劍閣道，古棧道名。在今四川劍閣大劍山、小劍山間。即相傳秦惠王伐蜀所經石牛道，為古代川、陝間主要通道，奇險無比。⓬片雲　孤雲。暗喻詩人自己之飄泊無依。⓭何意　表示反詰語氣，怎麼會料到。何意，一作「何事」。⓮琴臺　又稱相如臺、馬卿臺，在成都浣花溪北，相傳為漢司馬相如彈琴的地方。這裡也有自比司馬相如之意。⓯王師句　史載，乾元二年秋，史思明陷東都洛陽及齊、汝、鄭、滑四州，上元元年六月雖收復鄭州，但東都與諸郡尚未收復，故云。東郡，指東都

洛陽以東諸郡。⑯城闕　指成都。詩末原注，《錢注杜詩》作「兩京同南都，得云城闕也」。《杜詩詳注》作「至德二年，陞成都為南京，故得稱城闕」。⑰畫角　軍中樂器，形如竹筒，外加彩繪，故稱畫角。其聲高亢悲涼，秋天聞之，更使人增哀。

【語譯】野老家籬笆緊靠浣花溪曲曲彎彎，柴門不正只好順著曲折江岸。漁人群集百花潭下網捕魚，商人趁著落日餘暉隨船來到浣花溪暫駐。長途跋涉越過令人膽寒的劍閣天險，孤雲飄泊無依為什麼偏偏傍近琴臺邊？聽說官軍尚未收復東都諸郡，秋臨成都畫角聲聲令人悲不忍聞。

【研析】這首詩前四句寫草堂野望之景，充滿樸野之趣，筆致悠閒疏淡。三四兩句寫草堂附近熱鬧景象。百花潭漁人捕魚集網而下，浣花溪賈客日暮隨船而來，一「下」一「來」，風景如畫。劉辰翁云：「句句洗削。」（《集千家注杜工部詩集》卷七引）五六兩句轉入抒情。長路關心，傷入蜀，悲劍閣之難越，又暗含思鄉。片雲，寓有飄蕩不定之意。片雲何意，則嫌留蜀，傍琴臺而不歸。楊倫云：「對句活變，喻留蜀非己意也。」（《杜詩鏡銓》卷七）通過反問表達了流寓劍外、報國無門的痛苦，以及世無知音的迷惘。末二句以聽淒切悲涼的畫角聲作結，傳達了深沉的憂國念亂之情。不說王師沒有收復東郡，而說「未報」，含蓄蘊藉。秋生則角聲更哀，生字屬秋不屬角，用字精確。八句中，各聯對句尤勝，蓋出句猶見用意，接句全歸自然。黃生曰：「前幅摹晚景，真是詩中有畫；後幅說旅情，幾於淚痕滿紙矣。」（《杜詩詳注》卷九引）

恨別

【題解】上元元年（西元七六〇年）秋在成都作。詩中抒寫詩人流落殊方的感慨以及對故園親人的懷念，表達了盼望早日平叛的愛國情思。

洛城❶一別❷四千里❸，胡騎❹長驅五六年❺。草木變衰❻行劍外❼，兵戈阻絕老江邊❽。思家步月❾清宵立，憶弟❿看雲⓫白日眠。聞道河陽近乘勝⓬，司徒⓭急為破幽燕⓮。

【注釋】❶洛城　指東都洛陽。❷別　一作「去」。❸四千里　杜甫於乾元二年春自東都洛陽回華州，秋，流寓秦州，十月奔同谷，年底抵成都，奔走四千里，自云「一歲四行役」。一作「三千里」，成都距洛陽計二千八百七十里。❹胡騎　胡人的騎兵。此指安史叛軍。❺五六年　一作「六七年」。安史之亂爆發至今已有六個年頭，故云。❻變衰　衰敗凋零。❼劍外　指劍門關以南，泛指蜀地。❽江邊　浣花溪邊，草堂所在地。❾步月　踏月。❿憶弟　指流落在河南、山東等地的三個弟弟穎、觀、豐。⓫看雲　古有望雲懷鄉的典故。《北史》卷一九載，元樹奔南，每見嵩山雲，輒思故鄉，未嘗不引領唏噓。《新唐書・狄仁傑傳》：「薦授并州法曹參軍，親在河陽，仁傑登太行山，反顧見白雲孤飛，謂左右曰：『吾親舍其下。』瞻悵久之，雲移乃得去。」⓬聞道句　河陽，在今河南孟州西。《資治通鑑》卷二二一載：上元元年夏四月，李光弼破史思明於河陽西渚。六月，又敗思明於懷州。故曰「近乘勝」。⓭司徒　指李光弼，時李為檢校司徒。⓮幽燕　指安史叛軍老巢。乾元二年四月，史思明更國號大燕，建元順天，以范陽為偽京，自稱應天皇帝。

【語譯】離開洛陽輾轉來到四千里外的成都，安史叛軍的鐵騎踐踏已有五六個年頭。歷經草木凋零的秋冬，我遠行到劍門關外。戰亂阻斷回鄉之路，只好滯留浣花溪邊日漸老邁。思念家鄉好苦呵！清夜難寐悶悶地一個人在月下徘徊。想念諸弟好苦呵！晴天白日癡癡地望著流雲困倦而眠。聽說最近在河陽大敗史思明叛軍，切望司徒李公趕快乘勝直搗叛賊老巢！

【研析】這首詩寫別離之恨，沉鬱頓挫，扣人心弦。首聯點題。首句寫離別家鄉之遠，次句點明遠別之因。頷聯描述詩人淹留蜀地的苦況，草木變衰，乃所見荒涼之景；兵戈阻絕，乃老江邊之原因。「劍外」、「江邊」，照應首句「四千里」；「兵戈阻絕」又與次句呼應。由行劍外，到老江邊，境界空闊而雄健，邵長蘅謂之「格老氣蒼」（《杜詩鏡銓》卷七引），極為沉痛。頸聯寫思家憶弟苦情，突出一個「恨」字。因思家，故清宵獨立，步月徘徊，徹夜不寐；因憶弟，故白晝望雲，情思昏昏，倦極而眠。「步月宵立」、「看雲晝眠」兩個細節，將詩人思家憶弟的形象刻劃得非常動人。委婉含蓄，富有情致。沈德潛曰：「若說如何思，如何憶，情事易盡。『步月』、『看雲』，有不言神傷之妙。」（《唐詩別裁集》卷一三）末聯回應次句，聞捷而喜，盼望幽燕早定，家人團聚，以銷別恨。吳瞻泰評曰：「言外之意，曲折之筆，收挽之力，如天馬行空，忽然回轡，豈尋常控馭之法能及哉。」（《杜詩提要》卷一一）

題壁上韋偃畫馬歌

【題　解】此詩當作於上元元年（西元七六〇年）寓居成都草堂時。詩題一作〈題壁畫馬歌〉，題下注：「韋偃畫。」韋偃，京兆（今陝西西安）人，寓居於蜀。善畫山水、松石、花鳥，尤善畫馬，千變萬態，巧妙精奇，曲盡其妙，宛然如真。唐人喜歡在壁上作畫或題詩。韋偃在草堂的東壁上畫了兩匹馬，杜甫因題此詩。

韋侯別我有所適，知我憐渠畫無敵❶。戲拈禿筆掃驊騮❷，欻❸見騏驎❹出東壁。一匹齕❺草一匹嘶❻，坐看千里當霜蹄❼。時危安得真致此？與人同生亦同死❽。

【注　釋】❶韋侯二句　說韋偃知道杜甫喜愛他的畫，故一來告別，二來作畫留念。韋侯，即韋偃。侯，古時對人的尊稱。別我，向我告別。有所適，將到外地去。憐，愛；喜歡。❷戲拈句　形容韋偃造詣之高，隨便拿一支禿筆便很快「掃」出一匹驊騮。掃，揮灑。驊騮，良馬名。❸欻　忽然。寫其神速。❹騏驎　良馬。一作「麒麟」。❺齕　啃；吃。❻嘶　嘶鳴。❼坐看句　這句以畫作真，是說轉眼之間韋偃畫的馬就要奔馳千里之外。坐看，眼看，形容時間短促。當，對。霜蹄，因馬蹄可以踏霜雪，故稱。❽時危二句　是說當今時局艱危，如何能得到這樣的真馬？那樣我就會和牠一起同生同死，去為國家建立功勳。

【語　譯】韋侯偃向我告別要遠行，知我愛他舉世無雙的畫技，隨意拿起一支禿筆任意揮灑就畫出了驊騮圖，頃刻之間便見騏驎躍出東壁上。一匹正低頭忙著啃草，一匹正忙著引頸長鳴；看它四蹄之矯健，千里征程眼看就要消失於它的霜蹄下。當今時局艱危，如何才能得到這樣的真馬？它可是能身擔大任，與我同生共死的。

【研　析】這首題畫詩，生動形象地寫出了韋偃畫作的精妙傳神。詩人馬詩多篇，此篇尤為蒼老。韋偃知道杜甫喜愛他的畫，就在杜甫草堂的壁上畫了一幅馬圖（兩匹馬），以作留念。這也是前二句的意思。「戲拈」兩句，具體刻劃韋偃畫馬造詣之高。他隨便拿了一支禿筆自由揮灑，就能在我的東牆壁上活畫出騏驎馬，真是神奇。從這兩句看來，韋偃可能「初無意於畫，偶然天成」（胡仔《苕溪漁隱叢話》前集卷八）。接著，詩人用「一匹齕草一匹嘶，坐看千里當霜蹄」兩句，形象地描繪韋偃畫馬之逼真、神俊，可謂得「馬之真性」。霜蹄，見《莊子》外篇〈馬蹄〉：「馬，蹄可以踐霜雪，毛可以禦風寒，齕草飲水，翹足而陸，此馬之真性也。」這裡用「霜蹄」寫奔跑的駿馬。詩人正是面對這樣的駿馬，「而欲得此以同生死，其所感於身世者深矣」（仇兆鰲《杜詩詳注》卷九）。而「時危」兩句，亦表現了詩人念念不忘國家安危的愛國思想，浦起龍謂「結聯見公本色」（《讀杜心解》卷二之二）。這種「本色」，就是以其屹然健筆，最後轉出此詩的命意，深得「詩人」之旨。陳式評此詩曰：「予因公詩而想韋畫之妙，固妙在齕草嘶時，便有千里霜蹄之勢。至曰『坐看』，則又儼然破壁去矣。似此必是畫妙，故詩妙。亦以詩妙，益見畫妙。」（《問齋杜意》卷七）較為全面而公允。

戲題王宰畫山水圖歌

【題　解】詩題一作〈戲題畫山水圖歌〉，題下注：「王宰畫丹青絕倫。」王宰，蜀人，唐代著名畫家。善畫山水、樹石，出於象外，尤「多畫蜀山，玲瓏窳窆，巉嵯巧峭」（張彥遠《歷代名畫記》卷一〇）。大約在上元元年（西元七六〇年），杜甫在成都拜訪王宰，應王所請，為其畫題寫了此詩。詩讚美了王宰所畫山水的神奇和畫技的高超絕倫，所提出的創作不能受「促迫」的觀點，頗給人以啟迪。

十日畫一水，五日畫一石。能事不受相促迫，王宰始肯留真跡❶。壯哉崑崙方壺圖，挂君高堂之素壁❷。巴陵洞庭日本東，赤岸水與銀河通，中有雲氣隨飛龍❸。舟人漁子入浦漵，山木盡亞洪濤風❹。尤工遠勢古莫比，咫尺應須論萬里❺。焉得并州快剪刀，翦取吳松半江水❻。

【注釋】❶十日四句　意謂王宰擅畫，但不肯在催逼中草率命筆，只有如此，他才肯揮毫留真跡。能事，所擅長之事。此指繪畫。❷壯哉二句　點明所題之畫為掛在王宰大廳白粉牆上的巨幅山水畫。崑崙，我國西部大山，也是神話傳說中的仙山。方壺，神話傳說海上有三座仙山，方壺是其一。❸巴陵三句　描繪畫中山水廣遠浩淼、水天一色的壯觀。巴陵，山名，又稱巴丘，在今湖南岳陽西南，瀕臨洞庭湖。日本，即今日本國。赤岸，一說引《文選》中收江淹〈江賦〉：「鼓洪濤於赤岸。」李善注：「或曰赤岸，在廣陵興縣。」即今江蘇六合東南之赤岸山。一說，清洪亮吉《北江詩話》卷五引《水經注．河水二》：「大河又東，徑赤岸北，即河夾岸也。《秦州記》曰：『枹罕有河夾岸，岸廣四十丈。』」認為即枹罕赤岸。此赤岸舊在今甘肅臨夏黃河南岸，劉家峽水庫建成後沒入庫區。此地上距黃河源頭較近。似以洪說為長。一說聯繫漢代枚乘〈七發〉中「凌赤岸，算扶桑」來看，指遠方的江海之岸。❹舟人二句　描寫畫上風濤激盪，船工和漁夫將船靠岸以迴避，山中林木被狂風吹得都低垂俯地。浦漵，水邊。亞，低垂。❺尤工二句　謂王宰特別擅長畫大山水，能在咫尺篇幅裡畫出江山萬里的壯麗景色。尤工，特別擅長。遠勢，遠景。咫尺，形容篇幅極小。周制，八寸為咫。❻焉得二句　讚歎王宰所畫山水就像真的一樣，恨不得用并州快剪刀剪下來歸己收藏。表示了詩人對王宰山水圖的讚賞和傾倒之情。并州，即今山西太原一帶，其地所產剪刀以鋒利著稱。吳松，一作「吳淞」，即今吳淞江，俗稱蘇州河。源出江蘇蘇州太湖瓜涇口，東流至上海市外白渡橋入黃浦江。

【語　譯】王宰十天能畫出一條水，五天能畫成一塊石。王宰繪畫不受人和事的催逼而草率命筆，這樣他才肯揮筆留真跡。好一幅壯偉的崑崙方壺圖，掛在您廳堂的粉牆壁！從巴陵的洞庭到日本以東，赤岸的水高遠與銀河相通，水天之間的雲氣追隨著飛龍。大風勁吹洪濤湧起，船工和漁夫將船靠岸以迴避，山中的林木被吹得低垂俯地。您尤其擅長遠景描繪，古來畫家莫能比肩，那咫尺的畫面就能展現萬里江山。我恨不得弄一把并州剪刀來，剪下這半江吳淞水歸自己珍藏！

【研　析】這首題畫詩寫王宰的山水圖，不獨神氣飛動，而且提出了重要的藝術見解。王嗣奭曰：「此詩通篇設想，俱有戲意。而收語尤戲之甚，故云戲題。」（《杜詩詳注》卷九引）全詩可分為三段。前四句為第一段，讚王宰圖畫，不受促迫，從容落筆。因而，「十日」二句讚王宰作畫態度認真嚴肅，王宰的風格則是慢工出細活。

「壯哉」以下七句為第二段。從「挂君高堂之素壁」句來看，這畫是畫在絹上，掛在牆上，是王宰的真跡。第六句「挂君素壁」，從結構上說，是此詩的樞紐所在，以下全是讚畫。這裡描寫畫中山水：變幻神奇，逼真傳神。這樣畫出的真跡，果然不同凡品。其山，從西天的崑崙直到東海的方壺，舉極西極東以狀其遠景，非真畫此兩山也。其水，從巴陵洞庭直到日本的東洋，浩瀚的洪波激盪赤岸、上通銀河，風濤之中若有雲龍騰飛。《莊子・逍遙遊》說姑射山有神人，乘雲氣，御飛龍，而遊乎四海之外。可見水勢已到天地四海之外。以上都是誇張畫中山水氣勢的壯闊，既說明了王宰畫圖中山峰的神奇變幻，絢麗多彩，又說明了它的雄偉挺拔、綿延不斷。可是直到「舟人」這兩句，才出現畫中的人物和活動：漁人乘船進入水浦。這樣從遠到近、從面到點，把這幅山水畫圖的面貌完整地刻劃出來了。

最後四句為第三段，稱讚畫家技巧精湛，巧奪天工。「尤工」二句是承上而來的，說王宰擅長畫山水遠勢，在咫尺篇幅之內卻畫出了萬里江山的雄偉氣勢。這既是對畫的評價，也是精闢的畫論。方東樹說：「『尤』字從中段生出，再加一倍，句中有句。」（《昭昧詹言》卷一二）正因王宰之畫的神妙在於咫尺萬里，所以前面形容圖中山水，也莫不是從「遠勢」著眼。這裡本是剪畫，因畫太逼真，就像直接剪水了，堪為神化；而剪的動作卻把流動不定、無法把握形狀的液態的水固體化了。

戲為韋偃雙松圖歌

【題解】上元元年（西元七六〇年）十二月作。詩題一作〈戲為雙松圖歌〉，題下注：「韋偃畫。」韋偃，見前〈題壁上韋偃畫馬歌〉之「題解」。韋偃畫了一幅〈雙松圖〉，杜甫寫此詩以讚其妙。詩中稱讚畫松的勁健筆力、絕妙神韻和高舉風格，並向韋偃索畫。亦莊亦諧，幽默風趣。

天下幾人畫古松？畢宏❶已老韋偃少。絕筆長風起纖末，滿堂動色嗟神妙❷。
兩株慘裂苔蘚皮，屈鐵❸交錯迴高枝。白摧朽骨龍虎死，黑入太陰雷雨垂❹。松根胡僧❺憩❻寂寞，龐眉皓首❼無住著❽。偏袒右肩❾露雙腳，葉裏松子僧前落。
韋侯❿韋侯數⓫相見，我有一匹好東絹⓬，重之不減錦繡段⓭。已令拂拭光凌亂⓮，
請公放筆為直幹⓯。

【注釋】❶畢宏　當時著名畫家，善畫古松奇石，天寶年間官為御史，後拜給事中。❷絕筆二句　評論韋偃此畫之神妙。絕筆，謂畫成而擱筆。長風起纖末，形容此畫之筆力勁健，風格高舉。❸屈鐵　比喻松枝彎曲而色黑如鐵。❹白摧二句　寫畫中古松之狀，其形態其氣勢其精神，均逼似真松。❺胡僧　西域僧人。❻憩　休息。❼龐眉皓首　長眉白頭。❽住著　佛

教用語，即執著。❾偏袒右肩　佛教徒身披袈裟，袒露右肩，以表示恭敬。❿韋侯　即韋偃。⓫數　快；速。⓬東絹　四川鹽亭有鵝溪，縣出絹，謂之鵝溪絹，亦名東絹。⓭錦繡段　精美的絲織品。⓮光凌亂　指素絹舒展時光影凌亂的樣子。⓯直幹　指樹幹挺拔的松樹。

【語　譯】天下能有幾人善畫古松？當今的畫松高手畢宏已老，韋偃正當年輕有為。您畫成剛一停筆便覺松梢長風刮起，滿堂觀者無不動容而歎神奇美妙。兩株古松暴裂的皮上長滿苔蘚，盤繞的高枝有如青鐵交錯而彎曲。皴裂剝蝕的樹幹好像龍虎的白骨，古松枝高迴旋，陰森之氣迴繞在樹葉間如雷雨下垂。松根處一位西域僧人在下靜息，他的眉髮斑白神情超逸毫無拘束羈絆；袈裟著身袒露右肩光著雙腳，身前松子落滿地。韋侯啊韋侯儘快來相見，我已準備好了一匹好東絹，其價不亞於錦繡緞；我已讓人把它修飾得平展光影凌亂，請您來揮筆完成這挺拔的古松畫卷。

【研　析】這首題畫詩，發端即將韋偃與當時著名畫家畢宏並稱，推崇其畫技。「滿堂」句，形容此畫所產生的藝術魅力。「兩株」以下八句具體描繪〈雙松圖〉中的景象，畫境即是詩境。兩株松樹皮裂長滿苔蘚，屈曲交錯回環。「白摧」兩句緊承上而來，因其皮裂，故松幹之剝蝕如龍虎朽骨，以「白」領起，突出此畫之筆法枯淡；因其枝高迴旋，故其氣之陰森如雷雨下垂，以「黑」領起，並與上「白」對照，突出此畫之筆墨濃郁。「松根」四句描繪其畫中所繪之人物。即寫松下入定僧，神態宛然，連松子落下來，也不知曉。詩人喜愛韋偃的松畫，於是備絹求之。韋偃作松畫，以屈曲見奇，詩人卻請他「放筆為直幹」，也許在詩人看來，「直」才是松的性格。可是，此要求為強人所難，乃「戲」之也，亦照應題目「戲」字。全詩別無「戲」意，於結尾處帶出。

題畫詩基本的藝術要求是將繪畫美轉化為詩之美。此詩做到了這一點。本詩開頭四句與結尾五句，從〈雙松圖〉的藝術效果著筆，寫出韋偃畫藝的神妙驚人，出絹求畫。中間八句才是描繪〈雙松圖〉的畫面，畫的實境是雙松和松下胡僧。各用四句，分別狀寫雙松婉轉盤曲之態、煙霞風雨之變，及松下老僧瀟灑脫俗的神情，又各側重松的奇崛之美和胡僧的靈異之美。此二美融為一體，構成〈雙松圖〉的繪畫美。王嗣奭評曰：「起來二句極寬靜，而忽接以『絕筆長風起纖末』，何等筆力！至於描寫雙松止四句，而冥思玄構，幽事深情，更無剩語。後入『胡僧』，窅冥靈超，更有神氣。然韋之畫松，以屈曲見奇，直便難工。一匹東絹，長可二丈，汝能『放筆為直幹』乎？所以戲之也。」（《杜臆》卷四）

和裴迪登蜀州東亭送客逢早梅相憶見寄

【題　解】上元元年（西元七六〇年）冬作。裴迪，詩人，早年與王維同隱於終南山，二人酬唱彙為《輞川集》。上元元年，裴迪往蜀州，時維弟縉任蜀州刺史，迪為佐吏。蜀州，州治在今四川崇州。東亭，即在今崇州市罨畫池公園內。這年秋天，杜甫曾去蜀州、新津（為蜀州屬縣），與裴迪遊新津寺並作〈和裴迪登新津寺寄王侍郎〉，王侍郎，即王縉。歲暮，裴迪寫了一首〈登蜀州東亭送客逢早梅相憶〉寄給杜甫（裴詩今已不傳），杜甫遂作此詩以唱和。

東閣❶官梅❷動詩興，還如何遜在揚州❸。此時對雪❹遙相憶，送客逢春可自由❺。幸不折來傷歲暮，若為看去亂鄉愁❻。江邊❼一樹垂垂❽發，朝夕催人自白頭。

【注　釋】❶東閣　即指蜀州東亭。❷官梅　官家所種之梅。官，有公共意。❸還如句　何遜，南朝梁詩人。梁武帝天監六年（西元五〇七年）四月，建安王蕭偉出為都督揚、南徐二州諸軍事、揚州刺史，何遜遷水曹行參軍，兼任記室，深得蕭偉信任，日與遊宴，不離左右。第二年早春，作〈詠早梅〉詩，一作〈揚州法曹梅花盛開〉。故杜云「何遜在揚州」。但詩中的

「揚州」並非今天的江蘇揚州。東晉、宋、齊、梁、陳皆以建業為揚州，而建業即今江蘇南京。此時裴迪亦在王縉幕中，又作詠早梅詩，故以何遜為比。❹雪　指梅花，早梅白似雪，故云。❺送客句　梅花報春，故云「逢春」。可自由，可由得了自己？是說裴迪送客見梅花盛開，不由詩興大發。❻幸不二句　謂幸虧裴迪寄詩而未折梅相贈，以免我歲暮之悲。不然，我怎堪因見梅花而攪起的鄉愁。裴迪所寄詩中或有不能折梅相寄之言。歲暮，亦喻年老。若為，怎堪；哪堪。❼江邊　指杜甫所在的浣花溪邊。❽垂垂　漸漸。

【語　譯】蜀州東亭的梅花牽動了你的詩興，正如同當年何遜在揚州對梅吟詠一樣。面對這盛開如雪的梅花，情不自禁地遙憶起故人，於是賦詩寄贈。幸虧你沒有折梅相寄，免我憂傷歲暮猶如人到暮年；假如我見到你寄來的梅花一定會鄉愁湧動。可是我所在的浣花溪邊有一樹臘梅漸漸開放，朝朝夕夕都在催我白髮增生。

【研　析】此詩首聯寫和詩之緣由，是因為收到裴迪的詩。蜀州東亭的官梅引動了裴迪的詩興，裴迪詠早梅的情景就像當年的何遜。何遜是杜甫欽佩的詩人，說自己「頗學陰何苦用心」。裴迪和何遜所詠的早梅，都是官家亭臺旁的梅花。頷聯交代詩題。上句言裴迪登東亭之際憶我，所以有見寄之作。下句又言裴迪之見梅也，謂之送客逢花，此所以為「早梅」。從「官梅」、「東亭送客」等詞來看，裴迪見梅時可能有公務在身，所以杜甫問他「可自由」。一句親切而體己的問話，自然引出第三聯的思鄉之愁。頸聯就裴迪未及折梅之意反過來發揮，慶幸裴迪沒有寄梅，否則更要亂了自己的鄉愁。梅開在冬末春初，如何遜詩所說「驚時最是梅」，會引起歲暮之感，而歲暮猶在客中，自然更要添上鄉愁。這一聯並沒有正面描寫梅花，而是以春愁思鄉之情映帶梅花。尾聯又繞回來，說到自己草堂江邊也有一株梅樹，每逢梅花漸漸開放，彼此相憶，同時使人想到又是一度年光轉換，暗催人老。這首詩看來只是酬答裴迪贈詩，感謝友人憶念之情，同時抒發歲暮之感。顧宸評云：「詠梅，意不在梅；意不在梅而妙於詠梅，為千古梅花詩特絕。」（《辟疆園杜詩注解》七律卷二）

後遊

【題解】上元二年（西元七六一年）春，杜甫在新津（今屬四川），寫有〈遊修覺寺〉詩。修覺寺，在新津縣治東南五里修覺山上。這年春天，杜甫再遊修覺寺，寫出這首物我親融的詩。因前已有詩，故題曰〈後遊〉。

寺憶曾遊處，橋憐再渡時❶。江山如有待❷，花柳更無私❸。野潤煙❹光薄，沙暄❺日色遲。客愁全為減，捨此復何之❻？

【注釋】❶寺憶二句　寫對舊地舊物的憐愛。寺，即修覺寺，相傳為唐僧神秀所創。憐，愛；留戀。❷如有待　好像待人重遊。❸更無私　謂花柳毫無偏私，可供遊者盡情賞玩。❹煙　煙靄。❺暄　暖。❻客愁二句　謂遊修覺寺羈旅之愁為之全減，捨此還能到哪裡去呢？極力形容對修覺寺的依戀難捨。之，往。

【語譯】我對遊過的修覺寺總是長懷不已，第二次過橋時對橋也產生了愛意。這裡的江山像是在等待我的重遊，鮮花嫩柳更是沒有一點偏私。薄紗般的晨曦滋潤著原野，沙灘變暖日色遲遲。面對此情此景我的客愁完全消散，除了此處還有哪裡可去呢？

【研析】此詩記敘詩人第二次遊覽修覺寺所見的景物和感觸。前四句回應往日之遊而寫今日之遊，用擬人手法將江山勝蹟都寫成有情之物，表達了詩人對江山勝蹟的熱愛和感悟。首聯巧妙點題。「寺遊」而使人「憶」，「橋渡」而使人「憐」，一個「憶」字，一個「憐」字，把詩人第二次遊覽修覺寺喜悅的心情透露出來了。頷聯寫得山水花木無私有情，可見在杜甫心中民胞物與的博愛情懷，且富有理趣。「江山如有待」，是說山川壯麗，它好像正等待著詩人再去登臨縱目；「花柳更無私」，是說花柳秀美，它好像正盼望著詩人再去領略觀賞。

「更無私」，是說毫無偏私。花柳任人觀賞，在詩人看來，這正是「無私」的表現。後四句寫觀寺減愁之感。頸聯描繪寺周圍特有的春光。「野潤煙光薄」，這是寫早晨之景。宛如輕紗般的薄霧滋潤著春天的原野，滋潤著萬物的生長。「沙暄日色遲」，寫太陽從煙霧中出來之景。兩句刻劃修覺寺春天的自然景色，表達了詩人的喜悅之情，是尾聯兩句抒情的根據。張溍曰：「『野潤』二句，言當日景，『潤』字從『薄』字看出，『暄』字從『遲』字看出，極細。」（《讀書堂杜詩注解》卷六）尾聯寫對此春光，多年漂泊生涯的痛苦暫時拋卻了。「客愁」為之「全減」，說明詩人已完全陶醉在爛漫的春光之中，把長期鬱積在心頭的「客愁」完全丟到一邊了。結尾呼應全篇，直抒胸臆，是對修覺寺景色的再一次讚美。全篇景象鮮明，理趣盎然。表面豁達，實則沉鬱。詩中間用散文句式，極為平順自然。王嗣奭評曰：「江山如故，故云『有待』；花柳改觀，故云『無私』。與下『野潤』、『沙暄』一聯，悠然有道氣象，此得之神助者也。前後結語二『愁』相應。」（《杜臆》卷四）

客至

【題解】上元二年（西元七六一年）春作於寓居成都浣花草堂時。題下原注：「喜崔明府相過。」崔明府，名未詳。杜甫舅氏。時為縣令。此詩情真意深，一片天趣，充滿生活氣息。上四寫客至，下四寫留客。雖盤無兼味，樽唯舊醅，家貧如此，益見情真，故能呼鄰翁對飲，主客忘形，此所以喜客至也。

舍❶南舍北皆春水，但見群鷗日日來❷。花徑不曾緣客掃，蓬門今始為君開❸。

盤飧❹市遠無兼味❺，樽酒家貧只舊醅❻。肯❼與鄰翁❽相對飲，隔籬❾呼取❿盡餘杯⑪。

【注釋】❶舍 指浣花草堂。❷但見句 只有群鷗造訪，見交遊冷落。❸花徑二句 喜客之至。花徑，植有花草的舍間小徑。緣，因為。客，指俗客。蓬門，猶柴門。君，指崔明府。❹盤飧 指菜肴。❺兼味 即重味。無兼味，謙稱菜少。❻舊醅 隔年而又未過濾的濁酒。古人重新釀，故以舊醅待客為歉。❼肯 猶肯否，能否。❽鄰翁 鄰居野老。❾籬 籬笆。❿呼取 喚來。⓫盡餘杯 一起喝完剩下的酒。

【語譯】我草堂的南北都流著春水，每天只見到成群的白鷗飛來。花間小徑還未曾為客人打掃過，今日有幸為您清掃；這扇柴門也未曾為客人打開過，今日欣然為您敞開。這裡遠離城市，盤中沒幾樣可口的菜肴；家中清貧，只好用陳而濁的酒招待您。如果您願意與我鄰家老翁對飲的話，我就隔著籬笆把他招呼過來，陪您喝完剩下的酒。

【研析】此詩是寫崔明府這次來訪的情況，表現出一種不期而遇的興奮和喜悅，可見兩人的交往之深。首聯先點出當時的環境。首句既暗示出崔明府來訪的時間，又使人感到草堂周圍春草碧色，春水綠波，一片明媚的風光；同時又自然地過渡到第二句對群鷗的描寫。這句寫出環境的幽靜和詩人生活的寂寞。頷聯暗承首聯轉入本題，即喜客之至。黃生析此二句說：「花徑不曾緣客掃，今始為君掃；蓬門不曾為客開，今始為君開。上下兩意，交互成對。」（《杜詩說》卷八）兩句不僅寫出了與舅氏會面時的情狀，而且暗示出詩人極其喜悅的心情。此聯出句與對句屬對自然，一氣貫穿；在內容上則前後對照，態度鮮明。

頸聯進一步寫到盛情款待。天涯羈旅，親友相聚，本是人生快事，理應菜盛酒醇，而現在卻因「市遠」、「家貧」，菜無「兼味」，酒只「舊醅」，心裡自然抱有歉意。這兩句樸素真率，如對面晤談，不但寫出了詩人微妙複雜的惆悵心情，而且把彼此間深厚款洽的情誼表達出來了。尾聯繼續寫款待，可是從另一角度來著筆。詩人說，如果你願意和鄰翁一起對坐飲酒的話，我就隔著籬笆喚他們來共盡餘杯。詩人在久經離亂之時，同親朋意外相逢，真是驚喜交集，人間滄桑說不盡，離情別緒述不完，飲一杯再飲一杯，直至非喚鄰翁陪飲共盡餘杯不可。用一「餘」字，則此前之殷勤勸酒，此刻之心潮澎湃，此後之聚會難再，都體現出來了。黃生評曰：「前半見空谷足音之喜，後半見貧家真率之趣。隔籬之鄰翁，酒半可呼，是亦鷗鳥之類。而賓主之兩各忘機，亦可見矣。」（《杜詩說》卷八）

漫成二首

【題　解】上元二年（西元七六一年）仲春在成都作。閒適懶散生涯，漫不經心而作，故曰「漫成」。詩寫浣花溪畔春日景色，對景怡情，以陶潛、阮籍自比，有超然避俗之想。前章寫披衣漉酒，樂在身閒；後章寫讀書對酒，樂在心得。總是在抒寫「懶是真」的生活情趣。

其一

野日荒荒白❶，春流泯泯清❷。渚蒲隨地有，村徑逐門成❸。只作披衣慣，常從漉酒生❹。眼邊無俗物，多病也身輕❺。

【注　釋】❶荒荒白　即不甚白。荒荒，黯淡迷茫貌。❷泯泯清　即不甚清。泯泯，茫茫；不透徹。❸渚蒲二句　渚蒲隨地，可見生意可觀；村徑逐門，可知往來自由。渚蒲，水邊蒲草。村徑，村間小路。❹只作二句　陶淵明〈移居二首〉其二：「相思則披衣，言笑無厭時。」蕭統〈陶淵明傳〉：「郡將嘗候之，值其釀熟，取頭上葛巾漉酒，漉畢，還復著之。」二句襲用其意。披衣習慣，言疏放已久。漉酒為生，見醉鄉可樂。從，任。漉，濾。❺眼邊二句　以阮籍自比，抒寫遠俗自適、傲岸不群之情。俗物，庸俗之人，《世說新語・排調》載：嵇康、阮籍、山濤等在竹林酣飲，王戎後至，阮籍曰：「俗物已復來敗人意！」

【語　譯】野外的陽光黯淡迷茫，春天的江水不怎麼澄清。水邊的蒲草隨處可見，村舍小路依門走成。披衣串門已成習慣，經常去酒家而尋酒興。眼前沒有世俗之輩，儘管多病也覺自適輕鬆。

【研　析】首章對景怡情有超然避俗之想。首聯已寓舉世混濁之意，兩語皆傷心，而「荒荒」尤警。其句式是上二字揚，下三字抑，而情景氣格悉備。明唐元竑稱此聯為「五言律起句佳者」（《杜詩攟》卷三）。中二聯正與尾聯之「俗物」反照，蓋深恐俗物敗人意，故只求自適耳。頷聯見蒲草隨地，村路逐門，以無緊要語而盡鄰曲橫斜之態。頸聯言己疏放已久，頗效陶淵明陶醉於酒鄉——有酒之家必從之求酒飲。五、六句，為上四下一句法。此「生」，猶生活意。有解作酒保的，則與上「慣」字不能形成對仗。吳瞻泰說：「余謂二語，大是憫時嫉俗，猶云：慣作披衣行徑亦可，常從漉酒過活亦可，但不可使俗物敗人意耳。」（《杜詩提要》卷八）詩人既已一心尋樂於醉鄉，又眼邊無俗物，其雖病而身輕，因有尾聯「眼邊無俗物，多病也身輕」。多病，妙於立言，可見俗物狠於病魔。此又以阮籍自比，抒遠俗自適、傲岸不群之情。

其二

江皋❶已仲春❷，花下復清晨。仰面貪看鳥，回頭錯應人❸。讀書難字過❹，
對酒滿壺頻❺。近識峨嵋老❻，知余懶是真❼。

【注　釋】❶江皋　江邊。❷仲春　陰曆二月。❸仰面二句　謂自己本欲仰面看天上飛鳥，但轉眼間又胡亂地隨人走了。正寫漫不經心的懶散情狀。貪，猶「欲」。錯，雜亂。應，猶「隨」。❹讀書句　有陶淵明「好讀書不求甚解」之意。過，跳過；放過。❺對酒句　藉酒怡情。❻峨嵋老　原注：「東山隱者。」❼懶是真　疏懶正是任本真而不矯飾的表現。

【語　譯】江邊上已是仲春二月，花樹下又是一個美麗的清晨。正要仰面想看天上的飛鳥，卻又轉頭胡亂地隨人走了。讀書時遇到難字便一帶而過，飲酒時滿壺滿盞才盡興。最近結識了一位峨嵋隱士，他說我的懶散屬

於心性的純真。

【研 析】次章隨時適興，進一步申述前章未盡之意。「江皋」二句，是寫暇日玩時光景。「仰面」二句，可見其簡傲已極。陸時雍說：「偶然語偶然道之耳。三四得景，下句更佳，此語似題畫村景，一覽可盡。」（《唐詩鏡》卷二五）五六句寫讀書對酒，「讀書難字過」，更為真率有味。七八句作姑為自解之詞。懶與真，惟自己知之，這裡卻說峨嵋老知我，已為奇絕。又說我近識得峨嵋老知我，奇之又奇。末云「懶是真」，總不欲與俗物為緣。著一「懶」字，引過於己，更將嫉俗之意，泯於無跡。詞愈緩，意愈深。趙汸曰：「公詩中屢言懶，非真懶也。平日抱經濟之具，百不一試，而廢棄於岷山旅寓之間，與田夫野老共一日之樂，豈本心哉？況又有俗子溷之，其懶宜矣。唯東山隱者知之，故云。」（《杜臆》卷四引）

春夜喜雨

【題 解】上元二年（西元七六一年）春，作於成都草堂。詩人以欣喜的心情描寫了這場應時而降的春夜細雨。「知時節」、「潛入夜」、「細無聲」，用擬人化的手法，生動形象地寫出了春夜細雨的特點，可見作者對物理觀察之細微。

好雨知時節，當春乃發生❶。隨風潛入夜，潤物細無聲❷。野徑雲俱黑，江船火獨明❸。曉看紅濕❹處，花重❺錦官城❻。

【注 釋】❶好雨二句　黃生說：「及時而雨，其喜固宜，然非『知時節』三字，則寫喜意亦不透，此其出手警敏絕人處。」（《杜詩說》卷四）時節，時令節氣，此指春天。乃，就。發生，應時而降。❷隨風二句　仇兆鰲評曰：「曰『潛』、曰『細』，寫得脈脈綿綿，於造化發生之機，最為密切。」（《杜詩詳注》卷一〇）潛入，猶言神不知鬼不覺地來臨。潛，猶悄悄。潤物，滋潤萬物。❸野徑二句　寫雨中所見夜景。野徑雲黑，為近景，江船火明，為遠景；由近而遠，一黑一明，對比鮮明，境界高遠。邵長蘅云：「十字詠夜雨入神。」（《杜詩鏡銓》卷八引）野徑，田野小路。這裡泛指四方郊野。❹紅濕　經雨浸濕的紅花。❺花重　花濕而重，愈加鮮豔，故曰「花重」。❻錦官城　即成都。黃生曰：「結語更有風味，春雨萬物無所不潤，花其一耳。」（《杜詩說》卷四）

【語　譯】多好的及時雨啊，它似乎知道季節的來臨，正當春季萬物萌芽之際便應時而生。它隨著和煦的微風靜悄悄地在夜間灑落，綿綿地滋潤萬物不發出一點響聲。環顧近郊，四野黑雲密佈，只有遠處江船上的漁火閃爍著一點光明。等到天亮後去看那被雨水滋潤的花叢，濃豔的鮮花定會開滿錦官城。

【研　析】宜雨則曰「喜雨」，厭雨則曰「苦雨」、曰「愁霖」。不獨杜甫這樣用，自魏晉而下，或賦或詩，都這麼用。如曹植、張協、謝莊、謝惠連、鮑照、庾信等皆有喜雨詩。此詩詠應時之雨，而又無所不遍，句句皆帶喜意。首聯稱讚好雨知道該下的時節，而且是正當春天最需要雨的時候，喜悅之情已形於筆墨之間，緊扣一個「喜」字。來得及時，來得柔和細潤，乃喜雨「發生」。春雨本來是無知亦無情的，詩人用擬人手法，把它寫成有情之物，更能體現「喜」情。頷聯緊承「好」字，描摹春雨的特點。「潛」字，說雨在夜裡趁人不知不覺的時候，悄悄地隨風而來，再以「細無聲」進一步描寫它細細地滋潤著萬物，輕柔無聲，就更「喜」了，當春好雨的性靈也就寫出了。頸聯畫出一幅寥廓深遠的春夜郊外雨景圖。上聯寫春雨聽不見，此聯寫看不清，見濃雲低垂，籠罩田間小道，田野和天上一片漆黑，唯有江船的漁火閃著一星亮光。兩句以開闊的夜景拓開看不見的雨勢。尾聯似乎是實寫，顯示了時間的流動，更能表現出詩人對春雨的感情。詩人夜裡聽雨而無所聞，看雨而無所見，天剛亮，就迫不及待地觀賞那帶雨怒放的春花，錦官城裡的花兒一朵朵沉甸甸地綻放在枝頭，色澤也更濃重了——滋潤、明潔、鮮豔，而整個錦官城都因這場雨而更加美麗。寫花就是寫雨，讚美花就是讚美雨，而且是一種不露痕跡的深沉含蓄的讚美。平常之景最為難寫，能寫難狀之景如在目前，且如此真切入微，令人如入其境，只有大詩人能夠做到。俞瑒評曰：「絕不露一『喜』字，而無一字不是『喜

雨』，無一筆不是『春夜喜雨』。結語寫盡題中四字之神。」（《杜詩集評》卷八引）

江亭

【題解】上元二年（西元七六一年）春作，杜甫時居成都草堂。或謂廣德元年（西元七六三年）暮春在閬州作。詩中描寫在江邊小亭獨坐時的感受。

坦腹❶江亭暖，長吟野望時。水流心不競，雲在意俱遲❷。寂寂春將晚，欣欣物自私❸。故林❹歸未得，排悶❺強裁詩❻。

【注釋】❶坦腹　坦露胸腹，無拘束狀。用王羲之事，《世說新語‧雅量》載，晉太尉郗鑒派一個門生到丞相王導家選女婿，「往東廂」，遍觀王家子弟。門客回來對郗鑒說：「王家諸郎亦皆可嘉，聞來覓壻，咸自矜持，唯有一郎在東牀上坦腹臥，如不聞。」郗鑒說：「正此好！」此人就是王羲之，於是把女兒嫁給了他。❷水流二句　謂水自流而我心自靜，閒雲自在，而我意亦與之俱遲。❸寂寂二句　謂春暮時分，物各得其所，各適其性。寂寂，猶悄悄。謂春將悄然歸去。欣欣，繁盛貌。物自私，謂物自遂其性。❹故林　故園。❺排悶　為排遣心中煩悶。❻裁詩　作詩。

【語譯】坦露胸腹坐江亭，已入暮春江上暖；遠望四野心亦暖，觸物生情吟詩篇。江水穩穩慢流去，我思故我心恬然；雲在高空緩緩移，物我一體心悠閒。春日悄悄將離去，不覺已是江亭晚；草木繁茂意如何？各遂其性性適然。有家至今歸不得，故鄉依稀夢中見；此時無以遣愁悶，聊賦此詩祭江天。

【研析】此詩有類陶淵明、王維詩，亦有「泠然獨往之趣」。前四句「有淡然物外，優游觀化意」（《杜詩詳注》卷一〇）。景與心融，神與景會，極富理趣。王羲之坦腹東牀，向來被當作擇婿的典故，這裡雖是取「坦腹」的字面，但也寫出了和王羲之同樣放達的姿態。春暖時坦腹江亭，長吟詩篇，眺望田野，這不很像談玄說理的東晉文人那種超然閒靜的風姿嗎？在觀覽自然時體會到水流不滯、心亦不競，閒雲自在、意與俱遲的理趣，不正與陶、王同樣具有淡然物外、優游觀化的理趣嗎？「水流」兩句是人所稱道的佳句。心隨水流，容與不迫；意如閒雲，隨其飄止，這正是山水田園詩派所表現的純任自然的意趣。兩句與岑參〈太白胡僧歌〉之「心將流水同清淨，身與浮雲無是非」，所創造的意境一樣，都表現了人心與雲水的默契，及在自然造化中的頓悟。

五、六句移情入景，心頭的寂寞、眾榮獨瘁的悲涼表露無遺。末二句直抒胸臆，家國之憂難排難遣。暮春之時，光陰將晚。時間的流轉是自然之道，萬物欣欣向榮，都各自在造化中得其所適。所以「寂寂」兩句可謂得道之語。花柳無私，公其樂於人；物自私，則私其樂於己。不管於己於人，杜甫都沒有參透某些玄理而達到乘化委運的境界。因而，結聯還是陷入了不能歸還故鄉的苦悶中。「故林歸未得」，藉用陶淵明「羈鳥戀舊林」之意，陶氏意在歸隱棄世，杜甫意在關懷時世。可見，杜甫雖然在較短暫的安定生活中藉山水表達過一定的人生哲理，終不能心甘情願地「蕭灑送日月」（〈自京赴奉先縣詠懷五百字〉），而是更加「關心民物」。此詩境真、情真，也許只有杜甫能做到。

春水生二絕

【題　解】此詩當是上元二年（西元七六一年）春在成都作。春水生，猶云春汛至。生，此處有漲意。第一首寫見春水而喜。第二首寫見水漲而憂。多用方言俗語入詩，活潑生動。

其一

二月六夜春水生，門前小灘❶渾❷欲平。鸕鷀❸鸂鶒❹莫漫喜❺，吾與汝曹❻俱眼明❼。

【注　釋】❶小灘　指浣花溪。❷渾　幾乎；簡直。❸鸕鷀　水鳥名，俗呼魚鷹，可捕魚。❹鸂鶒　水鳥名，像鴛鴦，又稱紫鴛鴦。❺莫漫喜　猶云不要太高興了。❻汝曹　你們。❼俱眼明　此有與物俱化、超然避俗之意。

【語　譯】二月初六的夜裡春水漲起，門前的浣花溪幾乎淹平。鸕鷀鸂鶒你們不要太高興了，我和你們同樣心喜眼明！

【研　析】第一首寫喜春水——詩人與水鳥同喜。春水正在漲起，我門前的浣花溪已經快被淹平了。這時，你會看到鸕鷀、鸂鶒等水鳥，見水漲而歡喜，牠們可有了用武之地。而詩人見此情形，心中也喜，因此，後二句才說：水鳥們，你們不要獨誇得意，我也不會輸給你們。詩人的意思是，要與水鳥們「俱眼明」，即與牠們一起融化於大自然之中，頗見超然避俗之意。

其二

一夜水高二尺強❶，數日不可更禁當❷。南市津頭❸有船賣，無錢即買繫籬旁。

【注　釋】❶強　多；餘。❷數日句　謂數日內水漲愈來愈猛，水勢不可抵擋，則草堂有淹沒之虞，故下想到買船。不可，不止。禁當，猶抵擋。禁，猶敵。❸津頭　渡口；碼頭。

【語　譯】一夜之間江水就漲了二尺多高，照此漲勢幾天之後不可抵擋！南市碼頭倒是有人在賣船，可惜沒錢買來繫在籬笆邊。

【研　析】第二章見水漲又憂。末二句，是歎詞，亦是不了語。此誠恐水沒草堂。而水沒草堂，必須有船才能無虞；南市碼頭那兒倒是有人在賣船，我只是無錢去買。無可奈何之時，正是「更禁當」之處。羅大經說：「余觀杜陵詩，亦有全篇用常俗語者，然不害其為超妙。」（《鶴林玉露》丙編卷三）如此章是也。

江上值水如海勢聊短述

【題　解】上元二年（西元七六一年）春作於成都草堂。值，正逢；正當。值，一作「置」。時值浣花溪水漲，其勢如海。面對如此壯觀的奇景，杜甫欲作詩賦之，然「偶無奇句，故不能長吟，聊為短述耳」（吳見思《杜詩論文》卷一九）。正因為此詩是「短述」，故於水勢，僅一筆帶過。全詩著重言其寫詩之甘苦體會，自謙詩思之拙。

為人性僻耽佳句，語不驚人死不休❶。老去詩篇❷渾漫與❸，春來花鳥莫深愁❹。新添水檻供垂釣，故著浮槎替入舟❺。焉得思如陶謝手，令渠述作與同遊❻。

【注　釋】❶為人二句　是杜甫自道其創作經驗，可見其創作所費之苦心。邵長蘅云：「首二句見此老苦心，今人輕易作詩何也？」（楊倫《杜詩鏡銓》卷八引）為人，猶言平生。性僻，性情怪僻。耽，沉溺；入迷。死不休，至死不肯罷休，非改好不可。❷老去詩篇　年老以後所寫的詩。❸渾漫與　完全是隨便對付。這實為杜甫晚年詩藝精熟的表現，因為功力深湛以後，寫詩才會得心應手，顯得好像很隨便。❹春來句　承上而來。愁，屬花鳥說。意謂詩人對事物極貌窮形的刻劃，就是花鳥也要愁怕，如今既成「渾漫與」，所以花鳥不必擔心奪其聲容之美而發愁了。❺新添二句　水邊新添了欄板，檻外放入木筏即可作為釣舟。可見水勢之大。水檻，水邊的欄杆。故，因。著，安置。槎，木筏子。❻焉得二句　謂對此江上奇景，若能由陶、謝這樣的寫物高手來作詩刻劃，而自己則只是陪同遊覽，該多好！「語謙而有趣」（蕭滌非《杜甫詩選注》）。陶謝，指陶淵明、謝靈運，前代著名的田園山水詩人。渠，他們。述作，寫作。

【語　譯】我平生性情怪僻，好迷戀於創造佳句，語句若不驚人至死不肯罷休。年老以後所寫的詩簡直是隨心所欲、率意脫手，春天的花鳥啊，不必為我的詩奪走你們的聲容之美而發愁。那邊新添的水檻可供垂釣，檻外特意編個木筏可作為釣舟。對此江上奇景，如何能找到才思如同陶、謝那樣的寫物高手來作詩刻劃？讓他們前來對此如海水勢欣然作詩，我陪同遊覽豈不樂哉！

【研　析】詩人藉江水浩浩蕩蕩、洶湧澎湃之勢，抒寫磅礴氣勢與寬闊胸懷。然而是「聊短述」。詩人自謂「為人性僻耽佳句，語不驚人死不休」，即表明了「聊短述」的良苦用心，爐火純青的藝術技巧，嚴肅認真的寫作態度，動人心弦的審美效果。這是精益求精的追求，故有老年臻於出神入化、隨心所欲的極境，所謂「渾漫與」。前二聯雖未直接描寫江上海勢，但胸中之海早已形成，詩人用了虛寫的手法。這不僅僅是寫水勢，不僅僅是談論詩歌創作藝術，亦曲折表達了抑鬱之情。頸聯轉入實寫江水：「新添水檻供垂釣，故著浮槎替入舟。」此處寫江水，只是輕輕帶過，不過是聊供垂釣的新添水檻和有意設置的代替舟船的浮槎而已。寫江水，只淡淡一筆，便轉入尾聯。若得陶淵明、謝靈運那樣的高手，使其述作，並同遊於江海之上，豈不美哉！王嗣奭曰：「水勢不易描寫，故止詠水檻浮舟，此避實擊虛之法。」（《杜臆》卷四）查慎行曰：「此篇借題以寓作詩之法，觀起結可知。」（《杜詩集評》卷一一引）

江畔獨步尋花七絕句（選二）

【題　解】上元二年（西元七六一年）春，在成都浣花溪畔作。江，即流經草堂的浣花溪。獨步，杜甫往訪南鄰酒伴未遇，故獨自沿江信步，尋花賞景。七絕句為一個整體，均以詠花為主要內容，描寫了浣花溪畔群芳競放，千姿百態，春意盎然的美好景色，表現了詩人對美好事物、美好境界的熱愛和嚮往；同時又寫惱花、怕春，即以喜景兼寓悲情。作者採取移步換形手法，從不同角度，以不同「鏡頭」拍攝了七幅各具特色的春花美景。這裡選的是第六、七首。

其六

黃四娘❶家花滿蹊❷，千朵萬朵壓枝低。留連戲蝶時時舞，自在嬌鶯恰恰啼❸。

【注　釋】❶黃四娘　身分不詳，大概是杜甫的鄰居。❷蹊　小路。❸留連二句　用蝶舞鶯啼寫春天美妙景象，富有生機。對仗極為精工而又自然。留連，蝶戀花飛而不忍離開。恰恰，時時；頻頻。

【語　譯】黃四娘家的鮮花遮住了庭前小徑，千萬朵奇葩把枝條都壓低了。看那留連不捨的蝴蝶時時起舞，悠揚自得的黃鶯頻頻為我的到來而唱出一串串嬌啼。

【研　析】這是組詩第六首。首句點明尋花的地點，是在「黃四娘家」的小路上。此句以人名入詩，生活情趣較濃，頗有民歌風味。次句「千朵萬朵」，是上句「滿」字的具體化，「壓枝低」，描繪繁花沉甸甸地把枝條都壓彎了，景色歷歷在目。「壓」、「低」二字用得準確、生動。第三句寫花枝上彩蝶蹁躚，因戀花而「留連」不去，暗示出花的芬芳鮮妍。花可愛，蝶的舞姿亦可愛，不免使漫步的人也「留連」起來。但他也許並未停步，而是繼續前行，因為風光無限，美景尚多。「時時」，暗示不是偶爾一見。這兩字，把春意鬧的情趣渲染出來。正在賞心悅目之際，又傳來一串串黃鶯動聽的歌聲，將沉醉花叢的詩人喚醒。這就是末句的意境。「嬌」字寫出鶯聲輕軟的特點，「自在」，不僅是嬌鶯姿態的客觀寫照，也給人心理上愉快輕鬆的感覺，詩在鶯歌「恰恰」聲中結束，饒有餘韻。

其七

不是愛花即索死❶，只恐花盡老相催。繁枝容易紛紛落，嫩蕊❷商量細細開❸。

【注　釋】❶不是句　即索，猶「只索」、「須索」。即肯死，猶言連性命都不顧。索，一作「拚」。首句意為並非愛花欲死。❷嫩蕊　含苞待放之花。❸細細開　猶言次第開、盡數開。

【語　譯】不是說愛花就得愛得要死，只因害怕花盡時老大逼來。花到盛時就容易紛紛飄落，嫩蕊啊請你們商量著慢慢地開吧。

【研　析】第七首寫歎老惜花之情：「愛花欲死，少年之情。花盡老催，暮年之感。繁枝易落，過時者將謝。嫩蕊細開，方來者有待。亦寓悲老惜少之意。」（《杜詩詳注》卷一〇）是這組詩的總結。前兩句的意思是：不是我一愛花就不顧性命，只是恐怕花一旦開罷了，老境便要催迫上來！這固然是天真爛漫的狂言，可是，近些時日，它卻不斷地湧向詩人的口邊：「花飛有底急？老去願春遲。」（〈可惜〉）因此，花事、春光，更應當加倍護惜了。春光催花落盡，也就催人老去；花和人一樣，盛極必衰，只是這個過程更短、更明顯而已。所以詩人勸說繁花：越是繁盛越容易凋落，嫩蕊尚待盛開，更要好好商量細細地開放，不要一下子都落完了！語氣中流露出詩人對花的滿懷憐惜之情，也正是對一切盛極而衰的事物（包括人生在內）的深深感喟。

絕句漫興九首（選二）

【題　解】上元二年（西元七六一年）春夏之交，杜甫在成都作。漫興，興之所到，率爾成章。杜甫對絕句，有時縱筆所之，不甚經意，然正因如此，他的絕句才如〈竹枝詞〉一樣有一種天然旨趣。這組絕句寫草堂一帶由春入夏的自然景物和作者的感觸，從各個角度抒寫「客愁」，有春光易逝、人生幾何之歎。組詩九首，這裡選的是第二、三首。第二首藉春風而發牢騷，第三首藉燕子寓其感慨。

其二

手種❶桃李非無主，野老❷牆低還是家。恰似春風相欺得❸，夜來❹吹折數枝花。

【注　釋】❶手種　自己親手栽植。❷野老　杜甫自指。❸得　句末語助詞，唐人口語，相當於「呢」。❹夜來　昨夜。

【語　譯】這是我親手栽種的桃李啊，並不是沒有主人；我這鄉野老人的院牆雖低卻也還是個家。春風像是有意欺負我啊，昨天夜裡越過牆來吹折了幾枝花。

【研　析】雖云「漫興」，然不是寫得漫不經心。這組詩的構思就很見匠心。這裡選的第二、第三首都是寫惜春之情，反而以惱春、怨春的口氣表現出來，所以分外新鮮別致。如果說第一首還是埋怨春天，那麼第二首就有點像跟春天吵架。詩人氣憤地和春光這樣講理：這是我親手種的桃李，怎麼是沒有主人呢？我家的牆頭雖然低些，好歹還是個家！我這樹怎麼像是該給春風欺負的呢？為什麼平白無故地深更半夜裡吹斷了我的幾枝花？與第一首聯繫起來看，更加有趣：本來就被你這春光攪得夠煩的了，現在居然把我的花都吹壞了，真是欺負人。難道我是那麼好欺負的嗎？看來詩人是真的動氣了，看他那架式，一副不依不饒的樣子，再想想他這是跟誰吵架，原來是春風。誰能不為這位詩老的風雅莞爾而笑呢？「恰似」二句意謂花是我的，昨夜卻忽然被春風越牆吹折數枝，這不是欺負人嘛，實在讓人惱，這就是杜甫的「真」。吳瞻泰評曰：「手種之花，有主矣。在牆內，有家矣。才開便折，有似春風故意欺人，亦深自惜羈孤也。通首俱作怨詞。」（《杜詩提要》卷一四）

其三

熟知❶茅齋❷絕低小，江上燕子故來頻。銜泥點污琴書內，更接❸飛蟲打著人。

【注　釋】❶熟知　對燕子言，謂十分熟悉。❷茅齋　指草堂。❸接　捕捉。如《吳越春秋・闔閭內傳》：「走追奔獸，手接飛鳥。」

【語　譯】明知我的草堂十分低小，江上的燕子卻仍然頻頻飛進飛出。嘴中的春泥掉下來點污了我的書和琴，還常常為捕捉飛蟲撞著了人。

【研　析】這首詩寫頻頻飛入草堂書齋裡的燕子擾人的情景。首句說茅齋的極度低矮狹窄。連江上的燕子都非常熟悉這茅齋的低小，大概是便於築巢吧！所以第二句接著說「故來頻」。燕子頻頻而來，自然要引起主人的煩惱。三、四兩句就細緻地描寫了燕子在屋內的活動：築巢銜泥點污了琴書不算，還要追捕飛蟲甚至碰著人。詩人以明白如話的口語，作了細緻生動的刻劃，給人以親切逼真的實感；而且透過實感，使人聯想到這低小的茅齋，由於江燕的頻頻進擾，主人也有點難以容身了。這樣，就寫出了草堂困居，詩人心境諸多煩擾的情態。王嗣奭說，「遠客孤居，一時遭遇，多有不可人意者」，這種不可人意，還是由客愁生發，藉燕子引出禽鳥亦若欺人的感慨，而「非無為而發」（《杜臆》卷四）。

進艇

【題　解】上元二年（西元七六一年）夏作於成都草堂。乃乘舟遣興之作。船小而長者為艇。進艇，即划小船。詩以詼諧嬉戲之詞，抒寫優游愉悅之情，富有生活氣息。

南京❶久客耕南畝，北望❷傷神坐北窗。晝引老妻乘小艇，晴看稚子浴清江。
俱飛❸蛺蝶❹元相逐，並蒂芙蓉❺本自雙。茗飲❻蔗漿❼攜所有，瓷罌❽無謝❾玉為缸❾。

【注釋】❶南京　謂成都。安史之亂，玄宗幸蜀，至德二載（西元七五七年）昇成都為府，置南京，上元元年罷。詩因對仗關係，仍稱南京。❷北望　指北望長安和中原地區。此時尚處戰亂之中，故而「傷神」。❸俱飛　比翼雙飛。❹蛺蝶　蝴蝶。❺芙蓉　即荷花。❻茗飲　茶水。❼蔗漿　蔗汁。❽瓷罌　盛流質的陶製容器，小口大肚。❾無謝　猶不讓。

【語譯】我在南京成都作客已久，躬耕著房前的幾畝薄田，坐在北窗下遙望北面的故鄉，感到陣陣心傷。於是，白天帶著老妻去盪小舟，看著孩子們興高采烈地在清江邊戲耍。看那成對的蝴蝶相互追逐，並蒂成雙的荷花嫣然開放，都似在與我們老夫老妻比量。船上放著茶水、蔗汁這些家常飲料，雖說只是些平常的瓷製器皿，卻不亞於權貴們的玉缸。

【研析】詩人作這詩時到達成都已三個年頭，所以說「南京久客」。「耕南畝」，為詩人當時生活的真實寫照。可是，杜甫並沒有忘記時事。這時，中原兵戈未息，自己卻躲進江村，久客蜀中，言外之意，則是捫心有愧。因而接下來一句「北望傷神坐北窗」，道出了自己的愁思。當時史思明還佔據東都，這年的二月，李光弼戰敗，河陽、懷州等地失陷，這些慘事怎不令詩人翹首北望，黯然傷神！頷聯，詩人筆鋒一轉，描繪暫時忘卻了不快的國事，攜妻子兒女夏日泛舟浣花溪的歡樂情形。王嗣奭說：「世亂而骨肉離散者多，公雖漂泊，而得攜妻子與同苦樂，猶不幸中之幸，故俱飛、並蒂，借微物以見意。」（《杜臆》卷四）道出了既有愁思，又有歡樂的原因。妻兒的行為，正襯出詩人輕鬆歡快的心情，這聯與〈江村〉「老妻畫紙為棋局，稚子敲針作釣鉤」出於同一機杼。頸聯由人而寫到自然。蝴蝶相逐而飛，芙蓉並蒂出水，這本是夏日泛舟時所見的尋常景物，也與前聯的「老妻」、「稚子」相聯，孩子的天真爛漫，奔跳相逐，豈不正如群飛的蛺蝶自由自在；而並蒂的蓮花，正是夫妻團聚、情投意合的象徵，所以這兩句，既寫眼前之景，又是詩人感情的表現。尾聯寫艇中所攜。詩人帶著蔗汁一類的飲料，邊盪舟，邊品味。結句表面上看只是寫容器，其實也委婉表現了詩人隨遇而安的心情。全詩在恬然自得的情緒中戛然而止。此詩的基調是自由和諧、歡樂閒適。石閭居士評曰：「重重疊疊，能以疏蕩之氣行之，故迴無堆垛之跡，且次聯先言情，三聯後言景，已見變化，乃言情處卻亦是景，言景處又仍是情，尤為情景兼到。此皆佈局煉格之奇，命意措詞之妙，非細參之，不能知其旨趣之所在。」（《藏雲山房杜律詳解》七律卷上）

柟樹為風雨所拔歎

【題解】上元二年（西元七六一年）五月在成都草堂作。歎，曲調的一種，如「歌」、「行」、「吟」之類，這裡兼有表示感情作用。草堂前這棵古老的柟樹，亭亭如青蓋，為草堂添色，深為杜甫所愛，常於樹下吟詩。今目擊狂風暴雨摧擊，柟樹「幹排雷雨」，與之搏鬥，終為風雨所拔。柟樹之遭遇，與詩人的坎坷經歷有類似之處，故傷柟樹亦含自傷之意。

倚❶江柟樹草堂前，故老❷相傳二百年❸。誅茅卜居總為此，五月髣髴聞寒蟬❹。
東南飄風動地至，江翻石走流雲氣❺。幹排雷雨猶力爭，根斷泉源豈天意❻。
滄波老樹性所愛，浦上童童一青蓋。野客頻留懼雪霜，行人不過聽竽籟❼。
虎倒龍顛委榛棘，淚痕血點垂胸臆❽。我有新詩何處吟，草堂自此無顏色❾。

【注釋】❶倚　依。❷故老　閱歷深的老人們。❸二百年　指樹齡。❹誅茅二句　言定居此處就是為了這棵柟樹，樹高陰涼，五月猶似初秋，風吹樹響，髣髴寒蟬鳴叫。即〈高柟〉所謂「微風韻可聽」。誅茅，除草。卜居，選擇住處。寒蟬，蟬的一種，體較小。《禮記・月令》：「(孟秋之月) 涼風至，白露降，寒蟬鳴。」❺東南二句　形容暴風雨的威勢。飄風，暴風。❻幹排二句　言柟樹排擊風雨奮力抗爭，卻終於被連根拔起。❼滄波四句　言這棵滄波老樹是我本性最愛，它立於江邊像舉起了一張青青的傘。我常在其下躲避霜雪，行人也喜歡駐足傾聽風拂樹葉的天籟之音。童童，枝葉繁盛貌。野客，杜甫自謂。竽籟，兩種樂器，此處用來比喻柟樹在風中所發出的聲響。❽虎倒二句　表達了作者對柟樹被拔倒的痛惜之情。虎倒龍顛，指有龍虎之形的柟樹被拔倒在地。❾顏色　指草堂的風光。

【語　譯】草堂前的江邊上有一棵柟樹，老人們相傳它已活了二百年，我來此處除草定居就是為了這株柟樹，盛夏五月涼似初秋，樹梢間髣髴響起了寒蟬聲。從東南刮來的暴風動地而至，江水翻騰石頭滾動烏雲在飛湧。柟樹排擊著雷雨奮力抗爭，卻終於被連根拔起，莫非竟是天意？這棵滄波老樹是我本性最愛，它挺立於江邊舉起一張青青的傘蓋。我頻留樹下以避霜雪，行人也喜歡駐足聆聽樹葉間的天籟之音。如今它那龍虎般的形體倒在荊棘叢中，我帶血的淚痕垂霑胸前。我有新詩將去何處吟誦？從此以後草堂無復往日的風光。

【研　析】此詩四段各四句。首四句交待：堂依柟樹，此乃卜居之由。五月寒蟬，是詠樹，不是詠蟬。樹高則響細，陰多則氣涼，故髣髴如聽寒蟬。「東南飄風」四句，極力渲染風雲雷雨一時並作情勢，此乃柟樹為風雨所拔之由。「滄波老樹」四句，是追敘未拔之先，其佳景堪玩。樹映江波，尤為可愛。且垂蔭足避霜雪，迎風如聽竽籟，故客行至此，頻留而不過。最後四句，即言柟樹既拔，倍增旅況淒涼矣。正與首段誅茅卜居相應。以草堂起，以草堂結，重言卜居之關係。虎倒、龍顛，言仆踣之狀，即〈病柏〉詩「偃蹇龍虎姿」意。結語以野客行人作陪，益見虎倒、龍顛之可歎。而因依失所之情，宛然聲聲血淚。浦起龍評此四句曰：「『虎倒龍顛』，英雄失路；『淚痕血點』，人樹兼悲；『無顏色』，收應老辣。歎柟耶，自歎耶！」(《讀杜心解》卷二之二) 頓挫起伏，極為濃至。

石笋行

【題　解】上元二年（西元七六一年）秋在成都作。石笋，圓柱狀石柱。原在成都少城西門，是古代成都名勝古蹟之一。《華陽國志・蜀志・蜀郡》：「（開明氏）每王薨，輒立大石，長三丈，重千鈞，為墓誌，今石笋是也，號曰笋里。」舊在成都少城西門附近今東門街西南，因舊時有兩石笋立於街上，故稱石笋街。今四川成都金牛區有石笋街，已非唐時舊街。據陸游《老學庵筆記》卷五記載，宋代石笋在成都西門外，已斷，兩石對蹲，剩餘長度皆高丈餘，圍一丈左右。傳說距石笋二三尺處，每逢夏月大雨，必出小珠，青黃如粟，中有小孔，可以貫絲。今石笋已不存。蜀人當時傳說是用以鎮海眼的，移動則洪水泛濫。杜甫在詩中否定了古來的傳說，推想石笋當是昔時卿相墓表。指出蒙蔽百姓的世俗之見，猶如小臣之諂媚皇帝，誤國亂政，其害無窮。詩以「安得壯士擲天外，使人不疑見本根」作結，表現了杜甫嫉惡如仇和反對迷信的鮮明態度。

君不見益州❶城西門，陌上❷石笋雙高蹲。古來相傳是海眼❸，苔蘚蝕盡波濤

痕❹。雨多往往得瑟瑟❺，此事❻恍惚難明論❼。恐是昔時卿相墓，立石為表今仍

存❽。惜哉俗態❾好蒙蔽❿，亦如小臣媚至尊⓫。政化錯迕失大體，坐看傾危受厚

恩⓬。嗟爾石笋擅⓭虛名⓮，後來未識⓯猶駿奔⓰。安得壯士擲天外，使人不疑見

本根⓱。

【注　釋】❶益州　即成都。❷陌上　路邊。❸古來句　《華陽風俗記》載：「蜀人曰：我州之西有石笋焉，天地之堆，以

鎮海眼，動則洪濤大濫。」」❹苔蘚句　是說因年代久遠，石笋上遍生苔蘚，把波濤的痕跡都掩蓋了。❺瑟瑟　碧色珠子。段成式《酉陽雜俎》續集卷四：「蜀石笋街，夏中大雨，往往得雜色小珠，俗謂地當海眼，莫知其故。」《成都記》亦載：「石笋之地，雨過則必有小珠，或青黃如粟。」❻此事　指以上關於石笋的神奇傳說。❼難明論　難以確信。❽恐是二句　詩人提出自己的看法，認為石笋可能是存留至今的古代卿相墓表。❾俗態　俗世之態。❿好蒙蔽　喜歡傳播迷信來蒙蔽人。⓫小臣媚至尊　小臣，指宦官。媚，諂媚。至尊，指皇帝。⓬政化二句　承上言由於小臣蒙蔽，致使政治教化失去大體，而諂媚君上的小人卻對國家的傾危坐視不管，只圖博得皇帝的厚賞。錯迕，錯亂。⓭擅　專有。⓮虛名　指俗傳海眼的傳說。⓯後來未識　指後來的那些不明真相的人。⓰駿奔　指快跑著來觀看石笋。⓱本根　真相。

【語　譯】君不見成都城西門，路邊矗立著一對高高的石笋。古來相傳石笋下面是海眼，年深日久苔蘚封蓋了波濤痕。又說多雨之際這裡常常生碧珠，此事恍惚難說清。我想恐怕這裡曾是前朝哪位卿相的墳墓，這對石笋是當時立的墓表一直存到今。可惜啊世俗好以神奇之說蒙人耳目，猶如小臣好以巧言惑君心。致使政治教化錯亂失掉大體，國家旋即傾危而小臣卻蒙受厚恩。可歎你這石笋徒享虛名，後世之人認不清真相仍然爭先恐後奔來觀看。怎麼才能找個壯士把你遠擲到天外，讓人見到你的真相從而掃清萬古之疑雲！

【研　析】石笋、石犀，都是蜀人傳以為怪的東西。杜甫作詩正欲破其「疑」。〈石笋〉一首以「蒙蔽」為主腦，以「破疑」為線索。首二句先點清「石笋」，接下來順次立下三疑案，而以「俗態好蒙蔽」一語斷定，因歎世間易受蒙蔽之事，不僅僅是「石笋」而已。「古來相傳是海眼，苔蘚蝕盡波濤痕」，此為疑案一。「雨多往往得瑟瑟，此事恍惚難明論」，此為疑案二。「恐是昔時卿相墓，立石為表今仍存」，此為疑案三。「惜哉俗態好蒙蔽」一句，為轉折。「蒙蔽」，作為一篇主腦，先開出下三句奇境：「亦如小臣媚至尊。政化錯迕失大體，坐看傾危受厚恩。」而且是橫插正論，所謂臣之於君、錯迕以傾人國者等等，都是易受蒙蔽之事，可謂奇思妙想。「嗟爾」兩句，再提「石笋」。結句中「不疑」二字是線。若真能見「本根」，就不再受「蒙蔽」了，對照極緊。吳瞻泰評曰：「絕大議論，忽發在石笋極細事中，使人動心駭目，正不必泥其所指也。橫插一段正論，無從捉摸，忽又挽到石笋上去，煞出『不疑』二字，不惟三疑案，收挽明晰，並使小臣一段，瑩徹如鏡，線

索極隱極細，其來無端，其去無跡，下筆真有神也。」（《杜詩提要》卷六）

石犀行

【題解】石犀，石雕的犀牛，為戰國時秦人李冰為蜀郡太守時所作。據《華陽國志・蜀志・蜀郡》載：「（李冰）外作石犀五頭以厭水精，穿石犀溪於江南，命曰犀牛里。後轉置犀中二頭：一在府市市橋門，今所謂石牛門是也，一在淵中。」據說石犀舊在成都新西門將軍衙門，晉代在此建聖壽寺，因寺前有石犀，故又稱石犀寺或石牛寺。陸游《老學庵筆記》卷五也有同樣的記載。石犀清代猶在，寺前為古郫江故道，又靠近市橋。今已不存。上元二年（西元七六一年）秋，成都灌口（今四川都江堰）地區發生水災。杜甫作此詩，說明石犀厭勝可免除水災的神話傳說不足為信，應當靠眾人之力修築堤堰，以防水患。此詩與〈石筍行〉命意略同，都是以破除迷信為主旨。杜甫這種思想，在當時來說，是難能可貴的。

君不見秦時蜀太守❶，刻石立作五犀牛。自古雖有厭勝❷法，天生江水向東流。蜀人矜誇❸一千載，泛溢❹不近張儀樓❺。今日灌口損戶口，此事或恐為神羞❻。修築隄防出眾力，高擁木石當清秋❼。先王作法皆正道，詭怪❽何得參人謀❾。嗟爾三犀不經濟❿，缺訛只與長川逝⓫。但見元氣常調和⓬，自免洪濤恣凋瘵⓭。安得壯士提天綱⓮，再平水土⓯犀奔茫⓰。

【注釋】❶蜀太守　指李冰。他在秦孝文王時為蜀郡太守，修建了著名的都江堰水利工程。❷厭勝　古代一種巫術，宣揚能用詛咒或其他方法制服鬼怪。❸矜誇　誇耀。❹泛溢　江水泛濫。❺張儀樓　《華陽國志・蜀志》載，秦惠王時，張儀建成都城，城西南樓高百餘尺，臨山瞰江，名「張儀樓」。這裡用以指代成都。❻今日二句　上元二年秋八月，灌口水災，淹死了許多人，所以說「損戶口」。既然如此，可見石犀鎮壓水怪之說是虛妄的，這恐怕會使水神感到羞愧，所以說「或恐為神羞」。二句是以事實駁斥上述迷信之說。❼當清秋　指汛期。❽詭怪　怪誕；荒誕。❾參人謀　參與人的謀劃。❿不經濟　不能經世濟民。⓫缺訛句　李冰原刻石犀五頭，後轉置二頭，杜甫來時只剩下三頭石犀。缺，損其數。訛，易其處。逝，流逝。⓬元氣常調和　即指國家政通人和。元氣，指國家元氣。調和，調理合宜。⓭恣凋瘵　肆意為害。凋瘵，衰敗。瘵，病。⓮天綱天之綱維。此指國家綱紀。⓯平水土　平治水土，使各得其宜。⓰奔茫　逃跑得無影無蹤。

【語　譯】君不見秦時蜀郡李太守，用石頭刻成五頭犀牛。江水本自向東流，又何關那自古以來厭勝的法咒！蜀人把石犀的法力誇耀了一千年，說洪水泛濫也不能逼近張儀樓。如今灌口一帶損失人口，此事恐怕要讓神靈蒙羞。防範洪水本應依靠群力修堤防，清秋汛期應在堤岸高擁木石。先王的這種作法都是正道，邪魔歪道怎能參與人謀？可歎這三犀不能經世濟民，那減少和易位的兩犀已經付諸東流。若朝有良相調和元氣，自能避免洪濤恣意為害。怎樣才能求得持國之士重振朝綱，重新平息水土，把那惑民的石犀拋擲遠方！

【研　析】此詩諷廟堂無匡救之人。前八句譏厭勝之謬。「自古」二句，謂江水天生向東而流，又何關那自古以來鎮壓水怪的厭勝法。「天生」二字妙，天之所生，豈能厭勝耶？「今日」二句，以事實駁斥上述迷信之說。後八句，申述扶正道以杜神怪之論。築堤預防是正道，厭勝是詭怪之舉。倘若朝有良相以調元氣，自然水不為災。那缺訛之犀牛，非關經濟，何不提去以滅其跡？修築在官，而調和在朝，此為本詩推本之論。「修築」四句，便是借「先王」防治水患之法，強調築堤防水的重要。以此「正道」排斥詭怪荒誕的厭勝法。「嗟爾」二句，是說這幾個石犀沒有什麼用處，不能經世濟民。厭勝之法除，則先王之法在，用意何等深厚！「但見」二句，正為探原之論。吳瞻泰曰：「抑揚反覆，一唱三歎，悠然有餘，而不見議論之跡。駁邪歸正，可以羽翼六經。」（《杜詩提要》卷六）

茅屋為秋風所破歌

【題解】上元二年（西元七六一年）八月，一場狂風捲去了草堂上的茅草，夜來又降大雨，床頭屋漏，難以棲身，遂作此詩。

八月秋高風怒號，卷我屋上三重❶茅。茅飛渡江❷灑江郊，高者掛罥❸長林梢，下者飄轉沉❹塘坳❺。南村群童欺我老無力，忍能❻對面為盜賊❼。公然抱茅入竹去，脣焦口燥呼不得❽，歸來倚杖自歎息。俄頃❾風定雲墨色，秋天❿漠漠⓫向⓬昏黑。布衾多年冷似鐵，嬌兒惡臥踏裏裂⓭。牀頭屋漏無乾處，雨腳如麻⓮未斷絕。自經喪亂⓯少睡眠，長夜霑濕⓰何由徹⓱。安得廣廈千萬間，大庇⓲天下寒士⓳俱歡顏，風雨不動安如山。嗚呼！何時眼前突兀⓴見㉑此屋，吾廬㉒獨破受凍死亦足。

【注釋】❶三重　三層。三，言其多。❷江　指浣花溪。❸掛罥　掛結。❹沉　沉落。❺塘坳　低窪積水處。❻忍能　忍心這樣。❼盜賊　氣恨之詞。❽呼不得　即呼喊不出聲來。❾俄頃　頃刻；一會兒。❿秋天　秋季的天空。⓫漠漠　陰沉迷濛貌。⓬向　接近。⓭嬌兒句　小孩子睡相不好，腳亂蹬，把被裡子都蹬破了，所以說「踏裏裂」。一說惡臥為不願意睡。因為被子像鐵似的又硬又冷，小孩子睡在裡面不舒服，把被裡都蹬破了。⓮雨腳如麻　形容密雨如麻線一樣，不斷傾注。⓯喪

亂　指安史之亂。⑯長夜霑濕　指茅屋整夜漏雨。⑰何由徹　怎麼挨到天亮？徹，徹曉；天亮。⑱庇　遮護。⑲寒士　貧寒之人。⑳突兀　高聳貌。㉑見　同「現」。㉒廬　茅舍，即指草堂。

【語　譯】高秋八月狂風怒號，捲走我屋上的三重茅草。茅草飛過江水散落在對岸，有的高掛在林梢，有的沉落在塘坳。南村的一群頑童欺我年老無力，竟然忍心這樣地當面作賊，公然抱起茅草躲入竹林裡。喊得口乾舌燥也沒能止住他們，回家來扶著拐杖徒自歎息。過了一會兒狂風停息黑雲如墨，秋空陰沉迷濛將近黃昏。蓋了多年的布被冷硬如鐵，由於嬌兒的蹬踹被裡也已破裂。茅屋漏雨，牀上都被淋濕；雨腳如麻，仍舊不肯停歇。自從安史之亂以來，顛沛流離，我的睡眠很少，茅屋整夜漏雨如何能捱到天曉？怎樣才能得到廣廈千萬間，讓天下的貧寒之人都得到庇護個個笑開顏，風雨不動安穩得像座山。嗚呼！何時眼前能聳立起這樣的房屋？到那時，即便唯獨我房破漏受凍而死心也足！

【研　析】杜甫定居在草堂，茅屋是他賴以安頓生活的地方。茅屋被風吹破，便失去了安居最起碼的條件，此詩寫出了茅屋為秋風所破的過程和後果。其起句，以如飄風之筆，疾卷了當。之後描述了這種不幸，但更使他憂慮的是戰亂以來和他遭受同樣苦難的人民。於是幻想眼前出現千萬間廣廈，「大庇天下寒士俱歡顏」。其結句仍一筆兜轉，又復飄忽如風，表現其「己飢己溺」的仁者情懷。吳瞻泰評曰：「前面三層寫破屋淒慘可憐，末忽發出如許大胸襟，大語言，具有『先天下之憂而憂，後天下之樂而樂』氣象。」（《杜詩提要》卷六）這種胸襟，如吳農祥所說：「因一身而思天下，此宰相之器，仁者之懷也。中間夾說無衣受凍，故結兼言之。針線之密，不可及也。」（《杜詩集評》卷五引）杜甫這種崇高的精神，在當時難能可貴，對後世影響深遠。白居易〈新製布裘〉、王安石〈杜甫畫像〉，都體現了這種推己及人的思想。

百憂集行

【題解】上元二年（西元七六一年）作於成都。年已半百的杜甫，回憶起少年時代體格強健，性格活潑，生氣勃發，一生當大有作為。而今，年已衰邁，功業無成，壯志難酬；生活無著，家徒四壁，妻、子同受窮困；強將笑語，求助於人，窘屈難堪。憂端重重，齊集於懷，發而為詩，故題曰「百憂集行」。

憶年十五心尚孩，健如黃犢走復來。庭前八月梨棗熟，一日上樹能千迴❶。

即今倏忽已五十，坐臥只多少行立❷。強將笑語供主人❸，悲見生涯❹百憂集。入門依舊四壁空，老妻睹我顏色同❺。癡兒未知父子禮，叫怒索飯啼門東❻。

【注釋】❶憶年四句　寫自己少年時活潑之狀，襯出下文的「憂」字。心尚孩，童心不改。黃犢，小黃牛。走復來，跑過來又跑過去。能千迴，形容上樹次數之多。❷即今二句　是說如今年老體弱，坐臥多而行立少。倏忽，極快地。❸強將句　謂窮途作客，多求助於人，即使心裡憂愁，也勉強裝成有說有笑的樣子。強，勉強。主人，指作者所依附、求援的官僚。❹生涯　指自己的生活。❺入門二句　寫家庭的貧窮艱難。睹我，看著我。顏色同，指夫妻二人臉上同樣是一片愁容。❻癡兒二句　寫稚子飢餓索飯而叫、而怒、而啼，更見貧窮之甚，可憂之甚。

【語譯】回想我十五歲時，還是一片孩子心，矯健如黃犢整天奔走不停。金秋八月庭前梨棗成熟了，一日上樹近千迴。如今忽覺已是半百人，只想坐臥而很少行走和站立。為了活命只好勉強作出笑臉求助於人，面對悲涼的生涯不禁百憂交集。每入家門都是四壁空空，老伴兒看著我也是一臉愁容。天真無知的幼子不懂得父子之禮，竟在門外哭鬧著索飯不停。

【研析】杜甫棲身草堂時，多數日子生活仍是貧困的，主要依附他人勉強度日。回想、面對國事、家事，心情惆悵，百憂交集。首句不談憂，談喜，不言老，而言少。詩人回憶年少之時，朝氣蓬勃，大有可為。楊倫謂「健如黃犢」句，「形容絕倒，正為襯出下文」（《杜詩鏡銓》卷八）。即以「十五」歲時的喜樂，襯出「五十」歲時的憂。下面繼續寫少時。上樹摘梨棗細節，正說明十五歲時仍有一顆童心，以突出現在的悲痛之深、憤懣之甚。從「憶年」轉入「即今」三十五年的跨度，讓人感到的是氣勢上的起伏，語意上的沉鬱頓挫。這個過程，似在「倏忽」之間，實際上人生的變化是巨大的。由於年老力衰，行動不便，難以支撐，故坐臥多而行立少。可是，為了生活還得出入於官僚之門，勉作笑語，迎奉主人，可想詩人內心的矛盾、痛苦。仇兆鰲說：「笑語供主人，說窮途作客之態最苦。」（《杜詩詳注》卷一〇）於是，悲從中來，憂傷滿懷，而發出「悲見生涯百憂集」的慨歎。它把詩人的情緒凝聚到「悲」字上。這句呼應詩題，承上啟下。詩人憂心忡忡，一入家門，依舊四壁空空。老夫老妻，相對無言，滿臉愁容。惟癡兒天真無知，啼叫著要飯吃，這一情節突出了一家人處境的窘困和憂煩不安的悲劇氣氛。王嗣奭評曰：「『強將笑語供主人』，寫作客之苦刻骨，身歷始知。四壁依舊空，老妻顏色同，癡兒索飯啼，不親歷寫不出。寫得情真自然，妙絕。」（《杜臆》卷四）

贈花卿

【題解】上元二年（西元七六一年）作於成都。花卿，指花驚定。花驚定當時是成都尹崔光遠的部將，曾在平定梓州副使段子璋之亂中立功。此詩可能是在花驚定舉行的一次宴會上所寫，形容宴會上所演奏的樂曲之神妙，似諛似諷。仇兆鰲曰：「此詩風華流麗，頓挫抑揚，雖太白、少伯，無以過之。」（《杜詩詳注》卷一〇）

錦城❶絲管❷日紛紛❸，半入江風半入雲❹。此曲祇應天上❺有，人間能得幾回聞？

【注　釋】❶錦城　錦官城，指成都。❷絲管　借指音樂。絲，指絃樂器。管，指管樂器。❸日紛紛　天天演奏不斷。❹半入句　形容樂聲有的悠揚清遠，如江風習習；有的激越高亢，響徹雲霄。❺天上　指傳說中的神仙世界。

【語　譯】錦官城裡管絃交奏，一天到晚響個不停。音樂聲一半散入江風，一半飄入雲霄。這樣美妙的樂曲只能在神仙世界才有，人世間能得幾回賞聽？

【研　析】這首絕句的主旨，歷來注家頗多異議。有人認為它只是讚美樂曲，並無絃外之音；有人以為花卿僭用天子禮樂，詩人作此譏之。後說較為可取。在中國封建社會裡，禮儀制度極為嚴格，音樂也有異常分明的等級界限。花驚定卻目無朝廷，僭用天子音樂。耐人尋味的是，詩人並沒有對花卿明言指責，而是採取了一語雙關的巧妙手法。

前兩句對樂曲作具體形象的描繪，是實寫。首句從人的聽覺和視覺的通感上，形象描繪出管絃樂的演奏情況。次句寫那美妙的樂曲，隨風蕩漾在錦江上，冉冉飄入藍天白雲間。這兩句寫樂曲的「行雲流水」般的美妙，兩個「半」字空靈活脫，給全詩增添了不少的情趣。樂曲如此之美，作者禁不住慨歎說：「此曲祇應天上有，人間能得幾回聞？」後兩句以天上的仙樂相誇，是遐想。這首絕句的絃外之音可能是這樣的：天上，指天宮，也暗指天子所居。人間，皇宮外之民間。說樂曲「祇應天上有」，那麼，「人間」當然就不應「得聞」。不應「得聞」而竟然「得聞」，不僅「幾回聞」，而且「日紛紛」，作者的諷刺之旨就從這種矛盾的對立中，既含蓄婉轉又頗為有力地顯現出來。楊倫評曰：「似諛似諷，所謂言之者無罪，聞之者足戒也。此等絕句，亦復何減龍標（王昌齡）、供奉（李白）。」（《杜詩鏡銓》卷八）

枯　椶

【題　解】上元二年（西元七六一年）作，時杜甫在成都。椶，一名棕櫚，常綠喬木，有葉無枝，其皮可作繩用。此詩描寫蜀地棕櫚，其皮遭殘酷割剝，幾近枯死的情形，進而揭露統治者對蜀民「一物官盡取」的殘酷榨取，已使人民到了形同枯棕，無復生機的地步。誠如蕭滌非先生《杜甫詩選注》所說，是為民請命之作。

蜀門❶多棕櫚，高者十八九❷。其皮割剝甚，雖眾亦易朽❸。徒布❹如雲葉❺，青青歲寒後❻。交橫集斧斤，凋喪先蒲柳❼。傷時苦軍乏，一物官盡取❽。嗟爾江漢人❾，生成復何有❿。有同枯棕木，使我沉歎久⓫。死者即已休，生者何自守⓬。啾啾黃雀啄，側見寒蓬走⓭。念爾⓮形影乾⓯，摧殘沒藜莠⓰。

【注釋】❶蜀門　泛指四川一帶。❷十八九　十之八九。❸其皮二句　是說樹皮被割剝得很厲害，數量雖多也容易枯死。❹徒布　白白地張著。❺如雲葉　形容葉大如雲。❻歲寒後　是說棕櫚和松柏一樣耐寒後凋。《論語‧子罕》：「歲寒，然後知松柏之後凋也。」❼交橫二句　是說由於橫加割剝，棕櫚竟然比蒲柳凋謝得還早。交橫，縱橫。斤，大斧。蒲柳，又名水楊，一種入秋就凋零的喬木。❽傷時二句　是慨歎在這個戰亂的時代，因軍需缺乏，連棕皮這樣的東西都被官府搜刮光了。❾江漢人　指四川一帶人。江，指岷江。漢，指西漢水，即嘉陵江。❿生成句　意謂土裡生的，人工製成的全被官府斂去，什麼也沒留下。⓫有同二句　是說江漢人就如同被割剝枯死的棕木一樣，使我深深為之歎息。沉歎，深歎。⓬死者二句　是說死去的人就算了，活著的人又憑什麼保全自己的性命呢？何自守，何以存活。⓭啾啾二句　意謂黃雀啾啾啄食，棕皮毛如蓬草在寒風中飛揚。這裡是以黃雀、寒蓬比喻老百姓的無所依託，是比興手法。啾啾，群雀喧噪聲。寒蓬，枯死的蓬草。走，飛揚。⓮爾　雙關枯棕和蜀民。⓯乾　乾枯。⓰沒藜莠　埋沒在野草裡。藜，一年生草本植物，俗稱灰菜。莠，一種雜草，俗名狗尾草。

【語譯】巴蜀之地多生棕櫚，高大的樹木十有八九是棕櫚。它們的樹皮被割剝得厲害，雖說棕櫚眾多也很容易衰朽。棕櫚展開那如雲的葉子，寒冬之際猶青青鬱鬱；可是一旦刀斧交集砍樹幹，它的凋喪就會先於蒲柳。

時局動亂苦於軍用缺乏，無論什麼都被官家取走。可歎你們這些巴蜀百姓，辛辛苦苦勞作卻一無所有！你們就像這被割剝而枯的棕樹，讓我久久地沉痛歎息。死了的也算罷了，活著的又靠什麼保住性命？黃鳥在啾啾地哀鳴，寒蓬從身邊飛過。料想你們乾枯的形影，終究會被野草埋沒。

【研　析】杜甫從秦州開始大力創作即物寓諷的詠物詩，定居草堂時期又朝諷喻時事的方向發展。〈枯椶〉是其中思想較深刻的一首。此詩「傷悉索斂賦也。曰『割剝』，曰『盡取』，明明寫出，而借枯椶以發之。」（吳瞻泰《杜詩提要》卷三）棕櫚是蜀中常見的一種樹，十之八九都很高大、繁茂、耐寒，可是詩人看到它皮被剝得太多，不由得感慨：這樣下去，即使樹再多，也容易枯朽。首二句直入「棕櫚」以應題，並用「蜀門」加以限制。三、四句緊扣題中「枯」字。從結構上說，這裡的「衆」字呼應首句的「多」字，以「雖」、「亦」二字形成逆筆轉折，造成開合之勢，引出下文。詩人的意思是：再強的生命力，也經不起無休止的割剝摧殘。而割剝的現實原因是：因為時代動亂，軍隊物資缺乏，官府搜取罄盡，棕櫚自然也在劫難逃。詩人藉平凡的樹種，感慨蜀中百姓的賦稅之重，而且以「割剝」相貫，使二者形意吻合。在這裡，「傷時苦軍乏，一物官盡取」承前啟後，順勢道出，出現這一反常的情況，是因為軍興而物乏，句中一「傷」一「苦」是全詩的基調。在此基調下，詩人將內憂外患的時局與衰敗的國運聯繫起來，而且進一步把枯棕的命運和江漢百姓聯繫起來，可以看作舉例說明。由於這無休止的割剝，死者即使已不再受罪，生者還是無以自我保護。最後又回到枯棕死後的悲慘情景：黃雀啾啾地叫著啄枯棕的棕毛，一團團棕毛好像寒風中的飄蓬。枯棕形影完全乾枯之後，最終被摧殘毀滅，落得一個埋沒草野的下場。這裡讓人聯想到慘遭割剝的百姓最後的命運，不是落入牢籠、流落他鄉，就是埋沒荒草。吳瞻泰曰：「正意旁意夾發，或比或興，若斷若連，極漢魏詩人之致。」（《杜詩提要》卷三）

枯柟

【題解】上元二年（西元七六一年）秋作，時杜甫居成都草堂。詩中藉詠柟樹枯乾，傷大材之見棄。詩以「無生意」三字為眼，描繪了楩柟遭受雷電風雨襲擊、蟻蟲侵蝕的種種慘狀。末歎柟樹屈才，榆樹得志。蘊寄著用捨失宜的不平之氣。託意深遠，頗具漢魏樂府風神。

楩柟❶枯崢嶸❷，鄉黨皆莫記。不知幾百歲，慘慘❸無生意。上枝摩蒼天，下根蟠厚地。巨圍雷霆坼，萬孔蟲蟻萃❹。凍雨❺落流膠，衝風❻奪佳氣。白鵠遂不來，天雞❼為愁思。猶含棟梁具，無復霄漢志❽。良工古昔少，識者出涕淚。種榆水中央，成長何容易。截承金露盤，裊裊不自畏❾。

【注釋】❶楩柟　黃楩木與柟木，均高大良木。此偏指柟木。❷崢嶸　枯槁貌；高峻貌。❸慘慘　黯淡貌。❹巨圍二句　言枯柟遭雷霆擊裂，成為蟲蟻薈聚之所。❺凍雨　暴雨。屈原〈九歌・大司命〉：「使凍雨兮灑塵。」❻衝風　猛烈的風。〈九歌・少司命〉：「衝風至兮水揚波。」❼天雞　鳥名，即錦雞。❽猶含二句　謂柟雖是棟梁之材，但已無氣衝霄漢的壯志。❾截承二句　昔漢武帝為金人承露盤，植以脩莖。今以柔脆之榆木為之，用以承露盤，裊裊而危，豈不可畏乎？裊裊，搖蕩不定貌。此喻君子負大材而不遇明聖之君，以至於困頓失所；而小人以柔脆猥瑣之姿，反使之居廟堂以承重任，其不傾危不可得也。

【語譯】有棵柟樹枯瘦而高大，鄉里人都已把它忘記。不知它已活了幾百歲，至今黯淡毫無生機。高大的樹枝摩蒼天，深深的樹根蟠厚地。雷霆擊裂了粗大的樹幹，千瘡萬孔為蟲蟻聚居。暴雨沖掉了體中的膠液，狂風奪走了它的蔥翠之氣。白鵠因此而不再飛來，錦雞為此而愁思不已。它雖說仍具棟梁之材，卻不再懷有淩雲之志。古來傑出的木工為數稀少，有見識的人為它的屈材傷感流涕。在水中陸地種植榆樹，成長起來多麼容易，截取這種劣木來支撐金露盤，顫顫悠悠難道不自生畏？

【研　析】此詩「傷才不遇識，而識又非才也」（《杜詩提要》卷三）。前四句，直敘柟樹老幹孤立，即其「枯」。鄉黨莫記，謂柟失勢後，人們無語及之。「枯崢嶸」三字連用極妙，雖枯而其勢猶崢嶸，則柟枝之高大可以想見。「上枝摩蒼天」以下八句，言其憔悴失所。枯柟枝根雖具，然生意久亡，故造物日侵，蟲鳥見傷。末八句用比喻作結慨用捨之失宜。「猶含」二句乃「一詩之眼」。「猶含棟梁具」，傷大材莫用。「無復霄漢志」，哀其隱衷。「良工」、「出涕」，表知己之感。趙次公曰：「柟者珍材，雖枯而可充用，公自況。充用之外不復更望升拔，眾人之見則以枯而不採。」（《九家集注杜詩》卷八引）後四句另寫水榆，謂無才任重為可畏。此為襯托法。「榆」欲承盤，不能勝任，乃不自量力。黃生總結說：「此喻有才無位，而竊位者非才。舉措乖方如此，欲國事之無壞得乎？」（《杜詩說》卷二）

不見

【題　解】上元二年（西元七六一年）在成都作。或謂寶應元年（西元七六二年）在綿州作。李白、杜甫交誼甚厚，自天寶四載（西元七四五年）於山東分手後，至此已十五、六年未見面。故詩以「不見」為題凸出之。李白坐永王李璘案，判流放夜郎（在今貴州一帶），遇赦東歸。此後三年，漂泊於潯陽、金陵、宣城等地。杜甫不知其近況，故題下自注：「近無李白消息。」這是杜甫懷念李白的最後一首詩，表達了杜甫對李白不幸遭遇的深切同情和對其詩才的高度讚揚。

不見李生久❶，佯狂❷真可哀。世人皆欲殺❸，吾意獨憐才❹。敏捷詩千首，
飄零酒一杯❺。匡山讀書處，頭白好歸來❻。

【注　釋】❶不見句　李生，指李白。杜甫和李白從天寶四載於山東分手後，一直沒再見面，故曰「久」。❷佯狂　裝作狂人。李白言行放縱，不拘禮俗，其實是為了避免別人的迫害才不得已的「佯狂」，這種苦衷只有杜甫才能了解。❸世人句　李白一生傲岸不羈，得罪了許多權貴，又因永王李璘事件牽連，下潯陽獄。肅宗及其爪牙執意要殺他，後經援救，才得免死，長流夜郎，生死未卜，故云「皆欲殺」。❹獨憐才　獨獨憐惜李白的曠世才華。❺敏捷二句　高度概括了李白懷才不遇的一生，而且十分形象，其中蘊寓著作者的不平。飄零，指李白一生行無定所，到處漂泊。❻匡山二句　希望李白能在晚年回歸故鄉，重新到匡山讀書，不要在險惡的社會環境中奔波了。匡山，在今四川江油，李白青少年時曾在此讀書。有大、小匡山，今皆有李白讀書臺遺址。頭白，指年歲已老。

【語　譯】我好久沒能見到李白了，他佯裝狂人情實可哀。世俗之輩都想把他除掉，我則獨獨愛憐他的奇才。他才思敏捷有佳詩千首，卻身世飄零以杯酒遣懷。匡山是他年輕時讀書之處，如今既已白頭宜須好自歸來。

【研　析】此詩用質樸的語言，表現了對李白的深情。「不見」二字置於句首，表達了渴望見到李白的強烈願望，「久」字強調思念時間之長。緊接著第二句，詩人便流露出對李白懷才不遇、疏狂自放的哀憐和同情。李白常常吟詩縱酒，笑傲王侯，以狂放不羈的態度抒發欲濟世而不得的悲憤心情。一個有著遠大抱負的人卻不得不「佯狂」，這實在是一個大悲劇。「佯狂」雖能蒙蔽世人，然而杜甫卻深深地理解和體諒李白的苦衷。這種感情在頷聯中得到進一步展現。永王李璘一案，李白被牽連，統治集團中的一些人欲將李白處以極刑。這裡「皆欲殺」和「獨憐才」，凸出表現了杜甫與「世人」態度的對立。「憐」承上「哀」而來，「憐才」不僅是指文學才能，也包含著對李白政治上蒙冤的同情。頸聯宕開一筆，是對李白一生的絕妙概括，勾勒出一個詩酒飄零的浪漫詩人的形象。杜甫想像李白在飄泊中以酒相伴，酒或許能慰其憂愁。這一聯仍然意在寫李白的

不幸，進一步抒發懷念摯友的情思。深情的懷念最後化為熱切的呼喚：「匡山讀書處，頭白好歸來。」詩意承上「飄零」而來，杜甫為李白的命運擔憂，希望他葉落歸根，終老故里。聲聲呼喚，表達了對老友的深長情意。這時杜甫客居成都，希望李白回歸蜀中正是情理中事。就章法言，開頭慨歎「不見」，結尾渴望相見，首尾呼應，全詩渾然一體。這首詩在藝術上的最大特色是直抒胸臆，不假藻飾。

花鴨

【題解】寶應元年（西元七六二年）春，杜甫在草堂寫下了〈江頭五詠〉。江頭，浣花溪畔。杜甫漫遊草堂附近江畔，觸目成詩，遂以「江頭五詠」為題，每首又皆有題目。此為〈江頭五詠〉之一詠。花鴨，獨立、分明，是其皎然自異處；唯其如此，才招來群心妬、眾眼驚。然而，花鴨當食必鳴，即使不為稻粱之恩，亦先鳴，本性使然。蓋自喻直言招妬、惹禍耳。汪灝云：「有箴規意，有警懼意。」（《樹人堂讀杜詩》卷一〇）

花鴨無泥滓❶，階前每緩行。羽毛知獨立❷，黑白太分明。不覺群心妬，休牽❸眾眼驚。稻粱❹霑❺汝在，作意莫先鳴❻。

【注釋】❶泥滓　泥渣。❷獨立　超凡脫俗；與眾不同。❸牽　牽累。❹稻粱　本指穀物的總稱。比喻祿位。❺霑　霑潤；豐足。如《詩經・小雅・信南山》：「既霑既足，生我有穀。」❻先鳴　喻直言。杜甫以直言遭貶，故此句有揭露當局堵塞言路的意思。

【語譯】花鴨身上清淨無泥，常在階前緩步而行。牠的羽毛不同於群鴨，黑白二色異常分明。花鴨未覺察群心在忌妬，不要惹得眾眼受驚吧。主人用稻粱餵養你，留心啊千萬不要先出聲。

【研析】開頭兩句交待：花鴨羽毛潔淨，不染泥滓，而且步態從容不迫，不與眾鴨爭食。眾鴨奮而搶食，花鴨卻獨自緩步於階前，舉止與眾鴨頗為不同。這種特異舉止，自然會引起眾鴨的側目，招來不測之災。三四兩句，仍寫詩人所見。花鴨，毛色只有「黑」、「白」二色。「黑」、「白」即是實寫，亦有象徵意義：花鴨的本性是「黑」、「白」分明，詩人的處世哲學也是「黑」、「白」分明。「太」字耐人尋味：一是讚賞花鴨的立身行事特別分明、無絲毫苟且；一是深深憂慮，花鴨處世過於分明會招致禍患。「太分明」則孤，易於招「妬」而觸「驚」。「不覺」，表現花鴨超然的精神，牠對驚猜、嫉妬渾然不知不覺。這是花鴨受詩人賞愛的一個原因，同時也是花鴨致禍的根源所在。花鴨自然不明其中的道理，可是詩人卻已有過這樣的教訓。回想起當年疏救房琯那慘痛的一幕，不正是現在花鴨的處境嗎？詩人由己及鴨，不禁為花鴨的處境憂心忡忡。因此，「休牽眾眼驚」就是明勸花鴨，勸花鴨要警覺「群心妬」之害，不可大意。這裡，詩人泯滅了人與物的界限，直勸花鴨，這就是詩人的「民胞物與」情懷。末兩句是進一步勸說。表面意思是說：花鴨你既然霑潤了主人的稻粱等食物，就千萬別先鳴叫了，否則會惹怒主人，失去既得的稻粱之謀。這兩句斂之又斂，猶恐或傷之，況其「先鳴」乎？此自警之道。

野望

【題解】此詩楊倫編在上元二年（西元七六一年），而仇兆鰲從黃鶴編在寶應元年（西元七六二年）。題為「野望」，但重點不在野望之景，而在野望所感，思弟哀己，憂國傷民，杜甫真是無時無地不在憂國憂民。此詩起用對偶，對仗亦工，但前人亦指出前四句第五字皆數目相犯，學者宜忌。

西山❶白雪三城戍❷，南浦清江❸萬里橋❹。海內風塵❺諸弟❻隔，天涯涕淚一身遙。惟將遲暮❼供多病❽，未有涓埃❾答聖朝❿。跨馬出郊時極目⓫，不堪人事⓬日蕭條！

【注 釋】❶西山　今名雪寶頂、雪欄山，在四川松潘，為岷山主峰。因山頂終年積雪，故稱雪嶺、雪山。又因在成都西，故又稱西山、西嶺。❷三城戍　指松州（今四川松潘）、維州（今四川理縣西）、保州（今理縣新保關西北）因吐蕃時相侵犯，故駐軍戍守。廣德元年（西元七六三年），吐蕃攻陷三城，杜甫作〈西山三首〉，其二云：「辛苦三城戍，長防萬里秋。」❸清江　指錦江。❹萬里橋　在今成都市南，架錦江上，相傳諸葛亮送費禕赴吳，云「萬里之行，始於此橋」而得名。❺風塵　指戰亂。❻諸弟　杜甫有四弟：穎、觀、豐、占。時只有占隨身邊。❼遲暮　指年老，杜甫時年五十。❽供多病　多病，杜甫曾患肺病、瘧疾、頭風等症，故云。「供」字沉痛，黃生曰：「『供』字工甚，遲暮之身尚思效力朝廷，豈意第供多病之用！此自悲自恨之詞。」（《杜詩說》卷九）❾涓埃　涓，細流。埃，微塵。❿聖朝　稱頌當朝。意謂自己對國家沒有微末貢獻。⓫極目　縱目遠望。⓬人事　世事。時西山三城列戍，百姓疲於調役，朝廷不恤，故有人事蕭條之歎。朱瀚曰：「不堪人事蕭條，欲忘憂，反添憂也。時國步多艱，雖有天命，亦由人事，故結句鄭重言之。」（《杜詩七言律解意》卷二）

【語 譯】白雪皚皚的西山有三座城堡，錦江的南浦有座萬里橋。海內戰塵瀰漫，諸弟彼此相隔，孤身流落天涯的我不禁涕淚潸潸。我僅把晚年歲月供給多病去纏繞，卻未能有些微的貢獻去報答聖朝。騎馬出郊之際不時縱目而望，難以禁受這國事、家事的日益蕭條！

【研 析】此詩因野望而寄慨。上四句，野望感懷，思家之念。下四句，野望撫時，憂國之情。首兩句寫野望時所見西山和錦江。三四句由戰亂推出懷念諸弟，自傷流落的情思，是此詩最能打動讀者的地万。詩人此時「一身遙」客蜀中，如在天涯。然而懷念家國，不禁「涕淚」橫流。五六句又由「一身」推出殘年「多病」，有愧「聖朝」。杜甫雖流落西蜀，而報效朝廷的夙願始終沒有停歇，他的憂國憂民意識一直是很強烈的。七八句點出「野望」的方式和深沉的憂慮。由於當時西山三城列兵防戍，蜀地百姓賦役負擔沉重，杜甫深為民不堪命而對世事產生日趨「蕭條」的隱憂。這是結句用意所在。杜甫這種預感，終於在廣德元年（西元七六三年），為吐蕃攻陷三城的嚴峻現實所證實。他在著名組律〈西山三首〉中，就深刻地表達了他那時的感受。此詩前三聯寫野望時思想感情的變化過程，即由向外觀察進入向內審視，尾聯點明由外到內的原因。在藝術結構上，頗有控縱自如之妙。

少年行

【題解】寶應元年（西元七六二年）在成都作。

馬上誰家薄媚郎❶，臨階下馬坐人牀❷。不通姓氏❸粗豪❹甚，指點❺銀瓶❻索酒嘗。

【注釋】❶薄媚　意為輕狂、輕佻。一作「白面」。❷牀　胡牀，一種可以折疊的輕便坐具。亦稱交牀、交椅。❸姓氏　一作「姓名」，又作「姓字」。❹粗豪　蠻橫不講理。❺指點　指指劃劃。❻銀瓶　盛酒的器皿。

【語譯】馬背上的少年，那是誰家的輕狂哥兒們？臨階下馬直坐人家的交牀。不知通報姓氏粗豪到極點，指點廚中的銀瓶要酒喝。

【研析】閱其語意，是訓誨少年之詞。詩摹少年意態神情，色色逼真，躍躍欲動。「粗豪」二字是詩眼。下馬坐牀，指瓶索酒，狀其「豪」，不通姓氏，狀其「粗」，仇兆鰲所謂有「寫生之妙」。胡夏客曰：「此蓋貴介子弟，恃其家世，而恣情放蕩者。既非才流，又非俠士，徒供少陵詩料，留千古一噱耳。」（《杜詩詳注》卷一一引）此詩與王維〈少年行〉相比，沒有王詩濃厚的浪漫氣息和理想化色彩，而是洋溢著濃郁的生活氣息，並且「殊有古意」（《詩藪・內編》卷六）。

遭田父泥飲美嚴中丞

【題　解】寶應元年（西元七六二年）春作於成都。遭，不期而遇。田父，成都西郊的農夫。泥，軟纏之意，即黏著不放。嚴中丞，嚴武。此詩寫杜甫在郊外散步，遇上一相識的農夫，懇邀杜甫去其家飲酒，且一再勸飲，使其盡興，猶不罷休。杜甫在詩中，以讚賞的態度，描寫了這一農夫熱情好客和粗豪、率直、淳樸的性格，並借農夫之口，讚揚了嚴武在成都的善政。

步屧隨春風，村村自花柳❶。田翁❷逼❸社日❹，邀我嘗春酒。酒酣誇新尹❺，畜眼❻未見有❼。迴頭指大男❽，渠❾是弓弩手❿。名在飛騎籍⓫，長番⓬歲時久。前日放營農⓭，辛苦救衰朽⓮。差科⓯死則已⓰，誓不舉家走。今年大作社⓱，拾遺⓲能住否？叫婦開大瓶⓳，盆中為吾取⓴。感此氣揚揚，須知風化首㉑。語多雖雜亂，說尹終在口㉒。朝來偶然出，自卯將及酉㉓。久客惜人情，如何拒鄰叟㉔。高聲索果栗，欲起時被肘㉕。指揮過無禮，未覺村野醜㉖。月出遮我留，仍嗔問升斗㉗。

【注　釋】❶步屧二句　屧，草鞋。春風無形，難以看到，卻可感觸，此言步屧與春風相隨，既可感又似可看，著一「隨」

字而妙。接著用「自花柳」渲染，春天來了，花柳先知，即花自綻放柳自垂，將春風形象化。楊倫云：「妙寫春光，亦便見政成民和意」（《杜詩鏡銓》卷九）。❷田翁　即田父。❸逼　臨近。❹社日　古時鄉村祭祀土地神的節日，分春社和秋社，這裡指春社，即立春後第五個戊日。❺新尹　指嚴武。因嚴武於去年十二月底才接任成都尹，故稱。❻畜眼　積多年之所見的意思。畜，同「蓄」。積蓄。❼未見有　是說沒見有過這樣的好官。❽大男　大兒子。❾渠　他。❿弓弩手　唐代兵制，選擇勇敢的武士當「番頭」，習弩射箭。⓫飛騎籍　飛騎軍的名冊。飛騎，唐代兵制，羽林軍有飛騎，也習弓弩。⓬長番　唐代兵制，以彍騎分隸十二衛，總十二萬，為六番，按次序更替服役。長番就是兵役長時間沒有輪番更換。⓭放營農　從軍營放回來從事農業生產。⓮辛苦句　謂救我這衰朽老頭子於辛苦之中。衰朽，田翁自謂。⓯差科　各種在「長番」以外的徭役賦稅。⓰死則已　到死為止。⓱大作社　是說春社日要大大地熱鬧一番。⓲拾遺　因杜甫曾作左拾遺，故田父這樣稱杜甫。⓳叫婦句　寫田父粗聲大氣的叫喊，表現了他的粗豪。⓴為吾取　給我拿來。㉑感此二句　謂深被老農的意氣揚揚所感動，由此須知為政的首要任務在於以仁德之行教育感化人民。風化，教育感化。㉒說尹句　因為感激，所以口口聲聲總離不了嚴武，即題目所謂「美」。㉓朝來二句　說早晨於卯時便出來，直喝到晚上酉時。卯，上午五點到七點。酉，下午五點到七點。㉔久客二句　謂自己長期流寓作客，倍加珍惜人情之淳厚，遭此田父泥飲，一天還不走，並非為了貪杯，實在是覺得盛情難卻。鄰叟，指田父。楊倫評此二句：「情事最真，只如白話。」（《杜詩鏡銓》卷九）㉕欲起句　是說屢次要起身告辭，卻屢次被他用肘按住。時，屢次。被肘，用肘按住。㉖指揮二句　說自己被田父強迫泥飲，還不准告辭，似乎過於無禮，但其態度真率，所以詩人並未覺得其粗醜。㉗月出二句　說天色已晚，田父仍留住不讓走；當杜甫最後問到今天喝了多少酒時，他還生氣地說：不必多問，酒有的是，只管喝。遮，攔著。嗔，嗔怪。升斗，指飲酒的數量多少。

【語　譯】我穿上草鞋，追隨著春天的腳步，看到村村落落紅的是花綠的是柳。一位田家老農遇到我，說是臨近春社日，請我到他家中嘗春酒。酒酣之際他誇起了新上任的成都尹嚴公：這樣的好官兒我從來沒有見過。老農回頭指著大兒說：他是部隊中的弓弩手，名字落在飛騎軍的名冊，服役時間已經很久。前幾天被新尹放回務農，來搭救我這辛辛苦苦的衰老頭。我只要還有一口氣就一定承擔各種徭役賦稅，絕不帶著全家逃走。今年我要大辦春社，拾遺您能不能多住幾天？說罷就喊老伴打開大酒瓶，又從盆中為我夾菜來下酒。我不禁為老農的揚揚意氣所感動，深知以仁政教育感化百姓實在是執政之首。老農雖然語多雜亂，誇獎新尹卻始終不離其口。我早晨偶然出門走走，誰知這頓酒竟從卯時喝到酉時。久在他鄉會加倍珍惜人情的可貴，怎麼能拒絕鄰叟的挽留！他大聲向老伴索要果栗，我幾次想起身告辭都被他用肘按住。他指手劃腳似乎過於失禮，可是我一點也不覺得這村野老頭粗醜。直到月亮昇起仍然留住不讓走，我問今天喝了多少酒，他還嗔怪我不必多問。

【研析】 杜甫在今春呈送嚴武的〈說旱〉一文中，稱讚他下車伊始，改革政治和地方弊俗，並陳述了幾點自己的建議，其中有一條說在東西兩川軍隊裡服役的兵丁家裡有老父老母需要奉養的，家裡的賦稅應當有所減免。這些建議有的被嚴武採納，有些長期在軍中服役的兵丁被放回家務農了。這就是這首詩的寫作背景。這位邀請杜甫喝酒的「田父」就是直接受到這一好處的農民。了解這一背景，可以比較切實地理解詩中流露的喜悅和讚美嚴武的原因。浦起龍說：「筆筆泥飲，卻字字美嚴，此以田家樂為德政歌也。」（《讀杜心解》卷一之三）

開頭寫詩人穿著草鞋出門，見桃紅柳綠的美好春色。這時遇到一個田翁，熱情邀請詩人到家裡飲春社酒。下面直接記敘田父喝得高興時誇讚新尹的獨白：他有一個屬於「長番」的弓箭手的兒子，服役這麼久，前天被放回來務農侍奉衰弱的老親，這是以前想都不敢想的好事。有了這樣的喜事，今年要大辦一番社日活動，希望杜甫也能和大家一起樂一樂。於是又讓妻子開了大瓶酒來喝，詩人深被田父的盛情感動。「須知風化首」一句意味深長，而風化的首要條件是官吏必須以德化民，滿足農民安居養親的基本生活要求。長番放還務農只不過是改革了一件弊政，田父就為此感激涕零，以致發誓甘心承擔各種雜役，可見百姓的要求是多麼低！

交代讚美原因之後，重點刻劃田父的聲音笑貌，喝得有點兒醉，話也雜亂無序了，仍在口口聲聲讚美新尹。所有的「村野」動作、「無禮」指揮，都顯出田父的熱情和淳樸，詩人絲毫不覺其醜，而覺得可親可愛。而這種對田父真情的珍惜，又盡化為描寫田父動作的幽默口吻，加上使用了許多適合田父身分的口語和俗語，使聲態更加活靈活現。這是一篇敘事詩，對人物的描寫，著墨不多，然卻栩栩如生。黃生曰：「如此製題，全因美中丞故作是詩。……寫村翁請客，如見其人，如聞其語，並其起坐指顧之狀，俱在紙上，似未曾費半點筆墨者。要知費其筆墨，即非古樂府本色。此不在效其格調，而在食其神氣也。」（《杜詩說》卷二）

戲為六絕句

【題　解】這組詩作於寶應元年（西元七六二年），或謂上元二年（西元七六一年）作。是杜甫為當時輕薄後生譏笑前賢詩賦而發，因是採用絕句這一形式，以詩論文且寓以自況，又語帶諷刺，故云「戲為」。就內容而言，這組詩大體可分為兩部分。一至四首，是對庾信、初唐四傑詩賦創作的評價和肯定，對他們才力的高度讚揚；同時諷刺了那些譏笑前賢的輕薄後生。五、六首，陳述個人創作體會和藝術追求，即應尊重「遞相祖述」的歷史事實，對古人和今人都要既有所「別裁」，揚棄過於重視形式的齊梁餘風，又要「轉益多師」，多方面學習《詩經》和屈原、宋玉以來一切優良的藝術形式和技巧。它開了以絕句論詩的先河，在文學批評史上有重要的地位和影響。

其一

庾信❶文章❷老更成❸，凌雲健筆意縱橫❹。今人❺嗤點❻流傳賦❼，不覺前賢❽
畏後生❾。

【注　釋】❶庾信　南北朝文學的集大成者。生平見前〈春日憶李白〉注❷。❷文章　兼指詩與賦。❸老更成　一般有二說：一說以「老」指年齡，謂到老年創作更成熟，即杜甫〈詠懷古跡五首〉之一所云：「庾信平生最蕭瑟，暮年詩賦動江關。」一說「老成」指風格。楊慎曰：「子山之詩，綺而有質，豔而有骨，清而不薄，新而不尖，所以為老成也。」（《丹鉛總錄》

卷一八）當以前說為近。❹凌雲句　謂其筆勢則凌雲超俗，才思則縱橫出奇。這是具體形容庾信創作成熟的境界。❺今人　當時之人，即後所云「後生」、「爾曹」輩。❻嗤點　嗤笑點評，即妄評。❼流傳賦　指庾信流傳下來的詩賦。賦，即前所說「文章」。唐人所撰《周書・庾信傳論》即云庾信之文，「其體以淫放為本，其詞以輕險為宗。故能誇目侈於紅紫，蕩心逾於鄭衛。昔楊子雲有言：『詩人之賦，麗以則；詞人之賦，麗以淫。』若以庾氏方之，斯又詞賦之罪人也。」這就是今人嗤點之顯例。❽前賢　指庾信。❾畏後生　語本《論語・子罕》：「後生可畏，焉知來者之不如今也。」這句是說連庾信這樣的前賢都不免會覺得後生可畏。當是反言以戲之。

【語　譯】庾信晚年的文章更趨成熟，其風格更為持重老成，其筆勢凌雲文意縱橫。現在有人對他的作品妄加嘲笑指摘，不禁讓庾信這樣的前賢都會覺得後生可畏。

【研　析】第一首論庾信。舉一庾信，以概六朝之前賢。杜甫在〈春日憶李白〉裡曾說「清新庾開府」。此詩中指出庾信後期文章，風格更加成熟。健筆凌雲，縱橫開闔，不僅以「清新」見長。唐代的「今人」，指手劃腳，嗤笑指點庾信，足以說明他們的無知。因而「嗤點前賢」徒自菲薄罷了，「前賢畏後生」，也只是諷刺的反話，前賢豈能真畏後生？詩人的目的是想說明：觀人必觀其全，不能只看到一個方面，而忽視了另一方面。

魏晉六朝是我國文學由質樸趨向華彩的轉變階段。麗辭與聲律，在這一時期得到大發展，這為唐代詩歌的全面繁榮創造了一定條件。從另一方面看，六朝文學又有重形式、輕內容的不良傾向，到了齊、梁宮體出現之後，詩風就更趨淫靡萎弱了。因此，唐代詩論家對六朝文學的接受與批判，是個極為艱巨而複雜的課題。當齊、梁餘風還統治著初唐詩壇的時候，陳子昂首先提出復古的主張，李白繼起，完成了廓清摧陷之功。「務華去實」的風氣扭轉了，而一些胸無定見、以耳代目的「後生」、「爾曹」卻又走向「好古遺近」的另一極端，他們尋聲逐影，竟要全盤否定六朝文學，並把攻擊的目標指向庾信。而庾信總結了六朝文學的成就，特別是他那句式整齊、音律諧和的詩歌以及用詩的語言寫的抒情小賦，對唐代的律詩、樂府歌行和駢體文，都有直接的先導作用，是毀是譽就很容易集中到他以及「初唐四傑」身上。

其二

楊王盧駱❶當時體❷，輕薄為文哂未休❸。爾曹身與名俱滅，不廢江河萬古流❹。

【注釋】❶楊王盧駱　一作「王楊盧駱」。指初唐作家王勃、楊炯、盧照鄰、駱賓王，即所謂「初唐四傑」。《舊唐書・楊炯傳》：「炯與王勃、盧照鄰、駱賓王以文詞齊名，海內稱為王、楊、盧、駱，亦號為『四傑』。」❷當時體　那個時代的體裁，指初唐時尚帶六朝駢儷餘習之文體。郭紹虞曰：「老杜〈偶題〉詩云：『後賢兼舊制，歷代各清規。』所謂『歷代各清規』者，正是『當時體』之絕妙解釋。則所謂『當時體』者，初無貶抑之意。」（《杜甫〈戲為六絕句〉集解》）❸輕薄句　謂後生輕薄之人紛紛寫文章譏哂「四傑」沒有個完。輕薄，有二說，一說指文體，一說指人。當以後說為是，指「後生」輩，即下「爾曹」。為文，寫文章。哂，輕視嘲笑。休，停止。❹爾曹二句　是作者斥責後生輕薄者的話。說你們將會身名俱滅，而「四傑」卻像江河一樣萬古長流。爾曹，你們。不廢，不害；無損。江河，喻「四傑」。

【語譯】楊王盧駱的詩文體制和風格是那個時代的產物，後世輕薄之徒寫文嘲笑他們喋喋不休。你們這麼做只會弄得自己身敗名裂，而「四傑」的聲望則如江河萬古不廢其流。

【研析】第二首論初唐四傑，主要是反對時人譏誚四傑。評價作家，不能脫離其時代的條件。至於初唐四傑，雖不滿於以「綺錯婉媚為本」的「上官體」，但他們主要的貢獻，則是在於對六朝藝術技巧的繼承和發展。而這，也就成了「好古遺近」者所謂「劣於漢魏近風騷」的攻擊的口實。

初唐四傑的詩文有繼承，有革新，被稱作「當時體」，後人也稱「王楊盧駱體」。「當時體」是個什麼樣子呢？張鷟說，「楊之為文好以古人姓名連用」，「駱賓王文好以數對」（《朝野僉載》卷六）云云，只是看到了他們的個別特點，這在當時是被人津津樂道的。可是，我們不能以偏概全。楊炯〈王子安集序〉稱王的詩文特點：「壯而不虛，剛而能潤，雕而不碎，按而彌堅。」就較為公允和中肯。雕潤是指雕刻潤澤，講究文采辭藻，剛堅是指風格剛健堅實。洪邁這樣說：「王勃等四子之文，皆精切有本，原其用駢儷作記序碑碣，蓋一時體格如此。」（《容齋四筆》卷五）這個解釋就較可為人接受。在人類歷史的進程中，有一個有趣的現象，此一時為人津津樂道的，到彼一時就很可能成為有爭議者，「王楊盧駱體」及其本人就屬於這種情況。明乎此，「四傑」健在的時候，或其身後招徠議論、非議，都是可以理解的。而杜甫稱譏哂「四傑」者為「輕薄」，也是杜甫的看法。杜甫站在文學史的高度來看待這一現象，評價較為公允、深刻。四傑詩文有雕潤的一面，也有剛健的一面，這是四傑詩文不同於六朝浮靡而成為初唐體的關鍵所在。「爾曹」二句，批評當時譏者，輕薄者們身敗名滅，「四傑」的詩文則如長江大河，萬古流芳，永不磨滅。這裡舉「四傑」以概當朝前賢。當然，初唐詩文，尚未完全擺脫六朝藻繪餘習，這一點不用懷疑。在這裡，杜甫看到的也正是這點，即「四傑」的「當時體」，雖然時間不長，它卻能夠代表初唐詩文的成就。總的說來，它為陳子昂、沈佺期、宋之問詩文革新開啟了前奏，而杜甫的評論也是文學史的觀點。

其三

縱使盧王操翰墨，劣於漢魏近風騷❶。龍文虎脊❷皆君❸馭，歷塊過都❹見爾曹❺。

【注釋】❶風騷　指〈國風〉和「楚騷」。❷龍文虎脊　龍文、虎脊，都是毛色斑駁的駿馬。《漢書・西域傳贊》：「蒲梢、龍文、魚目、汗血之馬，充於黃門。」又《漢書・禮樂志二》載〈天馬歌〉稱駿馬為「虎脊」，比喻駿馬的毛色像虎脊。這裡喻四傑的詩文有奇麗的辭采和勁健的骨力。❸君　指盧王。❹歷塊過都　語本漢王褒〈聖上得賢臣頌〉：「過都越國，蹶如歷塊。」呂延濟注：「言過都國，疾如行歷一小塊之間。」這裡略變其意，是說歷田野，過城市，指長距離的奔馳。塊，可作土地解。如《莊子・齊物論》：「大塊噫氣，其名為風。」❺見爾曹　意謂相形之下，就能見出高低。

【語　譯】即使「四傑」的作品不像漢魏詩歌那樣接近〈國風〉和「楚騷」，然而他們以其龍文、虎脊般瑰麗辭采的作品主宰當時文壇；他們縱情馳騁，越過國都就像穿越一個土塊那麼容易，相形之下你們是何等平庸乏力。

【研　析】第三首是承上章而來。從文學史發展的角度看，縱然四傑的詩文，不如漢魏的詩賦接近《詩經》、《楚辭》；退一步說，縱使四傑的詩文不如漢魏的詩文，也有傑出的成就，不是「爾曹」所能比擬的。這就充分顯示出四傑龍文虎脊，可馭之以過都歷塊，豈屑與「爾曹」相較哉！「縱使」是杜甫的口氣，「盧王操翰墨，劣於漢魏近風騷」則是時人哂笑四傑的話。詩中「盧王」，代指四傑。杜甫引用了他們的話而加以駁斥，所以後兩句才有這樣的轉折。意謂即使如此，但四傑能以縱橫的才氣，駕馭「龍文虎脊」般瑰麗的文辭，他們的作品是經得起時間考驗的。當時，在他人看來，他們是時代的寵兒；在四傑自身看來，也應是自豪的。不僅如此，詩人還用「歷塊過都見爾曹」，讚美四傑像駿馬，而爾曹如駑馬，駑馬竭盡了全力，也追趕不上四傑這樣的駿馬。杜甫的意思是，詩人的成就雖有大小高下之分，但各有特色，互不相掩，我們應該恰如其分地給以評價，要善於從不同的角度向前人學習。

其四

才力應難跨數公❶，凡今誰是出群雄❷。或看翡翠蘭苕❸上，未掣❹鯨魚碧海中。

【注　釋】❶數公　指前面所說的庾信、「四傑」諸人。❷出群雄　群，亦指前數公，而出群雄者蓋詩人自指。出群，《世說新語・賞譽》：「殷中軍道韓太常曰：『康伯少自標置，居然是出群器。』」❸翡翠蘭苕　翡翠，鳥名，也叫翠雀。蘭苕，蘭的莖。晉郭璞〈遊仙詩七首〉其三云：「翡翠戲蘭苕，容色更相鮮。」李善注曰：「言珍禽芳草遞相輝映，可悅之甚也。蘭苕，蘭秀也。」（《文選》卷二一）此以比文章之苕華、纖巧。❹掣　牽曳；牽引。

【語　譯】若論才力難以超過庾信、「四傑」諸公，當今文壇有誰堪稱出眾的雄才？有時也能看到像翡翠鳥戲集於蘭苕那樣珍禽芳草遞相輝映、玲瓏可愛的作品，卻未曾見到誰寫出牽曳鯨魚碧海般的磅礴巨製來。

【研　析】此承上三章而言，見今人小巧，不及前賢之大。這裡有一般作者與「出群雄」之別。一般作者，其才力應難跨出庾信、「四傑」與漢魏諸人之上，他們的作品講求鮮豔的辭采、纖巧的結構，如翡翠戲於蘭苕之上，遞相輝映，可悅之者甚，他們卻沒有像在大海中牽拉大鯨的雄偉才力。而後者是「出群雄」幹的事：詩人以為，光講藻麗還遠不夠，要有剛健雄偉的才力，寫出重大題材。韓愈〈調張籍〉說：「李杜文章在，光焰萬丈長。」又說：「想當施手時，巨刃摩天揚。」正指這種掣鯨於碧海的大作品，和大勢磅礴的創作風格。杜甫在論詩時要求寫出這樣的作品來。從杜甫的創作實踐看，他寫出來了。因此，「出群雄」者，蓋其自負也；「而嫌於自許，故皆題為戲句」（《歲寒堂詩話》卷下）。

其五

不薄今人愛古人，清詞麗句必為鄰❶。竊攀屈宋宜方駕，恐與齊梁作後塵❷。

【注　釋】❶不薄二句　郭紹虞曰：「是說自己論詩並無古今的成見，只要是清詞麗句，都有可取。」不薄，不菲薄。為鄰，接近；不加排斥。❷竊攀二句　意謂要向古人如屈原、宋玉看齊，才不會墮入齊梁的末流。史炳曰：「我所以竊攀屈、宋，調宜與之並駕者，恐但學庾信、四子，未免步齊、梁之後塵耳。」（《杜詩瑣證》卷下）竊攀，心想追攀。竊有自謙意。屈宋，屈原、宋玉，戰國時著名辭賦家。方駕，並駕齊驅。齊梁，南朝兩個朝代名，那時文風浮豔。後塵，本是走路時後面揚起的塵土。比喻跟在別人的後面。

【語　譯】我敬愛古人也不鄙薄今人，凡有清詞麗句者我必與之親近。我努力追攀屈原、宋玉，與之並駕齊驅；若僅醉心於詞句，則可能要步齊梁的後塵。

【研　析】如何評價庾信和四傑，是當時詩壇上論爭的焦點。杜甫抓住了這一焦點，在〈戲為六絕句〉的後三首裡正面說了自己的看法。這首詩，是詩人自言詩學之正，而譏今人過於好古。「今人」，指的是庾信、四傑等近代作家。杜甫之所以愛古而不薄今，是從「清詞麗句必為鄰」出發的，「為鄰」，即引為同調，在杜甫看來，詩歌是語言的藝術，「清詞麗句」不可廢而不講。更何況庾信、四傑除了「清詞麗句」而外，尚有「凌雲健筆」、「龍文虎脊」的一面，因此他主張兼收並蓄：力崇古調，兼取新聲，古、今體詩並行不廢。但是，僅學習六朝，一味追求「翡翠戲蘭苕，容色更相鮮」（晉郭璞〈遊仙詩〉）一類的「清詞麗句」，雖也能賞心悅目，但風格畢竟柔媚而淺薄；要想超越前人，必須恢宏氣度，縱其才力之所至，才能掣鯨魚於碧海；於整體格局之中，見氣韻飛動之妙；不為篇幅所窘，不被聲律所限，從容於法度之中，而神明於規矩之外。要想達到這種藝術境界，杜甫認為只有「竊攀屈宋」。因為《楚辭》的精采絕豔，是千古詩人的不祧之祖；由六朝而上追屈、宋，才能如南朝梁劉勰所說「酌奇而不失其真，翫華而不墜其實，則顧盼可以驅辭力，欬唾可以窮文致」（《文心雕龍·辨騷》），不至於沿流失源，墮入齊、梁輕浮側豔的後塵了。

其六

未及前賢更勿疑❶，遞相祖述復先誰❷。別裁偽體親風雅，轉益多師是汝師❸。

【注　釋】❶未及句　是說今之輕薄前賢者，其不及前賢是顯而易見的，這還有什麼值得懷疑的嗎？前賢，指過去有成就的作家，包括庾信、「四傑」。❷遞相句　意謂既然「後生」不及「前賢」，則前賢皆有值得學習之處，又何必譽此嗤彼，分其先後呢？遞，接續。祖述，尊崇和效法前賢。復先誰，還能以誰為先。❸別裁二句　前句主要是指詩歌的思想內容而言；後句主要是就詩歌的語言、音律、形式而言。只有在「別裁偽體」的前提下「轉益多師」，才能創作出好的詩歌。這就是杜甫的創作主張。而杜甫自己正是這樣做的。別，甄別；區別。裁，裁汰。偽體，指虛偽浮華的作品，與「風雅」相對。風雅，指《詩經》的〈國風〉和〈大雅〉、〈小雅〉中的詩歌。轉益多師，廣泛地向前賢學習以提高自己。汝，你們，即上文所謂「後生」、「爾曹」。

【語　譯】今之輕薄前賢者不及前賢，這無須置疑；前賢們各有師承各有貢獻，都有值得學習的地方，又何必一定要分個先後高低？倘若能辨別並淘汰文學遺產中那些虛偽浮華的東西而親近「風雅」，那麼從古至今一切有成就的作家都值得學習，都是你們的老師。

【研　析】此首欲人沿流溯源，得風雅之正，而裁偽體以自取益。杜甫對六朝文學既要繼承，也要批判的思想，集中表現在「別裁偽體」、「轉益多師」上。前賢，係泛指前代有成就的作家。遞相祖述，意謂因襲成風。「遞相祖述」是「未及前賢」的原因。「偽體」之偽，癥結在於以類比代替創造，真偽相混，則偽可亂真，所以要加以「別裁」，要區別而裁去之。創造和因襲，是杜甫區別真、偽的分界線。只有充分發揮創造力，才能直抒襟抱，自寫性情，寫出真的文學作品。庾信之「健筆凌雲」，四傑之「江河萬古」，乃在於此。反之，拾人牙慧，傍人門戶，是沒有生命力的。堆砌詞藻，步齊、梁之後塵，固然是偽體；而高談漢、魏的優孟衣冠，也是偽體。在杜甫那裡，只有真、偽的區別，並無古、今的成見。「別裁偽體」和「轉益多師」是一個問題的兩個方面。「別裁偽體」，強調創造；「轉益多師」，重在繼承，兩者的關係是辯證的。「轉益多師是汝師」，即無所不師而無定師。無所不師，故能兼取眾長；無定師，不囿於一家，雖有所繼承、借鑒，並不妨礙自己的創造。只有在「別裁偽體」的前提下，才能確定「師」誰，「師」什麼，才能真正做到「轉益多師」。要做到無所不師而無定師，就必須善於從不同的角度學習別人的成就，在吸取的同時，也就有所揚棄。在既批判又繼承的基礎上，進行創造，熔古今於一爐而自鑄偉辭，這就是杜甫「轉益多師」、「別裁偽體」的精神所在，也是其集大成的關鍵所在。

大麥行

【題解】寶應元年（西元七六二年）夏作於成都。這年麥收季節，西南少數民族奴剌、党項等乘機侵擾梁、洋等州，大肆搶掠剛成熟的糧食。此詩所寫的「問誰腰鐮胡與羌」說的就是這一情景，同時指出，也是由於邊兵防禦不力所致。

大麥乾枯小麥黃，婦女行泣夫走藏。東至集壁西梁洋❶，問誰腰鐮胡與羌❷。
豈無蜀兵三千人，簿領辛苦江山長❸。安得如鳥有羽翅，託身白雲還故鄉。

【注釋】❶東至句　是省略句，應為「東至集壁西至梁洋」。集、壁、梁、洋，皆唐代州名。四州所轄約為今四川廣元、陝西漢中一帶。❷問誰句　將問答縮至一句之內，「問誰腰鐮」是問，「胡與羌」是答。腰鐮，腰上帶著鐮刀。胡與羌，指党項、奴剌。❸豈無二句　一問一答。難道沒有蜀兵來保護麥收嗎？原來是因為征討辛苦，加上防線又長，難以顧及。簿領，指服兵役。

【語譯】大麥乾枯小麥已黃，婦女邊走邊哭男人逃逸躲藏。東至集壁、西至梁洋，腰中插鐮前來割麥的是誰？是党項與奴剌！難道竟沒有三千蜀兵前去救護？顧及不暇啊！因為征討辛苦防線長。如何能像鳥兒一樣有一雙翅膀，好託身於白雲飛歸我那苦難的家鄉！

【研析】此詩憂邊寇而作。前四句如童謠。實際上是模仿漢桓帝初年天下童謠：「小麥青青大麥枯，誰當穫者婦與姑，丈人何在西擊胡。吏買馬，君具車，請為諸君鼓嚨胡。」（《後漢書・五行志一》）所謂淵源有自。入寇我集、壁、梁、洋四州，腰鐮刈麥者，是党項、奴剌，這種強盜行為是三四句所寫的內容。這一掠奪行徑，迫使當地百姓女泣男走，其時正是「大麥乾枯小麥黃」之時。而官府為什麼不能派兵來保護麥收，從而制止胡羌的掠搶呢？因為蜀兵三千，鞭長不及。因而，詩人盼望著如鳥生羽翼，託身白雲，東歸故鄉以避之。「安得」二字，突出當時之無奈及思歸心情之迫切。總之，全詩感慨蜀地兵力不足，指斥侵擾者的肆虐無忌，言外有無限憤慨。朱顥英評曰：「直序時事，饒有古韻，妙在短簡不枝，亦自曲折。」（《朱雪鴻批杜詩》卷上）

奉濟驛重送嚴公四韻

【題 解】 乾元元年（西元七五八年），因同坐房琯黨，嚴武被貶巴州刺史，杜甫被貶華州司功。二年底，杜甫經秦州、同谷到達成都，卜居浣花溪。嚴武後由巴州遷東川節度使。上元二年（西元七六一年）底，合東、西川為一，命嚴武為劍南兩川節度使兼成都尹。武到成都，與杜甫過從甚密，待甫甚厚。寶應元年（西元七六二年）四月，玄宗、肅宗相繼去世，代宗即位，召還嚴武。七月，嚴武入朝，杜甫一直送他到綿州（今四川綿陽）北三十里之奉濟驛，贈詩送別。因前已寫有〈奉送嚴公入朝十韻〉等詩，故此題曰「重送」。在杜甫廣泛的交遊中，關係最密切而又相處時間最久、倚仗最重的，當推嚴武。現存杜詩，只是在題上或注中明確標明與嚴武有關的，就有三十五首，在杜甫贈友輩詩中是最多的。所以浦起龍說：「公所至落落難合，獨於嚴有親戚骨肉之愛。」（《讀杜心解》卷四之一）從而斷言：「嚴係知己中第一人。」（同上卷　之五）因此，對嚴武的去蜀還朝，杜甫感到依戀難捨和別後難忍的孤獨和寂寞。

遠送從此別❶，青山空復情❷。幾時杯重把？昨夜月同行。列郡❸謳歌❹惜❺，

三朝❻出入榮❼。江村❽獨歸處，寂寞❾養殘生❿。

【注　釋】❶遠送句　嚴武遠赴長安，故曰「遠送」。此，指奉濟驛。有此地一別、後會難再期之感。方回曰：「此一句極酸楚。」（《瀛奎律髓》卷二四）❷青山句　謂青山空復傷情，可見其悵別之悲。❸列郡　指東西川屬邑。❹謳歌　吏民頌其政績，如〈遭田父泥飲美嚴中丞〉詩中所寫那樣。❺惜　不願其離去。❻三朝　指玄、肅、代三朝。❼出入榮　指入朝和外任都居高位。❽江村　指杜甫寓居的浣花草堂。❾寂寞　指嚴武去後的孤獨無依。❿殘生　猶言風燭殘年。

【語　譯】遠送到這奉濟驛即將與你分別，青山啊青山，你們也挽留不住空自傷情。我們何時才能重舉酒杯？昨夜的月亮也在依依不捨地與我們同行。兩川各郡都在謳歌你的善政，為你的離去深感惋惜；你輔佐玄、肅、代三朝，外任和入朝都居高位甚是尊榮。你去之後，我將獨自回到江村草堂，在孤獨寂寞中度過殘生。

【研　析】此詩上半敘送別。首句點明「遠送」。目前、後憶、追昔三層意思都伏藏在「遠送從此別」五字中，送遠詩如此最為酸楚。「青山空復情」一句，饒有深意。青峰佇立，也像人一樣含情送客；途程幾轉，那山仍若戀戀不捨，目送行人。然而送君千里，終須一別。傷別之餘，自然想到「昨夜」相送的情景：皎潔的月光下，自己曾和嚴公同行，月下同飲共醉，行吟敘情的情景歷歷在目；而今一別，後會難期，感情的閘門再也關不住了，於是詩人發問道：「幾時杯重把？」詩人此時此刻複雜的感情，凝聚在一個尋常的問語中。詩人想到，像嚴武這樣知遇至深的官員恐怕將來也難得遇到，於是離愁之中又添一層淒楚。

下半說到別後情事，彼此懸絕，真欲放聲大哭。「列郡」句開始寫嚴武，可是沒有正面頌其政績，而說「列郡謳歌惜，三朝出入榮」，說他於玄、肅、代三朝出守外郡或入處朝廷，都榮居高位，離任時東西兩川屬邑的人們謳歌他，表達依依不捨之情。最後兩句抒寫詩人自己送別後的心境。「獨」，見離別之後的孤單無依。「殘」，含風燭餘年的悲涼淒切。「寂寞」，道出知遇遠去的冷落和惆悵。兩句緊承第六句而來，即以嚴入朝之恩榮，與己獨歸之寂寞，兩兩相形，深悲隱痛，自在言外。方回說，末句「意在言外」，「尤覺徬徨無依」（《瀛奎律髓》卷二四）。此詩一往情深，足見嚴杜交誼之篤。黃生評論說：「發端已覺聲嘶喉哽，結處回思嚴去之後窮老無依，真欲放聲大哭，雖無『淚』字，爾時語景，已可想見矣。送別詩至此，使人不忍再讀。」（《杜詩說》

又觀打魚

【題　解】寶應元年（西元七六二年）七月，杜甫送嚴武還朝，一直送到綿州奉濟驛，適逢劍南兵馬使徐知道在成都作亂，只好滯留綿州。他看到漁人大規模地捕魚殺生，頓生惻隱之心，並進而聯想到戰亂中黎民百姓的廣遭殺戮，遂感而作此詩。杜甫同時稍前作有〈觀打魚歌〉，故此詩題作「又觀」。詩前半極寫竭澤而漁的殘酷可憐之狀，見詩人仁民愛物之心。後半寫觀魚有感。由魚遭急捕、龍鳳潛蹤以避殺機，而聯想到人世干戈、暴殄天物，初無二致，發人深省。

蒼江❶漁子清晨集，設網提綱❷取魚急。能者操舟疾若風，撐突波濤挺叉入。

小魚脫漏❸不可記❹，半死半生猶戢戢❺。大魚傷損皆垂頭，屈強❻泥沙有時立。

東津觀魚已再來❼，主人❽罷鱠還傾杯❾。日暮蛟龍改窟穴，山根鱣鮪隨雲雷❿。

干戈格鬬尚未已，鳳凰麒麟⓫安在哉？吾徒胡為縱此樂？暴殄天物⓬聖所哀。

【注　釋】❶蒼江　這裡指涪江。❷綱　魚網的主繩。❸脫漏　漏網逃脫。❹記　記數。❺戢戢　魚張口喘息的樣子。❻屈強　掙扎。❼東津句　〈觀打魚歌〉中稱曾在「綿州江水之東津」觀打魚，故此云「再來」。東津，津渡名，故址在四川綿陽仙遊區沈家壩東端富樂山麓涪江岸邊。❽主人　指綿州刺史杜濟。❾傾杯　指飲酒。❿日暮二句　日暮時分蛟龍也改換了窟穴以避殺戮，山腳下穴居的鱣鮪也追隨雲雷躲到遠處。鱣，大魚，無鱗，肉黃，大者長二三丈，江東稱為黃魚。鮪，形似鱣而色青黑，肉白。鱣和鮪均穴居於山腳水中石洞。⓫鳳凰麒麟　均為太平盛世才出現的祥瑞禽獸。⓬暴殄天物　殘害生靈。

語出《尚書・周書・武成》：「今商王受無道，暴殄天物，害虐烝民。」

【語　譯】漁民們一大早就聚集在蒼江上，撒網提網忙捕魚。能者駕船快如風，撐破波濤投叉入水。小魚漏網的不計其數，被嗆得半死不活可憐巴巴地張著嘴。大魚受傷都垂著頭，困在泥沙中時而掙扎著蹦起。我這是第二次來到東津看捕魚，主人吃罷鱠魚仍在飲酒。日暮時分蛟龍為避殺戮改換了窟穴，山腳下穴居的鱣鮪也追隨雲雷躲到遠處。眼下戰亂尚未平息，鳳凰、麒麟能在哪兒出現？人類為什麼要如此縱樂？滅絕天物可是聖人之所哀。

【研　析】此詩前八句寫再至東津，觀漁民捕魚情景。從竭澤而漁處，寫出慘酷可憐之狀，見詩人愛物仁心。在這裡，直賦之中含有比興，蓋指聚斂之臣，苛法侵漁，殘害漁民。「設網」句，一個「急」字寫盡暴殄者的心態，令人有斷罟之思。「操舟疾若風」，「撐突波濤挺叉入」，具體描寫船上打魚動作，形象可觀，可以入畫。「小魚」兩句寫小魚苟延殘喘的樣子，「大魚」兩句又寫大魚傷損垂頭的命運。〈觀打魚歌〉寫類似情景是「赤鯉騰出」，此詩寫「傷損垂頭」，困頓之中屈伸不同，各有一番精神；然而其命運是相同的，即共同走向死亡，成為富人家的盤中物。後八句寫觀魚有感。大魚小魚，既遭急捕，故蛟龍鱣鮪，亦避殺機。且當此兵戈之際，麟鳳潛蹤，奈何暴殄以損天和哉？蓋深切痛之。詩人用一句「東津觀魚已再來」，點出「又觀」之意。「主人罷鱠還傾杯」，略去了漁人捕魚、戮魚的過程，只抓住飽人口腹的細節。大魚小魚已遭急捕殆盡，蛟龍、鱣鮪為避難也都搬家了，這就是「日暮山根」兩句的描寫。即謂魚不得其所，龍豈能安居？君與民亦是如此。「鳳凰麒麟安在哉」，猶云鳥亂於上，魚亂於下；鳳凰不棲其國，麒麟不遊其囿。這種物不得其所的原因是什麼呢？就在干戈未已。最後，水到渠成地總結出末兩句：「吾徒胡為縱此樂？暴殄天物聖所哀。」這正是本詩的題旨：樂而能戒，有仁厚意；悲天憫人，用意良苦。

海椶行

【題解】寶應元年（西元七六二年）作，時杜甫在綿州。海椶，樹名，椰木的一種，果實甘甜，別名椰棗、波斯棗。椶，一作「棕」。詩借詠海椶而自歎懷才不遇。

左綿❶公館清江濆❷，海椶一株高入雲。龍鱗犀甲相錯落❸，蒼稜❹白皮十抱❺文。
自是眾木亂紛紛，海椶焉知身出群❻？移栽北辰❼不可得，時有西域胡僧識❽。

【注釋】❶左綿　即綿州，因其在涪江之左，故稱。❷濆　水邊。❸龍鱗句　比喻海椶的樹皮斑駁錯落。❹稜　稜角。❺抱　即圍，雙臂合抱為一圍。❻自是二句　言海椶居身於紛亂的雜樹之中，無從顯露出眾的材幹。❼北辰　指朝廷。❽胡僧識　因海椶原產於西域，故有胡僧能識。

【語譯】我寓居的綿州公館座落在涪江邊上，庭前有一棵海椶高入雲天。樹皮像龍鱗犀甲斑駁錯落，蒼青的稜角、白色的樹皮環護著粗大的樹幹。它居身於亂紛紛的雜樹之中，卻從不顯露出群的材幹。倘若把它移植於禁苑，那自是不可多得；碰巧有西域的僧人才能賞鑑！

【研析】此詩上四句讚美海椶資質超群。其超群處：一方面表現在高大，如說「一株高入雲」，即是遠望其高大；「十抱文」，是近視其高大。一方面表現為奇特：樹皮如龍鱗犀甲錯落，其稜角蒼老勁白。總之，二者合寫海椶的「出乎其類，拔乎其萃」。下四句惜其混跡眾木而未遇知音稱賞。詩人為表達此意，用曲筆一層層展開，一層層繫釦解釦。因眾木紛紛，海椶不但為人不知，即海椶自己亦不自知，這裡埋下一個伏筆，繫下一個釦。這豈不可惜了嗎？除非將它移栽到北辰眾星所拱之地，必待有天上人識之，這便試圖解開一個釦。

可是，這畢竟是不可能的，又繫下一個釦。碰巧的是，世人不識，而有胡僧能識之，豈不悲哉！因此，「移栽北辰不可得，時有西域胡僧識」兩句，承上聯而來，有兩層深悲之意：像海椶這樣的大材，如今生非其地，又加無人賞識，那麼它同亂紛紛的眾木又有什麼不同呢？此為一悲也；華夏之地無人識之，而胡僧卻識愛之，這很有孔子欲居九夷之意，此為二悲也。此四句亦抓住其奇來寫：「焉知身出群」，奇；「移栽北辰」，更奇。「移栽北辰不可得」，這一想像直接影響了後世詩人，如白居易詩句「歷歷天上種白榆」（〈澗底松〉），正是由此脫來。王嗣奭評論說：「公抱經濟而不得試，自負自歎，非詠海椶也。」（《杜臆》卷五）盧元昌曰：「才大淪落，世無知己，率此海椶類也夫。」（《杜詩闡》卷一四）

客夜

【題解】此詩當作於寶應元年（西元七六二年）秋。時杜甫流寓梓州（今四川三臺），他的家眷仍住在成都草堂。此詩即寫詩人秋夜失眠，敘述客居梓州的艱難處境及思親之情。

客睡何曾著？秋天不肯明❶。入簾殘月影，高枕遠江聲❷。計拙無衣食，途窮仗友生❸。老妻書數紙，應悉未歸情❹。

【注釋】❶客睡二句　寫秋夜客居難寐。著，入睡。不肯明，因失眠而覺得老天好像故意和人過不去似的，故曰「不肯明」。此愁人知夜長之意。何曾、不肯，將愁懷表露無遺，然而用得極為含蘊，極有精神。楊倫云：「『著』『不肯』字妙，真景只說得出為難。」（《杜詩鏡銓》卷九）❷入簾二句　是寫不寐時所見所聞。殘月，將要落的月亮。因夜深，故見殘月。因夜靜，故聞遠江之聲亦高。江，指涪江。涪江從梓州城東流過。❸計拙二句　是寫不寐的心事。仗，依靠。友生，朋友。❹老妻二

句 是寫幾紙書信給妻子，應該讓她知道我未歸的苦情。悉，了解；知悉。

【語 譯】客居他鄉何曾得以入睡安眠？漫長的秋夜啊總是不肯明。長夜裡我看到映入窗簾的是殘月的光影，我聽到響徹枕畔的是遠江的濤聲。我拙於生計以致衣食無著，處境艱難只得依賴友朋。於是給老伴兒寫去幾紙書信，應該讓她知道我未歸的苦情。

【研 析】此秋夜有感而作。詩題為〈客夜〉，而全篇不見「夜」字。可是，又全是客夜情景，讀之真有高處落筆、不落言筌之妙。首聯點題，將長夜不寐的心情鄭重點出。「何曾」、「不肯」四字寫客夜漫漫、輾轉難眠之狀，委婉含蓄，頗富情韻。「何曾著」三字是一篇之綱，而以反問句寫出，表達的感情就更為強烈。詩人為什麼不能入睡呢？下文並未直接回答，但從句首的「客」字不難窺見其中的端倪，這就是「何曾著」的主要原因。頷聯緊承首句而來，寫客夜失眠所見之景，寓客愁不寐之情。「入簾殘月影」，寫深夜所見。「高枕遠江聲」，寫深夜所聞。此借清幽的境界來寄寓自己寂寞孤獨的心情。頸聯寫作客未歸之故，自歎計拙途窮。杜甫來梓州除了避亂，還有希求嚴武舊部屬僚資助的意思。客睡未著，眼前的景物又這樣淒清，更觸動了詩人的滿懷愁緒。他回想起自己政治上連遭挫折，生活上無衣無食，一家老小流徙異鄉，全靠朋友接濟，心情自然更加沉重了。這兩句寫心中痛苦抑鬱之情，語言自然樸素，而所表達的感情卻極沉痛感人。從結構上說，此聯遙接首聯，具體傾訴「不肯明」的根由。尾聯以寄書家人、訴說苦衷作結。嚴武鎮蜀時，曾在生活上資助過詩人。現在嚴武奉詔回朝，生活無著。加之這時軍閥混亂，群盜縱橫，詩人自然更無法回去。這一切，正是「應悉未歸情」一句的全部內容。詩人在結尾處，藉給妻書申明不能歸家的苦衷，無限酸楚讓人回味。吳瞻泰評曰：「〈國風〉『轉展反側』，千古不眠絕調也。此詩亦然。清宵好景，寫得老人忽起忽坐，竟夕倉皇，自言自語情況，總是為『秋天不肯明』一句。」（《杜詩提要》卷八）

宗武生日

【題解】此詩趙次公、黃鶴、朱鶴齡、楊倫等俱編在寶應元年（西元七六二年）秋梓州作，是。仇兆鰲從梁權道編在大曆元年（西元七六六年）夔州作，不確。時杜甫送嚴武至綿州，因成都徐知道作亂，遂入梓州，時宗武留在成都，故在其生日之時思念而作此詩。詩中殷切勉勵兒子遠紹家學，體現了杜甫的教育思想。也寫出詩人的老病情態。宗武，小名驥子，杜甫次子。

小子❶何時見？高秋此日生。自從都邑語，已伴老夫名❷。詩是吾家事❸，人傳世上情❹。熟精《文選》❺理，休覓彩衣輕❻。凋瘵❼筵初秩❽，欹斜坐不成❾。

流霞分片片❿，涓滴⓫就徐傾⓬。

【注釋】❶小子　指宗武。❷自從二句　意謂成都之人說到杜甫，無不言及宗武，見其自幼聰明。都邑，指成都。老夫，杜甫自謂。❸詩是句　杜甫祖父杜審言，以詩知名於世，為「文章四友」之一。杜甫認為詩為自己的家學，故云。❹人傳句　意謂詩應反映世事人情。❺文選　南朝梁昭明太子蕭統所編，集古人文詞詩賦凡三十卷，是我國最早的一部文學總集。❻休覓句　是說不必像老萊子身穿彩衣在雙親身邊嬉戲。《列女傳》載，老萊子行年七十，著五色彩衣，以娛雙親。❼凋瘵　疾病。❽筵初秩　《詩經・小雅・賓之初筵》：「賓之初筵，左右秩秩。」古代舉行大射禮時，賓客初進門，登堂入席，叫初筵。後泛指宴飲。❾欹斜句　言己衰弱多病，筵席間不能端坐。欹斜，傾斜；歪斜。❿流霞句　流霞，傳說中的仙酒。形容美酒。流霞亦指浮動的彩雲，聯想到仙人餐霞，故云「分片片」。⓫涓滴　一滴滴。⓬徐傾　慢慢地飲酒。杜甫因病，不能多飲酒，故云。

【語　譯】孩子你是何時降臨世間的呢？秋高氣爽的今天正是你的生日。自從你的聰慧受到成都人的誇讚，你的名字就和我相隨相伴。詩是我家的家學，它能反映世事人情。你要熟讀精通《文選》之理，努力把詩寫好，不要像老萊子，只靠身穿彩衣來娛樂雙親。想我老來多病，如能抱病入筵，恐怕也是側著身子不能端坐。如果席上是仙人所吃的分成一片片的雲霞，再把仙酒倒入杯中讓我慢慢來飲，我的身體一定會好起來。

【研　析】這是杜甫為小兒子的生日而創作的一首詩。前兩句一問一答，點明宗武的生日是在秋季的今日。三四句以成都人的誇讚概言宗武的聰慧。前四句語淡情濃，字裡行間流露出詩人的愛子深情。中四句為此詩的重點，是詩人於兒子生日之際特意寫下的勖勉之語。詩人諄諄教導兒子要繼承家學，學好《文選》，努力把詩作好，要志存高遠，不能只斤斤於彩衣娛親的狹隘孝敬。所言嚴肅深刻，卻又質樸親切，故浦起龍評曰：「中四句，字字家常語，質而有味。」（《讀杜心解》卷五之三）末四句遙憶宗武生日宴會，自己在宴席上的老病情態，仇兆鰲曰：「凋瘵欹斜，自述老病。流霞涓滴，思得仙漿以起疾也。」（《杜詩詳注》卷一七）對於反映家庭生活的日常題材，詩人亦不肯平平寫來，「流霞」一句，奇思妙想，用法奇特，在自述老病之後，忽插入此語，便使詩作有跌宕多姿之妙。

陳拾遺故宅

【題　解】陳拾遺，初唐著名詩人陳子昂，字伯玉，今四川射洪人。曾任右拾遺，故稱。其故宅在今四川射洪北東武山下。杜甫於寶應元年（西元七六二年）冬，曾由梓州去射洪縣遊覽，這首詩就是瞻仰陳子昂故宅時所寫。

拾遺❶平昔❷居，大屋尚修椽❸。悠揚荒山日，慘澹故園煙。位下曷足傷，所

貴者聖賢❹。有才繼騷雅❺，哲匠❻不比肩。公❼生揚馬❽後，名與日月懸。同遊
英俊人，多秉輔佐權❾。彥昭超玉價❿，郭震起通泉⓫。到今素壁⓬滑，灑翰銀鉤
連⓭。盛事會一時，此堂豈千年⓮。終古立忠義⓯，〈感遇〉⓰有遺編。

【注　釋】❶拾遺　即陳子昂。❷平昔　以前。❸修椽　粗而長的椽子。椽，承受屋瓦的圓木。❹位下二句　謂只要是聖賢，官位低下又有什麼關係！曷，何。❺騷雅　指楚辭和《詩經》。陳子昂在初唐高舉詩歌革新的大旗，提倡「風雅興寄」和「漢魏風骨」，故稱之「繼騷雅」。❻哲匠　明智而富有才藝的人，這裡指高明的作家。❼公　陳子昂。❽揚馬　指漢代著名作家揚雄和司馬相如。❾同遊二句　當時與之同遊者，大多是秉持大權的政要。這裡所云「英俊人」，即下文提到的趙彥昭、郭震等人。❿彥昭句　彥昭，趙彥昭，與郭元振、薛稷、蕭至忠相友善。曾參與郭元振等人平息太平公主叛亂的密謀，以功遷刑部尚書，封耿國公。超玉價，比喻聲價甚高。⓫郭震句　郭震，字元振。通泉縣，在今四川射洪。郭元振以通泉縣尉起家，受武則天賞識，歷官涼州都督、安西大都護、太僕卿，官至宰相，後以誅太平公主有功，進封代國公。寶應元年十一月，杜甫曾往通泉縣尋訪郭元振故居，作〈過郭代公故宅〉詩。⓬素壁　指牆壁。⓭灑翰句　指牆上的書法墨跡，筆鋒勁健。據《碑目》載，陳子昂故宅有趙彥昭、郭震題壁。⓮盛事二句　謂一時盛事已成過去，見證當時盛會的這座堂屋又豈能永久保存！⓯忠義　指陳子昂在朝任職期間敢於直言上疏，呼籲革除弊政的忠肝義膽。⓰感遇　指陳子昂代表作〈感遇〉詩三十八首。

【語　譯】這就是陳拾遺子昂往昔居住過的地方，大屋的大椽一如當年。荒山上的夕陽正在慢慢西沉，故園裡瀰漫著慘澹的夕煙。官位低下又有什麼關係？只要為人看重便是聖賢。陳公的詩才堪繼騷雅，高明的作家亦不能與他比肩。他繼揚雄、司馬相如之後，名聲如同日月高懸。當年與他同遊的英俊人物，大多是執掌權柄的要員，如趙彥昭的身價超過美玉，郭震起家於偏遠的通泉縣。直到如今這光潔的宅屋牆壁上，還保留著趙郭二人的草書墨翰。一時盛事已成過去，這座堂屋又豈可保存千年？然而陳公的忠肝義膽則可彪炳千秋，他所寫的〈感遇〉詩將會萬古流傳。

【研析】此詩起四句記陳子昂故宅。「位下」十二句，讚其才名過人，誌其交遊遺跡。「位下」二語，表面上看，是傷子昂官止拾遺而已，其實亦杜甫自道。「有才」二句，謂子昂的詩才可繼騷雅，許多大作家都不能望其項背。「公生」二句，謂子昂接踵揚雄和司馬相如，揚雄、相如都是蜀人，為子昂故鄉之先賢，故「公生揚馬後」，則以顯其為蜀之能文者，名聲如同日月高懸。而與之同遊者有當時宰輔之臣趙彥昭、郭元振，則見唐人敬重拾遺之程度。末四句以詠歎作結，言盛事已往，堂宇終湮，但詩留忠義，自足傳之不朽耳。總之，此詩高度評價了陳子昂在文學創作上的傑出成就，認為可繼騷、雅，可與揚、馬並駕齊驅，名懸日月，而對其才高位下的政治遭遇，不勝感傷。詩的最後，又特別指出陳子昂〈感遇〉詩蘊積著可垂範千古的忠義之氣，獨闡其幽，可謂別有深意存焉。李因篤評曰：「悲壯之篇，足為陳公吐氣。」（《杜詩集評》卷二引）

聞官軍收河南河北

【題解】詩題一作〈聞官軍收兩河〉。寶應元年（西元七六二年）冬十月，唐軍屢破史朝義兵，收復東京洛陽及河陽，偽鄴郡節度使、偽恆陽節度使降，河北州郡悉平。廣德元年（西元七六三年）正月，史朝義敗走廣陽自縊，其將田承嗣以莫州降，李懷仙以幽州降，並斬史朝義首級來獻。至此河南、河北諸州郡盡為唐軍收復，延續八年之久的安史之亂宣告平息。是年春，流寓梓州（今四川三臺）的杜甫聞知這個大快人心的消息，欣喜若狂，遂走筆寫下這首著名的詩篇。

劍外❶忽傳收薊北❷，初聞❸涕淚滿衣裳❹。卻看❺妻子愁何在，漫卷❻詩書喜欲狂。白日放歌❼須縱酒❽，青春❾作伴好還鄉。即❿從巴峽⓫穿巫峽⓬，便下襄陽⓭

向洛陽⑭。

【注　釋】❶劍外　劍門關以外，即劍南。杜甫時在梓州，故云。❷薊北　即指幽州，是安史之亂的發源地，為叛軍老巢。❸初聞　乍聽到。❹涕淚滿衣裳　即「喜心翻倒極，嗚咽淚沾巾」（〈喜達行在所三首〉其二）意。此淚，當是悲喜交加之淚。❺卻看　回頭看。❻漫卷　胡亂地捲起，有喜不暇整之意。❼放歌　放聲高歌。❽縱酒　開懷痛飲。❾青春　大好春光。❿即　即刻；立即。⓫巴峽　指嘉陵江流經閬中至巴縣（今重慶市）一段。⓬巫峽　長江三峽之一，西起今重慶巫山大寧河口，東至湖北巴東官渡口。⓭襄陽　在今湖北襄樊，為杜甫祖籍。⓮洛陽　今屬河南，為杜甫故鄉。詩末原注：「余田園在東京。」東京即洛陽。

【語　譯】劍南一帶忽然傳來了官軍收復河北的喜訊，我一聽到禁不住悲喜交加、熱淚灑滿了衣裳。回過頭看看妻子兒女，他們臉上的愁雲哪裡去了？胡亂地收捲起詩書，我喜得簡直要發狂！頭頂著青天麗日，我要放聲高歌還要縱情飲酒；有嫵媚的春光作伴，正好伴我回歸故鄉。恨不得立即乘船從巴峽啟程穿過巫峽，隨即從襄陽北上洛陽！

【研　析】此詩被譽為杜甫的「生平第一首快詩」（《讀杜心解》卷四之一）。首聯以敘事筆法入題，寫出詩人在聽到勝利消息之後情緒上的劇烈變化。「忽傳」二字，點明消息來得突然，來得意外，可是，它又是詩人多年來的願望。薊北是安史叛軍的老巢，薊北的收復，意味著叛軍的徹底覆滅，國家的重新統一。「自經喪亂少睡眠」的詩人，無時無地不在盼望著國家的統一，人民生活的安定。今天，勝利的消息果然傳來了，「初聞」之下，詩人不禁百感交集，激動得淚如雨下。叛亂已平，詩人愁懷頓釋；回頭發現妻子這時也笑逐顏開，經年累月的滿面愁容已經不見，也在為這勝利而歡悅。「愁何在」，表現出詩人極度歡快的情緒。詩人激動興奮的情態感染著妻子，妻子喜悅的神情又影響著詩人。多年的願望實現了，詩人欣喜得快要發狂了。詩人抓緊時間作好返回故鄉的準備，八年痛苦的飄泊生活就要結束了。頸聯寫詩人準備慶祝勝利和設想返回故鄉的美好情景。杜甫作此詩時，正是春天。春和景明，伴人歸鄉，頗不寂寞。二句以「青春」對「白日」，出自《楚辭・大招》：「青春受謝，白日昭只。」杜甫頗喜用此對，如〈樂遊園歌〉：「青春波浪芙蓉園，白日雷霆夾城仗。」〈題省中壁〉：「落花遊絲白日靜，鳴鳩乳燕青春深。」〈次空靈岸〉：「青春猶有私，白日亦偏照。」「白日」既指陽光明媚，也兼有妖氛盡掃，麗日當空之意。大喜之日，怎能不舉杯痛飲，放聲高歌呢？「青春作伴好還鄉」，詩人將儘快地結束目前這痛苦的流浪生活，在明媚的春光中返回故鄉去。黃生說：『「青春作伴」四字尤妙，蓋言一路花明柳媚，還鄉之際，更不寂寞。』（《杜詩說》卷九）詩人把「春天」（「青春」）人格化了。妙在以「作伴」二字托出，這就把美好的自然景色寫活了。尾聯是寫詩人想像回鄉途經的路線。二句使用的是當句對兼流水對的特殊對偶形式。連用四個地名，累累如貫珠；其他用字亦極準確生動，正如蕭滌非先生所說：「即，是即刻。峽險而狹，故曰穿，出峽水順而易，故曰下，由襄陽往洛陽，又要換陸路，故用向字。人還在梓州，心已飛向家園，想見杜甫那時的喜悅。」（《杜甫詩選注》）二句其勢如飛，其情似火。而二句之妙，乃在妙手偶得，純任自然，全不見雕琢之跡。此等佳句，在五萬多首唐詩中也是絕無僅有的。全詩雖章法、句法、字法整飭謹嚴，但以律為古，一氣流注，法極無跡，曉暢自然。詩人將「初聞」官軍收復河南、河北特大喜訊剎那間的驚喜之情，狂喜之態，欲歌欲哭之狀，寫得繪聲繪色，躍然紙上，宛如目見。這首詩之所以使人讀後深為感動，乃在於杜甫所喜，並非一己之喜，一家之喜，而是國家之喜，人民之喜，天下之喜。

送路六侍御入朝

【題解】廣德元年（西元七六三年）春作，時杜甫在梓州（今四川三臺）。侍御，唐稱殿中侍御史與監察御史為「侍御」，專司糾察、承詔等職。路侍御，名未詳，是杜甫童年老友。時為梓州從事兼監察御史，被召入朝，杜甫作此詩送行。詩寫與老友闊別相逢、逢而旋別的哀傷之情。

童稚情親四十年，中間消息兩茫然。更為後會知何地，忽漫❶相逢是別筵。

不分桃花紅似錦，生憎柳絮白於綿❷。劍南❸春色還無賴，觸忤❹愁人到酒邊。

【注釋】❶漫　暫且。❷不分二句　分，怨也。一作「忿」。徐仁甫云，二句「即不忿桃花，偏憎柳絮。因柳絮輕飛，象徵分別，故杜公云『生憎』，正切合送行」(《杜詩注解商榷》)。❸劍南　唐貞觀元年，分天下為十道，其九為劍南道。又為開元十五道之一。以在劍閣之南得名。此指梓州。❹觸忤　觸動；觸犯。

【語譯】我和路侍御童年時即已相識，感情親篤，到如今已有四十年了。而中間很長一段時間裡兩人卻天各一方，茫然不知對方的消息。不知再次的相會又將在何時何地，這忽然而來的喜悅相逢轉瞬成為傷心的離別筵席。不怨忿那殷紅如錦緞般的桃花，反厭憎那潔白勝絲綿的柳絮，它輕飛而去，就像近在眼前的分別。劍南的春光雖然嫵媚可愛，卻因無賴而惹人厭，因為它竟然直接撲到酒席邊，去觸犯離別之人的愁腸。

【研析】杜甫是一個極重情義的人，眾多情真意切的酬贈詩作充分體現出詩人的這個特點。相會艱難而分別容易，本就是人生常有的痛苦與無奈，又何況這是童年即已相識的老友，而分別又已數十年；更何況是相逢之會便是離別之宴，而別後又不知何日能再相見。詩的前四句，由過去之情親到今日之久別，再到將來之難會，最後卻又是乍逢旋別，所以仇兆鰲云：「追已往，念將來，傷現在，寫出會難別易，數語含無限悲傷。」(《杜詩詳注》卷一二)《唐宋詩舉要》則云：「起四句幾跌幾斷，第三句倒插一語尤奇。」第三句由過去直接跳到將來，不但跌宕出奇逸的情致，更為接下來對現在哀痛的描寫作出了強有力的鋪墊。後四句寓情於景，進一步抒寫現在分別的哀傷。金聖歎《杜詩解》評五六句云：「『桃花紅勝錦，柳絮白於綿』，豈復成詩？詩在『不忿』、『生憎』字。加四俗字，便成佳筆。」「不分」、「生憎」四字，得無理而理之妙，惱恨劍南春色之無情，正見人之多情。七句以「無賴」形容春色，八句指明原因：春色太不顧及離人的愁緒，一味爛漫撩人，使這離別的酒絲毫解不了離別的愁。全詩沉鬱蒼涼，將不堪之情，寫得曲折條達，境界渾成，工而能化。朱瀚曰：「始而相親，繼而相隔，忽而相逢，俄而相別，此一定步驟也。能翻覆照應，便覺神彩飛動。」（《杜詩詳注》卷一二引）詩歌運用倒插、反襯、渲染等多種表現手法，把敘事、寫景、抒情有機結合在一起，縱橫變化，開闔自如。

涪城縣香積寺官閣

【題　解】廣德元年（西元七六三年）春作。時杜甫在涪城縣（今四川三臺西北）。涪城縣，唐時先屬綿州，大曆十三年（西元七七八年）後屬梓州。香積寺在涪城縣東南三里香積山上，北枕涪江。詩寫站在山腰官閣所望到的景色。

寺下春江深不流，山腰官閣迥❶添愁。含❷風翠壁孤雲細，背日丹楓❸萬木稠。
小院迴廊春寂寂，浴鳧❹飛鷺晚悠悠。諸天❺合❻在藤蘿外，昏黑應須到上頭。

【注　釋】❶迥　深遠貌。❷含　夾雜。❸丹楓　楓樹。❹鳧　野鴨。❺諸天　指佛教中神界的眾神位，此指香積山頂寺中的佛像。❻合　應該。

【語　譯】香積寺下的一江春水，深沉凝重，讓人不覺得它在流動。建在山腰的官閣險峻難攀，使登山的人望之生愁。那青翠的崖壁上，一縷孤雲正被風吹著嫋嫋上昇，夕陽下密密矗立著萬株丹楓。近見春日之小院迴廊寂然幽靜，遠見傍晚之浴鳧、飛鷺悠然自得。想那供奉著諸多神佛的香積寺就在那藤蘿之外，天色昏黑的時候應該就能登上山頂了。

【研　析】這首寫景詩融險峻、清幽於一體，有動有靜，濃淡相映，令人神往。首聯交代景物方位，山下有江，山腰有閣，山上有寺，於層次分明之間又描繪出水深山險之貌。頷聯繼寫山之險峻。上句言孤細之雲依於含風翠壁，足見其險；下句謂萬株丹楓背日密立，景象壯觀。頸聯轉又刻劃出一派清幽風光。寂寂，寫閣中院落之幽；悠悠，狀江上飛鳥之閒。末聯遂懸想登到山頂情形，饒有情趣，然「藤蘿」、「昏黑」之語，又暗寫出山寺位置之險及攀登之不易。張溍評曰：「玩詩意，則寺在山頂，閣在山腰。從寺下說起，俯仰一山，多少曲折，盡該八句中。寫景須如此，方有位置，方有次第。」（《讀書堂杜詩注解》卷九）

百舌

【題解】廣德元年（西元七六三年）春作。百舌，鳥名，又稱「反舌」，《爾雅翼・反舌》云：「反舌春始鳴，至五月止，能變其舌反易其聲以傚百鳥之鳴，故名。」詩藉百舌以諷刺皇帝身邊的奸佞。

百舌來何處？重重祇報春❶。知音兼眾語❷，整翮❸豈多身？花密藏難見，枝高聽轉新。過時如發口，君側有讒人❹。

【注釋】❶祇報春　意即只報告好消息。喻奸佞之臣報喜不報憂。❷兼眾語　指百舌能學各種鳥的叫聲。❸翮　鳥的翅膀。❹過時二句　《逸周書・時訓解》云：「芒種之日，螳螂生。又五日，鵙始鳴。又五日，反舌無聲。螳螂不生，是謂陰息。鵙不始鳴，令奸壅偪。反舌有聲，佞人在側。」時，時令。指百舌應於芒種後十日停止鳴叫。發口，張嘴鳴叫。讒人，說壞話陷害人的小人。句下原注：「《周公時訓》曰：『反舌有聲，讒人在側。』」周公時訓，應作《周書・時訓》。《逸周書》原名《周書》。

【語譯】百舌鳥來自何處啊？牠聲聲不停地報告著春天的喜訊。牠精通發音的技巧，能學百鳥的叫聲，其實牠只一雙翅膀，並非有多個身子。牠藏在密密的花叢中，讓人難以看見；牠站在高高的枝頭上，叫聲又轉成了新調。如果過了時令，牠還在鳴叫，那就意味著君主的身邊有進讒的小人。

【研　析】這首寫百舌鳥的詠物詩，其意非在讚美，而在譏諷。百舌鳥為報春而來，牠把好消息一遍又一遍地重複，卻又從不提及憂心之事，牠沒完沒了的叫聲就讓正直之士覺得聒噪厭煩。然而更陰險的是，百舌鳥宛如有百條舌頭，能學眾鳥之語，牠藏身暗處，不時發出新的聲調，讓人難以捉摸。百舌鳥的這些特性正像君主身邊的那些奸佞小人，應該引起當權者的警惕。詩歌比興諷諭，託意遙深。前六句寫百舌的身世、職業、處世哲學以及陰暗性格，直到末二句方點明詩旨，可謂曲終奏雅。趙星海評曰：「『時』字正與『春』字對。蓋頌時鳴盛，鼓吹休明，亦臣子之事。諱亂而稱治，則直讒人已。古來以此傾覆其邦家者，殆指不勝屈。『重重祇報春』，可畏哉！」（《杜解傳薪》卷三之四）

舟前小鵝兒

【題　解】這首詩作於廣德元年（西元七六三年）春，時作者在漢州（今四川廣漢）。題下原注：「漢州城西北角官池作。」官池，即房公湖，乃房琯任漢州刺史時所鑿。作者同時有〈得房公池鵝〉、〈官池春雁〉等詩。詩歌表達了對小鵝的喜愛、憐惜之情，反映出作者的博愛寬仁。

鵝兒黃似酒❶，對酒愛新鵝。引頸嗔船逼，無行❷亂眼多。翅開遭宿雨，力小困滄波。客散層城❸暮，狐狸奈若何？

【注　釋】❶鵝兒句　言小鵝毛色黃黃，就像鵝黃酒的顏色。鵝黃酒，其色淡黃，《方輿勝覽》卷五四載：「鵝黃乃漢州酒名，蜀中無能及者。」❷無行　指湖中的鵝群自在亂游，不成行列。❸層城　高大的城。

【語　譯】小鵝黃黃的顏色就像鵝黃酒，而我對著這鵝黃酒就更愛那新孵出的小黃鵝了。牠們伸著脖子嗔怒遊船靠得太近，自在戲水，不成行列地亂游一氣，令人眼花繚亂。牠們打開翅膀晾曬夜雨的濕氣，單薄的身子困於滄波之中。當層城日暮，遊客散去之後，牠們該如何對付狐狸的侵襲呢？

【研　析】這首詠鵝詩以酒開篇，本是詠物詩中常見的手法，無甚稀奇處，但作者卻是觀鵝而飲鵝黃酒，更以鵝黃酒為喻稱讚小鵝毛色的可愛，由鵝及酒，對酒而更憐鵝，二句極現成，又極新穎，便成難得之佳構。而俗語的運用，也增添了趣味，故仇兆鰲曰：「杜詩有用俗字而反趣者，如鵝兒、雁兒，本諺語也，一經韻手點染，便成佳句。如『鵝兒黃似酒，對酒愛新鵝』，『雁兒爭水馬，燕子逐檣烏』是也。」（《杜詩詳注》卷一二）頷聯兩句描寫舟前鵝兒的活潑可愛，「引頸」、「無行」二語，尤見生動。頸聯則重在刻劃小鵝的弱小可憐，鵝雖是水棲動物，但對初生的小鵝來說，宿雨、滄波足以使其處境艱難。末二句更是深致關切之詞，黃昏後，無人時，狐狸一類的天敵若來侵襲，小鵝們又該怎麼辦呢？詩歌描摹鵝兒的神情姿態，生動逼真，富有情趣，足見詩人的無限愛憐之意，而詩人民胞物與的情懷也在這些愛憐橫溢的語句中充分表現出來。

喜　雨

【題　解】這首詩作於廣德元年（西元七六三年）春，時杜甫在梓州（今四川三臺）。詩雖題〈喜雨〉，但與詩人的〈春夜喜雨〉、五律〈喜雨〉不同，不是專以寫雨為內容，而是由春旱喜雨，轉而反映「巴人困軍須」的嚴重社會問題。因此，詩開頭即歲旱兵興並提，接憫巴人之困窮，既喜久旱得雨，又憂兵戈未息，後從蜀中想到吳越，以感時意收結。

春旱天地昏，日色赤如血。農事都已休，兵戎❶況騷屑❷。巴人❸困軍須❹，慟哭厚土熱。滄江夜來雨，真宰罪一雪❺。穀根小蘇息❻，沴氣❼終不滅。何由見寧歲，解我憂思結。崢嶸群山雲，交會未斷絕。安得鞭雷公❽，滂沱洗吳越❾。

【注　釋】❶兵戎　這裡指戰亂。兵，兵器；武器。戎，軍隊。❷騷屑　紛擾不平貌。❸巴人　蜀地之人。❹軍須　即軍需。❺真宰句　意謂因及時降雨，蘇解民困，所以老天爺製造旱情的罪過得以彌補。真宰，造物主；上天。雪，洗雪。❻小蘇息　稍微得到緩解。❼沴氣　災氣，指旱情。❽雷公　傳說中上天掌管人間降雨之神。❾吳越　指發生農民起義的浙東地區。寶應元年（西元七六二年）八月，因不堪賦斂的盤剝，袁晁在浙東發動農民起義，起義軍攻佔台州（今浙江臨海），建立政權。次年，為李光弼鎮壓。其下原注：「時聞浙右多盜賊。」

【語　譯】今春久旱無雨，天地間熱氣蒸騰，一片昏暗，太陽的顏色卻像血一樣鮮紅。莊稼已無法耕種了，還有戰亂來增添紛擾。蜀地之人因無力交納軍需而痛哭，眼淚灑向焦熱的土地。所幸昨夜滄江上刮來一陣雨，蒼天的罪孽得以洗雪。穀物的根因為得到滋潤而稍稍復蘇，嚴重的旱情卻終究難以消滅。如何才能使天下重見太平，讓我不再憂思百結。遠望崢嶸群山之上，濃雲密布，翻滾交會綿延不絕。怎樣才能夠持鞭驅使雷公降下滂沱大雨，將陷入兵亂的吳越清洗乾淨。

【研　析】梓州久旱得雨，老杜欣喜之餘，寫下此詩。然細讀之，知雨既不大，而詩人的喜悅更少。這場及時雨雖然多少緩解了些旱情，卻也只不過使「穀根小蘇息」，杯水車薪，根本不能徹底解除旱情。農事已然如此堪憂，農民的生存已面臨威脅，但他們還要供應軍需，以保證國家平叛戰爭順利進行。天災人禍一起降臨在苦難深重的國家之上，讓詩人不禁仰天發問：什麼時候才能國泰民安，讓人不再憂思百結呢？詩人憂患深沉的目光投向遠山那依舊濃密的陰雲，又不禁想起近來浙東的農民起義，那裡的老百姓為什麼會鋌而走險？是不是和梓州一樣，因久旱不雨而收成不好，繁重的賦稅逼得他們只能揭竿而起？詩人恨不能驅使雷公，趕著那雨水豐沛的雲層，去吳越那裡下一場透雨，將天災人禍統統洗刷乾淨。詩歌的末尾，常引起誤解，郭沫若在《李白與杜甫》一書中便稱：「安得鞭雷公，滂沱洗吳越」的詩句表明，杜甫恨不得把將近二十萬的農民起義軍，痛「洗」乾淨，積極主張對起義的農民進行毫不手軟的鎮壓，因此證明杜甫的階級感情「森嚴而峻烈」。杜甫對農民起義軍的態度的確有他難以超越的局限性，但這一點必須首先從歷史發展的角度看，他是站在封建士大夫的立場上，從維護國家安定的角度反對起義的。其次具體到這首詩，末一句的主要意思與其說是「恨不得」「毫不手軟的鎮壓」起義的農民，不如說是希望上天體諒民情，不要製造災難，天災消，人禍便能滅。畢竟，風調雨順才能五穀豐登，五穀豐登才能賦稅充足，老百姓不再為衣食發愁，國家才能安定，使人不再「憂思結」的「寧歲」才能到來。憂國憂民的思想既貫穿了杜甫的一生，也貫穿這首詩的始終，只有全面地看問題才能得出正確的結論，斷章取義只會產生曲解。

放船

【題解】這首詩作於廣德元年（西元七六三年）秋末，杜甫漂泊閬州（今四川閬中）時。詩寫江中行船之樂。前四句寫放船之由，後四句寫船上所見之景，及放舟江流悠然自適的樂趣。

送客蒼溪縣❶，山寒雨不開❷。直❸愁騎馬滑，故作放舟迴。青❹惜峰巒過，
黃❺知橘柚來。江流大自在，坐穩興悠哉。

【注釋】❶蒼溪縣　在今四川廣元南部、嘉陵江中游，南鄰閬中市，唐代屬閬州。❷不開　不放晴。❸直　通「只」。❹青　指峰巒的顏色。❺黃　橘柚之色。據記載，杜甫此處所說不確。兩岸黃色之物並非橘柚，而是花椑，因形狀極似橘柚，又在

行船上遠望，故致誤。其詳可參樓鑰〈答杜仲高書〉（《攻媿集》卷六六）。

【語譯】我送客來到蒼溪縣，山地氣候寒冷，雨卻又下個沒完。因擔心道路濕滑，不敢騎馬，因此便乘船回閬州。坐在船上，撲面而來的大片青色，是一晃而過的峰巒；頻頻入眼的點點黃色，是岸上成熟的橘柚。大江奔流而下，好不自在，我穩坐舟中不禁興致悠悠。

【研析】這首詩將一次江中行船的原因、見聞、心情描寫得情趣盎然，充分反映出杜甫濃郁的詩人氣質和對題材超凡的駕馭能力。這次放船，起於遠行送客，偏偏又遇上久雨路滑，騎馬不便，所以只有乘船而回。這本來似乎是一件無奈的事，然而江流迅速，舟船輕穩，兩岸景色迷人，詩人不由興致高昂、悠然自得。浦起龍評曰：「敘事明晰，寫景波峭，五律之開宋者。」（《讀杜心解》卷三之三）詩歌最受人關注的是頸聯，兩句用「一四」句式，凸出「青」、「黃」二字，極為細緻準確地寫出了行舟迅急、兩岸景物接連而過的視覺感受，堪為精警之句；並且此聯為特殊對仗，在藝術上屬於順承關係的「流水對」。杜甫經常使用這種遵循感覺邏輯、反映心理真實而不惜打破正常語序的特殊修辭手段，如「綠垂風折筍，紅綻雨肥梅」（〈陪鄭廣文遊何將軍山林十首〉其五）、「碧知湖外草，紅見海東雲」（〈晴二首〉其一）等，對後世影響很大。

王命

【題解】這首詩作於廣德元年（西元七六三年）十月，杜甫在閬州。時吐蕃進犯，軍情危急，詩歌反映了當時的形勢，表達了詩人切盼朝廷派遣得力大臣抗敵鎮蜀的強烈願望。王命，《詩經・小雅・鹿鳴》有「王命南仲」，〈大雅・板蕩〉有「王命召伯」、「王命申伯」之句，是王朝命將命臣之意。詩題取意於此。

漢北豺狼滿❶，巴西❷道路難。血埋諸將甲，骨斷使臣鞍。牢落❸新燒棧❹，蒼茫舊築壇❺。深懷喻蜀意❻，慟哭望王官❼。

【注　釋】❶漢北句　指吐蕃佔領了漢水的上游。是年七月，吐蕃進犯河隴，秦、成、渭等州相繼陷落。❷巴西　郡名。閬州閬中郡，本隆州巴西郡，先天二年（西元七一三年）避玄宗李隆基名更州名，天寶元年（西元七四二年）更郡名。天寶、至德間，又曾改綿州為巴西郡。❸牢落　殘破、寥落貌。❹新燒棧　唐軍為阻止吐蕃進軍，最近燒毀了棧道。❺舊築壇　指郭子儀。其時郭子儀已閒廢多日，為抵禦吐蕃，唐代宗重新任命其為副元帥，出鎮咸陽。古時築壇拜將，郭子儀曾拜主將，故有是稱。❻喻蜀意　漢武帝命唐蒙通夜郎，蒙徵發巴蜀吏卒，殘殺當地居民，民多逃亡。武帝得知，命司馬相如使蜀，譴責唐蒙，並作〈喻巴蜀檄〉，曉諭巴蜀居民，此非朝廷本意。❼王官　朝廷的命官，當指嚴武。

【語　譯】漢水上游一帶已經被像豺狼一樣的吐蕃軍佔領，與之相鄰的閬州一帶的道路因之也不好走了。奮戰的將士，鎧甲染滿鮮血；急趨的使臣，骨頭磨斷馬鞍。為抵禦敵軍而新燒毀的棧道破敗零落，匆忙之間又任命閒廢多日的舊將出征。這樣的形勢讓人想起漢武帝命司馬相如作〈喻巴蜀檄〉的舊事，深懷悲慟切盼朝廷能派遣真正得力的大將來抗擊吐蕃。

【研　析】廣德元年吐蕃犯唐，時杜甫漂泊於閬州、梓州一帶，距離前線不遠，他寫下了一系列反映當時軍情，憂慮國事的詩篇，這首詩便是其中之一。前兩句點明吐蕃侵擾漢北，而自己所在的巴西一帶與漢北相連，也受到了戰爭的影響。中間四句寫時局之危急。頷聯兩句慨歎文臣武將的生死辛勞：血埋句，極言將士傷亡之慘烈；骨斷句，極言使臣往來之勞頓。頸聯兩句痛惜戰事失利：無論是燒棧道以阻敵軍，還是用舊將倉促應戰，都可見戰備疲弱，指揮不力。因此在詩歌末尾，詩人用司馬相如〈喻巴蜀檄〉典故，希望朝廷任命真正有能力的重臣來鎮撫巴蜀，這人應該是嚴武。朱鶴齡云：「王官當指嚴武，吐蕃圍松州，高適不能制，故蜀人思得武以代之。」（《杜詩詳注》卷一二引）陸時雍評此詩曰：「是老成憂國語。肉食悠悠，萍蹤悺悺，自是千古長慨。」（《唐詩鏡》卷二五）

西山三首

【題解】西山，今名雪寶頂、雪欄山，在四川松潘。因山頂終年積雪，故又稱西山、西嶺。為岷山主峰，地勢險要，是唐代西蜀防禦吐蕃侵擾的屏障。廣德元年（西元七六三年）冬，吐蕃入侵西山松、維、保三州，時漂泊閬州的杜甫憂心邊事，感而作此組詩。第一首，總記西山時事。第二首，主要寫松州之圍。第三首，憂松州將陷。

其一

夷界❶荒山頂，蕃州❷積雪邊。築城依白帝❸，轉粟❹上青天。蜀將分旗鼓❺，
羌兵助鎧鋋❻。西南背和好❼，殺氣日相纏。

【注釋】❶夷界　華夷的分界處，指唐王朝和吐蕃的分界。❷蕃州　邊界之州，指松州（今四川松潘）、維州（今四川理縣西）、保州（今理縣新保關西北）三州。❸白帝　古代神話中的五方天帝之一，白帝為西方之神。❹轉粟　運送糧食。西山軍糧運輸困難，杜甫在〈東西兩川說〉中曾指出：「頃三城失守，罪在職司，非兵之過也，糧不足故也。」❺分旗鼓　分撥兵將。旗鼓，戰旗、戰鼓。❻助鎧鋋　助戰。鎧，頭盔。鋋，小矛。❼西南句　指吐蕃背叛盟約。

【語譯】西山荒涼的山頂是我們和吐蕃的分界，邊界上松、維、保三州就在雪山旁邊。邊城築在西方，山路艱險，運糧難如上青天。蜀將忙於調撥兵力，羌兵也前來助戰。只因吐蕃背棄舊盟，殺氣才在此糾纏不斷。

【研析】這首詩寫西山之戰事總況，首聯以華夷分界、邊城位置，寫戍守之形勢；次聯以城池之高、運糧之難，寫防守之艱難；三聯以蜀將分兵、羌兵助戰，寫戰事之緊急；末聯以吐蕃背盟、殺氣已起，點明作戰之

緣故。脈絡謹嚴，敘事明晰。

其二

辛苦三城❶戍，長防萬里秋。煙塵侵火井❷，雨雪閉松州。風動將軍幕，天寒使者裘。漫山賊營壘，迴首得無憂！

【注釋】❶三城 指西山一帶的松、維、保三州。❷火井 產天然氣的井，臨邛（今四川邛崍）有此類井。《舊唐書・地理志四》載：臨邛有火井、銅官山，隋代分置火井縣。

【語譯】唐軍辛苦戍守松、維、保三邊城，秋日長達萬里的邊防，如今戰爭的硝煙已經燃燒到火井，雨雪之中的松州為敵人圍困。冷風掣動將軍的幕帳，寒氣吹透使者的衣裘。吐蕃的營壘漫山都是，讓看到的人怎麼能夠不心憂？

【研析】松州為隴、蜀門戶，唐代與吐蕃接界，境內岷山雪嶺為成都府西北屏障，歷來是唐、蕃戰爭中的衝要之地，軍事地位十分重要。此詩前四句寫邊防不牢，吐蕃洶洶來犯，松州被圍。後四句寫唐軍行軍遣使，戰和兩疲，吐蕃長驅而入，邊境形勢岌岌可危。

其三

子弟猶深入❶，關城未解圍。蠶崖❷鐵馬瘦，灌口❸米船稀。辯士❹安邊策，元戎❺決勝威。今朝烏鵲喜，欲報凱歌歸。

【注　釋】❶子弟句　言唐軍深入西山前線。子弟，杜甫〈東西兩川說〉云：「聞西山漢兵，食糧者四千人，皆關輔山東勁卒，多經河隴幽朔教習，慣於戰守，人人可用。兼羌堪戰子弟向二萬人，實足以備邊守險。脫南蠻侵掠，邛雅子弟不能獨制，但分漢勁卒助之，不足撲滅，是吐蕃憑陵，本自足支也。」❷蠶崖　關名，在導江（今四川都江堰）西。是古代由成都平原到西北羌、蕃地區的交通要道。《元和郡縣圖志・劍南道上・彭州》：「蠶崖關，在（導江）縣西北四十七里。其處江山險絕，鑿崖通道，有如蠶食，因以為名。」❸灌口　鎮名，今為四川都江堰市政府所在地，是古代成都西北防禦吐蕃的重要通道。《元和郡縣圖志・劍南道上・彭州》：「灌口鎮，在（導江）縣西二十六里。後魏置。自觀阪迄於頊山，五百里間，兩岸壁立如峰，瀑布飛流，十里而九，昔人以為井陘之阨。」❹辯士　能言善辯的謀士。❺元戎　主將。

【語　譯】軍隊已深入西山前線，關城之圍卻依舊未能解除。蠶崖關口的戰馬已然消瘦，灌口鎮裡的糧船也日漸稀少。謀士拿出安邊的良策，主將顯示決勝的威嚴。今天烏鵲歡快地報喜，也許是唐軍將士即將高歌凱旋。

【研　析】此詩前四句言兵深入而圍不解，且馬瘦糧乏，足見戰事之危急堪憂。後四句望謀士出良策，主將顯神威，同心濟事高奏凱旋！詩人於深懷憂慮中，不忘以必勝的信心鼓舞士氣。這組詩三首逐章相承，有前後次第，由總記西山戰事，到具體描寫松州被圍之戰況，最後深致囑託，望唐軍早日取勝。石閭居士評曰：「合三章觀之，層層頂貫，一層深一層，總是記西山之實事，亦作一氣讀。」（《藏雲山房杜律詳解》五律卷四）而仇兆鰲云：「公抱憂國之懷，籌時之略，而又洊逢亂離，故在梓閬間有感於朝事邊防，凡見諸詩歌者，多悲涼激壯之語。而各篇精神煥發，氣骨風神，並臻其極。此五律之入聖者，孰復長吟，方知為千古絕唱也。」（《杜詩詳注》卷一二）

發閬中

【題　解】閬中，縣名，即今四川閬中，唐代為閬州州治，位於四川盆地北緣、嘉陵江中游，向來為古代巴蜀軍事重鎮，因「閬水（即嘉陵江）行曲，經縣三面」（《元和郡縣圖志・山南道・閬州》）、「閬山四合於郡」（《方輿勝覽・利州東路・閬州》），故稱閬中。廣德元年（西元七六三年）初冬，杜甫在閬州接到楊氏夫人來信，得知女兒患病，便匆匆離開閬州回歸梓州，此詩即寫歸途中所見之景和詩人焦慮的心情。

前有毒蛇後猛虎，溪行❶盡日無村塢❷。江❸風蕭蕭❹雲拂地❺，山木慘慘❻天欲雨。女病妻憂歸意急❼，秋花錦石誰能數❽？別家三月❾一書來❿，避地⓫何時免愁苦？

【注　釋】❶溪行　指沿溪而行。❷村塢　村莊。❸江　指嘉陵江。❹蕭蕭　狀聲詞。此指風聲。❺雲拂地　烏雲掠地而過。❻慘慘　暗淡無光貌。❼急　一作「速」。❽誰能數　詩人因憂心家事，無心觀賞風景，故云。能，一作「復」。❾別家三月　杜甫於本年八月由梓州來閬州，至十月，前後三個月。❿一書來　一作「一得書」。⓫避地　為避難而流寓異地。此指入蜀前後的飄泊歲月。

【語　譯】歸途艱險有毒蛇猛虎把路擋，沿溪前行整天遇不到一個村莊。嘉陵江寒風蕭蕭烏雲翻滾，林暗天昏彷彿大雨就要來臨。擔心女病妻憂恨不得趕快到家，哪有興致欣賞沿途美景如畫。在外三個月才得一封家書，何時才能不受這飄泊流離之苦？

【研　析】這首詩寫的是「荒山窮谷孤旅行役之苦」（《杜詩集評》卷六引查慎行語）。首二句寫歸途荒涼，人煙稀少，蛇虎為患，又無村可避，可見歸途之艱險。三四兩句糅合庾信〈傷心賦〉「天慘慘而無色，雲蒼蒼而正寒」，與〈小園賦〉「天慘慘而雲低」之意。二句為一整對，上言江風勁吹，烏雲低垂；下摹山林黯淡，大雨將至。正當雲昏雨暗之時，心急如焚的詩人更加感到淒苦無助，想到「女病妻憂」的苦況，所以途中雖有秋花錦石之美景，亦無心觀賞。末二句點明發閬中緣得書知女病，照應題目，深慨飄泊羈旅之苦，不禁令人嗟歎。

冬狩行

【題解】這首詩作於廣德元年（西元七六三年）冬，杜甫在梓州。題下原注：「時梓州刺史章彝兼侍御史，留後東川。」留後，代理節度使行使職權。冬狩，古代帝王、諸侯冬季打獵。其時吐蕃已攻陷長安，代宗出逃。在這樣危急的形勢下，章彝卻大肆校獵，縱情取樂。於是杜甫以似讚實諷的手法寫下了這首〈冬狩行〉，在讚美章彝才幹的同時，責其行為不當，勸其關心國事。

君不見東川節度❶兵馬雄，校獵亦似觀成功❷。夜發猛士三千人，清晨合圍❸步驟同❹。禽獸已斃十七八，殺聲落日迴蒼穹❺。幕前生致九青兕❻，馲駝❼㠑峞❽垂玄熊❾。東西南北百里間，髣髴蹴踏寒山空❿。有鳥名鸜鵒⓫，力不能高飛逐走蓬，肉味不足登鼎俎⓬，胡為⓭見羈⓮虞羅⓯中？春蒐冬狩侯得用⓰，使君五馬一馬驄⓱。況今攝行大將權，號令頗有前賢風⓲。飄然時危一老翁⓳，十年⓴厭見旌旗紅。喜君士卒甚整肅，為我迴轡㉑擒西戎㉒。草中狐兔盡何益，天子不在咸陽宮㉓。朝廷雖無幽王禍㉔，得不㉕哀痛塵再蒙㉖！嗚呼，得不哀痛塵再蒙！

【注釋】❶東川節度　指章彝。其時東川節度使虛空，章任東川留後，代理節度使行使職權，故稱。❷校獵句　言章彝校兵打獵的陣容威武雄壯，如同立下戰功接受檢閱一般。❸合圍　從四面八方圍獵野獸。❹步驟同　士兵訓練有素，行動一致。❺蒼穹　天空。❻青兕　犀牛。❼馲駝　駱駝。❽礨峞　高大貌。❾玄熊　黑熊。❿東西二句　言方圓百里之內的野獸已經被獵獲一空。蹴踏，踐踏。⓫鸜鵒　鳥名，俗稱八哥。⓬肉味句　言鴝鵒肉味不美，不能供祭祀之用。鼎，烹煮器物，兩耳三足。俎，放置祭品的器物。⓭胡為　為什麼。⓮見羈　被捕獲。⓯虞羅　羅網。虞，古官名，掌管山澤。⓰春蒐句　蒐為春獵，狩為冬獵。《周禮》規定，天子於冬春巡狩，後來諸侯也可以巡狩，故此云「侯得用」。侯，此指章彝。唐代刺史掌一方軍政大權，相當於古代諸侯。此句暗諷章彝的行為有越軌之嫌。⓱使君句　言章彝以刺史兼侍御史、東川留後，身居要職。五馬，漢朝太守用五馬駕車。驄，青白雜色的馬。《後漢書・桓典傳》云：「拜侍御史，常乘驄馬。京師畏憚，為之語曰：『行行且止，避驄馬御史。』」後以乘驄借指御史。章彝時身兼侍御史，故云。⓲況今二句　言章彝攝行節度使的大權，發號施令，頗有以往大將的威風。攝行，代行。大將權，指節度使的職權。⓳一老翁　杜甫自謂。⓴十年　從天寶十四載（西元七五五年）安史之亂爆發以來，到杜甫作此詩時的廣德元年（西元七六三年），共計九年，這裡稱十年，乃是約舉成數而言。㉑迴轡　回馬。轡，馬韁繩。㉒西戎　指吐蕃。吐蕃一直為唐王朝西部的邊患，本年十月，吐蕃曾攻陷長安。㉓天子句　據史載，吐蕃十月陷長安，代宗出奔陝州，至十二月方回京城。杜甫此時當尚未獲悉此訊，故此云「不在咸陽宮」。咸陽，代指長安。㉔幽王禍　指西元前七七一年，周幽王因寵褒姒，被犬戎殺死在驪山下。事見《史記・周本紀》。㉕得不　能不。㉖塵再蒙　再度蒙塵。安史之亂，玄宗逃往四川；此次吐蕃攻陷長安，代宗出奔陝州，故云「塵再蒙」。

【語譯】您可曾看見，東川留後章彝兵雄馬壯，校兵打獵都像是凱旋閱兵一樣豪氣沖天。三千猛士連夜出發，清晨步調齊整的收攏包圍。十之七八的禽獸被擊斃，落日時分，殺聲仍然在天空迴盪。眾多生擒的犀牛被帶到軍帳前，高大的駱駝背上還懸掛著黑熊。搜遍東西南北方圓百里，寒山中的禽獸似乎已被一掃而空。連那叫作八哥的小鳥，無力高飛去追逐飄蕩的蓬草，肉味不美也不足以烹熟來祭祀，為什麼還要用羅網捕獲牠呢？春冬的狩獵本是天子之事，諸侯也可以做了。章彝既是用五馬駕車的刺史，又兼侍御史，實是位同諸侯。何況今日又代掌節度使的職權，發號施令大有前賢的遺風。我一個在國難中漂泊的老翁，近十年間飽受戰亂之苦，不願再見那血染旌旗的景象。如今看到章留後的士卒軍容嚴整甚是喜慰，希望能夠率領這支打獵的軍隊奔赴抗擊吐蕃的前線。縱使把山中的野獸捕捉一空又有什麼用處呢？而今連皇帝竟然都被迫逃難離開了皇宮。

當今的朝廷並不像周幽王時那樣有女寵之禍，但天子卻再度蒙塵，這豈不令人哀痛！唉，天子再度蒙塵豈不令人哀痛！

【研　析】這首〈冬狩行〉是杜甫就東川留後章彝舉行的一次冬季大狩獵而作。詩歌首先描寫了這次大規模冬獵的盛況，參加冬獵的軍士人數眾多、軍容嚴整、訓練有素，獵物珍異豐富，方圓百里的山野之內似乎已被獵獲一空，誅及之廣，連無用的八哥也不能倖免。在這一番描寫之中誇張筆法的運用，既表達了對章彝善於統帥士卒的大將才幹的讚許，也透露出對其恣肆取樂、殘酷殺傷、貪婪獵取的批評。接著詩人以暗諷的語言，譏刺聲勢顯赫的章彝行為越軌，進而直接提出規勸，以「喜君士卒甚整肅，為我迴轡擒西戎」，指出章彝的部伍既然有如此強大的戰鬥力，當此國家危亡之際，應戮力王室，出兵抵禦吐蕃。又以「草中狐兔盡何益」相質問，辛辣地批評章彝一味縱情於狩獵享樂，而置國家的安危於不顧。最後，詩人大聲疾呼，再三致意，痛心天子蒙塵，呼籲其為朝廷分憂。張溍評云：「以流寓一老，而正詞舉義，督強鎮勤王，真過人膽力，真有用文章。」（《讀書堂杜詩注解》卷一〇）

桃竹杖引贈章留後

【題　解】廣德元年（西元七六三年）冬杜甫在梓州（今四川三臺）時作。桃竹，又名椶竹、桃枝竹、桃絲竹、桃笙。《文選》所收左思〈蜀都賦〉：「靈壽桃枝。」劉淵林注：「桃枝，竹屬也，出墊江縣……可以為杖。」漢墊江縣，唐為石鏡縣，屬合州，據《元和郡縣圖志．劍南道下．合州》載：石鏡縣南九里銅梁山出桃枝竹，合州土貢有桃竹筯。蘇軾跋〈桃竹杖引〉云：「桃竹葉如椶，身如竹，密節而實中，犀理瘦骨，天成拄杖也。」（《苕溪漁隱叢話》前集卷一一引）章留後，即章彝，時為梓州刺史，留後東川。章贈桃竹杖於杜甫，因贈詩以答。

江心❶蟠石❷生桃竹，蒼波噴浸尺度足❸。斬根削皮如紫玉，江妃水仙惜不得❹。梓潼使君❺開一束❻，滿堂賓客皆歎息❼。憐我老病贈兩莖❽，出入爪甲❾鏗有聲❿。老夫復欲東南征⓫，乘濤鼓枻⓬白帝城⓭。路幽必為鬼神奪，拔劍或與蛟龍爭⓮。重為告曰⓯：杖兮杖兮，爾之生也甚正直，慎勿見水踴躍學變化為龍⓰。使我不得爾之扶持，滅跡⓱於君山⓲湖上之青峰。噫！風塵澒洞兮豺虎咬人，忽失雙杖兮吾將曷從⓳？

【注　釋】❶江心　江中。江，當指涪江。❷蟠石　盤踞水中的大石。❸尺度足　長短適度。❹江妃句　謂桃竹之奇，連水神亦甚愛惜。江妃，《列仙傳》卷上：「江妃二女者，不知何所人也。出遊於江漢之湄，逢鄭交甫。見而悅之，不知其神人也。」水仙，《楚辭・遠遊》：「使湘靈鼓瑟兮，令海若舞馮夷。」王逸注：「馮夷，水仙人。」郭璞〈江賦〉：「冰夷倚浪以傲睨，江妃含矉而綿眇。」冰夷，即馮夷。此泛指男女水神。❺梓潼使君　指章彝。梓州為梓潼郡，因梓潼水為名。使君，對州郡長官的尊稱。❻一束　一捆。❼歎息　讚歎不已。❽兩莖　兩根。❾爪甲　因比杖為龍，故云。❿鏗有聲　桃竹節密而實中，故拄地鏗然有聲。⓫東南征　東南遊，謂將適吳楚。甫同時作有〈將適吳楚留別章使君留後兼幕府諸公〉詩。⓬鼓枻　即乘船。枻，船舷。⓭白帝城　在今重慶奉節東，瞿塘峽西口，去吳楚須經白帝城出三峽，故云。⓮蛟龍爭　《水經注・河水五》：「昔澹臺子羽齎千金之璧渡河，陽侯波起，兩蛟挾舟。子羽曰：『吾可以義求，不可以威劫。』操劍斬蛟。」杜暗用此典，謂其喜得竹杖而深加愛護，不使他人奪去。⓯重為告曰　猶《楚辭》中之「亂曰」。重，有更、再之意。意有未盡，重為申說，有總結上文，突出重點的作用。⓰化為龍　《後漢書・費長房傳》：「長房辭歸，翁（壺公）與一竹杖，曰：『騎此任所之，則自至矣。既至，可以杖投葛陂中也。』……長房乘杖，須臾來歸，自謂去家適經旬日，而已十餘年矣。即以杖投陂，顧視則龍也。」此用其典。⓱滅跡　猶絕跡、掃跡。此謂如竹杖見水化龍，我失去它的扶持，則不能暢遊勝景了。⓲君山　在湖南岳陽西南洞庭湖中。《水經注・湘水》：「是山湘君之所遊處，故曰君山矣。」⓳風塵二句　謂在漂泊亂離中，皆賴雙杖，如一旦失去，則無所適從。正有無限感慨。風塵，謂亂離。澒洞，猶彌漫，浩大無際貌。豺虎，喻寇盜。雙杖，應前「兩莖」。曷從，何從。

【語　譯】江中心的大石之上生有桃竹，在波浪的噴浸下長足了尺度。斬去竹根，削去表皮，竹子美如紫玉。水中的男女仙人見了也會為得不到它而痛惜。梓潼刺史打開整整一捆桃竹杖，滿堂賓客讚歎不已。憐我年老多病，刺史贈給我兩根竹杖。拄著它出入，杖如龍生爪甲觸地鏗鏘有聲。老夫我又想遠行東南，乘舟破浪將過白帝城。路途幽遠必有鬼神來奪此杖，或者還要拔劍與蛟龍爭鬥來護衛它。我再次祝告：竹杖啊竹杖，你生來就十分正直，千萬不要學那壺公杖，入了水就一下子變為龍，讓我得不到你的扶持，不能登上洞庭君山青翠的峰頂。唉！戰亂不息啊寇盜擾民，失去雙杖啊我將無所適從。

【研　析】鍾惺曾謂此詩「調奇、法奇、語奇」（仇兆鰲《杜詩詳注》卷一二引），這的確是一首充滿奇情異彩的詩歌。其實，詩歌的題材實在平常得很，只不過是酬答梓州刺史、東川留後章彝贈予的兩根竹杖。竹杖儘管難得，卻也不是什麼了不起的珍寶，但是詩人馳騁奇瑰的想像，極盡巧妙的構思，把這平常竹杖刻劃得神妙無比。正如吳瞻泰所云：「一杖耳，忽而蟠石蒼波，忽而江妃水仙，忽而賓客歎息，忽而鬼神欲奪，蛟龍與爭，忽而踴躍化龍，忽而風塵豺虎，寫得神奇變化，不可端倪。」（《杜詩提要》卷六）而與這奇妙的構思相得益彰的是語言上的韻散結合，新奇警拔，楊倫評曰：「長短句公集中僅見，字字騰擲跳躍，亦是有意出奇。」（《杜詩鏡銓》卷一〇）奇麗的詩風自然給人以審美的愉悅，但此詩的價值絕不僅在於此。詩人刻意展示自己超凡的想像力和語言駕馭力的目的，卻是在極力讚美章留後所贈予的竹杖的同時，暗寓規諷之意：珍異的物產為股肱之臣佔用，他們卻未能在國家危難之際戮力抗敵，救民於水火；位高權重的章留後本該像這桃竹杖一樣，是百姓的依靠，卻恣意享樂，使正義之士憤懣不已，百姓惴惴不安。

歲暮

【題解】廣德元年（西元七六三年）年底作，時杜甫在閬州。詩描寫亂世歲暮之景，抒發了沉痛的憂亂之情。

歲暮遠為客，邊隅❶還用兵。煙塵❷犯雪嶺❸，鼓角動江城❹。天地日流血，
朝廷誰請纓❺？濟時❻敢愛死？寂寞❼壯心❽驚！

【注釋】❶邊隅　邊境。❷煙塵　指戰事。與前「用兵」，同指對吐蕃的戰爭。❸雪嶺　在四川松潘，因山頂終年積雪，故稱。詳見前〈西山三首〉其一「題解」。本年十二月，吐蕃攻陷雪嶺附近的松、維、保三州。❹江城　指閬州，杜甫已於本年臘日由梓州還居閬州。❺請纓　《漢書・終軍傳》載，漢武帝時，終軍請求皇帝給他一根長纓，立誓擒回南越王。後以「請纓」指自告奮勇，殺敵立功。❻濟時　匡濟時難。❼寂寞　寓自己被朝廷冷落遺棄意。❽壯心　建功報國的壯烈之心。曹操〈步出夏門行・龜雖壽〉：「老驥伏櫪，志在千里；烈士暮年，壯心不已。」

【語譯】歲末時遠在異鄉為客，邊境上還在因吐蕃的入侵而用兵。戰爭的煙塵瀰漫於雪嶺，備戰的鼓角撼動著江城。當此天地間日日流血死亡的危急時刻，朝廷上有誰能像漢代的終軍一樣主動站出來為國殺敵立功？報國豈敢惜生，雖被朝廷棄置不用，壯烈之心卻依然為國事而悸動驚擾。

【研析】這首五律詩筆力遒健雄渾，情感悲壯動人，是杜甫的代表作之一。詩歌前四句描寫了亂世歲暮的慘澹之景，歲暮為客，邊隅用兵；雪嶺激戰，而棲息之江城亦為之震動，可見家、國之難實是二而為一。首句「遠」字見空間之遙，次句「還」字見時間之長，倍增感傷。詩人遠離故土，避居西蜀邊地，本就是為躲避戰亂，然而不承想短暫安居之後，戰事又起。「還」字亦有又、復之意，其時中原兵戎未息，川中徐知道叛亂

剛平，吐蕃入侵的軍隊又接踵而至，安寧之日似乎遙不可期。一個平常的「還」字，在老杜的筆下就有了深厚的含蘊，對時局的失望，對國事的擔憂，對包括自身在內的廣大百姓苦難生活的痛惜，都通過這一個「還」字凸顯出來。頷聯「煙塵」一句言吐蕃，「鼓角」一句寫唐軍，雪嶺事為所聞，江城事為親見，一遠一近，高度概括而又生動形象地刻劃出歲末戰事又起的肅殺景象。詩後四句沉痛感慨戰亂依舊、而請纓無人，並於寂寞中勃發濟時用世的壯心。「天地日流血」，慘烈之極。自安史之亂以來，國家就處於內憂外患、災禍不斷的危難之中，天地間日日有人在流血。當年初冬，杜甫還在〈征夫〉一詩中寫道：「十室幾人在，千山空自多。路衢惟見哭，城市不聞歌。」正可與「日流血」句對照。國事危急如此，朝廷卻無人請纓，對那些無勇無謀、無知無能的文武大臣，詩人以責問的口吻表達出他深深的激憤和失望。報國於杜甫卻是「固莫奪」的本性，是甘願以生命為代價的無怨無悔。然而他空有捐軀之志，卻無濟時之途。貪圖利祿、苟且偷生者佔據朝堂，不惜以死報國的詩人卻被棄置不用，相形之下，他的憤懣愈發難以遏制，而他一片愛國血誠也愈發震撼人心。末二句尤是老杜一生寫照，與顧炎武「天下興亡，匹夫有責」遙相呼應，彪炳千秋。

天邊行

【題　解】廣德二年（西元七六四年）春重到閬州時作。取篇首二字為題，抒寫憂時傷亂之痛與骨肉離散之悲。

天邊老人❶歸未得，日暮東臨大江哭❷。隴右河源不種田，胡騎羌兵入巴蜀❸。

洪濤滔天風拔木，前飛禿鶖❹後鴻鵠❺。九度❻附書❼向洛陽❽，十年❾骨肉❿無消息。

【注　釋】❶天邊老人　杜甫自謂。❷東臨大江哭　大江，指嘉陵江。江在閬州東，故云「東臨」。❸隴右二句　隴右，唐十道之一，轄今甘肅隴山以西，烏魯木齊以東一帶。河源，在今青海省境內。胡騎，指吐蕃。羌兵，指党項羌、吐谷渾、奴剌等部落。據《資治通鑑》卷二二三載：「(廣德元年七月) 吐蕃入大震關，陷蘭、廓、河、鄯、洮、岷、秦、成、渭等州，盡取河西、隴右之地。」安史亂後，「數年間，西北數十州相繼淪沒，自鳳翔以西，邠州以北，皆為左衽矣。」故曰「不種田」。又載：「(十二月) 吐蕃陷松、維、保三州及雲山新築二城，西川節度使高適不能救，於是劍南西山諸州亦入於吐蕃矣。」故曰「入巴蜀」。又《新唐書・西域傳上》：上元二年 (西元七六一年)，党項「與渾、奴剌連和，寇寶雞，殺吏民，掠財珍，焚大散關，入鳳州，殺刺史蕭愧」。❹禿鶖　一種水鳥，頭和頸上都無毛。❺鴻鵠　天鵝。❻九度　多次。❼書　家信。❽洛陽　故里所在。❾十年　自天寶十四載 (西元七五五年) 安史之亂起，至今恰為十年。❿骨肉　指親人。

【語　譯】我這流落天涯的老人回不了故鄉啊，傍晚時向東來到嘉陵江邊痛哭。隴右河源的土地為吐蕃、羌人等少數部族佔領，已不能再耕種，他們的鐵騎還侵入了巴蜀。江上巨浪滔天啊，岸上狂風拔木；身前飛著禿鶖啊，身後飛著鴻鵠。我多次向故鄉洛陽寄信探問，十年了，卻始終沒有親人的消息。

【研　析】這首詩感情極為沉痛。詩開首即點出主旨「歸未得」，因而「臨江大哭」。「隴右」二句，以天邊戰亂交待第一個哭因。「洪濤」二句，以狂風巨浪的惡劣天氣交待第二個哭因，末二句以「骨肉無消息」交待第三個哭因。首二句直言其事，直抒其情，真率直露，極具感染力。三四句描寫戰亂現實，正是當時「實錄」。五六二句寫臨江所見，即景寓情，上句寓世亂之象，下句慨己不能奮飛，應首句「歸未得」，起下二句思親人。末二句以「九度」言寄信之頻繁，以「十年」言親人無信時間之長，對比強烈，感人肺腑。

釋　悶

【題　解】《資治通鑑》卷二二三載，廣德元年 (西元七六三年) 七月，吐蕃入侵大震關，盡取河西隴右之地。邊將告急，宦官程元振都壓下不報告皇帝。十月，吐蕃攻陷長安，代宗倉皇逃奔陝州 (今河南陝縣)。十一月，郭子儀率兵收復長安。十二月，代宗還京。由於程元振專權，人畏之甚於李輔國，諸將有大功者，元振皆忌疾欲害之。吐蕃入寇，元振不以時奏，致代宗狼狽出逃。太常博士柳伉上疏請斬元振以謝天下，代宗以元振有擁戴保護之功，僅削其官爵，放歸田里。二年正月，以私入京師配流溱州，復令於江陵府安置。廣德二年春，杜甫在閬州，得知代宗還京、不誅程元振的消息，憂念國事，心情悶悶然，遂作此詩以釋悶。題曰〈釋悶〉，而悶實難釋。

四海十年❶不解兵，犬戎❷也復臨咸京❸。失道非關出襄野❹，揚鞭忽是過湖城❺。豺狼❻塞路人斷絕，烽火❼照夜屍縱橫。天子❽亦應厭奔走，群公❾固合❿思昇平。但恐誅求⓫不改轍⓬，聞道嬖孽⓭能全生⓮。江邊老翁⓯錯料事⓰，眼暗⓱不見風塵清⓲。

【注釋】❶十年　自天寶十四載（西元七五五年）安史之亂起至杜甫作此詩，恰為十年。❷犬戎　古代西戎種族名，此指吐蕃。柳伉上疏曰：「犬戎以數萬眾犯關度隴，歷秦渭，掠邠涇，不血刃而入京師。」❸咸京　秦都咸陽，此喻長安。安史叛軍曾攻陷長安，這次吐蕃又陷長安，故曰「也復」。❹失道句　《莊子・徐无鬼》：「黃帝將見大隗於具茨之山，……至於襄城之野，七聖皆迷，無所問途。」代宗出奔陝州，是為了避吐蕃之亂，不同於黃帝之迷路，故曰「非關」。失道，迷失道路。❺揚鞭句　《晉書・明帝紀》載：王敦屯兵蕪湖，陰謀叛亂，晉明帝曾微服私訪，騎馬執七寶鞭暗察王敦營壘，為王敦識破，王敦命令追趕持七寶鞭的人，明帝乃將七寶鞭交給道旁賣食物的老婦人，追兵見七寶鞭，把玩許久，耽誤了追趕的時間，明帝才得以脫身。句用此典。忽是，好像是。湖城，即安徽蕪湖。❻豺狼　指盜賊。❼烽火　戰火。❽天子　指代宗。❾群公　指當權大臣。柳伉上疏曰：「(吐蕃)不血刃而入京師，謀臣不奮一言，武士不力一戰，是將帥公卿叛陛下。」❿合　應該；應當。⓫誅求　橫徵暴斂。⓬改轍　改弦更張；改變政策。⓭嬖孽　受寵之佞臣，此指宦官程元振。⓮能全生　杜甫這裡責代宗對程元振不加誅戮，故云。生，一作「身」。⑮江邊老翁　杜甫自謂。江，指嘉陵江，閬州在嘉陵江畔。⑯錯料事　對事情估量錯誤。⑰眼暗　老眼昏花。⑱風塵清　指戰亂結束。

【語　譯】四海十年戰亂不停，吐蕃侵擾也陷京城。今上出奔不像黃帝在襄野迷路，巡幸陜州好似晉明帝私訪蕪湖軍營。盜賊橫行路途人跡斷絕，戰火紛飛夜照屍骨縱橫。天子恐也厭倦了東奔西走，在位諸公本應出謀劃策致太平。只恐怕橫徵暴斂不能改變，聽說奸佞程元振竟然苟全性命。我江邊衰翁難道會看錯事，老眼昏花看不到戰亂消弭四海清。

【研　析】這首詩寫吐蕃陷長安，奸佞專權、代宗不誅程元振而招致內憂外患嚴重，憂弊政難改，恐國無寧日，表現了深沉的憂患意識和卓越的政治器識。首二句寫致悶之因。「失道」二句寫代宗出奔陜州，但委婉含蓄。代宗出奔，與黃帝迷路不同；晉明帝微服出行，是為了偵察敵情，與代宗倉皇出逃也不同。而將兩者對比，暗含諷意。「豺狼」二句，言吐蕃入寇和國內戰亂不休造成的慘重損失。「天子」二句諷刺代宗君臣不修朝政。「但恐」二句，指出天子奔走、昇平不至的原因在於朝廷不施行新政，減輕剝削，對專權禍國的小人也不能嚴厲制裁。末二句照應題目而反用其意，言悶實難釋，蓋因宦官程元振擅權，朝政日非，致使吐蕃入寇，生民塗炭。然代宗不誅程元振，禍患難以免除。詩人深感其事之乖謬，出於意料之外，故託辭眼拙，稱難以看到寇亂平息，天下太平的景象。兩句語氣沉重，詩人憂時慮患之心如在目前。何焯云，此「風人譎諫」，「以眼暗不見自釋，則此悶何時可釋耶？」（《義門讀書記》卷五二《杜工部集》）浦起龍評曰：「此篇可古可排，為亂極思治之詩。憂國之忱，溢於言表。論事切中，語氣含蓄。」（《讀杜心解》卷五之末）

有感五首（選一）

【題　解】廣德二年（西元七六四年）春，作於閬州。廣德元年十月，吐蕃陷長安，代宗出奔陜州。尋收復京師，代宗還朝。宦官程元振主張遷都洛陽，遭到郭子儀的反對。這組詩是收京後第二年春，杜甫有感於當時時局動蕩，就軍國大政發表見解的一組政治詩。這裡選的是第三首，批評了宦官程元振遷都洛陽之議，指出施行儉德方是國家安定之根本。據《舊唐書》載，郭子儀收復長安後，程元振勸代宗建都洛陽以避吐蕃，代宗應允。郭子儀上疏，備言遷都之弊，並議興國之策。汪瑗曰：「此五章，皆大道理、正議論，可見少陵學術之深宏，非特詩人而已。碧溪謂少陵似孟子，視此五章，誠無怍色。」（《杜律五言補注》卷二）

其三

洛❶下舟車入，天中貢賦均❷。日聞紅粟腐，寒待翠華春❸。莫取金湯固，長令宇宙新❹。不過行儉德，盜賊本王臣❺。

【注釋】❶洛　指東都洛陽。❷天中句　語本《史記・周本紀》：成王使召公復營洛邑（即今洛陽），對他說：「此天下之中，四方入貢道里均。」天中，指洛陽地處國家的中部。❸日聞二句　言洛陽糧食充足，百姓對皇帝翹首以待。紅粟腐，指洛陽的糧食充足。翠華，指皇帝的儀仗。❹莫取二句　金湯，即金城湯池，此暗指洛陽。宇宙新，指百姓安居樂業等。❺不過二句　是針對遷都洛陽之議者而發，謂行儉德才是長治久安的根本。儉德，節用愛民之德。盜賊句，言所謂的盜賊，本來是皇帝的臣民。王臣，指黎民百姓。《詩經・小雅・北山》：「率土之濱，莫非王臣。」

【語譯】有人說洛陽城是舟車匯集的地方，位於國家的中部便於四方貢賦。又說那裡糧食充足以致腐爛，百姓們正在盼望皇上前去建都。我以為國都的安危不在於地勢的險固，而在於調整政策以壯國力讓天下煥然一新。不過是實行儉德關心百姓疾苦，倘能如此盜賊自會歸順稱臣。

【研析】此詩前四句都是主張遷都者的理由。後四句是杜甫據理駁斥而發的大議論。「莫取金湯固，長令宇宙新」兩句，一警戒，一開導，從血的歷史教訓中規誡當柄者。杜甫並不否認「金湯固」的作用，而對於鞏固政權來說，根本的憑藉是勵精圖治，不斷革新政治，使天下氣象長新，百姓安居樂業。詩寫到這裡，已經從具體的遷都問題引申開去，提高、昇華到根本的施政原則，因此下一聯就進一步說到怎樣才能「長令宇宙新」。尾聯強調，只要皇帝躬行儉德，減少靡費，減輕百姓的負擔罷了。要知道，所謂「盜賊」，本來都是皇帝的臣民。這裡用「不過」二字表轉折。為了進一步強調「行儉德」的重要，詩人又語重心長地補上一句「盜賊本王臣」，一針見血地揭示了官逼民反的事實。思想的深刻，感情的深沉和語言的明快尖銳，在這裡和諧統一起來了。吳瞻泰評論說：「首二句，是交互語，美在其中。三四是轉語，戒在其中。五六又作一頓挫，然後七八方歸正意。蓋公明於當世之務，而詩法變換又如此。」（《杜詩提要》卷八）

憶昔二首（選一）

【題解】此詩約作於廣德二年（西元七六四年）春，時杜甫在閬州。或謂廣德二年作於嚴武幕中。詩取開頭二字為題，其意不在憶昔，而是藉往事以諷今，即以開元之盛襯今日之衰。此為第二首。

其二

憶昔開元❶全盛日，小邑❷猶藏❸萬家室❹。稻米流脂❺粟米白，公私倉廩❻俱
豐實。九州道路無豺虎，遠行不勞吉日出❼。齊紈魯縞車班班，男耕女桑不相失❽。
宮中聖人❾奏〈雲門〉❿，天下朋友皆膠漆⓫。百餘年間⓬未災變⓭，叔孫禮樂蕭
何律⓮。豈聞一絹直萬錢，有田種穀今流血⓯。洛陽⓰宮殿燒焚盡，宗廟新除狐兔

穴⑰。傷心不忍問耆舊⑱，復恐初從亂離⑲說。小臣⑳魯鈍㉑無所能，朝廷記識㉒蒙
祿秩㉓。周宣㉔中興望我皇㉕，灑血㉖江漢㉗身衰疾。

【注釋】❶開元　唐玄宗年號（西元七一三——七四一年）。開元盛世是我國歷史上最有名的治世之一。❷小邑　小縣。❸藏　居住。❹萬家室　言戶口繁多。《資治通鑑》唐玄宗開元二十八年載：「是歲，天下縣千五百七十三，戶八百四十一萬二千八百七十一，口四千八百一十四萬三千六百九。」❺流脂　形容稻米顆粒飽滿滑潤。❻倉廩　儲藏米穀的倉庫。❼九州二句　寫全盛時社會秩序安定，天下太平。豺虎，比喻寇盜。路無強盜，旅途平安，出門自然不必選什麼好日子，隨時可出行。《資治通鑑》開元二十八年載：「海內富安，行者雖萬里不持寸兵。」❽齊紈二句　寫全盛時手工業和商業的發達。齊紈魯縞，山東一帶生產的精美絲織品。車班班，商賈的車輛絡繹不絕。班班，形容繁密眾多。桑，作動詞用，指養蠶織布。不相失，各安其業，各得其所。《通典・食貨七》載：開元十三年，「米斗至十三文，青、齊穀斗至五文。自後天下無貴物。兩京米斗不至二十文，麵三十二文，絹一匹二百一十文。東至宋汴，西至岐州，夾路列店肆待客，酒饌豐溢。每店皆有驢賃客乘，倏忽數十里，謂之驛驢。南詣荊、襄，北至太原、范陽，西至蜀川、涼府，皆有店肆以供商旅。遠適數千里，不恃寸刃。」杜詩可謂實錄，故稱「詩史」。❾聖人　指天子。❿奏雲門　演奏〈雲門〉樂曲。〈雲門〉，祭祀天地的樂曲。⓫天下句　是說社會風氣良好，人們互相友善，關係融洽。膠漆，比喻友情極深，親密無間。⓬百餘年間　指從唐王朝開國（西元六一八年）到開元末年（西元七四一年），共一百多年。⓭未災變　沒有發生過大的災禍。⓮叔孫句　西漢初年，高祖命叔孫通制定禮樂，蕭何制定律令。這是用漢初的盛世比喻開元時代的政治情況。⓯豈聞二句　開始由憶昔轉為說今，寫安史亂後的情況：以前物價不高，生活安定，如今卻是田園荒蕪，物價昂貴。一絹，一匹絹。直，同「值」。⓰洛陽　代指長安。廣德元年十月吐蕃陷長安，盤踞了半月。⓱宗廟句　代宗於廣德元年十二月復還長安，詩作於代宗還京不久之後，所以說「新除」。宗廟，指皇家祖廟。狐兔，指吐蕃。顏之推〈古意二首〉：「狐兔穴宗廟。」杜詩本此。⓲耆舊　年高望重的人。⓳亂離　指天寶末年安史之亂。⓴小臣　杜甫自謂。㉑魯鈍　粗率；遲鈍。㉒記識　記得；記住。㉓蒙祿秩　指召補京兆功曹，不赴。祿秩，俸祿。㉔周宣　周宣王，厲王之子，即位後，整理亂政，勵精圖治，恢復周代初期的政治，使周朝中興。㉕我皇　指代宗。㉖灑血　極言自己盼望中興之迫切。㉗江漢　指長江和嘉陵江。也指長江、嘉陵江流經的巴蜀地區。因為嘉陵江上源為西漢

水，故亦稱漢水。

【語譯】回想開元年間國家全盛的時候，小縣城裡也有上萬戶人家。稻米飽滿得像能流出油來，粟米晶瑩潔白，公家和私人的倉庫裡都裝滿了糧食。全國道路暢通，安定太平，路上沒有強盜，出遠門也就不需要挑選吉日了。裝滿山東生產的精美絲織品的商車絡繹不絕。男子耕田種地，女子養蠶織布，各安其業。皇宮中天子演奏著祭祀天地的〈雲門〉曲。天下的百姓友善和美，親密融洽。從開國到開元末的百餘年間沒有發生大的災禍，就像漢初叔孫通制禮樂，蕭何定律令的繁榮時期。哪裡又聽說過如今一匹絹值一萬錢的事！那時種滿穀物的田地現在卻變成流血的戰場。長安的宮殿都被入侵的吐蕃兵燒毀了，今日才剛剛把他們從宗廟裡清除出去。怕惹得彼此傷心，所以不忍去問那些經歷過盛衰的老人，擔心他們又把安史之亂的事從頭說起。我是個魯鈍無能的小臣，朝廷還記得授給我官職。希望我們的代宗皇帝能成為周宣王一樣的中興之主，巴蜀間體弱多病的我熱切盼望著。

【研析】〈憶昔〉組詩包括兩首詩，第一首，追憶肅宗重用李輔國，寵懼張良娣，致使綱紀壞而國政亂，諷諫代宗，勿蹈其父覆轍。這裡選的是第二首，回憶開元之世何等昌盛！安史亂後，江山殘破，國勢日衰，而今吐蕃屢犯，社稷堪憂，期望代宗作一代中興之主，重振大唐之業。喬億曰：「後篇較勝，鋪陳始終，氣脈蒼渾，文中之班、史。」（《杜詩義法》卷下）的確，這首詩敘述安史之亂前後盛衰兩重天的社會現實，細緻深刻，所言既有代表性，又給人留下比較完整全面的印象，真是大筆如椽。尤其是前十二句述說開元之盛，從人口繁多、糧食豐足、交通暢達、治安良好、工商發達、人際和諧、政律完善等多方面著意鋪陳，而所言皆與史實相合，並非隨意誇飾之詞。這些詩句成為描繪開元盛世最精練、最經典、最有表現力和概括力的語言，數為後世史家徵引。「詩史」之譽，誠非虛言！浦起龍即曰：「前章戒詞，此章祝詞。述開元之民風國勢，津津不容於口，全為後幅想望中興樣子也。」（《讀杜心解》卷二之二）誠然，只有飽經喪亂，對太平盛世的記憶才會更加鮮明；歷盡盛衰，才會有更加迫切的中興之念。杜甫對於開元的回憶絕不僅在於記錄史實，而是深寓感慨，千古之下，尤令人唏噓不已。

閬山歌

【題解】廣德二年（西元七六四年）春在閬州作。閬山，在閬州（今四川閬中）城南，即錦屏山，因錯繡如錦、壁立如屏而得名。此亦泛指閬州周圍的山，如詩中提到的靈山、玉臺山。詩描寫了閬州群山的秀麗景色。

閬州城東靈山❶白，閬州城北玉臺❷碧。松浮欲盡不盡雲，江動將崩未崩石。

那知根無鬼神會❸，已覺氣與嵩華❹敵。中原格鬬且未歸，應結茅齋著青壁❺。

【注釋】❶靈山　一名仙穴山，在今四川閬中東，傳說蜀王鱉靈曾登此山，故名。❷玉臺　山名，在閬州城北七里。❸鬼神會　閬州群山多仙聖遊蹤，故有此想。❹嵩華　嵩山與華山。❺中原二句　言因中原戰亂，不得歸鄉，故有結茅隱居此處之想。著，居處。一作「看」。青壁，青色的崖壁。

【語譯】閬州城東的靈山白雲繚繞，閬州城北的玉臺山松林青碧。山上之雲，望去似從松間浮湧而出，似斷絕而未斷絕；山腳之石，為江水拍擊，看似即將墜落，卻未墜落。我哪能斷定這山根有沒有鬼神聚會？但卻已然感到它們的氣勢可與嵩山華山匹敵。中原戰亂未息我不能歸鄉，就在這青翠的崖壁下建座茅屋隱居於此吧。

【研析】閬州地處嘉陵江畔，素以風景峻峭神秀著稱。杜甫在蜀期間，曾數次來到閬州，遊覽了閬州的許多地方，寫下了許多讚美閬州風光的詩篇，〈閬山歌〉和〈閬水歌〉就是其中最有名的兩首，也是杜詩中別具風情的兩首佳作，陳師道即評曰：「二詩詞致峭麗，語脈新奇，句清而體好，在集中似又另為一格。」（《杜詩鏡銓》卷一一引）這首〈閬山歌〉即盛讚閬州群山之勝景。詩前兩句先拈出其中的靈山、玉臺山，從一白一碧的山色著眼，寫其彼此交相輝映，令人賞心悅目。三句以白雲浮蕩松間，狀群山之秀美；四句以江流擊打山石，寫群山氣勢之峻拔。五句又從其多仙聖遊蹤生發鬼神相會於此的聯想，六句即直讚其堪與五嶽之嵩山、華山相匹敵。末二句言自己因中原戰亂不息，故欲避亂結廬隱居於此，方點出盛讚閬州群山之用意所在。前四句為實寫，且兩兩相對，句式整齊；後四句為虛寫，重在己之聯想感受。虛實相映之間，繪畫出閬州群山的動人景色。

閬水歌

【題解】與〈閬山歌〉同時寫於廣德二年（西元七六四年）初春。閬水，嘉陵江流經閬州的一段，亦稱閬江，其景色之美，為嘉陵江之最。此詩即描寫閬水的優美景色。

嘉陵江色何所似？石黛❶碧玉相因依❷。正憐❸日破浪花出，更復春從沙際歸❹。巴童蕩槳欹側❺過，水雞❻銜魚來去飛。閬中❼勝事可腸斷❽，閬州城南❾天下稀。

【注釋】❶石黛　石墨，青黑色，古時女子常以之畫眉。❷因依　融合；搭配。❸憐　可愛；喜愛。❹春從沙際歸　春天來臨，水邊花草先生，故謂春從此歸。沙際，水邊沙灘。❺欹側　傾斜貌。❻水雞　水鳥名。朱鶴齡曰：「水雞無考。嘗聞一蜀士云：『其狀如雄雞而短尾，好宿水田中，今川人呼為水雞公。』」（《杜工部詩集輯注》卷一一）❼閬中　因「閬水行曲，經縣三面」（《元和郡縣圖志・山南道・閬州》）、「閬山四合於郡」（《方輿勝覽・利州東路・閬州》），故稱。❽可腸斷　極言閬水之可愛。❾閬州城南　指城南錦屏山。

【語　譯】用什麼來比喻這美麗至極的嘉陵江色呢？它深淺變化的水色就像石墨和碧玉相互依傍在一起。正欣喜地觀賞那如同從浪花中噴薄而出的紅日，又愉快地發現岸邊草兒吐綠，好似春光就是從沙灘上回歸人間。巴地的兒童搖蕩船槳傾斜著劃過江面，水雞銜著魚兒在水上往來穿飛。閬中美麗的景色真是要愛死人了，閬州城南錦屏山的風光更是天下少有。

【研　析】此詩與〈閬山歌〉為同時而作，但描寫角度與前詩選取總貌不同，而是選取若干最能代表閬水之美的典型景象逐個加以描寫。詩前兩句與〈閬山歌〉一樣從「色」入手，但〈閬山歌〉寫山色，是從兩山對比輝映給人的總體感覺來描寫，而此詩寫水色，則是用比喻的手法細緻描摹這一段江水深淺色彩的變化。詩人以「石黛」形容深處的水色，「碧玉」形容淺處的水色，兩處比喻不但生動貼切，而且富於象徵意義。石黛為女子畫眉之物，而從晉孫綽寫下「碧玉小家女」（〈情人碧玉歌〉）的句子後，「小家碧玉」就成為平民少女的泛稱。所以用與柔情似水的女子有密切聯繫的石黛、碧玉來形容水色，更容易讓人領會嘉陵江水的清秀柔美。三四兩句寫江上的自然美景，朝日映著江浪，春草生滿沙岸，一片生機勃勃。「正憐」、「更復」兩詞則寫出目光之移動，給人以美景無數，目不暇給的感覺。五六句寫閬水上「巴童蕩槳」、「水雞銜魚」之人情風物，正是自然景色的最好補充。「欹側過」，刻劃出江流之速，舟行之快與操舟者技術之高超；「來去飛」，則於繁忙中透露出安寧恬雅。兒童的活潑靈動，水鳥的輕巧自在，賦予畫面以攝人心魄的動態美。篇末二句詩人發出歎為觀止的慨歎，愛憐之情溢於言表。細析之，七句為總讚，八句卻又引出錦屏山以烘托閬水之美，收束有力而又餘味無窮。浦起龍評此詩云：「首句問，次句答。『石黛碧玉』，寫水正筆已竟。『日出』、『春歸』，從生色處寫。『巴童』、『水雞』，又從點綴處寫。都是烘染法。結有贊不容口之致。」（《讀杜心解》卷二之二）

奉待嚴大夫

【題解】廣德二年(西元七六四年)正月，嚴武以黃門侍郎拜成都尹充劍南節度使。二月，杜甫在閬州，正欲買船東下，忽聞嚴武重來鎮蜀的消息，欣喜若狂，遂取消東行計畫，等待嚴武到來，揮筆寫下了這首詩。奉待，敬待。嚴大夫，指嚴武。武時兼御史大夫，故云。詩中極寫對嚴武的推重景仰之情。

殊方❶又喜故人❷來，重鎮❸還須濟世才。常怪偏裨❹終日待，不知旌節❺隔年回❻。欲辭巴徼❼啼鶯合❽，遠下荊門❾去鷁催❿。身老時危思會面，一生襟抱⓫向誰開？

【注釋】❶殊方　遠方。此指閬州。❷故人　指嚴武。❸重鎮　劍南道，為唐貞觀十道、開元十五道之一。開元以後治益州(即今成都)。劍南又為唐玄宗時邊防十節度經略使之一，亦治益州。安史之亂爆發後，玄宗奔蜀，駐蹕成都。肅宗至德二載(西元七五七年)，定成都為南京，升為府。後又為劍南東西川節度使駐地。故成都為重鎮。❹偏裨　偏將、裨將，將佐的通稱。此指嚴武的部屬。❺旌節　唐制，節度使賜以雙旌雙節。旌以專賞，節以專殺，此處代指節度使。❻隔年回　嚴武於寶應元年(西元七六二年)秋離成都入朝，廣德二年(西元七六四年)又回成都，故云。❼巴徼　偏遠的巴地，指閬州。❽啼鶯合　仲春之日，群鶯和鳴。❾荊門　泛指荊州一帶。❿去鷁催　停船太久，船首所畫鷁鳥相催。鷁，鳥名，舊時於船首畫鷁，以驚水怪。⓫襟抱　胸襟、抱負。

【語譯】在偏遠的閬州又聽到老朋友南來的喜訊，鎮守成都就須有安邦治國的賢才。曾奇怪眾將佐為何終日急急等待，原來是嚴公隔了一年又持旌節回來。我本打算在二月鶯啼時離開閬州，急於遠下荊州是因在此滯留太久。老病纏身時局艱難真想和你見面，除了你，我一生抱負滿腹心事又能向誰傾談？

【研析】在杜甫廣泛的交遊中，關係最密切而又相處時間最久的，當推嚴武。而杜甫是把嚴武作為一位文武全才的人物來尊重，從而與之傾心相交的。所以當他在飄泊流離中聽到嚴武重鎮成都的消息時，自然是喜出望外的。於是他放棄原來離閬出峽東遊荊湘的打算，決定留下來與老友會面。這首詩寫的就是這種狀況。首句拈「喜」字統攝全篇。前四句都是抒發得知嚴武重來鎮蜀消息的喜悅心情。正如仇兆鰲所說：「故人來，喜在一己。濟世才，喜在全蜀。偏裨待而旌節回，喜在三軍。數語重疊敘出。」（《杜詩詳注》卷一三）將詩人的欣喜之情表達得淋漓盡致，有一唱三歎之妙。五六即述「奉待」之意，兩句刻劃出詩人在仲春時節欲走還留，期待與故交相會的喜悅之情。末二句則直抒胸臆，期盼與知己早日相會，傾吐心曲，表達了杜甫對嚴武重新鎮蜀的熱切期待。所以浦起龍說：「公所至落落難合，獨於嚴有親戚骨肉之愛」（《讀杜心解》卷四之一），從而斷言：「嚴係知己中第一人」（同上卷一之五）。

別房太尉墓

【題解】房太尉，即房琯。安史亂起，他從玄宗幸蜀，拜相。肅宗至德二載（西元七五七年）五月，罷相。乾元元年（西元七五八年），貶邠州刺史，杜甫因疏救房琯貶華州司功。後琯改為漢州（今四川廣漢）刺史，寶應二年（西元七六三年）四月，遷刑部尚書，拜特進，赴任途中，於八月四日（時已改元廣德）病卒於閬州僧舍，贈太尉。故稱「房太尉」。時杜甫正流寓梓、閬間。聞琯卒，即往弔唁。廣德二年（西元七六四年）春，嚴武重鎮蜀，杜甫將赴成都前在閬州祭琯墓而作此詩。

他鄉❶復行役❷，駐馬別孤墳❸。近淚無乾土，低空有斷雲❹。對棋陪謝傅❺，把劍覓徐君❻。惟見林花落，鶯啼送客❼聞。

【注釋】❶他鄉　客居異鄉，與故鄉對。❷復行役　謂將由閬州去成都。行役，在外奔走。❸孤墳　指死後寂寞淒涼。即〈祭故相國清河房公文〉所云：「殮以素帛，付諸蓬蒿。身瘞萬里，家無一毫。」❹近淚二句　謂泣淚之多，土為之濕；哀傷所感，雲為之斷。❺謝傅　指謝安，字安石，死贈太傅。《晉書・謝安傳》載：安姪玄等淝水之戰大敗苻堅，「有驛書至，安方對客圍棋，看書既竟，便攝放牀上，了無喜色，棋如故。客問之，徐答云：『小兒輩遂已破賊。』」此以謝安比房琯，憶二人生前相與之情。❻把劍句　《史記・吳太伯世家》載：春秋時吳國季札出使，「北過徐君，徐君好季札劍，口弗敢言。季札心知之，為使上國，未獻。還至徐，徐君已死，於是乃解其寶劍，繫之徐君冢樹而去。從者曰：『徐君已死，尚誰予乎？』季子曰：『不然。始吾心已許之，豈以死倍（背）吾心哉！』」此以季札自比，珍視死後不忘之誼。杜甫〈祭故相國清河房公文〉云：「撫墳日落，脫劍秋高。」亦此意。❼客　作者自謂。

【語譯】客居閬州的我又要再次奔走到成都，停下馬和房太尉寂寥的墳墓告別。泣淚不止，周圍的墳土都被打濕了；哀傷所感，低空的雲彩也似乎被驚斷。您就是那下棋時聞喜訊也不動容的謝安，生前和我甚為相得；我就是把寶劍繫在徐君墳樹上的季札，您死後也不會忘懷曾有的情誼。我離去時只見林花靜落，又聞黃鶯哀鳴，好不淒涼。

【研析】杜甫與房琯乃布衣之交，又曾同朝為官，共同進退，可謂聲氣相投，相知彌篤。因而這首對亡友的贈別詩便寫得徘徊悱惻，語語感人。開頭兩句，傷己悼琯，分三層寫出苦境苦情：他鄉為客，一可傷；又復行役，愈客愈遠，二可傷；別後淒涼，孤墳寂寞，三可傷。兩句看似平鋪直敘，實則含蘊深長。有對房琯所受冷遇的控訴，也有對自己因疏救房琯而遭受流離之苦的不滿。而兩句所渲染的悲涼氛圍則籠罩全篇，為全詩定下了基調。三四兩句，寫哭墓之哀，抒發對亡友的深情厚意。上句以誇張的手法，極言自己哭悼亡友之沉痛；下句以烘托手法，渲染出墓地悲涼壓抑的氣氛。五六兩句，寫自己與房琯生前死後，始終不渝的情誼。上句以謝安比房琯，讚頌其安國定邦的不凡才幹，也點出往昔兩人的相與之情；下句以季札自比，表達了自己對朋友死而不忘，一往情深的心意。兩句用典貼合，煉字亦極精到，上句寫生前用一「陪」字，下句寫死後用一「覓」字，物在人亡之感、生死相隔之恨遂躍然紙上。結尾二句，寫離開墓地時的情景。別時不見送客之人，送客者唯有落花啼鶯而已。林花、啼鶯，本是春光明媚之景，在這裡卻有王夫之所謂「以樂景寫哀，以哀景寫樂，一倍增其哀樂」（《薑齋詩話》）的效果。而七句的「惟」字，又強化了墓地的寂寞荒涼，一代宰相，死後如此，令人不勝淒楚惆悵。同時，「惟」字還遙應次句「孤」字，便將末聯寂靜淒清的氣氛與首聯渲染的悲涼氛圍融為一體，深沉含蓄，耐人尋味。趙星海評曰：「此一詩，一身作客之難，朋友相與之情，而名宦生前沒後之德詣淒涼，無一不見。他人千言不能盡，而公以四十字括之，是稱巨筆。」（《杜解傳薪》卷三之五）

將赴成都草堂途中有作先寄嚴鄭公五首（選一）

【題解】廣德二年（西元七六四年）春作。嚴鄭公，即嚴武。寶應元年（西元七六二年），嚴武由劍南節度使入朝後，封鄭國公。廣德二年，嚴武再次出任劍南節度使，邀杜甫歸成都。這組詩就是杜甫由閬州歸成都時，於途中所寫。組詩共五首，這裡選的是第四首。

其四

常苦沙崩❶損藥欄❷，也從❸江檻❹落風湍❺。
新松❻恨不高千尺，惡竹應須斬萬竿。
生理❼祇憑❽黃閣老❾，衰顏❿欲付紫金丹⓫。
三年奔走⓬空皮骨⓭，信有⓮人間行路難⓯。

【注釋】❶沙崩　沙岸崩壞。❷藥欄　圍護花藥的欄檻。杜甫曾在草堂種植草藥。❸從　任憑。❹江檻　即水檻，傍水而建的欄廊。杜詩中多次提到水檻，如〈水檻〉、〈水檻遣心二首〉等，是詩人最喜歡去的地方。據杜詩描寫，水檻當是草堂臨浣花溪水亭上由木板搭成的簡陋木欄。❺風湍　風浪。❻新松　杜甫在草堂所手植之四棵小松樹，對其倍加愛護。流寓梓州時還念念不忘：「尚念四小松，蔓草易拘纏。」（〈寄題江外草堂〉）回草堂後，又特地寫了〈四松〉詩：「四松初移時，大抵三尺強。別來忽三歲，離立如人長。」❼生理　生計。❽憑　依仗；依靠。❾黃閣老　唐代門下省又稱黃閣。嚴武這時是以黃門侍郎拜成都尹充劍南節度使的，故尊稱為「黃閣老」。❿衰顏　杜甫自稱，猶言衰老之軀。⓫紫金丹　傳說道家燒煉的一種能令人長生不老的丹藥。⓬三年奔走　杜甫自寶應元年（西元七六二年）七月與嚴武在綿州分別，後流寓梓州、閬州，到寫詩時的廣德二年（西元七六四年）春，前後三個年頭。⓭空皮骨　瘦得皮包骨頭。⓮信有　誠有；的確是。⓯行路難　本為樂府曲名，此化用其意，備言自己三年奔波流離的艱難。

【語譯】經常擔憂圍著花藥的護欄被崩塌的沙岸損壞，在江邊建起水檻也只好任憑風浪吹打。新栽的松樹恨不得它們長到千尺高，亂長的醜竹子應該砍掉一萬竿。一家的生計今後全依仗黃閣老您了，我這衰老之軀卻打算託付給那靈妙的紫金丹。與您分別的這三年，我往來奔走，瘦得皮包骨頭，如今相信人間真的是「行路難」啊！

【研析】王嗣奭評此組詩曰：「五作意極條達，詞極穩稱，都是真人真話，詩只應如此。」（《杜臆》卷五）這首詩尤當此論。詩前二句懸想草堂別後之貌，草堂的藥欄、水檻，在他走後，缺乏管理，任風浪浸蝕，恐怕都損壞了。杜甫在草堂曾開闢藥圃，種植花藥，且常引賓客觀賞，〈賓至〉詩中就有「乘興還來看藥欄」的句子。水檻，則是杜甫垂釣、閒坐之處。詩人選這兩處作為草堂的代表，可見它們作為自娛娛賓之所，在杜甫心目中的重要位置。兩句的字裡行間充溢著懷念故居之情，而歸後諸般整理事宜，重操生計之念亦一併寫出。三四句本是接著預想歸草堂後清理花木之事，卻將扶善鋤惡之深意寄寓其中。杜甫對他手植的四株松樹，懷有特別的深情，正如王嗣奭所言：「鍾情四松，蓋以後凋之節自厲，而托物以見志也。」（《杜臆》卷六）四松正是詩人高潔品格的象徵。惡竹，應是指南方繁殖力極強的苦竹一類，這裡象徵肆意發展的惡勢力，尤指當時掀起動蕩的亂軍。這一聯形象地表現了詩人嫉惡如仇、愛憎分明的可貴精神，成為杜詩中的警句。五句表達了老友嚴武再次鎮蜀，自己得以安居，生活有所依靠的欣慰之情。六句則流露出離開成都，漂泊梓、閬這期間，居無定所，身心疲憊，歎老傷病的淒涼心情。尾聯續接六句的情感脈絡，感慨嚴武離開成都這兩三年，自己奔波無定，歷盡坎坷的遭遇。自寶應元年嚴武離開成都後，先是有徐知道叛亂，後又有吐蕃入侵，蜀中兵禍不斷，人民家破人亡，流離失所，杜甫也在其中飽嘗生活艱辛，「空皮骨」三字即生動刻劃出詩人飢寒交迫、貧病交加的困苦形象。以這樣的形象發出「信有人間行路難」的慨歎，方見出這不是不諳世事者的無病呻吟，而是浸透著血淚的切身感受。末兩句也從反面抒發了對老友歸來的欣喜、感激之情，點明了先寄詩嚴武的原因，從而起到了收束全詩的作用。這首七律委婉深沉、情真意切，不作奇語高調，而情致圓足，對後世陸游、范成大的詩歌創作有較大影響。

草堂

【題解】草堂，杜甫在成都西郊的家，位於浣花溪畔。此詩是杜甫廣德二年（西元七六四年）春，自閬州（今四川閬中）回成都後所作。詩追憶了當年嚴武離蜀返京後，劍南兵馬使徐知道叛亂、敗亡的經過和叛軍在成都殘害人民的情形，描寫了回草堂後受到鄰里、嚴武等歡迎的情景，抒發了憂慮國事，感慨身世的情懷。

昔我去草堂，蠻夷塞成都❶。今我歸草堂，成都適無虞❷。
請陳❸初亂時❹，反覆❺乃須臾❻。大將❼赴朝廷，群小❽起異圖❾。中宵斬白馬❿，盟歃⓫氣已粗。西取邛南兵，北斷劍閣隅⓬。布衣⓭數十人，亦擁專城⓮居。

其勢不兩大，始聞蕃漢殊⑮。西卒卻倒戈⑯，賊臣互相誅。焉知肘腋禍⑰，自及梟獍徒⑱。

義士⑲皆痛憤，紀綱⑳亂相踰㉑。一國實三公，萬人欲為魚㉒。唱和作威福，孰肯辨無辜㉓。眼前列杻械，背後吹笙竽㉔。談笑行殺戮，濺血滿長衢㉕。到今用鉞地，風雨聞號呼㉖。鬼妾與鬼馬，色悲充爾娛㉗。國家法令在，此又足驚吁㉘。賤子㉙且奔走，三年㉚望東吳㉛。弧矢暗江海，難為遊五湖㉜。不忍竟舍此㉝，復來薙榛蕪㉞。入門四松㉟在，步屧㊱萬竹疏㊲。舊犬喜我歸㊳，低徊㊴入衣裾㊵。鄰里喜我歸，沽酒㊶攜胡蘆㊷。大官㊸喜我來，遣騎㊹問所須㊺。城郭喜我來，賓客隘村墟㊻。

天下尚未寧，健兒勝腐儒㊼。飄颻㊽風塵際，何地置老夫？於時見疣贅，骨髓幸未枯㊾。飲啄愧殘生，食薇不敢餘㊿。

【注　釋】❶蠻夷句　寶應元年（西元七六二年）七月，嚴武應詔離蜀還京，劍南兵馬使徐知道叛亂，勾結西川羌兵，禍亂成都。❷適無虞　剛剛安定。❸陳　陳述。❹初亂時　指寶應元年七月徐知道叛亂初起時。❺反覆　指叛亂。❻須臾　轉瞬間。❼大將　指嚴武。❽群小　指徐知道等人。❾起異圖　指謀反。❿斬白馬　古代起事時常斬殺白馬歃血盟誓。⓫盟歃　將血塗於嘴唇，以示絕不背盟的誠意。⓬西取二句　言徐知道借用邛南羌兵，北上阻斷劍閣以圖割據。邛南，指邛州（今四川邛崍）以南。劍閣，即劍閣道，古棧道名。在今四川劍閣大劍山、小劍山間。即相傳秦惠王伐蜀所經石牛道，為古代川、陝間主要通道，奇險無比。⑬布衣　指一些作亂者原無官職。⑭專城　指擔任州刺史一類的地方長官。⑮其勢二句　謂由於叛亂士兵蕃漢有別，因各自爭強好勝而發生內訌。不兩大，勢不兩立。兩大，並雄。⑯西卒句　言叛軍中的邛南羌兵再次作亂，攻擊漢兵。西卒，指邛南羌兵。倒戈，反叛。⑰附腋禍　比喻發生在自身的禍患。這裡指徐知道為部下李忠厚所殺。⑱梟獍徒　喻徐知道。傳說梟為食母的惡鳥，獍為食父的惡獸。⑲義士　指擁護國家統一，反對叛亂的人。⑳紀綱　指朝廷綱常。㉑踰　越軌，此指破壞。㉒一國二句　言叛亂之後的成都秩序混亂，政出多門，百姓成了各種勢力隨意宰割的魚肉。一國三公，國家政令不一，語見《左傳》僖公五年：「一國三公，吾誰適從？」三公，原指大司徒、大司馬、大司空，這裡指李忠厚等叛將各行其是。㉓唱和二句　意謂他們彼此競相作威作福，肆意殺戮無辜的百姓。㉔眼前二句　言叛軍頭目們一邊飲酒取樂一邊行兇殺人。杻械，腳鐐手銬等刑具。吹笙竽，指奏樂。㉕談笑二句　承上言叛將之兇殘，談笑間肆行殺戮，血濺長街。㉖到今二句　直到如今那些行刑之處，每逢風雨之時還隱約能聽到冤魂的號呼之音。用鉞地，指刑場。鉞，斧子。㉗鬼妾二句　那些被殺戮者的妻妾、馬匹被叛將佔有，還要含著悲痛供其取樂。鬼妾、鬼馬，指屈死者的妻妾、馬匹。㉘國家二句　那些為國家法令所不容的暴行，足以令人驚呼。㉙賤子　詩人自稱。㉚三年　指寶應元年（西元七六二年）至廣德二年（西元七六四年）詩人漂泊梓、閬這一段時間。㉛望東吳　杜甫曾欲往東吳而未果，故云。㉜弧矢二句　承上言因刀兵遍地，欲往遊東吳卻難以成行。弧矢，弓箭，此指戰亂。五湖，此指太湖。㉝舍此　捨棄成都草堂。㉞薙榛蕪　除去叢生的荊棘、野草。薙，除去雜草。因離開草堂已有三年，所以回家需要先清除雜草。㉟四松　杜甫種植於草堂的四棵小松樹，此次回歸草堂，杜甫曾作〈四松〉詩。㊱步屧　散步。㊲萬竹疏　草堂的竹林也已經稀疏。㊳舊犬以下八句　乃仿〈木蘭詩〉中「爺娘聞女來，出郭相扶將。阿姊聞妹來，當戶理紅妝。小弟聞姊來，磨刀霍霍向豬羊」數句句法，鋪寫草堂舊物及鄰里歡喜相迎的情況。㊴低徊　徘徊留戀貌。㊵裾　衣服下襬。㊶沽酒　打酒。㊷胡蘆　盛酒的容器。㊸大官　指嚴武。㊹騎　騎馬的使者。㊺須　需要。㊻隘村墟　形容前來問候的人們擠滿了村落。㊼天下二句　感慨戰亂未息，天下尚武，士兵勝過迂腐的書生。健兒，指士兵。腐儒，詩人自指。㊽飄颻　飄蕩。㊾於時二句　承上言時當用兵，腐儒無用，自覺如同疣贅，幸好還沒有死去。疣贅，指多餘無用之物。語出《莊子・大宗師》：「彼以生為附疣懸贅。」㊿飲啄二句　言自己既然無用，那麼以殘年之身，能在這世上吃上口飯，已經足以令人慚愧了，難道還敢嫌棄吃得不好嗎？飲啄，本《莊子・養生主》：「澤雉十步一啄，百步一飲。」這裡比喻個人飲食。食薇，形容飲食之粗劣。薇，一種野菜，嫩時可食。不敢餘，不敢剩下，表示不敢挑剔。

【語　譯】當年我離開草堂的時候，叛軍勾結的蠻夷之兵佔據了成都。今日我回到草堂，成都剛剛安定。

請讓我從初起叛亂時講起，那是一瞬間而來的禍患。大將嚴武剛赴朝廷，徐知道這夥小人便圖謀反叛。他們在半夜裡斬殺白馬，歃血為盟氣勢粗豪。向西借取邛南的羌兵，又北上佔據了險要的劍閣。本是些毫無官職的平頭百姓，一作亂就像刺史一樣的地方長官主宰一城。哪知道亂軍中蕃漢有別，勢不兩立。羌兵倒戈而擊，攻打漢兵，叛軍內亂，互相殺戮。惡人徐知道又哪裡想得到會禍起自身，自己竟被部下李忠厚殺死。

正義之士都痛恨朝廷的綱常被亂臣賊子破壞。李忠厚等叛將各行其是，百姓成為任人宰割的魚肉。他們競相作威作福，肆意殘害無辜。眼前羅列著刑具，背後是樂隊在吹奏。談笑之間任意殺戮，鮮血濺滿長街。直到今天那行刑之處，在風雨之夕還能聽到冤魂的哭號。那些屈死鬼的妻妾和馬匹，面含悲痛供叛軍役使取樂。國家還有法令存在啊，這種暴行足以令人驚呼歎息！

我這卑賤之人一直四處奔走，三年來一直想到東吳去。然而刀兵遍地，江海昏暗，我無法去作五湖之遊。不忍心捨棄我住過的草堂，又回來剷除雜草，收拾舊居。進入家門，看到我手栽的那四棵小松樹還在；隨意漫步，發現四周的竹子已經稀疏了。舊犬歡喜我歸來，依戀地鑽入我長衣的下襬。鄰居歡喜我歸來，攜著打滿酒的葫蘆來看我。大官嚴武歡喜我歸來，派遣隨從騎著馬來問我有什麼需要。整個城郭都歡喜我歸來，來訪的賓客擠滿了村落。

現今天下還未寧息，士兵的作用勝過迂腐的儒生。飄泊於這樣一個戰亂時代，沒有地方用得著我這個糟老頭子。在時局面前我覺得自己實是多餘，所幸自己還沒有死去。殘年只要能喝上口水吃上口飯就夠慚愧的了，哪還能再挑剔飲食的粗陋。

【研　析】這首詩記錄詩人離開草堂，又回到草堂的前後經過情形，陳訏曾稱「此詩序述其事，似一篇重來草堂記序」（《讀杜隨筆》下卷二），甚為恰切。全詩可分為五部分，開頭四句為第一部分，寫草堂之去來乃是由於成都治亂之變化。四句可看作此詩之總綱。從「請陳初亂時」到「自及梟獍徒」為第二部分，陳述徐知道由倡亂而至被殺的始末。劍南兵馬使徐知道之叛亂，乃是由於劍南節度使嚴武之返朝回京，大將離蜀，群小遂起異圖。一時間夜斬白馬，粗氣歃盟，借兵異族，攻佔要衝，從逆小民，卻擁專城。亂兵之囂張氣勢似乎難以遏制，然而禍起蕭牆，內部激烈的民族矛盾和權力鬥爭，導致其互相殘殺，亂首徐知道亦被部將殺死。第三部分從「義士皆痛憤」到「此又足驚吁」，敘述叛軍佔據成都後，肆意橫行，殘害人民的情形。這一段，作者生動細緻地描繪了成都人民遭受的暴行，特別是將叛軍滅絕人性的享樂和百姓浸透血淚的苦難對比來寫，給人以極為深刻的印象。第二、三兩部分回溯了徐知道之亂的原因、過程、結果，以及其在軍事上成敗進退的諸般舉動，和戰亂給成都百姓帶來的深重災難，中間也充分表達了自己對叛軍的憤慨和對國事的憂慮。詩人形象而深入的描述是對那一段歷史的重要補充，所以楊倫讚道：「以草堂去來為主，而敘西川一時寇亂情形，並帶入天下，鋪陳終始，暢極淋漓，豈非詩史！」（《杜詩鏡銓》卷一一）第四部分從「賤子且奔走」到「賓客隘村墟」，寫初歸草堂的喜悅心情。因戰亂難以回鄉的詩人，在友人的邀請下再度回到自己曾度過一段安寧時光的成都草堂，他的喜悅是發自內心的，而這裡也在真誠地歡迎著歸來的詩人。「舊犬」八句仿〈木蘭詩〉鋪寫其熱烈情形，最為動人。從「天下尚未寧」到末尾為最後一部分，感慨戰亂未已、身世飄零。在這樣一個動蕩不安的年代，身為一個年老多病的儒生，詩人認為自己是疣贅一樣多餘的人，倘能苟活世間，便無他求。這樣的表白既是對「大官喜我來，遣騎問所須」的回應，更是對自己漂泊流離，報國無門的深深喟歎。吳瞻泰評後十六句曰：「『舊犬』數語化用〈木蘭詩〉，妙在舊犬偏寫在人前，令人聞之且痛且哭。末八句足歸草堂之情，無限傷心刺骨，而語意卻極溫和。此不襲樂府之貌而深得樂府之神者也。」（《杜詩提要》卷三）甚得其旨。

這首詩在杜詩的整個創作中，具有一定的特殊性，魯一同云：「公成都以前詩，雖數十韻大篇，皆結構緊嚴，首尾整密。此篇始爛漫橫厲，與後來〈八哀〉、〈昔遊〉、〈往在〉一副筆墨。」（《魯通甫讀書記》）陳訏亦謂：「蓋仿太史公《史記》序事體，直書其事而以韻語出之，開後來〈諸將〉、〈八哀〉、〈往昔〉、〈壯遊〉諸詩體格。有意垂世，獨出新裁，故詞不厭詳，語不修飾。」（《讀杜隨筆》下卷二）這種體裁上的創新必然會對後世產生巨大影響。

題桃樹

【題　解】此詩作於廣德二年（西元七六四年）暮春，杜甫再回成都草堂時。題，兼有品題、題贈之意，非題詩於桃樹之上。詩由讚詠桃樹，生發出寬仁愛物、民胞物與的情懷。

小徑升堂❶舊不斜❷，五株桃樹亦從遮❸。高秋總饋❹貧人食，來歲❺還舒滿眼花。簾戶每宜通❻乳燕❼，兒童莫信❽打慈鴉❾。寡妻群盜非今日❿，天下車書正一家⓫。

【注　釋】❶小徑升堂　即升堂小徑的倒文。❷舊不斜　原本不斜，但因桃樹遮住了去路，便使人覺得斜了。❸亦從遮　桃樹長大了，枝葉遮道，但不忍剪伐，故曰「亦從遮」。從，聽任；任從。❹饋　以物贈人。❺來歲　猶明年，時已晚春，花期已過，故待之明年。❻通　謂捲起門簾讓燕子自由出入。❼乳燕　雛燕。❽信　信手；任意。❾慈鴉　即慈烏，亦稱孝烏。相傳此鳥初生，母哺六十日，長則反哺六十日，可謂慈孝，故名。梁武帝〈孝思賦〉：「慈烏反哺以報親。在蟲鳥其尚爾，況三才之令人！」故告誡兒童不要任意傷殘慈鴉。❿非今日　謂已成過去，不再是今日之事了。⓫天下句　謂國家正走向統一。《禮記・中庸》：「今天下車同軌，書同文。」時安史之亂初平，嚴武再鎮，蜀亂已平，太平可期，故曰「非今日」、「正一家」。

【語　譯】以前到廳堂的小路本是直的，五株桃樹長大後，枝葉遮道，路似乎斜了，但我不忍砍伐，任憑它們遮住道路。到了秋天它們總能贈給窮人些果實充飢，而明年春天還會綻放滿眼鮮花。捲起門簾讓小燕子自由地進出，告誡孩子們不要隨意撲打慈烏。寡婦哀怨強盜橫行的日子已經過去了，現在國家正走向安定統一。

【研 析】這首詩雖題屬桃樹，而寓意卻甚大。開篇兩句似是淡淡道來，然已流露出撫今追昔之意，滿懷希望之情。對一條舊日小路的回憶，透露出詩人在離開草堂的日子裡，對草堂昔日景色生活無數次的懷念，無限柔情由一個「舊」字傳達出來。而「亦從遮」之語，更顯露出對目下草堂的喜愛，特別是對這五株桃樹的一腔愛憐。頷聯接著寫桃樹值得愛憐之處，上句謂桃實可以救飢，下句言桃花可供觀賞。詩人於小小幾株桃樹身上偏能發現如此恩義，如此情懷，若心底無仁愛之心何能有此等認識。後兩聯由此而一層更進一層，頸聯因桃樹而及乳燕、慈鴉，燕可愛而鴉可敬，皆應與之和睦相處。尾聯因鴉燕之微而博及寡妻群盜，表達了詩人對嚴武重鎮成都的喜悅心情和期盼國家統一、天下太平的良好願望。此詩寓民胞物與之懷於吟花弄鳥之際，范廷謀評曰：「此《詩》之興體，偶借桃樹以起興，於小題中抒寫大胸襟、大道理。通首八句，因桃樹而念及貧人，因貧人而念及禽獸，而遂及寡妻群盜，仁民愛物之心一時俱到。公之性情、經濟具見於此，勿認作詠物詩看。」（《杜詩直解》七律卷一）杜甫此類詩作在他的整個詩歌創作中佔有很大比重，而這些詩歌最容易穿越時空的阻隔，散發出永恆的感動人心的力量。相比於高超的詩歌技藝，他寬仁博愛的胸懷具有更廣泛的價值。

登樓

【題 解】此詩作於廣德二年（西元七六四年）春。其時詩人歷經戰亂重返成都，暮春之際登高賞景，憂心所繫，遂寫下此詩。詩通過描寫登樓所見景象，抒發了詩人對時局的憂慮和維護國家統一的堅定信心。東漢末年王粲傷亂離而作〈登樓賦〉，詩題取意於此。

花近高樓傷客❶心，萬方多難❷此登臨。錦江❸春色來天地❹，玉壘浮雲變古今❺。北極❻朝廷終不改❼，西山寇盜❽莫相侵❾。可憐後主還祠廟❿，日暮聊為⓫〈梁甫吟〉⓬。

【注釋】❶客　杜甫自謂。❷萬方多難　指到處都是戰亂。❸錦江　為岷江支流，自四川郫縣流經成都西南，傳說江水濯錦，其色鮮豔於他水，故名錦江，又名流江、汶江，俗名府河。❹春色來天地　謂春色從四面八方而來。❺玉壘句　此句以玉壘浮雲的變幻不定喻古今世事之變化無常。即作者〈可歎〉所云：「天上浮雲似白衣，斯須改變如蒼狗。古往今來共一時，人生萬事無不有。」玉壘，山名，在今四川都江堰北岷江東岸。❻北極　北極星，一名北辰，喻指朝廷。《論語・為政》：「為政以德，譬如北辰，居其所而眾星拱之。」❼朝廷終不改　廣德元年（西元七六三年）十月，吐蕃陷長安，立廣武王李承宏為帝。代宗逃奔陝州（今河南陝縣）。十二月長安收復，代宗還京，轉危為安。句指此。❽西山寇盜　指吐蕃。廣德元年十二月，吐蕃陷松、維、保三州及雲山新築二城，西川節度使高適不能救，於是劍南西山諸州亦入於吐蕃。❾莫相侵　因吐蕃陷長安立帝不成，唐朝廷穩固如初，故告以「莫相侵」。❿可憐句　後主指蜀先主劉備之子劉禪。後主廟在成都南先主廟東側，西側即武侯祠。後主寵信宦官黃皓，終致蜀漢亡國。代宗任用宦官程元振、魚朝恩等，招致吐蕃陷京、鑾輿幸陝之禍，故借後主託諷。後主昏庸，亡國還享祠廟，代宗尚未亡國，似勝於劉禪，但亦夠可憐的了。⓫聊為　有暫且借詠以寄慨意。⓬梁甫吟　樂府曲名。《三國志・蜀書・諸葛亮傳》：「亮躬耕隴畝，好為〈梁甫吟〉。」今傳〈梁甫吟〉後人題為諸葛亮作，實不足信。此即指所詠〈登樓〉詩。作者將己詩比作〈梁甫吟〉，有思得諸葛以濟世之意。

【語譯】那高樓近旁的春花讓我這登樓的人心有感傷，因為眼下正是萬方多難、戰亂未休的時候。錦江上美麗的春光鋪天蓋地來到眼前，玉壘山上變幻的浮雲卻宛如古今無常的世事。大唐的政權像北極星一樣穩固，西山的吐蕃還是不要再入侵了。可憐的蜀後主亡國後還享有祠廟，更何況今日的皇上。然國無賢相，我有志難騁，只有在暮色蒼茫中像諸葛亮那樣作幾句詩來抒發感慨。

【研　析】這首詩主題亦如〈登樓賦〉一樣，是傷亂離。「萬方多難此登臨」一句，為全詩綱領，餘則皆從此生出。杜甫寫此詩時，長達八年的安史之亂雖然已經結束，但藩鎮割據、軍閥混戰的局面給唐王朝帶來了連年的內亂，吐蕃、回紇等邊疆少數民族也乘機侵擾，在離開成都兩三年的時間裡亦飽經喪亂之痛的詩人，正是在這樣的情勢下登上高樓的。開篇「花近高樓」四字，一下子把令人迷醉的春光凸顯出來。春花如此之「近」，此際本可憑高飽覽大好春色，而登樓之「客」偏偏「傷心」，蓋因正當「萬方多難」之故。次句是對首句所言景色與心情巨大反差的補充說明，而一個「此」字，也有力地點明了登樓時特殊的時代背景和作者的心境。頷聯寫登樓所見遠景，上句寫水，錦江八面春色，悅人眼目；下句寫山，玉壘山雲氣變幻，動人心魄。兩句俯仰宏闊，氣蓋宇宙，壯麗無匹。但雄偉的氣象中卻隱含著動盪不安，尤其是下句浮雲蒼狗變幻，宛如多難人生，無常世事，不由讓人睹景傷情。頸聯遂引出吐蕃陷京，代宗幸陝，寇盜相侵，國難孔亟等情事。兩句為流水對，氣脈貫通。其對仗既極為工整，同時又十分自然地切合登樓向北、西遠望的情形。「終不改」、「莫相侵」，則委婉而嚴肅，透露出凜然不可侵犯的氣概。末聯就登高所見後主劉禪祠廟與諸葛亮武侯祠的古蹟，抒發撫今追昔的無限感慨。詩人雖出於一片愛國赤誠，對大唐王朝抗拒外敵、維持正統充滿信心，但君上昏庸、小人當道、能臣不用的現實也讓他深為憂慮不滿，自己報國無門的遭際更使他深感無奈憤懣。結尾兩句情感複雜，沉鬱跌宕，寄託遙深，奇警之至。這是杜詩中的一首名作，獲得諸多稱譽，如李因篤評曰：「造意大，命格高，真可度越諸家。」（《杜詩集評》卷一一引）紀昀則曰：「何等氣象！何等寄託！如此種詩，如日月終古常見而光景常新。」（《瀛奎律髓刊誤》卷一）

絕句二首

【題　解】廣德二年（西元七六四年）暮春作於成都。第一首描寫春日成都的優美景色。第二首描寫暮春的江山美景，抒發了春日即逝而歸鄉無期的愁緒。

其一

遲日❶江山麗，春風花草香。泥融飛燕子❷，沙暖睡鴛鴦。

【注　釋】❶遲日　即春日。《詩經・豳風・七月》：「春日遲遲。」❷泥融句　春暖泥融，燕子銜泥作巢，飛來飛去。

【語　譯】春日裡江山秀麗，春風中花草飄香。燕子銜著融化的春泥，飛來飛去地忙著築巢。暖暖的沙灘上，睡著成雙成對的鴛鴦。

【研　析】這首描寫春光的五言絕句，前兩句為總寫，首句著重視覺的感受，次句著重嗅覺。春日之無限生機，詩人以簡單的十個字，全方位地呈現出來。後兩句由全景描寫轉向特定物象的描摹，三句燕子銜泥，是動景；四句鴛鴦眠沙，是靜景。而燕子之所以飛個不停，是因為春泥軟融，正好築巢；鴛鴦之所以能自在安眠，是因為沙灘溫暖，適宜棲息。小小飛禽已見出萬物莫不適性，足以感發人心之真樂。蘇軾曾稱道王維是「詩中有畫」，「畫中有詩」（〈書摩詰藍田煙雨圖〉），他又說：「少陵翰墨無形畫，韓幹丹青不語詩。」（〈韓幹馬〉）這首五絕確實如一幅明媚的春光圖，既有大筆勾勒，也有精微刻劃，給人以深刻的印象。全詩並無抒情、議論，但詩人對祖國河山的熱愛，對大自然的讚頌，以及重歸草堂後的安適心情，都通過這純粹的景物描寫表達出來。在形式上，此詩由對仗工整的兩聯構成，體現了杜甫絕句不同於李白、王維等人的特色。

其二

江碧鳥逾❶白，山青花欲然❷。今春看又過，何日是歸年？

【注　釋】❶逾　更加。❷花欲然　形容花紅似火。語出庾信〈奉和趙王隱士〉「山花焰火然。」然，同「燃」。

【語譯】江水碧綠，顯得鳥兒更加潔白。山色青蔥，襯得花兒紅豔如火，似乎馬上要燃燒起來。今年的春天眼看又要過去，不知什麼時候才能回到故鄉？

【研析】這首絕句亦是描寫春景，但與前首全是詠景不同，此首是對景抒情。前兩句運用對比、反襯的藝術手法，表現春天的明媚景色。江碧、鳥白，山青、花紅，詩句用筆十分簡潔，色彩卻極為鮮豔明麗。如此美景，本該心情愉悅，然春光易逝，戰亂未息，歸日難期，所觸又易成愁思，後兩句即抒寫其愁緒。詩以客觀景物與主觀感受的不同來反襯鄉思之深厚，別具韻致，具有以樂景寫哀，倍增其哀的藝術效果。三句的「又」字，意味深長，透露出詩人年復一年，漂泊異鄉的無奈和痛苦，接下來「何日是歸年」的問句，由之更為警醒動人。在形式上，這兩首絕句也有所不同，前首兩兩相對，有整齊統一之美；此首則前整後散，轉有跌宕多姿之妙。

絕句四首

【題解】廣德二年（西元七六四年）春夏之交寓居成都草堂時作。第一首，寫園中夏景。第二首，乃為魚梁而賦。第三首，寫溪前美景。第四首，乃賦藥圃，即前所謂「藥欄」。

其一

堂西長筍別開門❶，塹❷北行椒❸卻背村。梅熟許同朱老喫，松高擬對阮生論❹。

【注釋】❶別開門　恐踏壞竹筍而另開園門。❷塹　隔斷交通的溝。❸行椒　成行的花椒樹。❹阮生論　此詩下有原注：

「朱、阮，劍外相知」。

【語　譯】草堂的西面長出了竹筍，因而我另外開了個園門。溝北面成行的花椒樹卻為溝塹阻隔，背著村子生長。梅子熟了許諾同朱老一同品嘗，松樹長高了想和阮生相對品論。

【研　析】這首絕句表達了詩人重新寓居草堂後安適喜悅的心情。四句皆由草堂景物引發，上兩句單寫竹筍、花椒，下兩句卻因梅熟、松高而興與友朋相會之念。為筍之生而別開園門，為椒之背村而暗暗遺憾，詩人對草堂一景一物的殷殷關切和款款深情可見一斑。梅尚青而許諾與人同嘗，松未高而欲擬邀友品評，其待人之誠摯，品性之高遠，亦是非同尋常。浦起龍則謂後兩句可見作者「志存棲隱」（《讀杜心解》卷六之下）。

其二

欲作魚梁❶雲復❷湍，因驚四月雨聲寒。青溪❸先有蛟龍窟，竹石如山不敢安。

【注　釋】❶魚梁　攔水捕魚的小型堤壩。以竹石沉入水中築堤攔截水流，中留水口，設網以捕魚。❷復　一作「覆」。❸青溪　指浣花溪。

【語　譯】我想要築魚梁捕魚，烏雲忽又滾滾而來，四月的雨聲還是這樣淒寒，真使我心驚。這浣花溪裡一定先有蛟龍掘窟居住，所以縱然此處有堆積如山的大量竹石我也不敢再去安魚梁了。

【研　析】這首絕句寫作者本打算築魚梁捕魚，卻因雲起雨寒而罷手。這本是草堂日常生活中的一件小事，但卻寫得頗為奇詭，一者可知這場成都四月春夏之交的風雨甚有聲勢，而更重要的原因還在於作者另有深意。趙汸只解作因畏溪中蛟龍，而不敢冒險取利，老杜應不會如此愚懦。浦起龍則謂此詩乃「自況不凡。須知『蛟龍』之想，只從『雲覆』、『雨寒』生出，值雲雨而蹴起文情也。『竹石』，皆為梁之具。『不敢安』，非真不安也。雨止雲收即安矣。趙汸乃謂溪有蛟龍，公不敢冒險取利，是為公所愚也。」（《讀杜心解》卷六之下）所言較趙有理，然此詩之寓意，與其說是自況，不如說是對時局懷有隱憂。

其三

兩箇黃鸝❶鳴翠柳，一行白鷺❷上青天。窗含❸西嶺❹千秋雪❺，門泊❻東吳❼萬里船❽。

【注釋】❶黃鸝　黃鶯。❷白鷺　鷺鷥，羽毛純白色，能高飛。❸窗含　窗口對山，似口中含。❹西嶺　山名，今稱西嶺雪山。在四川大邑西嶺鎮。因在成都西，故稱西山、西嶺。與〈揚旗〉中之「西嶺」、〈野望〉之「西山」，非一地。❺千秋雪　指嶺上終年不化的積雪。❻門泊　門前停泊。❼東吳　今江浙一帶，古代為吳國領地。❽萬里船　江船本常見，以「萬里」言之，謂戰後交通恢復，船可暢行萬里無阻。

【語譯】兩箇黃鸝在翠柳間鳴唱，一行白鷺飛上湛藍的青天。窗口似乎含著那披著千年不化積雪的西嶺，門前停泊著從萬里外的東吳過來的航船。

【研析】第三首是這組絕句中最膾炙人口的名篇。前兩句寫春夏之交清空明媚的景色，一連用了「黃」、「翠」、「白」、「青」四種顏色，相映相襯，而著色有意無意，出之自然，形成一幅色彩鮮明清麗的立體圖畫。首句還有聲音的描寫，在有聲有色間傳達出無比歡快的感情。三句寫憑窗遠眺，西嶺上千年不化的積雪，晶瑩剔透，著一「含」字，此景彷彿是嵌在窗中的一幅圖畫。四句言回首門外，看到岸邊停泊著的江船，想到在這戰亂平定，交通恢復之日，它能暢行萬里，詩人不禁暗動鄉關之思。「萬里船」與「千秋雪」相對，一言空間之廣，一言時間之久，詩人身在草堂，思接千載，視通萬里，胸次開闊，出語雄健。全詩對仗精工，著色鮮麗，動靜結合，聲形兼俱，每句詩都是一幅畫，又宛然組成一幅咫尺萬里的壯闊山水畫卷。

其四

藥條❶藥甲❷潤青青，色過棕亭入草亭❸。苗滿空山慚取譽，根居隙地❹怯成形❺。

【注釋】❶藥條　藥草的枝條。❷甲　初生的小葉。❸色過句　言藥草青青的顏色彌漫於整個藥圃。棕亭、草亭，皆為藥圃中的小亭，可見藥圃之大。❹隙地　空閒之地。❺怯成形　意即擔心藥材長不好。成形，藥材之根往往有特殊形狀，如人參呈人形，茯苓呈禽獸形等等。

【語譯】藥圃中藥草的枝條和小葉都是那麼滋潤，那青青的顏色漫過棕亭又侵入到草亭。苗滿荒山的稱譽令我慚愧，我只擔心這些栽在空閒荒地上的藥草因為時日短淺而不能長成形。

【研析】杜甫因常年漂泊，體弱多病，所以暫得安居之際，常自種草藥，並有「種藥扶衰病」（〈遠遊〉）之句。這首絕句描寫他再度回到草堂後所闢藥圃的情形。上兩句言春夏之際藥草生長良好，青色疊映，彌漫四周，悅人眼目，字裡行間透露出詩人滿足喜悅的心情。後兩句轉而言己既慚愧於苗滿空山的稱譽，又擔憂藥草受地形、時間的限制，不能成形，反映出詩人性格中謙和謹慎的一面，也似乎寄託著他對社會現實、自身遭遇的一些感慨。浦起龍即謂：「下二，就藥寄慨。空山隙地，蕭閒寂寞之濱也，亦無取於見知矣。」「觀此，知幕職之就，亦強而後可。」（《讀杜心解》卷六之下）所言過於坐實，便有牽強之嫌。

丹青引

【題解】此詩為廣德二年（西元七六四年）杜甫在成都作。丹青，是作畫所用顏料，故稱繪畫為丹青。題注：

「贈曹將軍霸。」張彥遠《歷代名畫記》卷九：「曹霸，魏曹髦之後，髦畫稱於後代。霸在開元中已得名，天寶末，每詔寫御馬及功臣，官至左武衛將軍。」唐玄宗末年得罪，削籍為庶人。安史亂後，流落蜀中。

將軍魏武之子孫❶，於今為庶❷為清門❸。英雄割據雖已矣❹，文采風流今尚存❺。學書初學衛夫人❻，但恨無過❼王右軍❽。丹青不知老將至，富貴於我如浮雲❾。

開元之中常引見❿，承恩數⓫上南薰殿⓬。凌煙功臣少顏色⓭，將軍下筆開生面⓮。良相頭上進賢冠⓯，猛將腰間大羽箭⓰。褒公⓱鄂公⓲毛髮動，英姿颯爽⓳來酣戰。

先帝⓴天馬㉑玉花驄㉒，畫工如山㉓貌不同㉔。是日牽來赤墀㉕下，迥立㉖閶闔㉗生長風㉘。詔謂將軍拂絹素㉙，意匠㉚慘澹經營㉛中。斯須㉜九重㉝真龍出㉞，一洗萬古凡馬空㉟。玉花卻在御榻上㊱，榻上㊲庭前㊳屹相向㊴。至尊㊵含笑催賜金，圉人㊶太僕㊷皆惆悵㊸。弟子韓幹㊹早入室㊺，亦能畫馬窮殊相㊻。幹惟畫肉不畫骨㊼，忍使驊騮㊽氣凋喪㊾。

將軍畫善蓋有神，偶逢佳士㊿亦寫真(51)。即今飄泊干戈(52)際，屢貌尋常行路人(53)。途窮反遭俗眼白(54)，世上未有如公貧。但看古來盛名下，終日坎壈(55)纏其身。

【注釋】❶魏武之子孫　魏武帝曹操的子孫。曹霸為曹操曾孫曹髦之後，故云。❷庶　庶人。❸清門　寒門。❹英雄句　指東漢末年曹操割據中原的時代已經過去。已，過去。❺文采句　曹操能詩，曹髦善畫，曹霸學書善畫，故曰「風流今尚存」。❻衛夫人　東晉著名女書法家。張懷瓘《書斷》：「衛夫人，名鑠，字茂猗，廷尉展之女弟，恆之從女，汝陰太守李矩之妻也。隸書尤善，規矩鍾繇。」（《書法要錄》卷八引）王羲之曾向她學書法。❼無過　沒有超過。❽王右軍　即東晉大書法家王羲之，曾官右軍將軍，故人稱「王右軍」。《晉書》本傳稱王羲之：「尤善隸書，為古今之冠。」❾丹青二句　化用《論語・述而》所載孔子的話：「發憤忘食，樂以忘憂，不知老之將至云爾。」「不義而富且貴，於我如浮雲。」盛讚曹霸鄙棄功名富貴，酷愛繪畫藝術而樂在其中的可貴精神，這正是曹霸畫藝高超的根本原因。❿引見　應詔被引領晉見皇帝。⓫數　屢次。⓬南薰殿　在長安南內興慶宮內。⓭凌煙句　凌煙閣上功臣的畫像已經褪色。凌煙閣，在長安西內三清殿側。唐太宗貞觀十七年（西元六四三年）二月，命閻立本畫開國功臣二十四人像於其上，太宗親作贊文。少顏色，褪色。⓮開生面　指霸畫新像，面目如生。唐封演《封氏聞見記》卷五：「玄宗時，以（凌煙）圖畫歲久，恐漸微昧，使曹霸重摹飾之。」⓯進賢冠　文臣所戴朝冠。《後漢書・輿服志下》：「進賢冠，古緇布冠也，文儒者之服也。」⓰大羽箭　一種四羽大竿長箭。唐太宗嘗自製以旌武功。⓱褒公　褒國公段志玄。⓲鄂公　鄂國公尉遲敬德。⓳颯爽　威武英俊貌。⓴先帝　指玄宗。㉑天馬　一作「御馬」。㉒玉花驄　玄宗所乘御馬名。㉓畫工如山　極言畫工之多。㉔貌不同　畫的與真馬不相同，即畫得不像。㉕赤墀　皇帝宮殿階地塗丹漆，故稱赤墀，也稱丹墀。㉖迥立　昂首挺立。㉗閶闔　天門，此指天子宮門。㉘生長風　形容馬飛動神駿之英姿。㉙絹素　繪畫用的白絹。㉚意匠　巧妙構思。㉛慘澹經營　苦心規劃設計。南齊謝赫《古畫品錄》以經營位置為繪畫六法之一。㉜斯須　一會兒。一作「須臾」。㉝九重　指皇宮。《楚辭・九辯》：「君之門兮九重。」㉞真龍出　指馬畫得逼真，活靈活現。馬八尺曰龍，此指玉花驄。㉟一洗句　謂霸畫馬勝過所有人間凡馬，為空前絕作。一洗，猶一掃。㊱玉花句　謂乍一看以為玉花驄怎麼跑到御榻上去了，細看方知是畫馬。卻在，不該在而在。御榻，御床。㊲榻上　指曹霸所畫馬。㊳庭前　指赤墀下真馬。㊴屹相向　畫馬真馬，相向而立，真假難分。屹，屹立。㊵至尊　皇帝，指玄宗。㊶圉人　養馬的人。㊷太僕　掌馬的官。㊸惆悵　讚賞出神、驚歎莫名之狀。杜甫〈楊監又出畫鷹十二扇〉詩：「粉墨形似間，識者一惆悵。」與此意同。㊹韓幹　《歷代名畫記》卷九：「韓幹，大梁人。」「官至太府寺丞。善寫貌人物，尤工鞍馬。初師曹霸，後自獨擅。」㊺入室　喻學問技藝的成就達到精深階段。舊稱親授嫡傳弟子為「入室弟子」，語出《論語・先進》：「子曰：『由也升堂矣，未入於室也。』」㊻窮殊相　窮形盡相，曲盡變態。㊼幹惟句　韓幹畫的馬肥大而無神駿之氣。骨，指馬的神駿風韻。宋張耒〈蕭朝散惠石本韓幹馬圖馬亡後足〉詩：「韓生丹青寫天廄，磊落萬龍無一瘦。」可見杜詩寫實。㊽驊騮　傳說為周穆王八駿之一。㊾氣凋喪　精神衰頹，沒有神氣。杜甫崇尚瘦勁，〈房兵曹胡馬〉云：「胡馬大宛名，鋒稜瘦骨成。」㊿佳士　卓越非凡之人。(51)寫真　畫像。(52)飄泊干戈　指避安史之亂。干戈，戰亂。(53)屢貌句　謂霸為了糊口，不得不為尋常人畫像，可見境遇落魄。屢貌，常常描繪。貌，這裡是給人畫像之意。(54)途窮句　霸為名畫家，但走投無路之下卻被流俗之輩輕視，故曰「反遭」。眼白，即白眼。《晉書・阮籍傳》：「籍又能為青白眼。見禮俗之士，以白眼對之。」(55)坎壈　窮困潦倒。《楚辭・九辯》：「坎壈兮貧士失職而志不平。」

【語　譯】曹將軍您本是魏武帝曹操的後代子孫，如今卻成為貧寒的普通百姓。祖先割據中原的英雄偉業雖然已經過去了，而其風流文采卻一直流傳到今天。您起初是學衛夫人的書法，只遺憾不能超過王羲之。於是全心學畫，忘記了老之將至，也把富貴看得輕如浮雲。

開元年間常被天子召見，數次蒙恩走上南薰殿。凌煙閣上功臣的畫像褪去了顏色，您重新潤飾，使其面目如生。良相頭上戴著進賢冠，猛將腰間掛著大羽箭。褒國公段志玄、鄂國公尉遲敬德，毛髮飛揚，英姿颯爽，似乎要和敵人大戰一番。

玄宗皇帝有一匹御馬叫做玉花驄，眾多的畫家都不能畫出牠的神貌。一天把牠牽到宮殿的臺階下，牠昂首立在宮門之前，神駿異常，顧盼生風，幾奪天馬之神。皇帝詔令將軍您拿來素絹畫此御馬，您精巧構思，苦心經營，一會兒工夫，一匹有真龍神采的馬就出現在皇宮中，使那些凡俗之馬一掃而空。那馬如此逼真，讓人乍一看不由驚訝玉花驄怎麼跑到御榻上去了。榻上的畫馬和庭前的真馬相向屹立，難辨真假。皇帝微笑著催促賞賜金銀，養馬的僕夫和管馬的小吏都感到驚詫莫名。弟子韓幹已得到您的親傳，也能把各種馬的形態畫出來。但是他畫的馬肥大而無神駿之氣，竟然忍心使駿馬失去神采。

將軍您善畫好像是有神相助，偶然遇到氣度非凡之人也給他畫像。然而今天您漂泊於戰亂之中，卻要常給路上碰到的尋常人畫像，以此來維持生計。末路英才反遭流俗白眼，當今世上再沒有像您這麼貧苦的人。可是看看古來享盛名者，誰不是困苦纏身，難以擺脫啊！

【研　析】 浦起龍曰：「讀此詩，莫忘卻『贈曹將軍霸』五字。」「通篇感慨淋漓，都從此五字出。自來注家只解作題畫，不知詩意卻是感遇也。但其盛其衰，總從畫上見，故曰〈丹青引〉。」（《讀杜心解》卷二之二）所言極是。這首詩可說是一篇曹霸小傳：開頭八句，從曹霸的家世淵源說到學書作畫；其下八句，追敘曹霸昔日奉詔重畫凌煙功臣盛事；再下十六句，追敘曹霸奉詔畫玉花驄事，極讚其畫馬之妙；最後八句，從過去跌回現在，極寫今日之衰。全詩章法井然，而每一小段也是刻意經營，極具匠心。前八句為總綱，而「發端十四字，已將官職、家世、門第、削籍一筆寫盡，而將軍一生盛衰俱見。」（吳瞻泰《杜詩提要》卷六）起勢可謂有萬鈞之力。繼以其家霸業不成映襯文采千古，再以曹霸之書藝襯其畫藝，人品襯其畫品，層層鋪墊，為下文描繪其丹青神技造足聲勢。中間二十四句是詩歌的中心，又可分為兩部分，上八句寫畫人，下十六句寫畫馬，畫馬為主，畫人作陪。畫人一段，「開元」二句寫其為玄宗賞識，以聲名概言其技藝；次二句即直入主題，寫其上凌煙閣重畫功臣像；再次二句，總寫所畫文臣武將之狀貌；又次二句以褒公、鄂公之像為具體代表，讚其所畫栩栩如生。畫馬十六句是詩歌的高潮，曹霸畫馬無數，作者卻只就其為玄宗皇帝畫御馬玉花驄一事著力鋪寫。先言眾多畫工摹寫玉花驄而不能盡如人意，次即展示玉花驄迥立生風的超凡氣度。接下來的「詔謂」四句具體描寫曹霸畫馬的過程，突出其慘澹經營的態度，一揮而就的功力，以及不同凡響的效果。隨後作者又運用了一系列的對比、襯托手法，進一步強調曹霸畫藝的神妙。先是以畫馬與真馬難分真假，盛讚曹霸之卓然超越於眾畫工；次以圉人、太僕惆悵於霸受賜金，顯示曹霸之深得皇帝嘉許；末以弟子韓幹善畫馬而無神駿之氣，反襯曹霸之盡善盡美。十六句濃墨重彩，淋漓盡致地展現出曹霸畫馬的神技。最後一段由昔日之盛，映襯今日之落魄。從前是「偶逢佳士亦寫真」，現在是「屢貌尋常行路人」。從前是奉詔畫人畫馬，享受賜金；現在是反遭流俗白眼，窮困不堪。大起大落，對比何等鮮明！末兩句遂發出自古名士，坎壈纏身的浩歎，以此收結全詩。表面上似是安慰曹霸，其實是聯繫自身遭遇，表達更為憤激的抗議，因而慷慨沉痛，感人至深！

　　這首詩是杜甫七古中的名篇，波瀾縱橫而結構謹嚴，賓主分明且對比強烈，極盡婉轉跌宕之致。同時，這首詩在用韻上也是匠心獨運，全詩共四十句，每八句一換韻，意隨韻轉，平仄互換，可謂七古創格。

韋諷錄事宅觀曹將軍畫馬圖

【題　解】 詩作於廣德二年（西元七六四年），時杜甫在成都。詩題「圖」下一本有「歌」字，一本有「引」字。韋諷，官閬州錄事參軍，有家在成都。甫有〈送韋諷上閬州錄事參軍〉詩。曹將軍，即曹霸，官左武衛將軍，詳見〈丹青引〉詩。畫馬圖，霸畫有〈九馬圖〉，蘇軾〈九馬圖贊敘〉云：「長安薛君紹彭，家藏曹將軍〈九馬圖〉，杜子美所為作詩者也。」

　　國初❶已來畫鞍馬，神妙獨數江都王❷。將軍得名三十載，人間又見真乘黃❸。
曾貌❹先帝❺照夜白❻，龍池❼十日飛霹靂❽。內府殷紅瑪瑙盤，婕妤傳詔才人索❾。
盤賜將軍拜舞歸，輕紈細綺相追飛❿。貴戚權門得筆跡⓫，始覺屏障生光輝。
昔日太宗拳毛騧⓬，近時郭家⓭獅子花⓮。今之新圖⓯有二馬⓰，復令識者久
歎嗟。此皆騎戰一敵萬，縞素⓱漠漠開風沙⓲。其餘七匹亦殊絕⓳，迥⓴若寒空動

煙雪㉑。霜蹄㉒蹴㉓踏長楸間㉔，馬官廝養㉕森成列㉖。可憐㉗九馬爭神駿㉘，顧視清高氣深穩。借問苦心愛者誰，後有韋諷前支遁㉙。

憶昔巡幸㉚新豐宮㉛，翠華㉜拂天來向東㉝。騰驤㉞磊落㉟三萬匹，皆與此圖筋骨同㊱。自從獻寶朝河宗㊲，無復射蛟㊳江水中。君不見金粟堆㊴前松柏裏，龍媒㊵去盡鳥呼風。

【注釋】❶國初　指唐朝開國初期。❷江都王　指李緒。霍王李元軌之子，唐太宗李世民姪，多才藝，善書畫，尤擅鞍馬。❸乘黃　傳說中神馬名，龍翼而馬身，黃帝乘以登仙。又名騰黃、飛黃、訾黃。此以乘黃喻霸畫馬之神妙逼真。❹貌　描摹；寫真。❺先帝　指唐玄宗。❻照夜白　玄宗所乘駿馬名。❼龍池　在長安興慶宮內。興慶宮為玄宗登帝位前所居舊宅。故址在今西安市興慶公園內。❽飛霹靂　言畫之靈奇，能感動神物，挾風雷而至。❾內府二句　二句謂曹霸畫照夜白得到玄宗獎賞，婕妤傳詔命才人取出內府所藏紅瑪瑙盤賜給他。內府，皇家倉庫。殷紅，深紅。婕妤、才人，皆宮中女官名。❿輕紈句　謂貴戚權臣都爭著以紈綺向曹霸求畫。紈，白色細絹。綺，有花紋的絲織品。⓫筆跡　指曹霸的畫。⓬拳毛騧　唐太宗六駿之一，為太宗平定劉黑闥時所乘坐騎。⓭郭家　指郭子儀。⓮獅子花　即九花虯，為唐代宗賜給郭子儀的御馬。⓯新圖　指〈九馬圖〉。⓰二馬　指拳毛騧和獅子花。⓱縞素　指畫絹。⓲漠漠開風沙　因是戰馬，故打開畫絹，似見戰地漠漠風沙。漠漠，瀰漫貌。⓳殊絕　神駿異常。⓴迥　遠。㉑煙雪　黑白，指馬色。㉒霜蹄　駿馬之蹄。語出《莊子・馬蹄》：「馬蹄可以踐霜雪。」㉓蹴　踢。㉔長楸間　猶言大道上。古時種楸樹於大道兩旁，故云。曹植〈名都篇〉：「走馬長楸間。」㉕廝養　廝役，指養馬的役卒。㉖森成列　排列成行。㉗可憐　可愛。㉘神駿　神奇駿逸。㉙支遁　字道林，東晉高僧。《世說新語・言語》：「支道林嘗養馬數匹，或言：『道人畜馬不韻。』支曰：『貧道重其神駿耳。』」㉚巡幸　帝王巡視。㉛新豐宮　京兆府昭應縣，本名新豐，有宮在驪山下，稱溫泉宮，天寶六載（西元七四七年）更名華清宮。故址在今西安臨潼驪山麓。㉜翠華　用翠鳥羽毛裝飾的旗幟。指皇帝儀仗。㉝來向東　新豐在長安以東，故云。㉞騰驤　奔騰超越。㉟磊落　眾多貌。㊱筋骨同　謂玄宗廄馬三萬匹與曹霸所畫九馬骨相神態相同。㊲河宗　即河伯，為河神。《穆天子傳》載：穆天子西征，以白狐、玄貉祭於河宗。此以穆天子西征，喻指玄宗西奔幸蜀。㊳射蛟　《漢書・武帝紀》載：元封五年，武帝南巡，「自尋陽浮江，親射蛟江中，獲之。」此以漢武帝比唐玄宗。時玄宗已死，故曰「無復」。㊴金粟堆　指玄宗陵墓。玄宗葬奉先縣（今陝西蒲城）東北金粟山，其陵曰泰陵。㊵龍媒　指駿馬。《漢書・禮樂志》載〈天馬歌〉：「天馬來，龍之媒。」

【語　譯】開國初期以來善畫鞍馬的畫家，神奇精妙獨數江都王李緒。曹霸將軍博得畫名已有三十年，今天人間又出現了真正的神馬圖。他曾畫過玄宗皇帝的駿馬「照夜白」，神妙靈異，十天裡龍池似乎都是風雷激蕩。玄宗皇帝高興地要把內府中殷紅的瑪瑙盤賞賜給他，婕妤忙傳下詔令，讓才人去府庫索取。將軍領了賞賜的盤子拜謝歸家，拿著輕紈細綺向他求畫的豪貴隨即紛紛而至。那些貴戚權臣覺得只有掛上曹將軍的畫，屏間牆上才有光輝。

昔年太宗皇帝名列六駿的拳毛騧，近時御賜郭子儀的獅子花，曹將軍都畫在了新作的〈九馬圖〉上，這又讓認得這兩匹馬的人感慨不已，長久歎息。這兩匹都是能以一敵萬的好戰馬，帶著戰地漠漠風沙昂然立於畫絹之上。其餘的七匹也都神駿異常，馬色或黑或白，就像遠遠的寒空中飄蕩的煙雪。駿馬走在兩旁滿是高高楸樹的大道上，馬官馬夫排列成行。這九匹馬真是可愛啊，爭著表現出神駿之姿，顧盼之間，神態清高，氣勢凝重。請問苦心愛馬的人是誰呢？前有支遁，後有韋諷。

回想當年玄宗皇帝巡視新豐宮，大隊儀仗從長安一路東行，那翠羽裝飾的高大旗幟好像是要碰著天了。隊伍中奔馳著眾多的駿馬，足有三萬匹，每一匹都和〈九馬圖〉的馬一樣筋骨不凡。自從玄宗皇帝因避安史之亂，西幸入蜀，到他死後的今天，再也沒有漢武帝那樣於巡幸途中射蛟江中的威風了。您看不到嗎？玄宗陵墓金粟山的松林間，駿馬已不見蹤影，只有幾隻小鳥在風中鳴叫。

【研　析】這是一首藉詠畫馬而感慨時事的名作。全詩可分三大段，開頭十二句為第一段，前四句先引善畫鞍馬的江都王作陪襯，言曹霸繼其後大享盛名，人間復見神馬圖。後從畫照夜白而令風雷起於龍池敘起，極寫曹霸畫藝的高超，玄宗賞賜的殊榮和由此而權貴爭相求畫的烜赫聲名，既為以下描寫〈九馬圖〉張本，又為末段感慨伏筆。自「昔日太宗拳毛騧」至「後有韋諷前支遁」十四句為第二段，是全詩的主體部分，照應題目，正面寫〈九馬圖〉。寫九馬，先寫拳毛騧和獅子花二馬，今昔對比，治亂興衰，深寓感慨。次及七馬，分別從七馬的形貌、奔馳、養護三個方面，再現其「殊絕」神態。然後又九馬並說，有分有總，有詳有略，錯綜變化，文勢跌宕。其後，再一次用襯托手法，以愛馬的東晉道人支遁凸顯收藏〈九馬圖〉的韋諷品味不凡，藝術素養高深，同時也遙扣題意。最後八句為第三段，照應首段，追懷玄宗，深寓盛衰之歎。玄宗巡幸新豐宮時，儀仗華美，數萬匹廄馬隨從，且「皆與此圖筋骨同」，此一句，緊扣全詩詠「九馬圖」的題旨。而其死後，群馬盡去，松柏含悲，這一結，韻致悠長，俯仰感慨，盡在其中。此詩就題目言，中段是主，前後是賓；就主題思想言，中段是賓，前後是主。起承轉接，抑揚頓挫，結構臻於化境。張溍曰：「從畫馬及真馬，從真馬及時事，慨歎無窮。」「風格之老，神韻之豪，針線之密，可謂千古絕調。」（《讀書堂杜詩注解》卷一一）此詩實是古今題畫詩中的傑作。

送韋諷上閬州錄事參軍

【題解】錄事參軍，為操持綱紀、糾彈貪污之職。韋諷於寶應元年（西元七六二年）攝閬州錄事參軍，杜甫曾在綿州送之，有〈東津送韋諷攝閬州錄事〉詩。廣德二年（西元七六四年），韋諷被正式授為閬州錄事參軍，故此詩題曰「上」。上，赴；到。諷家在成都，因從成都去閬州赴任，將行之際，杜甫在成都寫此詩送別。

國步猶艱難，兵革未衰息❶。萬方❷哀嗷嗷❸，十載❹供軍食❺。庶官❻務❼割剝❽，不暇憂反側❾。誅求❿何多門⓫，賢者貴為德。韋生⓬富春秋⓭，洞澈⓮有清識⑮。操持綱紀地⑯，喜見朱絲直⑰。當今豪奪吏⑱，自此無顏色⑲。必若救瘡痍⑳，先應去蟊賊㉑。揮淚臨大江㉒，高天意悽惻㉓。行行樹佳政，慰我深相憶㉔。

【注釋】❶國步二句　言國家舉步維艱，戰亂尚未平息。❷萬方　指天下百姓。❸嗷嗷　飢困哀號貌。❹十載　指從安史之亂（西元七五五年）到寫作此詩時。❺供軍食　供給軍糧。❻庶官　下級官吏。❼務　致力於。❽割剝　剝削。❾反側　指百姓造反。❿誅求　指搜刮。⓫何多門　指名目眾多。⓬韋生　指韋諷。⓭富春秋　指年富力強。⓮洞澈　看問題深刻。⓯清識　有遠見卓識。⓰操持句　指韋諷任錄事參軍一職。⓱朱絲直　朱絲，用熟絲製成的琴弦。韌性強，可以繃得很直，故用來比喻品行的正直。⓲豪奪吏　即指上面提到的那些強取豪奪的「庶官」。⓳無顏色　沒臉面。⓴瘡痍　瘡傷，指百姓的疾苦。㉑蟊賊　食禾苗的害蟲，比喻豪奪吏。㉒臨大江　指站在江邊送行，可知韋諷是走水路上任。㉓悽惻　悲戚。㉔行行二句　意謂希望您到閬州後樹立佳政，以安慰我深深相憶之情。行行，催促語。

【語譯】現在國家的局勢依然十分艱難，戰亂也還沒有平息。百姓悲哀哭號，從安史之亂開始，已經供應了十年的軍糧。那些小官吏只是忙著盤剝，沒功夫擔心老百姓會被逼得造反。他們搜刮的名目真是繁多啊！賢良的人卻應該看重行德政。韋生正當年富力強之時，洞曉世情，又有卓越的見識。如今擔任錄事參軍的職務，讓我高興地看到你正直的品行。應當讓那些貪官惡吏，從此以後再也沒臉作人。如果決心拯救百姓疾苦，一定要先除掉這幫民賊！站在江邊我揮淚和你告別，老天也為此而悲戚。希望你早日樹立良好的政績，以寬慰我對你深深的思念之情。

【研析】杜甫是一位「窮而心憂天下」的愛國詩人，所謂「葵藿傾太陽，物性固難奪」（〈自京赴奉先縣詠懷五百字〉），這首送別詩也充分體現出他始終如一的偉大情懷。詩先從敘說時事開始，韋諷是在國家時局動盪不寧之際，天下百姓遭受貪官污吏殘酷剝削情況下赴任的，前七句將艱危的現實和官逼民反的憂慮和盤托出，第八句「賢者貴為德」承前啟後，引出對韋諷的囑託。詩人希望韋諷為官正直，嚴明法紀，懲治強取豪奪之吏，以救百姓於水火之中。杜甫指出「必若救瘡痍，先應去蝨賊」這一以民為本的為政思想，表現了詩人一貫「憂黎元」的愛民思想和對豪奪吏的痛恨。趙次公評曰：「此篇公憂國愛民之意切矣。」（《九家集注杜詩》卷八引）楊倫曰：「是救時切務語，無文飾。」（《杜詩鏡銓》卷一一）

揚旗

【題解】廣德二年（西元七六四年）六月作。題下原注：「（廣德）二年夏六月，成都尹嚴公置酒公堂，觀騎士試新旗幟。」據《新唐書‧杜甫傳》載，嚴武再次鎮蜀，表薦杜甫為節度參謀、檢校工部員外郎。詩寫嚴武閱兵和啟用新旗的場面，並對嚴武治軍有方，防秋有策給予稱頌。

江風颯長夏❶，府中❷有餘清。我公❸會賓客，肅肅有異聲。初筵閱軍裝，羅列照廣庭。庭空六馬入，駊騀❹揚旗旌。

迴迴偃飛蓋❺，熠熠❻迸流星。來衝風飆急，去擘❼山嶽傾。材歸俯身盡，妙取略地平。虹蜺❽就掌握，舒卷隨人輕。

三州陷犬戎❾，但見西嶺❿青。公來練猛士，欲奪天邊城⓫。此堂⓬不易升⓭，庸蜀⓮日已寧。吾徒且加餐，休適蠻與荊⓯。

【注釋】❶長夏　農曆六月。❷府中　指嚴武幕府。❸我公　指嚴武。❹駊騀　馬頭搖動的樣子。❺飛蓋　飛揚的車篷。

❻熠熠　光彩閃爍貌。❼擘　分開。❽虹蜺　比喻軍旗。❾三州句　指廣德元年，松、維、保三州被吐蕃攻陷。詳見前〈西山三首〉。犬戎，指吐蕃。❿西嶺　也稱西山、雪山、雪嶺，是唐代西蜀防禦吐蕃侵擾的屏障。⓫天邊城　指松、維、保三州。⓬此堂　指劍南節度使公堂。⓭不易升　言責任重大。⓮庸蜀　春秋時古國名。庸國在今重慶東部、湖北西北部。蜀國在今四川成都一帶。這裡泛指巴蜀地區。⓯吾徒二句　言我輩將努力加餐為國效力，不學王粲為避亂遠赴蠻荊。嚴武重新鎮蜀之前，杜甫曾有東下湖湘的計畫，故這裡作這樣的表示。加餐，努力。休適蠻與荊，王粲〈七哀詩〉：「復棄中國去，委身適荊蠻。」這裡反用其意，言有嚴武重鎮，蜀地可以安居。

【語　譯】江風掠過吹走了六月的暑氣，將軍幕府十分清爽。嚴公大會賓客，來賓都在傳揚他治軍嚴整的特殊聲名。大會一開始便檢閱軍容，將士們整齊地列隊於廣闊的庭院當中。隊列撤出後，六名兵士騎馬奔入空空的庭院，戰馬搖首而立，騎兵揚起新的軍旗。

　軍旗迴旋，有如偃仰的飛蓋；光芒閃閃，有如飛迸的流星。衝來如同風飆般迅疾，退去如同山嶽崩傾。旗手盡施其材，從馬背上俯身貼近地面，絕妙地讓軍旗平平地掠過地面。手中的軍旗如同一道彩虹，舒捲隨人，十分輕盈。

　松、維、保三州已被吐蕃攻陷，如今只能遙望西嶺的青青山色。嚴公來這裡訓練猛士，就是要奪回邊境的三城。這劍南節度使的公堂不是那麼容易登上的，令人欣喜的是巴蜀地區已日見安寧。我們要努力為國效力，不學王粲為避亂遠赴蠻荊。

【研　析】這首詩分三層，各八句。首八句敘嚴公會客觀旗。詩從夏景引入，情致清灑，繼寫宴會中，賓客頌其聲名，閱兵式上軍容齊整，為下文描寫揚旗作好鋪墊。中八句備寫揚旗的壯觀場景。新旗或偃仰飄忽，或風馳電掣，或排山倒海，或俯身略地。旗幟之舒捲隨人，正見執旗人掌握自如，功夫非凡，一番訓練效果由此可見。而句法亦險奧奇麗，動人眼目。末八句盼望嚴公保境安民。浦起龍評曰：「著『三州』四句，見此舉非徒耀耳目之觀。『不易升』，慎重職業之詞。『日已寧』，頌禱欣動之詞。結又就自身作預為慶幸之詞，而『加餐』字又恰與篇首『會客』、『初筵』映帶，不肯絲毫滲漏如此。」又評整首詩曰：「前八句敘事，中八句摹寫，後八句屬望，體制秩如。」「前妙在簡淨，中妙在鑱刻，後妙在嚴重。」（《讀杜心解》卷一之四）所言皆極為恰切。

太子張舍人遺織成褥段

【題解】廣德二年（西元七六四年）在成都作。張舍人，張氏生平不詳，官太子舍人，此官職掌侍從太子。題加「太子」於「張」上，制題謹慎。遺，贈送。織成，古代有圖案的名貴絲織物。《後漢書·輿服志》：「刺史、公侯九卿以下皆織成。」褥段，用作褥墊的綢緞。

客從西北來，遺我翠織成❶。開緘風濤湧，中有掉尾鯨。逶迤羅水族，瑣細不足名❷。客云充君褥，承君終宴榮。空堂魑魅走，高枕形神清❸。領客珍重意，顧我非公卿。留之懼不祥，施❹之混❺柴荊❻。服飾定尊卑，大哉萬古程❼。今我一賤老，裋褐❽更無營❾。煌煌珠宮❿物，寢處禍所嬰⓫。歎息當路子⓬，干戈尚縱橫⓭。掌握有權柄，衣馬自肥輕⓮。李鼎死岐陽，實以驕貴盈⓯。來瑱賜自盡，氣豪直阻兵⓰。皆聞黃金多，坐見悔吝⓱生。奈何⓲田舍翁⓳，受此厚貺⓴情。錦鯨㉑卷還客，始覺心和平㉒。振㉓我粗席塵，愧客茹藜羹㉔。

【注釋】❶客從二句　句法本《古詩十九首》：「客從遠方來，遺我一端綺。」客，指太子張舍人。西北，隱指長安。翠，綠色。❷開緘四句　寫打開褥段後，見到的波濤、鯨魚和各種水中動物。緘，包裝。逶迤，蜿蜒曲折的樣子。羅，羅列。不足名，不能一一說出名稱。❸客云四句　是轉述張舍人贈送褥段的話。意思是承蒙您款待，終宴相陪。織成褥段可供您宴後醉眠，鬼怪見而驚逃，使人形神交泰。魑魅，傳說中害人的鬼怪。❹施　陳設。❺混　混亂；混淆。❻柴荊　柴門，指自己的茅舍。❼萬古程　永久不變的法度。❽裋褐　指卑賤之人的粗布衣著。❾更無營　意謂一身粗布衣服之外，更無所營求。❿珠宮　龍宮，此指宮廷。⓫禍所嬰　在封建時代，僭用禁物是有罪的，故云。嬰，纏繞。⓬當路子　當權的人。⓭干戈句　戰爭還沒有停息。⓮掌握二句　是說掌握了權力，便自然而然的一切都有了。《論語・雍也》：「乘肥馬，衣輕裘。」⓯李鼎二句　李鼎死岐陽事，史書闕載。李鼎事跡見《舊唐書・肅宗紀》：上元元年（西元七六〇年）十二月任鳳翔尹兼興、鳳、隴等州節度使。次年二月，党項寇寶雞，入散關，陷鳳州，李鼎曾引兵出擊。六月昇任鄯州刺史，隴右節度營田等使。則李鼎有軍功，必因恃功驕貴而被殺於任所。杜甫此詩可以補史書之闕。岐陽，即鳳翔。盈，滿。⓰來瑱二句　《舊唐書・來瑱傳》載，來瑱上元三年（西元七六二年）為鄧州刺史，充山南東道節度，裴茙上表稱來瑱倔強難制，代宗潛令裴茙圖之，來瑱不服，反擒裴茙於申口，入朝謝罪。次年正月，貶來瑱為播州縣尉員外置。翌日，賜死於鄠縣，籍沒其家。賜自盡，即賜死。阻兵，依仗武力。阻，依仗。⓱悔吝　悔恨。⓲奈何　怎麼。⓳田舍翁　杜甫自謂。⓴厚貺　厚贈。㉑錦鯨　指「織成褥段」。㉒心和平　心中安穩。㉓振　抖。㉔愧客句　對自己不能備辦豐盛酒饌招待客人表示歉意。茹，吃。藜羹，用藜葉做的菜湯。

【語　譯】貴客太子張舍人從西北方來，送給我一件翠綠色的名貴絲織品。打開它，上面花紋繁複，波濤洶湧間，有一隻擺尾的長鯨。還有各種各樣的水族羅列其間，曲折蜿蜒，不成行列，瑣碎細小，難以一一說出名稱。客人說可以用它來作條褥墊，作為我一直陪同宴飲的謝儀。睡在它上面，鬼怪不敢來驚擾，可以高枕無憂，安睡之後，會身體康健，神清氣爽。敬領貴客對我如此珍重的情意，但我不是王公卿相，留下這麼貴重的東西恐怕會招致不祥，把它和我茅舍裡粗糙的物事混放在一起，也十分不合適。衣著裝飾都有嚴格的等級規定，尊卑有別，這是萬古不變的大法度。如今我這麼一個卑賤的老頭，除了身上的粗布衣外，已經沒有別的奢求。這亮麗的名貴絲織褥段是宮中的禁物，我這個賤老頭睡在上面會災禍纏身的。可歎那些當權者，現在戰亂還沒有平息，只因為手中有一點權力，就要輕裘肥馬的享受。李鼎之所以死在岐陽，實是因為恃貴驕奢，不知節制。來瑱被賜自盡，是因為他依仗兵力，粗豪不服管制。聽說李鼎、來瑱二人都是因為貪圖黃金，終遭禍患，以致追悔莫及。何況我這樣一個田舍老翁，怎麼能接受如此厚重的饋贈？把織著長鯨的絲織褥段捲起來還給客人，才覺得內心安穩平靜。抖一抖我粗席上灰塵，很抱歉讓客人吃藜葉菜湯這樣的飯食。

【研　析】這是一首拒賄的詩，是詩歌史上少有的題材。侍從太子的張舍人贈送給詩人一件絲織褥段，東西極為名貴，贈送者態度又是非常的誠懇，而杜甫幾乎是一生窮困，此時他雖被再次鎮蜀的嚴武表薦為節度參謀、檢校工部員外郎，也是位卑俸薄，未脫貧窮之境。按照常理，杜甫似乎應該欣然接受，歡喜異常，而詩人卻婉言謝絕，並借題發揮，發表了一番議論：己非公卿，如此貴重的東西，用之不當，恐怕還會招來禍端；那些執掌權柄者，不顧戰亂與國家危難，猶自輕裘肥馬，真是可歎；驕橫貪婪的李鼎和來瑱，終於招致殺身之禍，更該引以為戒。最後詩人將褥段退還，以「心和平」的姿態，粗席藜羹，招待客人。甘於清貧，堅持操守的形象和前面的「客」、「當路子」以及李鼎、來瑱構成鮮明的對比。宋人師古曰：「甫傷兵革之際，生民有不得其食、不得其居處者，我何忍獨安於此，又自卷以還客始覺心和平。足知甫之所養於中者宏深，雖伯夷目不視惡色，耳不聽惡聲，何以加此！」（《分門集注杜工部詩》卷二〇引）的確這首詩充分表現了詩人安貧若素、守志不移的高貴品質，同時又寫得生動有趣，柔中有剛，顯示了杜甫巧妙的拒賄技巧，不愧是一篇寓意頗深、富有教益的佳作。

宿　府

【題　解】廣德二年（西元七六四年）六月，嚴武表薦杜甫為節度參謀、檢校工部員外郎。此詩即為是年秋獨宿節度使府時作。詩寫江城淒涼夜景，感慨漂泊異鄉的心情，深沉動人。

清秋幕府❶井梧❷寒，獨宿江城❸蠟炬❹殘。永夜❺角聲❻悲自語，中天❼月色好誰看？風塵荏苒❽音書❾絕，關塞❿蕭條⓫行路難。已忍伶俜⓬十年⓭事，強移棲息⓮一枝安⓯。

【注釋】❶幕府　指嚴武節度使府。古時行軍，將帥無固定駐所，以帳幕為府署，故稱幕府。後遂用作地方軍政長官與節度使衙署的代稱。❷井梧　井邊的梧桐樹。❸江城　指成都。❹蠟炬　蠟燭。❺永夜　長夜。❻角聲　號角聲。❼中天　一作「中庭」。❽風塵荏苒　時光在戰亂中流逝。荏苒，謂時間漸進推移。陶淵明〈雜詩〉其十：「荏苒經十載，暫為人所羈。」❾音書　指親朋間的音信。❿關塞　關隘要塞。⓫蕭條　寂寞冷落。⓬伶俜　孤苦貌。⓭十年　從天寶十四載（西元七五五年）安史之亂爆發到寫此詩，前後凡十年。⓮強移棲息　勉強棲身。⓯一枝安　謂幕府供職。《莊子‧逍遙遊》：「鷦鷯巢於深林，不過一枝。」

【語譯】清秋時節，幕府井邊的梧桐樹寒意陣陣。我獨宿於江城，長夜不寐，蠟燭燃燒得只剩下一點。長夜裡號角悲鳴，像是在自言自語。中天的月色雖好，可是又有誰來欣賞？戰亂隔不斷時光的流逝，卻隔斷了親友的音信。關隘阻塞，蕭索冷落，傳信、回鄉的道路愈加艱難！安史亂後的這十年裡，我忍受了多少孤苦，現在供職幕府，只不過像鳥兒一樣，尋一樹枝，勉強棲身。

【研　析】此詩題為「宿府」，而「獨宿」二字為全詩關鍵。詩藉獨宿所見所聞之景，抒發獨身飄零之感、抑鬱寂寞之情。首聯點明時地，秋夜幕府，院中「井梧寒」，屋內「蠟炬殘」，其景淒清，正烘托出「獨宿」的淒涼氣氛。頷聯進一層寫中宵不寐的景色，並與獨宿思鄉的感傷心情融合在一起。角聲悲涼，響徹夜空，如怨如訴，猶似自語；皓月當空，遍灑清光，置身美景，卻無心觀賞！元人張性說：「第二聯雄壯工致，當時夜深無寐，獨宿之情，宛然可見。」（《杜律演義》前集）兩句情景相生，是千古名句，句式則均為上二下五式，於「悲」、「好」處略作停頓。角聲是戰亂的象徵，明月是思鄉的觸媒，不由得勾起獨宿人無限的鄉愁。

頸聯即寫思鄉難歸的苦衷。作者〈恨別〉詩云：「洛城一別四千里，胡騎長驅五六年。草木變衰行劍外，兵戈阻絕老江邊。思家步月清宵立，憶弟看雲白日眠。」可作此二句注腳。那時流離風塵才五六年，而今已「伶俜十年」，怎堪忍受！末句照應首句，言幕府供職，本非初心，只是為了一家生計和彼此友誼，所謂「束縛酬知己，蹉跎效小忠」（〈遣悶奉呈嚴公二十韻〉），才勉強入幕的。此詩章法謹嚴，對仗工巧。吳農祥說：「八句皆對，既極嚴整從容，復帶錯綜變化，此公之神境。」（《杜詩集評》卷一一引）

倦夜

【題　解】廣德二年（西元七六四年）秋，杜甫由嚴武幕府請假暫歸草堂後作。詩寫秋夜不眠，為憂時傷亂所致。竟夕不寐，故題曰〈倦夜〉，一作〈倦秋夜〉。

竹涼侵臥內，野月滿庭隅❶。重露成涓滴❷，稀星乍有無。暗飛螢自照，水宿鳥相呼。萬事干戈❸裏，空悲清夜徂❹。

【注　釋】❶庭隅　庭院的角落。❷涓滴　細小的水滴。❸干戈　指戰亂。❹徂　往；消逝。

【語　譯】竹間的涼氣侵入臥室，荒寒的月光灑滿庭院。濃重的秋露凝成細小的水滴，稀疏的星星在月光中時隱時現。月落了，螢火蟲在黑暗中自照繞飛；破曉時，水邊棲息的鳥兒相互呼喚。家國多事戰亂不休，清夜難眠空自悲傷到明天。

【研　析】此詩完整地記錄了身居異地之人倦夜之中的所見所聞所想。由初夜，而深夜，而夜盡，把從月昇到月落的秋夜景色描寫得歷歷如在目前。首二句寫初夜之景，詩人孤棲「臥內」，睹滿庭秋月，輾轉難眠。三四句寫深夜秋景。濃重的露凝聚竹上，形成了細小的水滴，稀疏的星星因靠近月亮而乍隱乍現。詩以露滴之滾落如淚，稀星之隱約無定，襯托輾轉無寐的詩人形象，可謂體物入神。五六句藉秋夜破曉前景色，寄託「無情無緒，無可自寬，亦無從告語」之情。月落以後，夜暗無光，螢飛自照而「不能照物」；水宿之鳥，競相呼喚而「人或不如鳥」（王嗣奭《杜臆》卷六）。此都是作者竟夕不寐所聞所見，實寓孤寂飄零之感。末二句直吐胸臆，點明詩旨，見詩人終宵所思所想，飽含感慨與幽憤，使以上所寫景物皆歸於此。全詩起承轉合，井然有序。黃生曰：「前六刻劃清夜之景，無字不工。末用二字點明，章法緊峭。」（《杜詩說》卷六）查慎行亦曰：「靜極細極，此段境界他人百舍不能至也。前六語俱寫景，極其細潤，結處無限感慨，首尾四十字無一字虛設。五律至此，難矣！蔑以加矣！」（《杜詩集評》卷九引）

絕句三首

【題解】永泰元年（西元七六五年）春作於成都。是年正月三日，杜甫辭嚴武幕府而歸浣花溪，五月攜家離草堂南下欲往荊楚。這組詩正是此間所作。第一首，為欲往荊楚而作。第二首，見成都形勝，仍事遊覽。第三首，寫春江風急，吹翻船隻，不得遠行。

其一

聞道巴山❶裏，春船正好行。都將百年❷興，一望九江城❸。

【注釋】❶巴山　大巴山的簡稱。因其鄰近三峽，杜甫由成都往荊楚，需經三峽，故而想到巴山。❷百年　猶平生。❸九江城　指荊州。《尚書・夏書・禹貢》：「過九江至於東陵。」孔安國傳：「江分為九道，在荊州。」

【語　譯】聽說巴山附近的三峽江面，春季是船隻正好航行的時候。我滿懷著平生的遊興前往，去瞻望一下九江城。

【研　析】這首絕句抒發了詩人遠行前的喜悅心情。全詩皆是欲想之詞，由首句之「聞道」，末句之「一望」可知。杜甫的計畫是順長江東下，出三峽而往荊楚，由荊楚再尋機回中原，故其對此次遠行滿懷希望，「春船正好行」，雖是聽聞之語，但正合其急切之心，故即昇起「百年興」。

其二

水檻溫江❶口，茅堂石筍❷西。移船先主廟，洗藥浣花溪。

【注　釋】❶溫江　即岷江支流濯錦江，亦稱錦江，流經杜甫草堂附近。❷石筍　即石筍街，在成都西門外，因街旁有兩根石筍而得名。

【語　譯】我的水檻對著溫江河口，我的草堂在石筍街西面。我可以划著船去先主廟遊覽，也可以在浣花溪中清洗藥材。

【研　析】寓居草堂的日子是杜甫生命中難得的安適愉悅的時光，在打算永遠離開草堂遠去之際，詩人難免流連難捨。水檻、茅屋的方位絮絮道來，多次遊覽過的先主廟，整日相伴的浣花溪再度盤桓，短短的二十字中充溢著詩人的回憶和眷戀。

其三

謾道❶春來好，狂風大放顛❷。吹花隨水去，翻卻❸釣魚船。

【注釋】❶謾道　即莫道、休道之意。❷大放顛　猶言大發作。❸翻卻　即翻了。卻，語助詞，用於動詞之後。

【語譯】不要說春天來了一切都會好，這也正是狂風大作的時候。肆虐的春風吹落了春花隨著流水遠去；也吹起巨浪打翻了船隻，使人不能釣魚航行。

【研析】這首詩照應第一首欲乘船出峽，寫因風浪大作，不得航行。第一首首言「聞道」，此首則首言「謾道」，聽聞之言或不確切，而春日天氣多變，亦是常事。詩人計畫受阻，不由暗生怨望。吳瞻泰曰：「此以三首為章法也。首章思乘船即至九江，次章東移西泊，不出成都，末章致怨春風，繫舟不能去，而以比興出之。小小結構，具有波瀾。」（《杜詩提要》卷一四）

春日江村五首（選二）

【題解】這組詩永泰元年（西元七六五年）春作於成都。江村，指成都西郊浣花草堂。組詩五首，這裡選的是第一、二首。第一首，寫春日江村之景，點明題目，然而有天涯羈旅、百年過客之慨。第二首，追憶來蜀入幕前，寄興林泉、優游蕭散之疏懶生活。

其一

農務❶村村急，春流❷岸岸深。乾坤❸萬里眼❹，時序❺百年❻心。茅屋❼還堪❽
賦❾，桃源❿自可尋。艱難昧生理⓫，飄泊⓬到如今。

【注釋】❶農務　指春耕勞作之事。❷春流　指浣花溪。❸乾坤　指天地。❹萬里眼　遙望故鄉，遠隔萬里。❺時序　時間季節運行的次序。❻百年　指人的一生。❼茅屋　指浣花溪草堂。❽堪　可。❾賦　指作詩。❿桃源　陶淵明在〈桃花源記〉中描寫的田園勝境，此指浣花溪附近的美好風物及人情。⓫昧生理　猶言拙於謀生。昧，不懂得；無知。生理，謀生之道。⓬飄泊　飄遊四方，行止不定。

【語　譯】村村都在忙著春耕，春日溪水大漲，使流過的每個地方的河岸都變深了。天地悠悠，極目遙望，故鄉遠在萬里之外。年年季節更迭，人生不過百年而盡，思之心動不已。我的草堂還值得賦詩讚美一番，周圍的風光如桃源一般，美景可尋。歷盡艱難，皆因拙於生計，所以到今天還是飄泊不定。

【研　析】這組詩共五首，以「江村」為題，內容卻不以寫江村景物為主，而是追憶來蜀後的生活經歷和感想。趙汸評五詩「皆有意義。所謂憂中有樂，而樂中有憂者也。」(《杜律五言趙注》卷中) 這首詩正是如此。全詩四聯，首聯寫江村春景，農務繁忙，春水高漲，一片生機盎然，為樂；次聯陡然於萬里乾坤、百年時序間凸顯人生之渺小無助，極寫飄泊衰謝之感，為憂；三聯寫草堂之可愛，溫情脈脈，為樂；尾聯上句因，下句果，轉歎生計艱難，為憂。隨著情感的跌宕起伏，語言也是或清新或老辣，李因篤評曰：「五詩亦樸老，亦綺麗，首首俱帶江村意，大家之篇。」(《杜詩集評》卷九引)

其二

迢遞❶來三蜀❷，蹉跎❸有六年❹。客身逢故舊❺，發興自林泉。過懶從❻衣結，
頻遊任履穿。藩籬頗無限，恣意❼向江天。

【注　釋】❶迢遞　路途遙遠。❷三蜀　舊指蜀郡、廣漢郡、犍為郡。這裡泛指蜀地。❸蹉跎　光陰白白度過。❹六年　杜甫自乾元二年(西元七五九年)進入蜀地，最後來到成都，至寫此詩已有六個年頭。❺故舊　指嚴武。❻從　聽從；任憑。與下文「任」同義。❼恣意　任意；任性。

【語　譯】我萬里迢迢來到蜀地，歲月蹉跎，至今已有六年。客居之人喜逢故人舊識，抒發逸興全由這林泉景

致。太過疏懶，任憑衣服打結；頻繁出遊，聽任鞋子磨穿。草堂的籬笆圈得頗為廣闊，可以讓我面向江天，放任性情。

【研　析】這首詩主要寫詩人入幕前的逍遙生活。首聯即出之以工整的對偶句，上言己來蜀路途遙遠，次言來蜀時日已久。頷聯寫己在蜀之日，人事、風景兩相愉悅。頸聯寫己毫無拘礙，自在居遊的瀟灑情狀。末聯進一步伸足其意，直抒恣意放懷之情。全詩清新疏淡，在杜甫的詩歌中別具風味。

莫相疑行

【題　解】永泰元年（西元七六五年）杜甫辭嚴武幕職後作。莫相疑，即不要疑忌。詩為諷少年輕薄而作，詩成之後，拈末三字為題。

男兒❶生無所成頭皓白，牙齒欲落真可惜❷。憶獻三賦❸蓬萊宮❹，自怪一日聲❺烜赫❻。集賢學士❼如堵牆❽，觀我落筆中書堂❾。往時文采動人主❿，此日飢寒趨路旁。晚將末契⓫託年少⓬，當面輸心背面笑⓭。寄謝悠悠⓮世上兒⓯，不爭好惡莫相疑⓰。

【注　釋】❶男兒　杜甫自指。❷可惜　可悲。此悲歎老而無成。❸憶獻三賦　天寶九載（西元七五〇年）冬，杜甫進獻〈朝獻太清宮賦〉、〈朝享太廟賦〉、〈有事於南郊賦〉，即所謂「三大禮賦」。❹蓬萊宮　即大明宮，高宗龍朔二年（西元六六二年）改名蓬萊宮，亦稱東內。❺聲　聲名。❻烜赫　聲勢盛大。❼集賢學士　玄宗開元十三年四月，改集仙殿為集賢殿，改麗正殿書院為集賢殿書院，院內五品以上為學士，六品以下為直學士。「集賢院學士，掌刊輯古今之經籍，以辨明邦國之大典，而備顧問應對。凡天下圖書之遺逸，賢才之隱滯，則承旨而徵求焉。其有籌策之可施於時，著述之可行於代者，較其才藝，考其學術，而申表之。」（《唐六典》卷九）❽如堵牆　形容列觀者之多，語出《禮記・射義》：「孔子射於矍相之圃，蓋觀者如堵牆。」❾落筆中書堂　《新唐書・杜甫傳》云：「甫奏賦三篇，帝奇之，使待制集賢院，命宰相試文章。」集賢院隸屬中書省，在中書省之政事堂考試文章。甫〈奉留贈集賢院崔于二學士〉所云：「氣衝星象表，詞感帝王尊。天老書題目，春官驗討論。」即指此。❿文采動人主　即所謂「詞感帝王尊」。人主，指玄宗。⓫末契　對人謙稱自己的情誼。語出《文選》所收陸機〈歎逝賦〉：「託末契於後生，余將老而為客。」李周翰注：「言後生見我老，不與我交，以客禮相待，復增其憂耳。末契，下交也。」⓬年少　猶後生，指幕府同僚。⓭當面句　謂年輕同僚當面一套，背後一套，玩兩面手法。輸心，表示真心、誠心。笑，嗤笑。⓮悠悠　眾多。⓯世上兒　即上「年少」者。⓰不爭句　謂我不想與爾等爭權奪利，故而辭幕歸隱，請你們不必亂猜疑。不爭好惡，不與你們爭高低。

【語　譯】我身為男兒，到如今無所成就，卻已是滿頭白髮，牙齒也要掉光了，真是可悲啊！回想當年我向朝廷獻上「三大禮賦」，自己也奇怪竟會在一日之內名聲大震。集賢學士像一堵牆站在我身旁，看我在中書堂考試文章。昔日曾以文采打動人主，今天卻飢寒交迫奔走道路。晚年將一片情誼託付於年輕人，沒想到他們卻當面向我表示真心，背後將我嗤笑。告訴你們這些世俗小兒郎，我不想與你們爭什麼高低，你們也不要胡亂把我猜疑！

【研　析】這是一首追昔撫今，感慨人情世態的詩作。平直的語言，奔放的情感，尖銳的批判，深沉的慨歎，使這首詩具有強大的感染力。這首歌行體古詩本是七言，但首句卻有九字，突兀而起，音調鏗鏘，將老而無成的一腔悲慨噴薄而出，振人心魄。二句繼寫衰老之態，悲老之意。接下來的四句追憶當年進獻「三大禮賦」，聲名鵲起、眾人矚目的榮耀。隨後以「往時」、「此日」兩句承上啟下，於今昔對比中流露不勝悲愴之情。然暮年窮途之悲尚不盡於此，更無奈的是要與那些兩面三刀的「世上兒」共事。「當面輸心背面笑」七字寫盡小兒之輕薄，表現了詩人對人情冷暖、世態炎涼的厭倦和憎惡。末尾以「莫相疑」作結，反映了詩人不爭名利的淡泊心態和雖人心難測，終以開誠相見的博大胸襟。浦起龍評曰：「此詩追昔撫今，不勝悲慨，於結尾流露其意。」（《讀杜心解》卷二之二）

去蜀

【題解】永泰元年（西元七六五年）五月作。四月，嚴武死，杜甫生活失去依靠，又預見到蜀中將亂，決計出峽東歸，離蜀而去，故題曰〈去蜀〉。

五載客蜀郡，一年居梓州❶。如何❷關塞阻❸，轉作❹瀟湘❺遊？萬事已黃髮❻，
殘生❼隨白鷗❽。安危大臣❾在，不必淚長流。

【注釋】❶五載二句　杜甫於上元元年（西元七六〇年）初借居成都草堂寺，後移居新建之草堂，至永泰元年（西元七六五年）五月離蜀，前後共六年，其間有一年多流寓梓州、閬州等地，在成都前後合計約五年。蜀郡，即成都。❷如何　猶豈料。❸關塞阻　謂長安難返。❹轉作　反作。本應北返長安，因關塞險阻，只好出峽東行，故曰「轉作」。❺瀟湘　二水名，在今湖南境內，此泛指荊楚一帶。❻黃髮　謂年老。❼殘生　猶餘生。❽隨白鷗　謂漂泊。即杜甫〈旅夜書懷〉所云「飄飄何所似？天地一沙鷗」意。❾大臣　泛指朝廷掌權者。

【語譯】這幾年中，我前後有五年客居於成都，中間還有一年流寓於梓州。沒想到關塞險阻，難回長安，只好轉而出峽東去，作瀟湘之遊。萬事擾心，我已成黃髮老人，餘生裡也只能像白鷗一樣漂泊不定。國家的安危自有朝裡的大臣負責，我不必因為擔憂而淚水長流。

【研析】杜甫在蜀地生活的幾年是他人生中的一個重要階段，也是他詩歌創作的一個重要時期。而嚴武死後，

杜甫無奈去蜀，並且再也沒能回來，離蜀之際，敏感的詩人作詩總結幾年的漂泊生涯，正如浦起龍所云：「自此長別成都矣。」「只短律耳，而六年中流寓之跡，思歸之懷，東遊之想，身世衰遲之悲，職任就舍之感，無不括盡，可作入蜀以來數卷詩大結束。是何等手筆！」（《讀杜心解》卷三之四）短短四十字之中，涵蓋如此豐富的內容，實非大家而不能為。細析之，首二句為六年流寓之跡，初看來似平淡無味，然稍思之，數年流光的飛逝，在蜀期間的安定與漂泊、閒適與艱苦，離開之際的留戀與歸鄉的強烈願望……，萬千感懷卻莫不被這貌似平淡的「五載」、「一年」兩句所包蘊。中間兩聯寫己在老邁之年，無論是北上返回故鄉，進京輔佐君王，還是迎來天下太平，擺脫流離之苦，種種心願皆難以實現，其痛苦悲憤可以想見。末尾二句，尤為深警，表面上說社稷安危自有朝中大臣負責，自己何必淚水長流，杞人憂天？此乃無可奈何，強作排遣之詞，實則反言詩人心繫國家安危，時刻為其憂心流淚的情況。楊倫曰：「結用反言見意，語似自寬，正隱諷大臣也。」（《杜詩鏡銓》卷一二）十字之中有痛惜，有激憤，有寬慰，言簡意賅，令人歎為觀止。

禹廟

【題解】永泰元年（西元七六五年）四月，嚴武病卒，杜甫遂於五月攜家乘舟離成都，經嘉州（今四川樂山）、戎州（今四川宜賓）、渝州（今重慶）、忠州（今重慶忠縣）而抵雲安（今重慶雲陽）。這首詩即為是年秋，杜甫由渝州去忠州時作。禹廟，夏禹之廟，在今忠縣南，過岷江二里處。

禹廟空山裏，秋風落日斜。荒庭垂橘柚❶，古屋畫龍蛇❷。雲氣噓❸青壁，江聲走白沙。早知乘四載❹，疏鑿❺控三巴❻。

【注　釋】❶橘柚　據《尚書・夏書・禹貢》載，禹治洪水後，九州人民得以安居生產，遠居東南的「島夷」之民也「厥包橘柚錫貢」，即把豐收的橘柚包裹好進貢給禹。❷畫龍蛇　《孟子・滕文公下》言，大禹治水「驅龍蛇而放之菹」，即驅趕龍蛇至澤中有水草處，使龍蛇也有所歸宿，不再興風作浪。故後人將其事畫於牆壁之上以紀其功。❸噓　浸潤。❹四載　傳說大禹治水時所用之四種交通工具。《尚書・虞書・益稷》：「予乘四載。」孔安國傳：「調水乘舟，陸乘車，泥乘楯，山乘樏。」❺疏鑿　疏通河道，開鑿山巖。❻三巴　據《華陽國志》載：東漢獻帝興平元年（西元一九四年），益州牧劉璋三分古巴國：以安漢以上為巴郡，治安漢（今四川南充）；以安漢以下為永寧郡，治江州（今重慶）；朐忍至魚復為固陵郡，治魚復（今重慶奉節東）。建安六年（西元二〇一年），改永寧為巴郡，巴郡為巴西，固陵為巴東，合稱三巴。

【語　譯】大禹的祠廟建在空寂的山裡，我來到這裡正是秋風蕭瑟落日西斜的時候。廟內荒涼的庭院中，幾棵橘柚樹上垂掛著果實，古舊房屋的牆壁上畫著龍和蛇。雲霧浸潤著廟外青翠的崖壁，江水捲過岸邊白沙，濤聲陣陣。早就知道大禹為治水用過四種交通工具，他疏江鑿山，終於控制住三巴一帶的洪水。

【研　析】這是一首唐人祠廟詩的典範之作。首二句，寫秋風落日下的獨立於空山的禹廟，交代時地，渲染出悲愴的氣氛。三四句，寫廟內荒涼之景，而暗用禹事。這種將典故與寫實合二為一的作法，其高明處在於：若不作用典看，寫景之妙，亦足動人；若知有典故，更能體會其中的深長意味。因而被胡應麟稱之為「杜用事入化處」，並謂「此老杜千古絕技，未易追也。」（《詩藪・內編》卷四）五六句，由廟內而及廟外，寫廟外山水之驚險，江峽之形勢。二句將神話和現實，大自然的磅礡氣勢和大禹治理山河的偉大氣魄，疊合到一起。七八句，緬懷大禹治水之功，點明全詩主旨。全詩以詩人的遊覽順序為線索，由廟外到廟內，再由廟內到廟外，中間轉換自然，毫無突兀斷裂之感，可見其層次之井然，脈絡之清晰，章法之謹嚴。而四十字內，風景形勝，廟貌功德，無所不包，又氣象弘壯，情感沉鬱，讀之意味無窮。李因篤評曰：「氣象渾涵，詞華典則，質而愈古，麗而彌清。思入風雲，腕驅經史，《三百篇》後，登峰造極之作。」（《杜詩集評》卷九引）

旅夜書懷

【題解】永泰元年（西元七六五年）秋，杜甫由忠州去雲安舟行途中夜泊時作。一說大曆三年（西元七六八年）春舟經湖北荊門時作，一說大曆五年自衡州往潭州時作。詩寫舟旅所見江上夜景，抒發了詩人感慨身世，悒鬱悲涼的心情。

細草微風岸，危檣❶獨夜舟。星垂平野闊，月湧大江❷流。名豈文章著❸？官應老病休。飄飄❹何所似？天地一沙鷗❺。

【注釋】❶危檣　高高的船桅杆。❷大江　指長江。❸著　卓著；顯赫。❹飄飄　不定貌。❺沙鷗　一種水鳥，飛於江海之上，棲息沙洲。

【語譯】青草細密、微風輕拂的江岸邊，夜裡孤單單地停靠著一艘桅杆高聳的小船。滿天的繁星似乎要從夜空中垂落，星空下平展的原野顯得更為廣闊。月光湧動在水面上，讓人覺得似與浩浩長江一同奔流。聲名哪裡是因為文章寫得好而顯揚，官位卻因為年老多病而只好辭掉。我飄蕩不定的樣子像什麼呢？就像天地間一隻小小的沙鷗。

【研析】這首詩是杜詩中的名作，表達了詩人窮愁潦倒，漂泊江湖，有志難騁的悲憤抑鬱心情。首聯就近而小者寫旅夜之景，點明時間、地點和個人處境，連用「細」、「微」、「危」、「獨」四字，不僅準確地寫出了旅夜獨宿的情景，而且深細入微地傳達出詩人孤寂悲涼的心情。次聯就大而遠者寫旅夜之景，意象生動，境界壯闊，氣勢磅礴。「垂」、「闊」、「湧」、「流」四字，力透紙背，表現了詩人處於逆境中的博大胸懷和兀傲不平的感情。與李白〈渡荊門送別〉的「山隨平野盡，江入大荒流」二句，可謂有異曲同工之妙。三聯反言見意，正言之則為名實因文章而著，官不為老病而休，而以「豈」、「應」二虛字反言之，則愈見其悲憤之情。尾聯以沙鷗自比，抒發漂泊流離中抑鬱不平之氣，用一問一答形式，愈見蒼涼悲鬱。黃生曰：「一沙鷗，何其渺！天地字，何其大！合而言之曰『天地一沙鷗』，作者吞聲，讀者失笑。」（《杜詩說》卷五）這首五律，格律嚴整，結構井然，正如吳瞻泰所云：「興起比收，前半旅夜之景，後半書懷。然『獨夜舟』三字，直貫後半；『一沙鷗』三字，暗抱前半。不承而承，不挽而挽。」（《杜詩提要》卷九）詩人巧妙地運用一系列比喻、映襯、對比等藝術手法，極大地豐富了詩的意蘊，增強了感人的力量。詩雖淒苦，卻不衰頹，危苦中眼界闊大，窮迫中胸懷曠遠，所以紀昀評之曰：「通首神完氣足，氣象萬千，可當雄渾之品。」（《瀛奎律髓刊誤》卷一五）

長江二首（選一）

【題解】這組詩永泰元年（西元七六五年）作於雲安（今重慶雲陽）。或謂大曆元年（西元七六六年）六月作於夔州（今重慶奉節）。組詩共二首，這裡選的是第一首。詩以「長江」命題，並非就景寫景，而是寫其朝宗入海之性，以警戒盜賊之背主。由此可見杜甫念念不忘朝廷和國家的忠君愛國思想。

其一

眾水會涪萬❶，瞿塘爭一門❷。朝宗❸人共挹❹，盜賊❺爾❻誰尊❼？孤石隱如馬❽，高蘿❾垂飲猿。歸心異波浪，何事即飛翻❿？

【注釋】❶涪萬　指涪州（今重慶涪陵）、萬州（今屬重慶）。❷瞿塘句　瞿塘峽，長江三峽之一。一門，指夔門。瞿塘峽西口乃三峽之門，兩崖對峙，中貫一江，狀如門戶，眾水爭流，極為險要。❸朝宗　《周禮・春官》謂諸侯見天子之禮，「春見曰朝，夏見曰宗」。朝，欲其來之早。宗，尊也，欲其尊王也。《尚書・夏書・禹貢》：「江漢朝宗於海。」長江奔向大海，有如諸侯歸心於天子，故稱。❹挹　同「揖」。揖拜；尊崇。❺盜賊　指反叛朝廷的人，此時崔旰正在蜀中作亂。❻爾　指盜賊。❼誰尊　尊誰。❽孤石句　指舊時橫亙於重慶奉節白帝城下長江瞿塘峽口江心的礁石灩澦堆，形狀似馬。《太平寰宇記・山南東道・夔州》載：灩澦堆，「夏水漲，沒數十丈，其狀如馬，舟人不敢進。」有〈灩澦歌〉曰：「灩澦大如馬，瞿塘不可下。」是長江水道上有名的險要處，一九五八年冬整治長江航道時被炸掉。❾蘿　藤蘿。❿飛翻　既指江水洶湧，浪花翻騰，又狀思歸心潮之起伏難平。

【語　譯】眾水在涪州、萬州一帶匯合，至瞿塘峽奔騰洶湧爭入夔門。朝宗於海為人所尊崇，哪像盜賊背主無人推尊。灩澦堆如馬隱伏夔門水底，絕壁藤蘿上吊掛著飲水野猿。歸心似箭卻為洶湧的波濤所阻，江水為何掀起翻騰的巨瀾？

【研　析】這首詩是寫入三峽前之長江。前半藉水以感時事，一二句描寫瞿塘峽的險要，突出眾水爭驅夔門的奔湧之勢，「會」字、「爭」字用得有力。眾水匯流爭入夔門而朝宗於海，乃人心所向，反襯第四句的盜賊反叛背主，人不如水，豈不遭人唾棄乎？後半觸景而動歸思。五六句寫夔峽的險峻，「孤石隱如馬」，是就底處說；「高蘿垂飲猿」，則就高處言。最後「歸心」二句描寫思歸的心情：江水飛翻，阻人歸路，而歸心與之不同，堅定不可阻擋，江水即使湧動奔騰又有何用？寫出歸鄉之切和欲歸不得的心情。全詩寓意自然，章法謹嚴，是杜甫五律精粹之作。故黃生評曰：「是八句全對格，虛實相間格。前後語意若兩截，其實『歸心』跟『朝宗』字，『波浪』應『眾水』字，章法仍緊關合，此皆公之律髓也。」（《杜詩說》卷五）

三絕句

【題　解】這組詩當作於永泰元年（西元七六五年）冬，杜甫時在雲安（今重慶雲陽）。是年九月，吐蕃、吐谷渾、党項羌等擁眾數十萬，分兵進攻奉天（今陝西乾縣）、盩厔（今陝西周至）等地，百姓大批逃難入蜀。閏十月，劍南西山都知兵馬使崔旰攻劍南節度使郭英乂，英乂奔簡州，為普州刺史韓澄所殺，蜀中戰亂不斷。這三首詩反映的就是在這種戰亂中百姓遭受的慘重苦難。三首詩在形式上屬絕句，但不受格律的限制，是所謂「古絕句」。三首都是杜甫所見所聞的真實事件，是反映時事和人民遭受禍難的政治詩。第一首寫渝州（今重慶）、開州（今重慶開縣）刺史被殺，群盜繼起，百姓遭殃。第二首，寫關中人民逃難入蜀的慘狀。第三首，寫唐官軍搶掠姦淫，危害百姓。

其一

前年❶渝州殺刺史，今年開州殺刺史。群盜相隨❷劇❸虎狼，食人❹更肯❺留妻子❻？

【注　釋】❶前年　一作「去年」。❷相隨　指二州刺史被殺後，群盜相繼起而為亂。❸劇　甚於。❹食人　指殺戮百姓。❺更肯　豈肯，即不肯。❻妻子　此指擄掠婦女和兒童。

【語　譯】前年殺了渝州刺史，今年又殺了開州刺史。盜賊乘機群起禍害百姓，比虎狼還要厲害，搶掠殺戮連老婆孩子都不肯放過。

【研　析】渝州和開州兩次殺刺史事，史書不見記載，故此詩可補史書之闕。前二句是說地方軍閥因專橫殘暴而被殺。後二句，「食人更肯留妻子」，明說虎狼，實喻群盜；而「群盜相隨劇虎狼」，是說群盜乘亂而起，禍害百姓，比虎狼還殘忍。盜之為害甚於虎狼，而官（刺史）之為害，恐又甚於盜賊。百姓之苦，更可知矣。

其二

二十一家同入蜀，惟殘❶一人出駱谷❷。自說二女齧臂❸時，迴頭卻向秦雲❹哭。

【注釋】❶惟殘　只剩下。殘，餘；剩下。❷出駱谷　即由駱谷入蜀。駱谷，又稱駱谷道，在今陝西周至西南，是由秦入蜀的三條古道中最為短捷的。其北口在盩厔縣駱谷關（今陝西周至縣駱峪鄉駱峪村）。❸齧臂　以齒咬臂，表示訣別。這是因為恐怕不能兩全，所以強下狠心丟棄二女。❹秦雲　指關中方向。

【語譯】二十一家一同從關中逃難入蜀，最後只剩下一個人逃出駱谷。當他自己訴說和兩個小女齧臂訣別時，禁不住回頭朝著故鄉方向慟哭。

【研析】第一首是從大處來說亂世給人民造成的苦難，而這一首則是從小處說，選擇一個細節痛說一家的悲劇。「二女齧臂時」，正是生死訣別之時，撕心裂肺，痛不欲生。而「迴頭」句，通過形象的畫面寫丟棄二女獨得入蜀的百姓說到此處不禁痛哭失聲的情景，棄女之痛，離鄉之苦，使人不禁潸然淚下。

其三

殿前兵馬❶雖驍雄❷，縱暴略與羌渾同❸。聞道殺人漢水上❹，婦女多在官軍❺中。

【注　釋】❶殿前兵馬　指皇帝禁軍。❷驍雄　勇健雄武。❸縱暴句　《資治通鑑》卷二二三載，廣德元年十月，吐蕃入長安，「剽掠府庫市里，焚閭舍，長安中蕭然一空」。而唐朝「六軍散者所在剽掠，士民避亂，皆入山谷」，同時「諸將方縱兵暴掠」。故曰「略與羌渾同」。略，全；皆。羌渾，指党項羌、吐蕃和吐谷渾入侵的敵兵。❹漢水上　這裡指陝西、四川交界地區。漢水，又稱漢江、東漢水。源出陝西省西南部甯強縣北嶓塚山，在武漢入長江，是長江最大支流。❺官軍　即前所謂「殿前兵馬」。

【語　譯】皇帝的禁衛軍雖然驍勇雄武，但其暴行卻與羌渾完全相同。聽說他們在漢水上殺戮百姓，許多婦女就被擄掠在官軍之中。

【研　析】這首絕句寫禁軍殺戮百姓，擄掠婦女，縱暴與羌渾無二。作者有意把第三首與第二首相對照，重在揭露官軍的罪行。將官軍殘害百姓的史實不加避諱地直書其惡，充分顯示了杜詩的「詩史」精神。第一首曰「食人更肯留妻子」，第二首曰「自說二女齧臂時」，第三首曰「婦女多在官軍中」，一線貫穿，官耶？盜耶？羌渾耶？原來是一丘之貉。金聖歎評曰：「第一絕，言群盜則理當淫殺如此，若不淫不殺，亦不成為群盜；第二絕，言普天下人酷受淫殺之毒，我只謂都受群盜之毒；第三絕，始出正題，言近則聞道殿前兵馬乃復淫殺不減，竟不知第二絕是受群盜毒，是受官軍毒？誰坐殿上？誰立殿下？試細細思之！」（《杜詩解》卷四）楊倫則云：「筆力橫絕，此等絕句，亦非他人所有。」（《杜詩鏡銓》卷一二）

漫成一首

【題　解】此詩是大曆元年（西元七六六年）暮春杜甫由雲安去夔州（今重慶奉節）時船上所作。漫成，隨手即興寫成。詩寫夜裡船中所見。

江月❶去❷人只❸數尺，風燈❹照夜欲三更。沙頭宿鷺❺聯拳❻靜，船尾跳魚撥剌❼鳴。

【注釋】❶江月　江水中映照之月。❷去　距離。❸只　只有；僅僅。❹風燈　即裝有防風罩的燈，這裡指掛在船桅杆上的燈。❺鷺　鷺鷥，一種水禽。❻聯拳　意同連蜷，屈曲貌。此形容宿鷺群集貌。❼撥剌　一作「跋剌」。狀聲詞，形容魚躍的聲音。

【語譯】一輪明月映在江中，與人相距不過數尺之頃。船桅上一盞風燈，在黑暗中照船前行，夜闌近三更。沙邊露宿的鷺鷥們靜靜地依偎著沉睡，船尾不時發出魚兒躍出水面的撥剌聲。

【研析】這首詩寫江上月夜行舟所見景色，靜中有動，極寫夜景之寂靜淒清。「江月」句，是說月映江中，船行江上，江中之月距船中之人不過數尺，與孟浩然〈宿建德江〉詩「江清月近人」有異曲同工之妙。「風燈」句，點明舟行已是深夜。末兩句，用「聯拳」、「撥剌」形容宿鷺、跳魚，不僅生動貼切，各盡物態，而且對仗工整自然，如信手拈來。李因篤評曰：「公本色語，卻流麗動人。」（《杜詩集評》卷一五引）

白帝城最高樓

【題解】大曆元年（西元七六六年）初到夔州（今重慶奉節）時作。白帝城，東漢初，公孫述割據築城，自號白帝，因以為名。在今重慶奉節東瞿塘峽口白帝山上。最高樓，白帝城上最高處之樓。此詩寫登樓望遠所見景象及由之而觸發的危亂之感。

城尖❶徑仄❷旌旆愁❸，獨立❹縹緲❺之飛樓❻。峽坼❼雲霾❽龍虎臥❾，江清日抱黿❿鼉⓫遊。扶桑⓬西枝⓭對斷石⓮，弱水⓯東影⓰隨長流⓱。杖藜⓲歎世者誰子？泣血⓳迸空⓴回白頭㉑。

【注釋】❶城尖　山勢峭峻，城在其上，故曰「城尖」。❷徑仄　山路狹窄傾斜。❸旌旆愁　城高而險，風掣旗翻，故云「愁」。旌旆，旌旗。❹獨立　獨自一人立於高樓之上。❺縹緲　高遠隱約貌。❻飛樓　樓在最高處，簷角翼翹，其勢若飛。❼坼　裂開。❽霾　陰霾，此有瀰漫意。❾臥　一作「睡」。❿黿　大鱉，俗稱癩頭黿。⓫鼉　一名鼉龍，又名豬婆龍，今稱揚子鱷。⓬扶桑　東方神木名，傳說為日出處。《山海經・海外東經》：「湯谷上有扶桑，十日所浴。」⓭西枝　因扶桑在東，故曰「西枝」。⓮斷石　指瞿塘峽。⓯弱水　古水名，古人認為是水弱不能載物，故稱弱水。古稱弱水者甚多，此指神話傳說中的弱水。《山海經・大荒西經》：「（崑崙之丘）其下有弱水之淵環之。」《海內十洲記・鳳麟洲》：「洲四面有弱水繞之，鴻毛不浮，不可越也。」⓰東影　因弱水在西，故曰「東影」。⓱長流　指長江。⓲杖藜　拄著藜杖。藜杖，用藜的老莖做的手杖。杖，這裡作動詞用。⓳泣血　形容哭之哀。⓴迸空　登樓而泣，淚灑空中，故曰「迸空」。迸，散；灑。㉑白頭　作者時已五十五歲，故云。

【語譯】白帝城建在高峻的山上，山道狹窄傾斜，城上被風吹翻的旌旗似乎也在為此發愁。我獨自一人站在這縹縹緲緲，其勢若飛的白帝城最高樓上。江峽坼裂的群山在雲霧籠罩下就像臥著的龍虎，清清的江水在太陽照射下好像有大鱉和鱷魚在游動。東望扶桑樹伸向西面的樹枝對著峽谷的斷石，西望弱水向東流淌的身影匯入長江。那個拄著藜杖憂歎世事的人是誰呢？正是我這白頭之人，在高樓上回望，不由哀從中來，淚灑半空。

【研析】白帝城向多名勝古蹟，詩人在夔州期間曾多次到此遊覽，寫下了許多詩篇，此詩便是其中比較著名的一首。詩寫登上白帝城最高樓的情形，首聯寫城樓高危之勢。白帝城依山而建，山之尖頂，即是城尖處，經一路傾斜狹窄的山道，方能登上此處。首句「城尖」、「徑仄」二語狀景如在目前，已頗為不凡，「旌旆愁」三字，更為奇警，無知旗幟竟而生愁，足見城樓之高危。下句又以「縹緲」、「飛」字繼加形容，進一步伸足其險。次聯接二句「獨立」二字，寫登樓眺望所見眼前近景。「峽坼雲霾」、「江清日抱」，為眼前所見之景；「龍虎臥」、「黿鼉遊」，係據所見而生發的藝術想像。其中幾個動詞的運用都極為準確生動，「坼」字尤為奇警，極形象地刻劃出江峽兩岸斷崖的奇峭，與江水奔騰直下、不可阻擋的磅礴氣勢。三聯引入古神話，寫想像中的遠景。上句就東言西，下句就西言東，極言樓高望遠，可東見扶桑，西見弱水。詩人想像之奇幻，詩作境界之闊遠，令人拍案叫絕。末聯抒發對危亂時局的感喟，並不直接寫來，而是著一設問，更加有力。「杖藜」、「白頭」，見其老病，懷「歎世」之心竟至於「泣血」，足知其憂慮之深沉。這是一首拗體七律，正好適合於寫奇險之景和表達詩人心中勃鬱不平之氣。王嗣奭評云：「此詩真作驚人語，是緣憂世之心發之，以自消其壘塊。『歎世』二字，為一章之綱。泣血迸空，起於歎世。以迸空寫高樓，落想尤奇。」（《杜詩詳注》卷一五引）

八陣圖

【題解】這首詩為大曆元年（西元七六六年）杜甫初到夔州時作。八陣圖，相傳為諸葛亮所布設的作戰石壘。八陣，指天、地、風、雲、龍、虎、鳥、蛇八種陣勢。圖，法度；規制。諸葛亮所佈八陣圖，傳說有多處，此指夔州八陣圖，位於長江北岸魚復浦平沙之上，遺址在今重慶奉節南長江邊。

功蓋三分國❶，名成八陣圖。江流石不轉❷，遺恨失吞吳❸。

【注　釋】❶功蓋句　在魏、蜀、吳三國之中，曹操和孫權都有所憑藉，唯獨諸葛亮輔佐劉備，白手起家，據蜀與魏、吳鼎足而三，故曰「功蓋三分國」。蓋，超；越。❷江流句　謂年深日久，江流沖擊，八陣圖卻屹然不動，故曰「石不轉」。仇兆鰲《杜詩詳注》卷一五引《劉賓客嘉話錄》云：「夔州西市，俯臨江沙，下有諸葛亮八陣圖，聚石分布，宛然猶存。峽水大時，三蜀雪消之際，澒湧滉漾，大木十圍，枯槎百丈，隨波而下。及乎水落川平，萬物皆失故態，諸葛小石之堆，標聚行列依然。如是者近六百年，迨今不動。」據此，杜詩乃是寫實。❸遺恨句　此句向來解說不一，約有四說：以不能滅吳為恨；以劉備征吳失計為恨；諸葛亮不能諫止劉備征吳之舉，自以為恨；劉備征吳而不知用八陣圖法，致使失敗，故以為恨。當以第一說為近是。高步瀛說：「失吞吳猶言未能吞吳耳。以武侯如此陣圖而不能吞吳，真千古遺恨，故精誠所寄，石不為轉，大意與『出師未捷』二句同一感慨。」（《唐宋詩舉要》卷八）

【語　譯】諸葛亮的功業在魏、蜀、吳三國中最為卓著。精妙的八陣圖成就了他不朽的聲名。在江流年深日久地沖擊之下，擺成八陣圖的石頭卻不轉動分毫。然而最終未能滅掉東吳，卻成為千古遺恨。

【研　析】對身負奇韜偉略的三國蜀丞相諸葛亮，杜甫一直懷有無限敬仰之心。在他流寓成都和夔州時期，數次遊覽當地的武侯廟，寫下多首流傳千古的詩篇。此詩則是他看到夔州長江邊的八陣圖遺跡而創作的一首讚詠諸葛亮的著名五絕。詩的開頭以兩個精巧工整的對偶句，盛讚諸葛亮的豐功偉績。首句總言其功業，高度概括的讚語，也客觀反映了三國時代的歷史真實。次句特標出八陣圖以應題，同時也是以小見大，以具有代表性的典型事件來反映諸葛亮傑出的軍事才能。對諸葛亮創制的八陣圖古人曾屢加稱頌，誠如成都武侯祠的碑刻所云：「一統經綸志未酬，佈陣有圖誠妙略。」「江上陣圖猶佈列，蜀中相業有輝光。」最後兩句就八陣圖的遺址抒發感慨，深致悲悼惋惜之意。「石不轉」三字，既是對八陣圖神奇色彩的真實寫照，又化用了《詩經・邶風・柏舟》中的詩句「我心匪石，不可轉也」。在作者看來，這種神奇色彩和諸葛亮的精神心志有內在的聯繫：他對蜀漢政權和統一大業忠貞不二，矢志不移，如磐石之不可動搖。而這巋然不動的石陣，既象徵著諸葛亮彪炳千秋的功業，也分明隱含著他齎志以歿的無限悵恨。末句即緊承其意，直言其千古遺恨，給人此恨綿綿、餘意無窮之感。此詩融懷古與述懷為一體，雖參議論，但富於濃郁的抒情色彩，發人深思，又引人入勝。全詩雖只四句二十字，然起承轉合，巧妙嚴密；語言精練，感情深沉，內涵豐富，允為傳世佳作。

古柏行

【題解】大曆元年（西元七六六年）在夔州作。詩詠夔州武侯廟古柏，並藉詠柏以自況，抒發懷才不遇的感慨。

孔明廟①前有老柏，柯②如青銅③根如石④。霜皮溜雨⑤四十圍⑥，黛色⑦參天⑧二千尺⑨。君臣已與時際會，樹木猶為人愛惜⑩。雲來氣接巫峽⑪長，月出寒通雪山⑫白。

憶昨路繞錦亭東⑬，先主⑭武侯⑮同閟宮⑯。崔嵬⑰枝幹郊原古，窈窕⑱丹青⑲戶牖空⑳。落落㉑盤踞雖得地㉒，冥冥㉓孤高㉔多烈風㉕。扶持自是神明力㉖，正直原因造化功㉗。

大廈如傾㉘要㉙梁棟，萬牛迴首丘山重㉚。不露文章㉛世已驚，未辭剪伐誰能送。苦心㉜豈免容螻蟻㉝，香葉㉞終經宿鸞鳳㉟。志士幽人莫怨嗟，古來材大難為用㊱。

【注　釋】❶孔明廟　即武侯廟，諸葛亮字孔明。❷柯　樹枝。❸青銅　形容顏色蒼老。❹根如石　形容紮根堅牢。❺霜皮溜雨　指樹幹色白光滑。霜皮，一作「蒼皮」。❻圍　一人合抱為一圍。四十圍，極言柏粗。❼黛色　青黑色，形容柏葉蔥鬱之狀。❽參天　高聳雲霄。❾二千尺　極言柏高。❿君臣二句　謂孔明君臣因時遇合，功德在民，人民思其人猶愛其樹，不加剪伐，故古柏長得高大。君臣，指劉備與諸葛亮。際會，遇合。⓫巫峽　長江三峽之一，在夔州東。⓬雪山　又稱雪嶺、西山，在夔州西。⓭憶昨句　回憶成都武侯祠在草堂東，杜甫常去拜謁，所謂「丞相祠堂何處尋？錦官城外柏森森」（〈蜀相〉），故曰「路繞錦亭東」。錦亭，指杜甫在成都所居草堂，因緊靠錦江，中有亭，故稱錦亭。⓮先主　指劉備。⓯武侯　諸葛亮封武鄉侯。⓰同閟宮　指成都武侯祠原附在先主廟中。閟宮，祠廟。⓱崔嵬　高峻貌。⓲窈窕　深邃貌。⓳丹青　指廟內壁畫。⓴戶牖空　謂寂靜無人。牖，窗戶。㉑落落　卓立不群貌。㉒得地　占得地勢之利。㉓冥冥　高遠貌。㉔孤高　獨立高空。㉕烈風　大風。㉖扶持句　謂古柏不為烈風所摧折，似有神靈呵護。㉗正直句　謂古柏正直，原本自然。正直，直立挺拔。原因，原是因為。造化功，自然化育之力。㉘大廈如傾　王通《中說・事君篇》：「大廈將顛，非一木所支也。」杜詩本此。㉙要　需要。㉚萬牛句　謂古柏重如丘山，萬頭牛也拖不動，故徒然回首望之。㉛文章　文采。㉜苦心　柏心味苦。㉝容螻蟻　為螻蟻所蛀蝕。㉞香葉　柏葉有香氣。㉟宿鸞鳳　為鸞鳳一類高貴的鳥所棲宿。㊱志士二句　點明題意，謂材大難為用乃自古如此，志士幽人不必為此歎息。明說莫怨嗟，實則大悲憤。幽人，隱士。

【語　譯】諸葛亮廟前的老柏樹，樹枝蒼老就像青銅，樹根堅牢如磐石。樹幹光白滑潤，足有四十圍那麼粗，蔥鬱的青黑色枝葉直入雲霄，似有兩千尺高。劉備孔明君臣因時遇合，其事早已過去，但因為深得愛戴，連廟裡的樹木也受到人們的愛惜。古柏如此高大，它上方的雲氣竟和遠處的巫峽連接在一起；月亮出來時，樹梢上的寒光能和西山上白色的雪光相通。

回想原先我在成都的時候，常常繞過錦亭，一路東行到武侯祠去拜謁，那裡的武侯祠最早是附在先主劉備廟中的。祠堂裡也有高大峭拔的柏樹，枝幹覆蓋著古老的郊原。廟中彩繪深幽，寂靜無人。夔州的古柏卓立不群，盤根錯節佔有地利，然而它孤單高立，卻常受到大風吹擊。柏樹一定是得到神明的扶持，才屹立不倒，而它如此直立挺拔，乃是自然化育使然。

將傾的大廈需要棟梁來支撐，可歎這古柏卻重如小山，萬頭牛也拉不動。古柏不以文采炫世，卻為世所驚歎；不避砍伐願作棟梁，而無人能為採運。柏心味苦，卻未能免於螻蟻的蛀蝕；柏葉馨香，終究棲息過高貴的鸞鳳。志士幽人不用悲歎啊，自古以來就是材大難用。

【研　析】 杜甫對漂泊途中經過的名勝古蹟總是著意觀覽，和諸葛亮有關的更是再三題詠，對夔州的武侯祠他就寫下了〈諸葛廟〉、〈武侯廟〉等詩。〈夔州歌十絕句〉其九則是專詠武侯祠之松柏，似乎是意猶未盡，詩人又寫下了這首〈古柏行〉。全詩共二十四句，凡押三韻，每韻八句，自成段落。前八句詠夔州孔明廟前古柏之高大，引出君臣遇合的感慨。中八句與成都武侯祠古柏比較，突出夔州古柏的孤高正直。最後八句，「卒章顯其志」，聯繫大廈將傾需棟梁的現實，發出「古來材大難為用」的深沉感喟。這首七言歌行描寫古柏形神兼備，抒情議論寄託遙深，堪稱詠物詩的典範。如「霜皮」兩句運用誇張的手法，極寫古柏的高大偉岸，宋沈括曾云：「四十圍乃是徑七尺，無乃太細長乎？」（《夢溪筆談》卷二三）其實這是以科學的眼光來看待詩歌創作。這兩句設想奇特，極富浪漫色彩，有力表現出古柏的外形特點，具有極強的藝術感染力。此二句與第一段末尾「雲來」兩句再用誇張和想像的手法烘托渲染氣氛相呼應，共同塑造出古柏氣宇不凡的形象。後半部分，即從第二段的「落落」迄於末段的「鸞鳳」，詠歎古柏的精神，詩人託物興感，明裡詠物，實以喻人，委婉跌宕，極沉鬱頓挫之致。「落落」二句言古柏雖佔得地利，卻因孤高要遭受狂風摧折。「扶持」二句言古柏卓立不倒是由神助，正直挺拔卻緣於本性。「大廈」二句言需棟梁之時，古柏卻因重如丘山而難用。「不露」二句言古柏不矜誇炫示，卻英采自露；不避斧伐，卻無人能運送。「苦心」二句寫古柏立志自苦，依然難免侵蝕；馨香自持，終究宿過鸞鳳。二段的四句著重寫古柏的幸與不幸的境遇，共同造就了它的高潔正直。三段的六句著重寫古柏大材無倫，反而難以為用的命運，遂引出末尾兩句關於志士幽人的慨歎。王嗣奭曰：「孔明材大而不盡其用，公嘗自比稷契，材似孔明而人莫用之，故篇終而結以『材大難為用』，此作詩本意，而發興於柏耳。」（《杜臆》卷七）這幾句詩既是寫柏，更是寫人。而關於人事，又包含對諸葛亮、對自身，對自古以來才志之士的品性、才華、遭遇的種種感懷。實是語語雙關，筆筆含情，意蘊深厚，情致緬邈，幾臻化境。

負薪行

【題解】此詩與〈最能行〉是杜甫於大曆元年（西元七六六年）初至夔州時所寫的兩首風土詩，堪稱「姊妹篇」。負薪，背柴。夔州一帶峽中居民，婦女主外，她們伐薪，負於集市出售。詩人有感其悲慘的命運，即事名篇，作此詩以詠歎之。

夔州處女髮半華❶，四十五十無夫家。更遭喪亂嫁不售❷，一生❸抱恨長咨嗟❹。土風坐男使女立，男當門戶女出入❺。十猶八九❻負薪歸，賣薪得錢應供給。至老雙鬟只垂頸❼，野花山葉銀釵並❽。筋力登危❾集市門❿，死生射利⓫兼鹽井⓬。面妝首飾雜啼痕，地褊⓭衣寒困石根⓮。若道巫山女粗醜，何得此有昭君村⓯？

【注釋】❶髮半華　頭髮花白。華，同「花」。❷更遭句　是說屢經戰亂，擇配艱難。更，更迭；相繼。嫁不售，欲嫁而無人娶。不售，也就是不為人選中。❸一生　終生；一輩子。❹咨嗟　感傷歎氣。❺土風二句　寫夔州一帶男尊女卑的風俗。土風，當地風俗。當門戶，當家作主。出入，指操勞生計。❻十猶八九　即十之八九，表明很普遍。❼至老句　是說到老也不能嫁人。雙鬟，古代漢族未嫁女子的髮式。鬟，圓形髮髻。❽野花句　說明生活貧困，沒有華貴的首飾，頭上插著野花山葉，就和插著銀釵一樣。銀釵，婦女綰頭髮的首飾。並，比。❾筋力登危　用力氣登上高山，指打柴的艱辛。筋力，猶體力、氣力。❿集市門　到集市上，指賣柴。⓫死生射利　為生活所迫，不顧性命地掙錢。⓬兼鹽井　除打柴外，還負運鹽井所出的鹽。⓭地褊　指山地崎嶇不平。⓮石根　山腳下。⓯若道二句　用設問語氣為夔州一帶婦女作辯。意謂她們並非天生粗醜，而是由於生活的艱難、繁重的勞動造成的。昭君村，在歸州東北（今湖北興山縣寶坪村），是著名美女王昭君的故鄉。歸州和夔州相鄰，所以藉以說明這一帶婦女並不是天生粗醜。

【語　譯】夔州處女的頭髮是花白的，因為四五十歲了還沒有婆家。她們幾經戰亂嫁都嫁不出去，一輩子懷著怨恨哀歎不已。夔州當地的風俗是男人坐著而讓女人站著，男子當家作主，女人操持生計。十之八九的婦女都要上山打柴，用賣柴的錢供應家庭生活和交納租稅。她們到老還梳著未嫁女的髮式，雙鬟垂頸，插上野花山葉，權當是銀釵。她們費力地登上高山，打來柴送到集市上賣掉，還要不顧死活地背運井鹽來賺錢。戴著首飾化了妝的臉上卻是雜亂的淚痕，她們衣服單薄，窮困地生活在崎嶇不平的山腳下。如果說巫山的女子天生粗醜，為什麼這裡會是著名美女王昭君的故鄉？

【研　析】此詩是一首描寫夔州勞動婦女日常生活和命運的風俗詩，但前四句卻單言其因戰亂而愆期不嫁的現實遭遇，這就使此詩蘊含了更深刻的思想內容。連年的戰亂使大批壯年男子陣亡，夔州婦女因而至「髮半華」的四五十歲而仍無夫可嫁，只有終生哀歎怨恨。但夔女的痛苦並不僅此一點，五六句即指出男尊女卑、男逸女勞的土風也使她們一生勤苦。「十猶」以下八句就是對其日常生活的具體描繪，她們登危采薪，集市賣錢，以供給一家，且不顧生死，負鹽販賣，勞苦之極。然而因是處女，愛美之心較常人尤為強烈，她們在已是花白的雙鬟上，還插上野花山葉，權作妝飾。然而竭其所能的妝扮卻難掩其身心的痛苦，衣裳單薄的她們臉上也常常是淚痕雜亂。八句中每兩句一轉，交叉寫夔州婦女的勞作和妝束，兩相比照，更予人以深刻的印象。最後兩句以反詰語收結全篇，將形容憔悴的夔州女與其家鄉著名美人王昭君作比，引發人們對造成夔州勞動婦女悲慘命運原因的深入思考。此詩姊妹篇〈最能行〉末尾亦為反詰句，其云：「若道士無英俊才，何得山有屈原宅？」張遠評之曰：「此首結並下首（即〈最能行〉）結句，無限激發，大有移風易俗意。」（《杜詩會粹》卷一四）只有對下層百姓懷有深刻的同情和關心，才能寫出如此警醒的詩句。魯一同則指出此「風土詩開張（籍）、王（建）先聲。」（《魯通甫讀書記・七古》）在整個詩歌史上，這首詩具有開疆拓域之功。

峽中覽物

【題解】大曆元年（西元七六六年）在夔州作。詩題一作〈覽物〉。覽物，非泛言，實指夔州峽江山水。

曾為掾吏❶趨三輔❷，憶在潼關詩興多❸。巫峽忽如瞻華嶽，蜀江猶似見黃河。

舟中得病移衾枕❹，洞口經春長薜蘿❺。形勝有餘風土惡❻，幾時回首一高歌。

【注釋】❶掾吏　指任華州司功參軍之職。❷三輔　漢代京兆尹、左馮翊、右扶風所轄之境，相當於今陝西中部的漢都城長安及郊區，唐人習慣稱京畿之地為「三輔」，華州原屬扶風。❸憶在句　乾元二年（西元七五九年）春，杜甫自洛陽回華州途經潼關，寫下包括〈潼關吏〉在內的「三吏」、「三別」，此句回憶自己當年寫作時的「詩興」。❹移衾枕　指因病而從舟中移居岸上。❺洞口句　形容居處的幽僻。薜蘿，蔓生植物。❻形勝句　是杜甫對夔州的一個總體評價。形勝有餘，指峽中景致之美。風土惡，表現了詩人對當地惡劣風土人情的不滿。關於夔州土風之惡，由上〈負薪行〉可見一斑。

【語譯】我曾經為擔任華州司功參軍的小吏而奔走三輔，回憶當年經過潼關時詩興最多。今日見到險峻的巫峽就彷彿當日遠望西嶽華山；眼前湍急的蜀江也讓我想起那奔流不息的黃河。我因為長久地生活在船上而得了病，只好移居岸上，居處的門口長滿薜蘿，十分偏僻幽靜。夔州這裡景致極美，但風俗惡劣，不知什麼時候我才能回首北歸，像過去一樣長吟高歌。

【研析】此詩是即景感懷之作。上半抒發對故國的思念之情。首聯以「曾」、「憶」二字引領，突起追憶往昔之念。次聯「巫峽」二句方點出原因：山川相似，不由見此而念彼。下半是感慨目前，透露出厭居夔州的心境。三聯言其潦倒境況，臥病經春，不堪舟行，貧困不堪，僻居邊隅，與當年身為掾吏，奔走京畿之日又全然不同矣。末聯「形勝有餘風土惡」一句為全詩之關鍵，憶昔之念，厭居之情，莫不由之而起，遂引起下句歸鄉之語。浦起龍曰：「何緣獨思華州？適覽『巫峽』、『蜀江』，有如『華嶽』、『黃河』，故以為言耳。華在兩京之間，亦鄉思也。境雖相似，而病泊逾時，與『潼關詩興』迥別矣。」（《讀杜心解》卷四之二）石閭居士曰：「此詩總是因思鄉而作。上截四句，倒起逆承。下截四句，銜尾順下，極見句法之變化，非公不能為此。」（《藏雲山房杜律詳解》七律卷下）

夔州歌十絕句（選三）

【題　解】大曆元年（西元七六六年）夏作於夔州。組詩共十首，這裡選的是第一、七、九首。第一首，總寫夔州山高水險之勢。第七首，寫夔州水路交通的便利與當地的民俗風情。第九首，寫武侯祠之景，揚其忠義。

其一

中巴❶之東巴東❷山，江水開闢流其間。白帝高為三峽鎮❸，瞿唐❹險過百牢關❺。

【注　釋】❶中巴　巴地分為西巴、中巴、東巴，稱三巴。❷巴東　此指夔州所屬的巴東郡。❸白帝句　白帝城位於三峽之瞿塘峽西口北岸，地勢高峻，能鎮守三峽。❹瞿唐　即瞿塘峽，為三峽之第一峽，亦是最險之峽。一作「夔州」。❺百牢關　古關名，位於今陝西勉縣西南，極為險要。

【語　譯】中巴之東就是巴東郡的連綿群山，江水開闢通道，日夜奔流其間。地勢高峻的白帝城是三峽的重鎮，瞿塘峽的險要勝過了百牢關。

【研　析】這十首絕句，是吟詠夔州山川形勢、自然風光和古蹟名勝的。其內容大致可分為兩部分：第一首至第三首，依次相承，內容連貫，寫夔州地勢險要，為三峽重鎮，是歷來英雄割據，稱王稱霸之地，而今統一於唐。第四首至第十首，是散詠夔州景物，選材極為精當。

作為組詩的第一首詩應具有引領與總括的作用和地位，而此詩也確實做到了高屋建瓴，輻射全局。首句寫夔州的方位，破空而起，筆意峭拔，在句式與音調上都有意出奇，以兀傲的風格和夔州奇麗的山水相呼應，給人以沉雄豪宕之感。次句寫夔州江水奔騰山間的地貌特點，「開闢」二字直接入宇宙混茫之初，思接萬古，視通萬里，浩蕩激越，撼人心魄。末兩句轉用工整的對偶句寫白帝城與瞿塘峽之險要。對白帝城凸出其高，堪為鎮守；對瞿塘峽則以百牢關做對比，凸出其險。這首短小的七絕，氣象宏大，氣勢磅礴，縱橫開闔，極盡變化，實非凡俗之調。

其七

蜀麻吳鹽自古通❶，萬斛之舟❷行若風。長年三老❸長歌❹裏，白晝攤錢❺高浪中。

【注　釋】❶蜀麻句　謂蜀地產麻，吳地出鹽，麻鹽貿易，自古通利。❷萬斛之舟　大船。斛，古代一種容量單位，十斗為一斛。❸長年三老　三峽中人稱船頭把篙相水道者為長年，正梢者為三老。❹長歌　即後來所謂的「川江號子」。❺攤錢　一種賭博方式。仇兆鰲曰：「長歌者舟子，攤錢者賈客。」（《杜詩詳注》卷一五）

【語　譯】蜀麻和吳鹽自古就從這裡往來流通，貿易獲利，能盛萬斛貨物的大船像風一樣急速前行。船頭的篙師稱作「長年」，正梢的梢公稱作「三老」，白天在他們如歌的號子聲裡，商人們賭著錢，任憑船兒在驚濤駭浪中前行。

【研　析】這首絕句首句言長江水路交通自古便利，相隔千里的蜀吳也可以自由通商。次句以「萬斛」寫商船之大，「行若風」寫船行之速，乃為上「自古通」之注腳。三句以當地方言稱呼船工，凸顯風俗之不同，而「長歌」與末句的「高浪」，則刻劃出船工喊著高亢的川江號子在湍急的江水中艱難行船的情狀，再與白晝「攤錢」的商人相對比，其生活景況更是宛然如見。此詩描寫民俗風情，生動如畫，並將對下層船工命運的同情隱含其中。

其九

武侯祠堂❶不可忘，中有松柏參天長。干戈滿地❷客愁破，雲日如火炎天涼。

【注　釋】❶武侯祠堂　此指夔州的諸葛亮廟。❷干戈滿地　指去年閏十月以來的崔旰之亂尚未平息。

【語　譯】不能忘記夔州還有武侯祠，祠堂裡的松柏高聳雲天。看著這些松柏我在戰亂中的客居之愁也被打破了，樹木的濃蔭給這雲日如火的炎炎夏天帶來難得的清涼。

【研　析】這首絕句又拈出夔州武侯祠吟詠，可見杜甫對諸葛亮的眷眷之意。首句即言「不可忘」，可謂直抒胸臆。次句寫松柏參天的廟景，由詩人同期的〈古柏行〉一詩可知，夔州武侯祠的松柏高拔古奧，不同尋常。此詩正是圍繞這一特色展開，後兩句即寫松柏給人的感覺。仇兆鰲云：「松柏陰森，堪散愁而納涼，亦對樹懷人之意。」（《杜詩詳注》卷一五）

這十首絕句，奇麗多姿，反映了杜甫到夔州後在詩歌創作上取得的高度成就。在藝術上，詩人有意吸收了巴蜀民歌〈竹枝詞〉的特點，正如浦起龍所云，「十絕內間有俚句，而體格特高，放低便是〈竹枝詞〉」（《讀杜心解》卷六之下）。至此，杜甫的絕句達到了體兼眾長，牢籠百態的境界，在詩壇上獨樹一幟，大放異彩。

白帝

【題解】大曆元年（西元七六六年）秋，杜甫寓居夔州西閣時作。白帝，即白帝城，詳見前〈白帝城最高樓〉「題解」。此詩題曰「白帝」，並非專詠白帝城之景，而是反映連年戰爭、殘酷誅求給人民造成的深重災難。

白帝城中雲出門，白帝城下雨翻盆❶。高江急峽雷霆鬭，古木蒼藤日月昏❷。

戎馬不如歸馬逸❸，千家今有百家存❹。哀哀寡婦誅求盡，慟哭秋原何處村❺？

【注釋】❶白帝二句　謂城在山上，雲從城門湧出，黑雲壓城，暴雨成災。翻盆，猶傾盆。❷高江二句　寫臨江山城暴雨驟至時驚心動魄的陰慘景象：峽中急流助以雨勢，故聲若雷霆之鬭；樹木蔽以陰雲，故昏霾日月之光。江，指長江。峽，指瞿塘峽。日月，偏義複詞，指日光。❸戎馬句　戎馬不如歸馬跑得快，可見馬亦厭戰，而人可知。戎馬，出征之馬。喻戰亂。《老子》第四十六章：「天下無道，戎馬生於郊。」歸馬，歸田之馬。《尚書・周書・武成》言武王克商後，「偃武修文，歸馬於華山之陽」。逸，奔跑。❹千家句　謂戰亂和賦役使人民大量死亡，只剩下十分之一。❺哀哀二句　謂戰亂中死去丈夫的寡婦，又被官府誅求一空，村村如此，處處如此，秋天的原野一片痛哭之聲，使人慘不忍聞。哀哀，極言哀痛之深。誅求，指官府橫徵暴斂。慟哭，即痛哭。何處村，不知是哪個村，猶言村村、處處。

【語譯】白帝城中的烏雲從城門湧出，白帝城下大雨傾盆。高漲的江水從峽谷間急湍而下，發出的巨響宛如在和天上的雷霆爭鬬。古木蒼藤在黑雲暴雨中越發陰淒，以致使白日昏暗。出征的馬跑得沒有歸田的馬輕快，千家裡如今也只有百家尚存。戰亂中死去丈夫的哀傷寡婦又被官府搜刮一空，痛哭聲瀰漫在秋天的原野上，分不清是從哪個村子傳來。

【研　析】這是杜甫一首著名的拗體七律，奇警處非止一端。比如在結構上，不同於一般律詩對於起承轉合的刻意講究，此詩前四句寫景，後四句直接抒情。前四句寫白帝秋雨，一派大雨傾盆、雲雷狂暴、秋江急湍、日月昏暗的陰慘景象，於雄奇中深寓沉鬱的感情基調。首二句前三字皆為「白帝城」，既照應題目，又表現出城為大雨包圍的情景。「雲出門」、「雨翻盆」之語，用筆奇幻，刻劃生動。三四兩句，上下相對，句中又自對。疊用六個意象，聲色並至，蒼老雄傑，險奪人魄。前四句雖是寫景，卻和後半對淒慘人事描寫氣氛一致，故黃生評云：「人謂杜詩不宜首首以時事影附，然如此類即景寓意者，其神脈自相灌注，豈可不為標出？」（《杜詩說》卷九）這四句詩正是起到了烘托下文的作用。後四句先以對比的手法寫馬之厭戰，人口之銳減，指出戰爭給人民帶來的深重災難。次言失去依靠的寡婦還要遭受官府的殘酷壓榨，將批判的矛頭直接指向當朝統治者。四句對人民痛苦根源的揭露十分深刻，結尾反問句的運用更強烈地表達出詩人的悲痛憤激之情。另外在音調上，詩人也有意不遷就格律的約束，如前三句的平仄就全不合律詩規範。仇兆鰲即謂此詩首二句是「律體似歌行者」，「然起四句一氣滾出，律中帶古何礙？」（《杜詩詳注》卷一五）杜甫此類拗體詩，不但照顧了行文的需要，保證了表達的效果，而且營造了一種古樸勁峭的風格，賦予詩作以獨特的魅力。而在用詞上，此詩還多次運用複疊的手法，這在律詩中也是比較少見的。如第一、二句兩用「白帝城」，五句兩用「馬」，六句兩用「家」，彼此遙相呼應，使整首詩在齊整中又富於變化。

諸將五首

【題　解】大曆元年（西元七六六年）秋在夔州作。這是用七律的形式議論軍國大事，諷刺諸將不能禦寇安疆，為國解困分憂的一組政治諷刺詩。組詩五首。第一首，以吐蕃攻陷京師、發掘皇陵之事，警戒諸將，勿高枕無憂。第二首，以安史之亂的教訓，責備諸將不防邊以絕外患，導致借兵回紇。第三首，責備諸將坐視河北淪喪，軍儲匱乏，不知屯田以供軍需。第四首，由南方邊陲不安，朝貢斷絕，責備諸將徒享高官厚爵，不思報效國家。第五首，緬懷嚴武的鎮蜀之功，認為須如嚴武之將略，以鎮西蜀險地，方可當此安危之寄。

其一

漢朝陵墓❶對南山❷，胡虜❸千秋尚入關❹。昨日玉魚蒙葬地，早時金碗出人間❺。見愁❻汗馬❼西戎逼❽，曾閃朱旗北斗殷❾。多少材官守涇渭？將軍且莫破愁顏❿。

【注釋】❶漢朝陵墓　借指唐朝諸帝王陵墓。❷南山　終南山。❸胡虜　指吐蕃、回紇等西部邊疆少數部族。《資治通鑑》卷二二三載：廣德元年（西元七六三年）秋七月，吐蕃入大震關，陷蘭、廓、河、鄯、洮、岷、秦、成、渭等州，盡取河西、隴右之地。十月，又寇奉天、武功，攻陷長安，代宗幸陝。二年十月，吐蕃、回紇兵逼奉天，京師戒嚴。永泰元年（西元七六五年）九月，吐蕃與回紇等數十萬兵入寇，逼近長安，京師震恐。❹千秋尚入關　《史記・匈奴列傳》載，漢文帝時，匈奴曾從蕭關深入，焚燒漢朝宮殿。兩次敵寇入侵不到千年，此言「千秋」，蓋取其成數而言。❺昨日二句　責武將不能禦敵，致使唐帝王陵墓被吐蕃挖掘。玉魚、金碗，均為帝王墓中的陪葬品。唐韋述《兩京新記》載：「宣政殿初成，每見數十騎馳突出，高宗使巫劉明奴問所由。鬼曰：『我，漢楚王戊太子，死葬於此。』明奴因宣詔欲為改葬，鬼曰：『改葬幸甚。天子斂我玉魚一雙，今猶未朽，勿見奪也。』及發掘，玉魚宛然。」（《杜詩鏡銓》卷一三引）南朝梁沈炯〈通天台表〉曰：「甲帳珠簾，一朝零落。茂陵（漢武帝陵）玉碗，遂出人間。」這裡將玉改作金，是避免與上句重複。出人間，是說被挖掘出來。二句互文。玉魚、金碗昨日蒙葬，今晨即被發掘，極言陪葬品出土之速。❻見愁　指呈現於眼前的愁事，即上舉吐蕃的幾次入侵。見，同「現」。❼汗馬　汗血馬，此指戰馬。❽西戎逼　指吐蕃、回紇等幾次侵擾京畿，並一度佔領長安。❾曾閃句　朱旗，紅旗。班固〈燕然山銘〉：「朱旗絳天。」殷，深紅色。《杜詩鏡銓》引張溍注：「言閃朱旗而北斗皆赤，見胡氛蔽天意。」以「朱旗」屬之胡人。程千帆駁之曰：「赤幟朱旗，本皆漢物。此詩既從漢朝陵墓詠起，則朱旗之不屬胡甚明。公此聯蓋以今昔對比出之。『曾閃』句當謂漢（唐）盛時，朱旗矗天，北斗亦為之殷，以見今日西戎相逼之可哀耳。」（《杜詩鏡銓》批抄》當以程說為長。⑩多少二句　謂京畿地區形勢危急，諸將且莫高枕無憂。材官，勇武之士。涇渭，二水名，即涇水、渭水，皆在京畿之內。《舊唐書．代宗紀》載：永泰元年（西元七六五年）九月，郭子儀屯兵涇陽，李忠臣屯東渭橋，李光進屯雲陽，馬璘、郝玉屯便橋，駱奉仙、李伯越屯盩厔，李抱玉屯鳳翔，周智光屯同州，杜冕屯坊州，以防吐蕃。當時軍情吃緊，士庶驚駭，又遇大雨，吐蕃大掠京畿男女數萬人，焚廬舍而去。故誡諸將不可輕敵。

【語　譯】唐朝帝王的陵墓正好面對著終南山，漢文帝時匈奴曾由蕭關入侵京師，在其後近千年的今天，吐蕃、回紇等少數部族又再度進逼長安。玉魚、金碗之類的陪葬品好像是昨天才隨帝王下葬，今早就被挖了出來。真讓人發愁啊，那些西疆少數民族的敵軍騎著汗血戰馬來侵犯京師！而唐朝強盛之時，紅旗遮天，連北斗星都映紅了。有多少勇武的將士鎮守在京畿涇、渭兩岸？諸位將軍，軍情依然危急，還不能高枕無憂，破愁尋歡。

【研　析】古人對祭祀祖先非常重視，平民百姓尚以祖塋被掘為奇恥大辱，更何況是天子的陵墓。而京師亦是一個國家的政治、經濟、文化的中心，其安全直接關係著政權的穩定。這首詩的前兩句正是描寫當時唐王朝皇陵被掘、長安失陷的慘酷現實。安史之亂平定後的唐朝政治腐朽、軍備疲弱，吐蕃、回紇等邊疆少數民族乘機數度入侵，直逼得代宗皇帝離京出奔。詩人對此痛心疾首，「胡虜千秋尚入關」一句以犀利的筆觸直刺入侵者，也隱含著對無能朝廷的譴責。次聯寫皇陵被盜情形，以「玉魚」、「金碗」互文見意，言帝王陪葬品之珍異，以「昨日」、「早時」對舉，言洗劫速度之快出人意料。兩句用筆洗練，描繪生動，既表達了對入侵者強盜作風的痛恨，也流露出對皇室珍寶遭掠奪的痛惜。三聯以唐王朝昔日朱旗映天的強盛和今日西戎進逼的衰落相對比，進一步申寫目下不容樂觀的情勢。末聯遂引出對諸將莫破愁顏的告誡。「多少材官守涇渭」一句，透露出詩人對邊防和時局的深沉憂慮：兵馬只是守在京畿之內的涇水渭水邊，遠處已無法顧及，即便如此，能獨當一面的「材官」在朝廷中又有多少呢？

其二

韓公本意築三城❶，擬絕❷天驕❸拔漢旌❹。豈謂盡煩回紇馬，翻然遠救朔方兵❺。胡來不覺潼關隘❻，龍起猶聞晉水清❼。獨使至尊憂社稷，諸君何以答升平❽？

【注　釋】❶韓公句　景龍二年（西元七〇八年）三月，朔方軍總管張仁愿在黃河以北築東、西、中三受降城以抗拒突厥，以拂雲祠為中城（在今內蒙古包頭西南），與東受降城（在今內蒙古托克托南）、西受降城（在今內蒙古杭錦後旗北烏加河北岸，狼山口南）相距各四百餘里，並置烽火臺一千八百所，首尾呼應，鞏固了北部邊防。自是突厥不得度山放牧，朔方無復寇掠，減鎮兵數萬人。七月，張仁愿以功進同中書門下三品，累封韓國公。❷擬絕　意在斷絕。❸天驕　本指匈奴，此借指突厥。❹拔漢旌　拔掉漢家旗幟，此指入侵唐境。❺豈謂二句　唐置朔方軍，原是防禦突厥的。其後突厥衰亡，回紇崛起。安祿山叛亂，肅宗在靈武即位，唐軍兵力不足，反而請回紇救援以收復兩京。杜甫認為這是將帥無能，故予以諷刺。豈謂，豈料。翻然，反而。朔方兵，朔方節度使郭子儀所統領的部隊，實概指唐軍。❻胡來句　指天寶十五載（西元七五六年）安祿山破潼關、陷長安事。潼關天險本來易於固守，但由於守將哥舒翰倉促出戰，全軍覆沒，導致安祿山長驅直入，所以讓人覺得潼關好像都不險要了。隘，險要之處。❼龍起句　此以唐高祖李淵起兵太原滅隋興唐，比擬廣平王李俶（即後來的代宗）收復兩京，中興有望。晉水，發源於山西太原西南的懸甕山，東流注入汾水。唐釋一行〈并州起義堂頌〉：「我高祖龍躍晉水，鳳翔太原。」《錢注杜詩》卷一五引《冊府元龜》：「高祖師次龍門縣，代水清。」故云「龍起晉水清」。《舊唐書・五行志》載：「乾元二年七月，嵐州合河關黃河水，四十里間，清如井水。」又〈代宗紀〉載：「寶應元年（西元七六二年）九月，「太州至陝州二百餘里黃河清，澄澈見底。」時代宗即位不久，故云「猶聞」。古人認為河清為瑞兆，是真主龍興之象。❽獨使二句　用反詰語氣責問諸將不思奮身報國，獨使皇帝為國家憂勞操心。至尊，指代宗。社稷，國家。升平，太平。

【語　譯】韓國公張仁愿當年修築三座受降城，其本意是要以此阻絕突厥的入侵。誰料到現在卻要煩勞回紇的兵馬，反過來救援唐朝的軍隊。安祿山的叛軍襲來，潼關一戰而破，似乎沒什麼險要可言。廣平王像當年的高祖一樣憤然起兵，收復兩京，聽說那時晉水又變得澄清。如果只讓皇帝來為國家擔憂操心，諸位將軍用什麼報答將要到來的太平景象？

【研　析】這首詩亦是諷刺諸將，開篇卻將筆觸宕開，先引述前賢韓國公張仁愿事跡，以「本意」、「擬絕」之語強調張仁愿築三受降城是解決北方邊患的長遠大計。次聯繼以「豈謂」、「翻然」領起，譏刺諸將毫無遠見，竟以回紇兵來抵禦安史叛軍，此舉不異於引狼驅虎，必然是後患難除。與前人澤被後世的功勳相比，賢愚之別，迥若天地。五句緊承此意，斥責諸將在安史叛軍面前的怯弱無能。「胡來不覺潼關隘」，措辭辛辣，令人啼笑皆非。潼關自古為「一夫當關，萬夫莫開」的險塞，然而在諸將眼裡，胡兵一來，潼關這樣的關隘也覺得無險可憑了，其倉皇無主之狀可以想見。六句又宕開一筆，寫代宗收復兩京的中興功業，並為下句「獨使至尊憂社稷」張本。主上為國事奔勞憂慮，諸將卻無所作為，坐等「升平」，於情於理何？末尾即以反詰語冷冷道來，無限輕蔑，無限憤慨，盡寓其中。

其三

洛陽宮殿化為烽❶，休道❷秦關❸百二重❹。滄海未全歸禹貢，薊門何處盡堯封❺？朝廷袞職雖多預❻，天下軍儲不自供❼。稍喜臨邊王相國❽，肯銷金甲事春農❾。

【注　釋】❶洛陽句　回憶洛陽兩次被兵火所毀，一次是天寶十四載（西元七五五年）十二月毀於安祿山，一次是乾元二年（西元七五九年）九月毀於史思明。化為烽，化為灰燼。❷休道　莫再誇口。❸秦關　指潼關。❹百二重　極言城池險固。百二，是說關中兵二萬足以當敵百萬。《史記・高祖本紀》：「秦，形勝之國，帶河山之險，縣（懸）隔千里，持戟百萬，秦得百二焉。」裴駰《集解》引蘇林曰：「秦地險固，二萬人足當諸侯百萬人也。」❺滄海二句　為藩鎮割據而發，意謂今雖誅安、史，然藩鎮如盧龍、魏博等犬牙仍在，餘孽未除，山東、河北諸地尚未完全服從朝廷統屬。滄海，此指淄、青諸州，即今山東一帶。禹貢，《尚書・夏書》中篇名，敘大禹定九州及職貢制度事，後常用作國境代稱。薊門，指盧龍等地，今河北、北京一帶。堯封，唐堯之封疆，代指中國疆域。浦起龍曰：「藩鎮之禍，河北最甚，延至末造，卒以亡唐。而其禍皆成於代宗之初。時成德則李寶臣，魏博則田承嗣，相衛則薛嵩，盧龍則李懷仙，淄青則李正己，各治兵完城，自署將吏，不供貢賦，其可憂更切於吐蕃、回紇。」（《讀杜心解》卷四之二）❻袞職雖多預　見得諸將恩寵已極。袞職，指三公大臣。預，參預。當時武將及諸鎮節度使，多兼中書令、平章事等內職高銜，故曰「多預」。❼軍儲不自供　唐初實行府兵制，士兵開墾營田，軍糧自給。安史亂後，府兵法壞，兵農遂分，軍糧皆需農民供應，故云「不自供」。言外諷諸將只圖個人榮華富貴，而不為軍國大計謀劃。軍儲，軍糧。❽稍喜句　王相國，指王縉。《舊唐書・王縉傳》載：廣德二年（西元七六四年），王縉拜同平章事，遷河南副元帥，請減軍資錢四十萬貫。稍喜，言唯縉所為差強人意，亦有所不滿。可見其他諸將，連王縉也不如。臨邊，安史之亂初平，河朔未安，詔縉宣慰河北，後又以縉出鎮河南，以防河北諸將之反覆。❾肯銷句　表揚王縉實行屯田，諷諸將效法之，以減輕民困。銷金甲，指銷毀兵器以為農具。金甲，兵甲。事春農，指實行屯田。王縉休養士卒，使他們從事春耕，以減少軍費。

【語譯】洛陽的宮殿兩次被兵火焚毀，不要再說潼關險固，關中兵二萬就能當敵百萬。淄、青諸州還有藩鎮在割據，盧龍等地也還沒有完全歸附朝廷。雖然朝廷中的高官要職多由節度使等武將兼任，但各地的軍糧還不能自己供給。稍讓人喜慰的是，出鎮河南的王縉相國能銷毀兵器來打造農具，實行屯田發展農業。

【研析】第三首針對安史之亂雖平而國內尚未統一的時局而作。首句選取洛陽宮殿毀於兵火的場景，高度概括地寫出戰亂給唐王朝帶來的深重災難。洛陽是與長安並稱的東都，是全國第二大政治、經濟、文化中心，在安史之亂中，卻兩遭兵火，終於使那些華美的宮殿盡數化為灰燼。數年之內，兩度失守，洛陽城防之疲弱無力可知，次句承此意，指出曾經被誇讚為險固無比的秦地關隘卻無甚效用，尖銳地嘲諷諸將的無能，與上首詩「胡來不覺潼關隘」一句同意。二聯兩句言山東、河北諸鎮擁兵自重，尚未真正歸順朝廷，將批判的鋒芒直刺唐朝當時的痼疾——藩鎮割據，言外之意則是責諸將之不得力。三聯言諸將多領相位高銜，寵遇殊隆，卻不知屯田務農，致使軍糧匱乏，危機嚴重，直斥諸將尸位素餐，如同國之蟊賊。末聯以「稍喜」二字褒美王縉能銷兵屯田以充軍實，暗寓激勵諸將之意。

其四

迴首扶桑銅柱標，冥冥氛祲未全銷❶。越裳翡翠無消息，南海明珠久寂寥❷。殊錫曾為大司馬，總戎皆插侍中貂❸。炎風朔雪天王地❹，只在忠良❺翊❻聖朝❼。

【注　釋】❶迴首二句　言南疆不靖，戰亂時有。前三首，道兩京之事，皆翹首北顧。此則道南方之事，故以「回首」發端。扶桑，《舊唐書·地理志四》有扶桑縣，屬禺州（治今廣西陸川東北），這裡借指南海以外。銅柱，為東漢馬援征交趾（今越南北部）時所立，為漢極南之標誌。《新唐書·南蠻傳》：「天寶七載，玄宗詔特進何履光以兵定南詔境，復立馬援銅柱乃還。」冥冥，昏暗。氛祲，妖氛。此指戰亂。時南詔與吐蕃一同進擾，南疆不安。❷越裳二句　是說南方邊郡已不通朝貢。越裳，周代南方國名，唐時有越裳縣，屬驩州（治今越南榮市）。周成王時越裳曾獻白雉於朝。翡翠，鳥名，亦是此類貢品。南海，即廣州南海郡，屬嶺南道，其地產明珠。無消息、久寂寥，謂久不入貢。廣德元年（西元七六三年），宦官市舶使呂太一逐廣南節度使張休，擁兵作亂，朝貢遂絕。杜甫〈自平〉詩：「自平中官呂太一，收珠南海千餘日。近供生犀翡翠稀，復恐征戍干戈密。」說的正是這種情況。❸殊錫二句　是說諸將都受到朝廷高爵厚祿之特殊賞賜，恩寵非常。殊錫，非常之寵賜。大司馬，掌軍政的大官，此指軍政要職。總戎，主管一方軍事之長官。這裡泛指統兵將領。侍中，《舊唐書·職官志》載：唐門下省置侍中二人，正二品，與左右常侍、中書令，並金蟬珥貂。左常侍與侍中左貂。珥貂，即以蟬和貂尾飾冠。時寵任武將，一般將帥與節度使皆帶侍中銜，故得插侍中貂。❹炎風句　指極南和極北地區都是天子的領地。此即《詩經·小雅·北山》：「溥天之下，莫非王土」之意。❺忠良　指諸將，亦含諷意。良，一作「臣」。❻翊　輔佐。❼聖朝　唐王朝。

【語　譯】回過頭來眺望南方的扶桑縣，還有漢馬援所立的作為極南界標的銅柱，那裡因南詔侵擾引起的戰亂還沒有完全平息。越裳縣的翡翠鳥，南海郡的明珠，已經很長時間沒向朝廷進獻了。諸將領受到朝廷的特殊賞賜，擔任著軍政要職，武將的帽子上都插著侍中才能用的貂尾冠飾。熱風襲人的南疆和漫天飄雪的北方都是天子的領地，只有依仗諸位將軍這樣的忠良之臣來輔佐我們的唐王朝。

【研析】第四首詩由描寫兩京，轉而關注南方邊陲，故以「迴首」二字領起。首聯寫南詔與吐蕃結盟叛唐，邊患時起的情形，「冥冥氛祲」流露出對作亂者的厭憎之心和對政局的憂慮之情。次聯言南方朝貢斷絕。「翡翠」、「明珠」，用詞華麗；「無消息」、「久寂寥」，語調淒美。將無情政事寫得委婉動人，詩味盎然。三聯寫諸將的「殊錫」，以其官職和裝束的非同尋常，反映出寵任武將的現實。與上首「朝廷袞職雖多預」一句意思相近，卻更富有生動的形象性，因而給人以更深刻的印象。末聯以大義勸導諸將，希望其能忠心匡扶唐室。「炎風朔雪」亦是以形象概言尚未歸順又不寧靖的南北疆域，這就使詩中的議論避免了乾澀無味的弊病。「只在忠良」句亦是含蘊深沉，既是以忠良之名感召諸將，又隱含對其所作所為離忠良之實尚遠的譴責。

其五

錦江春色逐人來❶，巫峽清秋萬壑哀❷。正憶往時嚴僕射❸，共迎中使望鄉臺❹。主恩❺前後三持節❻，軍令分明數舉杯❼。西蜀地形天下險，安危須仗出群材❽！

【注釋】❶錦江句　錦江，又名濯錦江，流經成都。人，指嚴武。武於廣德二年春再鎮蜀，杜甫亦應武邀於暮春由閬州回到成都，故曰「春色逐人來」。逐，跟隨。❷巫峽句　就目前而言，時武已死，又值淒清的秋天，追憶往事，觸景生哀。❸嚴僕射　指嚴武。僕射，官名，嚴武死後追贈尚書左僕射。❹共迎句　杜甫任嚴武幕僚時曾隨其在望鄉臺一道迎接中使。中使，皇帝內廷派出的使者，多由宦官充任。望鄉臺，在成都北，相傳為隋代蜀王楊秀所建。❺主恩　皇恩。嚴武曾幸蒙皇恩而受到重用。❻三持節　謂嚴武三次持節出鎮蜀地。上元元年（西元七六〇年），武由巴州刺史遷東川節度使；二年十二月，遷成都尹兼劍南節度使；廣德二年（西元七六四年）春再拜成都尹兼劍南節度使。故曰「三持節」。節，符節，官員出使時，持以為信。❼軍令句　讚美嚴武治軍有方，軍令分明，功勳卓著，捷報頻傳。數舉杯，數次舉杯祝捷。廣德二年九月，嚴武破吐蕃七萬眾，拔當狗城；十月，拔吐蕃鹽川城；永泰元年（西元七六五年），嚴武以崔旰為漢州刺史，使將兵擊吐蕃於西山，連拔其數城，攘地數百里。故曰「數舉杯」。❽西蜀二句　是說這天設地造、險甲天下的西蜀重地，要想固若金湯，必須仰仗像嚴武這樣足以扶傾定危的不凡將才。

【語　譯】回想昔日我在錦江的一片春色中，追隨著嚴武來到成都；如今我在秋日的夔州，巫峽千山萬壑間的淒清景色觸動我的哀思。我正懷念已經作古的嚴僕射，那時我們曾一起在望鄉臺上迎接內廷的使臣。得蒙皇恩，你前後三次出鎮蜀地；軍令嚴明，戰功卓著，多少次為你舉起慶功的酒杯。西蜀雖然有天下絕險的地形，但安危存亡還必須仰仗嚴武這樣出類拔萃的將才。

【研　析】第五首詩專就蜀中形勢抒發感慨。首聯「春」、「秋」對舉，以時節景物之不同暗寓今昔境遇之別：昔年追隨嚴武重回草堂，在美麗富庶的成都安享錦江春色；今日老友已逝，被迫飄流到荒僻的夔州，值此淒清秋日，不免倍感哀戚。次聯進一步追憶在嚴武幕中，隨其在望鄉臺共迎中使之事。上聯以景襯情，此聯則以事言情，「正憶」、「共迎」之語皴染出詩人與嚴武的深厚情誼。三聯繼寫嚴武深蒙皇恩，三次委以鎮蜀重任，而他亦能頻建功勳，不負眾望。末聯慨歎今日鎮蜀之將後繼乏人，提醒朝廷應選擇得力者充任劍南節度使，以確保蜀地安定。當時蜀中地方軍閥崔旰等正在憑險作亂，新任劍南節度使杜鴻漸，對作亂的軍閥採取姑息寬容的政策。詩人以嚴武作比，對鎮蜀之將不能勘定禍亂予以譏諷。

〈諸將五首〉是杜甫晚年的力作，詩人著眼於當時戰亂時起，四海不寧的社會現實，以應在平息戰亂中發揮主要作用的諸將為中心，分別從東西兩京、河北諸地、南方邊陲和蜀中的局勢展開吟詠，深刻揭露了當時社會邊患難除、藩鎮割據、經濟凋敝等痼疾，就一系列政治、軍事、經濟問題提出了自己的看法。郝敬評曰：「此諷天寶以來諸將，以詩當紀傳，議論時事，非吟弄風月，登眺遊覽，可以任興漫作者也。必有子美憂時之真心，又有其識學筆力，乃能斟酌裁補，合度如律，非復清空無象，不用意，不著理，不求可解之類也。五首縱橫開合，宛是一章奏議，一篇訓詁，與《三百篇》並存可也。」（《批選杜工部詩》卷四）而作為以議論為主的政治諷刺詩，這組詩又成功運用多種藝術技巧，很好地避免了說理乾澀、語言之味等弊病。

秋興八首

【題解】大曆元年（西元七六六年）秋在夔州作。秋興之興，是感興、發興之意。杜甫漂泊多年，寓居夔州，往事歷歷，時縈胸臆。值茲秋日，見草木之凋謝，景物之蕭森，觸景傷情，引發了對長安的思念與回憶，寫下了這組聯章體七律。第一首，自夔州秋景起興，抒發羈旅懷鄉之思，是後七首的發端。第一首，寫由日落到夜深詩人佇立遙望長安的情景。第三首，寫在夔秋朝景中對自己落拓身世的感慨，所謂「說出事與願違衷曲來」。第四首，感歎長安政局多變，邊境紛擾。第五首，寫對京都長安宮闕的想望，通過回憶當年早朝的盛況與今日滄江歲晚相對比，抒發了濃重的今昔之感。第六首，回憶曲江當年歌舞遊宴之繁華。第七首，寫長安昆明池景物之變化，感慨古今之盛衰，自傷漂泊江湖，不得重見往昔情景。第八首，回憶昔日在長安與詩友暢遊渼陂的豪興。

其一

玉露❶凋傷楓樹林，巫山巫峽氣蕭森❷。江❸間波浪兼天❹湧，塞❺上風雲接地陰❻。叢菊兩開他日淚❼，孤舟一繫故園心❽。寒衣處處催刀尺❾，白帝城高急暮砧❿。

【注釋】❶玉露 白露。❷蕭森 蕭瑟陰森。❸江 長江。❹兼天 猶連天。❺塞 關隘險要之處，此指夔州。❻接地陰指風雲籠罩，地上陰暗。❼叢菊句　叢菊兩開，即兩見菊開，此是就去蜀時日而言。代宗永泰元年（西元七六五年）五月，杜甫離開成都南下，秋居雲安（今重慶雲陽），是一見菊開也。大曆元年暮春，自雲安至夔州，至秋，是兩見菊開也。他日淚，猶言往日淚，流了多年的眼淚。他日，常指後日、來日，也可指往日、前日。這裡是後者。「開」字雙關，是指花開，也是指淚下。❽孤舟句　由蜀至夔，是沿水路乘舟東下，一身繫於孤舟，故云「孤舟一繫」。故園心，思念長安的心情。長安是唐王朝的首都，也是杜甫的祖籍所在地。因此，在這裡故園、故國是合二為一的。「繫」字雙關，是指身繫孤舟，也是指心繫故園。❾催刀尺　趕裁寒衣。❿砧　擣衣石。

【語　譯】白露既下，楓林衰敗，紅葉凋落，巫山巫峽之間，殷紅慘目，氣象蕭森。長江上的波浪連天，奔湧東下；夔州一帶風雲籠罩，遍地陰暗。我離開蜀地之後，已經兩見菊開，痛苦的淚水流了多日。一身繫於孤舟，沿水路從蜀至夔，這小舟上還繫著我一顆思念故園的心。深秋時節家家都在為遊子趕製寒衣，傍晚時分白帝城高處傳來陣陣擣衣聲，更觸動漂泊者的懷鄉之情。

【研　析】聯章七律是杜甫的首創，而這組詩更是代表了杜甫在近體詩創作上的傑出成就。八首詩不但意蘊深沉豐厚，格律精工嚴整，而且在謀篇布局上十分縝密。組詩大致可分為兩部分，前三首以詠夔州秋景為主而遙憶長安，夔州詳而長安略；後五首以回憶長安為主而回應夔州，長安詳而夔州略。第四首是前後兩部分在整體結構上的過渡。八首前後貫通，脈絡分明，各首首尾之間亦多銜接呼應，其次序井然，不能改易，由此構成一個有機的整體。

第一首是組詩的序曲，前四句寫景，後四句抒情，而景之蕭森，情之沉鬱，皆為全組詩定下基調。首句以「玉露」點明時節，二句以「巫山巫峽」點明地點，再輔以「凋傷」、「蕭森」數字，便寫得秋意襲人。三四句緊承上聯，極寫三峽一帶秋氣蕭森之狀，筆力雄健。金聖歎云：「『波浪兼天湧』者，自下而上一片秋也；『風雲接地陰』者，自上而下一片秋也。」（《杜詩解》卷三）十四個字生動地描繪出一幅驚濤駭浪、天昏地暗的峽江秋景圖，詩人既準確地把握住了景物的特點，又有力地烘托出自己感懷身世、憂慮國事的苦悶心情。可謂情因景而顯，景因情而深。五六句則由景入情，直接抒寫自己漂泊異鄉懷念故國的心情。兩句運用雙關手法極大拓展了詩歌的內涵，含蘊豐厚，感人至深。上句以「開」字言己淹留逾年，兩見菊開，苦淚難收；下句以「繫」寫己無奈漂泊，然心懷故國，癡心不改。「故園心」三字，既是本詩主腦，亦是八詩樞紐。末兩句言城高日暮，砧聲陣陣，以秋聲與前之秋景相呼應。秋夜的擣衣之聲最足動遊子思歸之心，征人厭戰之思，詩人以此渲染出戰亂不息的時局中人民生活無著的痛苦。而末尾的「暮」字，既表明詩人獨倚江樓之久，又喚起次章首句之「落日斜」，可見針線之密。

其二

夔府❶孤城落日斜，每依北斗望京華❷。聽猿實下三聲淚❸，奉使虛隨八月槎❹。畫省香爐❺違伏枕❻，山樓❼粉堞❽隱悲笳❾。請看石上藤蘿月，已映洲前蘆荻花❿。

【注　釋】❶夔府　即夔州。貞觀十四年（西元六四〇年）在夔州設都督府，故云。❷每依句　是說常常依循北斗的位置而遠望長安。每依，言夜夜如此。北斗，北斗七星。或作「南斗」，非。杜詩〈月三首〉其一：「故園當北斗，直指照西秦。」〈歷歷〉：「巫峽西江外，秦城北斗邊。」〈哭王彭州掄〉：「巫峽長雲雨，秦城近斗杓。」則作「北斗」是。北斗在北，長安亦在北，故依北斗而遙望長安，抒發羈旅思鄉之情。❸聽猿句　酈道元《水經注．江水》：「故漁者歌曰：『巴東三峽巫峽長，猿鳴三聲淚沾裳。』」杜句出此。聽猿墮淚，身歷苦境始覺其真，故曰「實下」。本應作「聽猿三聲實下淚」，因拘於聲律，變化為「實下三聲淚」。❹奉使句　八月槎，張華《博物志》卷一〇：「天河與海通，近世有人居海渚者，年年八月，有浮槎去來，不失期。」而《荊楚歲時記》引《博物志》則作「漢武帝令張騫窮河源，乘槎經月而去」云云（據《苕溪漁隱叢話》前集卷一一引）。槎，木筏。杜詩乃借用二事。奉使，以嚴武比張騫，指嚴武奉命重鎮蜀為劍南節度使。武薦甫為節度參謀、檢校工部員外郎，原應有隨之返京朝天之一日，但因武死而化為泡影，故曰「虛隨」。❺畫省香爐　指昔日在京城任左拾遺時。畫省，漢代指尚書省，此指門下省。杜甫為拾遺之左省雖為門下省，然漢代無門下省，古人詩文往往假古之官署與今之相當者為代稱，唐代以尚書、門下、中書三省並稱，故三省皆可仿尚書省之例而稱畫省。且唐之三省其富麗亦各不相亞，於各省值宿，亦皆有侍史執香爐薰衣之種種供應，此在唐詩中往往言及。門下省省壁之多畫，與當時省中之有香爐，當為無可置疑之事，故門下省亦可稱畫省。（詳葉嘉瑩《杜甫秋興八首集說》）❻違伏枕　乃言因衰病伏枕而與畫省香爐相違。實為婉辭，深寓感慨。違，違離。伏枕，指衰病。❼山樓　指夔州城樓。❽粉堞　白色的女牆，借指城牆。❾隱悲笳　隱約聽見悲涼的胡笳聲。❿請看二句　寫佇望沉思之久，可見戀闕情深。石上藤蘿月，是指初昇的月亮。已映洲前，是說月昇中天。

【語　譯】夔州孤城，落日西斜，天色漸黑，我常常在這時候循著北斗的方位遠望京都長安。到了巫峽才知道，聽到猿猴哀鳴三聲真的會流下眼淚。我跟隨嚴武返京還朝的希望也隨著他的去世化為虛幻泡影。因為衰老多病，我和門下省的畫壁香爐違離。隱約聽見從山城的樓牆間傳來悲涼的胡笳聲。看那剛剛還只照在石間藤蘿上的初昇的月亮，這會兒已昇到中天，映照著沙洲前的蘆荻花。

【研　析】此詩首句緊承上章，以「夔府」點明地點，「落日斜」點明時間。次句「每依北斗望京華」，乃八章之旨，特於此章拈出，亦與首章「故園心」一脈相承。「每依」二字更生動地刻劃出詩人癡望故國，戀闕情深的形象。中間四句即寫望京華時痛感羈旅難歸的淒涼心情。三句觸景生情，言親聞淒厲猿鳴之聲不由落淚；四句化用典故，謂還朝之望因嚴武去世已成泡影。「實下」與「虛隨」對比強烈，傳聞中的苦境為實，心目中的期盼成虛，如何不令人肝腸寸斷？五句言目下衰年多病的境況亦使自己無法入朝，只能永離昔日曾經親見的畫省香爐。六句由遙想回到現實：心潮激蕩、淒苦不堪之際，又聽到陣陣悲切的胡笳之聲，愈使人悲不自勝。末尾兩句以流水對寫月光由石上藤蘿轉映於洲前蘆荻，寧靜優美的境界，反襯出詩人的孤寂哀傷，景中含情，意在言外。景語作結，須具如此悠長餘味，方為上乘。而此聯月光的描寫又和首聯落日之語相呼應，凸顯出詩人佇望之久，思京之切。

其三

千家山郭❶靜朝暉❷，日日江樓坐翠微❸。信宿❹漁人還汎汎❺，清秋燕子故飛飛❻。匡衡抗疏功名薄❼，劉向傳經心事違❽。同學少年❾多不賤❿，五陵⓫衣馬自⓬輕肥⓭。

【注　釋】❶山郭　山城。❷暉　日光。❸日日句　是說自己每天清早坐在翠微環抱的江樓之上。言外有無時或釋的羈旅無聊之愁在。翠微，青翠的山色。❹信宿　再宿；隔夜。這裡有一天又一天的意思。❺汎汎　漂浮貌。❻故飛飛　依舊飛來飛去。❼匡衡句　匡衡，西漢經學家，因上疏言政，得漢元帝賞識，遷光祿大夫。作者反用其事，說自己亦如匡衡一樣上疏言事（指疏救房琯），結果卻反遭貶斥。抗疏，上疏直言。功名薄，功名不及匡衡。❽劉向句　劉向，西漢經學家，宣帝時曾在石渠閣講授五經，後來成帝又授其官職。此亦反用其事，自謂即使有劉向之學識，曾獻賦於朝，但也難償夙願，故曰「心事違」。❾同學少年　少年時代的同學。❿多不賤　大多作了高官。⓫五陵　指漢代長安的五座帝王陵墓，即高帝長陵、惠帝安陵、景帝陽陵、武帝茂陵、昭帝平陵。五陵歷來為豪門貴族聚居之地。⓬自　只顧自己享樂。⓭輕肥　即輕裘肥馬，此喻指富貴。

【語　譯】山城千家萬戶沐浴著朝陽的光輝，我每天都坐在這青翠山色環抱的江樓之上。漁人一天天地飄蕩在江上忙碌著，清秋時節的燕子依舊飛個不停。我像匡衡一樣抗顏上疏，卻沒得到他那樣的功名；我像傳經的劉向一樣滿腹學識，建功立業的心願卻終究落空。少年時代的同學大多已作了高官，在豪門聚居的京城五陵一帶自顧自地享受輕裘肥馬的富貴生活。

【研　析】這首詩分兩層，上四句寫江樓獨坐所見景致，下四句抒發政治不得志的抑鬱憤懣。前二句寫夔州秋晨的景物：山郭寂靜，陽光普照，翠色環繞，一片恬靜。如此美好的景致加以「日日」二字，使凸顯出詩人久看生厭，枯坐無聊的心緒。三四句寫秋高氣清，舟汎燕飛的江景。「信宿」與次句的「日日」照應，正因日日江樓獨坐，方知漁人天天江上捕魚。而漁人、燕子的自由自在，又反襯出自己淹留他鄉的無奈。兩句以優美閒適的景色表現飽受煎熬的心緒，寫法獨特。這樣的效果全靠「還」、「故」二字，葉嘉瑩曰：「信宿漁人汎汎，清秋燕子飛飛，不過江樓日日所見之景，而著一『還』字、一『故』字，則漂泊無聊，羈棲厭倦之情，盡在言外，其妙處正在寫景之開宕自然，寫情之含蓄蘊藉。」（《杜甫秋興八首集說》）五六句將自己與漢代的匡衡、劉向相比，慨歎功名未成，一生志向不得施展。兩句皆以前四字寫古人，後三字寫自己，且以古人之才德自比，以古人之功成名遂反襯自己之落魄失意，精警之至！最後由自己的貧賤想到昔日同學的得志，對他們自顧享樂，不問民生的行徑提出批評。李夢沙曰：「極意奚落語，卻只如嘆羨，乃見少陵立言蘊藉之妙。」（顧宸《辟疆園杜詩注解》七律卷四引）組詩第一首寫暮景，第二首寫夜景，這首寫朝景。首句「靜朝暉」承上章之月映蘆荻，末句「五陵衣馬」起下章之「長安弈棋」，承接呼應，環環相扣。

其四

聞道❶長安似弈棋❷，百年❸世事不勝悲❹。王侯第宅皆新主，文武衣冠異昔時。直北關山金鼓振❺，征西車馬羽書遲❻。魚龍寂寞秋江冷❼，故國❽平居❾有所思❿。

【注釋】❶聞道　聽說。杜甫因去國已久，於長安政局之變化，不便直言，故云「聞道」。❷似弈棋　是說長安政局不定，你爭我奪，局勢的反覆變化如同下棋一樣。❸百年　是虛數，是杜甫自謂其生平之所經歷。❹不勝悲　謂人生百年之內，世事如此多艱。❺直北句　謂西北吐蕃、回紇侵擾，邊患不止，戰亂頻仍。直北，正北，指隴右、關輔一帶。金鼓振，指有戰事。❻羽書遲　廣德年間，吐蕃、回紇不斷入侵，京師震駭，並曾一度佔領長安，代宗倉促幸陝。是時詔徵天下兵，因宦官程元振專權，莫有至者，故曰「羽書遲」。羽書，即羽檄，插著羽毛的緊急公文。遲，一作「馳」。❼魚龍句　寫自身病臥夔州的寂寞心情。魚龍，魚和龍，泛指鱗介水族。相傳龍以秋為夜，秋分之後，潛於深淵。❽故國　指長安。❾平居　平素所居之處。杜甫在長安居住過十餘年。❿有所思　指思念往日在長安的生活。

【語　譯】聽說如今長安的政局像棋局一樣變化不定。自己一生之中，備歷艱難世事，思之不勝悲慨。京城王侯的宅第都換了新主人，朝中的文武大臣也不同於昔日。隴右、關輔一帶遭受吐蕃、回紇的侵擾，戰事不斷。征討的車馬上載著插有羽毛的緊急公文，卻未能調來兵馬。此時我病臥夔州，就像深秋潛退於冷寂秋江的魚龍一樣寂寞無聊，不禁追思起昔年在長安的平居生活。

【研　析】組詩由此首開始轉向回憶長安的主題，而與首章之「故園」，次章之「京華」，三章之「五陵」遙相呼應，末句「故國平居有所思」乃為八詩主腦，又總起下四章，所謂「前後大關鍵」者也。詩人把長安的政局比為弈棋，形象地寫出安史之亂以來社會的動蕩不安。這自然會使渴望和平與安寧的詩人感到莫大的悲傷。中間四句寫「不勝悲」的具體內容。「王侯」二句寫長安混亂不堪的朝政，葉嘉瑩評曰：「此一句，杜甫不過深慨今昔盛衰之種種變易，言簡而意深，固不可拘求，然亦不淺說，惟在讀者於言外體味之耳。」「大抵杜甫所慨非只一端，縉紳之非故，冠裳之倒置，官爵之濫賞，時俗之異舊，皆在其中。」（《杜甫秋興八首集說》）「直北」二句由內亂而寫到外患，回紇與吐蕃，乘唐王朝國力衰微之機，大舉侵擾。面對國家的危難，杜甫深感自己回天無力，只能以愁眼盼顧。當此魚龍潛退於淵的深秋之際，羈留夔州的自己亦是孤寂難堪，然愈是如此，愈易動懷舊之念，故頓起故國平居之思。葉嘉瑩曰：「僅以『秋江冷』三字寫夔秋，其分量亦嫌過輕，必加『魚龍寂寞』四字，然後秋江之淒冷始見，然後羈旅之哀感始深，然後對故國平居之思乃彌復可悲也。」（《杜甫秋興八首集說》）

其五

蓬萊宮闕❶對南山❷，承露金莖❸霄漢間❹。西望瑤池降王母，東來紫氣滿函關❺。雲移雉尾開宮扇，日繞龍鱗識聖顏❻。一臥滄江驚歲晚，幾回青瑣點朝班❼。

【注釋】❶蓬萊宮闕　指長安大明宮。❷南山　即終南山。❸承露金莖　指仙人承露盤下的銅柱。漢武帝在建章宮（遺址在今陝西西安西北）神明臺上建仙人承露盤。傳說飲所承露水可以成仙。唐代無承露盤，此以漢喻唐。❹霄漢間　形容極高。❺西望二句　借用典故極寫蓬萊宮的地勢巍峨，氣象宏偉。瑤池降王母，古代傳說崑崙山有西王母居於瑤池，七月七日，西王母飛降漢宮，與漢武帝相見。東來紫氣，用老子乘青牛入函谷關事：關令尹喜登樓而望，見東極有紫氣西邁，知有聖人過函谷關。後來果然見老子乘青牛車經過。函關，即函谷關。❻雲移二句　意謂宮扇雲彩般地分開，在威嚴的朝見儀式中，自己曾見過皇帝的容顏。這裡主要指玄宗時獻「三大禮賦」一事。雉尾，指雉尾扇，用雉尾編成，是帝王儀仗之一種。日繞龍鱗，形容皇帝袞袍上所繡的龍紋光彩奪目，如日光繚繞。聖顏，天子之顏，兼指玄宗和肅宗。❼一臥二句　由回憶又回到現實，慨歎自己晚年遠離朝廷，臥病夔州。末句則是寫自己在肅宗朝任左拾遺事。滄江，指長江。歲晚，切詩題之「秋」字，兼傷老大。幾回，言立朝時間之短，只不過幾回而已。青瑣，漢未央宮門名，門飾以青色，鏤以連環花紋。後亦借指宮門。點朝班，上朝時點名傳呼，依次入班。

【語譯】壯美的大明宮正對著終南山，這裡還有如漢武帝承露銅柱般高大的廊柱聳立雲間。向西眺望，似乎能看到西王母從崑崙山的瑤池飛降；極目東望，又彷彿看到紫氣籠罩的函谷關。皇帝臨朝時，那雉尾編成的宮扇雲彩般分開，皇袍上的龍紋光彩奪目，如日光繚繞其上，我就曾在這樣的景象中看到了天子的容顏。如今一旦臥病於長江邊的僻遠夔州，不由驚歎歲至秋，年已暮。而一生中出入皇宮，按傳點列班，依次上朝的經歷才不過幾回而已。

【研析】這首詩是「故國平居有所思」內容之一，前六句著力鋪寫昔日長安宮室的宏偉壯觀與朝會的富麗堂皇，末兩句抒寫自己病臥夔州的處境與心情。詩人寫皇宮，並未汎汎而談，而是選擇最壯麗的大明宮作為代表。首句寫其正與終南山相對的地理方位，乃是以秀美的終南山襯托大明宮的巍峨。次句借用漢代承露銅柱的高大美讚大明宮的壯麗。三四句繼以誇張的手法，極寫大明宮的高峻，立於其上，東西遠眺，竟然能看到千百里外的崑崙山和函谷關。兩句不但運用了誇張的手法，還引入了西王母與老子的神話傳說，更給人一種非同凡俗、氣象萬千之感。而詩人對這些典故和神話的選用，卻並非隨意而為，而是在藉以描繪宮室的同時，另寄深意。漢武帝的承露盤是為成仙而建；老子被唐王室認作先祖，玄宗皇帝更是對其尊崇有加，並曾宣布獲其所降靈符；在唐人詩中就多以王母比楊貴妃。結合這樣的背景，杜詩自然會引發人們對玄宗之好神仙、耽女色，荒淫誤國的聯想。五六句以華麗的辭藻、精美的比喻刻劃朝儀之盛。末二句由回憶跌入現實，深歎自己當此深秋暮年，臥病江邊，前之種種繁華盛美都成幻夢，其悲酸不可勝言。葉嘉瑩曰：「前六句用筆宏偉壯麗，既可見當年朝省儀仗之盛，亦隱見杜甫當年意氣之盛。而尾聯結以『一臥滄江』慨『朝班』之不再，無限家國身世之慨，盡在言外。」（《杜甫秋興八首集說》）

其六

瞿唐峽❶口曲江❷頭，萬里風煙❸接素秋❹。花萼❺夾城❻通御氣❼，芙蓉小苑入邊愁❽。珠簾繡柱❾圍黃鵠❿，錦纜牙檣⓫起白鷗⓬。回首可憐歌舞地⓭，秦中自古帝王州⓮。

【注　釋】❶瞿唐峽　即瞿塘峽。在夔州東，為三峽門戶。❷曲江　為長安名勝之地。❸萬里風煙　指夔州與長安相隔萬里之遙。❹素秋　古人以秋屬西方，其色白，故稱素秋。❺花萼　即花萼相輝之樓，在長安南內興慶宮西南隅。❻夾城　指唐玄宗時自大明宮經興慶宮至曲江、芙蓉園依城修築的複道。程大昌《雍錄》卷二：「唐之夾城也，兩牆對起，所謂築垣牆如街巷者也。」❼通御氣　因夾城係唐玄宗為遊賞方便所修，故曰「通御氣」。❽芙蓉句　史載，安祿山反報至，唐玄宗在逃跑之前，曾登興慶宮花萼樓置酒，四顧淒愴。芙蓉小苑，即芙蓉園。入邊愁，傳來邊地戰亂的消息。邊愁，指安祿山在邊地叛亂而引起的憂愁。❾珠簾繡柱　指曲江行宮別院之樓亭建築。珠、繡，極寫其富麗華美。❿圍黃鵠　這裡指因曲江宮殿林立，環繞水面，把黃鵠都包圍其中了。黃鵠，即天鵝。《漢書・昭帝紀》：「始元元年春二月，黃鵠下建章宮太液池中。」⓫錦纜牙檣　指曲江中裝飾華美的遊船。錦纜，彩絲做的船索。牙檣，用象牙裝飾的桅杆。⓬起白鷗　言曲江上舟楫往來不息，水鳥都被驚飛。⓭可憐歌舞地　意謂曲江昔日為繁華的歌舞之地，可是如今屢遭兵燹，荒涼寂寞，真是不堪回首。歌舞地，指曲江。⓮秦中句　言長安自古以來就是帝王建都所在。秦中，即關中，此借指長安。

【語　譯】我僻處瞿塘峽西口的白帝山，卻想起長安的遊賞勝地曲江，兩地本隔著萬里風煙，一派秋意卻將其接連。昔日玄宗常沿著複道來往於興慶宮的花萼樓和曲江之間，而後安祿山叛亂的消息傳入芙蓉園，著實令人憂愁不安。當年的曲江林立著華美的宮殿，環繞四周的簾幕廊柱甚至把飛來的天鵝都包圍住了；水面上裝飾精美的遊船穿梭往來，驚得水鳥頻頻飛起。回望長安的方向，想著曲江那繁華的歌舞地為兵火所侵，變得一片荒涼，不禁深自痛惜，要知道那裡自古就是帝王建都的地方啊！

【研　析】這首詩由上章長安宮闕轉憶曲江，是「故國平居有所思」內容之二。黃生評此詩前二句云：「首句接上『滄江』字來，一二分明言在此地思彼地耳，卻只寫景。杜詩至化處，景即是情也。」(《杜詩說》卷八)所言極是。首聯兩句高度濃縮：一個「接」字不但聯通起相隔萬里的夔州與長安，而且將眼前現實和往昔盛況聯繫起來。「風煙」既是狀秋景，亦是喻戰爭。兩句既寫出秋意之蕭索深廣，又寄寓傷時念亂、懷鄉戀闕之悲。同時，此聯既與第一首的「塞上風雲接地陰」相呼應，又與頷聯對句之「芙蓉小苑入邊愁」一脈貫通。頷聯正面寫玄宗之遊幸曲江，卻並不鋪排，只從花萼樓、芙蓉園，特別是「夾城」的宮苑勝跡羅列中輕輕點出。然兩句末尾三字，卻含深意，楊倫曰：「二句言以御氣所通，即為邊愁所入，正見奢靡為亡國之階，耽樂乃危身之本。下文又反覆唱歎言之。」(《杜詩鏡銓》卷一三)頸聯即以濃麗的筆墨，極言當日曲江宮室林立，遊船穿梭的繁華勝景。末聯深慨今昔盛衰巨變，昔日歌舞地，自古帝王州，今化為戎馬場。「可憐」、「自古」四字，透露出無限痛惜之情，同時也表達了詩人對統治者逸豫亡國的告誡和自強自勵的勸勉。

其七

昆明池水漢時功❶，武帝旌旗在眼中❷。織女❸機絲虛夜月，石鯨❹鱗甲動秋風。波漂菰米❺沉雲黑❻，露冷蓮房❼墜粉紅❽。關塞❾極天❿唯鳥道⓫，江湖滿地⓬一漁翁⓭。

【注釋】❶昆明句　漢武帝欲征伐西南夷越巂、昆明國，遂於元狩三年（西元前一二〇年）在長安仿昆明滇池而鑿昆明池，以習水戰。遺址在今西安市西南斗門鎮一帶。《漢書・食貨志下》：「乃大修昆明池，列館環之，治樓船，高十餘丈，旗幟加其上，甚壯。」❷武帝句　亦喻唐玄宗。杜詩〈寄岳州賈司馬六丈巴州嚴八使君兩閣老五十韻〉：「無復雲臺仗，虛修水戰船。」唐玄宗也曾在昆明池演習水兵，以攻打南詔。故「旌旗在眼中」，亦古亦今。❸織女　指漢代昆明池西岸的織女石像，俗稱石婆。《三輔黃圖》卷四引《關輔古語》曰：「昆明池中有二石人，立牽牛、織女於池之東西，以象天河。」在今斗門鎮東南的北常家莊附近有一小廟，俗稱石婆廟。中有石雕像一尊，高約一九〇公分，即漢代昆明池的織女像。❹石鯨　指昆明池中的石刻鯨魚。《三輔黃圖》卷四引《三輔故事》曰：「池中有豫章臺及石鯨，刻石為鯨魚，長三丈，每至雷雨，常鳴吼，鬣尾皆動。」漢代石鯨今尚在，現藏陝西省博物館。❺菰米　菰，即茭白。秋結實，即菰米，一名雕胡，皮黑褐色。❻沉雲黑　謂昆明池中多生菰米，稠密濃黑如烏雲。❼蓮房　即蓮蓬。❽墜粉紅　秋季蓮花初結子時，花蒂褪落，故稱。❾關塞　此指夔州山川。❿極天　指極高。⓫唯鳥道　形容道路高峻險要，唯飛鳥可通。⓬江湖滿地　指漂泊江湖，無所歸依。⓭漁翁　杜甫自比。

【語譯】開鑿昆明池以訓練征伐西南夷的水兵是漢武帝的不世功勳，我也曾看到玄宗皇帝在這裡為攻打南詔演習水戰。月夜裡，池邊織女的石像靜靜凝立，機絲虛置，好像是已無心紡織；秋風中，石鯨的鱗甲似乎擺動起來，彷彿心中有無限感懷。水波間飄蕩著一片片的菰米，像是黑雲沉在水裡；蓮蓬上滿是冰冷的露水，粉紅的荷花瓣一片片墜落。夔州的山高路險，只有一條鳥道可通秦地，我卻像一個漂泊江湖的漁翁，無法還歸故國。

【研析】這首詩由上章曲江頭而憶及昆明池，是「故國平居有所思」內容之三。首二句追述昆明池的開鑿歷史，借漢喻唐，亦古亦今，以漢武帝、唐玄宗練水兵於昆明池之情形，凸顯出昔日之強盛國勢，並與前首末句「秦中自古帝王州」呼應。中二聯掉轉筆鋒，描寫今日昆明池之荒涼景象。三四句以「機絲虛夜月」、「鱗甲動秋風」刻劃昆明池石刻的織女和鯨魚，把實在的事物轉化為若隱若現的意象，渲染出清幽淒冷的氛圍。五六句由上聯人工雕鑿的歷史遺跡寫到晚秋昆明池的自然景色：菰米波漂，黑如烏雲；蓮房露冷，殘荷粉墜。以濃豔華麗之筆表現衰敗蕭條之景，更具感染人心的藝術魅力。兩聯意象鮮明，內涵豐富，促人引發多種聯想，而總有無限傷時念亂之感。末二句又由想像中的長安景物回到現實中自身的處境：關塞極天，唯有鳥道；江湖滿地，只一漁翁。強烈的對比，充分表現出詩人歸期無望的痛苦心情。

其八

昆吾❶御宿❷自逶迤❸，紫閣峰❹陰入渼陂❺。香稻啄餘鸚鵡粒，碧梧棲老鳳凰枝❻。佳人拾翠❼春相問❽，仙侶同舟❾晚更移❿。綵筆昔曾干氣象⓫，白頭吟望苦低垂。

【注釋】❶昆吾　地名，在今陝西藍田西。《漢書·揚雄傳》：「武帝廣開上林，東南至宜春、鼎湖、御宿、昆吾。」❷御宿　即御宿川。《三輔黃圖》卷四：「御宿苑，在長安城南御宿川中。漢武帝為離宮別館，禁禦人不得入。往來遊觀，止宿其中，故曰御宿。」在今陝西西安南、樊川以北。❸逶迤　道路曲折貌。❹紫閣峰　終南山峰名，在今陝西戶縣東南。❺渼陂　在今陝西戶縣西。程大昌《雍錄》卷六：「渼陂，在鄠縣（今陝西戶縣）西五里，源出終南山，有五味陂，陂魚甚美，因加水而以為名，其週一十四里，北流入澇水。」❻香稻二句　寫昔遊渼陂一路所見景物之美盛：香稻，乃鸚鵡啄餘之粒；碧梧，則有棲老鳳凰之枝。舉鸚鵡、鳳凰以形容稻、梧二物之美。正常語序為：鸚鵡啄餘香稻粒，鳳凰棲老碧梧枝。❼拾翠　採拾花草。❽相問　彼此互贈禮物。❾仙侶同舟　《後漢書・郭太（泰）傳》：「太與李膺同舟而濟，眾賓望之，以為神仙焉。」杜甫曾與岑參兄弟同遊渼陂，作有〈渼陂行〉。❿晚更移　天色已晚，遊興卻未減，再移舟夜遊。⓫綵筆句　指獻「三大禮賦」事，亦即杜甫〈奉留贈集賢院崔于二學士〉所云「氣衝星象表，詞感帝王尊」之意。綵筆，五彩之筆，喻指華美的文筆。典出《南史・江淹傳》：江淹夢見郭璞送他一支五色筆，從此文才大進。干氣象，上衝雲霄。干，衝犯。

【語　譯】我曾和友人從昆吾、御宿，沿著曲折的道路，來到紫閣峰北，然後就進入渼陂遊覽。那裡物產豐美，鸚鵡啄食後剩下的稻粒都是那樣香甜，伴著一直棲息其上的鳳凰而變老的梧桐樹還是那麼碧綠挺拔。春遊的妙齡佳人採拾花草，相互酬贈。我則和朋友同登小船，如神仙般暢遊，直到晚上還興致不減，把船划向更遠的地方。那時候我憑藉卓越的文采得到了皇帝的賞識，如今卻只能痛苦地低垂著白頭，為想望長安而吟歎。

【研　析】這首詩由上三章追想長安皇家宮苑之勝轉憶己之暢遊渼陂，是「故國平居有所思」內容之四。前二句寫入渼陂的途徑，連用四個地名，但音調諧美，行文流暢自然，讀來毫無澀滯之感。一個「自」字是寫山道，更透露出詩人遊歷時輕鬆愉悅的心情。三四句寫渼陂的富饒美麗。此聯是杜詩的名聯，詞語華美、設色濃麗、形象鮮明，句勢拗峭，予人以深刻印象。尤其是倒裝句的運用，不僅突出了所要描繪的主體——香稻、碧梧，而且增加了詩句音韻上的節奏美。五六句寫渼陂春遊之勝。上句描繪了一幅佳人遊春圖：女伴相攜，採拾花草，鶯聲燕語，問候酬贈，一派天真純美。下句則將自己和友人一併放入畫圖中：湖光山色，仙侶共舟，樂而忘返，移棹夜遊，無限瀟灑飄逸。兩句清新流麗，顯示出杜詩藝術風格的多樣性。七句寫己獻「三大禮賦」驚動人主事，言「綵筆」、「干氣象」，凸顯出盛世豪情，正與上文之整體氛圍相匹配。而末句陡跌出白頭低垂，苦苦吟望之形象，對比強烈，感人至深。徐增評末二句曰：「子美以布衣獻賦，受天子之恩遇，豈非榮顯大暢懷之事，故曰『干氣象』。……然子美非自誇張，總要反襯出『白頭吟望苦低垂』七字來也。昔少年，今白頭矣。吟，吟此〈秋興〉也。望，望歸長安。今羈棲夔府，那得便歸！即此便是苦，頭只管低下去，淚只管垂出來，低垂是寫苦之狀也。吾讀至此，亦有兩袖老淚。八首中，獨此一句苦，若非此首上七句追來，亦不見此句之苦也。此句，又是先生自畫詠〈秋興〉小像也。」（《而庵說唐詩》卷一七）憶己往日之幸，正是憶國家之幸；歎己今日之衰，正是歎國家之衰。整組詩始於仰首望京華，終於「白頭苦低垂」，越仰望、回憶，心情就越痛苦、憂傷。這樣就不只是終結這一首詩，而且照應八首詩的開頭，起著收束整組詩的作用。

八首詩的中心思想是「故國之思」。所思之情事，廣泛而又具體，基本內容是，長安盛衰之變，個人遭遇之感。然國事多而己事少，體現了杜甫憂國憂民的一貫思想。俞瑒評曰：「身居巫峽，心憶京華，為八詩大旨。曰『巫峽』，曰『夔府』，曰『瞿塘』，曰『江樓』、『滄江』、『關塞』，皆言身之所處；曰『故國』，曰『故園』，曰『京華』、『長安』、『蓬萊』、『昆明』、『曲江』、『紫閣』，皆言心之所思，此八詩中線索。」（《杜詩鏡銓》卷一三引）〈秋興八首〉是杜甫晚年慘澹經營之作，藝術上堪稱登峰造極。沈德潛曰：「懷鄉戀闕，弔古傷今，杜老生平，具見於此。其才氣之大，筆力之高，無風海濤，金鐘大鏞，莫能擬其所到。」（《杜詩偶評》卷四）

詠懷古跡五首

【題解】 這組詩為大曆元年（西元七六六年）在夔州作，是杜甫著名的七律組詩。詩借詠古蹟以抒己懷，故題曰〈詠懷古跡〉，並非專詠古蹟。五詩各自成篇，每篇各詠一人。第一首詠庾信，第二首詠宋玉，第三首詠王昭君，第四首詠劉備，第五首詠諸葛亮。

其一

支離東北風塵際❶，漂泊西南❷天地間。三峽❸樓臺❹淹日月❺，五溪衣服❻共雲山❼。羯胡事主終無賴❽，詞客❾哀時且未還❿。庾信平生最蕭瑟⓫，暮年詩賦動江關⓬。

【注　釋】❶支離句　此句追憶安史亂時，自己在中原地區的流離生涯。支離，猶流離。東北，指中原地區，與下「西南」相對。自蜀言之，中原則在東北。風塵，指戰亂。際，適當其時。❷西南　指巴蜀。❸三峽　通常指瞿塘峽、巫峽、西陵峽。此指夔州。❹樓臺　泛指當地民居。❺淹日月　言漂泊日久。淹，淹留；留滯。❻五溪衣服　《水經注．沅水》：「武陵有五溪，謂雄溪、樠溪、無（一作『潕』）溪、西溪、辰溪……夾溪悉是蠻左所居，故謂此蠻五溪蠻也。……織績木皮，染以草實，好五色衣，裁製皆有尾。」五溪在今湖南西部、貴州東部一帶，位於夔州南。❼共雲山　言與五溪蠻共處雜居。❽羯胡句　兼指安祿山叛亂與梁侯景之亂。羯胡，古匈奴族別部。因安祿山父係出於羯胡，故以此指安祿山。亦指侯景之亂。主，指唐玄宗。玄宗寵任安祿山，而祿山陽奉陰違，終致叛唐作亂，故曰「終無賴」。無賴，謂狡詐反覆。侯景亦降梁又叛梁，反覆無常，《南史．賊臣傳論》謂其「多行狡算」、「因機騁詐，肆行矯慝」。《梁書．侯景傳》亦謂「肆其恣睢之心，成其篡盜之禍」、「方之羯賊，有逾其酷」。庾信恰值侯景之亂，故下及之。❾詞客　杜甫自謂，兼指庾信。❿未還　指作者未得還故鄉，庾信未得還故國。⓫庾信句　庾信，字子山，初仕梁。侯景之亂，信奔江陵，在庾家故居（江陵城北三里宋玉宅）暫住。後出使西魏，被羈留北朝長達二十八年之久，官至車騎大將軍、開府儀同三司。信仕北朝雖位望通顯，但常有鄉關之思，乃作〈哀江南賦〉以寄慨：「信年始二毛，即逢喪亂；藐是亂離，至於沒齒。燕歌遠別，悲不自勝；楚老相逢，泣將何及？……將軍一去，大樹飄零。壯士不還，寒風蕭瑟。提挈老幼，關河累年。」庾信有二子一女死於侯景之亂，其父不久亦去世。在北朝家庭屢遭不幸，女兒和外孫又相繼死去。晚年老病交加，景況淒涼，故曰「平生最蕭瑟」。⓬暮年句　庾信晚年由於環境的變化，創作由綺豔變為蒼勁，代表作是〈哀江南賦〉和〈擬詠懷〉二十七首，故曰「暮年詩賦動江關」。動江關，謂其詩賦感人之深。杜甫〈戲為六絕句〉又謂「庾信文章老更成，凌雲健筆意縱橫」。江關，指江南，庾氏初仕之地。而杜甫身遭安史之亂，漂泊流落西南，猶庾信遭侯景亂，滯留江北；二人的詩風也都經歷了一個「豪華落盡見真淳」的過程。此「動江關」語意雙關。

【語譯】安史叛亂時期，我輾轉奔波於夔州東北的中原一帶，後來又漂泊於西南巴蜀之間。如今滯留於三峽一帶的樓臺民居中，和當地風俗迥異的五溪蠻共居雜處。出身羯胡的安祿山終究是不足信賴，如同梁朝的侯景表面上曲意逢迎主上，暗地裡卻心懷異志。我就像庾信一樣羈留異鄉，為時局的動蕩而寫下哀痛的詞章。庾信的一生最是淒涼蕭索，所以他晚年的詩賦才能感人至深，影響深遠。

【研析】這五首懷古詩分詠五人，但都寄寓著作者自己的身世之感，第一首更是以庾信自況，主要是寫自己。詩的前四句主要寫自己在安史之亂以後的生活經歷。一二句對仗工整，而又錯文以見義。祿山之亂後，東北西南皆為戰爭風塵所掩，詩人流離漂泊於其間，雖由中原而入巴蜀，其艱辛悲苦卻無大異也。三四句單寫目下寓居夔州的情形：淹留三峽，虛耗光陰；華夷共居，更思還鄉。詩人之所以風塵漂泊，淹滯於三峽五溪者，皆由安史倡亂所致。而庾信亦遭侯景之亂，其羈留北朝，懷念故國而作〈哀江南賦〉，正如杜甫支離東北，漂泊西南，賦詩哀時。二人身世頗相類，一留江北而不得回江南，一滯江南而不能回江北，同病相憐，故後四句雙管齊下，彼我兼舉。五六句明自詠，暗詠庾信，七八句明詠庾信，暗自詠，實以庾信自比，感懷身世。「詞客哀時」四字，為全詩關鍵。之所以首詠庾信，是因為杜甫久有出三峽去湖湘的打算，即有江陵之行，而江陵有庾信故宅。庾信故宅原為宋玉宅，故下章詠及宋玉。

其二

搖落深知宋玉悲❶，風流儒雅❷亦吾師❸。悵望千秋一灑淚，蕭條異代不同
時❹。江山故宅❺空文藻❻，雲雨❼荒臺❽豈夢思❾？最是楚宮❿俱泯滅⓫，舟人指
點到今疑⓬。

【注釋】❶搖落句　宋玉為戰國晚期屈原之後傑出的辭賦家，著有〈九辯〉以抒發落拓不遇的悲愁。首句即本〈九辯〉「悲

哉秋之為氣也，蕭瑟兮草木搖落而變衰」。曰「深知」，則引宋玉為知己。❷風流儒雅　指宋玉的人品標格和文學才能。語出庾信〈枯樹賦〉：「殷仲文風流儒雅，海內知名。」❸亦吾師　謂宋玉像庾信一樣都可以成為我的老師。「亦」字承上章。❹悵望二句　謂自己與宋玉身世蕭條相同，而生不同時，今思其人，故而悵望灑淚。二人相距千年，故曰「千秋」。異代，不同時代。兩句為流水對。❺江山故宅　宋玉故宅相傳有兩處，一在江陵，一在歸州。歸州（今湖北秭歸）在三峽內，此即指歸州宅。❻空文藻　言故宅雖存，其人已亡，惟留辭賦傳人間。❼雲雨　宋玉〈高唐賦〉：「昔者先王（楚懷王）嘗遊高唐，怠而晝寢，夢見一婦人，曰：『妾巫山之女也，為高唐之客，聞君遊高唐，願薦枕席。』王因幸之。去而辭曰：『妾在巫山之陽，高丘之阻，旦為朝雲，暮為行雨，朝朝暮暮，陽臺之下。』」❽荒臺　即指陽臺。❾豈夢思　難道真是說夢嗎？言外謂〈高唐賦〉不全是說夢，而是另有寓意。❿楚宮　在夔州巫山縣（今屬重慶）。⓫俱泯滅　言楚宮今已蕩然無存。⓬舟人句　言因楚宮不存，故遺地難尋，雖經舟人指點，但終令人生疑。

【語　譯】我深知寫下「草木搖落」詞句的宋玉，心中鬱積著落拓不遇的悲愁。他風流清高的品格，儒雅出眾的文學才能，像庾信一樣都可以成為我的老師。我悵然地追懷千年前的宋玉，為他一灑同情之淚。我們同樣身世蕭條，卻可惜生不同時。三峽間他的故居因斯人已逝而空置，他的辭賦卻流傳至今。宋玉因楚懷王夢遇能於陽臺之下化為雲雨的巫山神女而作〈高唐賦〉，實是深寓規諷之意，並非僅是記夢而已。最令人感慨的是楚國的宮殿早已蕩然無存，雖然有船夫指點，但口說無憑，仍是讓人懷疑。

【研　析】蔣紹孟謂此詩是「因宋玉而有感於平生著述之情也」（楊倫《杜詩鏡銓》卷一三引），甚得其旨。詩作開頭一句即化用宋玉〈九辯〉句意，再用「深知」、「悲」，巧妙而自然地將宋玉與自身的遭際感慨結合起來，直接點出懷古兼詠懷的主題。次句順承其意，標舉宋玉「風流儒雅」的人品文才，尊以為師。三四句進一步申足首句之意，言己與宋玉身世之蕭條相同，然生於異代，雖堪為知己，卻無由傾談，只有遠隔千年光陰，淚眼悵望而已。五句以「江山故宅」點出「古跡」本題，以「文藻」承接次句之「風流」，中間嵌一「空」字，頓時生發出斯人已逝，文辭空留的悲慨之情。六句特為宋玉〈高唐賦〉正名。宋玉作此賦的目的本是藉懷王陽臺之夢，諷其荒淫亡國，並以此勸戒當時的襄王。而後世之人，卻誤解其賦真意，或以為真在說夢。詩人以反詰的語氣表達出對此種現象的強烈不滿，同時也深寄自己「百年歌自苦，未見有知音」（〈南征〉）的無限感懷。末二句以楚宮泯滅襯宋玉之故宅獨存，言外見文藻足以長留天地，而豪華富貴只是過眼雲煙耳。後半抑楚王，正是揚宋玉；揚宋玉，亦所以自揚也，此所謂詠懷。顧宸曰：「愚謂『最是』二字，正公最讚揚宋玉處。……『疑』字之中便宛然有一宋玉焉。」（《辟疆園杜詩注解》七律卷四）

其三

群山萬壑赴荊門❶，生長明妃❷尚有村。一去紫臺❸連朔漠❹，獨留青塚❺向黃昏。畫圖省識春風面❻，環珮空歸❼夜月魂。千載琵琶作胡語❽，分明怨恨曲❾中論。

【注釋】❶荊門　山名，在今湖北宜昌東南長江南岸。❷明妃　即王昭君，名嬙，漢元帝時宮人，遠嫁匈奴呼韓邪單于。晉人避司馬昭諱，改昭君為明君，故曰「明妃」。昭君村，在今湖北興山縣寶坪村，唐屬歸州。❸紫臺　即紫宮，天子所居。此指漢宮。❹朔漠　北方沙漠之地，指匈奴。❺青塚　王昭君墓，在今內蒙古自治區呼和浩特南。相傳「其上草色常青，故曰青塚」（《太平寰宇記》卷三八）。❻畫圖句　《西京雜記》卷二：「元帝後宮既多，不得常見，乃使畫工圖形，案圖召幸之。諸宮人皆賂畫工，多者十萬，少者亦不減五萬。獨王嬙不肯，遂不得見。匈奴人朝求美人為閼氏，於是上案圖以昭君行。及去，召見，貌為後宮第一，善應對，舉止閒雅。帝悔之，而名籍已定，帝重信於外國，故不復更人。」省識，猶不識。案圖召幸，自不能識人真面目。春風面，美麗面容。❼空歸　言魂歸而身不得歸。❽胡語　猶胡音。❾曲　指琴曲〈昭君怨〉。相傳王昭君遠嫁匈奴，心中不樂，乃作〈怨曠思惟歌〉，後人名為〈昭君怨〉。實不可信，當係後人偽託。吳師道〈昭君出塞圖〉：「琵琶馬上無窮恨，最恨當年誤入宮。」

【語譯】三峽一帶高山連綿、江水湍急，群山萬壑一齊向東奔赴荊門，那裡就有王昭君出生成長的村莊。昭君一離開漢宮，就永遠留在了朔北的沙漠苦寒之地，如今只有一座草色常青的墳墓在黃昏中淒然而立。漢元帝憑藉畫圖怎能真識得昭君春風一樣美麗的容顏，夜月下，她的魂魄伴著叮咚的環珮聲空自歸來。千載以下，人們還分明從琵琶所奏的〈昭君怨〉一類胡音歌曲中，聽到昭君在訴說她那無窮的怨恨。

【研析】此首為五首中尤為出色者，沈德潛盛讚：「詠昭君詩，此為絕唱！」（《唐詩別裁集》卷一四）詩開頭一句就極有氣勢，長江兩岸，層巒疊嶂，隱天蔽日，群山萬壑，勢若奔赴，直趨荊門。「赴」字用得極生動，把無生命的山川景物寫得生機盎然。次句言昭君即生長於斯，正是以山水之奇秀襯美人之明麗。吳瞻泰贊曰：「發端突兀，是七律中第一等起句。謂山水逶迤，鍾靈毓秀，始產一明妃，說得窈窕紅顏，驚天動地。」（《杜詩提要》卷一二）三四句，作者僅用十四個字就寫盡昭君的一生，文字極為精煉，卻淋漓盡致地展現出昭君生前死後的寂寞悲涼。「一去」、「獨留」，見其不得復歸；「連朔漠」、「向黃昏」，狀出處境之無比荒涼淒慘；「紫臺」和「青塚」形成鮮明的對比，凸顯出跌宕難堪的悲劇命運。五句即將筆鋒直指悲劇的製造者，深刻而又形象地揭露了漢元帝的昏庸和淫威。六句言昭君不忘故國，生不能身歸，死後魂魄也要伴著夜月歸來。五六句中「省識」與「空歸」對文，又形成強烈的對比：「省識」見出漢元帝的暴戾恣睢，草菅人命；「空歸」顯出王昭君的愛國之切，遺恨之深。末尾「怨恨」二字，點明全詩主題，為千載之下一切懷才不遇之士痛灑一掬熱淚。作者通首詠昭君，實際上是在抒己懷；寫昭君，也是寫自己。王昭君是美女入宮而不見御，詩人是烈士懷忠而不見用。但詩人的感慨和愛憎全不直接寫出，而是通過冷靜的客觀描寫，讓讀者自己去領會、去體味。這正是杜甫的高超之處。

其四

蜀主窺吳幸三峽，崩年亦在永安宮❶。翠華❷想像❸空山❹裏，玉殿虛無野寺中❺。古廟❻杉松巢水鶴❼，歲時伏臘❽走村翁❾。武侯❿祠屋常鄰近⓫，一體君臣祭祀同⑫。

【注 釋】❶蜀主二句 指劉備恨東吳孫權襲殺關羽，於章武元年（西元二二一年）七月率軍伐吳。二年夏六月，敗歸白帝城，改魚復縣曰永安。三年夏四月，病死永安宮。舊稱皇帝出行曰幸，皇帝死曰崩。永安宮即在夔州白帝城。❷翠華 指皇帝儀仗。❸想像 因劉備已死，故今惟想像而已。❹空山 指白帝山，永安宮即在山上。❺玉殿句 原注：「殿今為臥龍寺，廟在宮東。」野寺，即指臥龍寺。❻古廟 即先主廟。❼巢水鶴 水鶴在松杉上做巢。《抱朴子·對俗》：「千歲之鶴，隨時而鳴，能登於木；其未千載者，終不集於樹上也。」❽歲時伏臘 猶言一年四時祭祀。伏臘，古代祭名。伏謂伏日，在夏六月。臘謂臘日，在冬十二月。❾村翁 指夔州當地村民百姓。❿武侯 即諸葛亮，封武鄉侯。⓫常鄰近 謂武侯祠與先主廟相鄰。⓬一體句 指劉備與諸葛亮生前君臣相得，「猶魚之有水」，而死後又同享後人祭祀，所謂「平日抱一體之誠，千秋享一體之報」（《杜詩詳注》卷一七引顧宸語）。一體君臣，語出王褒〈四子講德論〉：「君為元首，臣為股肱，明其一體，相待而成。」今重慶奉節東白帝山頂有白帝廟，廟內正殿即名明良殿。殿內有塑像，正中為先主劉備，右為諸葛亮，左為關羽、張飛。明良殿右，又有武侯祠，正中為諸葛亮像，亦是「一體君臣祭祀同」的格局。

【語 譯】蜀先主劉備率軍攻打東吳，兵敗後來到三峽境內的白帝城，後來就病死在永安宮中。望著眼前的寂寥空山，只有想像當年皇帝儀仗林立的景象，山上衰敗的臥龍寺中也還依稀能看到先主宮殿的遺跡。先主廟的杉樹和松樹上巢居著水鶴，當地的村民每年伏日、臘日都會前來祭奠先主英靈。武侯祠就和先主廟相鄰，他們生前是關係融洽的一體君臣，死後又共同受到後人的祭祀。

【研 析】這首詩詠劉備，而兼及諸葛亮，意在表彰其君臣相契，如魚得水。開頭兩句追述歷史，說明先主廟的由來。「幸」、「崩」二字見出對劉備的尊崇，已露懷古之意。三四句寫由眼前所見追想昔日劉備征吳時的場景，「翠華」、「玉殿」狀昔日之繁華壯觀，「空山」、「野寺」言今日之荒涼冷寂，「想像」、「虛無」則將今昔合而為一。一句之中起伏跌宕至此，而又能融合無跡，含蘊無限感慨，實是大手筆。五句以千歲之鶴巢於木的傳說寫先主廟之古老，六句言當地村民千年以來仍是及時祭祀。兩句將深深敬意寓於景色描繪、事件敘述中，含蓄不露。末二句由先主廟而寫到武侯祠，熱烈讚頌二人生前一體，死後同祀的和諧關係，同時也引出下章對諸葛亮的讚詠。「一體君臣」四字則為一篇關鍵。清佚名撰《杜詩言志》卷一〇曰：「此一首是詠蜀主，而己懷之所繫，則在於『一體君臣』四字中。蓋少陵生平，只是君臣義重，所恨不能如先主武侯之明良相際耳。」浦起龍亦云：「結以武侯伴說，波瀾近便，魚水『君臣』，歿猶『鄰近』，由廢斥漂零之人對之，有深感焉。」（《讀杜心解》卷四之二）

其五

諸葛大名垂宇宙，宗臣❶遺像肅清高❷。三分割據❸紆籌策❹，萬古雲霄一羽毛❺。伯仲之間見伊呂❻，指揮若定失蕭曹❼。運移漢祚終難復❽，志決身殲❾軍務勞❿。

【注釋】❶宗臣　宗廟社稷之重臣。《漢書・蕭何曹參傳贊》：「二人同心，遂安海內。淮陰、黥布已滅，唯何、參擅功名，位冠群臣，聲施後世，為一代之宗臣。」《三國志・蜀書・諸葛亮傳》注引張儼《默記》曰：「亦一國之宗臣，霸王之賢佐也。」❷肅清高　言後人仰其清高而肅然起敬。❸三分割據　指魏、蜀、吳三分天下而成鼎足之勢。❹紆籌策　用盡心智為之計謀策劃。❺萬古句　謂諸葛亮乃曠古未有之奇才，猶如鸞鳳高翔於雲霄之上，不可企及。萬古，猶言曠古。一羽，語出《南史・劉遵傳》：「此亦威鳳一羽，足以驗其五德也。」一，獨也，特異之謂也。❻伯仲句　謂諸葛亮可與伊尹、呂尚（姜太公）比肩。彭羕〈獄中與諸葛亮書〉：「足下當世伊呂也，宜善與主公計事，濟其大猷。」伯仲之間，猶謂不相上下。曹丕《典論・論文》：「傅毅之於班固，伯仲之間耳。」伯仲，兄弟行。伊呂，指伊尹、呂尚。伊尹佐商湯，呂尚輔周文王、武王，都是開國元勳、歷史名臣。❼指揮句　謂倘若諸葛亮按計已定天下，則蕭、曹之功業均不能與之相比。惜其早死未得實現。指揮若定，謂策劃謀略若得實現則平定天下。失，猶「無」，掩沒也。蕭曹，蕭何和曹參，皆為漢之開國元勳，所謂「一代之宗臣」。❽運移句　謂國運轉移，漢祚難復，諸葛亮輔佐劉氏恢復漢室的宏圖終於不得實現。運，國運；天運。祚，帝位。❾志決身殲　即所謂「鞠躬盡瘁，死而後已」。❿軍務勞　《三國志・蜀書・諸葛亮傳》注引《魏氏春秋》曰：「亮使至，問其寢食及其事之煩簡，不問戎事。使對曰『諸葛公夙興夜寐，罰二十以上，皆親覽焉；所噉食不至數升。』」宣王（司馬懿）曰：「亮將死矣！」」

【語　譯】諸葛亮的大名永垂宇宙，人們瞻仰這宗廟重臣的遺像時，不禁為他的清高而肅然起敬。他用盡心智籌謀策劃，終於協助劉備割據一方，與曹操、孫權三分天下。他是曠古奇才，簡直就像一隻羽毛華美的鸞鳳高翔在雲霄之上。他的才能、功勳堪與伊尹、呂尚媲美。如果他能實現平定天下的謀略，那蕭何、曹參也將黯然失色。可惜國運已經轉移，漢室的天下終難恢復，諸葛亮雖然志向堅定，鞠躬盡瘁，卻終於因軍務繁勞而以身殉職，抱憾而卒。

【研　析】這是杜甫又一首讚詠諸葛亮的名作。發端第一句就以飽滿的激情直接稱讚諸葛亮垂宇宙、爍萬古的大聲名，為全詩奠定下基調。次句讚其身為重臣而清高自持，卻將此意從遺像上寫出，不動聲色地輕輕點出夔州武侯祠古蹟，同時用一「肅」字著重突出人們對其景仰之情，筆墨之精妙，實是匪夷所思。三四句言諸葛亮之卓越功業，超拔才品。兩句屬對奇險，寓單勁之勢於偶麗之中，亦非尋常筆墨所能到。五六句以商周與漢代的元勳名臣為參照，以對比的手法進一步讚頌諸葛亮的才能功勳，同時也引出其壯志難酬的遺恨。末二句痛惜其生不逢時：天運難復，則非宗臣之能事所及；志決身殲，則非清高之節操不堅。宗臣清高如此，能不令人仰大名而瞻遺像，以歎其遭時不遇也哉！此亦〈蜀相〉所謂「出師未捷身先死，長使英雄淚滿襟」之意。王嗣奭曰：「通篇一氣呵成，宛轉呼應，五十六字，多少曲折，有太史公筆力。薄宋詩者謂其帶議論，此詩非議論乎？」（《杜臆》卷八）的確，這首詩幾乎全用議論，然因其並無膚泛空言，且感情充沛，形象鮮明，因而仍使人覺得詩味盎然。故沈德潛亦云：「此議論之最高者，後人謂詩不必著議論，非通言也。」（《杜詩偶評》卷四）

這五首詩雖各自成篇，但並非漫然拼湊，而是有一定的聯繫。毛張健曰：「第一首自傷飄泊，而以『詞客』句帶出庾信，次篇亦以詞客兼及宋玉。而庾信結尾，宋玉發端，則格局之變換處。三篇因上楚宮雲雨，類及明妃。合二篇（按：指其二、其三）言之，蓋詞客、美人俱堪歎惋，而楚、漢二君之荒淫失德，亦於茲可見，藉以諷切時事。故四、五以蜀主臣之勵精圖治終之，而末所云『運移漢祚』、『志決身殲』者，則言外別有感慨，又與首篇『支離』、『漂泊』之意相照。蓋公自以留滯西南不能決策以平世亂也。愚謂每篇各賦一事，元可無藉聯絡，而古人不苟如此。」（《杜詩譜釋》卷二）

宿江邊閣

【題解】大曆元年（西元七六六年）秋在夔州作。江邊閣，即西閣，故址在今重慶奉節白帝山上。大曆元年暮春，杜甫移居夔州，秋，移寓白帝城西閣。杜甫寓居夔州詩中多次提到西閣。此詩寫宿西閣時所見所聞景象，以及詩人夜不成寐，對戰亂時局的憂慮之情。

暝色❶延山徑❷，高齋❸次❹水門❺。薄雲巖際宿，孤月浪中翻。鸛鶴追飛靜，
豺狼得食喧❻。不眠憂戰伐，無力正❼乾坤。

【注釋】❶暝色　暮色。❷延山徑　沿著山間小徑展開。❸高齋　指西閣。❹次　靠近；逼近。❺水門　指瞿塘峽西口的夔門，兩岸山巖陡立，狀如門戶，故云。杜甫〈瞿唐兩崖〉詩云：「三峽傳何處，雙崖壯此門。」〈長江二首〉其一亦云：「眾水會涪萬，瞿塘爭一門。」❻喧　大聲說話，聲音嘈雜。這裡指豺狼為爭食而喧鬧、叫囂。❼正　整頓。

【語譯】暮色蒼茫正瀰漫山間的小路，我就在瞿塘峽口附近的西閣居住。薄薄的雲霧彷彿在山巖上留宿，奔

騰的峽江中一輪明月隨波翻舞。鸛鶴等水鳥你追我趕地飛回歸處，但豺狼們卻為爭得的獵物而狺狺喧呼。這使我憂慮戰亂不止徹夜難眠，但老病體衰已於整頓乾坤無補。

【研　析】這首小詩寫得層次分明而又寓意深遠。首聯照應題目，寫將宿之時。頷聯為初夜之景。頸聯是夜深之景。尾聯結出「宿而不寐」的原因乃是憂亂縈懷。特別是中二聯寫景切近江邊，一句一景，靜中有動，暗喻時事，含蓄蘊藉。「薄雲巖際宿，孤月浪中翻」二句，謂淡雲飄浮於山頭，停留於巖石間，似欲息宿於彼處。一輪明月照映在洶湧奔騰的長江中，似隨波浪翻動。南朝梁詩人何遜〈入西塞示南府同僚〉詩云：「薄雲巖際出，初月波中上。」杜甫化用其句，只更換四字，其藝術境界則迥然不同，其關鍵在一「翻」字。當然，關於杜詩與何詩優劣，向來意見不一。有的以為杜詩好，讚之曰「因舊而益妍」、「點睛欲飛」；有的則認為何詩好，而譏「杜甫偷其語」，「便有傖氣」。見仁見智，難以定評。但筆者還是認為杜詩好，特別是「翻」字非常生動。「鸛鶴」二句寫的雖是所見所聞實景，但亦隱寓時事。黃鶴就說：「鸛鶴以喻將士，豺狼以喻寇盜。是時蜀有崔旰之亂，河南有周智光之亂，而吐蕃、回紇又相繼入寇，故云。」（《黃氏補千家集注杜工部詩史》卷三一）結尾「不眠」二句，正是由上面動物世界的追逐爭鬥聯想到現實社會，對戰亂不休的憂慮，使得詩人徹夜難眠，深為自己的無力整頓乾坤而悲恨不已。但壯志難酬隱寓其間，使全詩籠罩著一分悲壯的氛圍。李因篤評曰：「寫時地毫無遺憾，結正稷契分中語。全詩雄健，足以副之。」「壯語倍難其雅，此存乎筆力之絕人也。」（《杜詩集評》卷九引）

夜

【題　解】大曆元年（西元七六六年）秋在夔州作。題一作〈秋夜客舍〉。詩為秋夜思家而作。

露下天高秋氣❶清，空山獨夜旅魂驚❷。疏燈❸自照孤帆宿，新月猶懸雙杵鳴❹。南菊再逢❺人臥病❻，北書❼不至雁無情❽。步簷倚杖看牛斗，銀漢遙應接鳳城❾。

【注　釋】❶秋氣　一作「秋水」。❷空山句　謂獨處秋夜淒清之空山，令羈旅之人心驚。驚者，亦悲也。❸疏燈　謂燈光暗淡。❹新月句　懸，指月懸。本《易．繫辭上》「懸象著明莫大乎日月」。或謂杵聲在空，故曰「懸」。亦可參。雙杵，古人擣衣，對立執杵如舂米，故曰「雙杵」。金代麻九疇〈秋懷詩〉：「月懸雙杵若為夜，人在一隅偏覺秋。」即本杜句。❺南菊再逢　即兩見菊開，是就去蜀而言。見〈秋興八首〉其一「叢菊兩開他日淚」注。❻臥病　時杜甫患有瘧疾、頭風、耳聾、風痹、眼疾等多種疾病。❼北書　指北方長安、洛陽親友故舊的書信。❽雁無情　相傳雁能傳書，今北書不至，故云。❾步簷二句　與〈秋興八首〉其二「夔府孤城落日斜，每依北斗望京華」意同。牛斗，二星宿名，在天河邊。銀漢，即天河。鳳城，即鳳凰城，此指京城長安。

【語　譯】白露下降，天空高遠，秋氣清爽。秋夜空山寂寂，令孤單羈旅之人心驚神傷。暗淡的燈光照著獨宿的帆影，新月高懸，空中不時傳來雙杵擣衣的聲音。在這裡我已兩度看到菊花盛開，但卻患上多種疾病。北方親友的書信好久沒收到了，傳書的鴻雁真是無情。我拄著手杖在走廊下久久地遙望天上的牛斗，那群星閃爍的天河一直延伸到遠方，應該能和京城相接吧？

【研　析】這首七律寫秋夜旅情，上四言景，下四言情，然而景中含情，情中有景，情景交融，優美動人。首聯以景點題，描繪出山城深秋之夜的環境：秋高氣爽，空山夜露，清幽靜寂的景色觸動了孤旅之人的愁緒。次聯繼寫夜景：疏燈、孤帆、新月，已是清冷難耐，偏又傳來陣陣擣衣之聲，更觸發詩人異鄉為客的無限愁思。三聯言病臥他鄉，親人無信的苦況，卻含蘊在秋菊兩開，北雁南飛的如畫景致中。末聯抒發思念故國之情，又刻劃出步簷倚杖，仰看星斗的詩人形象和河漢橫流的闊遠意境。此詩字字精煉，筆筆清拔，遣詞用意，都極似〈秋興八首〉。然〈秋興八首〉寫景壯麗，氣魄宏偉，風格更為沉鬱悲壯，此詩則清麗淒美、含蓄深沉，體現了杜甫能於同中見異的高超藝術技巧和多樣的藝術風格。

江上

【題解】大曆元年（西元七六六年）秋，杜甫寓居夔州時作。此為無題詩，拈首二字為題。詩寫客居悲秋及舊臣憂國之懷。江，指流經夔峽的長江。

江上日❶多雨，蕭蕭❷荊楚❸秋。高風下木葉，永夜❹攬貂裘❺。勳業頻看鏡，行藏獨倚樓❻。時危思報主，衰謝❼不能休。

【注釋】❶日　每日；連日。❷蕭蕭　狀聲詞。此指風雨聲。❸荊楚　這裡指夔州。夔州為古荊州之域，後為楚地。或謂荊即楚，初名荊，後改楚，夔州地處荊楚上游。❹永夜　長夜；整夜。❺攬貂裘　暗用蘇秦典，含有功業未成的感慨。《戰國策・秦策一》載：蘇秦說秦王書十上而說不行，黑貂之裘弊，黃金百斤盡。❻勳業二句　寫長夜難眠情狀。勳業，功業。行藏，本謂出仕即行其所學之道，否則退隱藏道以待時機，後以指出處或行止。語出《論語・述而》：「用之則行，舍之則藏。」❼衰謝　衰弱凋謝。此指老病體衰。

【語譯】峽江上連日雨綿綿，正是夔州蕭瑟的秋天。淒厲的秋風吹得樹葉紛紛飄落，我緊緊攬著破弊的貂裘熬過了漫漫長夜。慚愧功業老而無成，故晨起頻頻端詳著鏡中自己的白髮；行止抑鬱難與人言，只好獨倚高樓，遙望雲天。國家處在危難時刻，我欲報效皇帝，雖然年老體衰但仍壯心不已。

【研析】這首詩前四句寫景，見旅客悲秋之況。後四句言情，表遲暮憂國之懷。前景後情，融會交織，感人至深。而首四句，在時間上是倒置的：秋風淒緊，徹夜難眠，晨起遙望江上，陰雨綿綿，樹葉飄零，一派肅殺秋景，不禁令人感慨萬千，遂引起下文。後四句云云，正是「永夜攬貂裘」徹夜難眠之所想。而首聯拗句拗救，正為以下鋪墊。詩中空闊的秋景有力地襯托出暮年多病客居之身的孤微，眼前景與心中情緊密地聯繫在一起。意境蒼涼悲壯，老邁沉雄。特別是頸聯境界沉鬱，韻味深長，是千古傳誦的佳句。李因篤評曰：「此十字，至大至悲，老極淡極，聲色俱化矣。」（《杜詩集評》卷九引）故陳師道《後山詩話》云：「裕陵常謂杜子美詩云：『勳業頻看鏡，行藏獨倚樓。』謂甫之詩皆不迨此。」黃生亦云：「勳業志尚無成，故頻看鏡。行藏抑鬱誰語？故獨倚樓。然目睹時危，心存報主，齒雖衰謝，此念不能自休耳。此詩所云是本懷，是正說，其餘自嗤自怪，自寬自解，皆即此意，而反覆變化以出之。」（《杜詩說》卷七）

吹笛

【題解】大曆元年（西元七六六年）秋在夔州作。此亦無題詩，拈首二字為題。史載，永泰元年（西元七六五年）秋，吐蕃、回紇等入寇，直至奉天，京師戒嚴。郭子儀乘敵之隙，免冑釋甲投槍而入回紇軍營，回紇諸酋長皆下馬羅拜，雙方再結和約，吐蕃聞之，夜引兵遁去，京師解嚴。次年二月，吐蕃遣使來朝。詩云「胡騎中宵堪北走」，正指此。詩藉夜聽笛聲而抒憂國思鄉之情。

吹笛秋山風月清，誰家❶巧作斷腸聲❷？風飄律呂❸相和切❹，月傍關山❺幾處明。
胡騎中宵堪北走❻，〈武陵〉一曲❼想南征。故園楊柳今搖落，何得愁中卻盡生❽？

【注　釋】❶誰家　誰。家，詞尾。❷斷腸聲　指笛聲使人聞之斷腸。❸律呂　古代校正樂律的器具，藉以指音樂。❹切　指笛聲淒切。❺月傍關山　樂府橫吹曲有〈關山月〉，是感傷離別的曲子，即上聯所謂「斷腸聲」。❻胡騎句　用晉劉琨夜吹胡笳退敵事。《藝文類聚・樂部四・笳》引《世說》：「劉越石（劉琨）為胡騎所圍數重，城中窘迫無計，劉始夕乘月，登樓清嘯，胡賊聞之，皆淒然長歎。中夜奏胡笳，賊皆流涕，人有懷土之切，向曉又吹，賊並起圍奔走。」笳，亦胡笛之類。南朝陳周弘讓〈長笛吐清氣〉詩：「胡騎爭北歸，偏知別鄉苦。」杜詩本此。❼武陵一曲　指笛曲〈武陵深〉，一作〈武溪深〉，為後漢馬援南征武陵時所作。晉崔豹《古今注》卷中載：「〈武溪深〉，乃馬援南征之所作也。援門生爰寄生善吹笛，援作歌以和之，名曰〈武溪深〉。」南朝陳賀徹〈長笛吐清氣〉詩：「方知出塞虜，不憚〈武溪深〉。」❽故園二句　一作「故園楊柳今摧落，何得愁中曲盡生」。二句是說笛中吹出〈折楊柳〉的曲調，讓人頓生思鄉之情。故園，指杜甫在長安的舊居。楊柳，即柳。古人有折柳贈別的習俗，笛曲有〈折楊柳〉。梁元帝〈折楊柳〉云：「山高巫峽長，垂楊復垂楊。同心且同折，故人懷故鄉。」夔州鄰巫峽，杜意正襲此。搖落，指草木凋零。何得，為什麼。

【語　譯】風清月朗的秋夜，山中傳來不知何人吹奏的奇妙的斷腸笛聲。蕭瑟秋風和著淒切的笛聲，那〈關山月〉的曲調，使人彷彿看到月照關山，又回到魂牽夢繞的故園。京師戒嚴又解嚴，好似劉琨夜奏胡笳退重敵，又似馬援南征作歌〈武陵深〉。秋風掃落葉，想故園楊柳早已搖落，為何這〈折楊柳〉笛曲卻使其復生而折以贈別？

【研　析】此詩寫作者秋夜聞笛有感，在寫法上有三個特點：一是緊扣笛聲來寫，聯想到〈關山月〉、〈折楊柳〉、〈武溪深〉等笛曲以及有關史實，描繪出一片明月關山景色，並巧妙地抒發了淹留殊方的憂國思鄉之情，可謂句句與笛有關；二是詩中用典貼切自然，不露痕跡。邵傅評之曰：「公聞笛思歸，引用典故，忽翻變語。意既不著象，又不落空，真詠物妙訣哉！」（《杜律集解》七律卷下）三是前後照應，結構謹嚴，渾然一體。首聯點題。頷聯二句分頂首句「風月清」，寫風送笛聲，關山月明，聞笛聲之淒切而感觸遂深，藉詠物表達鄉關之思。頸聯引用劉琨、馬援之事以形容笛聲之悲，以證第二句「斷腸聲」。末聯乃說到自身，以抒鄉關之思，笛曲有〈折楊柳〉，故翻其意而結之，謂故園楊柳至秋搖落，今何得復生而可折乎？而「楊柳搖落」亦根「秋風」，「愁中」亦根「斷腸」，作者設為怪異之辭以深致思鄉之感，此正使人「斷腸」者也！結聯之妙，詩律之細，慷慨悲怨，可為唐人絕唱。故郭濬評曰：「此詩句句淒遠，詠物絕調。」（《杜詩詳注》卷一七引）楊倫亦曰：「此詩句句詠物，筆筆寫意，用巧而不覺，斯為大家。」（《杜詩鏡銓》卷一四）

寄韓諫議注

【題解】大曆元年（西元七六六年）秋作於夔州。諫議，官名，即諫議大夫，掌侍從贊相，規諫諷諭。韓注，生平不詳，錢易《南部新書》癸集有「江西客司韓注」云云，或即其人。或謂注乃「泫」之誤。泫為玄宗朝宰相韓休之子，肅宗上元中為諫議大夫。觀詩意及詩中岳陽、洞庭、瀟湘、南極云云，韓或即楚人或去官後隱居岳陽。

今我不樂思岳陽[1]，身欲奮飛病在牀。美人[2]娟娟[3]隔秋水[4]，濯足[5]洞庭[6]望八荒[7]。鴻飛冥冥[8]日月白[9]，青楓葉赤[10]天雨[11]霜。玉京[12]群帝[13]集北斗[14]，或騎麒麟翳鳳凰[15]。芙蓉旌旗[16]煙霧落[17]，影動倒景搖瀟湘[18]。星宮之君[19]醉瓊漿[20]，羽人稀少不在旁[21]。似聞昨者赤松子[22]，恐是漢代韓張良[23]。昔隨劉氏定長安，帷幄未改神慘傷[24]。國家成敗吾豈敢[25]？色難腥腐餐楓香[26]。周南留滯[27]古所惜，南極老人應壽昌[28]。美人胡為隔秋水，焉得置之貢玉堂[29]？

【注　釋】❶岳陽　即今湖南岳陽，臨洞庭湖。或謂南嶽衡山之陽。❷美人　這裡是以美人比君子，指韓諫議。❸娟娟　美好貌。❹隔秋水　用《詩經・秦風・蒹葭》：「所謂伊人，在水一方；遡洄從之，道阻且長」之意。時杜甫流寓夔州，而韓隱居岳陽，故曰「隔秋水」。❺濯足　以水洗腳，比喻超脫塵俗。語出《孟子・離婁上》：「滄浪之水濁兮，可以濯吾足。」❻洞庭　湖名，在今湖南省北部。❼八荒　八方極遠之地。❽鴻飛冥冥　比喻韓之遁世。鴻，鵠，即天鵝。冥冥，高遠貌。揚雄《法言・問明》：「鴻飛冥冥，弋人何篡（捕捉）焉。」❾日月白　喻其去就分明。❿青楓葉赤　時屬深秋，霜降楓葉變紅。⓫雨　作動詞用。⓬玉京　道教稱其最高天神元始天尊居於天中心之上，名曰玉京山。此借指京城。⓭群帝　猶群仙。此喻京都的王公大臣。⓮北斗　北斗七星。《晉書・天文志上》：「斗為人君之象，號令之主也。」⓯或騎句　《集仙錄》：「群仙畢集，位高者乘鸞（即鳳凰），次乘麒麟，次乘龍。」（《杜詩詳注》卷一七引）麒麟，一作「騏驎」。翳，此猶舞意。⓰芙蓉旌旗　形容旗幟華美。⓱煙霧落　謂旌旗如落煙霧之中，隱約閃爍。形容旌旗之多。⓲影動句　謂天上之景倒映於瀟湘之中。瀟湘為湖南二水名，在零陵匯合，流入洞庭湖。⓳星宮之君　比喻霑恩之近侍。⓴瓊漿　指美酒。㉑羽人句　指韓已去位。羽人，飛仙。㉒赤松子　傳說中的仙人，為神農時雨師。㉓韓張良　據《漢書・張良傳》：「張良，字子房，其先韓人也。」㉔昔隨二句　秦滅韓，張良曾於博浪沙刺殺秦始皇。後從漢高祖劉邦定天下，封留侯，高祖曰：「運籌策帷幄中，決勝千里外，子房功也。」良功成欲退，曰：「願棄人間事，欲從赤松子遊耳。」乃學仙道，慕輕舉。高祖崩，呂后掌權，強留輔政。良不得已，故曰「神慘傷」。事見《漢書・張良傳》。這裡以張良比韓，稱韓張良以切韓之姓。仇兆鰲曰：「以張良方韓，是嘗平定西京者。」（《杜詩詳注》卷一七）意謂韓在安史之亂時曾從肅宗收復長安有功。㉕國家句　意謂怎敢置國家成敗於不顧。㉖色難句　接上句言韓雖不忘憂國，但因厭惡濁世而思潔身退隱。色難腥腐，《神仙傳》卷五載：壺公數試費長房，令其啖溷，臭惡非常，房色難之。色難，謂面有難色。餐楓香，意即歸隱山林。楓香，楓樹有脂而香，道教以之和藥，服之以求長生，故曰「餐」。㉗周南留滯　《史記・太史公自序》：「是歲，天子始建漢家之封，而太史公留滯周南，不得與從事，故發憤且卒。」周南，古洛陽之地。此以太史公司馬談（司馬遷之父）留滯周南，比韓隱居岳陽。㉘南極句　南極老人，星名，喻指韓。《晉書・天文志上》：「老人一星，在弧南，一曰南極。……見則治平，主壽昌。」㉙玉堂　即玉殿，在漢未央宮內。此指朝廷。

【語　譯】今日我內心悵惘不樂，思念起遠在岳陽的你，真想飛越重重山水去把你探訪，卻只能無奈地臥病在牀。你是娟娟美人一樣的高潔君子，與我隔著秋水茫茫。你濯足於洞庭湖，超越塵俗，放眼四野八荒。你就像高飛在雲間、漸漸遠去的鴻鵠避世遠遁，去就如天上的日月一樣分明。看那天空落下的肅肅秋霜已把那青楓的樹葉染成赤紅。京城裡的王公大臣如群星拱衛北斗一樣群集於君主的周圍，他們就像傳說中那些騎著麒麟或是鳳凰的仙人。華美的旌旗如同落在一片煙霧之中，隱約閃爍，連綿不絕，飄揚的旗影倒映在水面，搖動著瀟湘二水。霑恩的近侍在皇宮中沉醉於美酒瓊漿，你這樣絕俗的飛仙卻沒幾個在君主的身旁。好像聽說當年張良想要學赤松子遊仙遠舉，你恐怕就是今日的韓國公子張良。張良曾跟隨劉邦平定天下，建都長安，雄才猶在，卻因學仙之志不得獲騁而神色慘傷。國家的興衰成敗豈能置之不顧，只是因為厭惡俗世的污濁而想歸隱山林。你隱居岳陽，就像昔日太史公司馬談滯留在周南，讓人惋惜。你是南極老人星一樣的人物，若能出世，天下定將繁榮安康。美人一樣的君子啊，為什麼遠隔在秋水一方？怎樣才能把你貢獻進巍巍廟堂。

【研　析】這首詩的特別之處在於，寄贈中含有遊仙之意，全詩因而縹緲恍惚，隱曲婉轉，若斷若續，別具一格。詩的首六句敘懷思韓注之意。首二句直言思而不得見的悵惘心情，次四句將美人、飛鴻的深情比擬，嵌於對洞庭湖秋日山水的描繪之中，飄逸空靈，已露超凡仙氣。「玉京」四句，藉仙官以喻朝貴。北斗象君，群帝指王公。麟鳳旌旗，言騎從儀衛之盛。影動瀟湘，謂聲勢傾動南楚。「皆極縹緲鏗鏘之致，無一點煙火氣」（劉鳳誥《杜工部詩話》卷一），「星宮」二句言顯貴盈朝，高人遠引，隱約申明了韓諫議去朝之故。「似聞」六句盛讚韓注是漢代張良一樣安邦定國的難得之材，因為俗世污濁而歸隱。「周南」四句乃惜其終隱，而望其再出。盧世㴶《讀杜私言》謂此詩「竟是一首遊仙詩，若直看作遊仙，精色又減」，因為「韓官居諫議，必直言忤時，退老衡嶽，公傷諫臣不用，勸其出而致君，不欲終老於江湖，徒託神仙以自全也」。所評可謂精當。浦起龍則謂其「源出楚騷，氣味大類謫仙（李白）」（《讀杜心解》卷二之三）。

灩澦堆

【題　解】大曆元年（西元七六六年）在夔州作。灩澦堆，是夔州白帝城下長江瞿塘峽口江心的大礁石。分大、小灩澦，這是說大灩澦堆，因對行船非常危險，一九五八年冬整治長江航道時被炸掉。《古今樂錄》稱「晉宋以後有〈灩澦歌〉。」歌詞云：「灩澦大如馬，瞿塘不可下。灩澦大如象，瞿塘不可上。灩澦大如牛，瞿塘不可流。灩澦大如襆，瞿塘不可觸。灩澦大如鱉，瞿塘行舟絕。灩澦大如龜，瞿塘不可窺。」此詩寫大灩澦堆奇險之狀，並由此慨歎生活之艱險。

巨石❶水中央，江寒出水長❷。沉牛答雲雨❸，如馬戒舟航❹。天意存傾覆，
神功接混茫❺。干戈連解纜，行止憶垂堂❻。

【注　釋】❶巨石　即指灩澦堆。❷江寒句　《太平寰宇記‧山南東道‧夔州》載：「灩澦堆，周圍二十丈。……冬水淺，屹然露百餘尺。」長，是「大」的意思。❸沉牛句　是說百姓為祈求平安，殺牛沉江以祭祀水神。❹如馬句　化用〈灩澦歌〉中「灩澦大如馬，瞿塘不可下」句意。意謂當灩澦堆大如馬時，就不宜行船了。❺天意二句　言灩澦乃是天地開闢以來天然形成的險境。混茫，指遠古之時。❻干戈二句　言在海內干戈擾攘之際，我不停地解纜起航，當面臨灩澦堆如此險惡的水程之時，反思自己的行止，感到萬般無奈。垂堂，比喻面臨危險境地。《史記‧司馬相如列傳》云：「家累千金，坐不垂堂。」意思是說要謹慎行事，怕被簷瓦砸中。

【語　譯】巨大的礁石立在江水中央，天寒水淺的時候，露出水面很大一片。百姓殺牛沉入江中，酬答那些能興雲布雨的神靈。當灩澦堆像馬那麼大時，就不能駕船航行了。上天的旨意便是要留存這樣傾覆人力的地方，

所以從宇宙混茫之際就以神功造成如許險境。我在戰亂之中連續解纜起航，回憶一路的行程，實在是常處在危險之中。

【研 析】這首詩描寫大灩澦，形象生動，使人有悚然骨驚之感。李因篤評曰：「灩澦天下奇觀，非公縱奇筆，不足寫其神似。」（《杜詩集評》卷九引）對於聞名遐邇的這個瞿塘峽口的大礁石，早就有民歌細緻描繪，且已傳誦多年，再新作詩歌吟詠，頗難產生動人的效果，而詩人卻舉重若輕，似是信手寫出，卻能得其神韻，較民歌更勝一籌，實是奇才奇筆。之所以會如此，是因為〈灩澦歌〉只是從灩澦形狀與航行的關係著眼，以複沓手法，層遞寫出，而這首詩前三句就分別從礁石的位置，時節引起的變化，百姓的祭祀三方面來描寫，第四句則化用〈灩澦歌〉句意，指出其對航行的影響，內容之豐富全面遠非〈灩澦歌〉可比。詩的後半部分更是警醒深刻，五六句繼發感懷，「天意」、「神功」之語流露出對大自然的深深敬畏之情，在使人對灩澦之奇險有更深刻的認識的同時，也引發人對社會人生的諸般相似情形的借鑑之心。末兩句感慨己身漂流之艱危，而憂時憫亂，關注民生之念亦隱含其中。故黃生讚道：「此詩，天道、神靈、人事、物理貫穿爛熟，又說得玲瓏宛轉，自非腹笥與手筆兼具者不能道隻字。俯視三唐，獨步千古，誠匪偶然。」（《杜詩說》卷五）

壯遊

【題 解】大曆元年（西元七六六年）在夔州作。杜甫在少壯之年，曾先後遊歷吳越、齊趙等地。「壯」字不單指壯年，兼有豪壯和壯闊之意。而「遊」字是此一自傳性回憶詩的線索，有少壯時的壯遊與中年以後的飄遊兩層內涵。

往者十四五，出遊翰墨場❶。斯文❷崔魏❸徒，以我似班揚❹。七齡思即壯❺，開口詠鳳凰[6]。九齡書大字，有作成一囊[7]。性豪業[8]嗜酒，嫉惡懷剛腸[9]。脫略小時輩，結交皆老蒼[10]。飲酣[11]視八極[12]，俗物[13]多茫茫[14]。

東下姑蘇臺[15]，已具[16]浮海航[17]。到今有遺恨，不得窮扶桑[18]。王謝風流遠[19]，闔閭丘墓[20]荒。劍池石壁仄[21]，長洲[22]芰[23]荷香。嵯峨[24]閶門[25]北，清廟[26]映迴塘[27]。每趨吳太伯，撫事淚浪浪[28]。蒸魚聞匕首[29]，除道哂要章[30]。枕戈憶勾踐[31]，渡浙想秦皇[32]。越女天下白[33]，鑑湖[34]五月涼。剡溪[35]蘊秀異，欲罷不能忘。

歸帆拂天姥，中歲貢舊鄉[36]。氣劘屈賈壘，目短曹劉牆[37]。忤下考功第，獨辭京尹堂[38]。放蕩[39]齊趙[40]間，裘馬[41]頗清狂[42]。春歌叢臺[43]上，冬獵青丘[44]旁。呼鷹皂櫪林，逐獸雲雪岡[45]。射飛曾縱鞚，引臂落鶖鶬[46]。蘇侯[47]據鞍喜[48]，忽如攜葛彊[49]。

快意八九年[50]，西歸到咸陽[51]。許與必詞伯，賞遊實賢王[52]。曳裾[53]置醴[54]地，奏賦[55]入明光[56]。天子廢食召，群公會軒裳[57]。脫身無所愛[58]，痛飲信行藏[59]。黑貂寧免弊[60]，斑鬢[61]兀稱觴[62]。杜曲晚耆舊，四郊多白楊[63]。坐深[64]鄉黨[65]敬，日覺死生忙[66]。朱門任傾奪，赤族迭羅殃[67]。國馬[68]竭粟豆，官雞[69]輸稻粱。舉隅見煩費，引古惜興亡[70]。

河朔風塵起[71]，岷山行幸長[72]。兩宮各警蹕，萬里遙相望[73]。崆峒殺氣黑[74]，少海旌旗黃[75]。禹功亦命子[76]，涿鹿親戎行[77]。翠華擁吳岳[78]，螭虎[79]啖[80]豺狼[81]。爪牙一不中[82]，胡兵[83]更陸梁[84]。大軍載草草[85]，凋瘵[86]滿膏肓[87]。備員[88]竊[89]補袞[90]，憂憤心飛揚[91]。上感九廟焚[92]，下憫[93]萬民瘡[94]。斯時[95]伏青蒲[96]，廷諍[97]守[98]御牀[99]。君辱敢愛死[100]，赫怒[101]幸無傷[102]。聖哲[103]體仁恕[104]，宇縣[105]復小康[106]。哭廟灰燼中，鼻酸朝未央[107]。

小臣[108]議論絕[109]，老病客殊方[110]。鬱鬱苦不展，羽翮困低昂[111]。秋風動哀壑，碧蕙捐微芳[112]。之推避賞從[113]，漁父濯滄浪[114]。榮華敵勳業，歲暮有嚴霜[115]。吾觀鴟夷子[116]，才格[117]出尋常。群兇逆未定[118]，側佇英俊翔[119]。

【注釋】❶翰墨場　即文場。❷斯文　語出《論語・子罕》，這裡意為文壇名家。❸崔魏　原注：「崔鄭州尚、魏豫州啟心。」崔尚，齊州全節（今山東濟南）人，久視元年（西元七〇〇年）進士。約開元十四年（西元七二六年），為鄭州刺史。天寶元年（西元七四二年），在祠部郎中任。魏啟心，中宗神龍二年（西元七〇六年）才膺管樂科及第。曾任度支郎中。約開元十三年（西元七二五年），為豫州刺史。❹班揚　指班固和揚雄，都是漢代著名作家。❺思即壯　文思敏捷壯浪。❻開口句　一開口就作了吟詠鳳凰的詩，這首詩是杜甫的處女作，惜今不傳。❼九齡二句　言其自小學書。書，書法；書寫。作，作品。一囊，古人盛詩文的錦囊。杜甫善書法，《書史會要》卷五謂杜甫「於楷、隸、行無不工者。」《錢注杜詩》卷一〈贈衛八處士〉注引胡儼曰：「常於內閣見子美親書〈贈衛八處士〉詩，字甚怪偉。」❽業　既。❾嫉惡句　性格嫉惡如仇。❿脫略二句　謂自己不願與同輩少年交往，因而結交的都是年長於自己的人。脫略，超越、不以為意。略，一作「落」。小，用作動詞。小看；鄙視。時輩，同輩。老蒼，年長有成就的人。如「求識面」的李邕和「願卜鄰」的王翰，都比他大二、三十歲，崔尚、魏啟心等更比他大很多，所以說「結交皆老蒼」。⑪飲酣　酒喝得痛快盡興。⑫八極　八方極遠之處。⑬俗物　凡俗庸碌之人。⑭茫茫　視而不見；不放在眼中。⑮姑蘇臺　又名胥臺。春秋時吳王闔閭所建，其子夫差在臺上又建春宵宮，為永夜之歡。越王勾踐伐吳，焚毀姑蘇臺。見《越絕書・越絕外傳記吳地傳》。遺址所在地有二說：一說在蘇州西南七子山北，今稱姑蘇山，亦稱姑蘇臺。一說在蘇州西南瀕臨太湖的胥臺山，今稱清明山。⑯具　準備。⑰浮海航　渡海用的大船。⑱到今二句　謂至今還以當年未能渡海遠航為恨事。遺恨，遺憾。扶桑，神木名，傳說日出於扶桑，這裡指日本。⑲王謝句　東晉名流王導、謝安等，以文采風流著稱於世。⑳闔閭丘墓　在蘇州閶門外虎丘山劍池下。相傳吳王闔閭死後，葬三日，有白虎踞其上，故號曰虎丘。㉑劍池句　相傳吳王闔閭以寶劍三千殉葬，秦始皇和孫權都先後派人到此鑿石求劍，但均無所得，其鑿處遂成深池，因名「劍池」。在蘇州虎丘山下，為一崖間泉池，呈狹長形，深約兩丈，峭壁如削。仄，陡峭。㉒長洲苑　苑名，為吳王闔閭遊獵處。遺址在今蘇州東北，太湖之北。㉓芰　菱。㉔嵯峨　高聳貌。㉕閶門　為蘇州舊城八門的西北門，規模宏偉，現僅留殘跡。白居易〈登閶門閑望〉亦云：「閶門四望鬱蒼蒼，始覺州雄土俗強。」㉖清廟　即吳太伯廟，亦稱泰伯廟，在閶門外，東漢永興二年（西元一五四年）吳郡太守麋豹創建。㉗迴塘　即洋中塘，距蘇州二十六里。㉘每趨二句　杜甫感太伯之能讓賢，故撫事淚流。趨，拜謁。吳太伯，《史記・吳太伯世家》：「吳太伯、太伯弟仲雍，皆周太王之子，而王季歷之兄也。季歷賢，而有聖子昌（即周文王），太王欲立季歷以及昌，於是太伯、仲雍二人乃犇荊蠻，文身斷髮，示不可用，以避季歷。」撫事，撫今懷古。浪浪，淚流貌。㉙蒸魚句　指公子光刺殺王僚事。《史記・刺客列傳》載：伍子胥知公子光欲殺吳王僚，乃進專諸於公子光。光具酒請王僚，使專諸藏匕首於蒸魚腹中而進之。既至王前，專諸擘魚，因以匕首刺王僚，王僚立死。公子光遂自立為王，是為闔閭。㉚除道句　《漢書・朱買臣傳》載：買臣四十多歲仍家貧如洗，其妻羞之，離他而去。後買臣拜會稽太守（時會稽郡治在今蘇州），故意穿舊衣，懷印綬，步歸郡邸。被人發現腰間印綬，於是發民除道，派車迎接。他見前妻及其丈夫也在清道人群中，遂令載其夫妻到太守官舍，招待食宿。結果其前妻居一月而自經死。杜甫認為朱買臣這種報復羞辱的行徑卑劣可笑，故曰「哂要章」。哂，譏笑。要章，腰間的印綬。要，同「腰」。㉛枕戈句　枕戈待旦，本晉劉琨事，因越王勾踐曾「臥薪嘗膽」，思報吳仇，故以為喻。㉜渡浙句　秦始皇曾遊會稽，渡浙江。㉝越女句　因西施出於越地，所以越地美女聲聞天下。李白〈越女詞〉云：「鏡湖水如月，耶溪女如雪。」㉞鑑湖　一名鏡湖，在今浙江紹興南。鑑湖風光秀美，堤橋縱橫，漁舟時見，遠山四圍，水清如鏡，自古就是遊覽勝地。㉟剡溪　水名，即曹娥江上游，在今浙江嵊州，風景秀美。㊱歸帆二句　寫由吳越回洛陽參加進士考試。天姥，山名，在浙江新昌南。周匝六十里，東接天台山，道家以為第十六洞天。杜甫回鄉時曾從山下經過，故云「拂天姥」。杜甫時年二十四歲，故曰「中歲」。貢，貢舉。由州縣推薦參加科舉考試者稱鄉貢。杜甫家居河南鞏縣，須回鄉由州縣推薦參加明年在洛陽舉行的進士考試，故云「貢舊鄉」。㊲氣劘二句　描繪詩人昔日之意氣風發：年少時豪邁狂放，自視甚高，直欲與屈原、賈誼相抗衡，視曹植、劉楨亦不如自己。劘，切；削。屈賈，屈原、賈誼。壘，營壘。指與屈、賈彼此相當。目短，輕視。曹劉，曹植、劉楨，東漢末著名詩人。牆，視之如及肩之牆，言不足跨越。㊳忤下二句　是說文章不合時宜而落第。忤，違逆；不順。考功，指考功員外郎。開元二十四年（西元七三六年）以前，進士考試由吏部考功員外郎主持，二十五年改由禮部侍郎主持。杜甫參加的是開元二十四年仍由考功員外郎主持的考試，結果落第，故云「忤下考功第」。京尹，指東都洛陽之河南尹，非西京長安之京兆尹。㊴放蕩　狂放無拘束。㊵齊趙　約今山東、河北一帶。㊶裘馬　輕裘肥馬。語出《論語・雍也》：「乘肥馬，衣輕裘。」㊷清狂　放縱豪邁。㊸叢臺　在今河北邯鄲人民公園內。相傳戰國趙武靈王為閱兵與欣賞歌舞而建，原有數臺，故名叢臺，又稱武靈叢臺。㊹青丘　相傳為春秋時齊景公狩獵處，約在今山東廣饒北。㊺呼鷹二句　寫遊獵之快意。皂櫪林、雲雪岡，皆齊地名，不詳所在。㊻射飛二句　詩人自敘騎射技術之妙。射飛，仰射飛鳥。縱鞚，放轡馳馬。引臂，拉弓射箭。落，射落。鶖鶬，兩種水鳥。㊼蘇侯　原注：「監門胄曹蘇預。」蘇源明，初名預，因避代宗諱改，字弱夫，武功人，時在徐州、兗州一帶作客，常和杜甫一起遊獵。杜甫晚年作〈八哀詩・故祕書少監武功蘇公源明〉，回憶二人平生交誼，又深情地提及當年的山東之遊：「武功少也孤，徒步客徐兗。讀書東嶽中，十年考墳典。時下萊蕪郭，忍飢浮雲巘。」㊽據鞍喜　在馬上為杜甫射落鶖鶬狂喜而呼。㊾葛彊　晉代山簡的愛將，常與山簡同遊。蘇源明以葛彊比杜甫。㊿八九年　杜甫自開元二十四年初遊齊趙，二十九年一度回洛陽，天寶三載（西元七四四年）再遊齊趙，至天寶五載西入長安，前後約有八、九年時間。(51)咸陽　指長安。(52)許與二句　言自己為當時文豪稱許，與王侯同遊。許與，讚許。詞伯，文豪或著名詩人，指鄭虔、韋濟、岑參、高適、崔國輔等人。賢王，指汝陽王李璡等。(53)曳裾　《漢書・鄒陽傳》：「飾固陋之心，則何王之門不可曳長裾乎？」曳，拖；牽引。裾，衣服的大襟。(54)置醴　《漢書・楚元王傳》：「穆生不嗜酒，元王每置酒，常為穆生設醴。」醴即甜酒。後常以置醴喻被尊為上賓。(55)奏賦　指獻「三大禮賦」事。(56)明光　漢宮名，借喻唐大明宮。(57)天子二句　天子，指玄宗。廢食召，指受到天子重視。杜甫獻「三大禮賦」後，玄宗奇之，命待制集賢院，令宰相試文章。〈莫相疑行〉云：「憶獻三賦蓬萊宮，自怪一日聲烜赫。集賢學士如堵牆，觀我落筆中書堂。」即所謂「群公會軒裳」。軒裳，車馬與官服，代指達官貴人。(58)脫身

句　指天寶十四載（西元七五五年）被任命為河西尉不就之事。(59)痛飲句　言但能痛飲，有官無官都隨它去。信，任意；隨便。行藏，出仕和退隱。(60)黑貂句　用蘇秦事。《戰國策・秦策一》載，蘇秦「說秦王，書十上而說不行，黑貂之裘弊，黃金百斤盡，資用乏絕，去秦而歸。」(61)斑鬢　鬢髮花白。(62)兀稱觴　窮也不管，還是舉杯痛飲。兀，尚；還。(63)杜曲二句　言故里的老人日少，郊外的墳墓日多。杜曲，即杜陵，在長安城南，杜甫曾家於此。耆舊，故老。多白楊，古人墳邊多栽白楊，此指墳墓增多。(64)坐深　因年紀日長，故座次日高。(65)鄉黨　鄉里。(66)死生忙　凋謝者既多，故感慨人生匆促。(67)朱門二句　指李林甫、楊國忠等權臣陷害朝士，時見株連滅族之事。傾奪，傾軋爭奪。赤族，滅族。迭，更迭。罹殃，遇害。(68)國馬　指唐玄宗所養的「舞馬」和「立仗馬」。《新唐書・李林甫傳》：「君等獨不見立仗馬乎？終日無聲，而飫三品芻豆。」(69)官雞　指官養的鬬雞。(70)舉隅二句　是說舉國馬和官雞的例子，則其他方面的奢侈浪費即可想見。舉隅，有舉一反三意。煩費，浪費。根據勤儉必興、奢侈必亡的歷史經驗，不能不讓人感歎國家之衰亡。引古，引古鑑今。興亡，偏義複詞，即亡。(71)河朔句　指安祿山於范陽起兵叛亂。河朔，指河北一帶。(72)岷山句　指安史叛軍逼近長安，玄宗長途奔波逃往成都。岷山，在四川北部，此代指四川。行幸，皇帝出遊。(73)兩宮二句　指玄宗避難成都，肅宗即位靈武，二人都不在京城，而又相隔萬里，故云「各警蹕」、「遙相望」。警蹕，謂古時皇帝出入時嚴加戒備，斷絕行人。警，警戒。蹕，清道。(74)崆峒句　言肅宗到平涼收兵平叛。崆峒，山名，在今甘肅平涼西。(75)少海句　言肅宗以太子身分即位靈武。少海，指太子。古時以皇帝比大海，太子比少海。旌旗黃，古時天子旌旗用黃色。(76)禹功句　禹傳位於子啟，此喻玄宗傳位肅宗。(77)涿鹿句　傳說黃帝曾與蚩尤戰於涿鹿之野，這裡指肅宗命太子李俶為天下兵馬元帥，親自指揮軍隊征討安史叛軍。涿鹿，在今河北涿州東南。親戎行，親自指揮軍隊。(78)翠華句　指至德二載二月，肅宗由彭原移駐鳳翔，路過吳山事。翠華，皇帝儀仗中用翠鳥羽毛裝飾的旗。吳岳，即吳山，在今陝西千陽、鳳翔境內。(79)螭虎　喻唐朝軍隊。螭，傳說中一種沒有角的龍。(80)噉　吃。這裡作消滅講。(81)豺狼　比喻安史叛軍。(82)爪牙句　指至德元載十月房琯兵敗陳陶、青阪事。參見〈悲陳陶〉、〈悲青阪〉二詩。爪牙，此非貶義，猶言羽翼，比喻輔佐之人。《後漢書・竇憲傳》：「憲既平匈奴，威名大盛，以耿夔、任尚等為爪牙。」一不中，一擊不中。(83)胡兵　安史叛軍。(84)陸梁　猖獗。(85)大軍句　指至德二載五月，郭子儀又敗於清渠事。《資治通鑑》卷二一九：「子儀與王思禮軍合於西渭橋，進屯潏西。安守忠、李歸仁軍於京城西清渠，相守七日，官軍不進。五月癸丑，守忠偽退，子儀悉師逐之。賊以驍騎九千為長蛇陣，官軍擊之，首尾為兩翼，夾擊官軍，官軍大潰。」載，同「再」。無充分準備，故曰「草草」。(86)凋瘵　凋敝病痛。瘵，病。(87)膏肓　是難治的重病，這裡指國家和人民遭受的深重災難。(88)備員　猶充數，是謙詞。(89)竊自指。(90)補袞　指自己至德二載在肅宗朝任左拾遺事。補袞，喻為皇帝拾遺補闕，這是左拾遺的職責。袞，帝王之衣服。(91)心飛揚　心思激憤貌。(92)九廟焚　安史叛軍攻入長安後焚燒了唐室宗廟。九廟，天子皇室設九廟，後常以之代指王朝社稷。另，杜甫〈往在〉詩云：「往在西京日，胡來滿彤宮。中宵焚九廟，雲漢為之紅。解瓦飛十里，繐帷紛曾空。疚心惜木主，一一灰悲風。」記錄了當時叛軍焚燒九廟的情景，洵為詩史。(93)憫　同情；憐憫。(94)萬民瘡　百姓瘡痍。(95)斯時　當時。(96)伏青蒲　此用漢代史丹諫元帝之典比自己疏救房琯事。《漢書・史丹傳》：「丹直入臥內，頓首伏青蒲上，涕泣言曰……」(97)廷諍　當廷諫諍皇帝。(98)守　伺候。(99)御牀　御座。(100)君辱句　化用《國語・越語》「君辱臣死」之意。(101)赫怒　震怒。(102)幸無傷　至德二載，房琯以門客董庭蘭受賄事罷相，杜甫上疏論爭，以為「罪細不宜免大臣」。觸怒肅宗，詔三司推問，因張鎬等救免，故云。(103)聖哲　指肅宗。(104)仁恕　寬仁愛民。(105)宇縣　即宇內、天下。(106)復小康　指至德二載，兩京收復。(107)哭廟二句　寫肅宗還京事。《舊唐書・肅宗紀》載：「(至德二載冬十月)癸亥，上自鳳翔還京……九廟為賊所焚，上素服哭於廟三日，入居大明宮。」又《新唐書・禮樂志三》載：「安祿山之亂，宗廟為賊所焚，肅宗復京師，設次光順門外，向廟而哭，輟朝三日。」未央，漢宮名，此指大明宮。(108)小臣　杜甫自稱。(109)議論絕　指乾元元年六月，由左拾遺貶為華州司功參軍。因左拾遺是言官，能發議論，今罷斥，故云「議論絕」。(110)客殊方　即「漂泊西南天地間」。殊方，異鄉。(111)鬱鬱二句　以鳥自比，寫自己漂泊江湖的困苦生活。羽翮，羽毛。困低昂，不能奮飛。(112)秋風二句　言身在草野，仍高潔自持。碧蕙，一種香草。捐，消散。微芳，淡雅的香氣。(113)之推句　之推，即介之推，春秋時人，曾隨晉文公在外流亡十九年，及文公還國即位，他避不受賞，與母隱於綿山。(114)漁父句　《楚辭・漁父》篇末云：「滄浪之水清兮，可以濯吾纓；滄浪之水濁兮，可以濯吾足。」此以漁父自比。(115)榮華二句　言功名富貴都和花開花謝一般，多麼鮮豔的花也抵禦不了秋冬的嚴霜。敵，相當。(116)鴟夷子　春秋時越國大夫范蠡，輔佐越王勾踐滅吳後，乃棄官泛遊五湖，後適齊，號鴟夷子皮。這裡所稱鴟夷子，當指李泌。李泌曾佐肅宗復兩京，時歸隱衡山。(117)才格　才能品格。(118)群兇句　言當時軍閥混戰的混亂局勢。史載，大曆元午正月，魚朝恩部將周智光殺鄜州刺史張麟，活埋杜冕家屬八十一人，聚集亡命、無賴子弟數萬人，打家劫舍，截奪漕米。三月，山南西道節度使張獻誠與茂州刺史崔旰戰於梓州。群兇，指擁兵自重的軍閥。(119)側佇句　言期盼有眾多像「鴟夷子」那樣才格出眾的英俊之士出而平定禍亂，振興國家。側佇，側身佇盼。

【語　譯】當我十四五歲的時候，就已經能舞文弄墨，出入文場了。文壇名家崔尚、魏啟心等人，認為我有班固、揚雄一樣的才華。七歲的時候，我的文思已然豪壯，一開口便是吟詠鳳凰的詩篇。九歲的時候我就能揮筆書寫大字，寫成的作品裝滿一囊。我性格豪爽，那時就已經嗜酒好飲；嫉惡如仇，懷抱剛烈心腸。我已超越了同輩的人，不大將他們放在眼裡，結交的都是有成就的年長者。飲酒盡興時環顧四面八方，覺得那些庸俗之人渺小得簡直不能入眼。

我曾經東遊南下，來到姑蘇臺，並且準備了大船，打算遠航。至今我還有無限遺憾，後悔當年沒能盡興而為，去那傳說中太陽昇起的地方。王導、謝安等東晉名流的風流文采已然遠去，虎丘上吳王闔閭的墓也顯得十分荒涼。劍池周圍的石壁還是那樣陡峭，長洲苑裡菱角和荷花依然吐露著芳香。在高大宏偉的閶門北面，不遠就是吳太伯廟，它的倒影正好映在迴塘水中央。每次去拜謁吳太伯廟，想起他們兄弟禮讓天下的事就不由淚流滿面。這裡還發生過專諸用藏在蒸魚腹中的匕首刺殺吳王僚的事，而腰佩印綬的朱買臣於清道人群中發現前妻加以羞辱報復的行為又多麼可笑。我還想起臥薪嘗膽、枕戈待旦以圖雪恥的勾踐，曾渡過浙江、遊覽會稽的秦始皇。越地的女兒白皙漂亮，天下聞名；五月的鏡湖風光秀美，涼爽宜人。剡溪的風景更是秀麗奇異，想忘也忘不掉。

歸家的船載著我從天姥山下經過，盛年的我為參加進士考試回到了故鄉。那時我十分狂傲，覺得自己能和屈原、賈誼相抗衡，曹植、劉楨都有些瞧不上。但是我卻因詩文不合考官的心意而落第，只好獨自辭別東都去遠遊。我在齊趙一帶盡情遊蕩，輕裘肥馬，頗為放縱豪邁。春天在叢臺上放聲高歌，冬日在青丘旁馳馬遊獵。又在皂櫪林和雲雪岡呼鷹逐獸顯身手。我曾在奔馳的馬上仰射天上的飛鳥，一拉弓便射落高翔的鶖鶬。馬上的蘇侯見此情形欣喜不已，忽然覺得他就像帶著愛將葛彊的山簡一樣。

我在快意的遊歷中度過了八九年，又西歸長安。稱讚我的都是文壇名宿，和我交遊的則是賢德的王侯。我曾提著衣襟，到那些視我為上賓的高門府第；我還向朝廷進獻「三大禮賦」，為此得以步入大明宮。玄宗皇帝顧不得吃飯就來召見我，乘著車馬穿著官服的顯貴們都一起來看我寫文章。我沒有去擔任河西尉的小官，心裡也不為此可惜，只要能終日痛飲，有官無官都無妨。但是像蘇秦一樣不得重用，又怎麼能避免黑色的貂衰變得破舊，生活日益艱難呢？我不管兩鬢已經花白，還是一個勁地舉杯痛飲。故里杜曲我熟識的老人漸漸少了，四面郊野上栽著白楊的墳墓卻增多了。鄉里因我年紀日長，座次日高而更加尊敬我，我卻一天天只覺得死生匆忙，人生短暫。那些豪門一天到晚地傾軋爭奪，株連滅族的事接二連三地發生。皇帝的舞馬耗盡了粟豆，官養的鬬雞糜費著稻粱。從這兩件事就可看出現在是多麼奢侈浪費，古代的歷史教訓也讓人感慨國家正走向衰亡。

河北安祿山起兵叛亂，風塵驟起，玄宗皇帝倉皇出逃，長途跋涉來到成都。肅宗於靈武即位，兩代皇帝各自警戒，相隔萬里，遙遙相望。甘肅崆峒一帶是平叛的戰場，瀰漫著昏黑的殺氣。肅宗以太子身分即位，開始使用皇帝黃色的旌旗。玄宗像建有大功的禹一樣，將帝位傳給兒子；肅宗則命太子像與蚩尤在涿鹿作戰的黃帝一樣，親自指揮征討叛軍。肅宗移駐鳳翔，天子的儀仗簇擁著經過吳山。朝廷的軍隊如螭如虎，消滅著豺狼似的叛軍。沒想到房琯一擊不中，兵敗陳陶、青阪，叛軍一時更加猖獗。既而，因為草率出兵，郭子儀又敗於清渠，此時已是民生凋敝，國家災難深重，病入膏肓。我在這樣的情況下，聊以充數，被任命為左拾遺，為國事憂慮憤慨，心思激盪。對上感傷皇室宗廟被叛軍焚毀，對下哀憐百姓深受荼毒，一片瘡痍。當時我曾像頓首伏在青蒲上的漢史丹一樣，為救房琯，守在御座前當廷諫諍皇帝。君主遭受羞辱，我怎能貪生怕死？我雖惹得皇帝龍顏大怒，所幸為張鎬等救免。聖明的天子寬仁愛民，隨即兩京收復，天下復歸小康。回到長安的肅宗為宗廟被焚為灰燼而痛哭三日，而後酸楚地入居大明宮。

我被罷去左拾遺的官職後，自然停止了對朝政的議論，此後便離開京都，以年老多病之軀客居異鄉。很長時間我苦悶不堪，不能舒展懷抱，就像被困的鳥兒只能徘徊低昂。秋風吹動著山壑，發出哀戚的聲響，我就像這秋野上的碧蕙草，無人理會，卻依然散發著淡淡的芳香。介之推避不受賞，攜母歸隱，屈原時代也有漁父隱於滄浪，他們都是我的榜樣。功業就像盛開的鮮花，無論多麼繁盛，也會遭遇秋冬的嚴霜。我看李泌就像春秋時的鴟夷子皮范蠡，才能品格都是非同尋常。如今反叛的各路軍閥還未被平定，我側身佇盼英俊之士能奮發有為，展翅高翔。

【研析】這首詩是杜甫的一篇自傳，敘寫其生平出處、思想感情，甚為詳細。全詩可分為六部分。從開頭至「俗物都茫茫」為第一部分，敘其少年之遊，展示特異、豪邁的性格，定下本詩基調。從「東下姑蘇臺」到「欲罷不能忘」為第二部分，敘其吳越之遊，突出一「壯」字。從「歸帆拂天姥」到「忽如攜葛彊」為第三部分，敘其齊趙之遊，突出「清狂」之「快意」。從「快意八九年」到「引古惜興亡」為第四部分，敘其長安之遊，突出「興亡」之慮。從「河朔風塵起」到「鼻酸朝未央」為第五部分，敘奔赴鳳翔及扈從還京事，突出「不愛死」之意。自「小臣議論絕」至末為第六部分，敘衰年久客巴蜀之故，突出「客遊」之悲壯。這篇詩自傳，是研究杜甫生平、思想、性格的最可貴的第一手材料。正如朱彝尊所云，此詩是杜甫「追敘一生，由少而壯，壯而老，始而文章，繼而交遊，繼而憂國，終有望於英雄之救時，此希稷、契心事也」（《杜詩集評》卷三引）。從這首詩中，我們不僅了解到杜甫青壯年時期漫遊生活的真實情景及入長安後的坎坷遭遇，還可以看到當時政治的黑暗和統治階級的腐敗。值得指出的是，杜甫在回顧個人行跡時，總是與國家的時局聯繫在一起，不斤斤計較於個人的遭遇，而注目於國家的興亡教訓，這正是杜甫自傳詩的超凡之處和價值所在。在藝術上，清喬億稱此詩「如駿馬下坡，雄快莫當」（《杜詩義法》卷上），然其中也頗有含蓄細緻之處。劉克莊則謂此詩「在五言古風中尤多悲壯語，……雖荊卿之歌，雍門之琴，高漸離之筑，音調節奏不如是之跌宕豪放也」（《後村詩話》新集卷二）。

遣懷

【題解】此詩為大曆元年（西元七六六年）杜甫寓居夔州時所作。與〈昔遊〉可謂「姊妹篇」，二詩都是寫杜甫與高適、李白的同遊之事，以及對亡友的懷念。所不同的是，〈昔遊〉寫時事未及亂離，而〈遣懷〉卻以主要篇幅，先寫宋中（今河南商丘）的富庶繁華，繼寫唐玄宗開邊用武而導致元氣大傷，國家由太平而成為亂離之世。衰年感傷之情，撫孤懷友之念，與傷亂離融為一體，使詩的結尾，更充滿了淒惻之悲。

昔我遊宋中❶，惟❷梁孝王都❸。名今陳留亞，劇則貝魏俱❹。邑中九萬家，高棟照通衢❺。舟車半天下，主客多歡娛❻。白刃讎不義❼，黃金傾有無❽。殺人紅塵裡，報答在斯須❾。憶與高李輩❿，論交入酒壚⓫。兩公壯藻思⓬，得我色敷腴⓭。氣酣⓮登吹臺⓯，懷古視平蕪。芒碭雲一去⓰，雁鶩⓱空相呼。先帝⓲正好武，寰海⓳未凋枯⓴。猛將收西域㉑，長戟破林胡㉒。百萬攻一城，獻捷不云輸㉓。組練㉔去如泥，尺土負百夫㉕。拓境㉖功未已，元和辭大鑪㉗。亂離朋友盡㉘，合沓㉙歲月徂㉚。吾衰將焉託？存歿再嗚呼㉛。蕭條益堪愧㉜，獨在㉝天一隅㉞。乘黃㉟已去矣，凡馬㊱徒區區㊲。不復見顏鮑㊳，繫舟臥荊巫㊴。臨餐吐更食，常恐違撫孤㊵。

【注釋】❶宋中　今河南商丘。春秋時屬宋國，唐設宋州。❷惟　語助詞，為、是之意。❸梁孝王都　漢梁孝王劉武自大梁（今河南開封）遷都睢陽（今商丘市南）。《漢書．梁孝王傳》：「孝王築東苑，方三百餘里，廣睢陽城七十里。」❹名今二句　是說現在的宋中，名望雖然連陳留都不如，但煩劇難治的程度則與貝州、魏州一樣。陳留，今開封，是漢唐以來著名的商業城市。亞，次；比不上。劇，煩劇，是形容一個地方難以治理的政治術語。貝州、魏州，唐時均屬河北道。❺邑中二句　寫宋中人口的繁盛和風習的奢華。九萬家，極言人口之多。高棟，高樓。通衢，大道。❻舟車二句　寫商業交通的發達和民風的好客。主人好客，故主客多歡娛。❼讎不義　痛恨不義之人，不平之事。讎，同「仇」。❽傾有無　傾其所有。有無，是偏義複詞。❾斯須　片刻。❿高李輩　指高適、李白。⓫酒壚　酒家；酒肆。⓬壯藻思　文辭與構思氣勢豪壯。⓭敷腴　喜悅貌。⓮氣酣　意氣風發，慷慨昂揚之態。⓯吹臺　在今河南開封東南郊禹王臺公園內。相傳為春秋晉國樂師師曠吹奏古樂之臺，梁孝王加以增築，常按歌於此，稱明臺。明代因開封常遭水患，人們懷念大禹治水之功，此地建禹王廟，吹臺因亦名禹王臺。⑯芒碭句　意謂漢高祖死後，芒山、碭山間再無雲氣。《漢書・高祖紀》：「高祖隱於芒碭山澤間，所居上常有雲氣。」芒山、碭山，在河南永城北、安徽碭山南。二山相距八里。⑰鶩　野鴨。⑱先帝　指玄宗。⑲寰海　指國家。⑳凋枯敗亂。㉑猛將句　指王忠嗣、哥舒翰等攻吐蕃事。㉒長戟句　指安祿山、張守珪等攻契丹事。契丹，即戰國林胡地。㉓百萬二句　是說邊將獻捷而掩敗，蒙蔽邀功。史載，天寶八載四月，哥舒翰率兵三萬六千人攻吐蕃石堡城。其城易守難攻，三面險絕，惟一徑可上，吐蕃但以數百人守之，積檑木及石，唐軍雖然最終攻克，但士卒死者數萬，哥舒翰戰後仍向朝廷奏捷。詩意或指此事而言。㉔組練　組甲、練袍，指戰士的服裝。㉕尺土句　為爭尺土，而犧牲百人，言草菅人命，得不償失。㉖拓境　即開邊。㉗元和句　此言明皇黷武招致「安史之亂」。元和，太平安定的氣象。大鑪，指天地、人間。《莊子・大宗師》：「今一以天地為大鑪，以造化為大冶，惡乎往而不可哉！」㉘朋友盡　杜甫的好友李白、高適、鄭虔、蘇源明、嚴武等人此時已經先後去世，故云。㉙合沓　相繼。㉚徂　往；消逝。㉛存歿句　言自己為友人的去世一再慟哭。存，自指。歿，指李白、高適。李白死於廣德元年（西元七六二年），高適死於永泰元年（西元七六五年），故云「再嗚呼」。嗚呼，慟哭。㉜益堪愧　一作「病益甚」。㉝獨在　一作「塊獨」。㉞天一隅　天涯，指夔州。㉟乘黃　駿馬名，此喻高、李。㊱凡馬　杜甫自喻，兼指同時作者。㊲徒區區　徒勞不頂事。㊳顏鮑　顏延之、鮑照，均為南朝宋著名詩人。此以喻高適、李白。㊴荊巫　指夔州。㊵臨餐二句　是說悲痛不能下咽，但仍勉強加餐，吐而復食。這是因為恐怕自己客死他鄉，不能實現照顧高、李遺孤的願望。

【語　譯】昔日我曾到宋中遊歷，那裡就是漢梁孝王建立新都的地方。名氣雖然比不上陳留，卻和貝州、魏州一樣煩劇難治。城裡有九萬多戶居民，高樓間是四通八達的寬闊大道。天下大半的車船往來不絕都到了這裡。當地人熱情好客，主客間融洽歡娛。宋中人慷慨豪爽，他們能手執白刃嚴懲不義之輩，也能為幫助別人傾其所有。還能在紅塵鬧市中當眾殺人，只為迅速地報答恩惠。我就是在這裡得以和高適、李白同遊，一起到酒肆論交敘懷。二公都是文思豪壯的人，與我交談也是滿面喜容。我們意氣昂揚地登上吹臺，俯視著蒼茫無際的大地，大發懷古幽情。芒碭山間因隱匿於此的漢高祖已經作古，所以再無雲氣，空留下大雁和野鴨相對鳴叫。那時玄宗皇帝正喜開邊用武，國家還沒有衰敗。猛將哥舒翰等受命征討吐蕃，安祿山等大破契丹。用百萬大軍來攻打一城，邊將只言勝而不言敗，蒙蔽朝廷以邀功。死去兵士的戰袍像泥土一樣委棄在地，為爭尺土之地，犧牲了上百人的性命。開拓邊境的戰功還未完成，天下的和平安定卻已失去。在安史之亂的亂離歲月中，我的朋友幾乎都去世了，他們相繼在歲月中消逝。衰老的我又將向誰託付後事呢？苟存於世只有為亡友一再慟哭。目下境況蕭條我更覺慚愧，孤獨地漂泊於夔州無可奈何。駿馬一樣的高、李二公已離我而去，凡馬一樣的我白白辛勞而毫無用處。再也看不到像顏延之、鮑照一樣卓越的高適和李白了，我只能繫舟江岸，病臥夔州。哀痛和衰病使我幾乎吃不下飯，我卻勉強自己吐過後接著再吃。這是因為常擔心自己就此死去，不能實現照顧高、李遺孤的願望。

【研析】李白、杜甫、高適這三位唐代傑出的詩人一起在宋中遊歷，洵足為我國文學史上一段佳話，王士禛在《池北偶談》中即云：「每思高、岑、杜輩同登慈恩塔，高、李、杜輩同登吹臺，一時大敵，旗鼓相當，恨不廁身其間，為執鞭弭之役。」杜甫在多首詩中寫到當時情景，而〈昔遊〉與這首〈遣懷〉則是專詠此事。〈昔遊〉一詩開篇即云：「昔者與高李，晚登單父臺。」可謂直言其事，而此詩前十二句卻先寫宋中的形勝風俗。歷史悠久的宋中，在唐時依然是高樓廣衢、人煙稠密的交通要衝，當地人熱情爽直，形成一種快意恩仇、任俠慷慨的普遍風氣。詩人生動形象的描繪，不但是當時歷史面貌的真實寫照，更是下文敘寫與高、李同遊的背景與鋪墊。「憶與」以下八句即寫與李白、高適同遊之興，三人酒壚論交，氣酣登臺，當時意氣風發，慷慨昂揚，逸興橫飛，豪情萬丈。場面之動人直引得千年後的王士禛還要為之感歎不已。「先帝」以下十句卻忽然蕩開，轉寫唐玄宗窮兵黷武，開疆拓境之事。看似陡起波瀾，卻正指出國家盛衰、朋友聚散的關鍵。吳瞻泰曰：「好武一段，諷論開邊生事，言已盡而意仍留，心甚悲而筆不露。若另為一詩，亦成結構，而置之此章中，更覺峰巒特起，此化平以為奇者也。然關合在『亂離朋友盡』五字，若不經亂離，何至朋友聚散如此哉！」（《杜詩提要》卷四）所言極是。後段乃遣懷本旨，深歎自己高朋盡逝，衰年無託，潦倒天涯，不勝淒楚悲涼。然結尾「臨餐」二句，卻言其於自顧不暇之際，仍念念不忘為朋友「撫孤」，可見其平生於友誼之篤厚。故浦起龍評曰：「客懷交誼，一往情深，此老生平肝膈，於斯見焉。」（《讀杜心解》卷一之五）

往在

【題解】大曆元年（西元七六六年）在夔州作。時杜甫思歸故里，於是敘及三朝治亂、九廟興廢的往事，筆法詳盡，堪稱「詩史」。因感於致治無具、禍亂相因，詩中還詳細陳述圖治保安之道，表現出詩人對國事的殷切關注。

往在❶西京❷日，胡❸來滿彤宮❹。中宵❺焚九廟❻，雲漢為之紅。解瓦飛十里，繐帷紛曾空❼。疚心惜木主❽，一一灰悲風。合昏排鐵騎，清曉散錦幪❾。賊臣表逆節，相賀以成功❿。是時妃嬪戮，連為糞土叢⓫。當宁陷玉座⓬，白間⓭剝畫蟲⓮。不知二聖⓯處，私泣百歲翁⓰。車駕既云還⓱，楹桷欻穹崇⓲。故老復涕泗，祠官⓳樹椅桐⓴。宏壯不如初，已見帝力雄。前春禮郊廟，祀事親聖躬㉑。微軀忝近臣，景從陪群公。登階捧玉冊㉒，峨冕㉓聆金鐘㉔。侍祠恧先露，掖垣邇濯龍㉕。天子惟孝孫㉖，五雲起九重㉗。鏡奩換粉黛，翠羽猶葱朧㉘。前者厭羯胡㉙，後來遭犬戎㉚。俎豆腐羶肉，罘罳行角弓㉛。

安得自西極㉜，申命空山東㉝。盡驅詣闕下，士庶塞關中。主將曉逆順，元元㉞歸始終。一朝自罪己㉟，萬里車書通㊱。鋒鏑供鋤犁㊲，征戍聽所從。冗官㊳各復業，土著㊴還力農。君臣節儉足㊵，朝野歡呼同。中興似國初㊶，繼體如太宗㊷。端拱㊸納諫諍㊹，和風日沖融㊺。赤墀㊻櫻桃枝，隱映銀絲籠㊼。千春薦㊽靈寢㊾，永永垂無窮。京都不再火，涇渭開愁容。歸號故松柏㊿，老去苦飄蓬51。

【注釋】❶往在　以前在。❷西京　長安。❸胡　指安史叛軍。❹彤宮　皇宮。❺中宵　半夜。❻焚九廟　安史叛軍攻入長安後焚燒了唐室宗廟。九廟，天子皇室設九廟，後常以之代指王朝社稷。❼繐帷句　繐帷，用細而稀疏的麻布製成的靈帳。曾空，高空。曾，同「層」。❽木主　上書先祖姓名的木製神位，俗稱牌位。❾合昏二句　叛軍在黃昏時排列鐵騎，肆意搶掠，天亮時就把珍寶用驢子運走。錦幪，覆於驢背上的錦製鞍帕。❿賊臣二句　這些叛臣賊子們上表給自己的頭領，互相祝賀取得成功。表，上表。⓫是時二句　指天寶十五載七月，安祿山大肆殺害唐室宗親之事。史載，安祿山攻陷兩京後，霍國公主、永王妃、駙馬楊朏等八十餘人，皇孫、郡縣主、諸妃等三十六人均被害。⓬當宁句　指皇帝離京出奔。宁，古代宮室門內屏外之地，天子在此接受諸侯的朝見。《禮記・曲禮下》：「天子當宁而立。」後因稱皇帝為當宁。安祿山攻陷長安，玄宗出奔幸蜀，故曰「陷玉座」。玉座，御座。⓭白間　窗子。《文選》所收何晏〈景福殿賦〉：「皎皎白間。」李善注：「白間，青瑣之側，以白塗之，今猶謂之白間。」⓮畫蟲　畫蟲的彩繪。⓯二聖　指唐玄宗和唐肅宗。⓰百歲翁　指下文的「故老」。⓱車駕句　指肅宗收復長安後，於至德二載十月還京之事。《舊唐書・肅宗紀》載：「(至德二載冬十月)丁卯，入長安……九廟為賊所焚，上素服哭於廟三日，入居大明宮。」⓲櫨桷句　高高的天空中重新又豎起了宗廟的立柱，指祠廟迅速得到重建。櫨桷，柱與椽，這裡指九廟。欻，忽然。穹崇，高高的天空。⓳祠官　負責管理祠廟事務的官員。⓴樹椅桐　種下了椅桐樹。椅桐，木名，又稱山桐子、水冬瓜。材木可作家具。㉑前春二句　指是年春天，肅宗去郊廟親自主持了祭祀儀式。㉒玉冊　玉簡製成的書冊，古代帝王祭祀時所用。㉓峨冕　祭祀時所戴高冠。㉔金鐘　祭祀時所奏音樂。㉕侍祠二句　陪侍皇帝祭祀，先霑恩露使我慚愧；身在門下省供職，得以靠近皇帝的禁宮。忝，慚愧。掖垣，宮殿圍牆，這裡指門下省。邇，近。濯龍，漢代園林名，在洛陽，這裡借指長安禁宮。㉖天子句　指肅宗因收復兩京，重修宗廟，故稱其為「孝孫」。㉗五雲句五雲，五色祥雲。九重，指皇宮內。㉘葱朧　一作「葱曨」。明麗貌。㉙羯胡　指安史叛軍。㉚犬戎　指吐蕃。㉛俎豆二句　形容神聖的祭器遭到異族入侵者的玷污。俎，置肉的几。豆，盛乾肉的器皿。這裡指祭祀用的禮器。罘罳，宮門外的屏風，形似網，用以守望。㉜西極　因肅宗臨時政府靈武、鳳翔均在長安以西，故云。㉝申命句　申命，發佈命令。山東，指崤山或華山以東地區。㉞元元　平民百姓。㉟罪己　皇帝頒佈的罪己詔書。㊱萬里句　指天下一統。車書通，因車同軌，書同文而暢通無阻。㊲鋒鏑句　意即把兵器重鑄為鋤犁。即〈蠶穀行〉：「焉得鑄甲作農器，一寸荒田牛得耕」之意。鋒，刀鋒。鏑，箭頭。㊳冗官　多餘的官員。㊴土著　指百姓。㊵君臣句　杜甫一直提倡最高統治者應該節儉，比如〈有感五首〉其三云：「不過行儉德，盜賊本王臣。」㊶國初　唐朝建國之初。㊷太宗　唐太宗李世民。㊸端拱　正身拱手，表莊重不苟。㊹納諫諍　唐太宗李世民以善於納諫著稱。㊺和風句　指國家籠罩在一片平安祥和之中。㊻赤墀　飾以丹漆的皇宮臺階。㊼銀絲籠　盛放櫻桃的器皿。㊽薦　獻納。㊾靈寢　指祠廟中的祖宗之靈。㊿故松柏　指先帝的陵墓。(51)飄蓬　如蓬草般飄零。

【語　譯】以前我在長安時，親眼看到安史叛軍塞滿了皇宮。他們在半夜裡焚燒皇室九廟，大火映紅了高高的夜空。碎裂的瓦片崩飛在十里之外，燒著的靈帳亂紛紛地飄向空中。我內心歉疚啊，痛惜先帝們的牌位，都一一化為灰燼，被悲風吹散。黃昏時叛軍的鐵騎排遝而來，大肆搶掠，天剛亮那些裝滿珍寶的口袋就被四散運走。這些亂臣賊子上表誇耀自己的逆行，和賊帥互相祝賀取得成功。當時許多妃嬪被殺戮，接連化作叢堆的髒土。玄宗皇帝離京出奔，皇宮窗子上畫蟲的彩繪也剝落了。不知道玄宗、肅宗兩位皇帝身在何處，老人們為此偷偷哭泣。長安終於收復，皇帝的車駕回來後，宗廟的柱椽很快就又立在高空之中。城中故老因為歡喜，再次淚流不止，負責祠廟的官員則在宗廟裡栽下椅桐樹。雖然祠廟的規模氣勢不如以前的宏壯，但也已經表現出帝力之雄大。春天的郊廟禮神，肅宗皇帝親自主持了祭祀。我這微賤之人當時忝列近臣，如影隨形地跟隨在諸位大臣後面。我登上臺階捧起玉簡書冊，戴著高冠聆聽金鐘之音。陪侍祭祀，我慚愧先霑皇帝恩露；供職門下，我榮幸地靠近天子禁宮。肅宗皇帝真是祖先的孝孫，所以有五色祥雲昇起於皇宮。祠廟的鏡奩新換了粉黛，供神的翠羽也分外明麗。祠廟先是被安史叛軍焚毀，後又遭到吐蕃的破壞。俎、豆等禮器上擺著腐臭的羶肉，圍屏之間穿行著身佩角弓的胡兵。

什麼時候能從西邊傳來皇帝的命令，調動起山東全部的軍隊，把他們都集結在京城一帶，使軍民塞滿整個關中。主將明曉忠順與叛逆的大節，老百姓就會始終歸附。皇帝一旦能頒布罪己的詔書，天下就能大一統。把作戰用的鋒利刀箭重鑄成耕種用的鋤犁，士卒不論征伐還是防守都聽從主將的命令。讓那些閒散的冗官各復舊業，土著兵士回鄉務農。君臣若能厲行節儉，朝野上下一定會歡呼贊同。要重新中興大唐，就要學習建國之初，繼承太宗皇帝的體統。君主要莊重虛心地接受臣下的批評建議，營造和風蕩漾、陽光普照般的祥和氛圍。殿前臺階下的櫻桃樹，要把它成熟的果實裝進銀絲籠，每年春天都敬獻到宗廟中，永永遠遠，無盡無窮。但願京都不再遭受戰火，涇河和渭河也散開了愁容。真希望我能回到先帝陵前痛哭一場，無奈我這老邁之人貧苦不堪，只能如蓬草般隨風飄零。

【研 析】浦起龍謂此詩「是亂極思治之詩。通首只合作兩段，前述既往，後冀將來。前實而後虛，實者眼見之亂端，虛者意中之治象也，又是創格。」「玄、肅事在已往，故明敘；代宗事在當今，故虛運。此際有妙用。」（《讀杜心解》卷一之五）所言極恰切。此詩歷敘三朝治亂，時間跨度長，頭緒繁雜，題材亦頗為敏感，而作者出之以虛實相映之法，將種種糾葛難纏處盡數化解，實為大家手筆。實寫部分為前四十句，此一部分又可分為三段。自首至「百歲翁」十八句，為第一段，言玄宗朝安史之亂。其中前八句寫安史叛軍對唐室宗廟的毀壞，中八句主要寫叛軍在皇宮中的掠奪破壞和對宗室的殺戮，末二句謂玄肅出奔，令父老悲泣。自「車駕至「猶蔥隴」十八句，為第二段，言肅宗收京之事。其中前八句記重修祠廟和肅宗親祭之事，中六句記己時為近臣得以陪祀之事，末四句讚肅宗堪稱孝孫，使祠廟煥然一新。自「前者」至「行角弓」四句為第三段，由安史之亂兼及代宗朝吐蕃陷京污漫宮廟事。虛寫部分為後二十六句，以「安得」領起。王嗣奭云：「安得二字，直貫下節，乃臣子期望之詞。」（仇兆鰲《杜詩詳注》卷一六引）藩鎮各自為政，不服中央管束，乃是中唐社會最嚴重的問題之一，故前六句詩人就先從藩鎮說起，希望藩鎮主將能聽從朝廷調度，明曉忠順大節，率領民眾力保京都安全。接下來十六句詩人又就君主朝政問題詳細陳述圖治保安之道，如省躬罪己、銷兵務農、節儉裕民、聽言納諫、勿忘祭饗等等。末四句深冀「京都不再火，涇渭開愁容」的太平歲月早日到來，以實現自己「歸號故松柏」的還鄉之念，但「老去苦飄蓬」的結語又分明透露出心願難成、悲酸無限之意。全篇在虛實相映之間，又以孝治為貫穿始終的血脈，故於宗廟興廢之事，尤為著意，從玄宗朝祠廟被焚毀的慘狀，到肅宗朝重修新祭的情景，再到代宗朝的再遭荼毒和詩人廟享無窮的祝願，皆敘寫詳細，連詩末的歸鄉都落腳在帝陵哭悼上。而中間穿插以叛軍作亂、吐蕃入侵、鎮帥驕橫、官民失業、君臣奢靡等亂世景象，可謂針線綿密，結構謹嚴。作為一首政治詩，此詩刻劃生動，議論深刻，感情沉鬱，因而深具感染人心的藝術魅力。

返照

【題解】大曆元年（西元七六六年）作於夔州。賦雨後晚景兼以自歎，詩成拈二字為題，非專詠「返照」。

楚王宮❶北正黃昏，白帝城西過雨痕❷。返照入江翻石壁，歸雲擁樹失山村。

衰年病肺惟高枕❸，絕塞❹愁時早閉門。不可久留豺虎亂❺，南方❻實有未招魂❼。

【注釋】❶楚王宮　故址在今重慶巫山西高都山上，相傳為楚襄王所遊之地。❷過雨痕　謂雨過天晴。❸高枕　揚雄〈解嘲〉：「世治則庸夫高枕而有餘。」詩反用此，而自比庸夫，亦是牢騷話。❹絕塞　指夔州。❺不可句　豺虎亂，指軍閥混戰。時蜀中軍閥互相攻殺，如去年（永泰元年）崔旰攻郭英乂，郭被普州刺史韓澄所殺。柏茂琳、楊子琳等又聯合起兵討旰，蜀中大亂。後楊子琳又攻成都。大曆四年二月，楊子琳殺夔州別駕張忠，據其城。杜甫先見於此，故曰「不可久留」。❻南方　即指夔州。❼未招魂　謂屢遭寇亂，旅魂恐將驚散，未必能招之北歸耳。《楚辭．招魂》：「魂兮歸來，南方不可以止些。」

【語　譯】正值黃昏，夔州楚王宮北可見天際夕陽，白帝城西一帶卻是雨痕初過，天剛放晴。斜陽照射下，江岸的石壁倒映在波光粼粼的水中；歸山的雲霧簇擁著樹木，遮蔽了山上的村莊。年已衰老而又身患肺病的我別無所用，只有高枕而臥，在這絕塞一樣的夔州城中憂愁時局，早早關閉了家門。這裡不能久留啊，因為軍閥混戰不休，一旦旅魂被驚散，恐怕就不能招歸北方了。

【研　析】此詩前半寫景，後半抒情。寫景之工巧細膩、抒情之深摯動人，皆足為後世典範。首二句寫黃昏時的陰晴變幻，觀察入微。毛張健謂二句中『痕』字甚新，使人意想而得其妙。只一字可括『鳴雨既過漸細微，映空搖颺如絲飛』（〈雨不絕〉）二句」（《杜詩譜釋》卷二）。三四句「返照入江翻石壁，歸雲擁樹失山村」，更是杜詩寫景名聯，二句寫江邊晚眺即景，謂石壁倒映江中，波搖影翻；歸雲籠罩樹木，山村遮迷。古人認為七言律詩第五字要響，「翻」字、「失」字正是所謂響字，警策有力。宋潘大臨、元方回、明末盧世漼、清王士禎等都曾拈出此聯予以稱賞。後半「惟高枕」、「早閉門」、「未招魂」諸語，立意之巧，鍛煉之精，正堪與前匹配，使整首詩神足氣完。黃生評曰：「前半景是詩中畫，後半情是紙上淚也。視『白帝城中』（指〈白帝〉一詩），則較勝一籌，以起屬正聲，後半氣力雄厚，又遠過之耳。」「年老、多病、感時、思歸，集中不出此四意。橫說豎說，反說正說，無不曲盡其情。此詩四項俱見，至結語云云，尤足淒神戛魄也。」（《杜詩說》卷八）所言極為切當。

偶題

【題　解】大曆元年（西元七六六年）秋，在夔州作。詩先談詩學源流和對詩歌的見解及創作經驗，次歎己之詩學未能傳於子孫，以下又感慨客夔情事，並歎藩鎮割據，國家動蕩，最後以懷念故園作結。詩以五言排律形式寫成，前半論詩文，後半敘境遇，全詩段落整嚴，脈理精細。翁方綱云：「杜公之學，所見直是峻絕。

其自命稷、契，欲因文扶樹道教，全見於〈偶題〉一篇，所謂「法自儒家有」也。此乃羽翼經訓，為風、騷之本，不但如後人第為綺麗而已。」（《石洲詩話》卷一）

文章千古事，得失寸心知❶。作者❷皆殊列❸，名聲豈浪垂❹。騷人嗟不見，漢道盛於斯❺。前輩❻飛騰入❼，餘波綺麗為❽。後賢兼舊制，歷代各清規❾。法❿自儒家有，心從弱歲疲⓫。永懷江左逸，多病鄴中奇⓬。騄驥皆良馬，騏驎帶好兒⓭。車輪徒已斲，堂構惜仍虧⓮。漫作《潛夫論》，虛傳幼婦碑⓯。緣情慰漂蕩⓰，抱疾⓱屢遷移。經濟慚長策⓲，飛棲⓳假一枝⓴。塵沙傍蜂蠆，江峽繞蛟螭㉑。蕭瑟㉒唐虞㉓遠，聯翩㉔楚漢㉕危。聖朝兼盜賊㉖，異俗更喧卑㉗。鬱鬱星辰劍，蒼蒼雲雨池㉘。兩都開幕府，萬宇插軍麾㉙。南海殘銅柱㉚，東風避月支㉛。音書㉜恨烏鵲㉝，號怒怪熊羆㉞。稼穡分詩興㉟，柴荊㊱學土宜㊲。故山迷白閣，秋水憶皇陂㊳。不敢要佳句，愁來賦別離㊴。

【注釋】❶文章二句　乃詩人創作經驗之談。曹丕《典論・論文》云：「蓋文章，經國之大業，不朽之盛事。」古人亦有立德、立言、立功三不朽的說法。文章，這裡主要指詩歌，屬立言範圍，傳世不朽，故曰「千古事」。得失，成敗。寸心，指心。❷作者　指前代詩人。❸殊列　各有其獨到之處，方能存世。❹浪垂　輕易流傳。❺騷人二句　古代騷人所作成為絕響之後，乃有興盛於漢代的五言詩。騷人，騷體詩作者。漢道，漢代的詩道，指五言詩。❻前輩　指漢末魏初建安、黃初詩人。❼飛騰入　飛騰而入文苑，形容氣勢超群。❽餘波綺麗為　指六朝如齊梁詩人，鼓漢魏作者之餘波，崇尚綺麗，詩風變為輕浮綺豔。❾後賢二句　謂後人繼承前人傳統而博採眾長，推陳出新，不斷發展，每個時代都有每個時代的特點。所謂漢賦、唐詩、宋詞、元曲，證明杜甫所言非虛。清規，謂供人遵循的規範。❿法　詩法。儒家作詩之法，指風、雅、頌、賦、比、興所謂「六義」。⓫心從句　謂自己早年即為作詩而耗費無數心力。弱歲，弱冠。⓬永懷二句　言仰慕江左詩人之飄逸，自愧不如建安詩人之瑰奇。江左逸，指江左飄逸的詩風。江左，長江下游地區。病，心以為歉。一作「謝」，遜謝；自愧不及。鄴中奇，指曹氏父子及建安七子瑰奇磊落的詩風。鄴中，即鄴城。故城在今河北臨漳西南三台村漳河北岸。東漢建安年間，曹操封魏王，以鄴為王城。黃初元年（西元二二〇年），曹丕稱帝，遷都洛陽，仍以鄴為五都之一。曹操及曹丕、曹植父子好文學，一時文學之士孔融、陳琳、王粲、徐幹、阮瑀、應瑒、劉楨等建安七子會聚鄴中，史稱鄴中七子。⓭騄驥二句　用千里馬、麒麟喻建安詩人。曹丕《典論・論文》稱孔融、陳琳、王粲、徐幹、阮瑀、應瑒、劉楨七人「於學無所遺，於辭無所假，咸以自騁騄驥於千里，仰齊足以並馳。」騄驥，千里馬。騏驎，一作「麒麟」。帶好兒，南朝梁詩人徐摛有名當時，其詩風格新秀輕逸；其子徐陵更為著名，號稱「一代文宗」。陵年數歲，高僧寶誌見之，手摩其頂，稱之為「天上石麒麟」。此喻曹操之有曹丕、曹植，阮瑀之有阮籍。⓮車輪二句　言自己作詩雖然已得心應手，而兒懶失學，不能如曹氏父子之承繼家學淵源。「斲輪」典出《莊子・天道》，輪扁對齊桓公語：「斲輪，徐則甘而不固，疾則苦而不入。不徐不疾，得之於手而應於心。口不能言，有數存焉於其間。臣不能以喻臣之子，臣之子亦不能受之於臣，是以行年七十而老斲輪。」斲，用刀斧砍削。堂構，築室，以喻子承父業。典出《尚書・大誥》：「若考作室，既底法，厥子乃弗肯堂，矧肯構。」⓯漫作二句　將自己作詩與王符作《潛夫論》相比，言自己政治上不得意，便作詩譏刺時政。虛傳，杜甫自謙之詞，意為外人傳我之詩，讚為絕妙，實則虛譽也。東漢王符，字節信，安定臨涇人，曾作《潛夫論》以譏時政。因不欲彰顯其名，故名。幼婦碑，即曹娥碑。曹娥，漢代少女，投江尋找父屍，當時人於其死處立碑紀念。事見《後漢書・曹娥傳》。這裡的幼婦，指蔡邕評價碑文的隱語。《世說新語・捷悟》載：「魏武（曹操）嘗過曹娥碑下，楊修從。碑背上見題作『黃絹幼婦外孫齏臼』八字。魏武謂修曰：『解不？』……修曰：『黃絹，色絲也，於字為絕；幼婦，少女也，於字為妙；外孫，女子也，於字為好；齏臼，受辛也，於字為辭。所謂「絕妙好辭」也。』」⓰緣情句　謂自己作詩只是為了自慰漂泊之苦。緣情，循情之所至而作詩。⓱抱疾　抱病。⓲經濟句　謂經世濟民之事，自己愧無好的策略。⓳飛棲　比喻漂泊。⓴假一枝　語出《莊子・逍遙遊》：「鷦鷯巢于深林，不過一枝。」此指寓居夔州。㉑塵沙二句　言自己所居環境的險惡。蜂蠆、蛟螭，峽中之物。蠆，蠍子一類毒蟲。蛟螭，傳說中龍一類動物。㉒蕭瑟　遙遠貌。㉓唐虞　唐堯、虞舜。此喻太平盛世。㉔聯翩　接連不斷。㉕楚漢　秦末楚、漢相爭時期，喻戰亂之世。㉖兼盜賊　盜賊相兼而來，即連綿不斷。㉗異俗句　言夔州荒僻，風俗喧卑而無禮。杜甫曾說夔州「形勝有餘風土惡」（〈峽中覽物〉），也是此意。㉘鬱鬱二句　此二句冠以「鬱鬱」、「蒼蒼」，謂寶劍埋藏未出，蛟龍困池未躍，比喻自己懷才不遇，無用武之地。星辰劍，光耀星辰的利劍，典出《晉書・張華傳》，謂豫章豐城有紫氣上沖斗牛星宿，張華乃掘地得「精芒炫目」的寶劍。雲雨池，出自《三國志・吳書・周瑜傳》載周瑜語：「恐蛟龍得雲雨，終非池中物也。」㉙兩都二句　言四方未靖，戰亂不息。兩都，指國都長安、東都洛陽。軍麾，軍旗。㉚南海句　南海，此泛指南方邊地。銅柱，為後漢馬援征交趾（今越南北部）時所立，為漢極南之標誌。當時嶺南戰亂初平，故曰「殘銅柱」。㉛東風句　此喻吐蕃在西陲侵擾。東風，喻唐朝。月支，古西域國名，故地在今甘肅省西部及青海一帶。㉜音書　指家鄉的音信。㉝烏鵲　即喜鵲。因烏鵲空啼報喜，而家鄉弟妹音書不至，故云「恨烏鵲」。㉞怪熊羆　厭聞夔州荒野中野獸號叫聲。㉟稼穡句　言農作事煩，遂少閒暇和興致作詩。㊱柴荊　指在夔州砍柴植樹的生活。㊲土宜　當地風俗。㊳故山二句　回憶家鄉景物，白閣峰舊跡難尋，皇子陂渺不可見。白閣，即白閣峰，在長安南終南山上。杜甫〈渼陂西南臺〉：「錯磨終南翠，顛倒白閣影。」皇陂，即皇子陂，在長安南韋曲東。《太平寰宇記・關西道一・雍州》：「皇子陂，在啟夏門南三十里，陂北原上有秦皇子塚，因以名之。」杜甫〈題鄭十八著作丈故居〉：「第五橋東流恨水，皇陂岸北結愁亭。」又〈重過何氏五首〉其二：「雲薄翠微寺，天清皇子陂。」㊴不敢二句　謂寓居漂泊之中作詩已經不期望能得什麼佳句，只是賦別離以寄託自己的愁思罷了。要，期望。

【語譯】詩歌創作是千古不朽的盛事，其成敗得失只有我心裡明白。歷代詩人都以為自己成就突出，可是沒有誰的名聲輕易流傳後世。可惜屈原、宋玉這幫騷體詩人已經作古，代之而起的是漢朝五言詩，其創作之盛蔚為大觀。漢末魏初，建安、黃初詩人飛騰躍踞詩壇，五言詩作騰湧崛起；而六朝詩歌則步入綺麗一途，成為波瀾壯闊的漢魏詩潮的餘波。後起的傑出作家總是熔鑄前人的文章體制於一爐，而各個時代總有各具特色的規範和風貌。作詩之法，早已見於儒家經典著作。我少年時代就開始詩歌創作，為寫詩而殫盡了心思。我永遠懷念飄逸的江左詩人，他們如麒麟父子相繼；也自愧不如建安詩人之瑰奇，他們如千里馬遇到了伯樂。我徒然擅長作詩，就像輪扁得心應手地砍削車輪那樣，可惜兒懶失學，不能承繼先輩盛業；我即便能寫出像《潛夫論》那樣的好文章，即便有曹娥碑式的絕妙文筆，也只是虛譽而已。這些年來我常常抱病，屢屢轉徙於天地間，百無聊賴只好緣情作詩以慰四處飄零之苦。我自愧胸無經邦濟世的宏謀良策，只好流寓到這偏僻的夔州，多像借寒樹一枝棲息的鷦鷯。如今盜賊蜂擁，如同蛇蠍遍布塵沙、水怪橫行江峽一樣。堯舜之太平盛世已成遙遠的過去，眼前只有這蕭瑟荒涼、觸目興悲的景象；藩鎮割據，聯翩而起，活像當年楚漢之爭，時局岌岌可危。聖朝天下，偏多盜賊；喧囂卑下的夔州風俗，更令我戚戚多悲！我就像沉埋地下的寶劍和受困於暗黑池水裡的蛟龍，有才難以施展。長安和洛陽，幕府開列，武人當道；普天之下，烽火不熄，戰旗蔽空。馬援在南海交趾樹立的銅柱已被摧毀，皇上驚惶失措迴避吐蕃的刀鋒。音訊不通我恨及喜鵲不來傳信，熊羆的吼叫為何這般怪異非常！現在的我也學當地風俗那樣生活，自耕自種，砍柴植樹，遂使閒暇少了，詩興也少了。遙想故鄉的山水，白閣峰、皇子陂迷失在終南山的雲靄裡。我不敢希望寫出美好的詩篇，只是愁苦襲來的時候，藉詩歌抒寫離別的憂傷。

【研　析】王嗣奭云：「此公一生精力，用之文章，始成一部杜詩，而此篇乃其自序也。《詩》三百篇各自有序，而此篇又一部杜詩之總序也。」（《杜臆》卷八）全詩將身世家國之慨歎與平生遭遇經歷以及自己的詩歌見解結合在一起，境界開闊，寄慨深沉，堪稱藝術奇葩。全詩四十四句，可分為兩部分。前二十句為前半部分，談詩學源流、創作經驗，歎詩之莫傳。後二十四句為後半部分，分敘流寓夔州情事、漂蕩之跡、漂蕩之故、客夔而思故鄉。

此詩前半以理論為綱，先論作詩原則，次述歷代詩歌源流，再由家傳詩法談到個人心得體會。「文章」二句，是杜甫文藝思想的肯定命題。概括作家對創作實踐的體會應包括得失兩方面。為什麼有的人傳千古，有的則湮滅無聞，此詩高懸出千古詩人創作甘苦的準則。王嗣奭曰：「起來二句，乃一部杜詩所從胎孕者。『文章千古事』，便須有千古識力為之骨；而『得失寸心知』，則寸心具有千古。此乃文章家祕密藏，而千古立言之標準。從此悟入，而後其言立，可與立德、立功稱三不朽，初無軒輊者也。」（《杜臆》卷八）實為篤評。歷代著名詩人以其作品風格特色樹立典範，莫不因千錘百鍊，始自鳴一家。前輩優良傳統，後賢既可繼承，又可據以創新，詩人總結為「作者」各有「殊列」，即獨到之處；歷代各有「清規」，即時代風貌。而「法自儒家有」以下，是承上文「得失寸心知」而言，概括論述他一生作詩得失之由。

「緣情慰漂蕩」以下為第二段，深慨理想與前途遭到衝擊與破滅。「緣情慰漂蕩」一語，為全篇綰結。昔日的雄心壯志，如今只留下自嘲的回憶。自己一生「緣情」作詩，卻不為朝廷所賞識，不過自作飄零的「慰藉」而已。不過回顧過去，倒可觸引滿腹牢愁。垂老日暮，飄流他鄉，「經濟」既「慚長策」，只求乞「一枝」以為「飛棲」之所。但詩人的精神境界，並未因此而有所改變。這就寫到了暫寓夔州時的生活。「塵沙」、「江峽」，皆眼前實景。「楚漢」則代指兵革擾攘。盜賊橫行，土風特異。當時蜀中先有崔旰之亂，吐蕃又在西陲侵擾。經年飄零，皆在驚濤駭浪中度過。日唯冀望弟妹音書，懷想故山白閣，皇陂秋水。但夢幻不過一時錯覺，不能安慰現實的困境，因之賦詩也不再講求工拙。結尾「不敢要佳句，愁來賦別離」二句，寄慨無窮。王嗣奭云：「漂蕩之中，安得復有佳句。」這雖得杜甫原意，而未識杜詩本質。杜甫一向認為，一代作家只有上繼風騷及歷代優良傳統，又具獨特藝術風格，才能成為一代「作者」。杜甫以「轉益多師」的創作原則，集前輩之所長，自創一家，這是他詩歌創作經驗的理論總結。文章雖具有千古價值，但自己的文章能否流傳千古，關鍵在於作家個人道德與藝術的修養，必須結合客觀條件，所謂「詩窮而後工」。可是，「緣情慰漂蕩」以下對當時社會環境表示憤慨，倒具有充分論據。他揭露政治敗壞，干擾了他的寧靜構思，使他不能專心創作。歎流浪生涯，怨戰亂干擾，表示作詩不再追求「佳句」，只「賦別離」，這當然不是他的本意，而是憤激之辭。

閣夜

【題解】大曆元年（西元七六六年）冬，寓居夔州西閣時作。西閣，故址在今重慶奉節白帝山上。大曆元年秋，杜甫移寓於此。詩寫閣夜所見所聞景象，悲壯動人。

歲暮陰陽❶催短景❷，天涯❸霜雪霽❹寒宵。五更鼓角❺聲悲壯，三峽❻星河❼影動搖。野哭幾家❽聞戰伐❾，夷歌❿數處⓫起漁樵⓬。臥龍躍馬終黃土⓭，人事⓮音書⓯漫⓰寂寥⓱。

【注釋】❶陰陽　猶日月。❷短景　冬天日短，故云「短景」。景，同「影」。❸天涯　天邊，此指夔州。❹霽　天晴，此指雪光明朗。❺五更鼓角　天將啟曉。鼓角，更鼓和號角。《通典》卷一四九《兵二》：「軍城及野營行軍在外，日出日沒時撾鼓三通。三百三十三槌為一通，鼓音止，角聲動，吹十二聲為一疊，角音止，鼓音動，如此三角三鼓，而昏明畢之。」❻三峽　指瞿塘峽、巫峽、西陵峽。西閣臨瞿塘峽西口。❼星河　星辰和銀河。❽幾家　一作「千家」。❾戰伐　當指去年閏十月以來的崔旰之亂。❿夷歌　指當地少數民族的歌曲。⓫數處　一作「幾處」，一作「是處」。⓬起漁樵　出於漁人樵夫之口。⓭臥龍句　指諸葛亮和公孫述都死而同歸黃土。臥龍，諸葛亮。《三國志・蜀書・諸葛亮傳》載徐庶謂劉備曰：「諸葛孔明者，臥龍也。」躍馬，指公孫述。述曾據蜀稱白帝，反叛東漢。左思〈蜀都賦〉：「公孫躍馬而稱帝。」二人在夔州都有祠廟，夔州有白帝城，故聯想及之。⓮人事　指交遊。時杜甫好友鄭虔、蘇源明、李白、嚴武、高適都已死去。⓯音書　指親朋間的音信。⓰漫　漫然，有隨他去，不管他之意。⓱寂寥　孤獨寂寞。

【語譯】年終歲末的日月交替催短了白晝的光陰。夔州的霜雪映亮了寒夜，更讓人覺得清冷。五更天的更鼓和號角聲愈發悲壯，三峽中星辰與銀河的倒影動蕩飄搖。我從曠野傳來的痛哭聲中聽到了戰伐之音，偶爾也聽到漁人樵夫口中的幾聲夷歌。賢能的諸葛亮和叛臣公孫述都已死而同歸黃土，我且任他交遊寥落，音信無著，獨自寂寞終老！

【研析】這首詩是杜詩名篇，胡應麟論「老杜七言律全篇可法者」，即舉此篇與〈登高〉、〈登樓〉、〈秋興八首〉等詩為例，認為「氣象雄蓋宇宙，法律細入毫芒，自是千秋鼻祖」（《詩藪・內編》卷五）。首聯起勢警拔，在寫出由暮至曉時間推移的同時，也刻劃出一幅歲暮天寒、霜雪清明的山城夜景圖，營造出奇峭淒冷的氛圍，表達了詩人久客異鄉，衰年難歸的沉鬱心情。頷聯尤為壯闊，是歷來傳誦的寫景名句。在萬籟俱寂，寒意侵骨的嚴冬清曉，忽然傳來鼓角之聲，越發顯得淒厲響亮；在三峽的峭壁之間，星河倒映在奔騰的江水中，光影動蕩不定，驚人心魄。兩句氣勢恢廓，音調鏗鏘，辭采偉麗，而詩人的亂世情懷也分明滲透在對景物的描寫之中，王嗣奭即云：「人心不歡，而鼓角聲悲也；人心不寧，而星河影搖也。」（《杜臆》卷八）杜甫善以壯景寫哀，此詩即為顯例，此聯更是代表。頸聯由鼓角寫到野哭、夷歌，進一步渲染出戰亂不斷，羈留天涯的哀痛心情。杜甫寫作此詩之時雖然安史之亂已經平息，但國勢衰弱，外敵屢侵，內戰不止，尤其是永泰元年爆發的崔旰之亂更是直接影響到詩人當時的生活。五句所言野哭聲中聞戰伐之音，正反映出幾經戰爭洗劫後，村落荒涼不堪，百姓死傷無數的淒慘景象。六句漁樵夷歌，與〈詠懷古跡五首〉其一「五溪衣服共雲山」同意，寫己漂泊流離、華夷共處的孤苦處境。末兩句觸物起興，既然忠逆皆歸黃土，何必再為自己之老大無成、友朋凋零、孤獨寂寞而悲慨。兩句貌似自我解脫，實則以憤激之詞抒發難以排遣的淒惻之情。全詩由陰陽代謝而感世變無常，人事寂寥，獨身飄零。意中言外，愴然有無窮之思。起承轉接，猶如神龍掉尾，渾化無跡。

縛雞行

【題解】大曆元年（西元七六六年）冬在夔州西閣作。詩通過日常小事，表現了詩人惜微全物的仁者情懷和對亂世紛爭的深沉思考。

小奴縛雞向市賣，雞被縛急相喧爭。家中厭❶雞食蟲蟻，不知雞賣還遭烹。

蟲雞於人何厚薄❷？吾叱❸奴人解其縛。雞蟲得失無了時，注目寒江倚山閣。

【注 釋】❶厭 厭惡；討厭。❷何厚薄 蟲、雞於人並無厚薄之分，而人又何必厚此薄彼呢？《莊子・列禦寇》：「在上為烏鳶食，在下為螻蟻食，奪彼與此，何其偏也！」杜意本此。❸叱 喝令。

【語 譯】童僕捆住了雞到市場上去賣，被捆的雞著急地喧叫掙扎。家裡人嫌厭雞吃光了蟲蟻，卻不知道雞被賣後就要遭到烹煮。蟲、雞於人並無厚薄之分，人為什麼又要因蟲而害雞？我喝令僕人解開捆雞的繩索，把雞放掉。得雞失蟲，還是得蟲失雞，這樣的爭論沒有完結的時候，我只有身倚山閣，無言注視著閣下的寒江。

【研 析】仇兆鰲謂此詩曰：「首二敘題。三四，縛雞之故，惡之也。五六，釋雞之縛，憫之也。末以設難作結，愛物而幾於齊物矣。」（《杜詩詳注》卷一八）一隻被捆縛到市集上販賣而痛苦掙扎的雞，讓詩人大起同情之心，問及賣雞原因，卻是嫌厭雞吃蟲蟻。詩人不喜人們待蟲雞分厚薄的態度，又可憐雞將被烹殺的命運，故命人放走雞，轉而卻因雞將食蟲蟻，彼此得失難計，陷入躊躇境地。詩人固從此「雞蟲得失」的小事上體現出「愛物而幾於齊物」的思想，但其思想的深度廣度遠不止此。在哲學層面上，這不僅只是儒家仁愛和道家齊物思想的反映，更是晚年頗讀佛典的杜甫對佛教慈悲不殺觀念的一種體悟。而在現實層面上，則表現出一貫憂國憂民的詩人對亂世是非的深刻思考。謝師厚從儒家治世的角度評此詩曰：「天下利害，當權輕重。除寇則勞民，愛民則養寇。與其養寇，孰若勞民。與其惜蟲，孰若存雞。此論聖人不易，天下亦無難處之事，始知浮屠法不可治世。」（《杜詩詳注》卷一八引）在「三吏」、「三別」等杜詩中，對「勞民」與「除寇」的矛盾就有反映，但杜甫的態度並不像謝師厚說的那麼簡單，對無辜百姓的同情，對昏庸統治者的譴責一直是杜詩的主要內容之一。而至晚年，他的思考更為深廣，對這件「雞蟲得失」的日常小事的聯想也十分複雜深遠。王嗣奭曰：「雞得則蟲失，蟲得則雞失，世間類者甚多，故云『無了時』。計無所出，只得『注目寒江倚山閣』而已。寫出一時情景如畫，信是詩家妙手。」（《杜臆》卷八）所解較謝師厚更為恰切，然而與其說詩人是「計無所出」，不如說是「大辯不言」（《莊子・齊物論》）。浦起龍又云：「結語更超曠。蓋物自不齊，功無兼濟，但所存無間，便大造同流，其得其失，本來無了。『注江倚閣』，海闊天空，惟公天機高妙，領會及此。解者謂公於兩物，計無所出，一何黏滯耶！」（《讀杜心解》卷二之三）的確，如此高深的論題，既難以盡言，便無須再辯，所以只有倚閣望江的形象描寫方能收結這首小中寓大，語淺意深的詩。故宋洪邁云：「此詩自是一段好議論，至結句之妙，非他人所能企及也。」他又舉其友李德遠的〈東西船行〉詩為例，相對而行的船隻，或樂於順風，或苦於逆風，然風向一變，苦樂即變，詩末句云：「我但行藏任天理。」洪邁評曰：「只恐『行藏任理』與『注目寒江』之句，似不可同日而語。」（《容齋三筆》卷五）杜詩這種議論化、散文化的特點，對宋詩產生了很大的影響，但其絕妙之處，卻往往為宋人所難及。

折檻行

【題解】 大曆元年（西元七六六年），杜甫在夔州聞魚朝恩在朝恣橫，且判國子監事，而集賢待制諸臣鉗口不言，回憶如漢朝折檻朱雲之直臣難見，遂感而作此詩以譏之。折檻，《漢書・朱雲傳》載：漢成帝時，朱雲請誅安昌侯張禹，成帝怒，欲斬朱雲。朱雲手攀殿檻，檻折。左將軍辛慶忌冒死救之，得免死。後成帝知其忠心，修檻時，成帝命曰：「勿易！因而輯之，以旌直臣。」

嗚呼房魏❶不復見，秦王學士❷時難羨❸。青衿胄子❹困泥塗❺，白馬將軍❻若雷電❼。千載少似朱雲人，至今折檻空嶙峋❽。婁公❾不語宋公❿語，尚憶先皇容直臣。

【注釋】 ❶房魏　房玄齡、魏徵。❷秦王學士　唐太宗為秦王時，以杜如晦、房玄齡、于志寧、蘇世長、薛收（收卒，補劉孝孫）、褚亮、姚思廉、陸德明、孔穎達、李玄道、李守素、虞世南、蔡允恭、顏相時、許敬宗、薛元敬、蓋文達、蘇勖等為十八學士。❸時難羨　永泰元年（西元七六五年），代宗命左僕射裴冕、右僕射郭英乂等文武之臣十三人於集賢殿待制。獨孤及上疏，以為「雖容其直而不錄其言」，是「有容下之名，無聽諫之實」，故云。❹青衿冑子　泛指文士。青衿，學士所服。冑子，士冑之家的子弟。❺困泥塗　形容不被重用。❻白馬將軍　指武將。❼若雷電　與前「困泥塗」對比，見出武將們的赫赫威勢。❽千載二句　慨歎當朝無朱雲那樣的直臣，折檻之壯舉至今已經杳不可見。嶙峋，高貌。❾婁公　婁師德，是武則天朝的宰相，以謹厚著稱。❿宋公　宋璟，是唐玄宗開元時的宰相，以忠讜著稱。

【語　譯】讓人慨歎啊！太宗時代房玄齡、魏徵那樣的忠貞直諫之臣現在看不到了，像秦王十八學士那樣的臣子當朝雖然也有，卻不能讓他們發揮作用，只有徒然欽羨昔日的盛況。青衣的文士困於泥塗，不被重用，白馬上的武將們卻勢如雷電，聲威赫赫。像漢朱雲一樣的直臣千載少見，今日那被折斷的殿檻徒然高聳，進諫的壯舉卻是杳不可聞。朝臣們都仿傚武后朝宰相婁師德的鉗口不語，而不學開元宰相宋璟的剛直敢言。這讓我不由懷念起玄宗皇帝容納直臣的情景。

【研　析】這是一首針砭時弊的詩。詩以回憶國初忠貞直諫之臣、儒學賢能之士滿朝的盛況發端，對今不如昔的朝政發出深深喟歎。太宗皇帝從諫如流，尊重文士，因此朝中才能有房玄齡、魏徵這樣名臣。他對招攬的十八學士，不但食宿待遇甚為豐厚，而且命閻立本為之畫像，褚遂良為之贊，一時天下嚮慕，謂之「登瀛洲」。代宗朝雖也設十三集賢待制，以備顧問，卻是徒有虛名，位卑言輕。這種局面正是由三四句指出的排斥文士，重用武將的現實形勢使然。更為嚴重的是中人與武將相互勾結，史載大曆元年八月，宦官魚朝恩率六軍諸將往國子監聽講，子弟皆服朱紫為諸生，遂以魚朝恩判國子監事。朝政混亂一至於斯，而集賢諸臣卻如武則天時的婁師德，一味鉗口不言，詩人不由慨歎如先朝之折檻直臣固是久已不見，如先皇之忠讜宰相亦是今日難得。詩人既是以前賢為榜樣譴責當時朝臣的唯唯諾諾，更是以太宗和開元時的玄宗皇帝為感召，希望代宗能改換風氣，整頓朝綱。詩作充分表現了杜甫雖身在江湖但心存天下的耿耿心志。

立春

【題解】大曆二年（西元七六七年）立春日，在夔州所作。全詩通過今昔對比，抒發了節氣依舊而盛時難再的深沉感慨。立春，二十四節氣之一，在陽曆二月四日或五日。

春日春盤細生菜❶，忽憶兩京全盛時。盤出高門行白玉，菜傳纖手送青絲。
巫峽寒江那對眼，杜陵遠客不勝悲❷。此身未知歸定處❸，呼兒覓紙一題詩。

【注釋】❶春日句　唐代立春之日，食春餅生菜，號春盤，並相饋遺。❷巫峽二句　言巫峽寒江之時，那料其更對春盤，因動遠客之悲。那對眼，那堪對眼。杜陵遠客，杜甫自謂。❸此身句　指欲歸兩京，然世事不可逆料，又無能為力。歸定處，最終歸宿。

【語譯】立春之日，又吃起了春盤，那是春餅和切得細細的生菜。忽然想起西京長安和東京洛陽的全盛之日過立春的情景。高門大戶裡送出白玉一樣的春盤，纖纖素手傳遞著宛如青絲的生菜。如今在這巫峽寒江邊的夔州，實不堪再見春盤，讓我這遠離故鄉杜陵，客居異地的人悲不自勝。世事難料，我也不知道哪裡是最終的歸宿，只好叫孩子拿來紙筆，題詩一首以解愁悶。

【研析】節日是時光長河中絢麗的浪花，那些綰結著美食和喜慶活動的節日總會給人留下深刻的印象，愉快的回憶。一旦時過境遷，特別是對那些不幸經歷盛衰巨變的人來說，節日卻只能觸發無窮悲涼。南北宋之交的李清照，在其著名的〈永遇樂・元宵〉一詞的過片中寫道：「中州盛日，閨門多暇，記得偏重三五。鋪翠冠兒，撚金雪柳，簇帶爭濟楚。如今憔悴，風鬟霧鬢，怕見夜間出去。不如向簾兒底下，聽人笑語。」今昔悲喜之別，直讓人痛不可當，宋末劉辰翁即說：「誦李易安〈永遇樂〉，為之涕下。」（《須溪詞．永遇樂》題序）杜甫這首詩與李清照的詞可謂是異代同慨，也具有同樣的感染人心的魅力。一二句因立春食春盤生菜而憶起兩京全盛之時。三四句即述兩京盛時立春日的情形，以「青絲」美稱生菜，以「白玉」形容盤之精美，全是描摹昔時之盛。浦起龍曰：「只用盤菜形容，不須別作鋪張，而太平氣象如見。」（《讀杜心解》卷四之二）下四句言當此峽江避亂、衰年流離之際，如何禁得起再見春盤，憶及兩京盛日？何況此偏僻之地亦非歸定之處，其痛更待何如？只好賦詩強解。詩作既悲一身之漂泊，更悲兩京之蕭索，寫得神情流動，一往情深。

愁

【題解】大曆二年（西元七六七年）春在夔州作。題下原注：「強戲為吳體。」吳體，一般認為即拗體，此為七律拗體。前半敘夔州景物，觸愁之端；後半憶長安時事，致愁之故。

江草日日喚愁生❶，巫峽泠泠❷非世情❸。盤渦❹鷺浴底心性❺？獨樹花發自分明。十年❻戎馬❼暗❽萬國❾，異域❿賓客⓫老孤城⓬。渭水秦山⓭得見否？人⓮今罷病⓯虎縱橫⓰。

【注釋】❶江草句　春草日生，春色撩人，適足以引起旅人思歸愁緒，故曰「喚愁」。《楚辭．招隱士》：「王孫遊兮不歸，春草生兮萋萋。」❷泠泠　水流聲。❸非世情　不近人情。❹盤渦　漩渦。❺底心性　啥意思；何用意。底，何。❻十年　自安史之亂至今，凡十有二年。此乃舉成數言之。❼戎馬　喻戰亂。❽暗　指氛祲未消。❾萬國　猶全國。❿異域　猶異鄉。⓫賓客　杜甫自謂。⓬孤城　指夔州。⓭渭水秦山　代指長安。⓮人　杜甫自指。⓯罷病　言己衰病。罷，同「疲」。⓰虎

縱橫　比喻寇盜橫行。

【語　譯】那萋萋的春草每日都撩撥起我思鄉的愁緒，巫峽泠泠的流水聲也不近人情地侵擾著我。在漩渦中快樂沐浴的白鷺是何用意？綻放在獨樹上的鮮花又為什麼在那兒自炫明麗？十餘年來戰亂的陰影一直籠罩著全國，異鄉作客的我困於這座孤城日益衰老。不知道還能不能見到長安啊？如今我疲病不堪，天下又是寇盜橫行。

【研　析】杜甫晚年寓居夔州時期，是他詩歌創作的繁盛期，也是他詩歌藝術成就獲得大發展的時期，在這一時期，他創作了許多拗體七律，進一步推動了七律——這種在他手中才最終走向成熟的詩體的發展。同時詩歌的內容和形式也得到了更好的融合。杜甫多藉拗體來抒發自己的抑鬱不平之氣，這首題為「愁」的詩作，正是典型的代表。前二句言江草喚愁生，而江水不解情，畫出愁人煩亂之情狀。三四句更是因愁之切，癡情咎物，故作嗔怪之詞。謂鷺浴盤渦，自得其樂，獨樹開花，自炫豔麗，是何居心？乃不知人之愁耶！後四句，謂久經戰亂，寇盜橫行，自己漂泊異鄉，身老難歸，此真愁殺人也。王嗣奭曰：「此詩前四句是愁，後四句是所以愁。愁人心事，觸目可憎。」（《杜臆》卷七）「巫峽」句即「清渭無情極，愁時獨向東」（〈秦州雜詩二十首〉其二）意。戴叔倫〈湘南即事〉：「盧橘花開楓葉衰，出門何處望京師？沅湘日夜東流去，不為愁人住少時。」聯繫此詩末聯「渭水秦山得見否」，戴詩正可作杜詩注腳。末句即「不可久留豺虎亂，南方實有未招魂」（〈返照〉）意。

即　事

【題　解】大曆二年（西元七六七年）春作於夔州西閣。前面鋪寫夔州一帶的暮春景色，最後結出不能往赴瀟湘的惆悵情懷。

暮春三月❶巫峽長❷，皛皛❸行雲浮日光。雷聲忽送千峰雨，花氣渾如百和香❹。黃鶯過水翻迴去，燕子銜泥濕不妨❺。飛閣卷簾圖畫裡，虛無只少對瀟湘❻。

【注　釋】❶暮春三月　語出南朝梁丘遲〈與陳伯之書〉：「暮春三月，江南草長。雜花生樹，群鶯亂飛。」❷巫峽長　《水經注・江水》：「巴東三峽巫峽長，猿鳴三聲淚沾裳。」❸皛皛　潔白而明亮。❹百和香　漢武帝時月支國曾進貢百和香，是一種混和了各種香料而成的香。這裡形容山野間花氣的濃郁。❺黃鶯二句　寫鶯來燕往，是一幅萬物適意的圖畫。濕不妨，濕而不妨。❻飛閣二句　微露厭居夔州、思往瀟湘的情緒。飛閣，指夔州西閣。虛無，空曠平遠。

【語　譯】暮春三月，長長的巫峽上空飄蕩著潔白的雲彩，雲彩上面浮動著明亮的陽光。雷聲驟起，送來千峰春雨；花氣撲鼻，就像濃郁的百和香。黃鶯飛過水面，又翻身飛了回去。燕子忙著銜泥築巢，淋濕了羽毛也不在乎。在這凌空飛閣中捲簾遠望，覺得自己彷彿身處圖畫之中。只可惜我現在不是面對那空曠平遠的瀟湘大地。

【研　析】這首寫景詩活畫出一幅暮春山居圖，極為後人所稱賞。盧世㴶稱前二句「能寫化工之情狀精神，畫不出，想不到，詩至此，與天為徒矣。」（《杜詩詳注》卷一八引）尤其是「皛皛」一句，寫雷雨將作之時雲彩的樣子，細緻入微，真是到了體物寫真的極致。而中間二聯，描摹生動，寫景如畫，亦是十分動人。三四句著重從聽覺、嗅覺寫山城春雨，但千峰皆雨、花氣濃郁的描寫，也分明塑造出青峰林立、鮮花遍野的視覺形象。五六句以黃鶯與燕子點染畫面，動感十足，又有勝於靜態圖畫之佳處。七句以「飛閣卷簾」點明自己賞景的角度，作詩的地點，以「圖畫裡」盛讚眼前美景。末句轉露不得出峽的苦悶心情，可見老杜思歸故里，眷戀故國之夙志難為美景消融。

洞房

【題解】由〈洞房〉至〈提封〉八詩，實為一組詩，前人推崇備至，雖不盡然，但從中可觀有唐盛衰之跡與杜甫晚年旅居夔州的心態，故全選錄。八詩均作於大曆二年（西元七六七年）秋，皆撮首二字為篇名，俱追憶開元、天寶時事，思往戒今，俯仰盛衰，語兼諷刺，渾然不露，可稱佳作。〈洞房〉為組詩開篇，寫詩人秋夜見月感興，又將長安與夔州秋夜之景虛擬對比，抒發故國舊君之思。

洞房環珮冷，玉殿起秋風❶。秦地❷應新月，龍池❸滿舊宮❹。繫舟今夜遠，
清漏❺往時同。萬里黃山❻北，園陵❼白露中。

【注釋】❶洞房二句　洞房、玉殿，皆指長安宮殿。❷秦地　指長安。❸龍池　在長安興慶宮內。❹舊宮　即指興慶宮，乃玄宗發祥之地。❺漏　即漏壺，又名漏刻，是古代的一種計時儀器，內貯清水，滴水計時。❻黃山　即黃山宮。《三輔黃圖》卷三：「黃山宮，在興平縣（即今陝西興平）西三十里。武帝微行，西至黃山宮，即此也。」❼園陵　漢武帝茂陵，正在黃山宮之北。此借茂陵以喻玄宗泰陵。

【語譯】戰亂後，長安的宮殿裡應是環珮冷寂，秋風淒淒。此時秦地的夜空中應該是掛著一彎新月，滿盈著秋水的龍池卻還在舊日的興慶宮中。今夜我繫舟於遙遠的夔州，耳中的清漏之聲依然和我昔日在長安聽到的相同。萬里外的黃山宮北是漢武帝的茂陵，此刻玄宗的泰陵也同它一樣為清冷的白露覆蓋。

【研析】這首詩通篇皆是淒涼傷懷之意。具體說來，一二正面說淒涼，曰「冷」，曰「秋風」，正見蕭條淒涼之狀。三四側面說淒涼，言秦月雖新，宮池則舊，以寓物是人非之感。五六自傷己在峽中，漂泊夔州，孤舟

一繫，回首長安，渺不可即，故曰「今夜遠」。清漏同與往時，而時事不同，感慨深焉。「繫舟」兩字，更括盡萬里孤臣心事。七八點出園陵，園陵白露，情致黯然，令人愴然泣下。末又喚醒洞房，通首靈動。汪瑗曰：「此詩蓋因月夜泛舟，因思長安而懷帝闕，以寓己流落之感耳。然洞房、玉殿、秦地、舊宮、黃山、園陵，字樣太多，本非佳句，但參錯開闔，斡旋成章，悲慨之意，藹然言外，亦不失為作者。」（《杜律五言補注》卷三）

宿昔

【題解】大曆二年（西元七六七年）秋在夔州作。此首追憶昔日玄宗生前逸豫之事，語含諷刺。

宿昔❶青門❷裡，蓬萊仗數移❸。花嬌迎雜樹，龍喜出平池❹。落日留王母❺，
微風倚少兒❻。宮中行樂祕，少有外人知。

【注釋】❶宿昔　往日。❷青門　即長安城東出南頭第一門霸城門。❸蓬萊句　蓬萊，即蓬萊宮。原名大明宮，龍朔二年，高宗改為蓬萊宮。蓬萊宮為東內，玄宗所居興慶宮為南內。《新唐書・地理志一》：「自東內達南內，有夾城複道，經通化門達南內，人主往來兩宮，人莫知之。」故下云「少有外人知」。仗，指天子儀仗。❹花嬌二句　言花嬌而迎仙仗於雜樹，龍喜仙仗之至而躍起平池。極寫玄宗遊樂之盛況。花嬌，樂史〈李翰林別集序〉：「開元中，禁中初重木芍藥，即今牡丹也。得四本紅、紫、淺紅、通白者，上因移植於興慶池東沉香亭前。會花繁開，上乘照夜白，太真妃以步輦從，詔選梨園弟子中尤者得樂一十六色。上曰：『賞名花，對妃子，焉用舊樂焉！』」龍喜，李德裕《次柳氏舊聞》：「天寶中，興慶池小龍常出游宮垣南溝中，蜿蜒奇狀，靡不瞻睹。」平池，即上首「龍池」。❺落日句　傳說漢武帝曾殷勤留西王母宴樂，見《漢武帝內傳》。此以王母比楊貴妃。❻少兒　漢武帝皇后衛子夫之姊衛少兒，嘗與霍仲孺私通，生霍去病。此以少兒比貴妃堂姊秦國、虢國

夫人，時皆從遊興慶宮，日晚常留宿於此。

【語譯】往日在京城長安的青門裡，玄宗皇帝沿著夾城複道往來於南內興慶宮和東內蓬萊宮，儀仗亦隨之屢移。宮中的嬌花雜樹，都曾頻頻迎接過遊樂的天子，興慶池中的小龍也因繁華儀仗的到來而欣喜地躍出平池。日暮時皇帝與楊貴妃歌舞歡宴，微風中又和秦虢諸姨偎依嬉鬧。宮中恣意行樂，卻祕不外宣，外面很少有人知道。

【研析】詩承上首末句玄宗陵寢之言，追敘其生前遊樂盛況。前四句寫遊幸。先言複道遮蔽，皇帝出遊隨意自在，不受干擾，「仗數移」正見遊幸之頻繁；次言花樹相迎，池龍喜躍，極寫遊幸場面之熱鬧非凡。後四句寫女寵。先以漢之故典言貴妃專寵，秦虢得幸諸事，隱寓玄宗的荒淫。末謂宮中行樂祕事，外人少知。「祕」字含諷，意即宮中醜事有不可聞於外者，而作者不忍顯斥，只於字裡行間，暗寄諷意。故黃生曰：「此首略見諷刺，然其辭微而婉。」（《杜詩說》卷七）

能畫

【題解】大曆二年（西元七六七年）秋在夔州作。此詩通過對畫畫、投壺、角抵戲等表面昇平景象的描寫，委婉地諷刺唐朝統治者玩物喪志，失政致亂。

能畫毛延壽，投壺郭舍人❶。每蒙天一笑❷，復似物皆春。政化❸平如水，皇
明斷若神❹。時時用抵戲❺，亦未雜風塵❻。

【注釋】❶能畫二句　玄宗時，畫工如馮紹正之流，侏儒如黃𦙫（玄宗呼為「肉兒」）之流，皆得寵倖，故以漢毛延壽、

郭舍人比之。毛延壽，《西京雜記》卷二：「元帝後宮既多，不得常見，乃使畫工圖形，案圖召幸之。」「畫工有杜陵毛延壽，為人形，醜好老少，必得其真。」故曰「能畫」。投壺，古時一種遊戲。《西京雜記》卷五：「武帝時，郭舍人善投壺。……每為武帝投壺，輒賜金帛。」❷天一笑　《神異經・東荒經》：「(東王公)恆與一玉女投壺，每投千二百矯……矯出而脫誤不接者，天為之笑。」故李商隱〈祭全義縣伏波神文〉云：「何煩玉女之投壺，方聞天笑。」此以「大」指玄宗天顏。❸政化　政事與教化。❹皇明句　天子信賞必罰，明斷如神。皇明，天子之明德。《文選》所收班固〈西都賦〉：「天人合應，以發皇明。」劉良注：「皇，大也。此則天意人事合應，以發我皇大明之德。」❺抵戲　即角抵戲，亦作「角觝」。《漢書・武帝紀》：「(元封)三年春，作角抵戲。」此泛指各種樂舞雜技，意同百戲。❻風塵　指安史之亂。

【語　譯】漢朝時，毛延壽擅長作畫，郭舍人善於投壺。玄宗的宮廷裡也有很多這樣的人，郭舍人般的投壺之技每次都能博得天顏一笑，堪比毛延壽的畫工能以丹青令萬物皆春。假如能使政治清平如水，天子明斷如神，即使宮中時時上演角抵戲之類的樂舞雜技，也不會導致安史叛亂那風塵驟起的局面。

【研　析】這首詩以風人溫厚之筆記玄宗時樂舞雜技之樂，雖快意目前，但因政化威斷不如當年，故終不免風塵澒洞，遂成安史之亂。前四句以漢喻唐，用典貼切。郭舍人投壺之技，足動天顏；毛延壽善畫之能，能令物色生春。見俳優賤人承恩，驕逸遂生。後四句謂果能政化如水，皇明若神，雖時用抵戲，亦無妨治亂。治亂得失，要在任用得人與否，可惜玄宗未能明此道理。託諷委婉，深得《三百篇》之遺意。浦起龍曰：「上四，一氣讀下，見褻恩濫賞之失。下四，又遮護之，言當日久享清晏，政非阻化也，皇非不明也，而時時進用雜技，亦未值非意之警，乃昇平遊戲之常耳。特為曲諒之詞，語氣含蓄，意味深長。」(《讀杜心解》卷三之五)

鬪雞

【題　解】大曆二年(西元七六七年)秋在夔州作。鬪雞、舞馬，是玩物喪志的表現，作者回憶當年唐玄宗樂此不疲終遭禍亂，深寄痛定思痛之慨。

鬭雞初賜錦❶，舞馬既登牀❷。簾下宮人出，樓前御柳長❸。仙遊❹終一閟❺，女樂久無香。寂寞驪山道❻，清秋草木黃。

【注釋】❶鬭雞句　陳鴻〈東城老父傳〉云：玄宗以乙酉年生而喜鬭雞，「在藩邸時，樂民間清明節鬭雞戲。及即位，治雞坊於兩宮間，索長安雄雞，金毫、鐵距、高冠、昂尾千數，養於雞坊，選六軍小兒五百人，使馴擾教飼。上之好之，民風尤甚。」「帝出遊，見（賈）昌弄木雞於雲龍門道旁」，召入，為五百小兒長，「天子甚愛幸之，金帛之賜，日至其家」，「當時天下號為『神雞童』。」賜錦指此。❷舞馬句　《明皇雜錄・補遺》：「玄宗嘗命教舞馬四百蹄各為左右，分為部目，為某家寵、某家驕。時塞外亦有善馬來貢者，上俾之教習，無不曲盡其妙。因命衣以文繡，絡以金銀，飾其鬃鬣，間雜珠玉。其曲謂之〈傾杯樂〉者數十回，奮首鼓尾，縱橫應節。又施三層板牀，乘馬而上，旋轉如飛。或命壯士舉一榻，馬舞於榻上，樂工數人立左右前後，皆衣淡黃衫、文玉帶，必求少年而姿貌美秀者。每千秋節，命舞於勤政樓下。」❸簾下二句　《明皇雜錄》卷下：「每賜宴設酺會，則上御勤政樓。……府縣教坊大陳山車旱船、尋橦走索、丸劍角抵、戲馬鬭雞。又令宮女數百，飾以珠翠，衣以錦繡，自帷中出，擊雷鼓為〈破陣樂〉、〈太平樂〉、〈上元樂〉。又引大象、犀牛入場，或拜舞，動中音律。每正月望夜，又御勤政樓，觀作樂。貴臣戚里官設看樓，夜闌，既遣宮女於樓前歌舞以娛之。」崔令欽《教坊記》亦云：「樓下戲出隊，宜春院人少，即以雲韶添之。雲韶謂之『宮人』，蓋賤隸也。」「舞人初出樂次，皆是縵衣，舞之第二疊，相聚場中，即於眾中從領上抽去籠衫，各內懷中。觀者忽見眾女咸文繡炳煥，莫不驚異。」二句即指此番景象。樓前，即勤政樓前。御柳，白居易〈勤政樓西老柳〉詩：「半朽臨風樹，多情立馬人。開元一株柳，長慶二年春。」觀此，知杜詩皆為實錄。❹仙遊　即指上述宴樂遊戲。❺閟　閉，止息。❻寂寞句　驪山，為玄宗、貴妃遊樂之地。洪邁《容齋三筆》卷六：「先忠宣公在北方，得唐人畫〈驪山宮殿圖〉一軸，華清宮居山巔，殿外垂簾，宮人無數，穴簾隙而窺。一時伶官戲劇品類雜沓，皆列於下。杜一詩（即指此詩）真所謂親見之也。」時玄宗、貴妃已死，驪山勝景難再，故曰「寂寞」。

【語譯】當年玄宗皇帝喜歡鬬雞，經常賞賜掌管雞坊的「神雞童」賈昌金銀綢緞。他也喜歡舞馬表演，常令裝飾華美的馬登上板牀，隨著音樂起舞。每次宴飲都要上勤政樓觀看各種表演，那些錦衣宮女從簾幕下走出，擊鼓作樂，震動得樓前柳樹也搖蕩起長長的柳絲。玄宗皇帝死後，宴樂遊戲都停止了，女樂身上散發的脂粉香氣也長久地消逝了。驪山的道路因為不再有玄宗皇帝、貴妃遊玩的車駕而倍顯寂寞，清秋時節只有枯黃的草木遍布其上。

【研析】此詩感慨興衰治亂，前半通過描寫鬬雞舞馬、宴飲歌舞之樂以概言盛世承平景象；後半寫仙遊女樂皆止，玄宗貴妃俱死，以見亂後荒涼。詩中寄寓著詩人彌足遙深的興亡之感。浦起龍曰：「此首前後轉關處，述明皇兩頭事。中間播遷一段，泯然隱起，俟後兩篇敘出。但將上下半篇一翻轉看，盛衰存沒之間，滿目淚痕矣。驪山，華清宮在焉，尤臨幸繁華處，故末用為慨。」（《讀杜心解》卷三之五）

歷歷

【題解】大曆二年（西元七六七年）秋在夔州作。前四句追述開元、天寶往事，後四句自歎羈旅衰病。

歷歷❶開元事❷，分明在眼前。無端❸盜賊起❹，忽已❺歲時遷❻。巫峽西江❼外，秦城❽北斗❾邊。為郎從白首❿，臥病數秋天⓫。

【注釋】❶歷歷　眾多而分明可數。❷開元事　指開元太平盛世。❸無端　無緣無故。此是反語。❹盜賊起　指安史之亂。❺忽已　猶言轉眼之間。❻歲時遷　從天寶十四載（西元七五五年）安史之亂爆發。迄今凡十餘年，故曰。❼西江　指長江。❽秦城　指長安。❾北斗　長安又謂北斗城。❿為郎句　廣德二年（西元七六四年）六月，嚴武薦杜甫為節度參謀、檢校工部員外郎。時甫已五十三歲，故曰「白首」。從，聽任，有不甘意。⓫數秋天　謂屢經秋日。

【語　譯】眾多開元太平盛世的景象，都清楚地呈現在我的眼前。誰料到無緣無故地就會發生叛亂，而轉眼之間，就已經過了十餘年。我在遙遠的長江巫峽之外，長安城卻在北斗之邊。年已白首方為郎官，我只能聽之任之。如今臥病江城也已經過了好幾個秋天。

【研　析】這首詩是八首詩的一個過渡，仇兆鰲曰：「此章承前起後。前三章說承平之世，故以『開元事』括之。後三章說亂離以後，故以『盜賊起』包之。上四乃追述往事，下則自歎夔江衰老也。」（《杜詩詳注》卷一七）趙星海評曰：「公親見開元極盛，未幾身遭天寶，以致風塵轉徙，流離羈孤，直至今日，亂離猶然靡定，故敘及此，不禁大呼開元，而以『無端』句，跌落盜賊，『欻已』句，轉到歲時，又用巫峽、西江、秦城、北斗、白首、秋天，許多悲涼字句，頓轉折落，直到己身，痛將十數年之感憤，一總抒寫，激昂流涕，重為告誡。然不忍顯斥其失，故特用數虛字，頓宕點悟，其忠告婉諷，尤是老臣用心獨苦處。」（《杜解傳薪摘抄‧五律》）的確，前四句中「歷歷」、「分明」、「無端」、「忽已」，幾個虛詞的運用，頗具微言大義的春秋筆法。

洛　陽

【題　解】大曆二年（西元七六七年）秋在夔州作。詩寫唐玄宗在安史之亂中奔蜀還京經過。

洛陽昔陷沒❶，胡馬❷犯潼關❸。天子❹初愁思❺，都人慘別顏❻。清笳❼去宮闕❽，翠蓋❾出關山❿。故老⓫仍流涕，龍髯幸再攀⓬。

【注　釋】❶洛陽句　指天寶十四載（西元七五五年）十二月，安史叛軍攻陷東都洛陽。❷胡馬　指安史叛軍。❸犯潼關指次年六月七日，靈寶敗績，叛軍入潼關。❹天子　指玄宗。❺初愁思　指潼關破，玄宗倉皇奔蜀。「初」字含諷。❻都人句　李德裕《次柳氏舊聞》：「時天下無事，號太平者垂五十年。及羯胡犯闕，乘傳遽以告，上欲遷幸，復登（花萼相輝）樓置酒，四顧悽愴。」「上將去，復留眷眷，因使視樓下有工歌而善〈水調〉者乎？一少年心悟上意，自言頗工歌，亦善〈水調〉。使之登樓且歌，……上聞之，潸然出涕。」又：「玄宗西幸，車駕自延英門出，楊國忠請由左藏庫而去，上從之。望見千餘人持火炬以俟，上駐蹕曰：『何用此為？』國忠對曰：『請焚庫積，無為盜守。』上斂容曰：『盜至若不得此，當厚斂於民，不如與之，無重困吾赤子也。』命撤火炬而後行。聞者皆感激流涕。迭相謂曰：『吾君愛人如此，福未艾也。雖太王去豳，何以過此乎？』」所謂「都人慘別顏」也。❼清笳　淒清的胡笳聲。❽去宮闕　指叛軍退出長安。至德二載（西元七五七年）九月，郭子儀收復長安，賊眾夜遁。❾翠蓋　翠羽裝飾之華蓋。此指天子儀仗。❿出關山　指至德二載十月，肅宗入長安，後玄宗離蜀還京。⓫故老　長安父老。⓬龍髯句　《史記・封禪書》：「黃帝采首山銅，鑄鼎於荊山下。鼎既成，有龍垂胡髯下迎黃帝。黃帝上騎，群臣後宮從上者七十餘人，龍乃上去。餘小臣不得上，乃悉持龍髯，龍髯拔，墮，墮黃帝之弓。百姓仰望黃帝既上天，乃抱其弓與胡髯號，故後世因名其處曰鼎湖，其弓曰烏號。」這裡是說長安百姓幸喜能重見玄、肅二帝。《舊唐書・玄宗紀》載：至德二載十二月，玄宗由蜀回，「至京師，文武百僚、京城士庶夾道歡呼，靡不流涕。」《資治通鑑》唐肅宗至德二載：玄宗返京，「父老在仗外，歡呼且拜。上（指肅宗）令開仗，縱千餘人入謁上皇，曰：『臣等今日復睹二聖相見，死無恨矣！』」

【語　譯】昔日洛陽陷落後，次年安史叛軍就攻入潼關。此時玄宗方有愁思，倉促之間決定幸蜀，與長安百姓淒然作別。長安收復後，宮闕間再也聽不到叛軍的胡笳聲。肅宗和玄宗相繼返京，天子的儀仗走出重重關山。相迎的長安父老仍是淚流滿面，為能再見到二聖龍顏而欣幸不已。

【研　析】仇兆鰲評此詩曰：「此敘出狩還宮之事，首尾詳明，真可謂詩史矣。」（《杜詩詳注》卷一七）前二句徑言安史亂起，叛軍攻勢凌厲，由洛陽而潼關，直逼京城。三四句敘寫玄宗被迫逃離長安，倉皇幸蜀事，筆含褒貶。「初愁思」，言其向不知愁，三字寫盡太平天子之荒唐；「慘別顏」，言其尚懷仁心，又深寄同情之意。五六句對仗工整，語詞清麗，將叛軍退出長安，玄宗離蜀返京事寫得詩味盎然。末兩句描寫長安百姓喜見玄宗回京的情形。「仍流涕」與上之「慘別顏」照應，並與末句之「幸再攀」共同寫出故老之忠君深情，亂世感懷。此詩每一句都是就具體史實而言，然敘述流利，煉字精當，修辭、典故的運用得心應手，故其堪稱「史」，然更是「詩」。

驪山

【題解】大曆二年（西元七六七年）秋在夔州作。此詩痛悼玄宗之死，而有撫今追昔之感。

驪山❶絕望幸，花萼❷罷登臨。地下無朝燭❸，人間有賜金❹。鼎湖龍去遠，銀海雁飛深❺。萬歲蓬萊❻日，長懸舊羽林❼。

【注釋】❶驪山　在今陝西西安臨潼區南，為玄宗行宮。《唐會要·華清宮》：「開元十一年十月五日，置溫泉宮於驪山。至天寶六載十月三日，改溫泉宮為華清宮。」玄宗寵幸楊貴妃，每歲十月，必至華清宮避寒。❷花萼　即花萼相輝樓。李德裕《次柳氏舊聞》：「興慶宮，上（玄宗）潛龍之地，聖曆初五王宅也。上性友愛，及即位，立樓於宮之西南垣，署曰『花萼相輝』。退朝，亟與諸王遊，或置酒為樂。」❸地下句　朝燭，玄宗早朝，則秉燭而受朝。今已死歸地下，故曰「無朝燭」。❹人間句　玄宗雖歿，但當日頒賜臣下之金尚留人間，可謂遺澤尚存。❺鼎湖二句　言玄宗駕崩。鼎湖，見前〈洛陽〉詩注⓬。銀海，《漢書·劉向傳》：「秦始皇帝葬於驪山之阿，下錮三泉，上崇山墳，其高五十餘丈，周回五里有餘，石槨為游館，人膏為燈燭，水銀為江海，黃金為鳧雁。」何遜〈行經孫氏陵〉：「銀海終無浪，金鳧會不飛。」❻蓬萊　唐宮名，見前〈宿昔〉詩注❸。❼羽林　指皇帝宿衛部隊，即萬騎軍，後改為龍武軍，玄宗葬後，用為護陵軍。

【語　譯】昔年先皇每歲冬日都要臨幸驪山華清宮，退朝後經常和兄弟諸王登上興慶宮的花萼相輝樓飲酒遊玩，如今這一切都停止了。死歸地下的玄宗皇帝已不能享用早朝的蠟燭，他生前頒於臣下的賜金卻還留存在人間。他像黃帝一樣隨著鼎湖的龍昇天遠去，深深的墓穴中徒留下在水銀的江海中展翅欲飛的黃金鳧雁。那蓬萊宮上萬年常昇的太陽，永遠照耀著護衛園陵的舊日的羽林軍。

【研析】此詩重傷泰陵（玄宗陵墓），意緒則與首章〈洞房〉末句「園陵白露中」所抒淒涼情感一脈相承，而深沉過之。玄宗生前多次遊幸驪山、登臨花萼、秉燭受朝、賜金臣下，而今已逝，萬事皆罷，唯有賜金尚留人間。陵寢內再無朝燭，而有銀海飛雁。還有萬年不變的蓬萊日色，長照陵旁舊日羽林。詩中交織著昇遐之感和陵寢之悲。趙星海曰：「首尾兩聯，拈驪山、蓬萊為言，雖屬本首起訖，而曰『絕望幸』，曰『罷登臨』，曰『萬歲』，曰『長懸』，前界三篇（按：指〈宿昔〉、〈能畫〉、〈鬬雞〉三詩）神理，俱渾涵在內。中四實中陵寢之悲，雖係正面詠歎，後界三篇（按：指〈歷歷〉、〈洛陽〉、〈驪山〉三詩）神理，亦全包在中。前後鋪敘分明，收束完密，真聖手也。」（《杜解傳薪摘抄．五律》）

提封

【題解】大曆二年（西元七六七年）秋在夔州作。此章直究當時致亂之由，以垂為永戒，堪為八詩作結。

提封漢天下❶，萬國❷尚同心。借問懸車❸守，何如儉德❹臨❺？時徵俊乂❻入，
莫慮犬羊侵❼。願戒❽兵猶火❾，恩加四海深。

【注釋】❶提封句　謂大唐王朝疆域遼闊。提封，猶「通共」，謂舉其總數言之。後亦指所管轄之封疆。如《舊唐書．東夷傳》：「魏晉已前，近在提封之內，不可許以不臣。」此為後者。漢天下，以漢喻唐。❷萬國　猶言天下。❸懸車　掛車，

喻極險要之地。《史記・齊太公世家》：「（桓公）束馬懸車登太行，至卑耳山而還。」梁簡文帝〈彈棋論序〉：「乘危則棧山航海，歷險則束馬懸車。」❹儉德　節儉之德。《易經・否卦》：「君子以儉德辟難。」《尚書・太甲上》：「慎乃儉德，惟懷永圖。」❺臨　監臨。❻俊乂　賢德之人，俊傑之士。❼犬羊侵　對異族入侵者的蔑稱，如安史之流。❽戒　警戒；警惕。❾兵猶火　用兵如玩火。《左傳》隱公四年：「夫兵，猶火也。弗戢，將自焚也。」

【語　譯】大唐王朝天下一統，疆域遼闊，萬國同心同德。請問，憑藉險要守衛疆土，哪裡比得上以儉德臨民。時時徵求賢能之人入朝，就不需憂慮異族入侵。但願能像戒除火患一樣戒除兵伐，將浩浩皇恩施加於四海。

【研　析】這首詩中，詩人針對安史之亂的前車之鑑，再次闡述自己儉德臨民的思想。治國在德不在險，是杜甫一貫主張，曾再三言之。如〈有感五首〉其三：「不過行儉德，盜賊本王臣。」〈奉酬薛十二丈判官見贈〉：「文王日儉德，俊乂始盈庭。」他認為懸車之險，不足憑恃，用賢輔國，始為消弭禍患之要圖。若能重用俊才，恩加四海，何患外族入侵。仇兆鰲評曰：「言當此一統天下，萬國同心，世事尚可為也，但勿更尋前轍耳。自明皇好邊功而尚奢侈，故有懸車、儉德之語。不聽張九齡，而致祿山終叛，故有俊乂、犬羊之語。使當時息兵愛民，焉有天寶之禍哉？故以戒兵加恩終之。此詩反覆丁寧，無非鑑已往以告將來。」（《杜詩詳注》卷一七）蔣弱六亦曰：「末章直是奏疏體，丁寧反覆，皆暗切玄宗，隱為後戒，以此結前七首，意最深切。」（《杜詩鏡銓》卷一七引）

孤　雁

【題　解】大約作於大曆二年（西元七六七年）秋。題一作「後飛雁」。詩託孤雁失群之苦，以寓羈旅孤單之思。

孤雁不飲啄，飛鳴聲念群。誰憐一片影❶，相失萬重雲❷。望盡似猶見，哀多如更聞。野鴉無意緒❸，鳴噪自紛紛。

【注　釋】❶一片影　指孤雁形隻影單。❷萬重雲　極言孤雁離群之遠。❸意緒　心情；心緒。

【語　譯】一隻大雁不飲水，也不啄食，只是一路哀鳴著為追上牠思念的雁群而奮飛不已。雁群已經遠去，又有誰來憐惜牠孤單的身影。牠和隔著萬重雲層的雁群互相失去了音訊。牠盡力遠望，隱約間似乎看到了雁群的影子；牠哀鳴陣陣，恍惚中好像又聽到了雁群的聲音。偏偏那些野鴉毫無情思，自顧自地紛紛鳴噪著。

【研　析】這首詩開頭二句就刻劃出一隻不思飲啄，孤飛哀鳴的失群雁的形象，生動傳神地表現出孤雁思群的哀傷心情。陸龜蒙〈孤雁〉詩：「哀鳴慕前侶，不免飲啄晏。」正本此二句。三四句正面描寫孤雁離群情景。「誰憐」，指已去之群雁。無人憐，故而「相失」。「一片影」與「萬重雲」的鮮明對比，充分渲染出雁之孤苦無依，前途渺茫的悲慘處境。五六句寫孤雁追飛迫切之情。雁群遠去，望之已盡，孤雁猶似有所見而追飛不已。似猶見，非真見也。孤雁失群，哀鳴不絕，如更聞其群而呼之者。如更聞，非真聞也。兩句以幻覺狀真情，感人至深，浦起龍云：「寫生至此，天雨泣矣。」（《讀杜心解》卷三之五）末二句又以野鴉之鳴噪紛紛，襯托孤雁淒苦無助之態。孤雁哀鳴為失群，而野鴉鳴噪之時，根本不體念孤雁此時的心情，只覺其紛亂聒耳，故譏之為「無意緒」、「自紛紛」。此詩明寫雁，而「精神全注一『孤』字」（《讀杜心解》卷三之五）。古人以雁行喻兄弟。詩人即將兄弟離別之思，羈旅天涯之悲，甚而戰亂中百姓流離之苦，皆藉孤雁而盡吐之。王彥輔評曰：「公值喪亂，羈旅南土，而見於詩者，常在鄉井，故託意於孤雁。章末，譏不知我而譊譊者。」（《杜詩詳注》卷一七引）

承聞河北諸道節度入朝歡喜口號絕句十二首（選二）

【題解】大曆二年（西元七六七年）作於夔州。河北，唐道名。貞觀十道、開元十五道之一，為〈禹貢〉幽、冀二州地，開元後治魏州（今河北大名東北）。轄境相當於今北京、天津、河北，遼寧大部，河南、山東古黃河以北地區。河北諸道節度使原為安祿山部將，降唐後被任為當地節度使。他們名雖歸順，實則割據自雄。大曆元年十月，代宗生日，諸道節度使獻金帛、器服、珍玩、駿馬為壽。次年正月，淮南節度使李忠臣，三月汴宋節度使田神功，八月鳳翔節度使李抱玉等先後入朝。史書未明載河北諸道節度入朝之事，或杜甫遠在夔州聽一時之傳聞。口號，隨口吟出，或即席而作，乃一詩體。組詩共十二首，這裡選錄九、十兩首。第九首以「東逾遼水北滹沱」、「黃金臺貯俊賢多」，形容國家一統之後，疆域闊而人才盛。第十首贊河北將士歸順朝廷為國效力的俠姿豪情。

其九

東逾遼水北滹沱❶，星象❷風雲喜共和❸。紫氣關❹臨天地闊，黃金臺❺貯俊賢❻多。

【注釋】❶東逾句　稱頌國家統一，版圖遼闊。逾，越過。遼水，即遼河。古代有大、小遼水，大遼水在遼隧（今遼寧遼陽西南太子河與渾河間的高坨子）與小遼水（今太子河）匯合，在安市縣（今營口）西南注入渤海。貞觀十九年（西元六四五年），唐太宗親率軍隊征遼東，五月，渡過遼水，攻拔遼東城（今遼陽）。滹沱，即滹沱河，在河北省西部。遼河和滹沱河流域在唐朝屬河北道。「北滹沱」從上省略「逾」字。❷星象　指天空中星體的明暗、位置移動等現象，古代星相家常以此占卜吉凶。❸共和　指河北諸道節度入朝，全國統一。❹紫氣關　即函谷關。有秦、漢二關。此指秦關，在唐陝州靈寶縣（今河南靈寶北十五公里的王垛村）。春秋時秦孝公奪取晉國崤函之地，在此置關，因崤山至潼關段多在澗谷之中，深險如函，故稱函谷關。是我國最早的軍事關隘之一，是洛陽和長安間的交通要道。相傳老子欲出函谷關西遊，函谷關令尹喜望見有紫色雲氣從東而來，在關上浮動，認為當有仙者將至，果然「老子乘青牛而過」。所以杜甫詩云「東來紫氣滿函關」（〈秋興八首〉其五）。❺黃金臺　又名金臺、燕臺。故址在今河北易縣東南北易水南。相傳戰國燕昭王築高臺，於臺上置千金，以延請天下賢士，故稱黃金臺。見《戰國策‧燕策一》。❻俊賢　指河北諸道節度。前用「黃金臺」之典乃是河北之事，故此以「俊賢」稱讚入朝的河北諸道節度使。

【語　譯】從遼河流域到滹沱河畔，風雲際會天示吉兆喜慶國家共和。在燕昭王高築黃金臺的河北大地，俊傑輩出，賢才濟濟，他們歸順入朝，可謂紫氣東來滿函關，祖國統一天地寬。

【研　析】安史之亂雖然已經平定數年，但河北諸道節度使仍割據自雄，並未真正歸順朝廷。這種藩鎮割據的局面，正是關心國事的杜甫所憂心如焚的。今傳聞河北諸道節度使歸順入朝，飄泊夔州的詩人不禁大喜，遂欣然命筆予以歌頌。這首絕句，字裡行間躍動著一股喜氣。首二句是說地域遼闊，天示吉兆，喜慶統一。末二句更用兩個典故大寫「歡喜」之情：前句是就中央朝廷而言，紫氣東來，喜其入朝；後句是就河北地方來說，人傑地靈，自古而然。而今歸順入朝，既讚河北諸道節度識時務者為俊傑，更頌朝廷英明運籌帷幄能使強藩來歸。整首詩寫得是很得體的。

其十

漁陽突騎❶邯鄲兒❷，酒酣並轡金鞭垂❸。意氣即歸雙闕❹舞，雄豪復遣五陵❺知。

【注　釋】❶漁陽突騎　指河北剽悍的騎兵。杜甫〈漁陽〉詩：「漁陽突騎猶精銳，赫赫雍王都節制。」漁陽，郡名。戰國燕置漁陽郡，唐初屬幽州范陽郡，後廢。開元十八年（西元七三〇年），割幽州漁陽、玉田、三河置薊州，治漁陽。天寶元年（西元七四二年）改為漁陽郡。乾元元年，復為薊州。突騎，謂驍銳可衝突敵陣的騎兵。❷邯鄲兒　邯鄲，唐縣名，即今河北邯鄲。戰國時為趙國都。秦滅趙，置邯鄲郡。唐屬河北道。古時幽、并諸州其俗尚俠任氣，多游俠，故以「邯鄲兒」稱俠客。❸酒酣句　寫燕趙健兒傾心歸順的悠然姿態。並轡，並駕齊驅。❹雙闕　闕，古代宮殿、祠廟、陵墓等前面的高建築物，通常左右各一，建成高臺，臺上起樓觀。以兩建築物之間有空缺可通行車馬，故名曰闕或雙闕。這裡的雙闕指代唐朝廷。❺五陵　指漢代長安的五座帝王陵墓，即高帝長陵、惠帝安陵、景帝陽陵、武帝茂陵、昭帝平陵。五陵歷來為豪門貴族聚居之地，五陵少年亦多游俠之輩。後以五陵指代京城長安。

【語　譯】燕趙健兒盡是英勇善戰的軍中精銳，如今掛鞭酣飲悠然並駕而行。意氣風發歸順朝廷拜舞闕下，令京城士庶復睹河北將士的俠姿豪情。

【研　析】如果說前一首詩主要是就朝廷而言，是讚揚朝廷能使強藩來歸；那麼，這一首則是著力寫河北諸鎮將士，具體描摹他們的俠姿豪情。你看，意氣揚揚的燕趙突騎游俠，已不再如以往那樣的飛揚跋扈，桀驁不馴。他們瀟灑酣飲，金鞭低垂，拜舞於京師闕下，讓長安士庶特別是五陵游俠更見識了燕趙健兒的俠姿豪情。全詩寫得剛柔相濟，頓挫抑揚，使人彷彿親眼目睹「漁陽突騎邯鄲兒」歸順入朝的生動場景。

鹿

【題　解】大曆二年（西元七六七年）夔州作。鹿，鹿類，其肉可食。全詩代鹿說話，歎其不當鳴而鳴，其實是藉鹿以警世。

永與清溪別，蒙將玉饌俱❶。無才逐仙隱❷，不敢恨庖廚❸。亂世輕全物❹，微聲及禍樞❺。衣冠❻兼盜賊❼，饕餮用斯須❽。

【注　釋】❶蒙將句　指麂成為權貴們的食品。蒙，承蒙，本來是表示謙恭，這裡是故意說反話。將，與。玉饌，精美的食品。俱，一起。❷逐仙隱　傳說葛仙翁學道成仙，化為白麂，見葛洪《神仙傳》。❸庖廚　廚房。❹輕全物　不重視保全物類，也就是把性命看得很輕。❺微聲句　小有名聲，便易惹傷身之禍。麂由味美而得名，以致遭人捕殺食用。及，遭到。禍樞，禍機；禍根。❻衣冠　指有官職的人，即王公、官僚。❼兼盜賊　是說權貴們兼有盜賊之性，幹的是害人的勾當。❽饕餮句　承接上句，形容權貴們貪婪，窮兇極惡地吃掉麂。饕餮，傳說中的凶獸，性極貪婪，比喻貪財貪食的人。用斯須，片刻便可吃掉。斯須，片刻。

【語　譯】我這頭麂被捕獲了，只能永遠地和我朝夕遊息的清澈山溪告別。承蒙青眼，我「榮幸」地和那些精美的食物擺在了一起。既然無才不能追隨仙人離開俗世，自然也就難免被吃掉的命運，我又何必去怨恨烹飪我的廚房。這亂世哪能顧得上保全物類，我只因味美的小小名聲就慘遭殺身之禍。那些王公貴族啊，真是有盜賊的秉性，貪婪的他們片刻之間就把我吃得乾乾淨淨。

【研　析】全詩假託麂的被宰殺，強烈譴責了當權者的貪殘暴戾。首句即言永別，含無限慘痛之意。次句「蒙」，正話反說，進行辛辣的諷刺。三四句「無才」、「不敢」，字面上似委婉，而實際上是憤激之詞。黃生評曰：「此物頗難入詠。看他前半寫得如許風致，妙在以『清溪』字陪對『玉饌』，以『仙隱』字陪對『庖廚』，遂覺煙火之氣淨盡。」（《杜詩說》卷五）五六句為時世畫像，寫盡亂世之悲，聲名之累。黃漢臣評曰：「『微聲及禍樞』，語俚而意遠。自古文人才士，生逢亂世，出嬰禍患，何一不從聲名得之。中郎（按：指蔡邕）之於董卓，中散（按：指嵇康）之於司馬，及禍雖異，其以微聲致累則同。此『苟全性命於亂世，不求聞達於諸侯』，隆中所以獨絕千古也。少陵此語，有聲有淚。」（《辟疆園杜詩注解》五律卷一〇引）末二句將衣冠、盜賊作一處說，直罵倒一切權勢者。全詩藉麂立言，工於體物，巧於抒情，以靈動筆致書寫警世至理，允稱大手筆。故吳瞻泰云：「極小題目，每每發出絕大議論。……可以興，可以觀矣。」（《杜詩提要》卷九）

白小

【題　解】大曆二年（西元七六七年），客居夔州時作。白小，即今銀魚，俗稱麵條魚，色白體小。詩歎白小罹難，諷刺當地不仁不義之民風民俗。

白小群分命❶，天然二寸魚。細微霑水族，風俗當園蔬。入肆❷銀花亂，傾筐雪片虛❸。生成猶拾卵，盡取義何如❹？

【注　釋】❶群分命　群聚而生。❷肆　市場。❸雪片虛　意即像雪片一樣。虛，假的。❹生成二句　謂拾其卵而盡取之，這不僅有傷於義，也有損於利。

【語　譯】白小是一種群聚而生的魚，牠天然細小，身長只有二寸。雖然細小，牠也屬於水族，可是夔州當地的風俗卻把牠當成一種蔬菜來食用。市場上的白小，像散亂的銀花，從筐中倒出來時好像雪片一樣潔白。牠們是自然生成之物，竟然連其卵也捕撈一盡，這難道不傷於道義嗎？

【研　析】此詩詠歎小小銀魚，表現了詩人萬物一體、生靈莫傷的人道主義情感。白小群聚而生，身長二寸，細小可憐。然而夔州人卻將其當成日常菜蔬，大批捕撈，成筐販賣，甚至連魚卵也不放過，詩人對此不由發出於義何如的質問。石閭居士曰：「此〈白小〉詩是悲細民之同遭屠戮，一則忠君之心如見，一則愛民之念獨深，真粹然儒者之言。」（《藏雲山房杜律詳解》五律卷五）

同元使君〈春陵行〉并序

【題解】大曆二年（西元七六七年）秋，在夔州所作。同，即和，就他人的詩所寫的和詩。元使君，元結，字次山，時為道州（今湖南道縣）刺史。使君，唐人對州郡長官的尊稱。〈春陵行〉，元結在道州所寫的詩。春陵，漢侯國，故城在今湖南寧遠西北，即道州故地。元結在道州還寫了〈賊退示官吏〉詩。杜甫在詩及序中，以深沉的感情述說了讀〈春陵行〉及〈賊退示官吏〉二詩後的感受。

覽道州元使君結〈春陵行〉兼〈賊退後示官吏作〉二首，志之曰：當天子分憂之地，效漢朝良吏之目❶。今盜賊未息，知民疾苦，得結輩十數公，落落然❷參錯❸天下為邦伯❹，萬物吐氣❺，天下小安可待矣！不意❻復見比興體制，微婉頓挫之詞❼，感而有詩，增諸卷軸，簡知我者，不必寄元。

遭亂髮盡白，轉衰病相嬰❽。沉綿❾盜賊際，狼狽江漢行❿。歎時藥力薄，為客羸瘵成⓫。吾人詩家秀，博采世上名。粲粲⓬元道州，前聖畏後生⓭。觀乎〈春陵〉作，歘⓮見俊哲⓯情。復覽〈賊退〉篇，結⓰也實國楨⓱。賈誼昔流慟，匡衡嘗引經⓲。道州憂黎庶⓳，詞氣浩縱橫⓴。兩章㉑對秋月，一字偕㉒華㉓星。致君唐虞際，淳朴憶大庭㉔。何時降璽書，用爾為丹青㉕？獄訟永衰息，豈惟偃甲兵㉖！悽惻念誅求，薄斂近休明㉗。乃知正人意，不苟飛長纓㉘。涼飆㉙振南嶽㉚，之子㉛寵若驚。色沮金印大㉜，興含滄浪清㉝。我多長卿病㉞，日夕㉟思朝廷。肺枯渴太甚，漂泊公孫城㊱。呼兒具㊲紙筆，隱几㊳臨軒楹㊴。作詩呻吟內，墨淡字攲傾㊵。感彼危苦詞㊶，庶幾㊷知者㊸聽。

【注釋】❶當天子二句　讚美元結當地方官，能像漢代的良吏一樣為皇帝分憂。目，品目。❷落落然　不苟合貌。這裡指不同於一般官吏。❸參錯　不整齊。這裡指分布各地。❹邦伯　即州牧。這裡指刺史。❺萬物吐氣　萬物得以有喘息之機。❻不意　不料，有喜出望外之意。❼比興體制二句　都是指元詩同情人民的仁者情懷。❽相嬰　相糾纏。❾沉綿　久病不癒。❿江漢行　指漂泊巴蜀。⓫歎時二句　是說因憂慮時局，又為客漂泊，所以疾病沉綿，吃藥也不見效。羸，弱。瘵，病。⓬粲粲　光輝貌。⓭畏後生　語出《論語·子罕》：「子曰：後生可畏，焉知來者之不如今也？」元結比杜甫小十一歲，故稱為後生。⓮欻　突然。⓯俊哲　才智傑出之士。⓰結　指元結。⓱國楨　國家棟梁。⓲賈誼二句　以漢代賈誼、匡衡比元結。流慟，賈誼〈陳政事疏〉云：「臣竊惟事勢，可為痛哭者一，可為流涕者二，可為長太息者六。」《漢書·匡衡傳》：「衡上疏陳便宜，及朝廷有政議，傳經以對，言多法義。」⓳黎庶　百姓。⓴浩縱橫　正氣浩然。㉑兩章　指元結的〈舂陵行〉與〈賊退示官吏〉二詩。㉒偕　共同；一起。㉓華　光華。㉔大庭　《莊子·胠篋》：「昔容成氏、大庭氏結繩而用之，若此之時，則至治已。」㉕何時二句　希望朝廷能委元結以重任。璽書，皇帝的委任詔書。丹青，比喻公卿。漢桓寬《鹽鐵論》卷五：「公卿者，四海之表儀，神化之丹青也。」㉖獄訟二句　意謂朝廷如果能重用元結，則將使天下無獄訟，豈但偃甲息兵！㉗悽惻二句　仍是說元結的仁心仁政。《新唐書·元結傳》載：結為道州刺史，「以人困甚，不忍加賦」，上言「請免百姓所負租稅及租庸使和市雜物十三萬緡」，「為民營舍給田，免傜役，流亡歸者萬餘。」休明，美好清明。《左傳》宣公三年：「楚子問鼎之大小輕重焉。對曰：『在德不在鼎……德之休明，雖小，重也；其姦回昏亂，雖大，輕也。』」㉘乃知二句　才知道正直的人不肯苟且地為保護自己的官爵而犧牲百姓的性命。長纓，長的冠帶，指高官。㉙涼飆　清風。㉚南嶽　衡山，在道州鄰近，所以以南嶽襯托元結的高標人格。㉛之子　指元結。㉜色沮句　因官高位重，故金印大而色反沮喪。指元結澹泊功名。㉝興含句　意謂欲歸老江湖。《孟子・離婁上》：「滄浪之水清兮，可以濯我纓。」元結〈賊退示官吏〉有「思欲委符節，引竿自刺船。將家就魚麥，歸老江湖邊」之句，故云。㉞長卿病　消渴疾，即糖尿病。司馬相如，字長卿，有消渴病，故後以長卿病指代消渴病。㉟日夕　晝夜。㊱肺枯二句　謂己多病而漂泊夔州。肺枯，時杜甫患有肺病。渴，渴病，即糖尿病。公孫城，即白帝城，西漢末年公孫述嘗據此城。㊲具　準備。㊳隱几　倚著几案。㊴軒楹　門窗。㊵作詩二句　寫老病中強作和詩之狀。在呻吟中作詩，字跡寫得又淡又歪斜。攲傾，歪斜。㊶危苦詞　指元結二詩。㊷庶幾　希望之詞。㊸知者　即詩序之「知我者」。

【語　譯】我看到道州刺史元結的〈春陵行〉和〈賊退示官吏〉二首詩後，為他寫下了這樣的話：作地方官能為天子分憂，元使君就是漢朝人所說的良吏。現在戰亂未息，盜賊蜂起，應該知道百姓還處於痛苦的境地，能夠有元結這樣十幾位不同於一般的官吏，分散到各地去作刺史，那麼萬物就能喘息休養，天下初步的安定就可期待了。真沒想到我今天又看到這樣符合比興體制，充滿仁厚愛民之情，而其文辭又幽微深婉、頓挫動人的詩篇，我深懷感慨，也賦詩一首，增寫在元結詩作卷軸的後面，給那些了解我心意的人看，卻不必再寄給已是知己的元結。

我自遭逢戰亂，頭髮已經都白了，現在日益衰弱，疾病糾纏不去。在盜賊蜂起的動亂時期，久病不癒中也不得不狼狽地漂泊於巴蜀一帶。因感歎時局動蕩，心懷憂慮，吃藥也沒有多少效用；加上輾轉為客，終於導致體弱多病。我本是詩家中的秀拔傑出者，廣泛地贏得世人的稱許。粲粲生輝的道州使君元結，你是讓前聖敬畏的後生。讀〈春陵行〉的詩作，一下子就看到了你卓越超凡的才情。再讀〈賊退示官吏〉，更知道元結你真是國家的棟梁。你就是漢代痛哭流涕上書陳事的賈誼，你就是引經據典應對政議的匡衡。作為道州刺史你心憂百姓，所以才能寫下這樣正氣浩然的詩篇。這兩篇詩作可以和秋月相對爭輝，每一個字都和星星一起閃耀悅目光華。你致力於使君主重新實現唐虞時代的政治，營造淳樸民風讓人想起上古的大庭氏。什麼時候皇帝能降下蓋著玉璽的詔書，委任你為神化丹青一樣的公卿。那樣的話，天下的獄訟就會永遠停息，又哪裡只是停止戰亂而已。想到百姓困於層層盤剝，你悽惻不忍，力主減免徵斂，重使政治清明。我才知道像你這樣正直的人是不會為了保住自己長纓飛動的官帽而苟且行事，損害百姓。你高尚的人格就像浩蕩清風吹拂下的南嶽衡山，讚譽之詞讓你受寵若驚。手中的官印變大了，反而臉含沮喪之色，因為你心懷歸隱之情。我患有和司馬相如一樣的消渴病，日思夜想的是能回到朝廷。但我肺病、消渴病都已很嚴重，只能漂泊在這白帝城。叫兒子準備好紙和筆，我來到窗戶邊的几案旁，一邊呻吟著一邊寫下這首詩，墨色既淡，字又歪斜不齊。感動於你那飽含危苦的詩作，我才寫成此詩，希望我的知己能用心傾聽。

【研　析】元結的〈春陵行〉及〈賊退示官吏〉二詩作於廣德二年（西元七六四年），因當時交通不便，杜甫於時隔三年後的大曆二年才讀到。但「不意復見比興體制，微婉頓挫之詞」，仍讓他十分興奮。他為有元結這樣同情百姓疾苦的官吏，而倍感高興，故而寫下這首和詩。他的本意既然不是應酬，也就無須再寄給堪為知己的元結本人。短短的詩序已將詩人心懷天下之情展露無遺，故王嗣奭曰：「詩序云：『今盜賊未息，知民疾苦，云云，天下少安可待矣！』肝膈之言，一字一淚。」（《杜臆》卷九）在詩中，杜甫高度評價了元結的詩作，譽之為「兩章對秋月，一字偕華星」，並稱元結是讓前賢生畏的後生。同時他也充分肯定了元結「憂黎庶」的思想和高潔不苟的品格，對元結減免徵斂，修明政治，不為保住官位而違心誅求的行為大加讚譽。他希望朝廷能讓元結這樣的國家棟梁之材擔當重任，以偃甲兵、息獄訟、安黎民，直至恢復古治。「致君唐虞際，淳朴憶大庭」，即「致君堯舜上，再使風俗淳」（〈奉贈韋左丞丈二十二韻〉）之意，可以看出，此時已是年老多病的杜甫是將自己的政治理想寄託在了像元結一樣的人身上。黃生亦謂此詩「前後皆自敘，自敘多言病。其筋節在『歎時藥力薄』五字，則知此詩全是借酒杯澆塊磊也。」（《杜詩說》卷二）王嗣奭又云：「『歎時藥力薄』，奇語，蓋公之歎時，亦以救世，而藥力淺薄，無濟於事，但自成其羸瘵而已。即作此詩，亦欲救世，使人聞而興起，故詩序云：『知我者，不必寄元。』『乃知正人意，不苟飛長纓』，此篇中吃緊語，公與元之相契在此。使居官者人人有此念，天下治矣。」（《杜臆》卷九）所以說，此詩雖是一首和詩，卻更鮮明地反映出杜甫一以貫之的憂國憂民思想。

又呈吳郎

【題　解】大曆二年（西元七六七年）秋作於夔州。杜甫的一位親戚吳郎從忠州搬來夔州，他就把原住的瀼西草堂讓給吳郎住。西鄰是一位無食無兒的寡婦，杜甫住時，任憑這位貧婦撲食堂前之棗。而吳郎搬來後，卻插籬防人撲棗。杜甫即寫詩委婉勸說吳郎不要這樣做。因前有〈簡吳郎司法〉詩，故此題曰「又呈」。或謂吳郎為吳南卿，或謂吳郎乃杜甫之婿，俟考。

堂❶前撲棗❷任❸西鄰，無食無兒一婦人。不為困窮寧有❹此❺？祇緣❻恐懼❼

轉❽須親❾！即防❿遠客⓫雖多事⓬，便插疏籬⓭卻甚真⓮！已訴徵求⓯貧到骨⓰，正

思戎馬⓱淚盈巾。

【注　釋】❶堂　指瀼西草堂。❷撲棗　打棗。❸任　放任；聽任。❹寧有　怎有；哪會有。❺此　指撲棗。❻緣　因為。❼恐懼　指老婦害怕被人看見。❽轉　改變態度。❾親　待人和藹。❿防　防備。⓫遠客　指吳郎。⓬多事　多心；過慮。⓭籬　籬笆。⓮卻甚真　卻真像是拒絕老婦打棗一樣。⓯徵求　誅求；橫徵暴斂。⓰貧到骨　猶一貧如洗，一無所有。⓱戎馬　指戰爭。

【語　譯】吳郎，請你聽任西鄰來草堂前打棗吧，那是一個無食無兒的老婦。如果不是因為窮困到萬般無奈的地步，她怎麼會這樣做呢？只因為她怕被斥責，你更應該轉變態度，和藹親切地對待她。她對吳郎你心存戒

備，雖然是有些多心過慮，你插上籬笆卻真像是在拒絕她來打棗。她曾向我訴說因為橫徵暴斂而窮得只剩下一把骨頭的淒慘處境，我想到戰事不停，不禁悲哀流淚。

【研析】仇兆鰲曰：「此詩，是直寫真情至性，唐人無此格調。」（《杜詩詳注》卷二〇）的確，這首詩用以典雅高華為主要特徵的七律抒寫日常小事中的情感，開拓了七律這種詩體的表現領域，對後世產生了深遠的影響。詩的前兩句即直奔主題，勸說吳郎聽任西鄰來打棗，因為那是一個沒有衣食來源，沒有兒孫依靠的老婦。三句言鄰婦是為貧困所迫才去鄰居家打棗，這是同情其處境，為其大力開脫。四句說因鄰婦心懷恐懼慚愧，所以更須和藹相待，這即是杜甫一向的態度，也是對吳郎提出的希望。五句謂老婦提防吳郎實在有些多慮，六句謂吳郎之插籬卻似真要阻人來打棗。上句主語是老婦，下句主語是吳郎，兩句相互關聯，相互補充，含蓄地指出鄰婦防備之心實由吳郎貌似戒備之舉引發，委婉地勸說吳郎能體諒鄰婦的苦處，改變自己的態度。末兩句則由點到面，由小到大，由鄰婦之傾訴揭示出徵斂和戰亂是造成廣大百姓貧困的社會根源，點出全詩主旨。盧世㴶說：「〈又呈吳郎〉一首，極煦育鄰婦，又出脫鄰婦；欲開示吳郎，又回護吳郎。七言八句，百種千層，非詩也，是乃仁音也。惻隱之心，詩之元也。詞客仁人，少陵獨步。」（《杜詩胥鈔．大凡》）杜甫堪稱實踐儒家仁愛精神的典範。而仁之於杜甫，誠然是基於惻隱之心的「愛」，但更是尊重，不論是對鄰婦，還是對吳郎，都是設身處地地考慮其處境，千方百計地維護其尊嚴，而且始終貫注一腔真誠，因此才能如此打動人心。在藝術上，此詩語言淺顯樸實，並且運用散文中常用的虛字來作轉接。如「不為」、「祇緣」、「已訴」、「正思」，以及「即」、「便」、「雖」、「卻」等，因而能化呆板為活潑，既有律詩的形式美、音樂美，又有散文的靈活性，抑揚頓挫，耐人尋味。

登高

【題 解】大曆二年（西元七六七年）九月九日作於夔州。一說作於成都，或梓州。當以前說為是。《杜詩詳注》作為〈九日五首〉之一，又單獨標題。此為九日登高有感而作。

風急天高猿嘯哀❶，渚❷清沙白鳥飛迴❸。無邊落木❹蕭蕭❺下，不盡長江滾滾❻來。萬里❼悲秋常作客❽，百年❾多病❿獨登臺⓫。艱難⓬苦恨⓭繁霜鬢⓮，潦倒⓯新亭⓰濁酒⓱杯。

【注 釋】❶猿嘯哀　巫峽多猿，鳴聲甚哀，所謂「巴東三峽巫峽長，猿鳴三聲淚沾裳」（見《水經注・江水》）。❷渚　水中小洲。❸迴　迴旋。❹落木　落葉。❺蕭蕭　風吹葉動之聲。❻滾滾　相繼不絕；奔騰不息。❼萬里　遠離故鄉，指夔州距長安遙遠，回京無望。❽常作客　長期漂泊在外。❾百年　猶言一生。❿多病　杜甫患有瘧疾、肺病、風痹、糖尿病、耳聾等多種疾病。⓫獨登臺　時逢佳節，諸弟分散，好友先死，孤客夔州，舉目無侶，故云。⓬艱難　一指個人生活多艱，一指國家世亂多難。⓭苦恨　極恨。⓮繁霜鬢　白髮日多。⓯潦倒　猶衰頹，因多病故潦倒，即〈秋日夔府詠懷一百韻〉所謂「形容真潦倒」意。⓰新亭　最近方停。亭，通「停」。時杜甫因病戒酒。⓱濁酒　混濁的酒，指劣酒。

【語 譯】秋風勁急，天空高遠，巫峽的猿鳴聲哀戚之極；洲渚清冷，沙灘淨白，水鳥不停地飛舞迴旋。無邊無際的落葉在秋風中蕭蕭而下，看不到盡頭的長江翻騰著波濤滾滾奔來。離家萬里的我，在這令人傷悲的秋日常年作客異鄉，百年將近之日，又拖著多病的身體獨自登上高臺。人生多艱啊，國家多難，我深以為恨啊，白髮日多！本就潦倒不堪，新近又因病不得不放下手中的酒杯，連混濁的劣酒也喝不到了！

【研 析】此詩堪稱杜甫七律的代表作，胡應麟就推其為「古今七言律第一」（《詩藪・內編》卷五）。詩的前四句是登高所見，極寫暮秋夔峽驚心動魄之景色；後四句是登高所感，抒發老病漂泊之苦情。首聯氣象雄渾，每句各包三景，上句風急、天高，下句渚清、沙白，皆從大處著筆，上句猿，下句鳥，則從小處陪襯，大小相形，格外醒目。此聯不僅上下兩句對，而且句中自對，上句以「天」對「風」，「高」對「急」；下句以「沙」對「渚」，「白」對「清」。同時，對起的首句，末字常用仄聲，這裡卻用平聲入韻。其鍛煉之精工，筆力之超拔，已至奇妙難名之境界。頷聯二句亦是從大處寫秋景，猶如駿馬走阪，奔騰無羈。落木蕭蕭，長江滾滾，連用兩疊字，已氣勢非凡，而又冠以「無邊」、「不盡」四字，則悲壯中更極闊大，遂使蕭蕭之聲，滾滾之勢，精神躍然而出。頸聯二句從天地風物之大環境緊縮至孤身一人，內涵卻極為深廣。宋人羅大經評此二句云：「萬里，地之遠也；秋，時之淒慘也；作客，羈旅也；常作客，久旅也；百年，齒暮也；多病，衰疾也；臺，高迥處也；獨登臺，無親朋也。十四字之間含八意，而對偶又精確。」（《鶴林玉露》卷一一）尾聯以「艱難」照應「作客」；霜鬢則又年老，何堪顛沛流離！以「潦倒」照應「多病」；止酒倍加寂寞，何以解憂消愁！此結大有登高極目、百感交集之慨，無限悲涼之意，溢於言外，使人唏噓感歎不能自已。此詩情景交融，渾然一體，言簡意豐，備極頓挫。語言精煉而富變化，對仗工整且復自然。胡應麟讚之曰：「杜『風急天高』一章五十六字，如海底珊瑚，瘦勁難名，沉深莫測，而精光萬丈，力量萬鈞。通章章法、句法、字法，前無昔人，後無來學。」又云：「一篇之中，句句皆律，一句之中，字字皆律，而實一意貫串，一氣呵成。驟讀之，首尾若未嘗有對者，胸腹若無意於對者；細繹之，則錙銖鈞兩，毫髮不差，而建瓴走阪之勢，如百川東注於尾閭之窟。至用句用字，又皆古今人必不敢道，決不能道者，真曠代之作也。」（《詩藪．內編》卷五）

觀公孫大娘弟子舞劍器行并序

【題　解】大曆二年（西元七六七年）十月，作於夔州。作詩原委與公孫大娘及其弟子〈劍器〉舞的英姿、詩人的盛衰之感，於序中言之甚詳。公孫大娘，唐玄宗時代享有盛名的舞蹈家，係梨園弟子。〈劍器〉，唐時健舞曲名，是一種戎裝舞劍的武舞。

大曆[1]二年十月十九日，夔府[2]別駕[3]元持[4]宅，見臨潁[5]李十二娘舞〈劍器〉，壯[6]其蔚跂[7]，問其所師？曰：「余，公孫大娘弟子也。」開元五[8]載，余尚童稚，記於郾城[9]觀公孫氏舞〈劍器渾脫〉[10]，瀏漓頓挫[11]，獨出[12]冠時[13]，自高頭[14]宜春、梨園二伎坊[15]內人，洎[16]外供奉[17]，曉[18]是舞[19]者，聖文神武皇帝[20]初，公孫一人而已。玉貌錦衣[21]，況余白首[22]！今茲[23]弟子[24]，亦匪[25]盛顏[26]。既辨[27]其由來[28]，知波瀾莫二[29]，撫事[30]感慨[31]，聊為〈劍器行〉。往者吳人張旭[32]，善草書書帖，數[33]常於鄴縣[34]見公孫大娘舞〈西河劍器〉[35]，自此草書長進，豪蕩感激[36]，即[37]公孫可知矣！

昔有佳人公孫氏，一舞〈劍器〉動四方[38]。觀者如山[39]色沮喪[40]，天地為之久低昂[41]。㸌[42]如羿射九日[43]落，矯[44]如群帝[45]驂龍翔[46]。來如雷霆收震怒[47]，罷[48]如江海凝清光[49]。絳脣[50]珠袖[51]兩寂寞[52]，晚有弟子[53]傳芬芳[54]。臨潁美人[55]在白帝[56]，妙舞此曲神揚揚[57]。與余問答既有以[58]，感時[59]撫事[60]增惋傷[61]。先帝[62]侍女八千人，公孫〈劍器〉初第一[63]。五十年[64]間似反掌[65]，風塵澒洞[66]昏王室！梨園弟子散如煙[67]，女樂[68]餘姿[69]映寒日[70]。金粟堆[71]南木已拱[72]，瞿唐石城[73]草蕭瑟[74]。玳筵[75]急管[76]曲復終[77]，樂極哀來[78]月東出。老夫[79]不知其所往，足繭[80]荒山轉愁疾！

【注釋】❶大曆　唐代宗年號。❷夔府　即夔州。❸別駕　州刺史的佐吏，因隨刺史出巡時另乘傳車，故稱別駕。❹元持　人名，為元挹弟，元錫叔父。時為夔州別駕，終都官郎中。❺臨潁　唐屬許州潁川郡，故城在今河南臨潁西北。❻壯　激賞。❼蔚跂　光彩蔚然而雄健凌厲。❽五　一作「三」。❾郾城　亦屬許州潁川郡，今屬河南省。❿劍器渾脫　是〈劍器〉與〈渾脫〉兩種舞的綜合。⓫瀏漓頓挫　形容舞姿姸妙活潑而富有節奏。⓬獨出　獨樹一幟。⓭冠時　在當時數第一。⓮高頭　即前頭。崔令欽《教坊記》：「伎女入宜春院，謂之『內人』，亦曰『前頭人』──常在上（皇帝）前頭也。」⓯伎坊　即教坊。《教坊記》：「西京右教坊在光宅坊，左教坊在延政坊，右多善歌，左多工舞，蓋相因成習。」《雍錄》卷九：「開元二年正月，置教坊於蓬萊宮，上自教法曲，謂之『梨園弟子』。……至天寶中，即東宮置宜春北苑，命宮女數百人為梨園弟子。」宜春、梨園設在宮禁內，是內教坊，亦可謂內供奉。⓰洎　及。⓱外供奉　指設在宮禁外的左、右教坊，以及其他雜應官伎。⓲曉　精通。⓳是舞　即前所謂〈劍器渾脫〉。⓴聖文神武皇帝　即玄宗。開元二十七年二月，群臣上尊號曰開元聖文神武皇帝。此後，又於天寶元年二月、七載五月、八載閏六月、十三載二月四次加尊號，均有「聖文神武」字樣。㉑玉貌錦衣　指公孫大娘當時年輕貌美衣著華貴。㉒白首　白髮蒼蒼。指現在之作者自己。意謂那時「余尚童稚」，而公孫大娘已是妙齡女郎，而今我亦白首，更何況公孫大娘乎！㉓茲　這。㉔弟子　指李十二娘。㉕匪　同「非」。㉖盛顏　年輕之容貌。㉗辨　明白；弄清。㉘由來　來歷。指李十二娘舞藝的師承淵源。㉙波瀾莫二　指李十二娘的舞蹈藝術風格，與公孫大娘一脈相承，沒有兩樣。㉚撫事　追念往事。㉛感慨　一作「慷慨」，指心情激動。㉜張旭　吳（今江蘇蘇州）人，唐代著名書法家，擅長草書，時有「草聖」之稱。㉝數　多次。㉞鄴縣　唐屬相州鄴郡，在今河北臨漳。㉟西河劍器　亦作「西河劍氣」。也是劍器舞的一種。㊱豪蕩感激　豪放跌宕，激動人心。㊲即　猶則。㊳動四方　轟動四方。㊴觀者如山　形容人多，猶言人山人海。㊵色沮喪　形容舞蹈之妙讓觀眾眼花撩亂，驚心動魄，面為改色。㊶天地句　猶言天旋地轉。低昂，言高卑易位。㊷燿　光芒閃爍貌，指舞的劍光。㊸羿射九日　古代神話傳說：堯時十日並出，莊稼草木都被曬死，堯就命后羿去射日，射落了九個。這裡用以比喻舞姿光彩奪目。㊹矯　矯健。㊺群帝　眾天神。㊻驂龍翔　駕龍飛翔。㊼雷霆收震怒　謂舞者在鼓聲驟停時出場。雷霆，形容擊鼓聲。㊽罷　結束。㊾江海凝清光　以江海平靜時水天一色的景象，來比喻舞蹈的停頓靜止。清光，以水色喻劍光。謂舞終時劍光凝固，如江波澄息。㊿絳唇　紅唇。指人。(51)珠袖　指舞。(52)兩寂寞　謂公孫大娘人與舞俱亡。(53)弟子　指李十二娘。(54)芬芳　香氣。此指美妙的舞藝。(55)臨潁美人　即李十二娘。(56)白帝　白帝城，指夔州。(57)神揚揚　神采飛揚。(58)既有以　既有根由，即序中「辨其由來」之意。(59)時　時局；時勢。(60)事　即指這次觀舞事。(61)惋傷　惋惜、悲傷。62先帝　指玄宗。63初第一　謂自始就推她第一。初，始；當初。64五十年　從開元五年（西元七一七年）郾城觀舞到作此詩時之大曆二年（西元七六七年），整五十年。65反掌　形容時間過得迅疾。66風塵澒洞　猶言天昏地暗，指安史之亂。67散如煙　像煙一樣消散。安史之亂，京師樂工歌伎多流散各地，故云。68女樂　歌伎。69餘姿　容顏中衰，即序中所謂「亦匪盛顏」。70映寒日　時當十月，故云。向秀〈思舊賦序〉：「於時日薄虞淵，寒冰淒然。」此正「映寒日」之所本，藉以寄今昔滄桑之感慨。71金粟堆　即金粟山，在今陝西蒲城，玄宗泰陵在焉。72木已拱　墳旁的樹有兩臂合抱那麼粗了。兩臂合抱曰「拱」。玄宗以廣德元年（西元七六三年）三月葬泰陵，至大曆二年已近五年，故曰「木已拱」。語出《左傳》僖公三十二年：「爾墓之木拱矣。」73瞿唐石城　指白帝城。因其依山石為城，下臨瞿塘峽，故云。唐，一作「塘」。74蕭瑟　蕭條冷落。75玳筵　以玳瑁裝飾坐具之宴席，稱玳筵，猶言盛筵，即指元持宅中的宴會。76急管　急促的管樂聲。77曲復終　既指宴會結束，亦指李十二娘舞〈劍器〉結束。「復」字，照應序中所云開元五年觀公孫大娘舞〈劍器〉之事。78樂極哀來　謂五十年前觀公孫舞，正是開元盛世；五十年後，觀公孫弟子舞，已是大亂之後，所謂「五十年間似反掌」，遂寓無限感慨。79老夫　杜甫自謂。80足繭　足生胼胝，俗稱膙子。杜甫漂泊奔走，故足上生繭，行走不便。〈入衡州〉詩云：「隱忍枳棘刺，遷延胝胼瘡。」

【語　譯】大曆二年十月十九日，在夔州別駕元持的家中，我觀賞了臨潁李十二娘的〈劍器〉舞，我為其光彩蔚然、雄健凌厲而激賞不已，於是問她師從何人？她說：「我是公孫大娘的弟子。」開元五載，我還是個小孩子，記得曾在郾城觀看公孫大娘的〈劍器渾脫〉舞，舞姿是那樣的美妙活潑、富於節奏，可謂獨樹一幟，冠絕一時，從設在宮禁內稱作「前頭人」的宜春、梨園兩教坊的內供奉，到宮外的外供奉，精通〈劍器渾脫〉舞的，在玄宗皇帝初年，只有公孫大娘一人而已。那時公孫大娘年輕貌美、衣著華貴，而如今我都已經是白髮蒼蒼了，何況公孫大娘呢！眼前她的這個弟子李十二娘也已經不年輕了。明白了李十二娘的來歷之後，就知道她的舞蹈和公孫大娘一脈相承，並無二致。追懷往事，心情激盪，於是寫下〈劍器行〉。昔日吳人張旭擅長草書，多次在鄴縣觀看公孫大娘的〈西河劍器〉舞，從此他的草書大為進步，豪放跌蕩、動人心魄，由此公孫大娘高超的舞藝就可想而知了。

當年有一位姓公孫的美人，她的〈劍器〉舞轟動了四方。觀看的人像山一樣圍在四周，人人臉上都為舞蹈的精妙而變色，就連天地也似乎為她的表演而起伏旋轉。閃爍的劍光，就像后羿射下的九個太陽在墜落；矯健的舞姿，就像眾天神在駕龍飛翔。起舞時，激昂的鼓聲驟然停止，好像是雷霆乍收震怒；舞終時，清冷的劍光凝固不動，好像是江海波濤澄息。如今公孫大娘美麗的容貌和舞姿都已消逝，所幸以後還有弟子李十二娘傳承她萬古流芳的舞藝。這位臨潁的美人此時正在夔州城，她跳起這曲精妙的〈劍器〉舞神采飛揚。我在和她的問答中知道了她的師承來歷，感慨時局，撫今追昔，我不免陡生惋惜悲傷之情。玄宗皇帝在世時有八千侍女，公孫大娘的〈劍器〉舞自始就是第一。五十年的時間一如反掌般迅疾，漫天的戰亂煙塵也令王室昏暗。梨園弟子流落各地，如煙消散，只有這容顏已衰的舞女李十二娘映著這十月的寒冷日光。金粟山南玄宗陵前的樹木已有合抱粗了，這瞿塘峽邊的石城夔州也是草木蕭瑟。精美盛宴上急促的管弦聲停止了，就像五十年前公孫大娘的舞蹈結束時一樣，那極度歡樂的盛世已遠去，如今是倍感悲哀的亂後歲月，望著東出的冷月，更覺無限淒涼。我不知該往哪裡去啊，足生老繭，跋涉荒山，我卻只在憂愁走得太快！

【研　析】此詩詩題是〈觀公孫大娘弟子舞劍器行〉，而詩與序卻重點在寫公孫大娘，實際上是在藉樂舞的今昔對比，以揭示安史之亂前後五十年間治亂興衰的歷史變化。詩序交代寫作緣起，詩之前八句即承接序文從各方面形容公孫氏舞〈劍器〉之「瀏漓頓挫」、「壯其蔚跂」。詩人以生動的比喻，豐富的想像，誇張的筆觸，描繪出一幅動人的場景。「爧如」四句，極言舞蹈之雄妙絕倫，有聲有色，驚心動魄。姚合〈劍器詞三首〉其一：「掉劍龍纏臂，開旗火滿身。」蘇渙〈贈零陵僧〉：「七星錯落纏蛟龍……西河舞劍氣凌雲。」元稹〈說劍〉：「霆雷滿室光，蛟龍繞身走。」可與此四句相參。接六句由追憶回到現實：公孫已逝，幸有弟子李氏承傳其藝，今見李氏舞於白帝，尤有其師之風采，明其淵源，不由感慨萬端。再下六句抒發今昔盛衰之感：玄宗皇帝時梨園弟子成千上萬，公孫大娘的〈劍器〉舞尚冠絕一時，五十年的時光和一場滔天的浩劫使一切繁華都如煙散去，只留下這亦匪盛顏的公孫弟子。這一段是全詩的高潮，滄桑巨變，無窮悲愴，皆寓於短短六句之中。末六句由曲終席散，進一步抒發聚散無常之慨。仇兆鰲曰：「金粟，承先帝。瞿唐，承白帝。樂極，承妙舞。哀來，承撫事。足繭行遲，反愁太疾，臨去而不忍其去也。」（《杜詩詳注》卷二〇）此詩「舉一〈劍器〉，可該萬事」（汪灝《樹人堂讀杜詩》卷二〇），容量極大，感慨極深，悲壯淋漓，沉鬱頓挫，堪稱絕妙好詞！王嗣奭曰：「此詩見〈劍器〉而傷往事，所謂撫事慷慨也。故詠李氏，卻思公孫，詠公孫，卻思先帝，全是為開元天寶五十年治亂興衰而發。」（《杜詩詳注》卷二〇引）詩前小序，以詩為文，筆法跳躍，感情充沛，與詩互為補充，珠聯璧合，相得益彰。盧世漼稱「序與詩，俱登神品」（《杜詩胥鈔餘論・論七言古詩》）。李因篤讚曰：「序以錯落妙，詩以整妙。錯落中有悠揚之致，整中有跌宕之風。縱橫排宕，如韓信背水破趙，純以奇勝。」（《杜詩集評》卷六引）

冬至

【題解】大曆二年（西元七六七年）冬至在夔州作。詩人因長期漂泊之苦，而憶長安在朝之時，感慨良深。

年年至日❶長為客❷，忽忽❸窮愁泥❹殺人。江上❺形容吾獨老❻，天涯風俗自相親❼。杖藜❽雪後臨丹壑❾，鳴玉❿朝來散紫宸⓫。心折⓬此時無一寸⓭，路迷何處是三秦⓮。

【注釋】❶至日　即冬至日。❷長為客　杜甫自乾元二年（西元七五九年）棄官客秦州，至今已有八九年，故云。❸忽忽　恍惚失意貌。❹泥　軟纏；膠滯。年年為客，窮愁無已，似在有意纏人不放。❺江上　同下句之「天涯」，俱指夔州言。❻吾獨老　則別人或不如此，「獨」字淒愴。❼自相親　人自相親，而不與我親，正客中苦況。漢樂府〈飲馬長城窟行〉：「入門各自媚，誰肯相為言。」陸雲〈答張士然〉：「百城各異俗，千室非良鄰。歡舊難假合，風土豈虛親。」此即其意。杜甫〈十月一日〉詩亦云：「舊俗自相歡。」❽杖藜　持藜莖為杖，泛指扶杖而行。❾丹壑　紅色的山谷。❿鳴玉　「乘馬鳴玉珂」的省文。玉珂，馬勒以貝飾之，色白如玉，行走振動則有聲。⓫紫宸　殿名，在長安大明宮內。杜甫任左拾遺時有〈紫宸殿退朝口號〉詩。⓬心折　猶心碎。⓭無一寸　心大不過方寸，故曰寸心。寸心既折，故言不足一寸。⓮三秦　即今陝西關中地區，此指長安。

【語　譯】八九年來，年年的冬至我都是在異鄉客居中度過，恍惚失意、窮愁潦倒死死地纏住我不放。江城裡大概只有我的面容早早衰老，這僻遠的夔州城的風俗是人自相親。雪後我扶著藜杖來到紅色的山谷旁，而此時紫宸殿的百官正乘著飾有玉珂的馬兒散朝回府。思念及此，我不由心為之碎，哀痛中竟然迷失了歸京的路途。

【研　析】此詩題曰「冬至」，上二聯寫旅居冬至，下二聯因憶長安冬至。然首句「長為客」三字，實為一篇綱領。詩人因客途久滯，故而泥於窮愁，逢此冬至，夔州卻是風俗自親，徒令為客之人形容獨老，倍覺淒涼。孤寂之中，於雪後杖藜而臨丹壑，轉思此際正是長安百官紫宸散朝之時。我漂泊獨老，諸公卻在朝中盡享風光，真是榮瘁懸殊。每念及此，不覺腸斷心折，竟至歸鄉路迷。然心折則窮愁轉甚，路迷則久客難歸。詩作上下兩截相扣，聯聯又相扣，可謂針線細密。石閭居士評之曰：「此詩亦通體整對格，又妙在中間兩聯，偏能流走，起末兩聯，反見對峙，文筆之變化，至此真令人莫能測識也，奇哉！幻哉！」（《藏雲山房杜律詳解》七律卷下）

夜歸

【題　解】大曆二年（西元七六七年）在夔州作。此詩寫醉後歸家所見所聞深夜景象，以及邊歌邊舞之醉態。

夜半歸來衝虎過❶，山黑家中已眠臥。傍見❷北斗向江低，仰看明星❸當空大❹。庭前把燭嗔兩炬❺，峽口驚猿聞一個❻。白頭老罷❼舞復歌❽，杖藜不睡誰能那❾？

【注　釋】❶衝虎過　形容夜路危險難行。❷傍見　斜見。❸明星　金星之別名，又名啟明星、太白星。❹大　此指亮度大。❺嗔兩炬　嫌家中燃兩支蠟炬太浪費。嗔，嗔怪。❻聞一個　聽到一聲。❼老罷　謂年老則百事皆罷，猶言老朽。❽舞復歌　邊舞蹈邊唱歌。❾那　即奈，乃針對家人的促睡之語而言。

【語　譯】半夜裡，我冒著衝過虎口般的危險回到家中，家人已在昏黑的山色中睡下了。斜眼看見北斗星正向著江面低轉，仰頭則見啟明星在當空閃閃發亮。我嗔怪家人在庭前點了兩支蠟燭，又聽到峽口傳來一聲猿猴的驚叫。我這萬事皆休的白髮老頭又唱又跳，拄著手杖不去睡覺，誰又能奈何我啊？

【研　析】此詩前二句點題，寫深夜歸家，因居於山城夔州，夜路難行，故以「衝虎過」誇張形容之，亦見詩人醉後踉蹌之態。次句「山黑」、「已眠臥」之語，襯上句「夜半」。三四句寫北斗低轉、金星閃亮的曠野夜景，意境清淒。「傍見」、「仰看」又寫出詩人醉眼迷濛之姿。五句以嗔燭再狀詩人之醉態，六句以聞猿反襯深夜之寂靜。末二句言己且舞且歌，杖藜不睡，令家人無可奈何。而「白頭老罷」數字又分明透露出詩人此舉並非全出於酒醉，而是因心中鬱積著難以訴說的悲涼憤懣之情。此詩語言質樸，描寫生動，王嗣奭曰：「黑夜歸山，有何奇特？而身之所經，心之所想，耳目所聞見，皆人所不屑寫；而一一寫之於詩，字字靈活，語語清亮，覺夜色淒然，夜景寂然，又人所不能寫者。」（《杜臆》卷九）陳式曰：「至今讀其詩，聲音顏色，勃勃紙上，描寫形容，《左》、《史》最稱絕妙，如公自狀無之。」（《問齋杜意》卷一八）同時，這首七律還大量使用口語、俗語，如「已眠臥」、「當空大」、「聞一個」、「誰能那」，不但都用在韻腳上，而且是以仄聲入韻，呈

現出新奇的面貌。胡震亨因評之曰：「故作一種粗鹵質俚之態，以盡詩之變，此所以為大家也。」（《杜詩通》卷一四）

短歌行贈王郎司直

【題解】大曆三年（西元七六八年）暮春在江陵（今湖北荊州）送別友人王郎作。王郎，名不詳，官司直。司直，官名。一在大理寺，一為東宮官屬。杜甫〈戲贈友二首〉其二云：「元年建巳月，官有王司直。」殆即其人。此詩抒發了懷才不遇的抑鬱悲憤之情。

王郎酒酣❶拔劍斫地❷歌莫哀，我能拔❸爾抑塞❹磊落❺之奇才。豫章❻翻風白日動❼，鯨魚跋浪❽滄溟❾開。且脫❿佩劍休徘徊⓫！西得諸侯棹錦水，欲向何門趿珠履⓬？仲宣樓⓭頭春色深，青眼⓮高歌⓯望⓰吾子⓱。眼中之人⓲吾老矣！

【注釋】❶酒酣　半醉。左思〈詠史八首〉其六：「荊軻飲燕市，酒酣氣益震。哀歌和漸離，謂若傍無人。」❷拔劍斫地　鮑照〈擬行路難〉其六：「對案不能食，拔劍擊柱長歎息。」斫，用刀斧砍。❸拔　提拔；拔擢。❹抑塞　猶抑鬱，謂才不得展。❺磊落　光明坦蕩。❻豫章　大木，樟類。陸賈《新語・資質》：「夫楩柟豫章，天下之名木，生於深山之中，產於溪谷之傍，立則為太山眾木之宗，仆則為萬世之用。」《神異經・東方經》：「東方荒外有豫章焉，此樹主九州，其高千丈，圍百尺，本上三百丈。」❼白日動　樹大則風大，白日為之動。❽跋浪　猶乘浪。❾滄溟　即碧海。❿脫　取下。⓫休徘徊　謂王郎既能翻風跋浪，奇才終當大用，何須拔劍悲歌耶？故謂之不必徘徊。徘徊，猶豫不決，指哀歌之態。⓬西得二句　謂王郎西去成都干謁諸侯，將去作誰的上客呢？得，得其信任。諸侯，即指蜀中節鎮。棹，划水行船。錦水，即錦江，在成都。

向何門，戒其謹慎擇人。跛，《說文．足部》：「跛，進足有所擷取也。」珠履，綴珠之鞋。《史記．春申君客三千餘人，其上客皆躡珠履以見趙使。」李白〈寄韋南陵冰〉：「堂上三千珠履客。」⓭仲宣樓　王粲，字仲宣，避亂荊州依劉表，曾作〈登樓賦〉，後人遂稱其所登之樓為「仲宣樓」。⓮青眼　指正著看人時，黑色的眼珠在中間。比喻對人的喜愛或重視，與「白眼」相對。語出《晉書．阮籍傳》：「籍又能為青白眼。」待賢者以青眼，待不肖者以白眼。⓯高歌　猶放歌。⓰望　望其得遇知己以施展奇才。⓱吾子　相親之詞，指王郎。⓲眼中之人　指王郎。陸雲〈答張士然〉詩：「感念桑梓域，彷彿眼中人。」邢邵〈七夕〉詩：「不見眼中人，誰堪機上織。」

【語　譯】酒酣耳熱之際拔劍砍地的王郎啊，你不要大唱哀歌，我能提拔你這遭受壓抑的光明坦蕩的奇才。你像名貴的大木豫章，風中翻騰的枝葉震動了白日；你又像龐大無比的鯨魚，掀起滔天巨浪劈開了滄海。姑且取下你的寶劍，不要再惆悵徘徊。你將西去成都，一定會得到那裡當政大員的信任，和他們一起泛舟錦江，只是你要穿哪一家的飾珠之鞋，作其座上客呢？春深時節，我在仲宣樓頭為你送別，王郎，我對你青眼有加，高歌一曲〈短歌行〉相贈，望你得展懷抱。我念念不忘的眼中人啊，你可知我已經老了！

【研　析】由首句「酒酣」之語，知此詩應即作於送別王郎的筵席上。全詩共十句，上下各五句，五、十兩句單句押韻，即上半首五句一組平韻，下半首五句一組仄韻。「每四句後用一單句，單句雖一語，實是一段文字。篇法、調法，並為奇絕。」（梁運昌《杜園說杜》卷八）詩上半勸慰王郎勿醉酣拔劍悲歌，因我既能予以舉薦提拔，而汝亦具翻風跋浪之奇才。前二句各十一字，且音節急促，大有突兀橫絕之勢。「豫章」二句以巨木、大魚為喻，比王郎之才華過人，終當為世所用。浦起龍云：「『白日』、『滄溟』，喻當時之有勢力者。白日為動，滄溟為開，正其必能見拔處。」（《讀杜心解》卷二之三）五句重言以勸之。詩下半抒寫送行之情。「棹錦水」，是遙想王郎赴蜀干謁侯門情狀；「跛珠履」，是望其能得遇伯樂；「仲宣樓頭春色深」，言明送別時地；「青眼高歌」，是抒己殷殷期盼之情；「吾老矣」，由人及己，又由己之衰老勸勉王郎及時努力。徐增評此詩曰：「子美歌行，此首為短，其層折最多，有萬字收不盡之勢。一芥子內，藏一須彌山王，奇絕之作。」（《而庵說唐詩》卷四）曾國藩亦云：「〈短歌行〉瑰瑋頓挫，跌宕票姚，可謂空前絕後。」（《求闕齋讀書錄》卷七）

江漢

【題解】大曆三年（西元七六八年）秋作。這年正月，杜甫由夔州出峽東下，秋由江陵去公安。這一帶長江因西漢水匯入，故稱江漢。或謂大曆四年在湖南境內作，不確。詩中寫江上行舟所見景象，以及引發的感慨，表達了詩人年邁而猶壯心不已的精神。

江漢思歸客❶，乾坤❷一腐儒❸。片雲天共遠，永夜❹月同孤。落日心猶壯❺，
秋風病欲蘇❻。古來存老馬，不必取長途❼。

【注釋】❶思歸客　思歸故鄉的遊子，作者自指。❷乾坤　猶天地。❸腐儒　迂腐的儒者。❹永夜　長夜。❺落日句　謂自己雖至暮年而壯心猶在。落日，比喻暮年。時作者已五十七歲。此即曹操〈龜雖壽〉「烈士暮年，壯心不已」意。❻病欲蘇　病要好了。蘇，蘇活，指病癒。❼古來二句　老馬不必求其長途奔馳，但其智可用。《韓非子・說林》：「桓公伐孤竹，返，迷惑失道，管仲曰：『老馬之智可用也。』乃放老馬而隨之，遂得道焉。」

【語譯】我是漂泊於江漢之間，終日思歸故鄉的遊子，我是蒼茫天地中一個迂腐的儒者。我像片雲一樣飄蕩於遠離故鄉的天邊，漫漫長夜裡我和天上的月亮一樣孤獨無伴。眼望落日，暮年的我卻覺得壯心猶在；置身秋風，滿身的病痛反似要痊癒。自古以來存留老馬是因為其經驗智慧可用，而不是指望牠還能跋涉長途。

【研析】這首五律亦是杜詩名篇。首聯即對仗，起句以「江漢」點題，「思歸客」三字，則飽含久滯異鄉的無限辛酸。對句與「飄飄何所似？天地一沙鷗」（〈旅夜書懷〉）同意，情雖淒苦，景卻闊大，憂思深沉。仇兆鰲謂詩人自稱「腐儒」是「自嘲亦復自負」（《杜詩詳注》卷二三），深得其意。世不見用，故而自嘲；心常憂

國，足以自負。此等「腐儒」，乾坤間卻是少而又少！頷聯緊承首句，藉眼前之景，繼抒羈旅苦情。遠天片雲，永夜孤月，既是目中幽美如畫的江景，片雲、孤月，又恰似孤獨漂泊詩人的化身。兩句對仗工整，情景交融，密合無間，令人回味無窮。頸聯觸景起興，一反上兩句之情景一體，不可分別，轉以衰颯之景襯豪壯之情。落日、秋風，本令人頓生淒涼蕭瑟之感，而詩人偏覺「心猶壯」、「病欲蘇」，加倍凸顯出其堅韌不拔的精神和執著向上的襟懷。末聯以老馬識途的故事表明自己仍堪為國效勞的能力與心跡，不但與上聯的思想感情一脈相承，而且和首聯的「思歸」、「腐儒」之語遙相呼應。此詩可謂句句精警，尤其是中間兩聯，寫景抒情，一筆兩用，神妙難當，直入化境，歷來深受好評。趙汸曰：「中四句，情景混合入化。雲天夜月，落日秋風，景也。與天共遠，與月同孤，心視落日而猶壯，病遇秋風而欲蘇，情也。他詩多以景對景，情對情，其以情對景者已鮮，若此之虛實一貫，不可分別，效之者尤鮮。」（《杜詩詳注》卷二三引）方回評曰：「此詩，余幼而學書，有此古印本為式，云杜牧之書也。味之久矣。愈老而愈見其工。中四句用『雲天』、『夜月』、『落日』、『秋風』，皆景也，以情貫之，『共遠』、『同孤』、『猶壯』、『欲蘇』八字，絕妙。世之能詩者不復有出其右矣。」（《瀛奎律髓》卷二九）

歲晏行

【題　解】此詩當是大曆三年（西元七六八年）冬舟次岳州（今湖南岳陽）時所作。詩以寫實手法反映了勞動人民到年底時窮困潦倒，無以為生的淒慘境況，深刻抨擊了當時賦稅繁重、錢法大壞等政治積弊。

歲云❶暮矣多北風，瀟湘洞庭白雪中。漁父天寒網罟❷凍，莫徭❸射雁鳴桑弓❹。去年米貴闕軍食❺，今年米賤太傷農❻。高馬達官厭❼酒肉，此輩❽杼柚❾茅茨❿空。楚人重魚不重鳥，汝休枉殺南飛鴻⓫。況聞處處鬻⓬男女，割慈忍愛還租庸⓭。往日用錢捉私鑄，今許鉛鐵和青銅⓮。刻泥為之最易得⓯，好惡不合長相蒙⓰。

萬國城頭吹畫角，此曲哀怨何時終⓱？

【注　釋】❶云　語助詞，無意義。❷罟　網。❸莫徭　湖南一種少數民族。《隋書・地理志下》：「長沙郡又雜有夷蜑，名曰莫徭。自云其先祖有功，常免徭役，故以為名。」❹桑弓　桑木製成的弓。❺去年句　去年，指大曆二年。據《舊唐書・代宗紀》載，大曆二年十一月，唐王朝令官僚、百姓捐錢以助軍糧。❻傷農　糧價太低，農民的收入因而大大減少。❼厭　同「饜」。吃飽喝足。❽此輩　指上述窮苦百姓。❾杼柚　織布工具。❿茅茨　草屋。⓫楚人二句　照應前面「莫徭」句，說楚人不愛吃鳥肉，莫徭射雁也不能換來收入，豈不是白白害了鴻雁的性命！楚人，湖南一帶之人。枉殺，指莫徭獵禽也改變不了窮困處境。⓬鬻　出賣。⓭租庸　唐王朝曾實行「租庸調」的賦稅制度，每丁歲納租粟二斛或稻三斛，叫做「租」；每戶納絹二匹，綾絁各二丈，綿三兩，麻三斤，非蠶鄉則輸銀十四兩，叫做「調」；每丁歲服勞役二十日，不能服役，一天納絹三尺，叫做「庸」。（見《新唐書・食貨志一》）⓮往日二句　抨擊朝廷容許地主商人私鑄銅錢。唐初曾禁止私鑄錢，規定「盜鑄者身死，家口配沒」（見《舊唐書・食貨志》）。天寶以後，地主商人私鑄錢，在銅裡摻和鉛鐵，牟取暴利。官府則聽之任之，所以說「今許」。鐵，一作「錫」。⓯刻泥句　意思是用泥土做成錢豈不是更容易，更不費成本！這實際是一句氣話。⓰好惡句　申明必須禁止私鑄，不應讓好錢和壞錢長相蒙混下去。蒙，蒙混。⓱萬國二句　現在到處是戰亂，老百姓的苦難沒個完，那哀怨的曲調何時才有個終了？意謂這種戰亂的局面不知何時才能結束。萬國，天下。軍中用鼓角指揮，所以「吹畫角」就是指戰爭。

【語　譯】年底的時候啊，常常刮起北風，瀟湘大地洞庭湖周圍都覆蓋在白雪之中。天氣寒冷，漁父的魚網都凍結了；莫徭人射著天上的大雁，他們那桑木製成的弓陣陣作響。去年米價昂貴，軍糧短缺，今年的米價又太低，大大損傷了農民的利益。那些騎著高頭大馬的達官貴人終日飽食酒肉，這些百姓的織布工具連同茅屋卻被搜刮得空無一物。湖南一帶的人喜歡吃魚肉而不喜歡鳥肉，既然鳥兒換不來錢糧，莫徭人啊你們就不要再白白殺害南飛的鴻雁了。況且我還聽說這裡到處都在賣兒賣女，割捨下慈愛之心，忍受著骨肉離散的痛苦，用賣兒女的錢來交納租稅。以前朝廷嚴禁使用私鑄之錢，現在卻聽任巨富奸商私自鑄造摻入鉛鐵的不合格銅錢大行於世。刻泥成錢不是更容易嗎？怎麼能讓好錢和壞錢長相蒙混下去呢。如今普天下的城池中都響著戰爭的號角，那哀怨的曲調啊何時才能終結？

【研　析】仇兆鰲曰：「此章前四段各四句，末用二句結。」（《杜詩詳注》卷二二）詩由歲暮大寒，冰封雪凍寫起，首四句悲漁獵之艱，次四句傷耕織之難，再次四句歎賦斂之困，再次四句慨錢法之壞，末二句憫時憂亂。本詩揭露深刻，憂憤深廣，是杜甫晚年反映民生疾苦的一篇力作。如「高馬達官厭酒肉，此輩杼柚茅茨空」二句，將達官貴人的享樂生活與老百姓的窮困生活對比，與「朱門酒肉臭，路有凍死骨」（〈自京赴奉先縣詠懷五百字〉）同慨。「況聞處處鬻男女，割慈忍愛還租庸」二句，則成為控訴賦稅苛重的名句。「莫徭射雁鳴桑弓」，「楚人重魚不重鳥」，描摹民情風俗如畫。「去年米貴闕軍食，今年米賤太傷農」，「往日用錢捉私鑄，今許鉛鐵和青銅」，記錄史實，堪當「詩史」之譽。末尾既揭出戰亂為生民窮困之由，又擔憂困窮復為致亂之因，其思也深，其愛更摯，千載之下，尤令人感慨不已。夏力恕曰：「孤臣遲暮，感時憂國之言，〈風〉、〈雅〉真源，《楚辭》變調，錯節深情，愈諷愈出。」（《杜詩增注》卷一九）

登岳陽樓

【題　解】岳陽樓，即岳州（今湖南岳陽）西城門樓，俯瞰洞庭湖。相傳原為三國吳時魯肅在洞庭湖操練水軍的閱兵臺。唐玄宗開元四年（西元七一六年），中書令張說謫守岳州，遂在閱兵臺舊址建樓，常邀集文人學士登樓賦詩，名始流傳海內。但張說詩中仍稱「西樓」，尚無岳陽樓之名，孟浩然〈望洞庭湖〉詩也只說「波撼岳陽城」，至李白、杜甫始以岳陽樓為題。杜甫於大曆三年（西元七六八年）歲暮登樓而作此詩。

昔聞洞庭水❶，今上岳陽樓。吳楚東南坼❷，乾坤日夜浮❸。親朋無一字❹，老病❺有孤舟❻。戎馬關山北❼，憑軒❽涕泗流❾。

【注釋】❶洞庭水　即洞庭湖。❷吳楚句　大致說來，湖在楚之東，吳之南，中由湖水分開，故曰「坼」。坼，分裂。❸乾坤句　《水經注．湘水》：「(洞庭)湖水廣圓五百餘里，日月若出沒於其中。」乾坤，指日月。❹字　指書信。❺老病　杜甫時年五十七歲，身患多種疾病，故云。❻有孤舟　謂水上漂泊，只有以舟為家。❼戎馬句　指北方之戰事。據史載，大曆三年秋冬，吐蕃屢侵隴右、關中一帶，京師戒嚴。因其地在岳陽西北，故曰「關山北」。戎馬，指戰爭。❽憑軒　倚靠著樓上窗戶。❾涕泗流　猶言老淚縱橫。張載〈擬四愁詩〉：「登崖遠望涕泗流。」涕泗，眼淚曰涕，鼻涕曰泗。

【語譯】早就聽說洞庭湖水勢浩蕩，今天終於登上了岳陽樓得以親眼目睹。廣闊的湖面把吳、楚兩地分割開來，日月都好像浮在水面上。親人友朋沒有一封書信寄來，年老多病的我只有一葉小舟相伴。關山之北啊，仍是戰事不斷，身倚樓窗，我不禁涕泗交流。

【研析】杜甫大曆三年(西元七六八年)正月中旬離開夔州乘舟出三峽，經江陵，過公安，舟抵岳陽，已是歲暮，這一年他全是在波濤洶湧的長江上的一葉孤舟中度過的。詩人以年老多病之身，登上岳陽名樓，放眼八百里洞庭，自是感慨萬千。巴陵勝狀，在洞庭一湖。岳陽為名勝之地，遷客騷人，多會於此，樓即「遷客」張說所建。故首聯以「昔聞」、「今上」對舉，表現出得償夙願的興奮之情，也深寓撫今追昔的無限感慨。頷聯極寫洞庭浩瀚無際的壯闊景象，吳楚為之坼，乾坤浮於內，雄渾豪健，凌跨古今。但亦寓家國身世之感，吳楚分裂，乾坤震蕩，不正是當時唐王朝的形象寫照嗎？頸聯自憐身世，親朋之書信無一字傳來，老病之人卻還要孤舟漂泊，無論是「有」、「無」、「一」、「孤」，還是「老病」，皆是無限淒涼，讓人不忍卒讀。詩境至此，陡然由闊大跌入狹窄，對比鮮明，動人胸臆。浦起龍曰：「不闊則狹處不苦，能狹則闊境愈空。」(《讀杜心解》卷三之六)末聯憂懷國事，己身之多艱雖已可歎，然外敵入侵，竟至京師戒嚴，干戈不息，國衰民苦，更讓詩人太息流涕。黃生評曰：「前半寫景，如此闊大，轉落五六，身世如此落寞。詩境闊狹頓異，結構湊泊極難。不圖轉出『戎馬關山北』五字，胸襟氣象，一等相稱，宜使後人擱筆也。」（《杜詩說》卷五）杜詩之可貴處，正是景中有人在，詩中有人在，更有格在，這所謂的「格」正是憂國憂民的博大胸懷。劉辰翁稱譽此詩「氣壓百代，為五言雄渾之絕」（《集千家注批點杜工部詩集》卷一九），胡應麟則推之為盛唐五言律第一（《詩藪．內編》卷四），王士禛讚為「千古絕唱」（盧坤五家評本《杜工部集》卷一八），實不為過。

南征

【題解】大曆四年（西元七六九年）二月，杜甫由岳陽去潭州（今湖南長沙）所作。杜甫此前所作〈陪裴使君登岳陽樓〉云：「雪岸叢梅發，春泥百草生。敢違漁父問，從此更南征。」潭州在岳陽南，故曰「南征」。此詩寫避難異地，日益遠離中原家鄉引起的感傷和對朝廷的眷念。

春岸桃花水❶，雲帆楓樹林。偷生長避地❷，適❸遠更霑襟❹。老病南征日，
君恩❺北望❻心。百年歌❼自苦❽，未見有知音❾。

【注釋】❶桃花水　即春水。《漢書．溝洫志》「桃華（花）水」顏師古注：「〈月令〉：仲春之月始雨水，桃始華，蓋桃方華時，既有雨水，川谷冰泮，眾流猥集，波瀾盛長，故謂之桃華水耳。」庾信〈詠畫屏風詩二十五首〉其十：「流水桃花色，春洲杜若香。」楊萬里〈圩丁詞十解〉其二：「年年二月桃花水。」❷避地　避難於異地。《論語．憲問》：「賢者避世，其次避地。」杜甫晚年多次避亂，長期飄泊，故云「長避地」。❸適　去；到。❹霑襟　傷心流淚。杜甫晚年　直念念不忘北返家園，而此時為逃難，不得不往南行，身南心北，故心傷悲。❺君恩　指代宗之恩。杜甫在閬州時，代宗曾召補其為京兆

功曹，未受。後因嚴武表薦，授檢校工部員外郎，賜緋魚袋。即杜甫這裡所謂「君恩」。❻北望　因京城長安在岳陽之北，故云。❼歌　指所創作的詩歌。❽苦　既指其詩多淒苦之內容，亦指苦心經營。❾未見句　指不被人理解。《古詩十九首》其五：「不惜歌者苦，但傷知音稀。」杜甫化用其句，感慨極大極深。

【語　譯】春天桃花初開的時候，我乘船南去，岸邊是令人淒然的楓樹林。苟且偷生長期漂泊異地，如今又將遠適南荒，更令人淚灑衣襟。老病之身強忍南征苦，回首北望難以報君恩。慘澹經營一生苦吟，只可恨未遇知心知音之人。

【研　析】杜甫晚年長期「漂泊西南天地間」，自乾元二年（西元七五九年）秋棄官流寓秦州，至大曆四年（西元七六九年）春，已漂泊流離了十年。年老貧病的詩人，時時都想回到遠在北方的故園和長安。但為生活時勢所迫，不但不能北返，反而南征荊蠻之地，越行越遠，老人不禁感慨萬千，遂作〈南征〉以抒懷。首二句寫南征途中之景。「春岸桃花水，雲帆楓樹林」，雖是眼前實景，但亦暗用陶淵明〈桃花源記〉「緣溪行，忘路之遠近，忽逢桃花林，夾岸數百步，中無雜樹，芳草鮮美，落英繽紛……」及《楚辭・招魂》「湛湛江水兮上有楓」、「魂兮歸來哀江南」的意境。秀美的山川，灰色的人生，形成強烈的對比效果。中間四句，進一步寫自己年老多病，漂泊無定，有志難伸，君恩難報，前景渺茫，若可依而避世，終將捨而遠適，身南心北，萬千心事，盡蘊其中。最後「百年」二句，結出不得不南征之故，言其一生的詩歌創作，未見知音，感慨十分深長。杜甫在當時詩壇確實是寂寞的。天寶末，殷璠編《河岳英靈集》以及杜甫死後高仲武編《中興間氣集》，都未收錄杜詩，可見當時人們對杜詩的不朽價值尚未充分認識。垂暮的詩人感到了無盡的孤獨，但杜甫在孤獨中卻並沒有消沉，他在歎息知音稀少的同時，又表現出極度的自信。因為他堅信自己「歌自苦」的詩歌，終究會得到人們接受和理解的。

清明二首（選一）

【題解】此詩作於大曆四年（西元七六九年）二月，杜甫初至潭州時。清明，農曆二十四節氣之一。大曆四年清明在農曆二月二十四日。組詩二首，此為其二，感歎長年飄泊，寂寞病殘，嚮往京華長安。

其二

此身飄泊苦西東，右臂偏枯❶半耳聾❷。寂寂❸繫舟❹雙下淚❺，悠悠伏枕❻左書空❼。十年❽蹴踘❾將雛❿遠，萬里鞦韆習俗同⓫。旅雁上雲⓬歸紫塞⓭，家人鑽火⓮用青楓⓯。秦城⓰樓閣煙花⓱裏，漢主⓲山河錦繡中。春水春來洞庭闊，白蘋⓳愁殺白頭翁⓴。

【注釋】❶偏枯　痲痹。❷半耳聾　一隻耳聾。據杜甫大曆二年（西元七六七年）秋所作〈耳聾〉：「眼復幾時暗？耳從前月聾。」暮冬所作〈復陰〉：「夔子之國杜陵翁，牙齒半落左耳聾。」可知早在夔州時，杜甫左耳已聾。❸寂寂　與下「悠悠」，均為孤寂落寞貌。❹繫舟　杜甫出峽後，長期寄身於船上，故云。❺雙下淚　兩眼流淚。❻伏枕　比喻臥病。❼左書空　因右臂偏枯，故僅能用左手。書空，在空中虛寫。《世說新語・黜免》載：殷浩被廢後，終日書空，作「咄咄怪事」四字。❽十年　從乾元二年（西元七五九年）秋流寓秦州算起，到此時已有十年。❾蹴踘　與下「鞦韆」都是古代清明節時的遊戲。蹴，踢。踘，用皮革做的球。❿將雛　攜帶幼小子女。⓫同　同於故鄉。⓬上雲　飛上雲際。⓭紫塞　相傳秦築長城，土色紫，故稱紫塞。這裡泛指北方。⓮鑽火　鑽木取火。舊俗清明節前為寒食，家家禁火，故清明須取新火。即第一首所云「朝來新火起新煙」。⓯用青楓　楚地多楓樹，故用青楓取火，這與北方多用榆柳不同。⓰秦城　指長安。⓱煙花　形容春日的繁華景色。⑱漢主　以漢喻唐，指唐皇。⑲白蘋　一種多年生水草，因開小白花，故謂白蘋。亦稱田字草，又叫四葉菜。⑳白頭翁　杜甫自謂。

【語　譯】老身從西往東吃盡飄泊流離之苦，如今已是右臂偏癱麻痹左耳聾。寂寞的船上生活使人潸然落淚，終日臥病只好孤寂地用左手書空。挈婦將雛萬里飄泊已經漫漫十年，清明時節蹴踘打鞦韆和故鄉習俗相同。春天的大雁已展翅凌空飛回北方，在這裡家人也知道用青楓鑽木取火。遙想京城長安樓閣林立春意盎然，壯麗呵我煌煌大唐錦繡河山。春水漫溢八百里洞庭，白蘋萋萋可愁殺我這白髮老翁。

【研　析】清明是農曆二十四節氣之一，也是中華民族慎終追遠祭奠先祖的傳統節日。對於長期飄泊異地嘗盡流離之苦的老病詩人來說，真可說是感慨萬千的。這首七言排律，句句綰定清明，句句對照自己，將清明時節思念故園長安、感念羈旅生涯的複雜心緒深刻而又婉轉地表現出來。開頭四句先寫自己的飄泊生活和病廢情況，突出一個「苦」字。「繫舟雙下淚」，傷多年飄泊；「伏枕左書空」，歎命途多舛，又巧用殷浩之典。這就將杜甫晚年的窮愁潦倒與憤懣侘傺十分形象地呈現在讀者面前。「十年蹴踘將雛遠，萬里鞦韆習俗同」，蹴踘，古代擊毬之戲，詩人愛子，常與之一同踢踏嬉戲。兩句對仗巧妙，將詩人挈婦將雛、苦中作樂、四海為家、歸鄉無期的生活及心理狀態，簡潔而又生動地表現出來，給讀者以深刻而鮮明的印象。「旅雁」句言禽鳥尚知北返，而人卻不能，則情何以堪？「家人」句又用楚地習俗和北方的不同，暗喻飄泊思鄉的苦情。如果說「十年」二句是說「萬里習俗同」，「家人」句則是說楚地和故鄉「習俗異」。對長期飄泊在外的遊子來說，「習俗同」已是不堪，「習俗異」則更難忍受，故而愈增思鄉之情。以下「秦城」二句，則因清明思鄉而遙想故園京城繁盛壯麗的春景。最後「春水」二句，言洞庭湖春汛水漲，看到水上隨波漂流的白蘋，想到自身飄泊的苦況，更撩起無限愁思，引人遐想。末二句情思所自顯然受到南朝梁詩人柳惲〈江南曲〉的影響：「汀洲采白蘋，日暖江南春。洞庭有歸客，瀟湘逢故人。故人何不返，春花復將晚。不道新知樂，只言行路難。」「白頭翁」，杜詩凡用七次，一次比一次沉痛。最後一次是大曆五年（西元七七〇年）四月避臧玠之亂時所作

〈逃難〉：「五十白頭翁，南北逃世難。疏布纏枯骨，奔走苦不暖。已衰病方入，四海一塗炭。乾坤萬里內，莫見容身畔。妻孥復隨我，回首共悲歎。故國莽丘墟，鄰里各分散。歸路從此迷，涕盡湘江岸。」這時的故鄉已經不是「秦城樓閣煙花裡，漢主山河錦繡中」了，而是「故國莽丘墟」、「歸路從此迷，涕盡湘江岸」，更是令人慘不忍讀了。

過津口

【題　解】大曆四年（西元七六九年）二月，杜甫乘舟自潭州（今湖南長沙）赴南岳過津口時作。津口，即今之淥口，在湖南株洲市株洲縣（唐為湘潭縣）淥口鎮湘江東岸，淥水由此入湘江。

南岳❶自茲❷近，湘流❸東逝深。和風引桂楫❹，春日漲❺雲岑❻。回道❼過津口，而多楓樹林。白魚困密網，黃鳥喧嘉音。物微❽限通塞，惻隱仁者心❾。瓮餘不盡酒，膝有無聲琴❿。聖賢兩寂寞，眇眇獨開襟⓫。

【注　釋】❶南岳　即衡山。❷自茲　從此。❸湘流　指湘江。❹桂楫　對船的美稱。❺漲　謂日光浮於雲上。❻雲岑　即雲峰。❼回道　繞道。❽物微　指白魚、黃鳥。❾惻隱句　《孟子．公孫丑上》云：「惻隱之心，仁之端也。」❿瓮餘二句　陸機詩佚句：「瓮餘殘酒，膝有橫琴。」當是杜詩所本。無聲琴，即無絃琴。《宋書．陶潛傳》云：「潛不解音聲，而畜素琴一張，無絃，每有酒適，輒撫弄以寄其意。」⓫聖賢二句　謂想到古往今來的聖賢之輩都已經寂寞無聞，不禁惆悵不已，倍感孤獨。眇眇，孤獨貌。

【語　譯】從這裡到南嶽衡山已經很近了，湘江也在此向東滾滾流去。和暖的風引領著我的坐船，春天的日光浮在雲峰之上。繞道經過津口，兩岸是茂密的楓樹林。白魚被困在密密的網中，黃鳥卻在大聲鳴叫，快樂地唱著美妙的歌音。牠們都是微小的生靈，只能局限於或自在或禁錮的處境中，無力改變，然而仁愛的人應該對牠們懷有同樣的惻隱之心。酒瓮裡還剩有沒喝完的酒，膝上橫著一張無絃琴。古往今來的聖人賢人都已歸於寂寞，我只有獨自一人對著大江敞開胸襟。

【研　析】此詩首二句先寫舟過津口，以近南嶽，臨湘江，言其地理方位。次四句寫春日江行所見美景，和風吹拂，陽光普照，白雲團團，楓林茂密，一派安寧，令人心怡。再次四句敘物情，詩人感於魚兒困於密網，鳥兒卻能自由鳴唱的不同遭遇，希望人們能以惻隱之心同等對待小小生靈。黃生曰：「通、塞以遇，言物之所遇雖不同，然仁者自宜一視，何獨使水居者盡於密網乎？」（《杜詩說》卷二）最後四句以自述己懷作結，酒有餘，膝有琴，本應自得，然時無聖賢，不免愁悶。此詩深得陶詩韻味，王嗣奭云：「公在窮途而風平舟利，便自神怡，知胸中無宿物。」（《杜臆》卷一〇）其實，此詩語調雖然平和，然對於微物通塞的惻隱之歎，對於聖賢寂寞的孤獨之感，卻透露出詩人心中難解的憂慮。杜甫終究不是「心無宿物」之人，他不但始終心懷憂國憂民之念，而且愈到晚年，愈是民胞物與，關懷眾生。明乎此，方能理解杜詩之真味。

客從

【題　解】此詩當是大曆四年（西元七六九年）在潭州（今長沙）所作。這年三月，唐王朝派御史向商人徵稅，加劇了人民痛苦。杜甫有感於此，遂以寓言形式寫下這首詩，對民困寄予了深切同情，對統治者橫徵暴斂進行了強烈譴責。詩取首二字為題。

客從南溟❶來，遺❷我泉客珠❸。珠中有隱字❹，欲辨不成書❺。緘❻之篋笥❼

久，以俟❽公家❾須❿。開視化為血⓫，哀今徵斂無⓬。

【注　釋】❶南溟　南海。❷遺　贈送。❸泉客珠　泉客，即鮫人，又名泉仙或淵客。古代傳說，南海有鮫人，水居如魚，能織綃，其淚珠能變成珍珠。❹有隱字　有一個隱約不清的字。❺書　文字。❻緘　封藏。❼篋笥　藏物的竹箱。❽俟　等待。❾公家　官府。❿須　需要，即下所謂「徵斂」。⓫化為血　即化為烏有。這裡特意用「血」字，暗示公家徵斂之物，均為人民血淚。⓬徵斂無　而今再無物可供搜刮，言已被剝奪一空。

【語　譯】客人從南海那裡來，贈送給我鮫人淚水化成的珍珠。珠子上隱隱約約似乎有文字，想要辨認卻又看不成字。把它藏在竹箱中很長時間，等著官府需要的時候交上去。當我打開再看的時候，它卻已經化為一灘碧血，真讓人哀傷啊，現在再也沒有東西來應付官府的徵斂了。

【研　析】這首寓言詩情醇味厚，歌短泣長，蘊藉優柔，與《詩》三百篇、《古詩十九首》上下同流。發端「客從」二句，句法即係模仿《古詩十九首》：「客從遠方來，遺我雙鯉魚。」「客」和「我」都是虛構。詩的構思也非常巧妙，「泉客珠」已頗具象徵意義，珠上又有隱字，後又化為鮮血，意蘊深沉，深寄悲慨。浦起龍曰：「都從『泉客珠』三字演出，言珠必言泉客，見此物為淚點所成，非但貼切南方而已。字不成書，民欲自訴而不敢顯言也。」（《讀杜心解》卷一之六）楊倫曰：「此詩從珠上想出有隱字，從泉客珠上想出化為血。珠中隱字比民隱莫知，上之所徵皆小民淚點所化，今並無之，痛不忍言矣。」（《杜詩鏡銓》卷二〇）王嗣奭曰：「此為急於徵斂而發。上之所斂，皆小民之血，今並血而無之矣。」（《杜臆》卷一〇）夏力恕曰：「此篇似歎徵求，亦寓言耳。自以生平憂世篇章，皆和淚寫之。如泉客之珠，辭雖婉諷，隱而難辨，然實可用於世，方期藏而有待，今且老矣，淚化為血，即用我亦無矣。思之至，故哀之深也。」（《杜詩增注》卷二〇）所言皆符詩意。

蠶穀行

【題解】大曆四年（西元七六九年）在湖南作。詩針對久經戰亂，農桑荒廢，民生凋敝的社會現實，表達了渴望停止戰爭，恢復生產，使人民過上安居樂業生活的美好願望。

天下郡國向❶萬城，無有一城無甲兵❷。焉得❸鑄甲作農器❹，一寸荒田牛得耕❺。牛盡耕，蠶亦成。不勞烈士❻淚滂沱❼，男穀女絲❽行復歌❾。

【注釋】❶向 將近。❷無有句 據史載：大曆三年，商州兵馬使劉洽反，幽州兵馬使朱希彩反，四年，廣州人馮崇道、桂州人朱濟時反，吐蕃又連年入侵，河北藩鎮擁兵割據，故曰「無有一城無甲兵」。甲兵，喻戰亂。❸焉得 安得；怎得。❹鑄甲作農器 將武器銷毀做成農具。❺一寸句 意謂不荒廢一寸土地。一寸，每寸。❻烈士 指戰士。❼滂沱 大雨貌，形容淚落如滂沱大雨。❽男穀女絲 即男耕女織。❾行復歌 一邊勞作一邊唱歌。指人民安居樂業。行，猶作。

【語譯】天下的郡國州縣將近上萬座城池，沒有一座城裡沒有戰亂。怎樣才能把武器銷毀鑄成農具，讓天下的每一寸荒田都能有牛來耕犁。土地都有牛耕，蠶也養成。不用戰士們再浴血奮戰，淚落如雨，只有百姓男耕女織，愉快勞作，安居樂業。

【研析】吳興祚云：「嘗試讀其〈蠶穀行〉、〈茅屋歎〉，非禹稷饑溺之心乎？」（〈杜詩論文序〉）此詩確實和〈茅屋為秋風所破歌〉一樣，鮮明地反映出詩人關懷民生的思想感情。全詩語言淺顯，情感直露，但依然極富藝術魅力。首二句以天下向萬城，無城無甲兵，寫戰亂之連綿不斷，很具表現力。〈洗兵馬〉詩有「安得壯士挽天河，淨洗甲兵長不用」的名句，此詩「焉得」二句則更進一層，言須鑄甲為器，恢復生產。王嗣奭又評中四句曰：「上句言『甲兵』，而承以『鑄甲作農器』，不云鑄兵，今人必以為病，大家不拘。題兼蠶穀，而篇中止帶『蠶亦成』三字，今人不敢，然至理亦不外是。」（《杜臆》卷九）末二句以「淚滂沱」寫戰亂之苦，「行復歌」狀安居之樂，對比鮮明，生動感人。

朱鳳行

君不見瀟湘❶之山衡山❷高，山巔朱鳳聲嗷嗷❸。側身長顧❹求其曹❺，翅垂口噤❻心勞勞❼。下愍❽百鳥在羅網，黃雀最小猶難逃。願分竹實❾及螻蟻，盡使鴟梟❿相怒號。

【題　解】大曆四年（西元七六九年）在湖南作。朱鳳，紅色的鳳凰。古人以鳳為神鳥，稱為鳥王，常以喻賢能之人。這裡作者以之自喻，表達了詩人孤棲失志，卻又悲天憫人，不向惡勢力低頭的胸襟與傲骨。

【注　釋】❶瀟湘　湖南二水名，此泛指湖南。❷衡山　即五嶽之一的南嶽，一名岣嶁山，在湖南境內。山有七十二峰，以祝融、天柱等五峰為最大。杜甫〈望嶽〉詩：「南嶽配朱鳥，秩禮自百王。」朱鳥，即朱鳳。❸嗷嗷　愁歎聲。❹長顧　引頸遠望。❺曹　同群；同夥；同道。❻口噤　閉口不作聲。❼勞勞　惆悵憂傷貌。❽愍　同「憫」。憐恤。❾竹實　竹子所結之實，又名竹米，傳為鳳凰所食。《莊子．秋水》：「南方有鳥，其名為鵷雛（亦鳳類鳥），……非梧桐不止，非練實（即竹實）不食，非醴泉不飲。於是鴟得腐鼠，鵷雛過之，仰而視之曰：『嚇！』」❿鴟梟　即貓頭鷹。古人認為是一種惡鳥。梟，又作「鴞」。賈誼〈弔屈原賦〉：「鸞鳳伏竄兮鴟鴞翱翔。」這裡比喻壓迫平民百姓的貪官惡吏。

【語　譯】您沒看見湖南群山中衡山最高嗎？山頂上的紅鳳凰發出嗷嗷的鳴叫聲。牠側著身子伸長脖子遠望，尋求著牠的同道，牠又垂下長翅，閉口噤聲，那是心中充滿憂傷。牠憐恤山下陷於羅網的百鳥，連最小的黃雀都沒能逃脫。牠想把自己吃的竹米分給眾生，直到小小的螻蟻，讓那可惡的貓頭鷹儘管怒聲號叫吧！

【研析】鳳凰一直是杜甫鍾愛的意象，〈壯遊〉詩中就有「七齡思即壯，開口詠鳳凰」的句子，這首詩則是杜甫最後一次以鳳凰自喻。在瀟湘之間最高的衡山山巔，朱鳳愁歎聲聲，引頸遠望，依然難見同道，只有無言悄立，暗自神傷而已。前四句刻劃出朱鳳的生不逢時，孤獨失意。而自身境遇艱難的朱鳳卻依然有一顆博大的悲憫之心，看到百鳥陷在羅網之中，連最小的黃雀都難以逃脫，不免深自憂慮，願把自己的竹實分給芸芸眾生，直到那小小的螻蛄與螞蟻。浦起龍曰：「鳥、雀、螻、蟻，俱喻困徵斂之窮民。」（《讀杜心解》卷二之三）「願分竹實」句亦「盤飧老夫食，分減及溪魚」（〈秋野五首〉其一）、「減米散同舟，路難思共濟」（〈解憂〉）之意，正是老杜一以貫之的仁者之心的流露。末句以不顧惡鳥之怒號作結，明言己之不懼怕惡勢力。楊倫評末二句云：「言但能澤及下民，即逢權奸之怒，亦所不計也。」（《杜詩鏡銓》卷二〇）甚切！朱鶴齡又云：「劉楨詩：『鳳凰集南嶽，徘徊孤竹根。……豈不長辛苦，羞與黃雀群。』公詩似取其意而反之。羞群黃雀者，鳳采之高翔；下愍黃雀者，鳳德之廣覆也。所食竹實願分之以及螻蟻，而鴟梟則一同怒號，此即『驅出六合梟鸞分』意也。詩旨包蘊甚遠。」（《杜工部詩集輯注》卷二〇）

江南逢李龜年

【題解】大曆五年（西元七七〇年）春流寓潭州（今湖南長沙）時作。李龜年，玄宗時著名歌唱家。安史亂後，流落江南，與杜甫相遇，遂有此詩。

岐王❶宅裏尋常見❷，崔九❸堂前幾度聞。正是江南好風景，落花時節❹又逢君❺。

【注釋】❶岐王　玄宗之弟李範。岐王宅在東都洛陽尚善坊。❷尋常見　即經常見。尋常，猶平常。❸崔九　原注：「崔九，即殿中監崔滌，中書令湜之弟。」為玄宗寵臣。《舊唐書・崔滌傳》載：「滌多辯智，善諧謔，素與玄宗款密。兄湜坐太平黨誅，玄宗常思之，故待滌逾厚，用為祕書監，出入禁中，與諸王侍宴不讓席，而坐或在寧王之上。後賜名澄。」李範和崔滌都卒於開元十四年（西元七二六年）。❹落花時節　指暮春。❺君　指李龜年。

【語譯】昔年經常可以在岐王的宅第裡見到你，在崔九家的大堂前也多次聽到你的歌聲。現在正是江南風景最好的時候，在這落花飄零的暮春時節又和你相逢。

【研析】此為杜甫七絕名篇。詩寫今昔盛衰之感，身世蹉跎之歎，大開大闔，言簡意賅，寓慨深沉。前二句憶昔，後二句慨今。「尋常見」、「幾度聞」，言己與李龜年早就相識，且交情頗深。在杜甫心目中，在玄宗朝「特承顧遇」（鄭處晦《明皇雜錄》卷下），聲名廣播的李龜年，是和遠去的盛世緊密聯繫在一起的，見到他就想起那些在「岐王」、「崔九」等皇親權貴的府邸裡屢屢上演的名流雲集、華宴雅歌的繁華往事。如今老朋友久別重逢，又在山清水秀的江南，本應興高采烈、喜不自勝才是，但是不然。長達八年的安史之亂改變了一切，唐王朝已由繁盛的頂峰跌入矛盾重重的衰敗之中，杜甫與李龜年也已飽嘗戰亂流離之苦，變成形容憔悴的老人，無復當年風采。正如作者〈觀公孫大娘弟子舞劍器行〉所云：「五十年間似反掌。」昔盛今衰已如天上人間，此際又見君，豈不令人感慨萬千，潸然淚下！《明皇雜錄》卷下又云：「其後龜年流落江南，每遇良辰勝賞，為人歌數闋，座中聞之，莫不掩泣罷酒。」撫今追昔，悲泣之情簡直難以抑制，然而詩人卻偏不言其悲，只說眼下是「落花時節」。落英繽紛的暮春本就是繁華謝盡的時節，目睹此景又怎能不想到彼此的衰老飄零，社會的凋敝喪亂？似乎在無所著意，不露痕跡間，詩人就把深廣的社會內容、深沉的內心感懷，融化在景物之中。一個「又」字，綰合過去和現在，今昔五十年的盛衰變化盡在此一字之中。孫洙曰：「世

運之治亂，年華之盛衰，彼此之淒涼流落，俱在其中。少陵七絕，此為壓卷。」（《唐詩三百首》）

白　馬

【題　解】大曆五年（西元七七〇年）四月，湖南兵馬使臧玠發動兵變，殺潭州刺史兼湖南觀察使崔瓘，長沙大亂。杜甫亦隨百姓出城逃難，乘船南下衡州（今湖南衡陽）。途中見一匹白馬帶箭而來，想到死於潭州兵變的將士、百姓之多，戰亂之時生存之不易，遂作此詩哀之。

白馬東北來，空鞍貫雙箭❶。可憐馬上郎❷，意氣❸今誰見？近時主將❹戮，
中夜傷於戰。喪亂死多門❺，嗚呼淚❻如霰❼。

【注　釋】❶白馬二句　寫騎馬之人已經死於兵亂，只見一匹白馬帶著雙箭回來。東北來，衡州在潭州西南，故云。貫雙箭，一作「雙貫箭」。貫，射穿。❷馬上郎　指原來騎此馬的戰士。❸意氣　意態與氣概。❹主將　指崔瓘。❺多門　猶多路，死因非一。❻淚　一作「涕」。❼霰　冰雪顆粒，這裡形容淚水之多。

【語　譯】一匹白馬從東北奔馳而來，馬鞍上沒有人卻穿著兩支箭。可憐啊，那騎在這白馬上馳騁沙場的戰士，他英勇的氣概如今又有誰曾經看到？最近主將剛剛遭到殺戮，夜戰中兵士的死傷一定很多。喪亂之日太多原因都會導致人的死亡，念及此，不由嗚呼長歎，落下雪粒般的滾滾淚珠！

【研　析】這首詩一開始刻劃了一幕空馬帶箭的戰亂場景，撼人心魄，足見杜詩「詩史」之譽，誠非虛言。後又層層推想，細寫戰亂之苦，不勝其哀，又足見杜甫仁民愛物之心。浦起龍曰：「詩凡四層，逐層抽出。馬來一層，見馬而傷馬上郎一層，因馬上郎推到主將被戮本事一層，又因本事而遍慨死非其命者一層，末以單

句總結四層。」（《讀杜心解》卷一之六）仇兆鰲曰：「此為潭州之亂死於戰鬥者，記其事以哀之。」「『喪亂死多門』一語極慘，或死於寇賊，或死於官兵，或死於賦役，或死於饑餒，或死於奔竄流離，或死於寒暑暴露。唯身歷患難始知其情狀。」（《杜詩詳注》卷二三）

風疾舟中，伏枕書懷三十六韻，奉呈湖南親友

【題解】這首詩作於大曆五年（西元七七〇年）冬，杜甫由長沙赴岳陽，船經洞庭湖時。或謂大曆四年冬作，不確。風疾，風痹病，杜甫早有風疾，此時加劇，不能起身，故伏枕寫詩。湖南親友，當指潭州（今湖南長沙）幕府中的親友。時杜甫已老病不堪，卻依舊漂泊不定，慨歎身世，憂慮國事，感激親友成為這首長律的主題。

軒轅[1]休製律[2]，虞舜罷彈琴[3]。尚錯雄鳴管，猶傷半死心[4]。聖賢名古邈[5]，
羈旅病年侵。舟泊常依震[6]，湖平早見參[7]。如聞馬融笛[8]，若倚仲宣襟[9]。故國
悲寒望，群雲慘歲陰。水鄉霾白屋[10]，楓岸疊青岑[11]。鬱鬱冬炎瘴[12]，濛濛雨滯淫。
鼓迎非祭鬼[13]，彈落似鴞禽[14]。興盡纔無悶，愁來遽[15]不禁[16]。生涯相汨沒[17]，時
物正蕭森[18]。

疑惑樽中弩[19]，淹留冠上簪[20]。牽裾驚魏帝[21]，投閣為劉歆[22]。狂走終奚適，
微才謝所欽。吾安藜不糝[23]，汝貴玉為琛[24]。烏几重重縛[25]，鶉衣[26]寸寸針。哀傷

同庾信㉗，述作異陳琳㉘。十暑岷山葛，三霜楚戶砧㉙。叨陪錦帳坐，久放白頭吟㉚。
反樸時難遇，忘機陸易沉㉛。應過數粒食㉜，得近四知金㉝。
　　春草封歸恨，源花費獨尋㉞。轉蓬憂悄悄㉟，行藥病涔涔㊱。瘞夭追潘岳㊲，
持危覓鄧林㊳。蹉跎翻學步㊴，感激在知音。卻假蘇張舌㊵，高誇周宋鐔㊶。納流
迷浩汗㊷，峻址得嶔崟㊸。城府開清旭，松筠起碧潯㊹。披顏爭倩倩，逸足競駸駸㊺。
朗鑒存愚直㊻，皇天實照臨。公孫仍恃險㊼，侯景未生擒㊽。書信中原闊，干戈北
斗㊾深。畏人千里井㊿，問俗九州箴(51)。戰血流依舊，軍聲動至今。葛洪尸定解(52)，
許靖力難任(53)。家事丹砂訣(54)，無成涕作霖。

【注釋】❶軒轅　黃帝，傳說中的古代帝王。❷製律　製定音樂律呂。《漢書·律曆志》：黃帝使伶倫取竹於嶰谷，斷兩節間而吹之，以為黃鐘之宮。製十二筩以聽鳳鳴，其雄鳴六，雌鳴亦六，比黃鐘之宮，而皆可以生之，是為律本。至治之世，天地之氣合以生風，天地之風氣正，十二律定。❸虞舜句　相傳虞舜作五絃之琴，以歌〈南風〉之詩，而天下治。❹半死心　枚乘〈七發〉略云，「龍門之桐，高百尺而無枝」、「其根半死半生」、「使琴摯斫斬以為琴」。半死心，在這裡既指琴，亦兼以自喻。❺古邈　古遠。❻震　卦名，代表東方。❼參　星名，西方七宿之一，又稱曉星。❽馬融笛　馬融，字季長，東漢扶風茂陵（今陝西興平東北）人。才高學博，曾著〈長笛賦〉，其序云：「有洛客舍逆旅吹笛，……融去京師逾年，暫聞其悲。」這裡藉以抒發羈旅情懷。❾仲宣襟　三國魏詩人王粲，字仲宣，避亂荊州時作〈登樓賦〉抒寫故國之思，中有「凭軒檻以遙望兮，向北風而開襟」之句。此藉以自喻。❿白屋　茅屋。⓫岑　小而高的山。⓬冬炎瘴　冬天仍鬱積不散的濕熱致病之氣。《岳陽風土記》云，「岳州地極熱，十月猶單衣，或搖扇，蛙鳴似夏，鳥鳴似春，濃雲疏星，震雷暴雨，如中州六七月間。」

⑬鼓迎句　《岳陽風土記》：「荊湖民俗，歲時會集，或禱祠，多擊鼓，令男女踏歌，謂之歌場。」非祭鬼，祭不該祭祀之鬼，所謂淫祀。非，一作「方」。⑭彈落句　用弓彈擊落像貓頭鷹一樣的惡禽。鴞，貓頭鷹。⑮遽　立即；馬上。⑯不禁制止不住。⑰汩沒　沉淪。⑱蕭森　蕭索；落寞。⑲疑惑句　《風俗通義・怪神》載：應郴為汲令，請主簿杜宣飲酒，北壁懸赤弩，照於杯中，影似蛇，宣惡之，及飲得疾。後郴知之，復延宣於舊處飲酒。乃謂曰：「此乃弩影耳。」宣病遂瘳。此句言因世事險惡，使得自己不免多疑。⑳淹留句　指現在自己還掛著個檢校工部員外郎的頭銜。冠上簪，朝簪，古時官員帽上以簪為飾。㉑牽裾句　三國魏辛毗諫魏文帝，文帝起而入內，辛毗隨而強挽文帝衣襟。這裡借指自己任左拾遺時，為救房琯強諫肅宗事。㉒投閣句　揚雄任天祿閣校書時，弟子劉棻因事為王莽流放，雄恐受株連，自投閣下，幾死。劉歆，棻之父，此處為趁韻，易「棻」為「歆」。此句用揚雄事，暗指自己因疏救房琯而遭貶。㉓藜不糝　野菜湯裡沒有米粒。《莊子・讓王》：「孔子窮於陳蔡之間，七日不火食，藜羹不糝。」藜，野菜。糝，以米和羹。㉔汝貴句　《晉書・宋纖傳》：敦煌隱士宋纖，不與世交。酒泉太守馬岌盛情造訪而不得見，因銘詩於壁，中有句云：「其人如玉，維國之琛。」琛，珍寶。㉕烏几句　蒙以烏羊皮的小几桌破舊不堪，用繩子捆了又捆。㉖鶉衣　破舊襤褸之衣。鶉，鳥名，俗稱鵪鶉，似雞而小，禿尾，故以形容破衣。《荀子・大略》：「子夏貧，衣若懸鶉。」㉗哀傷句　庾信為南北朝時梁著名詩人，出使魏國被強留，後又在北周作官，不得回江南，因作〈哀江南賦〉。此句言己半生漂泊，難回故里，哀傷之情同於庾信。㉘述作句　陳琳，建安七子之一。初為何進主簿，後歸袁紹，嘗為紹作檄文，數曹操罪狀。紹敗，操愛陳琳之才，不咎過往，拜為記室。後操之軍國書檄，多出陳琳手。此句以陳琳為襯托，言己之詩文未能如陳琳述作一樣得到當權者的認可。㉙十暑二句　是對自己半生漂泊生活的總結，即在蜀地十年，在楚地三年。杜甫自乾元二年（西元七五九年）入蜀，至大曆三年（西元七六八年）出峽，共經十年，故曰「十暑」。杜甫自大曆三年出峽至今已經三載，故曰「三霜」。岷山，代指蜀地。葛，葛布衣，古人夏天衣葛避暑。砧，擣衣石，此指擣衣聲。㉚叨陪二句　言自己曾有幸承地方長官接待，得以在錦帳中陪坐，還每每吟詩助興。白頭吟，言以年老之身而為應酬之作。㉛忘機句　忘卻機心容易成為隱士。陸沉，無水而沉，喻隱居。《莊子・則陽》：「方且與世違，而心不屑與之俱，是陸沉者也。」㉜數粒食　張華〈鷦鷯賦〉：「巢林不過一枝，每食不過數粒。」言所需極少。㉝四知金　《後漢書・楊震傳》：震為東萊太守，道經昌邑，縣令王密夜贈十金，並云：「暮夜無知者。」震云：「天知，地知，我知，子知，何謂無知？」此句化用楊震事，言己雖困苦，卻不受非分之財。㉞源花句　傳說中的桃花源難以尋找。源花，代指陶淵明所描繪的理想世界桃花源，因陶淵明謂其在湖南武陵一帶，故作者有此聯想。㉟轉蓬句　蓬草隨風飄轉，而自己亦如蓬草一樣

輾轉飄泊，未得安居，因而憂思不絕。㊱病涔涔　言服藥無效，病痛依然。涔涔，頭腦脹痛貌。㊲瘞夭句　晉著名詩人潘岳〈西征賦〉：「夭赤子於新安，坎路側而瘞之。」瘞，葬。杜甫當有小女病死湖南，故用潘岳事。㊳鄧林　《山海經・海外北經》：「夸父與日逐走」，「道渴而死，棄其杖，化為鄧林」。這裡以鄧林指拐杖。㊴學步　《莊子・秋水》：「且子獨不聞夫壽陵餘子之學行於邯鄲與?未得國能，又失其故行矣，直匍匐而歸耳!」這裡用邯鄲學步的典故代指仿效時人行徑之可笑。㊵蘇張舌　戰國蘇秦、張儀都是著名的舌辯之士。這裡藉以誇讚湖南親友的口才。㊶周宋鐔　《莊子・說劍》：「天子之劍，以燕谿石城為鋒，齊岱為鍔，晉衛為脊，周宋為鐔，韓魏為鋏。」鐔，劍鼻。這裡用莊子以誇張手法說天子之劍事為喻，謙稱湖南親友對自己的稱讚實屬過獎。㊷浩汗　水廣大遼闊貌。㊸嶔崟　山高貌。㊹潯　水邊地。㊺駸駸　疾速奔走貌。㊻朗鑒句　意謂湖南親友見識高超，心如明鏡，能包容我這生性拙直的人。朗鑒，明亮的鏡子。存，存問；體恤。㊼公孫句　謂當時藩鎮割據。公孫，指東漢初割據四川的公孫述。這裡借指當時的藩鎮。㊽侯景句　謂臧玠作亂。侯景，南北朝時人，附梁封河南王，後舉兵叛亂，攻破梁都城建康，梁武帝被圍餓死。景自立為漢帝，燒殺搶掠，長江下游一帶遭受極大破壞，史稱侯景之亂。這裡借指作亂湖南的軍閥臧玠。㊾北斗　這裡指長安。㊿畏人句　意謂因壞人害人，而深懷憂慮。千里井，《資暇集》載：南朝一計吏宿於驛舍，將去，以馬草瀉井中，謂無再過之期也。不久復至，汲引井水，竟為前日所瀉草料刺喉而死。後人因戒曰：「千里井，不瀉剉。」剉，通「莝」。飼料。(51)問俗句　意謂各地都有忌諱，應小心謹慎。九州箴，《漢書・揚雄傳贊》：「(雄以為)箴莫善於〈虞箴〉，作〈州箴〉。」注引晉灼曰：「九州之箴也。」古代中國有九州，問俗而至於九州，可見漂泊異地之頻繁與艱辛。箴，規諫；告誡。後用作以規誡為主的文體名。(52)葛洪句　葛洪，晉朝人，好神仙之術。相傳他死後，顏色如生，體亦柔軟，舉屍入棺，其輕如空衣，時人咸以為尸解得仙。尸解，道家認為修道者死後，留下屍骸，魂魄散去成仙，稱尸解。溺水而死的稱水解，死於兵刃的稱兵解。(53)許靖句　許靖，三國時汝南人，先依吳郡，又走交州，後入蜀為太傅。作者以許靖自比，言己攜家輾轉，一生流離，而此時已不能勝任養家之責。(54)丹砂訣　成仙之方。

【語　譯】軒轅黃帝不要再製定十二律了，虞舜也不要再彈五絃琴。病中的我連雄鳴管的音都聽錯了，我傷痛的心啊，就像枚乘那用其根半死的梧桐製成的琴。聖賢的名字已成古遠的往事，困於旅途的我年年被疾病侵襲。常把北行的船停泊在江的東岸，在平遠的湖面上早早就能看到報曉的參星。好像聽到馬融〈長笛賦〉中那思鄉的笛聲，如同登樓的王粲一樣倚欄開襟，心懷故國。在這寒冷的冬日遠望故國，不由悲從中來，團團淒慘的陰雲覆蓋著歲末的天空。水鄉的陰霾籠罩著茅屋，兩岸的楓林外是重疊的青山。冬天裡還有瘴氣沉鬱不去，濛濛的細雨一直下個沒完。鼓聲響起，那是在迎接本不該祭祀的鬼神；弓彈落處，打下了像貓頭鷹一樣的惡禽。盡興觀賞，才覺得心無煩悶；哀愁忽至，又哪裡能禁止。我的一生是這樣沉淪，眼前的景物又是如此蕭森。

世事險惡，我經常杯弓蛇影，疑慮重重。掛著工部員外郎的頭銜，我還留著帽子上的朝簪。我曾像三國強挽魏文帝衣襟以諫的辛毗那樣抗顏上疏，結果是像漢代受弟子劉歆之子劉棻牽連而投閣的揚雄一樣遭到貶謫。我這樣狂奔亂走又能到哪裡去呢？才具微薄，感謝你們還能對我如此欽敬。喝著沒有米粒的野菜湯，我也心安理得；你們卻是國家的珍寶，理應受到尊貴的待遇。把我破舊的烏羊皮小几桌重重捆縛，那狀如鶉尾的破衣上也已滿是補丁。難回故里的哀傷之情就像庾信，文章才能不被重視的遭遇卻不同於陳琳。身穿葛布衣，已在蜀地度過了十個夏天；耳聽擣衣聲，又在楚地度過了三個秋天。有幸陪坐於長官的錦帳之中，我這白頭老人還能常常為大家吟詩助興。反樸歸真的時代很難遇到，只要忘卻機心就容易成為隱士。我的所得應該已超過鷦鷯所需要的數粒食，儘管依然困苦，也不會接受密贈的非分之財。

春草封藏了我未能北歸的怨恨，傳說中就在左近的桃花源也是難尋蹤跡。我就像飄轉的蓬草憂思不絕，服著藥，卻依然是頭腦昏昏，病痛不減。像晉潘岳一樣埋葬了自己夭折的小女，支撐病重的身體需要尋覓夸父那化為鄧林的拐杖。蹉跎無奈中，我可笑地邯鄲學步般仿效時人，令我感激萬分的是還有你們這些知音理解我。你們憑藉如戰國舌辯之士蘇秦、張儀那樣的口才，誇讚我如同莊子筆下周宋為劍鼻的天子之劍一樣卓越不凡。你們就像是容納百川而成的浩淼無垠的大海，又像是巍巍高聳的青山。城府的大門在清朗的旭日光輝下緩緩打開，碧綠的水邊種滿蒼松翠竹。人們開顏歡笑，邁著輕快的腳步，爭著往幕府疾速奔走。你們心如明鏡，能包容我這愚直之人，皇天照臨著我這一片感激之心。當今的藩鎮還像公孫述一樣恃險割據，侯景一樣作亂的軍閥臧玠還未能生擒。遠隔千里的中原書信難通，長安一帶戰亂未息，災難正深。擔心小人使壞，千里內的井水也需小心汲引；各地都有忌諱，要問明白九州的風俗。戰血依舊流淌啊，軍士的喊殺聲響動至今。我必定如尸解的葛洪一樣死去，卻難以再像許靖般承擔攜家輾轉的責任。不論是家事，還是煉丹之法，我都無所成就，思之不禁淚如雨下。

【研析】這篇五言排律是詩聖的絕筆詩，寫完後不久，杜甫便病死在破船上。全詩可按題目分為三段：自開頭至「時物正蕭森」，為第一段，記「風疾舟中」；由「疑惑樽中弩」至「得近四知金」，為第二段，主要是「書懷」；由「春草封歸恨」至末為第三段，主要是「奉呈親友」。所以浦起龍謂其「絮絮叨叨，純是老人病憊時，追思歷歷寄謝種種情狀。然細尋之，條理仍復楚楚。」（《讀杜心解》卷五之四）第一段首言自己大發風疾，繼而書寫羈旅舟中的種種苦況：懷鄉之思使心情分外沉重，而旅中惡劣的氣候條件更令病情日益加劇，冬令洞庭一帶奇異的民俗和蕭森的景物，亦難排遣其愁懷。這一段詩人主要採用寓情於景的藝術手法，通過鋪敘哀景襯托自己的病苦。「生涯相汩沒，時物正蕭森」，正是這種情景的鮮明寫照，反映出詩人衰病流離的惡劣心緒。第二段追憶往事，自己為疏救房琯而仕途受挫，又因喪亂而「十暑」「三霜」浪遊蜀楚，半生奔走竄逐，生活潦倒不堪。因為是對親友的「奉呈」之作，故其敘述平和謙遜，但其中卻暗藏著奔湧起伏的激憤之情。既有對自己犯顏直諫即遭貶斥，才具非凡卻不見用的生平遭遇的深自喟歎，也表現出雖未逢清明時運，亦不肯捨卻平生志向，猥瑣求生的錚錚鐵骨。末段先寫入湖南後，形如飄蓬、病身行藥、小女夭亡、行須扶杖的慘狀，抒發衰年留滯之感。繼而稱美湖南親友的大德峻才，感激他們的高誼厚情。最後慨歎亂離時世，流寓他鄉之艱難，恐己不久於人世，於絕望中再致「奉呈」之意，乞望親友憐顧。衰病交加、窮愁潦倒的詩人一番強為言辭、老淚縱橫的敘述，令人潸然淚下，不勝淒涼。而他在垂死之際依然念念不忘國事，為「戰血流依舊，軍聲動至今」的現實而憂慮的愛國者的崇高形象，更讓人敬佩不已，衷心讚歎！

這是一首五言長篇排律。唐代以五言排律取士，「五排」是當時官方批准使用的正規詩體，杜甫以之來寄贈親友，便含有鄭重其事之意。因是以詩代書，又要如道家常，娓娓動聽，詩人將二者很好地結合在一起。五言排律有很多束縛，要求除首尾各一聯外，中間所有句子都必須對偶精工，而且要用典。而此篇首二句即出以「軒轅休製律，虞舜罷彈琴」的精切對句，一開始就給人以非常精整的感覺。但中間又雜以「卻假蘇張舌，高誇周宋鐔」等流水對，顯得流動自然，富於變化。至於典故，在詩中的密度極高，但卻沒有堆砌之感，不單是運用恰當，還有明事暗使，隱事顯使等多種手法，充分體現出杜甫「讀書破萬卷，下筆如有神」的學識和藝術修養。於疲累衰病垂死之際尚能如此，捨老杜而其誰！故夏力恕評云：「暮年詩格嚴整如此，思之深而運之熟也。詩家每稱杜律，諒哉！」（《杜詩增注》卷二〇）這首詩以其博大沉雄的氣勢和精妙絕倫的藝術，彪炳詩史，流傳千古！

附錄

新編杜甫年表

杜甫，字子美。排行第二。祖籍襄陽（今湖北襄樊），生於鞏縣（今河南鞏義）。十三世祖杜預，為魏、晉間名臣，人號「杜武庫」。曾祖依藝，為鞏縣令。祖父審言，為武后時著名詩人，官至膳部員外郎。父閑，曾任兗州司馬、奉天縣令。夫人楊氏，為司農少卿楊怡女。因郡望京兆杜陵（今陝西西安東南），故自稱杜陵布衣、杜陵野老、杜陵野客。困居長安時期，曾一度住在城南少陵附近，自稱少陵野老，世因稱「杜少陵」。曾為左拾遺，故世稱「杜拾遺」。後在嚴武幕府任節度參謀、檢校工部員外郎，世又稱「杜工部」。

七一二年　睿宗太極元年　五月改元延和　八月，玄宗即位，改元先天　壬子　一歲

・生於河南鞏縣。宋蔡興宗《重編杜工部年譜》「玄宗先天元年壬子」云：「先生生於是歲。元微之撰〈墓係〉云享年五十九，王原叔《集記》云卒於大曆五年是也。」

七一四年　玄宗開元二年　甲寅　三歲

・寄養於洛陽二姑母家，重病幾死。〈唐故萬年縣君京兆杜氏墓誌〉云：「甫昔臥病於我諸姑，姑之子又病，問女巫，巫曰：『處楹之東南隅者吉。』姑遂易子之地以安我。我用是存，而姑之子卒，後乃知之於走使。」臥病年次不能確考，姑繫於此年。

七一七年　開元五年　丁巳　六歲

・嘗至郾城（今屬河南），得觀公孫大娘舞〈劍器渾脫〉。〈觀公孫大娘弟子舞劍器行并序〉云：「開元五載（一作三載），

余尚童稚，記於郾城觀公孫氏舞〈劍器渾脫〉，瀏漓頓挫，獨出冠時。」

七一八年　開元六年　戊午　七歲

・始學作詩。〈壯遊〉詩云：「七齡思即壯，開口詠鳳凰。」〈進雕賦表〉亦云：「臣幸賴先臣緒業，自七歲所綴詩筆，向四十載矣，約千有餘篇。」

七二〇年　開元八年　庚申　九歲

・始習大字。〈壯遊〉：「九齡書大字，有作成一囊。」

七二五年　開元十三年　乙丑　十四歲

・在洛陽。與鄭州刺史崔尚、豫州刺史魏啟心等交遊。〈壯遊〉：「往者十四五，出遊翰墨場。斯文崔魏徒，以我似班揚。」原注：「崔鄭州尚、魏豫州啟心。」曾於岐王李範、殿中監（一作祕書監）崔滌宅聽李龜年歌。〈江南逢李龜年〉：「岐王宅裏尋常見，崔九堂前幾度聞。」原注：「崔九，即殿中監崔滌，中書令湜之弟。」李範、崔滌皆卒於開元十四年。

七二六年　開元十四年　丙寅　十五歲

・在洛陽。〈百憂集行〉：「憶年十五心尚孩，健如黃犢走復來。庭前八月梨棗熟，一日上樹能千迴。」

七三〇年　開元十八年　庚午　十九歲

・遊晉。至郇瑕（今山西臨猗），結識韋之晉、寇錫。大曆四年（西元七六九年）夏，韋之晉卒於潭州（今湖南長沙），時杜甫在衡州（今湖南衡陽），聞而作〈哭韋大夫之晉〉詩云：「悽愴郇瑕邑，差池弱冠年。」「悽愴郇瑕邑」，即憶早年從遊之事。大曆五年，寇錫以監察御史巡按嶺南。時杜甫在潭州，有〈奉酬寇十侍御錫見寄四韻復寄寇〉詩云：「往別郇瑕地，於今四十年。來簪御府筆，故泊洞庭船。」仇兆鰲引朱鶴齡注：「公〈哭韋之晉〉詩云：『悽愴郇瑕邑，差池弱冠年。』此詩云：『往別郇瑕地，於今四十年。』則公十八、九歲時嘗至晉州，而年譜俱失書。」（《杜詩詳注》卷二三）

七三一年　開元十九年　辛未　二十歲

・開始漫遊吳越，歷時數年，足跡遍及今江蘇南京、蘇州、浙江杭州、紹興、蕭山、嵊州、新昌等地。

・在江寧（今江蘇南京），結識許登、旻上人。曾去瓦官寺觀看東晉著名畫家顧愷之所畫的維摩詰（佛教經典人物）像，又從許登處求得一幅。乾元元年（西元七五八年）春所作〈送許八拾遺歸江寧覲省。甫昔時嘗客遊此縣，於許生處乞瓦棺寺維摩圖樣，志諸篇末〉云：「看畫曾飢渴，追蹤恨淼茫。虎頭金粟影，神妙獨難忘。」許八拾遺，即許登。又作〈因許八奉寄江寧旻上人〉云：「不見旻公三十年，封書寄與淚潺湲。」三十年，舉成數而言。〈壯遊〉詩云：「東下姑蘇臺，已具浮海航。到今有遺恨，不得窮扶桑。王謝風流遠，闔閭丘墓荒。劍池石壁仄，長洲芰荷香。嵯峨閶門北，清廟映迴塘。每趨吳太伯，撫事淚浪浪。蒸魚聞匕首，除道哂要章。枕戈憶勾踐，渡浙想秦皇。越女天下白，鑑湖五月涼。剡溪蘊秀異，欲罷不能忘。」〈解悶十二首〉其二：「商胡離別下揚州，憶上西陵故驛樓。」西陵，即今浙江蕭山市西興鎮。

七三二年　開元二十年　壬申　二十一歲

・遊吳越。

七三三年　開元二十一年　癸酉　二十二歲

・遊吳越。

七三四年　開元二十二年　甲戌　二十三歲

・遊吳越。

七三五年　開元二十三年　乙亥　二十四歲

・自吳越返洛陽。赴鄉貢。〈壯遊〉詩云：「歸帆拂天姥，中歲貢舊鄉。」

七三六年　開元二十四年　丙子　二十五歲

・在洛陽。參加進士考試，不第。始遊齊趙。〈壯遊〉詩云：「忤下考功第，獨辭京尹堂。放蕩齊趙間，裘馬頗清狂。」其父杜閑時任兗州（今屬山東）司馬，遂至兗州省父。〈登兗州城樓〉云：「東郡趨庭日，南樓縱目初。」又作〈望嶽〉詩。後在夔州（今重慶奉節）作〈又上後園山腳〉詩回憶當年登泰山云：「昔我遊山東，憶戲東嶽陽。窮秋立日觀，矯首望八荒。朱崖著毫髮，碧海吹衣裳。」到任城（今山東濟寧），有〈與任城許主簿遊南池〉等詩。

・與蘇源明結交。〈壯遊〉詩云：「放蕩齊趙間，裘馬頗清狂。春歌叢臺上，冬獵青丘旁……。蘇侯據鞍喜（原注：監門胄曹蘇預），忽如攜葛彊。」蘇源明原名蘇預。

七三七年　開元二十五年　丁丑　二十六歲

・遊齊趙。

七三八年　開元二十六年　戊寅　二十七歲

・遊齊趙。

七三九年　開元二十七年　己卯　二十八歲

・遊齊趙。秋，於汶上結識高適。〈奉寄高常侍〉：「汶上相逢年頗多，飛騰無那故人何。」周勳初《高適年譜》謂高適本年「秋後至汶上，與杜甫訂交」。並引高〈東平路作三首〉其二：「扁舟向何處，吾愛汶陽中。」進而認為：「考杜甫於本年之內於齊魯漫遊，高適亦明言至山東，赴汶陽，故知二人初交當在是歲。」可從。

七四〇年　開元二十八年　庚辰　二十九歲

・遊齊趙。〈題張氏隱居二首〉其一云：「春山無伴獨相求，伐木丁丁山更幽。澗道餘寒歷冰雪，石門斜日到林丘。」其二云：「之子時相見，邀人晚興留。霽潭鱣發發，春草鹿呦呦。杜酒偏勞勸，張梨不外求。前村山路險，歸醉每無愁。」張氏，疑指張玠。蔡夢弼注〈登兗州城樓〉詩云：「公父閑，嘗為兗州司馬，公時省侍之，故云『趨庭』。是時張玠亦客兗州，有分好。玠子乃建封也。」（《杜工部草堂詩箋》卷一）據《舊唐書・張建封傳》：「父玠，少豪俠，輕財重士」，嘗客兗州。《新唐書・張建封傳》亦謂建封曾「客隱兗州」。杜甫晚年有〈別張十三建封〉詩云：「相逢長沙亭，乍問緒業餘，乃吾故人子，童丱聯居諸。」「故人」即指玠；「童丱」即指建封。據本傳，建封卒於德宗貞元十六年（西元八〇〇年），年六十六，逆推則生年為開元二十三年（西元七三五年）。定此詩作於開元二十八、九年，差近之。蓋甫遊兗州時，與玠交遊，而時建封亦以童稚相隨。有謂「張氏」為「竹溪六逸」之張叔明者，有謂即張山人彪者，證之杜詩及其行跡，似皆欠妥。

七四一年　開元二十九年　辛巳　三十歲

・自齊趙歸洛陽。築室首陽山下，作〈祭遠祖當陽君文〉祭十三世祖杜預云：「維開元二十九年，歲次辛巳月日，十三葉孫甫，謹以寒食之奠，敢昭告於先祖晉駙馬都尉鎮南大將軍當陽成侯之靈。」又云：「小子築室，首陽之下，不敢忘本，不敢違仁。庶刻豐石，樹此大道。」

•約在此時，與司農少卿楊怡之女結婚。

•弟杜穎，時任齊州臨邑縣（今屬山東）主簿。有〈臨邑舍弟書至，苦雨，黃河泛溢，堤防之患，簿領所憂，因寄此詩，用寬其意〉。

七四二年　天寶元年　壬午　三十一歲

•在洛陽。或謂父杜閑卒於是年。洪業《再說杜甫》：「杜閑官終兗州司馬，死在天寶元年（七四二）兗州未改魯郡之先。」

•二姑母萬年縣君卒於東都洛陽仁風里。六月二十九日，遷殯於河南縣（今河南洛陽）平樂鄉，作〈唐故萬年縣君京兆杜氏墓誌〉。

七四三年　天寶二年　癸未　三十二歲

•在洛陽。

七四四年　天寶三載　甲申　三十三歲

•五月五日，繼祖母范陽太君盧氏卒於陳留之私第。八月，歸葬於偃師（今屬河南），作〈唐故范陽太君盧氏墓誌〉。

•四月，與被玄宗「賜金放還」的李白在洛陽初識，一見之下，互為傾倒，結為莫逆之交。即甫後作〈寄李十二白二十韻〉所謂「乞歸優詔許，遇我夙心親。」〈贈李白〉云：「二年客東都，所歷厭機巧……。李侯金閨彥，脫身事幽討，亦有梁宋遊，方期拾瑤草。」兩人相約為梁宋（今河南開封、商丘一帶）之遊，迨至宋中，又遇高適。三人相善，登高懷古，射獵遊宴，賦詩論文，甚是愜意。杜甫晚年寓居夔州時，作〈昔遊〉詩回憶道：「昔者與高李，晚登單父臺。寒蕪際碣石，萬里風雲來。桑柘葉如雨，飛藿去徘徊。清霜大澤凍，禽獸有餘哀。」單父臺，又名琴臺，在今山東單縣。杜甫晚年屢屢提及宋中之遊。〈遣懷〉云：「昔我遊宋中，惟梁孝王都……。憶與高李輩，論交入酒壚。兩公壯藻思，得我色敷腴。氣酣登吹臺，懷古視平蕪。」吹臺，在今河南開封。在此期間，李、杜還曾同渡黃河，入王屋山訪道士華蓋君，因其已死，遂悵然而歸。大曆年間，杜甫在夔州作〈昔遊〉詩追敘其事云：「昔謁華蓋君，深求洞宮腳。玉棺已上天，白日亦寂寞。」〈憶昔行〉亦云：「憶昔北尋小有洞，洪河怒濤過輕舸。辛勤不見華蓋君，艮岑青輝慘么麼。」

•約在此時，在宋中結識陳兼、韓十四等。

•秋，有〈重題鄭氏東亭〉詩，原注：「在新安界。」仇兆鰲注引鮑欽止曰：「即駙馬鄭潛曜。」（《杜詩詳注》卷一）鄭潛曜，為鄭虔姪、玄宗外甥，尚玄宗第十二女臨晉公主。

七四五年　天寶四載　乙酉　三十四歲

・臨晉公主託杜甫為其母皇甫淑妃撰〈唐故德儀贈淑妃皇甫氏神道碑〉，碑曰：「有女曰臨晉公主，出降代國長公主子滎陽鄭潛曜，官曰光祿卿，爵曰駙馬都尉……甫忝鄭莊之賓客，遊竇主之園林。以白頭之嵇、阮，豈獨步於崔、蔡。而野老何知，斯文見託；公子泛愛，壯心未已。不論官閥，游、夏入文學之科；兼敘哀傷，顏、謝有后妃之誄」。

・再遊齊趙。夏，與北海太守李邕、齊州司馬李之芳相會於濟南歷下亭，作〈陪李北海宴歷下亭〉。〈八哀詩・贈祕書監江夏李公邕〉云：「伊昔臨淄亭，酒酣託末契。重敘東都別，朝陰改軒砌。論文到崔蘇，指盡流水逝。近伏盈川雄（原注：楊炯），未甘特進麗（原注：李嶠）。是非張相國（原注：燕公說），相扼一危脆。爭名古豈然，關鍵欻不閉。例及吾家詩，曠懷掃氛翳。慷慨嗣真作（原注：〈和李大夫〉），咨嗟玉山桂。鐘律儼高懸，鯤鯨噴迢遞。」即回憶這次歡聚情景。臨淄亭，即歷下亭。齊州濟南郡，本齊郡，天寶元年更名臨淄郡，五載又更名濟南郡，乾元元年，復為齊州。四載正值改郡名之時，故云臨淄亭。又有〈同李太守登歷下古城員外新亭〉詩，原注：「時李之芳自尚書郎出齊州，製此亭。」又有〈暫如臨邑至㟙山湖亭奉懷李員外率爾成興〉詩，李員外，即李之芳。

・秋，與李白重逢於魯郡（今山東兗州）。二人曾同上東蒙山，訪道於董煉師和元逸人，即〈昔遊〉詩所謂「東蒙赴舊隱，尚憶同志樂。伏事董先生，於今獨蕭索」。〈玄都壇歌寄元逸人〉所云「故人昔隱東蒙峰，已佩含景蒼精龍」。二人又同訪魯城北范十居士，杜甫寫有〈與李十二白同尋范十隱居〉詩。李白亦有〈尋魯城北范居士失道落蒼耳中見范置酒摘蒼耳作〉。

・秋末，二人在魯郡東石門作別，杜甫作〈贈李白〉。李白亦作〈魯郡東石門送杜二甫〉詩：「醉別復幾日，登臨遍池臺。何時石門路，重有金樽開？」此後，兩人再也沒有見面，但彼此都很想念。李白有〈沙丘城下寄杜甫〉云：「我來竟何事？高臥沙丘城。城邊有古樹，日夕連秋聲。魯酒不可醉，齊歌空復情。思君若汶水，浩蕩寄南征。」沙丘城，即今兗州。

・歸洛陽。作〈冬日有懷李白〉云：「寂寞書齋裏，終朝獨爾思。更尋嘉樹傳，不忘〈角弓〉詩。短褐風霜入，還丹日月遲。未因乘興去，空有鹿門期。」

七四六年　天寶五載　丙戌　三十五歲

・西歸長安。春，作〈春日憶李白〉。

・春，孔巢父以病歸遊江東，杜甫作〈送孔巢父謝病歸遊江東兼呈李白〉。

・與岑參、鄭虔等結交。從汝陽王李璡、駙馬鄭潛曜遊。有〈鄭駙馬宅宴洞中〉詩。〈壯遊〉詩云：「快意八九年，西歸到咸陽。許與必詞伯，賞遊實賢王。曳裾置醴地，奏賦入明光。」仇兆鰲注：「詞伯，指岑參、鄭虔輩。賢王置醴，指汝陽王璡也。」（《杜詩詳注》卷一六）杜甫又有〈贈特進汝陽王二十韻〉，極讚賢王接遇之厚。

・此後，作〈飲中八仙歌〉，分詠賀知章、李璡、李適之、崔宗之、蘇晉、李白、張旭、焦遂等八人。

・除夕，作〈今夕行〉，題下原注：「自齊趙西歸至咸陽作。」

・約在此年前後，與任華在長安相識。

七四七年　天寶六載　丁亥　三十六歲

・在長安。正月，詔徵天下士人通一藝者，詣京師就選，杜甫與元結等皆應試，而權相李林甫從中作梗，以為「野無遺賢」，結果全部落選。元結〈諭友〉云：「天寶丁亥中，詔徵天下士有一藝者，皆得詣京師就選。晉公林甫以草野之士猥多，恐洩漏當時之機，議於朝廷曰：『舉人多卑賤愚瞶，不識禮度，恐有俚言，污濁聖聽。』於是奏待制者悉令尚書長官考試，御史中丞監之，試如常例。已而布衣之士，無有第者，送表賀人主，以為野無遺賢。」

・贈表兄比部郎中蕭某，有〈贈比部蕭郎中十兄〉詩，原注：「甫從姑之子。」詩云：「宅相榮姻戚，兒童惠討論。見知真自幼，謀拙愧諸昆。」仇兆鰲引趙次公注：「蕭係杜家外甥，故比之魏舒。」（《杜詩詳注》卷一）

七四八年　天寶七載　戊子　三十七歲

・曾歸偃師故廬，河南尹韋濟屢訪問之。後在京都近畿寄詩韋濟，有〈奉寄河南韋尹丈人〉，題下原注：「甫故廬在偃師，承韋公頻有訪問，故有下句。」

・與書法家顧誡奢結交。大曆三年（西元七六八年）秋，在公安作〈送顧八分文學適洪吉州〉詩云：『文學與我遊，蕭疏外聲利。追隨二十載，浩蕩長安醉。高歌卿相宅，文翰飛省寺。視我揚馬間，白首不相棄。」顧八分文學，即顧誡奢。

七四九年　天寶八載　己丑　三十八歲

・在長安。四鎮節度使高仙芝入朝，杜甫有〈高都護驄馬行〉，高曾任安西副都護。

・冬，歸洛陽，作〈冬日洛城北謁玄元皇帝廟〉。

七五〇年　天寶九載　庚寅　三十九歲

・在長安。

・張說次子、駙馬張垍遷太常卿，仍充翰林學士，杜甫有〈贈翰林張四學士垍〉詩，希望汲引。

・韋濟遷尚書左丞，作〈贈韋左丞丈〉詩。

・冬，預獻「三大禮賦」。《新唐書・玄宗紀》載：「（天寶）十載正月壬辰，朝獻於太清宮。癸巳，朝享於太廟。甲午，有事於南郊，大赦，賜侍老粟帛，酺三日。」這就是所謂的「三大禮」。杜甫遂作〈朝獻太清宮賦〉、〈朝享太廟賦〉、〈有事於南郊賦〉，即所謂「三大禮賦」，投延恩匭以獻。關於杜甫獻賦的時間，歷史上有三說：天寶九載冬、十載、十三載。當以前說為是。杜甫〈進三大禮賦表〉云：「臣生長陛下淳樸之俗，行四十載矣。」〈朝獻太清宮賦〉云：「（九載）冬十有一月，天子既納處士之議，承漢繼周，革弊用古，勒崇揚休。明年孟陬，將攄大禮以相籍，越彝倫而莫儔。」所謂「處士之議」，《唐會要》卷二四「二王三恪」記之甚詳：「（天寶）九載六月（或謂九月）六日，處士崔昌上封事，以國家合承周、漢，其周、隋不合為二王後，請廢。詔下尚書省，集公卿議。昌負獨見之明，群議不能屈。會集賢院學士衛包抗表，陳論議之夜，四星聚於尾宿，天象昭然。上心遂定，乃求殷、周、漢後為三恪，廢韓、介、酅等公。」宋蔡興宗首倡天寶九載冬預獻三賦說。《分門集注杜工部詩》卷首載蔡興宗所撰〈杜甫年譜〉於「天寶九載庚寅」下云：「時年三十九。是歲冬，進「三大禮賦」。」稍後趙次公在《杜位宅守歲》注中明確指出：「公於天寶九載三十九歲之冬，預獻明年「三大禮賦」。」後來黃鶴亦主九載預獻賦。

・長子宗文約生於今年。

七五一年　天寶十載　辛卯　四十歲

・在長安。杜甫獻「三大禮賦」後，玄宗奇之。命待制集賢院，召試文章，送隸有司，參列選序。即〈進封西岳賦表〉所云：「頃歲，國家有事於郊廟，幸得奏賦，待制於集賢，委學官試文章，再降恩澤，仍猥以臣名實相副，送隸有司，參列選序。」後流寓成都所作〈莫相疑行〉亦云：「憶獻三賦蓬萊宮，自怪一日聲烜赫。集賢學士如堵牆，觀我落筆中書堂。往時文采動人主，此日飢寒趨路旁。」

・秋，病瘧。作〈病後過王倚飲贈歌〉。

・作〈秋述〉送魏璀赴東都調選。文云：「秋，杜子臥病長安旅次，多雨生魚，青苔及榻。常時車馬之客，舊雨來，今雨不來。……子魏子獨踽踽然來，汗漫其僕夫，夫又不假蓋，不見我病色，適與我神會。我棄物也，四十無位，子不以官遇我，知我處順故也。……子魏子，今年以進士調選，名隸東天官。告余將行，既縫裳，既聚糧，東人怵惕，筆札無敵，謙謙君子，若不得已。知祿仕此始，吾黨惡乎無述而止?」魏子，即魏璀。

・四月，劍南節度使鮮于仲通率兵六萬討南詔（今雲南一帶），全軍陷沒。楊國忠掩其敗狀，仍敘其戰功。又大募兩京及河南、北兵以擊南詔。人聞雲南多瘴癘，士卒未戰而死者十八九，莫肯應募。楊國忠遂遣御史分道捕人，連枷強徵入伍。於是行者愁怨，父母妻子送之，所在哭聲振野。又玄宗連年用兵吐蕃，死傷甚眾。杜甫親見徵人服役慘狀，是年冬，遂作〈兵車行〉揭露唐玄宗窮兵黷武政策給人民帶來的深重苦難。

・是年前後，作〈前出塞九首〉。

・除夕，在從弟杜位家，作〈杜位宅守歲〉：「守歲阿戎家……四十明朝過。」

七五二年　天寶十一載　壬辰　四十一歲

・在長安。暮春，暫歸東都。與尚書左丞韋濟告別，有〈奉贈韋左丞丈二十二韻〉。又與集賢院直學士崔國輔、于休烈告別，有〈奉留贈集賢院崔于二學士〉云：「昭代將垂白，途窮乃叫閽。氣衝星象表，詞感帝王尊。天老書題目，春官驗討論」。又云：「欲整還鄉旆，長懷禁掖垣。謬稱三賦在，難述二公恩。」原注：「甫獻『三大禮賦』出身，二公常謬稱述。」

・鄭虔姪鄭審為諫議大夫，杜甫有〈敬贈鄭諫議十韻〉，自敘淪落，希冀汲引。

・秋，與高適、薛據、岑參、儲光羲等同登長安慈恩寺塔，適、據先作〈同諸公登慈恩寺浮圖〉詩，岑參作〈與高適薛據登慈恩寺浮圖〉詩，杜甫、儲光羲亦作〈同諸公登慈恩寺塔〉詩。

七五三年　天寶十二載　癸巳　四十二歲

・在長安。向京兆尹鮮于仲通獻詩，希冀汲引。〈奉贈鮮于京兆二十韻〉詩云：「破膽遭前政，陰謀獨秉鈞。微生霑忌刻，萬事益酸辛。交合丹青地，恩傾雨露辰。有儒愁餓死，早晚報平津。」

・三月三日，作〈麗人行〉，揭露楊氏兄妹的驕奢淫逸。

・夏，同廣文博士鄭虔遊何將軍山林，作〈陪鄭廣文遊何將軍山林十首〉。

・高適返河西，杜甫有〈送高三十五書記十五韻〉；五月，高適從哥舒翰破洪濟城，杜甫有〈寄高三十五書記〉詩。

・十月，陳兼被徵入京，任右補闕，杜甫作〈贈陳二補闕〉。

七五四年　天寶十三載　甲午　四十三歲

・在長安。春，重遊何將軍山林，作〈重過何氏五首〉。又作〈醉時歌〉，題下原注：「贈廣文館博士鄭虔。」蘇源明入京為國子司業。杜甫有〈戲簡鄭廣文兼呈蘇司業〉詩：「賴有蘇司業，時時乞酒錢。」大曆二年（西元七六七年）作〈九日五首〉其三回憶當時三人交遊云：「舊與蘇司業，兼隨鄭廣文。采花香泛泛，坐客醉紛紛。」

・有〈送張十二參軍赴蜀州因呈楊五侍御〉詩，楊五侍御，即楊譚，時為劍南節度使從事、兼監察御史。

・夏，與岑參兄弟遊渼陂，作〈渼陂行〉云：「岑參兄弟皆好奇，攜我遠來遊渼陂。」岑參赴北庭都護封常清幕任節度判官，後遷節度副使。九月九日，杜甫有〈九日寄岑參〉。

・秋，杜甫有〈苦雨奉寄隴西公兼呈王徵士〉詩，隴西公，即汝陽王李璡弟李瑀。王徵士，即琅琊王徹。

・裴虯赴永嘉（今浙江溫州）縣尉，作〈送裴二虯作尉永嘉〉。

・在駙馬崔惠童（尚玄宗第十女晉國公主）京城東別業宴集，有〈崔駙馬山亭宴集〉詩。

・訪從孫杜濟，有〈示從孫濟〉詩云：「平明跨驢出，未知適誰門。權門多噂沓，且復尋諸孫。諸孫貧無事，宅舍如荒村。」

・秋，沈佺期之子沈東美遷膳部員外郎，杜甫作詩祝賀，有〈承沈八丈東美除膳部員外阻雨未遂馳賀奉寄此詩〉云：「今日西京掾，多除內省郎。通家惟沈氏，謁帝似馮唐。」原注：「府掾四人，同日拜郎。」

・三月，張垍貶為盧溪郡司馬。歲中召還，再遷為太常卿。杜甫有〈奉贈太常張卿垍二十韻〉，仍望其提攜。

・自洛陽移家長安，居城南之下杜城。秋後，淫雨害稼，物價暴貴，生計益艱，遂攜家往奉先（今陝西蒲城），館於姻親奉先縣令楊蕙廨舍。〈橋陵詩三十韻因呈縣內諸官〉所謂「轗軻辭下杜，飄飖凌濁涇。諸生舊短褐，旅泛一浮萍。荒歲兒女瘦，暮途涕泗零。主人念老馬，廨署容秋螢。」又作〈奉先劉少府新畫山水障歌〉，《文苑英華》卷三三九題下注云：

「奉先尉劉單宅作。」劉少府即劉單。

•約今年秋，次子宗武生。

•隴右河西節度使哥舒翰幕判官田梁丘，因事入奏朝廷，作〈贈田九判官梁丘〉詩，希望他能推薦自己入哥舒翰幕府。冬，又作〈投贈哥舒開府翰二十韻〉，冀翰援引。

•獻〈封西岳賦〉，又獻〈雕賦〉。〈進雕賦表〉云：「臣之近代陵夷，公侯之貴磨滅，鼎銘之勳不復照耀於明時。自先君恕、預以降，奉儒守官，未墜素業矣。亡祖故尚書膳部員外郎先臣審言，修文於中宗之朝，高視於藏書之府，故天下學士到於今而師之。臣幸賴先臣緒業，自七歲所綴詩筆，向四十載矣，約千有餘篇。今賈馬之徒，得排金門上玉堂者甚眾矣。惟臣衣不蓋體，嘗寄食於人，奔走不暇，只恐轉死溝壑，安敢望仕進乎？伏惟明主哀憐之，倘使執先祖之故事，拔泥塗之久辱，則臣之述作，雖不能鼓吹六經，先鳴數子，至於沉鬱頓挫，隨時敏捷，揚雄、枚皋之徒，庶可企及也。有臣如此，陛下其舍諸？」獻賦前，作〈贈獻納使起居田舍人澄〉，望田澄援引。

七五五年　天寶十四載　乙未　四十四歲

•在長安。初春，作〈上韋左相二十韻〉呈韋見素，望其汲引。

•春，與駙馬鄭潛曜遊，有〈奉陪鄭駙馬韋曲二首〉。

•陪驃騎左金吾大將軍李嗣業飲，有〈陪李金吾花下飲〉詩：「醉歸應犯夜，可怕李金吾。」又有〈送蔡希魯都尉還隴右因寄高三十五書記〉詩，高三十五，即高適。

•秋，往奉先省親，拜會奉先縣令楊蕙。九月九日，作〈九日楊奉先會白水崔明府〉。崔明府，為杜甫舅氏，時任白水縣令，杜甫在白水縣，又有〈白水明府舅宅喜雨〉詩。

•十月返長安，授河西尉，不就。旋改任右衛率府兵曹參軍。〈官定後戲贈〉所謂「不作河西尉，淒涼為折腰。老夫怕趨走，率府且逍遙。耽酒須微祿，狂歌託聖朝。」

•十月，與給事中郭納唱和，有〈奉同郭給事湯東靈湫作〉。

•十一月，復往奉先省親。作〈自京赴奉先縣詠懷五百字〉。喪幼子。

•安史之亂爆發。作〈後出塞五首〉。

七五六年　天寶十五載　七月，肅宗即位，改元至德　丙申　四十五歲

• 在長安，元日作〈蘇端薛復筵簡薛華醉歌〉云：「文章有神交有道，端復得之名譽早。愛客滿堂盡豪傑，開筵上日思芳草。……近來海內為長句，汝與山東李白好。」

• 正月晦日，與崔戢、李封遊，有〈晦日尋崔戢李封〉詩云：「晚定崔李交，會心真罕儔。每過得酒傾，二宅可淹留。喜結仁里歡，況因令節求。」詩有「威鳳高其翔，長鯨吞九州。地軸為之翻，百川皆亂流」句，指安史之亂。

• 率府錄事參軍程某還鄉，杜甫送別，有〈送率府程錄事還鄉〉詩，原注：「程攜酒饌相就取別。」

• 弟杜穎避亂濟州，杜甫在長安，有〈得舍弟消息二首〉，之一曰：「近有平陰信，遙憐舍弟存。」平陰在濟州。

• 五月，奉先縣受到叛軍威脅，杜甫從長安奔往奉先，攜家向北轉移，至白水縣（今屬陝西）依時任白水縣尉的舅父崔頊，作〈白水崔少府十九翁高齋三十韻〉云：「白水見舅氏，諸翁乃仙伯。杖藜長松陰，作尉窮谷僻。為我炊雕胡，逍遙展良覿。」六月，叛軍攻破潼關，白水受敵，杜甫又攜家北逃，經華原縣，七月中，抵三川縣，作〈三川觀水漲二十韻〉，題下原注：「天寶十五載七月中，避寇時作。」詩云：「我經華原來，不復見平陸。……及觀泉源漲，反懼江海覆。漂沙圻岸去，漱壑松柏禿。乘陵破山門，回斡裂地軸。交洛赴洪河，及關豈信宿。應沉數州沒，如聽萬室哭。穢濁殊未清，風濤怒猶蓄。何時通舟車？陰氣不黲黷。浮生有蕩汩，吾道正羈束。」最後安家在鄜州（今陝西富縣）羌村。

• 八月，聞肅宗即位於靈武（今屬寧夏），即從羌村出發北上，取道延州（今陝西延安），經石門，過徐寨，上萬花山，到達延安七里鋪，欲出蘆子關轉道靈武，隻身奔赴行在。不幸途中為叛軍俘獲，押赴長安。作〈月夜〉詩懷念妻子。

• 十月，宰相房琯率軍同安史叛軍大戰於陳陶斜，此時賊勢方盛，而官軍以輕敵遂致大敗，死傷四萬餘人。杜甫聞之而作〈悲陳陶〉。陳陶斜慘敗後，肅宗遣中人催戰，房琯率殘軍復戰於青阪，又大敗，杜甫又作〈悲青阪〉。既對官軍的慘敗深表痛惜，又勸朝廷不要輕舉妄動，重蹈覆轍：「焉得附書與我軍，忍待明年莫倉卒。」

七五七年　肅宗至德二載　丁酉　四十六歲

• 杜甫仍陷賊長安。作〈元日寄韋氏妹〉云：「近聞韋氏妹，迎在漢鍾離。」韋氏妹，指嫁韋氏之妹，居濠州鍾離（今安徽鳳陽）。作〈憶幼子〉思念次子宗武：「驥子春猶隔，鶯歌暖正繁。別離驚節換，聰慧與誰論。」又作〈遣興〉詩云：「驥子好男兒，前年學語時。問知人客姓，誦得老夫詩。世亂憐渠小，家貧仰母慈。」驥子，宗武小名。

•正月，叛軍史思明、高秀巖合兵攻太原，意欲西進，威脅肅宗駐地彭原、鳳翔一帶的安全。杜甫時身陷長安，聞之焦急萬分，遂作〈塞蘆子〉詩，主張迅速塞斷蘆子關，阻止叛軍西進。

•春，有〈鄭駙馬池台喜遇鄭廣文同飲〉詩。鄭駙馬，即鄭潛曜，此時當已隨玄宗入蜀。鄭廣文，鄭虔，與鄭潛曜為叔姪。長安陷落後，鄭虔被叛軍虜入洛陽，安祿山逼授水部郎中，他稱病得緩，後從洛陽逃歸長安。杜甫素與鄭虔交好，今見其得以生還，驚喜異常，遂作詩讚其忠貞之節。

•從贊公（亦稱贊上人）、蘇端遊。有〈大雲寺贊公房四首〉、〈雨過蘇端〉。

•作〈哀江頭〉、〈哀王孫〉、〈春望〉諸詩。

•二月，肅宗將行在所遷至鳳翔（今屬陝西）。四月，杜甫冒險出長安金光門，間道逃歸鳳翔，謁肅宗。作〈喜達行在所三首〉。

•五月十六日，授左拾遺。作〈述懷〉。《錢注杜詩》卷二載：「唐授左拾遺誥：襄陽杜甫，爾之才德，朕深知之。今特命為宣義郎、行在左拾遺。授職之後，宜勤是職，毋怠！命中書侍郎張鎬齎符告諭，至德二載五月十六日行。」是月房琯罷相，杜甫疏救，忤怒肅宗，詔三司推問，幸宰相張鎬救免。六月一日，進〈奉謝口敕放三司推問狀〉。

•侍御史吳郁因為民辯誣，取忤朝貴，被謫長沙。時杜甫因疏救房琯獲罪而不能自保，無力營救吳郁，深以為憾。

•六月十二日，與裴薦、韋少游、魏齊聃、孟昌浩等舉薦岑參為右補闕。杜甫作〈為補遺薦岑參狀〉云：「宣議郎、試大理評事、攝監察御史、賜緋魚袋岑參，右臣等竊見岑參識度清遠，議論雅正，佳名早立，時輩所仰。今諫諍之路大開，獻替之官未備，恭惟近侍，實藉茂材。臣等謹詣閤門奉狀，陳薦以聞，伏聽進止。」

•夏秋之交，從弟杜亞為河西節度使杜鴻漸從事，赴任，杜甫有〈送從弟亞赴河西判官〉詩。

•有〈送樊二十三侍御赴漢中判官〉詩：「南伯從事賢，君行立談際。」南伯，即漢中王、漢中郡太守、山南西道防禦使李瑀，樊侍御蓋赴漢中為其判官。

•秋，杜甫在鳳翔，思念二子，〈得家書〉詩云：「熊兒幸無恙，驥子最憐渠。」熊兒，宗文小名。

•八月，郭英乂由鳳翔太守遷西平太守、隴右節度使、兼御史中丞、太僕卿，杜甫有〈奉送郭中丞兼太僕卿充隴右節度使三十韻〉。

•閏八月，墨制放往鄜州省親，即〈北征〉所云：「皇帝二載秋，閏八月初吉。杜子將北征，蒼茫問家室。」行前，有〈留別賈嚴二閣老兩院遺補得雲字〉詩，與賈至、嚴武等告別。經邠州，向李嗣業借馬，有〈徒步歸行〉，原注：「贈李特進，自鳳翔赴鄜州，途經邠州作。」詩云：「青袍朝士最困者，白頭拾遺徒步歸。人生交契無老少，論心何必先同調。妻子山中哭向天，須公櫪上追風驃。」經白水縣，憶及去年避安史之亂，挈家北走，至同家窪蒙孫宰熱誠接待情事，遂作〈彭衙行〉，備志孫宰周恤之誼。至家後，作〈羌村三首〉、〈北征〉。

‧十月，還鳳翔，扈從還京。〈寄岳州賈司馬六丈巴州嚴八使君兩閣老五十韻〉云：「法駕還雙闕，王師下八川。此時霑奉引，佳氣拂周旋。貔虎開金甲，麒麟受玉鞭。侍臣諳入仗，廄馬解登仙。」

‧十二月，鄭虔被貶台州（今浙江臨海）司戶參軍，杜甫因故未能送行話別，遂賦〈送鄭十八虔貶台州司戶，傷其臨老陷賊之故，闕為面別，情見於詩〉以寄意，對鄭虔遭遇深表同情。

七五八年　至德三載　二月，改元乾元　戊戌　四十七歲

‧春，在長安。任左拾遺。賈至時為中書舍人，作有〈早朝大明宮呈兩省僚友〉詩，杜甫作〈奉和賈至舍人早朝大明宮〉，王維、岑參皆作詩奉和，一時傳為佳話。岑參有〈寄左省杜拾遺〉詩，杜甫作〈奉答岑參補闕見贈〉詩云：「故人得佳句，獨贈白頭翁。」

‧二月，王維責授太子中允，杜甫有〈奉贈王中允維〉詩。

‧春，又有〈春宿左省〉、〈曲江二首〉、〈曲江對酒〉、〈曲江對雨〉等詩。

‧與畢曜共居陋巷為鄰里，杜甫有〈偪仄行贈畢四曜〉詩云：「偪仄何偪仄，我居巷南子巷北。可憐鄰里間，十日不一見顏色。」又有〈贈畢四曜〉詩云：「才大今詩伯，家貧苦宦卑。飢寒奴僕賤，顏狀老翁為。」

‧暮春，經鄭虔故居而作〈題鄭十八著作丈故居〉詩云：「台州地闊海冥冥，雲水長和島嶼青。亂後故人雙別淚，春深逐客一浮萍。酒酣懶舞誰相拽，詩罷能吟不復聽。第五橋東流恨水，皇陂岸北結愁亭。」鄭故居在長安城南之鄭莊。

‧許登授右拾遺，歸江寧覲省，有〈送許八拾遺歸江寧覲省。甫昔時嘗客遊此縣，於許生處乞瓦棺寺維摩圖樣，志諸篇末〉詩，又有〈因許八奉寄江寧旻上人〉詩。憶及當年遊吳越之事。

‧弘文館校書郎李舟赴襄陽覲母，杜甫作〈送李校書二十六韻〉送之，詩云：「李舟名父子，清峻流輩伯。人間好少年，不必須白皙。十五富文史，十八足賓客。十九授校書，二十聲輝赫。」李舟父岑。

•四月，肅宗親享九廟，陪祀。《舊唐書・肅宗紀》載：「（乾元元年四月）辛亥，九廟成，備法駕自長安殿迎九廟神主入新廟。甲寅，上親享九廟，遂有事於圓丘，即日還宮。」〈往在〉詩云：「車駕既云還，楹桷歘穹崇。故老復涕泗，祠官樹椅桐。宏壯不如初，已見帝力雄。前春禮郊廟，祀事親聖躬。微軀忝近臣，景從陪群公。登階捧玉冊，峨冕聆金鐘。侍祠恧先露，掖垣邇濯龍。」即記此事。

•六月，房琯貶邠州刺史，嚴武貶巴州刺史，賈至貶汝州刺史。同時，杜甫貶為華州司功參軍，有〈送賈閣老出汝州〉詩。臨行與孟雲卿作別，有〈酬孟雲卿〉詩云：「相逢難袞袞，告別莫匆匆。但恐天河落，寧辭酒盞空。明朝牽事務，揮淚各西東。」又作〈至德二載，甫自京金光門出，間道歸鳳翔。乾元初，從左拾遺移華州掾，與親故別，因出此門，有悲往事〉。路逢襄陽楊少府，托其寄呈司勳員外郎楊綰，有〈路逢襄陽楊少府入城戲呈楊四員外綰〉詩，原注：「甫赴華州日，許寄員外茯苓。」詩云：「寄語楊員外，山寒少茯苓。」

•七月，為華州刺史郭某作〈為華州郭使君進滅殘寇形勢圖狀〉。又代擬〈乾元元年華州試進士策問五首〉。

•秋，往藍田縣訪王維及其內兄崔季重，未遇王維。九月九日，作〈九日藍田崔氏莊〉詩。崔氏莊，即崔季重的別業，又稱東山草堂，杜甫又有〈崔氏東山草堂〉詩：「愛汝玉山草堂靜，高秋爽氣相鮮新。……何為西莊工給事，柴門空閉鎖松筠。」「王給事」，即王維，時任給事中。崔氏莊與王維的輞川莊東西相望。王維有〈崔濮陽兄季重前山興〉詩，題下原注：「山西去，亦對維門。」詩云：「秋色有佳興，況君池上閑。悠悠西林下，自識門前山。千里橫黛色，數峰出雲間。嵯峨對秦國，合遝藏荊關。殘雨斜日照，夕嵐飛鳥還。故人今尚爾，歎息此頹顏。」高步瀛《唐宋詩舉要》云：「觀原注，似此時季重已罷濮陽守而居藍田矣。」或謂崔氏為王維內弟崔興宗。

•冬至，作〈至日遣興奉寄北省舊閣老兩院故人二首〉，北省，即杜甫任左拾遺之門下省。兩院，指門下省和中書省。

•高適左授太子少詹事，兼御史中丞，分司東都。歲暮，杜甫有〈寄高三十五詹事〉詩云：「安穩高詹事，兵戈久索居。時來知宦達，歲晚莫情疏。」

•冬末，以事歸東都洛陽，復遇孟雲卿於湖城縣（今河南靈寶）城東，有〈冬末以事之東都湖城東遇孟雲卿復歸劉顥宅宿宴飲散因為醉歌〉。

•歸偃師陸渾莊，作〈憶弟二首〉，其一曰：「喪亂聞吾弟，飢寒傍濟州。」又有〈得舍弟消息〉詩，皆指杜穎。

七五九年　乾元二年　己亥　四十八歲

•乾元元年冬至今年春，郭子儀、李光弼、王思禮等九節度使以六十萬大軍圍攻相州安史叛軍，形勢大好，杜甫喜而作長詩〈洗兵馬〉。但因軍無統帥，久圍而不克。加之諸軍缺糧，史思明援軍又至，唐軍軍心浮動。三月，唐軍在相州河北擺開陣勢與史思明決戰，正勝負未分之際，大風忽起，吹沙拔木，天昏地暗，兩軍大驚，官軍向南潰退，叛軍向北潰退。郭子儀以朔方軍斷河陽橋保東都洛陽。諸節度各潰歸本鎮。洛陽一帶形勢緊張，朝廷為扭轉戰局，加強戰備，於是到處徵兵抓丁，新安（今屬河南）一帶尤為嚴重，雖老幼亦難免。這時杜甫由洛陽回華州，就沿途所見所聞，懷著矛盾的心情寫下〈新安吏〉、〈石壕吏〉、〈潼關吏〉、〈新婚別〉、〈垂老別〉、〈無家別〉這組傳誦千載的史詩，即所謂「三吏」、「三別」。

•回華州途中，遇老友衛八處士，久別重逢，撫今追昔，感慨萬千，遂賦〈贈衛八處士〉詩。

•關輔大旱，百姓饑饉，杜甫作〈夏日歎〉云：「上蒼久無雷，無乃號令乖？雨降不濡物，良田起黃埃。飛鳥苦熱死，池魚涸其泥。萬人尚流冗，舉目惟蒿萊。」又作〈夏夜歎〉云：「永日不可暮，炎蒸毒我腸。……仲夏苦夜短，開軒納微涼。」七月，棄官攜家流寓秦州（今甘肅天水）。〈立秋後題〉云：「日月不相饒，節序昨夜隔。……罷官亦由人，何事拘形役？」遂由華州西行度隴而至今甘肅張家川，再經清水沿牛頭河而下至社棠，再由社棠渡渭河西上而至秦州城。先居城內，後居姪杜佐草堂。〈秦州雜詩二十首〉其十三曰：「傳道東柯谷，深藏數十家。」趙次公注：「秦州枕上麓地曰東柯谷，曰西枝村。公姪佐先卜築東柯谷，集中有〈佐還東柯谷〉詩及有〈西枝村宿贊公土室〉詩。《天水圖經》載：秦州隴城縣有杜工部故居，及工部侄草堂，在東柯谷之南，麥積山瑞應寺上。」（《杜詩趙次公先後解輯校》乙帙卷七）又有〈示姪佐〉詩，原注：「佐草堂在東柯谷。」又有〈佐還山後寄三首〉。仇兆鰲注：「還山，還東柯谷也。」（《杜詩詳注》卷八）東柯谷，在今甘肅天水麥積區街子鄉八槐村。西枝村，亦在天水市麥積區，今又名園店。

•與阮昉交往，有〈秋日阮隱居致薤三十束〉詩，原注：「隱居，名昉，秦州人。」又有〈貽阮隱居〉詩。

•作〈佳人〉詩，借棄婦命運，寄寓身世之感。

•懷念李白，作〈夢李白二首〉，又有〈天末懷李白〉，又有〈寄李十二白二十韻〉。

•作〈遣興五首〉，其四悼念賀知章：「賀公雅吳語，在位常清狂。上疏乞骸骨，黃冠歸故鄉。爽氣不可致，斯人今則亡。」

其五悼念孟浩然：「吾憐孟浩然，裋褐即長夜。賦詩何必多，往往凌鮑謝。」

•薛據擢司儀郎，畢曜遷監察御史，杜甫特作〈秦州見敕目薛三據授司儀郎畢四曜除監察與二子有故遠喜遷官兼述索居凡三十韻〉云：「二子聲同日，諸生困一經。文章開突奧，遷擢潤朝廷。舊好何由展，新詩更憶聽。別來頭並白，相見眼終青。伊昔貧皆甚，同憂歲不寧。……隴俗輕鸚鵡，原情類鶺鴒。秋風動關塞，高臥想儀形。」

•四月，岑參遷虢州長史；五月，高適出為彭州刺史。杜甫在秦州有〈寄彭州高三十五使君適虢州岑二十七長史參三十韻〉云：「高岑殊緩步，沈鮑得同行。意愜關飛動，篇終接混茫。舉天悲富駱，近代惜盧王。似爾官仍貴，前賢命可傷。諸侯非棄擲，半刺已翱翔。詩好幾時見，書成無信將。」

•懷念賈至、嚴武，有〈寄岳州賈司馬六丈巴州嚴八使君兩閣老五十韻〉云：「衡岳啼猿裏，巴州鳥道邊。故人俱不利，謫宦兩悠然。」又云：「賈筆論孤憤，嚴詩賦幾篇。」時賈至又貶岳州司馬。

•懷念張彪，作〈寄張十二山人彪三十韻〉云：「歷下辭姜被，關西得孟鄰。早通交契密，晚接道流新。」歷下，即今山東濟南，則杜甫與彪或在遊齊趙時初識。聞一多《少陵先生年譜會箋》天寶四載下云：「〈寄張十二山人彪三十韻〉云『歷下辭姜被，關西得孟鄰，早通交契密，晚接道流新。』仇注：『歷下早通，記初交之地，關西晚接，記再遇之緣。』按公是年夏在歷下，而開元二十四年至二十九年間亦嘗遊齊地，初遇張彪，不知究在何時。」傅璇琮云：「蓋言己早年遊歷下時即與彪相遇，後又在華州相過從。」(《唐才子傳校箋》卷二)

•懷念鄭虔，作〈有懷台州鄭十八司戶虔〉：「天台隔三江，風浪無晨暮。鄭公縱得歸，老病不識路。」又作〈所思〉：「鄭老身仍竄，台州信所傳。」題下原注：「得台州司戶虔消息。」

•在秦州，與坐房琯黨謫秦州安置的長安大雲寺僧贊上人交往甚密，晚秋，杜甫有〈宿贊公房〉詩，原注：「贊，京師大雲寺主，謫此安置。」詩云：「杖錫何來此，秋風已颯然。……放逐寧違性，虛空不離禪。相逢成夜宿，隴月向人圓。」又有〈西枝村尋置草堂地夜宿贊公土室二首〉，其二云：「大師京國舊，德業天機秉。從來支許遊，興趣江湖迥。數奇謫關塞，道廣存箕潁。何知戎馬間，復接塵事屏。」又有〈寄贊上人〉詩云：「與子成二老，來往亦風流。」十月，杜甫赴同谷，有〈別贊上人〉詩云：「贊公釋門老，放逐來上國。還為世塵嬰，頗帶憔悴色。……相看俱衰年，出處各努力。」

•十月，離秦州赴同谷（今甘肅成縣），作〈發秦州〉，原注：「乾元二年，自秦州赴同谷縣紀行十二首。」十二首紀行詩，依次為〈發秦州〉、〈赤谷〉、〈鐵堂峽〉、〈鹽井〉、〈寒峽〉、〈法鏡寺〉、〈青陽峽〉、〈龍門鎮〉、〈石龕〉、〈積草嶺〉、〈泥功山〉、〈鳳凰臺〉。

•訪兩當縣吳郁故宅，睹物思人，作〈兩當縣吳十侍御江上宅〉詩，回顧當年被謫經過，並深自痛責：「余時忝諍臣，丹陛實咫尺。相看受狼狽，至死難塞責。行邁心多違，出門無與適。於公負明義，惆悵頭更白。」

•十一月，作〈乾元中寓居同谷縣作歌七首〉。

•與李銜相識。大曆五年（西元七七〇年）秋，杜甫〈長沙送李十一銜〉詩云：「與子避地西康州，洞庭相逢十二秋。」西康州，即同谷。

•十二月一日，自同谷赴成都。〈發同谷縣〉題下原注：「乾元二年十二月一日，自隴右赴成都紀行。」十二首紀行詩，依次為〈發同谷縣〉、〈木皮嶺〉、〈白沙渡〉、〈水會渡〉、〈飛仙閣〉、〈五盤〉、〈龍門閣〉、〈石櫃閣〉、〈桔柏渡〉、〈劍門〉、〈鹿頭山〉、〈成都府〉。

•歲末，至成都。〈成都府〉詩云：「翳翳桑榆日，照我征衣裳。我行山川異，忽在天一方。但逢新人民，未卜見故鄉。大江東流去，遊子日月長。曾城填華屋，季冬樹木蒼。喧然名都會，吹簫間笙簧。」初寓居西郊浣花溪畔草堂寺，即〈酬高使君相贈〉所云「古寺僧牢落，空房客寓居。故人供祿米，鄰舍與園蔬。」「故人」，指成都尹、劍南西川節度使裴冕，即杜甫由隴入蜀所作〈鹿頭山〉詩「冀公柱石姿，論道邦國活」，所云「冀公」（冕封冀國公）。

•到成都後，彭州刺史高適有〈贈杜二拾遺〉詩，杜甫作〈酬高使君相贈〉詩。

七六〇年　乾元三年　閏四月，改元上元　庚子　四十九歲

•在成都。春，得成都尹、劍南西川節度使裴冕幫助，在浣花溪畔營建草堂，作〈卜居〉詩。表弟王十五亦出資助修，〈王十五司馬弟出郭相訪兼遺營茅屋貲〉詩云：「客裏何遷次，江邊正寂寥。肯來尋一老，愁破是今朝。憂我營茅棟，攜錢過野橋。他鄉唯表弟，還往莫辭遙。」又分別向蕭實、韋續、何邕、韋班、徐知道等索要各種樹栽子及大邑瓷碗等，寫有〈蕭八明府實處覓桃栽〉、〈從韋二明府續處覓綿竹〉、〈憑何十一少府邕覓榿木栽〉、〈憑韋少府班覓松樹子栽〉、〈又於韋處乞大邑瓷碗〉及〈詣徐卿覓果栽〉等詩。誠如〈寄題江外草堂〉所云：「我生性放誕，雅欲逃自然。嗜酒愛風竹，卜居必林泉。遭亂到蜀江，臥痾遺所便。誅茅初一畝，廣地方連延。經營上元始，斷手寶應年。」

•春，初謁諸葛亮廟，作〈蜀相〉詩云：「丞相祠堂何處尋？錦官城外柏森森。」丞相祠堂，即今成都南郊武侯祠。

•與畫家王宰、韋偃等交往，有〈戲題王宰畫山水圖歌〉、〈題壁上韋偃畫馬歌〉、〈戲為韋偃雙松圖歌〉等。

•秋，在成都，與閭丘均之孫僧閭丘相遇，有〈贈蜀僧閭丘師兄〉詩，原注：「太常博士均之孫。」詩云：「大師銅梁秀，籍籍名家孫。嗚呼先博士，炳靈精氣奔。惟昔武皇后，臨軒御乾坤。多士盡儒冠，墨客藹雲屯。當時上紫殿，不獨卿相尊。世傳閭丘筆，峻極逾崑崙。……吾祖詩冠古，同年蒙主恩。豫章夾日月，歲久空深根。小子思疏闊，豈能達詞門。窮愁一揮淚，相遇即諸昆。我住錦官城，兄居祇樹園。地近慰旅愁，往來當丘樊。」先博士，指閭丘均，吾祖，指杜審言。二人同侍武后。

•秋，杜甫有〈因崔五侍御寄高彭州〉詩向高適求助：「百年已過半，秋至轉飢寒。為問彭州牧，何時救急難？」往蜀州新津（今屬四川）會裴迪，時王縉為蜀州刺史，杜甫有〈和裴迪登新津寺寄王侍郎〉詩，原注：「王時牧蜀。」王侍郎，即王縉。又往彭州（今屬四川）會高適。九月，高適轉蜀州刺史。杜甫前往探視，有〈奉簡高三十五使君〉詩：「當代論才子，如公復幾人。驊騮開道路，鷹隼出風塵。行色秋將晚，交情老更親。天涯喜相見，披豁對吾真。」又適逢同鄉韓十四將往江東探親，杜甫在州城東北白馬江邊為他送行，作〈送韓十四江東省覲〉詩。

•初冬，返成都。楊譚在桂州刺史任，杜甫有〈寄楊五桂州譚〉詩。

•歲暮，裴迪寫了一首〈登蜀州東亭送客逢早梅相憶〉寄給杜甫（裴詩今已不傳），杜甫遂作〈和裴廸登蜀州東亭送客逢早梅相憶見寄〉。

七六一年　上元二年　辛丑　五十歲

•在成都。正月七日，高適有〈人日寄杜二拾遺〉詩。

•早春，作〈奉酬李都督表丈早春作〉。李都督，即李國貞（若幽），杜甫表親。時為成都尹、兼御史大夫、充劍南節度使。

•復往新津，有〈暮登四安寺鐘樓寄裴十迪〉、〈題新津北橋樓得郊字〉、〈遊修覺寺〉、〈後遊〉等詩。

•二月，歸成都。有〈春夜喜雨〉。暮春，又有〈江畔獨步尋花七絕句〉、〈絕句漫興九首〉等詩。

•有南鄰酒伴斛斯融，〈江畔獨步尋花七絕句〉其一云：「江上被花惱不徹，無處告訴只顛狂。走覓南鄰愛酒伴，經旬出飲獨空牀。」原注：「斛斯融，吾酒徒。」又有〈聞斛斯六官未歸〉詩云：「故人南郡去，去索作碑錢。本賣文為活，翻令室倒懸。」

• 有贈徐知道〈徐卿二子歌〉。冬，徐為成都少尹兼侍御史，又有〈徐九少尹見過〉詩。

• 吏部侍郎崔漪復貶荊南節度使司馬，杜甫在成都作詩懷念，有〈所思〉詩云：「苦憶荊州醉司馬，謫官樽酒定常開。九江日落醒何處，一柱觀頭眠幾回。（原注：崔吏部漪。）」

• 四月，梓州副使段子璋反，自稱梁王。五月，成都尹、西川節度使崔光遠率牙將花驚定平息叛亂，斬段子璋。花驚定恃功大掠東蜀。杜甫作〈戲作花卿歌〉、〈贈花卿〉。

• 八月，一場狂風捲去草堂上的茅草，夜來又降大雨，牀頭屋漏，難以棲身，杜甫遂作〈茅屋為秋風所破歌〉。

• 作〈不見〉詩，懷念李白。原注：「近無李白消息。」

• 秋，至蜀州青城縣（今四川都江堰），有〈赴青城縣出成都寄陶王二少尹〉詩云：「老被樊籠役，貧嗟出入勞。客情投異縣，詩態憶吾曹。」又〈野望因過常少仙〉云：「野橋齊渡馬，秋望轉悠哉。竹覆青城合，江從灌口來。」〈丈人山〉云：「自為青城客，不唾青城地。為愛丈人山，丹梯近幽意。」至蜀州唐興縣（治今四川崇州東南江源鎮），秋分後二日為縣令王潛作〈唐興縣客館記〉；後又作〈敬簡王明府〉、〈重簡王明府〉二詩寄之，以生計艱難，冀其接濟。又有〈逢唐興劉主簿弟〉詩。

• 從弟杜位先以右補闕配流嶺南新州，九月，大赦，北還。杜甫聞知消息，作〈寄杜位〉詩云：「近聞寬法離新州，想見懷歸尚百憂。逐客雖皆萬里去，悲君已是十年流。」又云：「玉壘題書心緒亂，何時更得曲江遊。」旋歸成都。

• 吳郁放還，經成都，與范邈往訪杜甫，未遇。杜甫有〈范二員外邈吳十侍御郁特枉駕闕展待聊寄此作〉。

• 高適率州兵從崔光遠攻段子璋。冬，與王掄同至杜甫草堂，杜甫有〈王十七侍御掄許攜酒至草堂奉寄此詩便請邀高三十五使君同到〉詩，又〈王竟攜酒高亦同過共用寒字〉詩云：「臥病荒郊遠，通行小徑難。古人能領客，攜酒重相看。自愧無鮭菜，空煩卸馬鞍。移樽勸山簡，頭白恐風寒。」末句下原注：「高每云：『汝年幾小，且不必小於我。』故此句戲之。」

• 應蜀州李七司馬之邀，又到蜀州，有〈陪李七司馬皂江上觀造竹橋，即日成，往來之人免冬寒入水，聊題短作，簡李公〉（皂江，自今四川新津以上舊稱皂江，今稱金馬河，以下今稱南河）、〈觀作橋成，月夜舟中有述，還呈李司馬〉詩。高適回到蜀州，又有〈李司馬橋成承高使君自成都回〉詩。旋又歸成都。

•十二月，朝廷命東川節度使嚴武任成都尹兼劍南節度使。二人過從甚密，嚴武在經濟上經常接濟杜甫。

七六二年　上元三年　四月，代宗即位，改元寶應　壬寅　五十一歲

•春，在成都。何邕回朝，杜甫送之，作〈贈別何邕〉詩。

•監察御史、西山檢察使竇某入朝，杜甫為之送行，有〈入奏行贈西山檢察使竇侍御〉云：「竇侍御，驥之子，鳳之雛，年未三十忠義俱。」仇兆鰲引蔡夢弼注：「時吐蕃分三道入寇，欲取成都為東府。竇公以御史出檢校諸州軍儲器械，得以便宜入奏，公作是詩以贈之。」（《杜詩詳注》卷一〇）

•鄭鍊自劍南西川節度使從事罷歸襄陽，杜甫作〈贈別鄭鍊赴襄陽〉，又作〈重贈鄭鍊絕句〉云：「鄭子將行罷使臣，囊無一物獻尊親。江山路遠羈離日，裘馬誰為感激人？」

•二月，上嚴武〈說旱〉文，題下原注：「初中丞嚴公節制劍南日，奉此說。」中丞嚴公，即嚴武。蔡興宗《重編杜工部年譜》云：「寶應元年壬寅春建卯月（即二月），有〈說旱〉文。」文云：「自中丞下車之初，軍郡之政，罷弊之俗，已下手開濟矣；百事冗長者，又已革削矣。獨獄囚未聞處分，豈次第未到，為獄無濫繫者乎？穀者，百姓之本，百役是出，況冬麥黃枯，春種不入，公誠能暫輟諸務，親問囚徒，除合死者之外，下筆盡放，使囹圄一空，必甘雨大降。但怨氣消，則和氣應矣。」

•春社時，田父邀飲，作〈遭田父泥飲美嚴中丞〉。

•春，嚴武有〈寄題杜二錦江野亭〉，邀請杜甫到成都城內，杜甫作〈奉酬嚴公寄題野亭之作〉相酬：「拾遺曾奏數行書，懶性從來水竹居。奉引濫騎沙苑馬，幽棲真釣錦江魚。謝安不倦登臨費，阮籍焉知禮法疏？枉沐旌麾出城府，草茅無徑欲教鋤。」又有〈嚴中丞枉駕見過〉云：「元戎小隊出郊坰，問柳尋花到野亭。川合東西瞻使節，地分南北任流萍。」題下原注：「嚴自東川除西川，敕令兩川都節制。」暮春，嚴武作〈西城晚眺〉，杜甫又作〈奉和嚴中丞西城晚眺十韻〉相和。四月，又有〈中丞嚴公雨中垂寄見憶一絕奉答二絕〉。嚴武派人送來青城山道士乳酒一瓶，杜甫遂作〈謝嚴中丞送青城山道士乳酒一瓶〉申謝。五月，有〈嚴公仲夏枉駕草堂兼攜酒饌得寒字〉云：「竹裏行廚洗玉盤，花邊立馬簇金鞍。非關使者徵求急，自識將軍禮數寬。百年地僻柴門迥，五月江深草閣寒。看弄漁舟移白日，老農何有罄交歡？」又有〈嚴公廳宴同詠蜀道畫圖得空字〉。

•四月，玄宗、肅宗相繼去世，代宗即位，召嚴武還朝。七月，嚴武入朝，杜甫一直送他到綿州（今四川綿陽）奉濟驛。一路上，他寫了不少詩為嚴武送行，如〈奉送嚴公入朝十韻〉、〈奉濟驛重送嚴公四韻〉等。嚴武離開成都，劍南兵馬使徐知道即造反作亂，並扼守劍閣，阻塞嚴武歸路。武在巴山受阻，直到九月尚未出川。時流寓梓州（今四川三臺）的杜甫聽到消息，很是不安，遂寫〈九日奉寄嚴大夫〉詩以致慰問。武讀到甫詩，很是感動，即寫〈巴嶺答杜二見憶〉詩回贈，可見二人交情之深，思念之切。時從孫杜濟為綿州刺史。杜甫有〈送嚴侍郎到綿州同登杜使君江樓得心字〉詩云：「此會共能幾，諸孫賢至今。」「嚴侍郎」，即嚴武；「杜使君」、諸孫，即指杜濟。

•韋諷攝閬州錄事參軍，杜甫在綿州送之，有〈東津送韋諷攝閬州錄事〉詩。

•高適代嚴武為成都尹、劍南西川節度使。秋，杜甫在梓州有〈寄高適〉云：「楚隔乾坤遠，難招病客魂。詩名惟我共，世事與誰論。北闕更新主，南星落故園。定知相見日，爛漫倒芳尊。」

•在梓州，與章彝、漢中王、肅明觀道士席謙等在水亭聚會，有〈章梓州水亭〉詩，原注：「時漢中王兼道士席謙在會，同用荷字韻。」漢中王，即李瑀，時貶蓬州長史。又有〈戲題寄上漢中王三首〉，原注：「時王在梓州，初至，斷酒不飲，篇有戲述。」又有〈玩月呈漢中王〉詩。

•在廣州任功曹參軍的段某來梓州，捎來廣州長史楊譚給杜甫的信，當段某回歸之時，杜甫有〈廣州段功曹到得楊五長史譚書功曹卻歸聊寄此詩〉，又有〈送段功曹歸廣州〉。

•秋，在梓州作〈宗武生日〉詩。

•秋末，回成都迎家至梓州。十一月，往射洪縣（今屬四川），到金華山玉京觀，尋陳子昂讀書堂遺跡，有〈冬到金華山觀因得故拾遺陳公學堂遺跡〉云：「涪右眾山內，金華紫崔嵬。……陳公讀書堂，石柱仄青苔。悲風為我起，激烈傷雄才。」又訪縣北東武山子昂故宅，有〈陳拾遺故宅〉詩。旋復南之通泉縣（今四川射洪東南），訪郭元振故居，有〈過郭代公故宅〉詩云：「代公尉通泉，放意何自若。……高詠〈寶劍篇〉，神交付冥漠。」於慶善寺觀薛稷書畫壁，有〈觀薛稷少保書畫壁〉詩云：「少保有古風，得之〈陜郊篇〉。惜哉功名忤，但見書畫傳。我遊梓州東，遺跡涪水邊。……此行疊壯觀，郭薛俱才賢。不知百載後，誰復來通泉。」又於縣署壁後觀稷所畫鶴，有〈通泉縣署壁後薛少保畫鶴〉詩云：「薛公十一鶴，皆寫青田真。畫色久欲盡，蒼然猶出塵。」又與監察御史王掄、通泉縣令姚某遊，有〈陪王侍御宴通泉東山野亭〉、〈陪王侍御同登東山最高頂宴姚通泉晚攜酒泛江〉等詩。

・是年，作〈戲為六絕句〉，開以絕句論詩之先河。或謂這組詩上元二年作。

七六三年　代宗寶應二年　七月，改元廣德　癸卯　五十二歲

・春，在梓州。去冬十月，唐軍屢破史朝義兵，收復東京洛陽及河陽，偽鄴郡節度使、偽恆陽節度使降，河北州郡悉平。今年正月，史朝義敗走廣陽自縊，其將田承嗣以莫州降，李懷仙以幽州降，並斬史朝義首級來獻。至此河南、河北諸州郡盡為唐軍收復，延續八年之久的安史之亂宣告平息。時流寓梓州的杜甫聞知這個大快人心的消息，欣喜若狂，遂走筆寫下「生平第一首快詩」〈聞官軍收河南河北〉。

・梓州從事兼監察御史路六被召入朝。杜甫與他為總角之交，有〈送路六侍御入朝〉詩。

・春到涪城縣（治今四川三臺西北花園鎮），作〈涪城縣香積寺官閣〉詩，香積寺在涪城縣東南香積山上。涪城縣尉韋班還京，有〈涪江泛舟送韋班歸京得山字〉詩云：「追餞同舟日，傷春一水間。飄零為客久，衰老羨君還。」又有〈泛舟送魏十八倉曹還京因寄岑中允參范郎中季明〉詩云：「見酒須相憶，將詩莫浪傳。若逢岑與范，為報各衰年。」

・在梓州遊牛頭寺、兜率寺、惠義寺等名寺，有〈上牛頭寺〉、〈望牛頭寺〉、〈上兜率寺〉、〈望兜率寺〉、〈陪李梓州王閬州蘇遂州李果州四使君登惠義寺〉、〈惠義寺送王少尹赴成都〉、〈惠義寺園送辛員外〉諸詩。辛員外，即辛昇之，〈又送〉詩云：「同舟昨日何由得，並馬今朝未擬迴。直到綿州始分首，江邊樹裏共誰來？」一直送辛到綿州。又有〈巴西驛亭觀江漲呈竇十五使君二首〉、〈又呈竇使君〉等詩。

・間至閬州（今四川閬中），途經鹽亭，有〈行次鹽亭縣聊題四韻奉簡嚴遂州蓬州兩使君諮議諸昆季〉詩云：「馬首見鹽亭，高山擁縣青。雲溪花淡淡，春郭水泠泠。全蜀多名士，嚴家聚德星。長歌意無極，好為老夫聽。」諮議，指嚴震。諸昆季，指嚴礪等從祖兄弟。

・又往漢州（今四川廣漢），有〈陪王漢州留杜綿州泛房公西湖〉詩：「使君雙皂蓋，灘淺正相依。」杜綿州，即杜濟；房公，即房琯。又有〈得房公池鵝〉、〈官池春雁二首〉等詩。

・夏，返梓州。與梓州刺史、東川節度使留後章彝交遊頻繁，有〈陪章留後侍御宴南樓得風字〉、〈陪章留後惠義寺餞嘉州崔都督赴州〉等詩。秋，有〈章梓州水亭〉詩，原注：「時漢中王兼道士席謙在會，同用荷字韻。」又有〈章梓州橘亭餞成都竇少尹得涼字〉、〈隨章留後新亭會送諸君〉等詩。

・初秋，聞漢中王李瑀姬妾誕子，有〈戲作寄上漢中王二首〉，原注：「王新誕明珠。」
・復自梓州赴閬州。八月四日，房琯卒於閬州僧舍。九月，杜甫作〈祭故相國清河房公文〉云：「維唐廣德元年，歲次癸卯，九月辛丑朔，二十二日壬戌，京兆杜甫，敬以醴酒茶藕蓴鯽之奠，奉祭故相國清河房公之靈。」
・杜甫在閬州受到王刺史的款待，代王刺史向代宗上〈為閬州王使君進論巴蜀安危表〉，提出了一系列治理巴蜀的建議。杜甫舅崔二十四自京赴青城任縣令，途經閬州，杜甫作〈閬州奉送二十四舅使自京赴任青城〉詩，對舅氏由京官降為縣官的際遇表示惋惜。秋冬之交，杜甫十一舅前往青城看望二十四舅，途經閬州，閬州王刺史設筵，席間十一舅賦詩惜別，杜甫作〈王閬州筵奉酬十一舅惜別之作〉相酬。詩云：「萬壑樹聲滿，千崖秋氣高。浮舟出郡郭，別酒寄江濤。」又作〈閬州東樓筵奉送十一舅往青城得昏字〉送行：「遊目俯大江，列筵慰別魂。是時秋冬交，節往顏色昏。天寒鳥獸伏，霜露在草根。今我送舅氏，萬感集清樽。」
・初冬，杜甫在閬州接到夫人來信，得知女兒患病，便匆匆離開閬州回歸梓州，作〈發閬中〉詩。
・在梓州，有〈冬狩行〉，原注：「時梓州刺史章彝兼侍御史，留後東川。」又〈山寺〉詩，原注：「得開字，章留後同遊。」又〈桃竹杖引贈章留後〉詩，又有〈將適吳楚留別章使君留後兼幕府諸公得柳字〉云：「眷眷章梓州，開筵俯高柳。樓前出騎馬，帳下羅賓友。健兒簸紅旗，此樂幾難朽。」
・十一月，杜甫欲離梓赴閬下吳楚，行前派弟弟杜占回成都草堂料理家務，有〈舍弟占歸草堂檢校聊示此詩〉云：「久客應吾道，相隨獨爾來。熟知江路近，頻為草堂迴。鵝鴨宜長數，柴荊莫浪開。東林竹影薄，臘月更須栽。」
・十二月，由梓州遷家閬州。在閬州所作〈早花〉云：「臘日巴江曲，山花已自開。」

七六四年　廣德二年　甲辰　五十三歲

・朝廷召補京兆功曹參軍，不赴。有〈奉寄別馬巴州〉詩，題下原注：「時甫除京兆功曹，在東川。」
・正月晦日，陪閬州王刺史泛江，有〈陪王使君晦日泛江就黃家亭子二首〉，黃家亭子，在閬州城東嘉陵江東岸山上。王刺史又於江亭設宴，為遂州蕭刺史餞行，杜甫陪宴而作〈江亭王閬州筵餞蕭遂州〉詩。又在江亭送眉州別駕辛昇之，有〈江亭送眉州辛別駕昇之得蕪字〉詩。
・賀蘭銛早年與杜甫交往，有才而困窮不遇，時由閬州返吳，杜甫作〈贈別賀蘭銛〉送別。是年冬，又有〈寄賀蘭銛〉詩。

•章彝將入覲，杜甫有〈奉寄章十侍御〉詩，原注：「時初罷梓州刺史、東川留後，將赴朝廷。」詩云：「淮海維揚一俊人，金章紫綬照青春。指麾能事迴天地，訓練強兵動鬼神。」未行，小不副嚴武之意，二月，召赴成都而杖殺之。

•刑部侍郎李曄貶嶺南召還，行至閬州，杜甫有〈送李卿曄〉詩：「王子思歸日，長安已亂兵。霑衣問行在，走馬向承明。暮景巴蜀僻，春風江漢清。晉山雖自棄，魏闕尚含情。」

•正月，嚴武以黃門侍郎拜成都尹充劍南節度使，幾次寫信希望杜甫回到成都。二月，杜甫在閬州聞知消息，欣喜若狂，揮筆寫下了〈奉待嚴大夫〉詩。〈自閬州領妻子卻赴蜀山行三首〉其二云：「汩汩避群盜，悠悠經十年。不成向南國，復作遊西川。」在攜家歸蜀途中，他又寫了〈將赴成都草堂途中有作先寄嚴鄭公五首〉。又作〈別房太尉墓〉詩，房太尉，即房琯。

•高適召為刑部侍郎，轉散騎常侍。杜甫有〈奉寄高常侍〉詩：「汶上相逢年頗多，飛騰無那故人何。總戎楚蜀應全未，方駕曹劉不啻過。今日朝廷須汲黯，中原將帥憶廉頗。天涯春色催遲暮，別淚遙添錦水波。」

•杜甫在成都，有〈丹青引贈曹將軍霸〉詩。又在韋諷成都住宅觀賞曹霸所畫馬，作〈韋諷錄事宅觀曹將軍畫馬圖〉。同年，韋諷即真為閬州錄事參軍，杜甫又有〈送韋諷上閬州錄事參軍〉詩。

•南鄰酒伴斛斯融卒，有〈過故斛斯校書莊二首〉，題下原注：「老儒艱難時，病於庸蜀，歎其沒後，方授一官。」卒後方授校書郎。《文苑英華》卷三七注：「公名融。」

•六月，嚴武表薦杜甫為節度參謀、檢校尚書工部員外郎，賜緋魚袋。入幕後，杜甫就協助嚴武訓練士卒，並陪武檢閱騎兵，有〈揚旗〉詩，題下原注：「二年夏六月，成都尹嚴公置酒公堂，觀騎士試新旗幟。」當時吐蕃對成都威脅很大，為安定巴蜀，必須加強西山防務，為此杜甫特作〈東西兩川說〉向嚴武提出建議。七月，嚴武來到西山前沿軍城，作〈軍城早秋〉詩云：「昨夜秋風入漢關，朔雲邊雪滿西山。更催飛將追驕虜，莫遣沙場匹馬還。」立誓將入侵的吐蕃殺個片甲不留。杜甫讀罷心情振奮，遂作〈奉和嚴鄭公軍城早秋〉詩云：「秋風嫋嫋動高旌，玉帳分弓射虜營。已收滴博雲間戍，欲奪蓬婆雪外城。」盛讚嚴武為國靖邊的雄心壯志。入幕期間，杜甫與嚴武或分韻賦詩，如〈嚴鄭公宅同詠竹得香字〉、〈嚴鄭公階下新松得霑字〉；或北池臨眺，有〈陪鄭公秋晚北池臨眺〉；或摩訶池泛舟，有〈晚秋陪嚴鄭公摩訶池泛舟得溪字〉；或同觀岷山、沱江畫圖，有〈奉觀嚴鄭公廳事岷山沱江畫圖十韻得忘字〉。時從弟杜位亦在嚴武幕府。

•時任華隱居綿州涪城，來成都，有〈上嚴大夫箋〉。與杜甫重逢，作〈寄杜拾遺〉詩：「杜拾遺，名甫第二才甚奇。任生與君別來已多時，何曾一日不相思。杜拾遺，知不知？昨日有人誦得數篇黃絹詞，吾怪異奇特借問，果然稱是杜二之所為。……昔在帝城中，盛名君一個。諸人見所作，無不心膽破。郎官叢裏作狂歌，丞相閣中常醉臥。……如今避地錦城隅，幕下英僚每日相就提玉壺。半醉起舞捋髭鬚，乍低乍昂傍若無。古人制禮但為防俗士，豈得為君設之乎！」

•秋，弟杜穎來成都探望兄長，臨歸，杜甫作〈送舍弟穎赴齊州三首〉相送，其三云：「諸姑今海畔，兩弟亦山東。」仇兆鰲注：「兩弟，謂豐與觀。」（《杜詩詳注》卷一四）

•唐誡赴東京舉，時賈至為禮部侍郎，奏請兩都試舉人，因知東京舉。杜甫作〈別唐十五誡因寄禮部賈侍郎〉詩，為之紹介通融。詩云：「九載一相見，百年能幾何。」則二人早在至德二載（西元七五六年）即相識。又云：「南宮吾故人，白馬金盤陀。雄筆映千古，見賢心靡他。念子善師事，歲寒守舊柯。為吾謝賈公，病肺臥江沱。」

•秋，台州司戶參軍鄭虔卒。冬，祕書少監蘇源明亦卒。杜甫有〈懷舊〉詩云：「地下蘇司業，情親獨有君……自從失辭伯，不復更論文。」又有〈哭台州鄭司戶蘇少監〉詩：「故舊誰憐我，平生鄭與蘇。存亡不重見，喪亂獨前途。豪俊何人在，文章掃地無。羈遊萬里闊，凶問一年俱。」大曆二年（西元七六七年）春，在夔州作〈寄薛三郎中據〉又云：「早歲與蘇鄭，痛飲情相親。二公化為土，嗜酒不失真。」

•與監察御史王契相過從，作〈贈王二十四侍御契四十韻〉。

七六五年　永泰元年　乙巳　五十四歲

•正月三日，辭嚴武幕職，歸居草堂，〈正月三日歸溪上有作簡院內諸公〉詩云：「白頭趨幕府，深覺負平生。」甫退幕後，仍和嚴武保持著來往，還不時寄詩，頻致繾綣之情。如〈敝廬遣興奉寄嚴公〉詩云：「把酒宜深酌，題詩好細論。府中瞻暇日，江上憶詞源。跡忝朝廷舊，情依節制尊。還思長者轍，恐避席為門。」四月，嚴武病逝，杜甫失去依靠，遂於五月匆匆離開成都，攜家乘舟南下，從而結束了他「五載客蜀郡，一年居梓州」（〈去蜀〉）的「窮途仗友生」的生活。去蜀前，有〈寄贈王十將軍承俊〉詩云：「將軍膽氣雄，臂懸兩角弓。纏結青驄馬，出入錦城中。時危未授鉞，勢屈難為功。賓客滿堂上，何人高義同？」「承俊」，當為「崇俊」。《舊唐書・崔寧傳》載：「永泰元年五月，嚴武卒，杜濟為西川行軍司馬，權知軍府事。時郭英幹為都知兵馬使，郭嘉琳為都虞侯，皆請英幹兄英乂為節度使。（崔）旰時為西山都知兵馬使，與軍眾共請大將王崇俊為節度使。二奏俱至京師，會朝廷已除英乂，旰使因見英乂陳其事。英乂至成都，數日，誣殺王崇俊。」據詩「時危未授鉞」句，當在崔旰與所部共請立崇俊為節度使之時。

•離成都後，沿岷江乘舟經嘉州（今四川樂山），從兄杜某來嘉州探望，杜甫有〈狂歌行贈四兄〉詩云：「與兄行年校一歲，賢者是兄愚者弟。兄將富貴等浮雲，弟竊功名好權勢。……今年思我來嘉州，嘉州酒重花繞樓。樓頭吃酒樓下臥，長歌短咏迭相酬。」又有〈宿青溪驛奉懷張員外十五兄之緒〉詩，時張由金部員外郎被貶黔中道。

•六月經戎州（今四川宜賓），受到戎州刺史楊某的接待，有〈宴戎州楊使君東樓〉詩云：「座從歌妓密，樂任主人為。重碧拈春酒，輕紅擘荔枝。樓高欲愁思，橫笛未休吹。」

•又經瀘州（今屬四川）。〈解悶十二首〉其十：「憶過瀘戎摘荔枝，青楓隱映石逶迤。」即指此。

•又經渝州（今重慶），原與嚴六侍御約好一同下峽，但在渝州等候許久，嚴未能到，故杜甫先行一步，有〈渝州候嚴六侍御不到先下峽〉詩。

•初秋，至忠州（今重慶忠縣），受到從姪、忠州刺史杜某的接待，有〈宴忠州使君姪宅〉詩云：「出守吾家姪，殊方此日歡。自須遊阮巷，不是怕湖灘。」居龍興寺院，有〈題忠州龍興寺所居院壁〉詩云：「忠州三峽內，井邑聚雲根。小市常爭米，孤城早閉門。空看過客淚，莫覓主人恩。淹泊仍愁虎，深居賴獨園。」又有〈禹廟〉詩。

•嚴武老母護送嚴武靈柩歸葬故里，船過忠州，杜甫登舟慰問，寫下了〈哭嚴僕射歸櫬〉詩，深致悲悼。後在〈八哀詩・贈左僕射鄭國公嚴公武〉中，杜甫回顧了嚴武的一生，對他的文治武功，特別是「四登會府地，三掌華陽兵」的卓越建樹，備加推崇，極力稱譽嚴武云：「公來雪山重，公去雪山輕。」對嚴武「小心事友生」的深情厚誼感激涕零：「空餘老賓客，身上愧簪纓。」可以說，杜甫是把嚴武作為一位文武全才的人物來尊重，從而與之傾心相交的。

•正月，高適卒。杜甫在忠州，有〈聞高常侍亡〉詩云：「歸朝不相見，蜀使忽傳亡。虛歷金華省，何殊地下郎。致君丹檻折，哭友白雲長。獨步詩名在，祇令故舊傷。」

•九月，至雲安縣（今重慶雲陽）。因病，遂留居雲安，館於縣令嚴明府之水閣，次年春有〈水閣朝霽奉簡雲安嚴明府〉云：「東城抱春岑，江閣鄰石面。……呼婢取酒壺，續兒誦《文選》。晚交嚴明府，矧此數相見。」

•又與鄭賁兄弟交往，有〈答鄭十七郎一絕〉、〈雲安九日鄭十八攜酒陪諸公宴〉詩。次年春，又有〈贈鄭十八賁〉詩。

•聞房琯旅櫬歸葬故里，作〈承聞故房相公靈櫬自閬州啟殯歸葬東都有作二首〉，詩云：「遠聞房太尉，歸葬陸渾山。」又云：「丹旐飛飛日，初傳發閬州。」

七六六年　永泰二年　十一月，改元大曆　丙午　五十五歲

•春，在雲安，杜甫聞岑參出為嘉州刺史，作〈寄岑嘉州〉詩云：「不見故人十年餘，不道故人無素書。願逢顏色關塞遠，豈意出守江城居。外江三峽且相接，斗酒新詩終自疏。謝朓每篇堪諷誦，馮唐已老聽吹噓。泊船秋夜經春草，伏枕青楓限玉除。眼前所寄選何物，贈子雲安雙鯉魚。」

•暮春，移居夔州（今重慶奉節），有〈移居夔州作〉云：「伏枕雲安縣，遷居白帝城。春知催柳別，江與放船清。」又有〈船下夔州郭宿雨濕不得上岸別王十二判官〉詩。

•初寓山中客堂。有〈客堂〉詩云：「憶昨離少城，而今異楚蜀。捨舟復深山，窅窕一林麓。棲泊雲安縣，消中內相毒。……客堂序節改，具物對羈束。石暄蕨芽紫，渚秀蘆筍綠。巴鶯紛未稀，徼麥早向熟。悠悠日動江，漠漠春辭木。」

•秋，移寓西閣。有〈草閣〉、〈宿江邊閣〉、〈閣夜〉、〈西閣夜〉、〈西閣雨望〉、〈西閣口號〉等詩。

•秋，漢中王李瑀出峽歸京，寄杜甫手札，杜甫有〈奉漢中王手札〉詩：「國有乾坤大，王今叔父尊。剖符來蜀道，歸蓋取荊門。」尋又有手札，報韋侍御、蕭尊師亡，杜甫有〈奉漢中王手札報韋侍御蕭尊師亡〉詩：「秋日蕭韋逝，淮王報峽中。」

•秋，弟豐在江南。杜甫有〈第五弟豐獨在江左近三四載寂無消息覓使寄此二首〉。

•秋，作〈八哀詩〉，分別悼念王思禮、李光弼、嚴武、汝陽王李璡、李邕、蘇源明、鄭虔、張九齡。王嗣奭曰：「此八公傳也，而以韻語紀之，乃老杜創格。……王、李名將，因盜賊未息，故興起二公，此為國家哀之者。繼以嚴武、汝陽、李、蘇、鄭，皆素交，則歎舊。九齡名相，則懷賢。」（《杜臆》卷七）

•作〈諸將五首〉，其三提及王縉：「朝廷袞職雖多預，天下軍儲不自供。稍喜臨邊王相國，肯銷金甲事春農。」王相國，即王縉。其五憶及嚴武：「正憶往時嚴僕射，共迎中使望鄉臺。主恩前後三持節，軍令分明數舉杯。西蜀地形天下險，安危須仗出群材。」嚴僕射，即嚴武。又作〈秋興八首〉、〈詠懷古跡五首〉。

•秋，柏貞節被授予都督夔州諸軍事兼夔州刺史、兼御史中丞充夔忠萬歸涪等州都防禦使，杜甫為作〈為夔府柏都督謝上表〉。柏都督對杜甫多有資助和照顧，詩中屢屢提及。〈峽口二首〉其二云：「疲茶煩親故，諸侯數賜金。」自注：「主人柏中丞，頻分月俸。」又〈奉送蜀州柏二別駕將中丞命赴江陵起居衛尚書太夫人因示從弟行軍司馬位〉詩：「中丞問

俗畫熊頻，愛弟傳書彩鷁新。遷轉五州防禦使，起居八座太夫人。」中丞、五州防禦使，即指貞節。「愛弟」，指從弟杜位，時為荊南節度行軍司馬兼江陵府少尹。杜甫又有〈覽柏中丞兼子侄數人除官制詞因述父子兄弟四美載歌絲綸〉、〈覽鏡呈柏中丞〉、〈陪柏中丞觀宴將士二首〉等詩。二年夏，杜甫有〈園官送菜〉詩云：「清晨蒙菜把，常荷地主恩。」〈園人送瓜〉詩云：「江間雖炎瘴，瓜熟亦不早。柏公鎮夔國，滯務茲一掃。食新先戰士，共少及溪老。」又〈課伐木〉詩云：「城中賢府主，處貴如白屋。」〈秋日夔府詠懷奉寄鄭監李賓客一百韻〉：「高宴諸侯禮，佳人上客前。哀箏傷老大，華屋豔神仙。南內開元曲，當時弟子傳。法歌聲變轉，滿座涕潺湲。」原注：「都督柏中丞筵，聞梨園弟子李仙奴歌。」

- 秋、冬間，鮮于仲通之子鮮于炅由萬州刺史改巴州刺史。杜甫有〈送鮮于萬州遷巴州〉詩云：「京兆先時傑，琳琅照一門。朝廷偏注意，接近與名藩。……看君妙為政，他日有殊恩。」京兆，即指鮮于仲通。
- 作〈存歿口號二首〉，憶及席謙、畢曜、鄭虔、曹霸，尤對畢曜、鄭虔之歿表示悲悼。
- 杜甫有病，考功郎中韋夏有為寄藥品，特作〈寄韋有夏郎中〉詩表示感謝。「韋有夏」，當作韋夏有。
- 彭州刺史王掄卒，作〈哭王彭州掄〉。
- 在夔州遇高適姪高式顏，作〈贈高式顏〉云：「昔別是何處，相逢皆老夫。故人還寂寞，削跡共艱虞。自失論文友，空知賣酒壚。平生飛動意，見爾不能無。」「自失論文友」，謂高適已歿。
- 杜甫故友之子蘇徯，在夔州相遇，作〈君不見簡蘇徯〉詩，勸其用世，「深山窮谷不可處」。後欲「下荊揚」，杜甫作〈贈蘇四徯〉詩。又作〈別蘇徯〉，送其赴湖南觀察使幕。
- 甥李潮求作歌，杜甫遂作〈李潮八分小篆歌〉云：「惜哉李蔡不復得，吾甥李潮下筆親。尚書韓擇木，騎曹蔡有鄰。開元已來數八分，潮也奄有二子成三人。……巴東逢李潮，逾月求我歌。我今衰老才力薄，潮乎潮乎奈汝何。」

七六七年　大曆二年　丁未　五十六歲

- 在夔州。春，移居赤甲，〈入宅三首〉其一云：「奔峭背赤甲，斷崖當白鹽。客居愧遷次，春色漸多添。」其二云：「亂後居難定，春歸客未還。水生魚復浦，雲暖麝香山。」又〈赤甲〉詩云：「卜居赤甲遷居新，兩見巫山楚水春。……荊州鄭薛寄詩近，蜀客郗岑非我鄰。」鄭，指鄭審；薛，指薛據；郗，指郗昂；岑，指岑參。符載〈犀浦縣令楊府君（鷗）

墓誌銘〉曰：「（杜鴻漸帥蜀，）奏授犀浦縣令。……時視僚友杜員外甫、岑郎中參、郄舍人昂，聞公風聲，望公飛翔，謂青冥寥廓，舉翼而至。」

•時杜甫老友、水部郎中薛據旅居荊州，將北歸京師，杜甫聞訊而作〈寄薛三郎中據〉云：「與子俱白頭，役役常苦辛。雖為尚書郎，不及村野人。」又云：「子尚客荊州，我亦滯江濱。」

•寒食，作〈熟食日示宗文宗武〉詩：「汝曹催我老，回首淚縱橫。」又作〈又示兩兒〉詩：「長葛書難得，江州涕不禁。團圓思弟妹，行坐白頭吟。」江州為妹所在，長葛屬許州，為弟杜觀所居。暮春，杜觀將赴夔州，杜甫有〈得舍弟觀書自中都已達江陵今茲暮春月末行李合到夔州悲喜相兼團圓可待賦詩即事情見乎詞〉詩：「爾到江陵府，何時到峽州。亂離生有別，聚集病應瘳。」又〈喜觀即到復題短篇二首〉其一曰：「巫峽千山暗，終南萬里春。病中吾見弟，書到汝為人。」夏，觀歸藍田，杜甫有〈舍弟觀歸藍田迎新婦送示二首〉。冬，有〈舍弟觀赴藍田取妻子到江陵喜寄三首〉，其一曰：「汝迎妻子達荊州，消息真傳解我憂。鴻雁影來連峽內，鶺鴒飛急到沙頭。」

•暮春，遷居瀼西。去冬所作〈瀼西寒望〉即云：「瞿唐春欲至，定卜瀼西居。」〈卜居〉詩云：「雲嶂寬江北，春耕破瀼西。桃紅客若至，定似昔人迷。」〈暮春題瀼西新賃草屋五首〉其一云：「久嗟三峽客，再與暮春期。」

•六月，衛伯玉封陽城郡王，其母加封鄧國太夫人。杜甫有〈奉賀陽城郡王太夫人恩命加鄧國太夫人〉詩，原注：「陽城郡王，衛伯玉也。」又有〈送田四弟將軍將夔州柏中丞命起居江陵節度使陽城郡王衛公幕〉詩。

•夔州刺史王崟罷郡歸朝，杜甫賦〈奉送王信州崟北歸〉相送。信州，夔州舊名。

•七月一日，作詩贈夔州功曹參軍、兼攝奉節縣令終某，有〈七月一日題終明府水樓二首〉。詩云：「看君宜著王喬履，真賜還疑出尚方。」原注：「終明府，功曹也，兼攝奉節令，故有此句。佇觀奏，即真也。」

•秋，移居東屯，〈自瀼西荊扉且移居東屯茅屋四首〉其一云：「白鹽危嶠北，赤甲古城東。平地一川穩，高山四面同。煙霜淒野日，粳稻熟天風。人事傷蓬轉，吾將守桂叢。」其二云：「東屯復瀼西，一種住清溪。來往皆茅屋，淹留為稻畦。」

•適吳郎司法自忠州來，因以瀼西草堂借吳居之，有〈簡吳郎司法〉詩：「有客乘舸自忠州，遣騎安置瀼西頭。古堂本買藉疏豁，借汝遷居停宴遊。雲石熒熒高葉曙，風江颯颯亂帆秋。卻為姻婭過逢地，許坐曾軒數散愁。」又有〈又呈吳郎〉、〈晚晴吳郎見過北舍〉等詩。或謂吳郎乃杜甫女壻。

•耳始聾。〈耳聾〉：「眼復幾時暗，耳從前月聾。猿鳴秋淚缺，雀噪晚愁空。黃落驚山樹，呼兒問朔風。」

•秋，作〈解悶十二首〉，第三、四、五、六、八首，分別懷念詩友鄭審、薛據、孟雲卿、孟浩然及王維、王縉兄弟。又作〈別崔潩因寄薛據孟雲卿〉，題下原注：「內弟潩，赴湖南幕職。」詩云：「荊州遇薛孟，為報欲論詩。」杜甫好友薛據、孟雲卿時在荊州，崔潩將赴湖南幕職，故詩人殷殷致語。

•秋，劉允濟之孫劉伯華在峽州刺史任，作〈寄劉峽州伯華使君四十韻〉。

•寄詩狄仁傑曾孫博濟，有〈寄狄明府博濟〉詩云：「梁公曾孫我姨弟，不見十年官濟濟。」

•與孟十二倉曹兄弟為鄰，交遊頗密。〈孟氏〉詩云：「孟氏好兄弟，養親唯小園。卜鄰慚近舍，訓子學誰門？」又有〈九月一日過孟十二倉曹十四主簿兄弟〉、〈孟倉曹步趾領新酒醬二物滿器見遺老夫〉等詩。孟十二赴東都選，杜甫又有〈送孟十二倉曹赴東京選〉、〈憑孟倉曹將書覓土婁舊莊〉詩。土婁舊莊，即杜甫在偃師舊居。詩云：「平居喪亂後，不到洛陽岑。……十載江湖客，茫茫遲暮心。」

•九月九日，作〈登高〉、〈九日五首〉（缺一首，或以〈登高〉補之）。

•秋，祕書少監鄭審在江陵，太子賓客李之芳在峽州，杜甫有〈秋日夔府詠懷奉寄鄭監李賓客一百韻〉，詩云：「音徽一柱數，道里下牢千。」原注：「鄭在江陵，李在夷陵。」夷陵，即峽州。

•秋，作〈同元使君〈春陵行〉并序〉。元使君，即元結。

•杜甫時常往來於東屯、瀼西間。如這年暮春，杜甫遷居瀼西時置買了四十畝果園，秋冬之交在東屯收稻完畢，復又返回瀼西果園收穫柑橘，遂作〈寒雨朝行視園樹〉七言排律以紀其事。園，即瀼西果園。又作〈小園〉詩云：「由來巫峽水，本是楚人家。客病留因藥，春深買為花。秋庭風落果，瀼岸雨頹沙。問俗營寒事，將詩待物華。」

•杜甫舅氏崔卿翁在荊州節度使上佐任，權攝夔州。時杜甫拜謁武侯廟，見諸葛亮塑像無頭，於是趁其舅崔卿翁暫代夔州刺史之機，上詩請求修補武侯頭像，有〈上卿翁請修武侯廟遺像缺落，時崔卿權夔州〉云：「大賢為政即多聞，刺史真符不必分。尚有西郊諸葛廟，臥龍無首對江濆。」冬，崔卿翁統軍權攝夔州事畢，還江陵就其本職，杜甫又賦〈奉送卿二翁統節度鎮軍還江陵〉送別，詩云：「火旗還錦纜，白馬出江城。嘹唳吟笳發，蕭條別浦清。寒空巫峽曙，落日渭陽情。留滯嗟衰疾，何時見息兵？」仇兆鰲引黃鶴注：「卿二翁，姓崔，乃公舅氏。」（《杜詩詳注》卷二〇）

•十月十九日，於夔州別駕元持宅觀李十二娘〈劍器〉舞。作〈觀公孫大娘弟子舞劍器行并序〉。

・冬，有〈寄杜位〉詩：「寒日經簷短，窮猿失木悲。峽中為客久，江上憶君時。」題下原注：「頃者與位同在故嚴尚書幕。」頃者，即指廣德二年。嚴尚書，即嚴武。

・冬，李鍊之子李義經夔州入蜀干謁，杜甫作〈別李義〉相送。

・作〈可歎〉詩，詠王季友，兼及李勉。

・韋之晉為檢校祕書監、兼衡州刺史、御史中丞、湖南都團練觀察使，杜甫作〈奉送韋中丞之晉赴湖南〉詩。

七六八年　大曆三年　戊申　五十七歲

・元日，作〈元日示宗武〉詩：「汝啼吾手戰，吾笑汝身長。處處逢正月，迢迢滯遠方。……不見江東弟，高歌淚數行。」原注：「第五弟漂泊江左，近無消息。」〈又示宗武〉詩云：「覓句新知律，攤書解滿牀。試吟青玉案，莫羨紫羅囊。暇日從時飲，明年共我長。應須飽經術，已似愛文章。十五男兒志，三千弟子行。曾參與游夏，達者得升堂。」據詩，宗武時年十五歲。又作〈遠懷舍弟穎觀等〉詩懷念諸弟。又有〈續得觀書迎就當陽居止正月中旬定出三峽〉詩云：「自汝到荊府，書來數喚吾。頌椒添諷詠，禁火卜歡娛。」

・李昌巙時任劍州刺史，杜甫將離夔州，有〈將赴荊南寄別李劍州〉詩云：「使君高義驅今古，寥落三年坐劍州。但見文翁能化俗，焉知李廣未封侯。」

・將離夔州出峽，遂將去年在瀼西置買的四十畝果園送給一位稱之為南卿兄的友人，並作〈將別巫峽贈南卿兄瀼西果園四十畝〉詩云：「具舟將出峽，巡圃念攜鋤。正月喧鶯末，茲辰放鷁初。雪籬梅可折，風榭柳微舒。託贈卿家有，因歌野興疏。殘生逗江漢，何處狎樵漁？」

・正月中旬，離夔州出峽東下，有〈大曆三年春白帝城放船出瞿唐峽久居夔府將適江陵漂泊有詩凡四十韻〉。經巫山縣（今屬重慶），遇配流施州的汾州刺史唐旻，有〈巫山縣汾州唐使君十八弟宴別兼諸公攜酒樂相送率題小詩留於屋壁〉詩云：「臥病巴東久，今年強作歸。故人猶遠謫，茲日倍多違。」離巫山下峽前，又作〈敬寄族弟唐十八使君〉詩以慰之，詩云：「與君陶唐後，盛族多其人。聖賢冠史籍，枝派羅源津。在今氣磊落，巧偽莫敢親。介立實吾弟，濟時肯殺身。物白諱受玷，行高無污真。得罪永泰末，放之五溪濱。……除名配清江，厥土巫峽鄰。」清江，即指施州。經峽州（今湖北宜昌），當地田侍御在津亭設宴餞行，席間分韻賦詩，杜甫有〈春夜峽州田侍御長史津亭留宴得筵字〉。田侍御長史，名不詳，時以監察御史兼任峽州長史。

•三月，至江陵（今湖北荊州）。與鄭審、李之芳盤桓多日，屢有唱酬，如〈宴胡侍御書堂〉詩，原注：「李尚書之芳、鄭祕監審同集，得歸字韻。」又有〈書堂飲既夜復邀李尚書下馬月下賦絕句〉、〈暮春陪李尚書李中丞過鄭監湖亭泛舟得過字韻〉。四月，有〈宇文晁尚書之甥崔彧司業之孫尚書之子重泛鄭監前湖〉、〈夏夜李尚書筵送宇文石首赴縣聯句〉、〈多病執熱奉懷李尚書〉等詩。

•有〈和江陵宋大少府暮春雨後同諸公及舍弟宴書齋〉詩：「棣華晴雨好，彩服暮春宜。」舊注以為舍弟指杜位，非。舍弟例稱同胞手足，此指杜觀。

•時從弟杜位在江陵任行軍司馬，杜甫有〈乘雨入行軍六弟宅〉詩云：「令弟雄軍佐，凡才污省郎。萍漂忍流涕，衰颯近中堂。」六月，衛伯玉所建新樓成，杜甫有〈江陵節度使陽城郡王新樓成王請嚴侍御判官賦七字句同作〉、〈又作此奉衛王〉等詩。

•散騎常侍李嶧卒於嶺南，歸葬長安，杜甫在江陵遇其旅櫬，作〈哭李常侍嶧二首〉，其二云：「一代風流盡，修文地下深。斯人不重見，將老失知音。」

•秋，薛景仙之弟、荊州石首縣令薛明府，秩滿告任，杜甫在荊州，有〈秋日荊南送石首薛明府辭滿告別奉寄薛尚書頌德敘懷斐然之作三十韻〉，薛尚書，即檢校戶部尚書、兼御史大夫、充和蕃使薛景仙。詩云「殊恩再直廬」，下原注：「公舊執金吾，新受羽林，前後二將軍。」「向來披述作」，下原注：「石首處見公新文一卷。」「跋涉體何如」，下原注：「公頃奉使和蕃。」

•秋，離江陵赴公安（今屬湖北），有〈舟出江陵南浦奉寄鄭少尹審〉詩云：「經過憶鄭驛，斟酌旅情孤。」時鄭審為江陵少尹。途中作〈移居公安山館〉詩云：「雞鳴問前館，世亂敢求安！」

•秋，李之芳卒於江陵。杜甫在公安有〈哭李尚書〉詩，深憶二人交情，盛讚之芳學行，痛悼摯友病逝。又作〈重題〉繼悼之，原注：「李公歷禮部尚書，薨於太子賓客。」

•與書法家顧誡奢交遊二十年，在公安相遇，有〈醉歌行贈公安顏十少府請顧八題壁〉云：「君不見東吳顧文學，君不見西漢杜陵老。詩家筆勢君不嫌，詞翰昇堂為君掃。」顧遊洪府吉州，杜甫又有〈送顧八分文學適洪吉州〉詩云：「文學與我遊，蕭疏外聲利。追隨二十載，浩蕩長安醉。高歌卿相宅，文翰飛省寺。視我揚馬間，白首不相棄。」

•冬，杜甫舅表兄弟、李賀之父李晉肅，入蜀經公安，杜甫有〈公安送李二十九弟晉肅入蜀余下沔鄂〉詩。

•移居公安，貧病交加，而世態炎涼，唯衛鈞知己，有〈移居公安敬贈衛大郎鈞〉詩。與公安詩僧太易交往，臨別，作〈留別公安太易沙門〉詩，讚其能文詞。

•暮冬，離公安南下岳州（今湖南岳陽），作〈曉發公安〉詩云：「舟楫眇然自此去，江湖遠適無前期。出門轉眄已陳跡，藥餌扶吾隨所之。」題下原注：「數月憩息此縣」。

•董侹（一作頲）自荊州往桂州，投謁刺史趙某。杜甫離公安赴岳州途中遇之，作〈別董頲〉詩云：「窮冬急風水，逆浪開帆難。士子甘旨闕，不知道里寒。有求彼樂土，南適小長安。別我舟楫去，覺君衣裳單。素聞趙公節，兼盡賓主歡。」小長安，即指桂州（今廣西桂林）。

•經劉郎浦（在今湖北石首繡林山北，原名浦口，相傳劉備曾在此迎娶孫夫人，因改名劉郎浦，亦名劉郎洑），作〈發劉郎浦〉詩。

•冬末，至岳州，泊舟岳陽樓下。作〈登岳陽樓〉、〈歲晏行〉等詩。

七六九年　大曆四年　己酉　五十八歲

•正月，陪岳州刺史裴某登岳陽樓，有〈陪裴使君登岳陽樓〉詩。

•二月，自岳州去潭州（今湖南長沙），作〈南征〉詩。潭州在岳州南，故曰「南征」。入洞庭湖，有〈過南嶽入洞庭湖〉詩，浦起龍曰：「自岳而南至潭，自應入湖。但南嶽更在湖南。題曰〈過南嶽入洞庭〉，舊注認為過而後入。仇（兆鰲）氏遂以前八為過南嶽，中八為入洞庭。詩義、圖經，兩俱背戾矣。不知過者，將然之事。入者，現在之事。題意蓋謂將欲過彼，故入此湖也。」（《讀杜心解》卷五之四）經青草湖，作〈宿青草湖〉詩。出湖入湘江，經白沙驛（故址在今湖南湘陰三塘鄉北營田鎮附近），作〈宿白沙驛〉詩，原注：「初過湖南五里。」又作〈湘夫人祠〉、〈祠南夕望〉等詩。湘夫人祠，故址在今湘陰縣三塘鄉黃陵山下。又經喬口（又稱橋口，在長沙西北九十里，其地為喬江入湘江之處，即今湖南望城喬口鎮）而作〈入喬口〉詩，題下原注：「長沙北界。」又從喬口溯江而南，至銅官渚（又名銅官浦，在長沙北六十里湘江東岸，即今湖南望城銅官鎮）暫避風浪，作〈銅官渚守風〉詩。又從銅官渚南行至雙楓浦（又名青楓浦，在今湖南長沙岳麓山東南前方江浦，瓦官水（靳江）入湘江的水口東北，官船所在的南湖港）作〈雙楓浦〉詩。

•二月中下旬，在潭州。作〈岳麓山道林二寺行〉、〈清明二首〉（大曆四年清明在農曆二月二十四日）。旋即離潭州南赴衡州（今湖南衡陽）投奔老友湖南觀察使韋之晉，作〈發潭州〉詩。月底，經鑿石浦（又名鑿石埠，故址在今湖南株洲天元區馬家河鄉花園村），作〈宿鑿石浦〉詩：「早宿賓從勞，仲春江山麗。飄風過無時，舟楫不敢繫。回塘澹暮色，日沒眾星嘒。闕月殊未生，青燈死分翳。」沿湘江而上，經津口（即今之淥口，在株洲市株洲縣淥口鎮湘江東岸，淥水由此入湘江），作〈過津口〉詩。經空靈岸（又名空舲岸，在今湖南株洲南湘江西岸的雷打石鎮磐石村。唐屬湘潭縣），作〈次空靈岸〉詩。三月初，經花石戍（在唐湘潭縣南一百五十里處，位於湘江西岸。今名小花石，在湖南株洲王十萬鄉），作〈宿花石戍〉詩：「午辭空靈岑，夕得花石戍。」經晚洲（今名挽洲，在湘江中，南岸屬衡山縣，北岸屬湘潭縣，在今湖南株洲王十萬鄉挽洲村南），作〈次晚洲〉詩。

•經南嶽衡山，未及登，作〈望嶽〉詩。春暮至衡州，與湖南觀察使韋之晉判官郭受交遊唱酬，受有〈杜員外兄垂示詩因作此寄上〉云：「新詩海內流傳久，舊德朝中屬望勞。……春興不知凡幾首，衡陽紙價頓能高。」杜甫〈酬郭十五判官受〉詩云：「才微歲晚尚虛名，臥病江湖春復生。藥裹關心詩總廢，花枝照眼句還成。」

•李勉除廣州刺史兼嶺南節度使，赴任途經衡州，杜甫有〈衡州送李大夫七丈勉赴廣州〉詩。

•杜甫赴衡州原是投靠韋之晉。時韋已移鎮潭州，夏，以疾卒於任所。杜甫在衡州，聞而作〈哭韋大夫之晉〉詩。

•夏，裴虯出為道州刺史、兼侍御史，杜甫在潭州，有〈湘江宴餞裴二端公赴道州〉詩云：「白日照舟師，朱旗散廣川。群公餞南伯，肅肅秩初筵。鄙人奉末眷，佩服自早年。義均骨肉地，懷抱罄所宜。」

•初秋，韋迢（元稹岳父韋夏卿之父）以尚書員外郎為韶州刺史，時與杜甫均在潭州，有〈潭州留別杜員外院長〉詩云：「江畔長沙驛，相逢纜客船。大名詩獨步，小郡海西偏。」杜甫送之，有〈潭州送韋員外迢牧韶州〉詩云：「炎海韶州牧，風流漢署郎。分符先令望，同舍有輝光。白首多年疾，秋天昨夜涼。洞庭無過雁，書疏莫相忘。」韋迢答之，作〈早發湘潭寄杜員外院長〉詩云：「故人湖外客，白首尚為郎。相憶無南雁，何時有報章。」杜甫又作〈酬韋韶州見寄〉云：「養拙江湖外，朝廷記憶疏。深慚長者轍，重得故人書。白髮絲難理，新詩錦不如。雖無南去雁，看取北來魚。」次年春，杜甫又有〈送魏二十四司直充嶺南掌選崔郎中判官兼寄韋韶州〉詩：「故人湖外少，春日嶺南長。憑報韶州牧，新詩昨寄將。」

•秋，杜甫老友、昭州刺史敬超先從昭州（今廣西平樂）去廣陵（今江蘇揚州），途經潭州，杜甫作〈湖南送敬十使君適廣陵〉贈別。敬十使君，即敬超先。

•秋，江陵府行軍參謀盧琚，其母與杜甫之母同出於崔氏，時在潭州，杜甫有〈奉贈盧五丈參謀琚〉云：「恭惟同自出，妙選異高標。入幕知孫楚，披襟得鄭僑。丈人藉才地，門閥冠雲霄。老矣逢迎拙，相於契託饒。」題下原注：「時丈人使自江陵，在長沙待恩旨，先支率錢米。」時必有長沙錢米應輸江陵者，而潭州當道則以本地民食之需，不能多撥於鄰郡，盧因為之請旨，並留長沙待旨，故與杜甫往還，杜甫遂贈之以詩。

•蘇渙肩輿訪杜甫於江浦舟中。杜甫請其頌近詩，吟數首，才力素壯，辭句動人。湧思雷出，殷殷留金石聲，杜甫自謂老夫傾倒於蘇，至矣，遂作〈蘇大侍御訪江浦賦八韻記異〉詩並序。此後二人時有來往。〈暮秋枉裴道州手札率爾遣興寄遞呈蘇渙侍御〉詩云：「久客多枉友朋書，素書一月凡一束。虛名但蒙寒暄問，泛愛不救溝壑辱。齒落未是無心人，舌存恥作窮途哭。道州手札適復至，紙長要自三過讀。……憶子初尉永嘉去，紅顏白面花映肉。軍符侯印取豈遲，紫燕騄耳行甚速。聖朝尚飛戰鬥塵，濟世宜引英俊人。」又云：「附書與裴因示蘇，此生已愧須人扶。致君堯舜付公等，早據要路思捐軀。」對裴虬、蘇渙二人寄予厚望。

•道州刺史裴虬薦張建封於觀察使韋之晉，辟為參謀，奏授左清道兵曹，張不樂吏役而去。時杜甫在潭州，冬有〈別張十三建封〉云：「相逢長沙亭，乍問緒業餘。乃吾故人子，童丱聯居諸。揮手灑衰淚，仰看八尺軀。……雖當霰雪嚴，未覺栝柏枯。高義在雲臺，嘶鳴望天衢。」故人指其父玠；童丱指建封。

•冬，杜甫在潭州，盧岳送韋之晉靈櫬北歸，有〈送盧十四弟侍御護韋尚書靈櫬歸上都二十四韻〉。盧十四弟侍御，即盧岳，杜甫繼祖母盧氏之姪孫，係杜甫表弟。又有〈舟中夜雪有懷盧十四侍御弟〉詩。

•冬，與時任縣尉的魏徵四世孫魏佑在潭州相遇，有〈奉送魏六丈佑少府之交廣〉詩云：「賢豪贊經綸，功成空名垂。子孫不振耀，歷代皆有之。鄭公四葉孫，長大常苦飢。眾中見毛骨，猶是麒麟兒。磊落貞觀事，致君樸直詞。家聲蓋六合，行色何其微。遇我蒼梧陰，忽驚會面稀。」

•冬，蘇徯為桂州兵曹參軍。杜甫在湖南，有〈暮冬送蘇四郎徯兵曹適桂州〉詩。

七七〇年　大曆五年　庚戌　五十九歲

•正月，有〈追酬故高蜀州人日見寄〉詩，序曰：「開文書帙中，檢所遺忘，……今海內忘形故人，獨漢中王瑀與昭州敬使君超先在，愛而不見，情見乎辭。大曆五年正月二十一日卻追酬高公此作，因寄王及敬弟。」詩云：「自蒙蜀州人日作，不意清詩久零落。今晨散帙眼忽開，迸淚幽吟事如昨。」

•春，泊舟潭州。遇時為刺史的蕭十二（一作二十），有〈奉贈蕭十二使君〉詩云：「昔在嚴公幕，俱為蜀使臣。艱危參大府，前後間清塵。」原注：「嚴再領成都，余復參幕府。」嚴公指嚴武。又云：「終始任安義，荒蕪孟母鄰。聯翩匍匐禮，意氣死生親。張老存家事，嵇康有故人。」原注：「嚴公沒後，老母在堂，使君溫清之問，甘脆之禮，名數若已之庭闈焉。太夫人頃逝，喪事又首諸孫主典，撫孤之情，不減骨肉，則膠漆之契可知矣。」

•寇錫以監察御史巡按嶺南。經潭州，杜甫有〈奉酬寇十侍御錫見寄四韻復寄寇〉詩云：「往別郇瑕地，于今四十年。來簪御府筆，故泊洞庭船。」追憶往昔遊晉之郇瑕事。

•暮春，與大歌唱家李龜年重逢，作〈江南逢李龜年〉。

•四月，湖南兵馬使臧玠殺觀察使崔瓘，據潭為亂。杜甫攜家出潭州避亂，於是又入衡州，有〈入衡州〉詩。又〈逃難〉詩云：「五十白頭翁，南北逃世難。疏布纏枯骨，奔走苦不暖。已衰病方入，四海一塗炭。乾坤萬里內，莫見容身畔。妻孥復隨我，回首共悲歎。故國莽丘墟，鄰里各分散。歸路從此迷，涕盡湘江岸。」並打算由衡州往赴郴州（今屬湖南）依舅氏崔偉，故〈入衡州〉詩云：「橘井舊地宅，仙山引舟航。此行怨暑雨，厥土聞清涼。諸舅剖符近，開緘書札光。頻繁命屢及，磊落字百行。江總外家養，謝安乘興長。下流匪珠玉，擇木羞鸞凰。我師嵇叔夜，世賢張子房（原注：彼掾張勸）。柴荊寄樂土，鵬路觀翱翔。」崔偉時在郴州錄事參軍任，攝郴州事。杜甫前有〈奉送二十三舅錄事之攝郴州〉詩，題下原注：「崔偉。」詩云：「賢良歸盛族，吾舅盡知名。徐庶高交友，劉牢出外甥。……氣春江上別，淚血渭陽情。」

•經衡山縣（今屬湖南），參觀孔廟新學堂，作〈題衡山縣文宣王廟新學堂呈陸宰〉詩，文宣王廟，即孔廟。詩云：「旄頭彗紫微，無復俎豆事。金甲相排蕩，青衿一憔悴。嗚呼已十年，儒服敝於地。征夫不遑息，學者淪素志。我行洞庭野，欻得文翁肆。侁侁胄子行，若舞風雩至。周室宜中興，孔門未應棄。是以資雅才，煥然立新意。衡山雖小邑，首唱恢大義。因見縣尹心，根源舊宮閟。」

•過衡州，阻水耒陽（今屬湖南）方田驛。耒陽縣令聶某聞訊致書，並饋遺酒肉，杜甫有〈聶耒陽以僕阻水書致酒肉療飢荒江詩得代懷興盡本韻至縣呈聶令陸路去方田驛四十里舟行一日時屬江漲泊於方田〉詩。回舟北歸，有〈迴棹〉詩。

・復返潭州，居於湘江江閣。有〈江閣對雨有懷行營裴二端公〉詩，裴二端公，即裴虬。仇兆鰲引黃鶴注：「裴時為道州刺史，與討臧玠之亂，故有行營。」(《杜詩詳注》卷二三)

・重表姪王砅以大理評事奉使嶺南節度使李勉，路經潭州，杜甫作〈送重表姪王砅評事使南海〉詩。

・秋，與李銜復相逢於潭州，杜甫有〈長沙送李十一銜〉詩云：「李杜齊名真忝竊，朔雲寒菊倍離憂。」

・暮秋，有〈暮秋將歸秦留別湖南幕府親友〉詩云：「水闊蒼梧野，天高白帝秋。途窮那免哭，身老不禁愁。大府才能會，諸公德業優。北歸衝雨雪，誰憫敝貂裘。」

・秋冬之際，自潭州赴岳州，途中，作絕筆詩〈風疾舟中，伏枕書懷三十六韻，奉呈湖南親友〉。不久即卒於潭、岳間舟中。

・元稹〈唐檢校工部員外郎杜君墓係銘并序〉云：「扁舟下荊楚間，竟以寓卒，旋殯岳陽。享年五十九歲。」

八一三年　憲宗元和八年　癸巳

・杜甫死後四十三年，嫡孫杜嗣業（宗武之子）將暫厝在岳陽的杜甫靈柩運回偃師，葬在首陽山下，這裡有其遠祖杜預、祖父杜審言的墓。並請元稹為其祖父撰寫墓誌。元稹〈唐檢校工部員外郎杜君墓係銘并序〉曰：「適子美之孫嗣業，啟子美之柩，襄祔事於偃師。途次於荊，雅知予愛其大父為文，祈予為志。辭不可絕，予因係其官閥而銘其卒葬云。」並盛稱杜甫云：「至於子美，蓋所謂上薄風、騷，下該沈、宋，言奪蘇、李，氣吞曹、劉，掩顏、謝之孤高，雜徐、庾之流麗，盡得古今之體勢，而兼人人之所獨專矣！使仲尼考鍛其旨要，尚不知貴其多乎哉！苟以為能所不能，無可無不可，則詩人以來，未有如子美者。」

古籍今注新譯叢書

【哲學類】

新譯四書讀本　謝冰瑩、邱燮友等編譯
新譯學庸讀本　王澤應注譯
新譯論語新編解義　胡楚生編著
新譯孝經讀本　賴炎元、黃俊郎注譯
新譯易經讀本　郭建勳注譯　黃俊郎校閱
新譯周易六十四卦經傳通釋　黃慶萱注譯
新譯乾坤經傳通釋　黃慶萱注譯
新譯易經繫辭傳解義　吳　怡著
新譯禮記讀本　姜義華注譯　黃俊郎校閱
新譯儀禮讀本　顧寶田、鄭淑媛注譯　黃俊郎校閱
新譯孔子家語　羊春秋注譯　周鳳五校閱
新譯老子讀本　余培林注譯
新譯帛書老子　趙　鋒注譯
新譯老子解義　吳　怡著
新譯莊子讀本　黃錦鋐注譯
新譯莊子讀本　張松輝注譯
新譯莊子本義　水渭松注譯
新譯莊子內篇解義　吳　怡著
新譯列子讀本　莊萬壽注譯

新譯管子讀本　湯孝純注譯　李振興校閱
新譯墨子讀本　李生龍注譯　李振興校閱
新譯公孫龍子　丁成泉注譯　黃志民校閱
新譯晏子春秋　陶梅生注譯　葉國良校閱
新譯鄧析子　徐忠良注譯　劉福增校閱
新譯荀子讀本　王忠林注譯
新譯尹文子　徐忠良注譯　黃俊郎校閱
新譯尸子讀本　水渭松注譯　陳滿銘校閱
新譯鶡冠子　趙鵬團注譯
新譯鬼谷子　王德華等注譯
新譯韓非子　賴炎元、傅武光注譯
新譯呂氏春秋　朱永嘉、蕭　木注譯　黃志民校閱
新譯韓詩外傳　孫立堯注譯
新譯淮南子　熊禮匯注譯　侯迺慧校閱
新譯春秋繁露　朱永嘉、王知常注譯
新譯新書讀本　饒東原注譯　黃沛榮校閱
新譯新語讀本　王　毅注譯　黃俊郎校閱
新譯潛夫論　彭丙成注譯　陳滿銘校閱
新譯論衡讀本　蔡鎮楚注譯　周鳳五校閱
新譯申鑒讀本　林家驪、周明初注譯　周鳳五校閱
新譯人物志　吳家駒注譯　黃志民校閱
新譯張載文選　張金泉注譯
新譯近思錄　張京華注譯
新譯傳習錄　李生龍注譯
新譯呻吟語摘　鄧子勉注譯

新譯明夷待訪錄　李廣柏注譯　李振興校閱

【文學類】

新譯詩經讀本　滕志賢注譯
新譯楚辭讀本　林家驪注譯
新譯楚辭讀本　傅錫壬注譯
新譯文心雕龍　羅立乾注譯
新譯六朝文絜　蔣遠橋注譯
新譯世說新語　劉正浩、邱燮友等注譯
新譯昭明文選　周啟成等注譯
新譯古文觀止　謝冰瑩、邱燮友等注譯
新譯古文辭類纂　黃鈞、葉幼明等注譯
新譯樂府詩選　溫洪隆、溫強注譯
新譯古詩源　馮保善注譯
新譯千家詩　邱燮友、劉正浩注譯
新譯詩品讀本　程章燦、成林注譯
新譯花間集　朱恒夫注譯
新譯南唐詞　劉慶雲注譯
新譯絕妙好詞　聶安福注譯
新譯唐詩三百首　邱燮友注譯
新譯宋詩三百首　陶文鵬注譯
新譯宋詞三百首　汪中注譯
新譯宋詞三百首　劉慶雲注譯
新譯元曲三百首　賴橋本、林玫儀注譯
新譯明詩三百首　趙伯陶注譯
新譯清詩三百首　王英志注譯
新譯清詞三百首　陳水雲等注譯
新譯唐人絕句選　卞孝萱、朱崇才注譯　齊益壽校閱
新譯唐才子傳　戴揚本注譯
新譯拾遺記　石磊注譯
新譯搜神記　黃鈞注譯
新譯唐傳奇選　束忱、張宏生注譯　侯迺慧校閱
新譯宋傳奇小說選　束忱注譯
新譯明傳奇小說選　陳美林、皋于厚注譯
新譯容齋隨筆選　朱永嘉等注譯
新譯明散文選　周明初注譯
新譯明清小品文選　鄭婷注譯
新譯人間詞話　馬自毅注譯
新譯白香詞譜　劉慶雲注譯
新譯幽夢影　馮保善注譯
新譯菜根譚　吳家駒注譯
新譯小窗幽記　馬美信注譯
新譯圍爐夜話　馬美信注譯
新譯郁離子　吳家駒注譯
新譯歷代寓言選　黃瑞雲注譯
新譯賈長沙集　林家驪注譯
新譯揚子雲集　葉幼明注譯
新譯曹子建集　曹海東注譯　蕭麗華校閱
新譯建安七子詩文集　韓格平注譯
新譯阮籍詩文集　林家驪注譯　簡宗梧、李清筠校閱

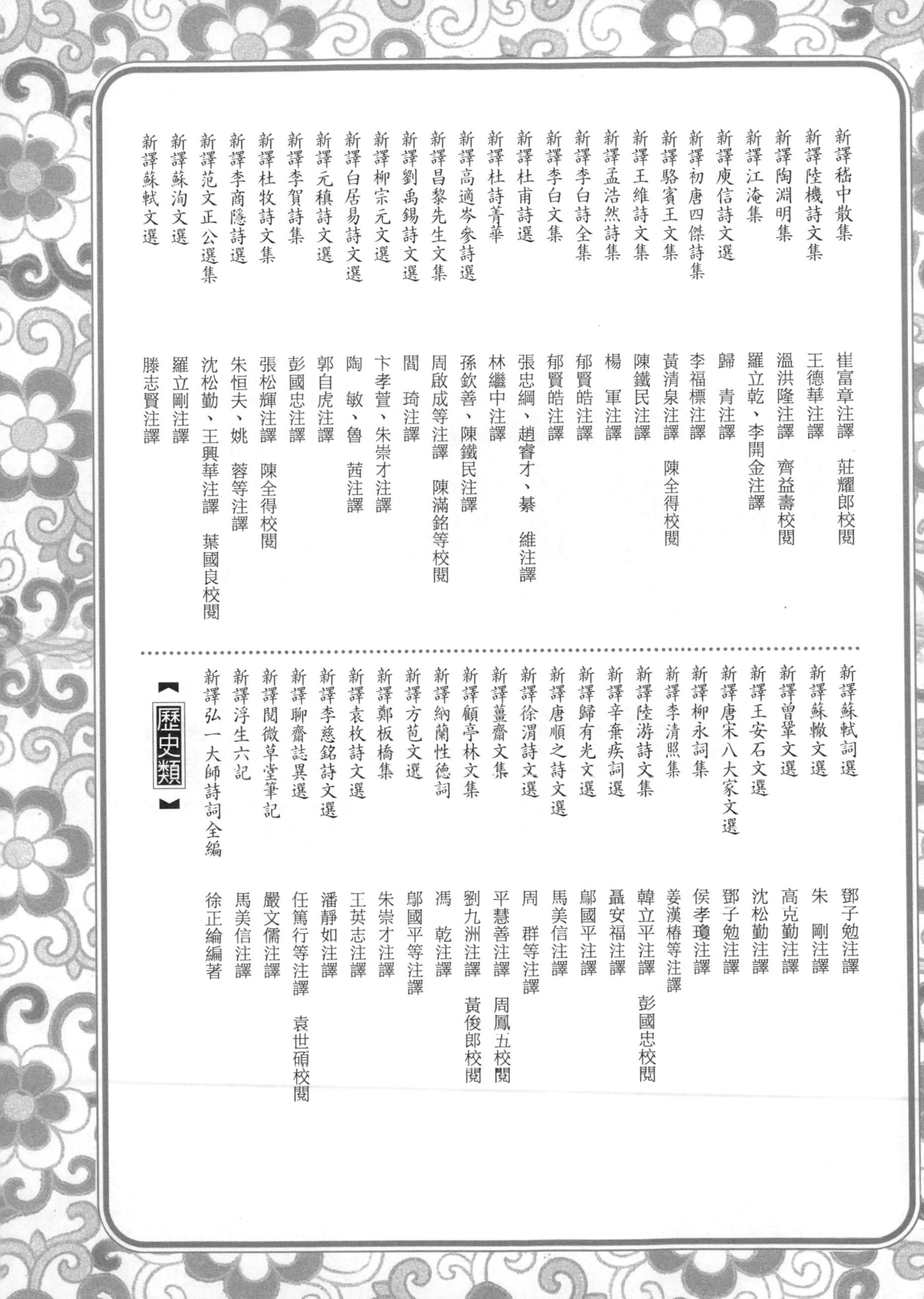

新譯嵇中散集　崔富章注譯　莊耀郎校閱
新譯陸機詩文集　王德華注譯
新譯陶淵明集　溫洪隆注譯　齊益壽校閱
新譯江淹集　羅立乾、李開金注譯
新譯庾信詩文選　歸　青注譯
新譯初唐四傑詩集　李福標注譯
新譯駱賓王文集　黃清泉注譯　陳全得校閱
新譯王維詩文集　陳鐵民注譯
新譯孟浩然詩集　楊　軍注譯
新譯李白詩全集　郁賢皓注譯
新譯李白文集　郁賢皓注譯
新譯杜甫詩選　張忠綱、趙睿才、綦　維注譯
新譯杜詩菁華　林繼中注譯
新譯高適岑參詩選　孫欽善、陳鐵民注譯
新譯昌黎先生文集　周啟成等注譯　陳滿銘等校閱
新譯劉禹錫詩文選　閻　琦注譯
新譯柳宗元文選　卞孝萱、朱崇才注譯
新譯白居易詩文選　陶　敏、魯　茜注譯
新譯元稹詩文選　郭自虎注譯
新譯李賀詩集　彭國忠注譯
新譯杜牧詩文集　張松輝注譯　陳全得校閱
新譯李商隱詩選　朱恒夫、姚　蓉等注譯
新譯范文正公選集　沈松勤、王興華注譯　葉國良校閱
新譯蘇洵文選　羅立剛注譯
新譯蘇軾文選　滕志賢注譯
新譯蘇軾詞選　鄧子勉注譯
新譯蘇轍文選　朱　剛注譯
新譯曾鞏文選　高克勤注譯
新譯王安石文選　沈松勤注譯
新譯唐宋八大家文選　鄧子勉注譯
新譯柳永詞集　侯孝瓊注譯
新譯李清照集　姜漢椿等注譯
新譯陸游詩文集　韓立平注譯　彭國忠校閱
新譯辛棄疾詞選　聶安福注譯
新譯歸有光文選　鄔國平注譯
新譯唐順之詩文選　馬美信注譯
新譯徐渭詩文選　周　群等注譯
新譯薑齋文集　平慧善注譯　周鳳五校閱
新譯顧亭林文集　劉九洲注譯　黃俊郎校閱
新譯納蘭性德詞　馮　乾注譯
新譯方苞文選　鄔國平等注譯
新譯鄭板橋集　朱崇才注譯
新譯袁枚詩文選　王英志注譯
新譯李慈銘詩文選　潘靜如注譯
新譯聊齋誌異選　任篤行等注譯　袁世碩校閱
新譯閱微草堂筆記　嚴文儒注譯
新譯浮生六記　馬美信注譯
新譯弘一大師詩詞全編　徐正綸編著

歷史類

新譯史記　韓兆琦注譯
新譯漢書　吳榮曾等注譯
新譯後漢書　魏連科等注譯
新譯三國志　吳樹平等注譯
新譯資治通鑑　張大可、韓兆琦等注譯
新譯史記—名篇精選　韓兆琦注譯
新譯尚書讀本　吳　璵注譯
新譯尚書讀本　郭建勳注譯
新譯周禮讀本　賀友齡注譯
新譯逸周書　牛鴻恩注譯
新譯左傳讀本　郁賢皓等注譯　傅武光校閱
新譯公羊傳　雪　克注譯　周鳳五校閱
新譯穀梁傳　顧寶田注譯　葉國良校閱
新譯春秋穀梁傳　周　何注譯
新譯戰國策　溫洪隆注譯　陳滿銘校閱
新譯國語讀本　易中天注譯　侯迺慧校閱
新譯說苑讀本　左松超注譯
新譯說苑讀本　羅少卿注譯　周鳳五校閱
新譯新序讀本　葉幼明注譯　黃沛榮校閱
新譯吳越春秋　黃仁生注譯　李振興校閱
新譯西京雜記　曹海東注譯　李振興校閱
新譯列女傳　黃清泉注譯　陳滿銘校閱
新譯越絕書　劉建國注譯　黃俊郎校閱
新譯燕丹子　曹海東注譯　李振興校閱
新譯東萊博議　李振興、簡宗梧注譯
新譯唐六典　朱永嘉、蕭　木注譯

新譯唐摭言　姜漢椿注譯

【宗教類】

新譯金剛經　徐興無注譯　侯迺慧校閱
新譯高僧傳　朱恒夫、王學均等注譯　潘栢世校閱
新譯碧巖集　吳　平注譯
新譯百喻經　顧寶田注譯
新譯楞嚴經　賴永海、楊維中注譯
新譯梵網經　王建光注譯
新譯圓覺經　商海鋒注譯
新譯法句經　劉學軍注譯
新譯六祖壇經　李中華注譯　丁　敏校閱
新譯禪林寶訓　李中華注譯　潘栢世校閱
新譯維摩詰經　陳引馳、林曉光注譯
新譯經律異相　顏洽茂注譯
新譯阿彌陀經　蘇樹華注譯
新譯無量壽經　邱高興注譯
新譯無量壽經　蘇樹華注譯
新譯妙法蓮華經　張松輝注譯　丁　敏校閱
新譯景德傳燈錄　顧宏義注譯
新譯大乘起信論　韓廷傑注譯　潘栢世校閱
新譯釋禪波羅蜜　蘇樹華注譯
新譯八識規矩頌　倪梁康注譯
新譯永嘉大師證道歌　蔣九愚注譯
新譯華嚴經入法界品　楊維中注譯
新譯地藏菩薩本願經　李承貴注譯

新譯悟真篇　劉國樑、連　遙注譯
新譯无能子　張松輝注譯
新譯坐忘論　張松輝注譯
新譯列仙傳　張金嶺注譯　陳滿銘校閱
新譯抱朴子　李中華注譯　黃志民校閱
新譯神仙傳　周啟成注譯
新譯性命圭旨　傅鳳英注譯
新譯老子想爾注　顧寶田、張忠利注譯　傅武光校閱
新譯周易參同契　劉國樑注譯　黃沛榮校閱
新譯道門觀心經　王　卡注譯　黃志民校閱
新譯養性延命錄　曾召南注譯　劉正浩校閱
新譯樂育堂語錄　戈國龍注譯
新譯沖虛至德真經　張松輝注譯　周鳳五校閱
新譯長春真人西遊記　顧寶田等注譯
新譯黃庭經・陰符經　劉連朋等注譯

【軍事類】

新譯司馬法　王雲路注譯
新譯尉繚子　張金泉注譯
新譯三略讀本　傅　傑注譯
新譯六韜讀本　鄔錫非注譯
新譯吳子讀本　王雲路注譯
新譯孫子讀本　吳仁傑注譯
新譯李衛公問對　鄔錫非注譯

【教育類】

新譯爾雅讀本　陳建初等注譯
新譯顏氏家訓　李振興、黃沛榮等注譯
新譯聰訓齋語　馮保善注譯
新譯曾文正公家書　湯孝純注譯　李振興校閱
新譯三字經　黃沛榮注譯
新譯百家姓　馬自毅、顧宏義注譯
新譯幼學瓊林　馬自毅注譯　陳滿銘校閱
新譯增廣賢文・千字文　馬自毅注譯　李清筠校閱
新譯格言聯璧　馬自毅注譯

【政事類】

新譯商君書　貝遠辰注譯　陳滿銘校閱
新譯鹽鐵論　盧烈紅注譯　黃志民校閱
新譯貞觀政要　許道勳注譯　陳滿銘校閱

【地志類】

新譯山海經　楊錫彭注譯
新譯水經注　陳橋驛、葉光庭注譯
新譯佛國記　楊維中注譯
新譯大唐西域記　陳　飛、凡　評注譯　黃俊郎校閱
新譯洛陽伽藍記　劉九洲注譯　侯迺慧校閱
新譯徐霞客遊記　黃　珅注譯　黃志民校閱
新譯東京夢華錄　嚴文儒注譯　侯迺慧校閱

◎新譯古詩源

馮保善／注譯

中國古典詩歌發展至唐代而達於鼎盛，大放異彩，但唐詩之盛並不是一夕造成的。清人沈德潛所編《古詩源》一書，目的便在明「唐詩之發源」。書中收錄上古以迄漢魏六朝古詩七百餘首，因其選目精當，選量適中，能完整且清晰地展示唐以前詩歌發展嬗變的軌跡及其具體成就，而成為古詩選本的經典之作。本書注譯簡潔暢達，評析則能得之於會心，是閱讀欣賞古詩的最佳佐助。